CHRIS KUZNESKI
HUNTERS
DAS VERBOTENE GRAB

Buch

Ein mysteriöser Milliardär versammelt eine Gruppe von Spezialisten, um einen der größten Schätze der Geschichte zu bergen. Seit über 2000 Jahren ist das Grab von Alexander dem Großen verschollen, aber nun gibt es eine neue Spur. Doch kaum haben die Hunters Alexandria erreicht, werden sie angegriffen. Ein uralter Geheimbund will ihre Mission vereiteln und geht dafür über Leichen. Plötzlich steht den Hunters keine Schatzsuche mehr bevor, sondern eine Rettungsmission. Es geht um das Leben von Hunderten – und das Schicksal einer ganzen Stadt…

Autor

Chris Kuzneski wuchs in Pennsylvania auf, lebt heute aber in Florida. Die Romane des internationalen Bestsellerautors wurden in zwanzig Sprachen übersetzt, millionenfach verkauft und mit zahlreichen Preisen ausgezeichnet. Wenn Chris nicht gerade surft, taucht, schwimmt oder die Sonne genießt, schreibt er an seinem neusten Roman.

Besuchen Sie uns auch auf www.facebook.com/blanvalet und www.twitter.com/BlanvaletVerlag

CHRIS KUZNESKI

HUNTERS
DAS VERBOTENE GRAB

ROMAN

Deutsch von Wolfgang Thon

blanvalet

Die Originalausgabe erschien 2015 unter dem Titel
»The forbidden Tomb« im Eigenverlag.

Sollte diese Publikation Links auf Webseiten Dritter enthalten,
so übernehmen wir für deren Inhalte keine Haftung,
da wir uns diese nicht zu eigen machen, sondern lediglich auf
deren Stand zum Zeitpunkt der Erstveröffentlichung verweisen.

Verlagsgruppe Random House FSC® N001967

1. Auflage
Copyright der Originalausgabe © 2015 by Chris Kuzneski, Inc.
Copyright der deutschsprachigen Ausgabe © 2019
by Blanvalet in der Verlagsgruppe Random House GmbH,
Neumarkter Str. 28, 81673 München
Redaktion: Peter Thannisch
Umschlaggestaltung: © Johannes Frick unter Verwendung von Motiven
von Historica Graphica Collection/Heritage Images/Hulton Archive/
Getty Images und Shutterstock.com (© Pindyurin Vasily,
© Kirill Smirnov, © grynold, © nemlaza, © Yibo Wang, © Death's Pixel,
© Chaikom, © Runrun2, © ChaiwatUD, © Milosz_G)
HK · Herstellung: sam
Satz: Uhl + Massopust, Aalen
Druck und Bindung: GGP Media GmbH, Pößneck
Printed in Germany
ISBN 978-3-7341-0568-5

www.blanvalet.de

PROLOG

Dienstag, 11. April
Bahariya Oase, Ägypten
(180 Meilen südwestlich von Kairo)

Sie beobachteten ihre Opfer aus der Ferne und warteten auf den richtigen Moment zum Zuschlagen. So machten sie es seit Jahrhunderten, und so wollten sie es auch in dieser Nacht tun.

Zuerst kam die Dunkelheit. Dann das Schlachten.

Danach verschwanden sie in der Finsternis.

Die Teilnehmer der Manjani-Expedition unten im Tal ahnten nicht, dass sie beobachtet wurden. Die Wissenschaftler hatten sich zum Schutz vor der Abendkühle um ein Lagerfeuer geschart und feierten ihre Entdeckung zu ausgelassen, um zu bemerken, was um sie herum vorging. Sie lachten, sie tranken, tanzten und sangen und freuten sich über ihren jüngsten Erfolg.

Manche redeten vom Schatz, andere von Ruhm.

Aber das Schicksal hielt weder das eine noch das andere bereit.

Jedenfalls nicht für sie.

Der Angriff erfolgte schnell und gnadenlos, angetrieben von unbändiger Wut. Schreie gellten durch die Nacht, als uralte Schwerter die Körper durchdrangen. Mit einer unwirklichen Anmut metzelten die Krieger alles nieder, was sie vor die Augen bekamen. Fest entschlossen, ihren heiligen Glauben zu verteidigen, kannten sie weder Mitleid noch zeigten sie Gnade.

Es war ein Glaube, der aus Blut und Stahl geschmiedet war.

Für einen kurzen Moment bot sich mehreren Wissenschaftlern die Gelegenheit zur Flucht. Sie hätten nur vom Lagerfeuer weglaufen müssen und in der schützenden Dunkelheit zu verschwinden brauchen. Doch dann hätten sie in der extremen Trockenheit der Sahara, in den sich meilenweit ausdehnenden Sanddünen und dem endlosen Hügelland überleben müssen.

Das war unmöglich.

In dem Augenblick, als sie zwischen Flucht und Kampf wählen mussten, blieben sie wie erstarrt stehen.

Es kostete sie das Leben.

Die Schwertkämpfer näherten sich mit zornig blitzenden Augen. Klingen glänzten im Mondlicht, als sie sich wie Dämonen aus der Hölle auf ihre Opfer stürzten.

Eben waren sie noch am Leben.

Und im nächsten Augenblick schon tot.

Allen fehlte der Kopf.

1. KAPITEL

Gegenwart
Dienstag, 11. Oktober
Fort Lauderdale, Florida

Nur wenige Menschen wussten von der Privatstraße durch die Sümpfe im Süden Floridas, und noch weniger hatten sie jemals befahren. Mehrere Schilder mit drastisch formulierten Warnungen drohten unerwünschten Besuchern mit ernster Bestrafung, wenn sie erwischt würden. Nicht von der Polizei oder durch ein Gericht, sondern durch die Landbesitzer selbst.

In den Everglades nannte man das *Dschungeljustiz.*

Es war die übliche Art, mit so etwas umzugehen.

Der langhaarige Motorradfahrer ignorierte die Warnschilder und bog von der Landstraße ab. Er brannte darauf, die Vorteile des glatten Asphaltstreifens vor ihm zu nutzen. Sobald sein Hinterrad die Teerdecke erreichte, drehte er den Gashebel seiner getunten Harley und hielt ihn fest. Sein Motor röhrte zustimmend; er schoss mit schwindelerregender Geschwindigkeit voran und lachte, als die Bäume an ihm vorbeizischten. Moskitos, so groß wie kleine Vögel, und Eidechsen, groß wie Schoßhündchen, brachten sich vor ihm in Sicherheit, um nicht überfahren zu werden.

Es hätte ihm nicht viel ausgemacht.

Im Laufe der Jahre hatte er so manches getötet.

Und meistens schnell.

Genau darauf war er trainiert.

Am Ende der Straße drosselte er das Tempo und hielt schließlich vor dem massiven Stahltor an, das das dahinterliegende Grundstück sicherte. Er kannte den Eingang, weil er früher schon ein paar Mal hindurchgefahren war, doch plötzlich wurde ihm klar, dass er das Tor nie selbst geöffnet hatte. Er war immer in Begleitung anderer gewesen, die es für ihn getan hatten. Er stoppte die Harley mitten auf der Straße, stieg ab und ging zu der merkwürdig aussehenden Schalttafel.

Seltsamerweise gab es dort keine Knöpfe zum Drücken. Auch kein Zahlenpad und keine Schalter. Das Einzige, was er sah, war ein flacher rechteckiger Touchscreen, der auf einen futuristisch aussehenden Metallständer montiert war. Mehr konnte er nicht entdecken. Weil das Ding sehr modern aussah und er von Technik keine Ahnung hatte, hätte es sich genauso gut um einen biometrischen Sensor handeln können, der seine Gedanken lesen konnte.

Genau wie die Fee, die in seinem iPhone hauste.

Josh McNutt wusste nicht recht, wie er sich verhalten sollte, und wischte mit der Hand über die Oberfläche. Er hoffte, dass es ein einfacher Bewegungsmelder war, wie an diesen schicken modernen Wasserhähnen. Danach drückte er die Fingerspitzen auf den Screen, weil er dachte, das Gerät würde vielleicht wie in der Waffenkammer von Fort Bragg funktionieren, seine Fingerabdrücke scannen und ihn dann hereinlassen. Als auch das keinen Erfolg brachte, versuchte er es mit beiden Handflächen, eine nach der anderen.

Doch nichts geschah.

McNutt rieb sich den Dreitagebart und überlegte, was er noch versuchen könnte. »Hallo«, sagte er zu dem Gerät. »Ist da jemand? Haaallllloooo.«

Irgendwann klopfte er sogar darauf, als wäre es die Eingangstür.

Noch immer keine Reaktion.

»Blöder Roboter«, murmelte er leise. »Warte nur, bis ich hereinkomme. Dann suche ich deinen Stecker und beschneide dich mit einem Jagdmesser.«

McNutt war genervt, ging zum Stahltor und streckte schon die Arme aus, um daran zu rütteln. Einen Sekundenbruchteil, bevor er es berührte, riss er die Arme zurück, als hätten sich die Stahlgitter plötzlich in Giftschlangen verwandelt. In Wahrheit wurde seine Reaktion durch etwas weitaus Tödlicheres hervorgerufen. Er hatte schon oft gehört, dass das Tor nur die erste einer Reihe von Schutzeinrichtungen war, die das gesamte Grundstück umgaben. Es war zusätzlich durch einen Hochspannungs-Drahtgitterzaun gesichert, der tödliche Stromstöße austeilen konnte. In letzter Sekunde fragte er sich, ob das Stahltor womöglich mit derselben Hochspannung versehen war.

Ein äußerst geladenes »Verpiss dich«, das allen galt, die hier nichts zu suchen hatten.

Bei näherem Nachdenken wollte er es lieber nicht darauf ankommen lassen.

*

»Verdammt! Ich dachte wirklich, dass er es tut!«, rief Hector Garcia hinter seinem Computermonitor. Er hatte McNutt bereits über eine Vielzahl verborgener Überwachungskameras beobachtet, seit der von der Landstraße abgebogen war. Ein Erschütterungsmelder unter der Fahrbahn hatte einen Alarm ausgelöst und die Anwesenden informiert, dass sich jemand näherte.

»*Wer* macht *was*?«, fragte Jack Cobb. Als Teamchef hatte er wichtigere Probleme, als die Videoüberwachung im

Auge zu behalten. Dafür war Garcia zuständig. Außerdem hatte er die Aufgabe, Cobb zu informieren, wenn sich ihnen jemand näherte.

»McNutt«, antwortete Garcia. »Er versucht seit ein paar Minuten, durch das Tor zu kommen. Bis jetzt ohne Erfolg.«

»Kannst du ihn auf den großen Schirm holen?«, fragte Cobb.

»Aber sicher.«

Nach einigen Klicks und Tastatureingaben waren sämtliche Bilder der Überwachungskameras als Gittermuster auf dem 90-Zoll-Monitor zu sehen, der über dem Kamin hing. Cobb sah, wie McNutt einen Schritt von der Steuertafel des Tors zurücktrat und dann das Gesicht ganz nah an die Oberfläche brachte. Cobb deutete auf Bild Nummer drei – es waren die Bilder der Kamera unter dem Touchscreen. Ein paar Klicks später füllten McNutts blutunterlaufene Augen den ganzen Bildschirm aus.

»Was treibt der Hinterwäldler denn da?«, fragte Sarah Ellis, die nicht weit von ihnen auf einer Couch saß. Sie war von der CIA ausgebildet worden, kannte sich bestens mit Sicherheitssystemen aus und konnte über die Versuche ihres Kollegen, das Tor zu öffnen, nur den Kopf schütteln. »Was sieht er sich da so genau an?«

»Nichts«, meinte Garcia. »Ich glaube, er denkt, das Pad ist ein Retina-Scanner. Er versucht, sein Auge auf das Glas zu drücken.«

Sarah platzte fast vor Lachen. »Oh… mein… Gott. Er ist noch dümmer, als ich ihn in Erinnerung hatte. Und das will was heißen, denn ich hatte Briefbeschwerer, die mehr Grips hatten wie er.«

»*Als* er«, verbesserte Jasmine Park, die das Zimmer betrat. Als einzige Akademikerin der Gruppe war sie auch die Einzige, die Sarahs fehlerhafte Grammatik bemerkte. »Wenn du dich schon über seine Intelligenz lustig machst, solltest du Grammatikfehler vermeiden.«

»Sagt das Mädchen aus Korea.«

»Ich bin in Amerika geboren.«

»Dann solltest du wissen, dass es unhöflich ist, andere zu verbessern, wenn ihre Grammatik nicht in Ordnung ist – insbesondere Leute, die so viel draufhaben wie ich. Pass bloß auf, dass du beim Schlafen die Augen weit auflässt. Das heißt, falls eine Asiatin das überhaupt kann.«

Jasmine verzog das Gesicht. »Wie kannst du so etwas sagen?«

»Tut mir leid, ich wollte sagen: asiatischstämmige *Amerikanerin.*«

»Das war es nicht, womit du mich beleidigt hast.«

Sarah zuckte mit den Schultern. »Was soll's? Jetzt sind wir beide beleidigt. Dann sind wir quitt.«

Jasmine atmete tief durch und sah zur Videowand. McNutt war inzwischen nur noch von hinten zu sehen. Er war auf dem Rückweg zu seinem Motorrad. »Fährt er wieder weg?«

»Das hoffe ich«, sagte Sarah optimistisch. »Ich habe darüber nachgedacht, und ich habe eine perfekte Kandidatin, die ihn ersetzen könnte. Sie kennt sich nicht nur fantastisch mit Waffen und Sprengstoff aus, sondern sie ist auch schlau genug, um Eis zu machen. Und das sage ich nicht nur so. McNutt hat mich mal gefragt, ob Eiswürfel aus Alaska kommen.«

Garcia an seinem Computer wandte sich um. »Wann hat er das gefragt?«

»Als wir in Alaska waren. Er wollte ein paar als Souvenirs mitnehmen. Er war schon drauf und dran, sie sich in den Koffer zu packen.«

Garcia starrte sie an. Er war nicht sicher, ob sie nur scherzte. »Ehrlich?«

Sarah zuckte mit den Schultern. Ihr Gesichtsausdruck verriet nichts.

Jasmine deutete auf den Monitor. »Aber mal ganz im Ernst – haut Josh jetzt ab?«

Garcia blickte zum Monitor hoch und stellte fest, dass McNutt nicht mehr zu sehen war. Er schaltete auf einen größeren Winkel um, diesmal von einer Kamera, die oben auf dem Tor befestigt war. Nun konnte man sehen, dass McNutt zu seinem Motorrad zurückging. Dort knöpfte er einen großen Golfsack auf, der am hinteren Sitzbügel festgeschnallt war.

Sarah sprang auf. »Was macht er jetzt?«

»Ich habe keine Ahnung«, antwortete Jasmine.

»Ich schon«, sagte Cobb mit einem Anflug von Entsetzen. »Zoom ran.«

Garcia tat, wie ihm geheißen, und die Gruppe beobachtete ebenso fasziniert wie erschrocken, wie McNutt den Deckel des Golfsacks zur Seite klappte.

Anstatt mit Schlägern war er mit seinem privaten Waffenarsenal gefüllt.

McNutt suchte etwas aus und zog es aus dem Sack. Die Waffe – ein russischer Raketenwerfer, der unter dem Namen Vampir bekannt ist – war dafür gedacht, Panzerfahrzeuge aufzuhalten. Das Tor war widerstandsfähig, aber nicht dafür ausgelegt, einem solchen Angriff standzuhalten. Der Besitzer des Grundstücks hatte bei der Planung nicht an Raketenbeschuss gedacht.

McNutt grinste mit kindlichem Vergnügen und zielte mit dem Abschussrohr auf seiner Schulter auf das Fundament des Tors. In diesem Moment sprintete Cobb durchs Zimmer und aktivierte die Gegensprechanlage.

»Gefechtsbereitschaft aufheben, Soldat!«, schrie er.

Auf dem Screen war zu sehen, dass McNutt sofort verharrte.

»Wer spricht da?«, wollte er wissen und zielte mit dem Abschussrohr auf das Touchpad.

»Runter mit der Panzerfaust!«, befahl Cobb. »Wir öffnen das Tor.«

»Major, bist du das?«, fragte McNutt, senkte die Waffe und näherte sich zögernd der Gegensprechanlage. »Bist du da drin?«

»Ja, Josh, ich bin hier«, antwortete Cobb und schickte, nur um sicherzugehen, hinterher: »Ich bin im *Haus*, nicht in dem *Kasten*.«

McNutt lachte. »Der war gut, Chief.«

Cobb atmete tief durch und drückte den Knopf, der das Tor öffnete.

»Danke!«, rief McNutt mit dem Mund unmittelbar über dem Touchscreen. »Einen kleinen Moment bitte. Geht sofort los. Ich muss erst mal meine Rakete wegpacken.«

Garcia schaltete zur Kamera unter der Steuereinheit zurück. Plötzlich füllte McNutts Mund den Monitor aus. »Seht euch das an. Ich kann seine Mandeln sehen.«

Sarah rollte die Augen. »Oh mein Gott, ich bin von Idioten umgeben.«

2. KAPITEL

McNutt kurvte mit seinem Bike über die gewundene Auf-
fahrt zum Haupteingang. Das Haus war fast vollständig
von einem künstlich angelegten Wassergraben umgeben
und so errichtet worden, dass es leicht zu verteidigen war.
Die einzige Stelle, an der man den Burggraben überque-
ren konnte, sah wie eine schmale natürliche Landzunge
aus, war aber in Wirklichkeit künstlich angelegt und mit
Sprengstoff gespickt. Mit einem einzigen Knopfdruck
konnte die Halbinsel schnell in eine Insel verwandelt
werden.

Wäre es McNutts Anwesen gewesen, hätte er dort
einen mediterranen Palast errichtet, der den Villen auf
Star Island in Miami Beach Konkurrenz gemacht hätte,
aber nicht diese 370-Quadratmeter-Ranch, die ihnen als
Hauptquartier diente. Das Haus sah eher nach einem
Bunker als nach einem Strandhaus aus. Doch der Bauherr
hatte sich von praktischen Überlegungen leiten lassen,
es war ihm nicht ums Prestige gegangen. Das Gebäude
konnte nicht nur einem Luftangriff standhalten, die
flache Konstruktion war auch perfekt für die Küste geeignet; die mächtigen Wirbelwinde und tropischen Stürme,
die Florida alljährlich heimsuchen, fanden keinen An-
griffspunkt, in den sie ihre Zähne schlagen konnten.

Obwohl die Architektur nicht seinen Geschmack traf,
war McNutt auf einige der Einrichtungen des Hauses
geradezu neidisch. Er war lange genug beim Militär

gewesen, um einen Nachrichtensatelliten-Receiver der Echelon-Klasse zu erkennen. Das war keine gewöhnliche Haushalts-Satellitenschüssel, sondern ein hochmodernes Gerät für den militärischen Einsatz, mit dem verschlüsselte SIGINT-Signale übertragen wurden. Außerdem gab es eine eigene Trinkwasseraufbereitungsanlage und eine autarke Stromversorgung. Alles zusammen unterstrich, dass das Haus als Operationsbasis geplant worden war.

McNutt hielt in der kreisrunden Zufahrt und schaltete den Motor aus. Im selben Moment öffnete sich die Vordertür, und Cobb trat heraus.

»Howdy, Chief. Lange nicht gesehen.«

»Du bist spät dran«, knurrte Cobb.

McNutt verzog das Gesicht und sah auf die Uhr. »Nein, bin ich nicht. Du hast gesagt, ich soll um 17 Uhr hier sein. Nach meiner Rechnung bleiben mir noch dreißig Minuten. Ich hätte noch früher hier sein können, wenn das blöde Tor nicht gewesen wäre.«

»Ich habe gesagt: *Montag*, 17 Uhr.«

»Ist heute nicht Montag?« McNutt grinste verlegen. »Tut mir leid, Major, im Urlaub vergeht die Zeit so schnell. Da trinkt man gemütlich ein paar Bier mit seinen Kumpels, und einen Tag später rennt man schon nackt mit der Domina eines abgenervten Bundespolizisten durch Tijuana, weil eine Bande Zwerge hinter einem her ist. Du weißt ja selber, wie das ist.«

»Das weiß ich nicht, um das mal klarzustellen. Außerdem habe dir schon gesagt, dass du mich nicht mehr ›Major‹ nennen sollst. Man weiß nie, wer zuhört.«

»Tut mir leid, Chief.«

»Und in welchem Stadium deiner Eskapaden bist du auf die Idee gekommen, dass ein Raketenwerfer in einer Golftasche eine gute Idee ist?«

»In der Nacht, als mich die Zwerge fast erwischt hätten. Sie sind klein, aber unglaublich schnell und ihre Beine wie Propeller.« McNutt lachte über das Bild in seinem Kopf, schnallte den improvisierten Waffenbehälter vom Motorrad und nahm ihn über die Schulter. »Du musst doch zugeben, hier unten ist das die beste Tarnung. Nicht mal, wenn das Ding hinten am Motorrad hängt, guckt jemand genauer hin. Du solltest erst sehen, was ich in den Satteltaschen habe.«

»Später«, entgegnete Cobb. »Darüber sprechen wir später. Komm rein. Wir haben den ganzen Tag auf dich gewartet.«

McNutt nickte und betrat das Gebäude.

Das opulente Haus hatte einen großzügigen Grundriss, verfügte unter anderem über ein Wohnzimmer, eine Bibliothek, eine Küche und einen Salon. An den Wänden hingen kostbare Gemälde. Das Mobiliar, das anfangs noch einen kalten und sterilen Eindruck gemacht hatte, als wären gerade erst die Schutzfolien der Fabrik entfernt worden, wirkte inzwischen vertraut und gemütlich. Das Team schlief in spartanisch eingerichteten Schlafzimmern, die von einem Flur im Ostflügel abgingen. McNutt fragte sich, ob die Kleidung, die er in der Kommode zurückgelassen hatte, noch da war oder ob jemand sie während seiner Abwesenheit weggeworfen hatte. In dem Fall müsste er noch shoppen gehen.

Ganz am Ende des Hauses befand sich ein elegantes Esszimmer mit Blick auf eine herrliche Terrasse. Miteinander verbundene Swimmingpools, die von Palmen und Skulpturen umgeben waren, verliehen dem Ganzen das Ambiente eines schicken Ferienresorts. Als sie an dem riesigen Panoramafenster vorbeigingen, sah McNutt zu dem privaten Bootsanleger hinüber, der sich an der Rückseite des Grundstückes befand. Dort war eine einzelne Yacht zwischen den Stegen vertäut. Seit seinem letzten Besuch wusste er, dass TRESOR DE LA MER – der Name des Boots – »Schatz des Meeres« bedeutete.

McNutt grinste. Die Yacht bedeutete, dass ihr Auftraggeber da war.

Hoffentlich hatte er nicht vergessen, sein Scheckbuch mitzubringen, denn das Team war für die erste Mission noch nicht bezahlt worden.

*

McNutt folgte Cobb in die Küche, wo ihn drei besorgte Gesichter quer über den Tresen hinweg anstarrten. Dieser Raum war, wie in den meisten anderen Wohnungen, zum allgemeinen Treffpunkt geworden. Wann immer sich alle irgendwo zusammensetzen mussten, landeten sie automatisch in der Küche.

»Heiliger Strohsack, die ganze Gang ist da«, sagte McNutt.

Für das untrainierte Auge sahen sie nicht so aus, als würden sie etwas gemein haben. Cobb war breitschultrig und attraktiv, hatte ein schmales Gesicht, durchdringende graue Augen und wirkte wie eine Führungspersönlichkeit. McNutt war kräftig und ungepflegt, sein Haar und die Kleidung sahen fast immer so aus, als hätte er gerade unter einer Brücke kampiert. Garcia hingegen verkörperte einen neuen Hackertypus. Er war nicht blass und zerbrechlich wie die Klischee-Nerds, die nie aus dem Keller ihrer Mutter herausgekommen waren. Er war braun gebrannt, hatte einen athletischen Körperbau und sah vergleichsweise gut aus.

»Wo, zur Hölle, hast du dich rumgetrieben?«, wollte Sarah wissen.

»Wir haben uns schon Sorgen gemacht«, fügte Jasmine hinzu.

Ihre Kommentare waren absolut charakteristisch für sie.

Sarah war groß, drahtig und agil. Sie hatte den Körper einer Sportlerin und bildete einen starken Kontrast zu der viel kleineren, sanfteren Jasmine. Von allen Teammitgliedern hatten die beiden Frauen die wenigsten Gemeinsamkeiten – nicht nur körperlich, sondern auch emotional. Sarah war aggressiv und streitlustig und suchte immer nach Schwächen, die sie zu ihrem Vorteil nutzen konnte. Im Gegensatz dazu war Jasmine freundlich und respektvoll und machte sich eher Sorgen um die anderen als um sich selbst. Das war teilweise ihrer Erziehung, teilweise aber auch ihrer Ausbildung zuzuschreiben.

Sarah hatte ihr Handwerk in Quantico, einem Ausbildungslager der U.S. Marines, gelernt. Jasmine hatte ihre Kenntnisse in einer Bibliothek erworben.

»Wo er gewesen ist, tut nichts zur Sache«, sagte Cobb, bevor McNutt auf die Idee kommen konnte, seine Räuberpistolen von betrunkenen Ausschweifungen südlich der Grenze zum Besten zu geben.

»*Mir* ist es wichtig«, entgegnete Sarah. »Wir hängen alle mit drin. Ich hab keine Lust darauf, dass er sich in einer voll besetzten Bar einen hinter die Binde gießt und rumposaunt, was wir gefunden haben.«

Garcia zuckte mit den Schultern. »Selbst, wenn er es täte – glaubst du im Ernst, jemand würde ihm glauben? Ich meine… wirklich. Uralte Eisenbahnzüge? Geheimgesellschaften? Verdeckte Operationen in Transsilvanien?«

»Ganz genau!«, sagte McNutt. »Danke, José, dass du mir vertraust.«

»Eigentlich heiß ich Hector.«

»Kommt doch fast aufs Gleiche raus. Beide Namen fangen mit demselben Buchstaben an.«

»Eigentlich nicht.«

»Tun sie nicht? Seit wann?«

»Seit, äh … seit das Alphabet erfunden wurde?«

McNutt grinste. »Das erklärt alles. Ich *kann* kein Alphabet.«

»Das reicht«, erklärte Cobb. Er hob nicht einmal die Stimme, allein sein Tonfall machte allen deutlich, dass er von ihrem Gerede genug hatte.

Die Gruppe parierte respektvoll und hörte sofort mit dem Gefrotzel auf.

»Sarah, Verschwiegenheit war kein Bestandteil der Vereinbarung. Jeder hat das Recht, jedem zu erzählen, was er will. Aber ihr wisst alle, wie riskant es ist, diese Informationen nach außen dringen zu lassen.«

Sarah wollte gerade protestieren, doch Cobb schnitt ihr das Wort ab, indem er, während er McNutt ansah, sagte: »Das ist also geklärt. Ich würde es als einen persönlichen Gefallen ansehen, wenn du die Klappe hältst, was die Aktivitäten des Teams anbetrifft.«

McNutt nickte. »Ich habe niemandem davon erzählt.«

»Gut«, sagte Cobb, der nichts anderes erwartet hatte. McNutt war zwar kein Genie, aber ein Ex-Marine und darauf gedrillt, seiner Einheit gegenüber absolute Loyalität walten zu lassen. »Hector, gibt es im Internet irgendwas über unsere letzten Aktionen?«

»Nichts«, antwortete der Techniker. »Es kommt mir vor, als versuchten gleich mehrere Stellen, alles, was uns betrifft, aus den Nachrichten rauszuhalten. Eigentlich ist das merkwürdig, wenn nicht sogar beunruhigend. Es gibt nichts, was sich der öffentlichen Wahrnehmung so entziehen kann – *erst recht* nichts, was so interessant ist wie das, was wir durchgestanden haben.«

Cobb warf einen Blick zu ihrem Gastgeber, einem Franzosen namens Jean-Marc Papineau, der durch einen hinteren Flur leise in die Küche gekommen war und das Ende ihrer Unterhaltung mitgehört hatte. In seiner makellosen europäischen Kleidung hatte er das Auftreten eines Monarchen und benahm sich, als sei er der König und die Welt sein Spielplatz.

Seit sie einander im August zum letzten Mal begegnet waren, fragte sich Cobb, wie weit Papineaus Einfluss tatsächlich reichte. Er hatte in Osteuropa wahre Wunder vollbracht und alles bereitgestellt, was das Team für seine Mission benötigt hatte – sogar einen umgebauten Eisenbahnzug. So beeindruckend das auch gewesen war, verblasste es doch im Vergleich zu seinem neuesten Trick: Wie schaffte er es, ihre geschichtsträchtige Entdeckung im Zeitalter von Handykameras und Social Media vor dem Rest der Welt geheim zu halten?

Um so etwas fertigzubringen, brauchte man mehr als nur Geld.

Man brauchte Einfluss und Macht.

»Jasmine«, fuhr Cobb fort, »hast du etwas von deinen Informanten gehört?«

Als gut vernetzte Historikerin unterhielt sie Verbindungen zu verschiedenen Universitäten auf der ganzen Welt. Auch wenn es ihre Suche nicht in die Zeitungen geschafft hatte, die akademische Welt verfügte über ihre ganz eigenen Kommunikationskanäle. Hätte jemand Wind von ihrer historischen Entdeckung bekommen, hätte sie es womöglich über einen ihrer Fachkollegen erfahren.

»Ja und nein«, räumte sie ein. »Es gibt Gerüchte über einen größeren Fund, aber alle stochern im Nebel. Ich habe so viele Versionen von dem gehört, was geschehen sein könnte, dass ich gar nicht weiß, wo ich anfangen soll. Man hat uns alles Mögliche zugeschrieben, was wir angeblich entdeckt haben, vom Bernsteinzimmer bis hin zur versunkenen Stadt Atlantis. Die Geschichten sind unglaublich.«

Cobb starrte zu Papineau hinüber. »Haben Sie noch etwas hinzuzufügen? Können wir damit rechnen, dass es bald eine offizielle Bestätigung unserer Entdeckung geben wird?«

Das ganze Team wirbelte herum. Seine Anwesenheit überraschte sie.

»Nichts Offizielles«, antwortete Papineau und setzte sich auf seinen Platz neben Cobb am Kopfende der Tafel. »Ich habe sogar vor, noch ein paar zusätzliche Gerüchte in die Welt zu setzen, und möchte jeden von Ihnen bitten, Ihre Quellen damit zu füttern. Je mehr, desto besser.«

»Was für Gerüchte?«, fragte Sarah.

Papineau lächelte. »Weil es etwas mit den Russen und einem berühmten Schatz zu tun hatte, fand ich mein Märchen über das Bernsteinzimmer besonders poetisch.«

»*Ihr* Märchen?«, fragte Jasmine verwirrt.

»Ja, meine Liebe. *Meins.*«

»Aber warum?«

Cobb antwortete für ihn. »Weil es viel leichter ist, Lügen über ein Ereignis zu verbreiten, als zu bestreiten, dass es überhaupt stattgefunden hat. Die Welt weiß, dass etwas passiert ist, deshalb ist es jetzt unsere Aufgabe zu kontrollieren, was berichtet wird. Um es in der Sprache der Nachrichtendienste auszudrücken: Ablenkung durch Desinformation. Wir müssen dafür sorgen, dass die Welt vor dem Abschluss der Mission unsere Witterung nicht aufnimmt. Korrekt?«

Papineau warf ihm einen Blick zu, sagte aber nichts.

»Moment mal«, zischte Sarah. »Was soll das heißen? Wir haben unsere Mission in dem Moment abgeschlossen, als wir den Schatz gefunden haben. Das war der Deal.«

Cobb schüttelte den Kopf. Er wusste, dass es nicht so war. »Das sollten wir glauben, aber Rumänien war nur der erste Schritt. Oder etwa nicht, Jean-Marc?«

»So ist es«, bestätigte dieser.

Sarah knallte die Faust auf den Tresen und stürmte auf den Franzosen zu. »Sie verlogenes Stück Scheiße! Sie haben mir für meine Dienste fünf Millionen Dollar versprochen. Ich habe alles getan, was Sie von mir verlangt haben. Und mehr. Sie schulden mir mein verdammtes Geld!«

Cobb trat ihr in den Weg, bevor sie Papineau erreichen konnte.

Der Franzose machte einen Schritt zurück. »Beruhigen Sie sich, meine Liebe. Sie haben völlig recht. Sie haben sich Ihr Geld verdient. Fünf Millionen Dollar für jeden von Ihnen, wie versprochen.«

»Das klingt schon besser«, knurrte Sarah.

»Aber…« Das Grinsen kehrte auf sein Gesicht zurück. »Sie könnten Ihr Honorar auch verdoppeln.«

Im Raum wurde es still, als die Bemerkung ihre Wirkung entfaltete.

McNutt ergriff als Erster wieder das Wort. »Sagten Sie *verdoppeln*?«

»In der Tat. Zehn Millionen Dollar. Für jeden von Ihnen.«

»Wo ist der Haken?«, fragte Jasmine.

»Der ›Haken‹, wie Sie es nennen, ist, dass Ihnen das Geld – einschließlich der Summe, die Sie bereits verdient haben – erst zur Verfügung stehen wird, *nachdem* Sie die nächste Aufgabe abgeschlossen haben. Es bleibt bei einem Treuhänder, bis die Mission abgeschlossen ist.«

»Und wenn wir scheitern?«, wollte Sarah wissen.

»Dann warten bei Ihrer Rückkehr die ursprünglichen fünf Millionen Dollar auf Sie«, versicherte Papineau. »Wir werden dann aber keine weiteren Geschäftsbeziehungen unterhalten, sondern alle Verbindungen kappen. Umgehend und dauerhaft.«

»Das heißt, die *nächste* Aufgabe ist vielleicht nicht unsere *letzte*?«

Papineau zuckte mit den Schultern. »Ich wünschte, ich könnte Ihnen sagen, was die Zukunft für uns bereithält. Doch leider kann ich das nicht. Mehr als das kann ich Ihnen zurzeit nicht garantieren.«

»Das reicht nicht«, sagte Jasmine. Noch vor ein paar Monaten war sie schüchtern und verletzlich gewesen, doch sie hatte im Einsatz mehrere Angriffe überstanden und war mit gestärktem Selbstvertrauen daraus hervorgegangen. »Ich werde es tun, aber ich habe eine Bedingung.«

»Na hört euch das an, die Büchermaus hat bellen gelernt«, spottete Sarah.

Papineau ignorierte den Kommentar und richtete seine Aufmerksamkeit auf Jasmine. Sie war nicht der Typ, der übertriebene Forderungen stellte. »Wie lautet Ihre Bedingung?«

»Bringen Sie meine Familie nach Amerika.«

»Kein Problem. Ich setze sie in den nächsten Flieger.«

Papineau wusste, weshalb sich Jasmine derart engagierte. Sie wollte ihre Großfamilie aus den Klauen der Armut befreien. Ihr ganzes Leben lang hatte sie Geld gespart, um ihre Familie damit raus aus den Slums von Seoul und nach Amerika zu holen und ihr dort ein neues Leben zu finanzieren.

Er konnte es über Nacht Wirklichkeit werden lassen.

»Ich brauche einen neuen Laptop«, behauptete Garcia verwegen. Da Papineau offenbar bereit war, Bedingungen zu erfüllen, wollte er nicht leer ausgehen. »Als Sonderanfertigung nach meinen Spezifikationen.«

»Wird erledigt. Sonst noch jemand?«

»Eine neue Harley«, sagte McNutt.

»Für mich dasselbe«, fügte Sarah hinzu.

McNutt zog eine Augenbraue hoch.

»Was?«, beschwerte sich Sarah. »Du bist nicht der Einzige, der am Wochenende gern auf was Kraftvolles steigt.«

McNutt öffnete den Mund, um etwas zu sagen, verzichtete dann aber lieber darauf.

»Schon bewilligt.« Dann wandte sich Papineau an Cobb, den Einzigen, der noch übrig war. »Was ist mit Ihnen? Wie lautet Ihr Wunsch?«

»Mein Wunsch?«, antwortete Cobb. »Ich möchte gern wissen, was wir diesmal für Sie ausgraben sollen.«

3. KAPITEL

Das Küchenpalaver war vorbei. Es wurde Zeit, sich an die Arbeit zu machen.

Die Gruppe stieg die versteckten Treppen hinunter, die zum »Lagezentrum« im Keller führten. Die schwere Tür des Bunkers sah nicht nur so ähnlich aus wie die Tür des Lagezentrums im Weißen Haus, sie war identisch. Richtig verriegelt schützte sie vor Wasser, Gas und Kampfstoffen. Auch der Raum auf der anderen Seite der Tür entsprach weitestgehend dem in Washington. Der Hauptunterschied war, dass der Bunker des Präsidenten möglichst zweckdienlich möbliert war, während Papineau auch hier nicht auf Luxus verzichtet hatte. Die Klimaanlage des Raums hätte Museumsansprüchen genügt. Auch Kunstwerke und kostbare Einrichtungsgegenstände fehlten nicht. Eine kurze Brüstung trennte einen langen gläsernen Konferenztisch von den Ledersofas und weich gepolsterten Sesseln, sodass zwei unterschiedliche Treffpunkte entstanden – der eine formell, der andere bedeutend entspannter.

Das Team nahm rings um den Hightechtisch Platz. Papineau stand am Kopf der Tafel und wartete, bis sich alle hingesetzt hatten. Ohne Vorankündigung wurde das Licht heruntergedimmt. Papineau ging nach links, als der gewaltige Monitor, der die gesamte Wand hinter ihm bedeckte, zum Leben erwachte. Er zeigte nicht mehr die Karte Osteuropas von ihrer ersten Mission, sondern ein Bild der Balkanhalbinsel.

Die Namen der entsprechenden Länder fehlten auf der Karte, doch Cobb kannte die Gegend gut genug, um zu erkennen, dass die Grenzverläufe nicht korrekt einge- zeichnet waren. Jedenfalls waren es nicht die aktuellen Grenzen. Die südlichen Bereiche Albaniens, Mazedoniens und Bulgariens wurden als zusammenhängendes Gebiet dargestellt. Und wo sich Griechenland hätte befinden sollen, waren manche Regionen unterschiedlich markiert.

Papineau schwieg zunächst und wartete darauf, dass jemand eine Vermutung äußerte.

Instinktiv wandte sich die Gruppe Jasmine zu.

»Diese Karte ist mindestens zweitausend Jahre alt«, sagte sie.

Papineau lächelte und nickte.

»Zweitausenddreihundertfünfzig Jahre, um genau zu sein.«

Jasmine grub die Fakten aus ihrer Erinnerung. »Der Ko- rinthische Bund. Philips vereinte Heerschar für den Krieg gegen das Perserreich. Das Königreich von Makedonien.«

»Exzellent«, sagte Papineau.

»Kann jemand Ihre Übersetzung übersetzen?«, fragte McNutt.

Jasmine übernahm selbst die Aufgabe, ihre Aussage näher zu erklären. »Philipp II. von Makedonien war ein brillanter Militärtaktiker. Um 335 vor Christus hatte er fast ganz Griechenland erobert. So erlangte er die Herrschaft über die verschiedenen Fraktionen. Er beendete deren interne Konflikte und vereinigte ihre Heere zum Kampf gegen die persischen Armeen auf der anderen Seite der Ägäis.« Sie deutete zur Karte auf dem Monitor. »Es sieht zwar aus, als wären das alles verschiedene Länder, aber in Wirklichkeit wurden sie von einem einzigen Mann regiert.«

»Wie lange?«, wollte Cobb wissen.

»Philips Herrschaft hielt über zwanzig Jahre an – für die damalige Zeit eine beachtliche Leistung. Die Karte, die wir sehen, zeigt die Lage am Ende seiner Herrschaft, nicht am Anfang. Als er ermordet wurde, fiel alles an seinen Sohn.«

»Und sein Sohn war?«, fragte Sarah.

»Alexander III. von Makedonien«, antwortete Garcia.

Als sich die Teammitglieder zu ihm umdrehten, ging ihnen zum ersten Mal auf, dass der Konferenztisch nicht aus gewöhnlichem Glas war. Seine Oberfläche bestand vielmehr aus demselben Material wie der Touchscreen der Steuereinheit am Eingangstor. Was sie nicht sehen konnten, war die Unmenge von Elektronik, die sich darunter befand. Sie stammte von Payne Industries und war für das US-Oberkommando CENTCOM entworfen worden, wo der futuristische Hightechcomputer für die Planung akribisch genauer Militärschläge benutzt wurde.

Garcia brannte darauf, sein neues Spielzeug vorzuführen, und hatte eine regierungseigene Suchmaschine, die vor ihm im Tisch eingeblendet war, mit Stichworten und Daten aus Jasmines Vortrag gefüttert. Danach konnte er im Handumdrehen Informationen auf virtuelle Bildschirme vor jedem Sitzplatz übertragen. Diese »virtuellen Berichte« erreichten ihre Empfänger tatsächlich so, als hätte man sie quer über den Tisch geschoben, dabei handelte es sich um nichts anderes als einen schicken Spezialeffekt. Die Grafik war so realistisch, dass mehrere Teammitglieder tatsächlich versuchten, die Papiere festzuhalten, damit sie nicht vom Tisch fielen.

»Ich liebe dieses Ding«, sagte Garcia lachend.

McNutt war von der Technik fasziniert. So sehr, dass er das Gesicht auf das Glas drückte, um die Elektronik darunter zu sehen, was aber nicht möglich war. »Kann ich damit auch Pac-Man spielen?«

Sarah ignorierte McNutt und konzentrierte sich auf den Namen. »Alexander III. Nie von ihm gehört.«

»Ich auch nicht«, gab Cobb zu.

»Doch, habt ihr«, versicherte ihnen Jasmine. »Ihr kennt ihn wahrscheinlich unter seinem anderen Namen: Alexander der Große.«

McNutt war plötzlich ganz Ohr und richtete sich auf. »Moment mal! Wollt ihr mir sagen, dass Alex all dieses Land bekommen hat, als sein Vater starb? Zum Teufel, ich könnte auch der Große sein, wenn ich so viel Grundbesitz hätte. Das Einzige, was mir mein Dad hinterlassen hat, war ein Sixpack im Kühlschrank und etwas Trockenfleisch.«

Jasmine verzog das Gesicht. »Wann ist dein Vater gestorben?«

»Ist er nicht. Er ist bloß stiften gegangen.«

»Wie auch immer«, sagte sie betreten, »Alexander war mit seinem Erbe nicht zufrieden. Er hatte ein viel größeres Königreich im Sinn.«

Wie aufs Stichwort änderte Papineau das Bild auf dem Wand-Display. Daraufhin war eine viel größere Karte zu sehen. Die Umrisse erstreckten sich im Westen von der Adria bis zum Himalaya entlang der Grenze Indiens. In südlicher Richtung umfassten sie den Indischen Ozean und den Persischen Golf, dazu kamen die Arabische Halbinsel im Norden und ein Großteil Ägyptens. Das ursprüngliche Königreich Makedonien war kaum mehr als ein Fleck in der nordwestlichen Ecke dieser neuen Landkarte.

»Alexander der Große kontrollierte diesen gesamten Bereich«, fuhr Jasmine fort, »insgesamt über fünf Millionen

Quadratkilometer. Es war eines der größten Reiche der Geschichte.«

Sarah stieß einen Pfiff aus. »Das ist eine Menge Land.«

»In der Tat«, bemerkte Papineau, der das eine oder andere über Grundbesitz wusste. »Aber das ist nur ein Teil seiner Geschichte. Alexander wurde von Generälen ausgebildet, und kein Geringerer als Aristoteles persönlich überwachte seine Ausbildung. Ihre vereinten Bemühungen machten aus ihm einen der bekanntesten Militärstrategen der Geschichte. In der Hoffnung, der Welt ein neues Gesicht zu geben, hegte Alexander schon bald Ambitionen, sein Territorium auszudehnen. Als er starb, war er in nah und fern als großer Eroberer berühmt – eine unbezwingbare, aber gnädige Streitmacht, die durch die Welt zog und Einigkeit und Wohlstand hinterließ. Viele sahen in ihm einen Gott in Menschengestalt.«

Papineau wechselte das Bild auf dem Hauptmonitor, und damit sich alle konzentrierten, wurden ihre Computerarbeitsplätze abgedunkelt.

Die Gruppe wandte sich gemeinsam um, als die riesige Landkarte verschwand und von einer antiken Illustration ersetzt wurde. Auf den ersten Blick glaubte man ein Gebäude aus Stein zu sehen, das von mehr als einem Dutzend Pferde gezogen wurde. Das Gebilde war ungefähr zwei Stockwerke hoch, es hatte ein rundes, gewölbtes Dach und war auf drei Seiten von Bildsäulen umgeben.

»Nach seinem Tod wurde Alexanders Leichnam in einen Sarg aus getriebenem Gold gelegt, und den platzierte man in einen kostbaren Katafalk, der ungefähr sieben Meter hoch war.«

»Wie kostbar?«, wollte Sarah wissen.

Papineau wechselte wieder das Bild, diesmal zu einem antiken Gemälde, auf dem die Ornamente des Katafalks zu erkennen waren. »Ein gewölbtes Dach aus Gold und Edelsteinen wurde von einer Reihe massiv goldener Säulen getragen. Oben an den Wänden befanden sich goldene Zierelemente und an jeder Ecke fein gearbeitete goldene Skulpturen. Der Legende nach war der Leichenwagen mit einer Vielzahl goldener Glocken versehen, die Alexanders Ankunft verkünden sollten. Man konnte sie im Umkreis von mehreren Meilen hören.«

McNutt verzog missbilligend das Gesicht. »*Glocken?* Der größte Feldherr aller Zeiten, und sie ehren ihn mit Glocken? Was ist das denn für ein Quatsch? Das ist ein Kerl, der mit Kriegselefanten in die Schlacht geritten ist. Da hätten sie sich doch wirklich etwas Männlicheres ausdenken können. Trommeln zum Beispiel. Riesige Kesselpauken, geschlagen von nackten Weibern in High Heels. *Das* ist eine Beerdigung.«

»Nein«, widersprach Sarah, »das ist ein Stripclub.«

»Wie auch immer«, sagte Papineau, der für McNutts Mätzchen nur selten etwas übrighatte, »der goldene Leichenwagen war verdammt schwer. Man brauchte die vereinten Kräfte von vierundsechzig der stärksten Mulis, über die die Legion verfügte, um das Ding auf die Reise zu schicken.«

»Wohin?«, fragte Cobb.

»Sein Leichnam sollte von Babylon, wo Alexander starb, nach Makedonien zu seinem Geburtsort gebracht werden«, antwortete Jasmine. »Bedauerlicherweise erreichte er seine Heimat jedoch nie. Die Prozession wurde von einem makedonischen General namens Ptolemäus Soter abgefangen, der den Leichenzug zur ägyptischen Stadt Memphis umleitete. Der Besitz des toten Königs gab Ptolemäus das Recht, die Herrschaft über Ägypten und den Großteil des Alexander-Reiches für sich zu beanspruchen. Viele Jahre später verlegte Ptolemäus' Sohn, Ptolemäus II. Philadelphus, Alexanders sterbliche Überreste nach Norden. In der Hafenstadt Alexandria, die nach dem Herrscher benannt worden war, wurde er in ein Mausoleum umgebettet.«

An dieser Stelle übernahm wieder Papineau. »Wie Sie alle wissen, ist der Nahe Osten eine der am wenigsten stabilen Regionen der Welt, und das bereits seit mehreren Jahrtausenden. Im Laufe der letzten zweitausend Jahre fiel die Herrschaft über Alexandria mehrfach in andere Hände. Und zwar nicht nur von einem Herrscher auf den nächsten, sondern auch von einer Kultur in die andere. Alexandria war nacheinander im Besitz der Griechen, der Römer, der Christen und der Araber und wurde unvorstellbar oft ausgebaut und überbaut.«

Papineau nickte Garcia zu, der einen Knopf auf seinem virtuellen Keyboard drückte. Das Bild auf dem großen Screen wurde durch eine Videoanimation ersetzt, in der die Gebiete rings um das Mittelmeer zu sehen waren. Südlich von Griechenland pulsierte ein riesiger roter Punkt.

»Im Juli 365 nach Christus löste ein riesiges Unterwasserbeben in der Nähe Kretas einen Tsunami aus, der die ganze Region verwüstete.« Wie auf ein Stichwort explodierte der rote Punkt auf dem Screen und schickte virtuelle Schockwellen in alle Richtungen. Das Bild zoomte in den Süden und folgte einem Pfad der Zerstörung, der bis zur Stadt Alexandria führte. »An der ägyptischen Küste war die Flutwelle so gewaltig, dass sie Schiffe über zwei Meilen ins Land schleuderte. Bis auf den heutigen Tag werden bei Bauarbeiten Reste dieser Boote in der Wüste gefunden.«

Das Team war still geworden und betrachtete das Video.

Besonders Jasmine bewegten die Zerstörungen. Sie erinnerten sie an die Tsunamis, die erst in jüngster Zeit Asien heimgesucht hatten.

»Wie Sie sich vorstellen können«, fuhr Papineau fort, »gab es sehr viele Todesopfer. Außerdem wurden zahllose antike Gebäude vernichtet. Tempel stürzten ein, Gebäude brachen zusammen, und Grabkammern gingen verloren.«

Er lächelte, als allen anderen die Bedeutung seiner Worte klar wurde. Es brach wie eine Flutwelle über sie herein.

Sarah hakte als Erste nach. »Meinen Sie damit, was ich denke? Wir sollen für Sie das Grab Alexanders des Großen finden?«

Papineau nickte. »Ganz genau.«

Cobb lehnte sich auf seinem Stuhl zurück. »Weshalb?«

»Weshalb?«, wiederholte Papineau, den die Frage überraschte. »Weil die Entdeckung dieses Grabs eine bedeutende historische Leistung wäre, die Licht in eines der größten Geheimnisse unserer Zeit bringen würde. Und wenn das nicht Grund genug ist, erlauben Sie mir bitte, Sie und Ihr Team an fünf Millionen andere Gründe zu erinnern.«

»Ich rede nicht von *unseren* Gründen«, erklärte Cobb. »Ich spreche von *Ihren*. Es geht Ihnen nicht um den Ruhm, da bin ich mir sicher. Und Sie haben vermutlich mehr Geld, als Sie in zehn Leben verprassen könnten. Warum also wollen Sie eines der größten Geheimnisse der Antike ergründen, wenn Ihnen der Ruhm oder die Belohnung nichts bedeuten?«

»Die Frage ist rein hypothetisch«, sagte Jasmine, hörbar frustriert. »Seit über tausend Jahren suchen die Menschen Alexandria nach Hinweisen auf das Grab ab. Es gibt

Historiker, die der Suche nach dem verlorenen Grabmal ihr ganzes Leben gewidmet haben. Jeder Mythos, jeder Winkel, jeder kleinste Hinweis wurde von den besten Wissenschaftlern der Welt ausgiebig geprüft, und sie haben nichts entdeckt. Ich kann euch allen versichern, dass es nichts mehr gibt, was man noch erforschen könnte. Keine neuen Hinweise. Keine neuen Spuren. Herrje, es gibt nicht einmal Stadtpläne von der antiken Stadt. Eine Mission wie diese ist sinnlos. Es wäre für uns leichter, auf den Mars zu fliegen.«

»Das stimmt nicht«, versicherte ihr Cobb.

Jasmine gab nicht nach. »Leider doch, Jack. Nach dem Grabmal wird seit Jahrhunderten gesucht, und als die einzige Historikerin im Raum kann ich dir versichern ...«

Er fiel ihr ins Wort. »Ich meine, was du über die Stadtpläne gesagt hast.«

»Die Stadtpläne? Moment mal, was meinst du damit?«

»Ich will damit sagen, dass mindestens eine Karte vom antiken Alexandria existiert.« Cobb drehte sich auf dem Stuhl um und sah Papineau an. »Hab ich recht, Papi?«

4. KAPITEL

Die Behauptung überraschte Papineau, und er machte ein verwirrtes Gesicht. Dabei starrte er Cobb an, der den Blick erwiderte. »Ich weiß nicht, was Sie meinen.«

Cobb schob den Kiefer vor. Es ärgerte ihn, dass sein Gastgeber lieber Spielchen trieb, statt zuzugeben, dass er von der Karte wusste. »Wenn ich Ihren Freund anrufe, wird er mir dann dieselbe Geschichte erzählen? Und wird er behaupten, dass wir uns niemals begegnet sind und dass er keine Ahnung hat, wer ich bin?«

Papineau blinzelte schnell. »Mein Freund? Von wem reden Sie? Ehrlich, Jack, ich habe keine Ahnung, was Sie meinen.«

Cobb hatte schon bessere Männer als Papineau verhört. Männer, die auch unter unglaublichem Stress und nach körperlicher »Überzeugungsarbeit« die Fassung bewahrten, selbst wenn Cobb schon lange nicht mehr wusste, seit wie vielen Stunden er sie schon bearbeitet hatte. Männer, die ihre Geheimnisse mit ins Grab nahmen. Papineau war ein guter Lügner, das jedenfalls wusste Cobb genau, aber zur Meisterschaft fehlte ihm noch einiges.

Die Gefühle, die in seinen Augen aufblitzten, verrieten ihn. Es war echte Überraschung und Panik. Er wusste ehrlich nicht, was Cobb meinte.

Das war etwas, das Cobb nicht vorhergesehen hatte, was er sich jedoch zunutze machen wollte. Für den Augenblick bedeutete es, sich hinsichtlich seines kürzlichen Abstechers in die Schweiz und des Abendessens mit einem sehr bekannten Historiker bedeckt zu halten.

Cobb wählte seine Worte sorgfältig, um Papineau so wenig Anhaltspunkte wie möglich zu geben. »Mindestens eine Karte vom antiken Alexandria existiert noch. Ich weiß es genau, denn ich habe sie gesehen.«

Jasmine keuchte vor Begeisterung auf. Buchstäblich. Es war ein Laut, wie man ihn sonst nur selten außerhalb eines Schlafzimmers hört. »Oh mein Gott! Wisst ihr, was das heißt? Es heißt, dass wir... Moment! Nur, um das klarzustellen: Du behauptest, du hast wirklich eine Karte gesehen, die aus der Zeit stammt?«

Cobb ließ seinen Gastgeber nicht aus den Augen. »Ja.«

Sie keuchte erneut. »Wo? Wann?«

Papineau versuchte, ruhig zu bleiben, doch seine Besorgnis war spürbar. Es war nicht so, dass er den Namen von Cobbs Informanten erfahren wollte – er *musste* ihn erfahren.

Aber so schnell wollte ihn Cobb nicht vom Haken lassen. Es gefiel ihm, etwas zu besitzen, das Papineau haben wollte. Er saß gern am längeren Hebel. Dabei ging es ihm jedoch nicht um sich, sondern um das Wohl seines Teams.

Cobb wandte sich an Jasmine. »Wo und wann ist nicht wichtig, aber ich kann euch versichern, dass sie unseren Ansprüchen genügt. Und außerdem, dass sie authentisch ist.«

»Kannst du dir die Karte ausborgen?« Es war weniger eine Bitte als ein Flehen. »Oder kann ich sie wenigstens abzeichnen?«

Cobb nickte. »Ich glaube, so etwas lässt sich arrangieren.«

Ihre Augen strahlten vor Begeisterung.

Sarah beugte sich vor. »Mal sehen, ob ich alles begriffen

habe. Wir haben Zugriff auf die einzige bekannte Karte des antiken Alexandria, und irgendwo in der Stadt befindet sich ein goldener Schrein mit dem goldenen Sarg eines berühmten Königs?«

Cobb zuckte mit den Schultern, sagte aber nichts.

»Hector, wenn wir von zehn Tonnen Gold ausgehen – was ich für eine sehr vorsichtige Schätzung halte –, welchem Geldwert entspricht das?«

Garcia überschlug die Summe im Kopf. »Nach heutigem Marktwert reden wir von mindestens vierhundert Millionen Dollar.«

Sarah stieß einen Pfiff aus. »Kein schlechter Schnitt.«

Papineau pflichtete ihr bei. »Das wäre es, aber die meisten Historiker glauben, dass die Ummantelung schon vor über zweitausend Jahren entfernt wurde. Das Gold wurde eingeschmolzen, und man prägte es zu Münzen, die die lokale Wirtschaft ankurbelten. Selbst Alexanders Sarkophag wurde irgendwann durch einen gläsernen ersetzt. Es liegt auf der Hand, dass zunächst der Katafalk restlos aufgebraucht wurde, bevor man sich für den Sarkophag zu interessieren begann.«

»Aber es gibt noch eine Chance, dass der Sarg existiert?«, fragte Sarah.

»Die gibt es durchaus«, räumte er ein.

McNutt signalisierte, dass er eine kurze Pause brauchte. »Moment mal. Ich bin verwirrt.«

»Erzähl doch mal etwas, was ich noch nicht weiß«, murmelte Sarah.

Das ließ er sich nicht nehmen. »Der Nerd beobachtet dich im Schlaf.«

Es dauerte ein paar Sekunden, bis seine Worte ihre Wirkung entfalteten.

»Moment mal – wie bitte?«, wollte sie wissen.

Garcia lief knallrot an. »Nein, tue ich nicht! Ich schwöre, das tue ich nicht!«

Sie warf ihm einen wütenden Blick zu. »Das rate ich dir auch, oder ich schwöre bei Gott, ich schiebe dir deinen Laptop in den Arsch. Dann ziehe ich ihn wieder raus und stopfe ihn dir noch einmal rein.«

Garcia war sich nicht sicher, ob er Angst bekommen sollte oder ob es ihn scharfmachte.

Cobb räusperte sich, und die Gruppe wurde ruhig. Dies war weder der richtige Zeitpunkt noch der richtige Ort für Drohungen. »Was verwirrt dich, Josh?«

»Wie bitte?«, fragte McNutt.

Cobb grinste. »Du hast gesagt, dich verwirrt etwas …«

»Genau!«, sagte er lachend. »Wenn der Katafalk ausgeschlachtet wurde und das Gold schon lange weg ist, wonach suchen wir dann?«

»Gute Frage. Ich wollte sie selbst gerade stellen.« Cobb wandte sich an ihren Gastgeber. »Und?«

Papineau ignorierte Cobb und sprach direkt zu McNutt. »Joshua, Sie waren lange beim Militär. Wie oft besuchen Sie Ihre gefallenen Kameraden?«

»Oft.«

Das war eine ehrliche Antwort von einem ehemaligen Marine.

Es gibt in den Vereinigten Staaten 131 Nationalfriedhöfe für Soldaten. Die beiden größten – der Arlington-Nationalfriedhof in Virginia und der Calverton-Nationalfriedhof in New York – erstrecken sich über mehr als 690 Hektar und dienen als letzte Ruhestätte für rund 750 000 Soldaten und ihre Familien. McNutt legte Wert darauf, jedes Jahr einige dieser Orte zu besuchen.

»Und wenn Sie Ihren Respekt bezeugen, was hinterlassen Sie dann?«

McNutt dachte über die Frage nach. Sein sonst burschikoses Benehmen wurde vorübergehend ernsthaft und zurückhaltend. »Manchmal ist es ein persönliches Erinnerungsstück. Manchmal sind es Patronenhülsen. Manchmal spendiere ich ihnen einen Schluck aus meiner Taschenflasche. Es kommt immer darauf an, wer es ist.«

»Sie hinterlassen einen Tribut. Sie erweisen ihnen mit einer Opfergabe die Ehre.«

McNutt nickte, sagte aber nichts.

»Auch Alexander wurden Ehren erwiesen«, sagte Papineau und fing an, um den Tisch herumzulaufen. »Noch Jahrhunderte nach seinem Tod unternahmen große Herrscher von nah und fern Pilgerreisen an sein Grab, um ihm ihren Respekt zu zollen. Julius Caesar, Augustus, Caligula – sie sind alle gekommen, um ihm die Ehre zu erweisen. Es ist eine Tradition, die wir auch heute noch pflegen. Wir bringen den Verstorbenen Zeichen unserer Wertschätzung, ganz besonders den Menschen, die wir bewundern. Und deshalb frage ich Sie: Was würden Sie mitbringen, um den größten Eroberer aller Zeiten zu ehren?«

»Schokolade?«, sagte Sarah lachend.

Garcia schnitt eine Grimasse. »Mach dich nicht lächerlich. Du kannst keine Schokolade auf einen Trip in die Wüste mitnehmen. Die würde dir auf deinem Kamel wegschmelzen. Ich schlage Jungfrauen vor. Viele Jungfrauen.«

Jasmine schüttelte den Kopf. »Ich glaube, du verwechselst da etwas. Alexander war kein Muslim.«

»Das bin ich auch nicht«, sagte McNutt, »trotzdem hätte ich nichts gegen ein paar Jungfrauen einzuwenden. Man kann sie gut mitnehmen, und sie sind für alles Mögliche zu gebrauchen.«

Garcia nickte, sagte aber nichts.

Sarah verdrehte die Augen. »Egal. Wie lautet die Antwort?«

Papineau zuckte mit den Schultern. »Keiner weiß genau, was mitgebracht wurde. Falls es darüber Aufzeichnungen gab – und das können wir heute nicht mehr herausfinden –, stehen sie nicht mehr zur Verfügung.«

»Warum nicht?«, wollte Garcia wissen.

»Ist Ihnen die Bibliothek von Alexandria vertraut?«

»Aber natürlich«, sagte Garcia und versuchte fieberhaft, Informationen über die historische Einrichtung zu finden. »Geben Sie mir eine Sekunde.«

Jasmine konnte nicht warten. »Die Bibliothek von Alexandria war die umfassendste Wissenssammlung der antiken Welt. Sie war der Aufbewahrungsort jedes wichtigen Textes, den die Menschheit kannte. Gelehrte priesen sie als ein Zentrum der Wissenschaft, einen Ort, wo die Herrscher Ägyptens die Vergangenheit studieren konnten, um für die Zukunft gewappnet zu sein. Sie galt als Sinnbild des Reichtums und der Bildung der Nation, ein Symbol ihres Wohlstandes, bis sie Jahrhunderte später von einem Feuer zerstört wurde. Das genaue Datum ist unbekannt, obwohl es mehrere Theorien darüber gibt.«

Papineau verzog das Gesicht. »Der Verlust war eine Katastrophe. Jede Aufzeichnung, jede Karte, jede Zeichnung von Alexandria wurde durch den Brand vernichtet – ebenso wie die Informationen über die Grabkammer und den goldenen Katafalk. Nach dem Feuer gab es verschiedene Hinweise und Legenden, aber die Historiker haben es nie geschafft, sie in einen vernünftigen Zusammenhang zu bringen.«

Cobb nickte zustimmend. »Es spielt keine Rolle, wenn man weiß, dass sich das Grab neben dem Markt befand, man aber nicht mehr weiß, wo der Markt lag. Ist es so?«

»Exakt«, sagte Jasmine. »Wir wissen ein paar Einzelheiten über die Stadt, die man zusammenfügen könnte, um eine sehr grobe Vorstellung vom antiken Alexandria zu bekommen, aber es fehlt immer eine grundsätzliche Orientierung: etwas, was uns sagt, wie die Teile zusammengehören.«

»Bis jetzt.«

»Bis jetzt«, sagte sie aufgeregt. »Deine Karte könnte der Schlüssel sein, um die gesamte Geschichte Alexandrias aufzurollen. Die römische Besatzung. Die persische Herrschaft. Die byzantinische Wiedererweckung. Die muslimische Eroberung. Die Lokalisierung des Grabes und mehr. Man kann gar nicht abschätzen, was wir mithilfe deiner Karte entdecken könnten. Wie schnell kannst du es einrichten, dass ich sie sehen kann?«

Cobb zuckte mit den Schultern. »Oh, ich glaube, es wird nicht lange dauern.«

»Kannst du es ungefähr einschätzen?« Sie konnte die Ungewissheit nicht ertragen. »Eine Woche? Einen Monat? Ein Jahr?«

Cobb strich sich übers Kinn und tat, als würde er etwas im Kopf überschlagen. »Ich weiß nicht… vielleicht fünf Minuten oder so. Die Hälfte, wenn ich mich beeile. Wie lange dauert es, ein Treppenhaus rauf- und wieder runterzulaufen?«

Jasmine stöhnte noch lauter als zuvor. »Du meinst, sie ist *hier*?«

Cobb nickte. »Sie ist oben in meinem Seesack.«

5. KAPITEL

Die anderen warteten stumm, während Cobb die Karte aus seinem Zimmer holte – alle außer Jasmine, die voller Nervosität ihre Knöchel knacken ließ und mit den Knien wippte.

»Entspann dich. Es ist nur eine Kopie«, sagte Sarah.

Jasmine ließ sich davon provozieren. »*Nur eine Kopie?* Mir ist klar, dass es *nur eine Kopie* ist, aber es ist eine Kopie von etwas, von dem ich bis vor einer Minute nicht einmal wusste, dass es existiert, und je nachdem, wie authentisch und genau diese Kopie ist, kann sie uns vielleicht wichtige Informationen für den größten archäologischen Fund aller Zeiten geben, ganz zu schweigen von den Millionen von Dollar für uns und den Milliarden von Dollar für Jean-Marc. Deshalb kannst du mir glauben, das ist mehr als nur eine Kopie. Sie bedeutet *alles*.«

Sarah grinste. Sie nahm Jasmine nicht auf den Arm, um gemein zu sein, obwohl sie das früher durchaus getan hatte. Sie drückte nur ihre Knöpfe, weil ihr die Leidenschaft gefiel, die die neue und bessere Jasmine von Zeit zu Zeit an den Tag legte. Sie wollte sie mit ihren Worten nicht quälen, sondern nur heimlich herausfordern. Es war ihre Art, Jasmine daran zu erinnern, dass sie viel zäher war, als sie selbst dachte, dass sie niemals Angst davor haben sollte, ihre Meinung zu sagen, wenn ihre Ansichten infrage gestellt wurden, und dass sie ein sehr wichtiges Teammitglied war.

Außerdem machte es richtig Spaß zu sehen, wie sie ausflippte.

Sarah zuckte mit den Schultern. »Okay, okay. Es ist eine *seltene* Kopie. Ich verstehe schon.«

Garcia, dem Sarahs wahre Absichten verborgen blieben, vermied jeden Augenkontakt mit ihr, während er mehr Informationen über Alexandria sammelte. Neunzig Prozent seiner Bemühungen galten der Vorbereitung von Suchanfragen, in den anderen zehn Prozent der Zeit versuchte er, wenigstens beschäftigt auszusehen. Er hoffte inständig, dass ihn keine der beiden Frauen in ihr Geplänkel hineinzog, denn er war klug genug zu begreifen, dass es dabei für ihn nichts zu gewinnen gab. Deshalb zog er lieber den Kopf ein.

Auf der anderen Seite des Tisches grinste McNutt von einem Ohr zum anderen. Ihm war es völlig egal, ob Sarahs Bemerkungen arglos waren oder ob sie versuchte, Jasmine auf die Nerven zu gehen. Das Einzige, was ihn interessierte, waren die Chancen, dass sich daraus ein Frauenringkampf entwickelte. Er wusste, dass Sarah eine größere Reichweite hatte, dass aber bei Jasmine der Körperschwerpunkt tiefer lag. Damit hing alles von ihrem Kampfstil ab, schloss er, und davon, ob sie bereit waren, den Ringkampf in Schlagsahne oder Schokoladenpudding abzuziehen. Nach ungezählten Jahren des Trainings und der Forschung wusste er, je zäher der Brei, desto ausgeglichener der Kampf.

Einen Moment später kam Cobb zurück in den Raum. Er hatte einen großen zylindrischen Behälter dabei, der schicker aussah als die Papphröhren, die man normalerweise für den Posterversand verwendet. Dieses Behältnis bestand aus mattiertem Metall, und an jedem Ende war ein schwerer lederner Schultergurt befestigt. Jasmine hielt den Atem an, als er sich hinsetzte und die obere Kappe des Behälters abschraubte.

»Hector«, sagte Cobb, »kannst du die Tischplatte beleuchten?«

»Wie meinst du das?«

»Kannst du die Oberfläche so hell wie einen Zeichentisch machen?«

Garcia tippte auf seinem Keyboard und suchte den richtigen Befehl. Als er ihn gefunden hatte, begann die Tischplatte zu leuchten. Es war ein reines, geradezu blendendes Weiß.

»Perfekt«, sagte Cobb. Dann zog er die Karte aus dem Behälter und legte sie auf den Tisch, damit alle sie ansehen konnten.

Auf der leuchtenden Tischplatte waren die dunklen Linien der Karte so markant wie Striche auf einem weißen Teppich. Die antike Stadt war ein verschlungenes Netz von sich kreuzenden Linien und Formen. Sie erstreckte sich vom Mittelmeer bis in den Norden der Libyschen Wüste. Die Linien waren so dicht und überlappten sich, dass es fast unmöglich war zu bestimmen, wo eine endete und die nächste begann.

Trotz ihres Energieschubs war Jasmine eher verwirrt als fasziniert – und sie war nicht die Einzige. Keiner wusste, was er von dem ausufernden Durcheinander vor ihnen halten sollte.

McNutt legte die Stirn in Falten. »Was sehen wir da?«

Cobb hatte ihre Verwirrung vorhergesehen, denn er hatte sich genauso gefühlt, bevor ihm das Dokument in der Schweiz erklärt worden war. »Das, meine Freunde, ist die gesamte Geschichte Alexandrias, zusammengefasst in einer einzigen Karte. Jedes Gebäude, das jemals errichtet oder abgerissen wurde, jeder Pfad, jeder Weg und jede

Straße, den oder die es je gegeben hat, jede Quelle und jeder Wasserweg, der sich jemals durch die antike Stadt geschlängelt hat – alles in einer einzigen Karte zusammengestellt, damit wir munter plündern können.«

Er trat vom Tisch zurück und gab ihnen die Gelegenheit, es sich genauer anzusehen.

»Achtet darauf«, sagte er, »dass die Beschriftungen passend zur jeweiligen Epoche sind. Sie stehen für die Menschen, die Alexandria während der jeweiligen Phasen regierten. Wurde etwas von den Ägyptern gebaut, sind die Beschriftungen auf Ägyptisch und so weiter.«

Sarah versuchte die Karte zu entziffern, aber es war völlig zwecklos. Sie erkannte mindestens zehn verschiedene Sprachen, aber kein Englisch. »Jasmine, bitte sag mir, dass das für dich einen Sinn ergibt. Ansonsten ist dieses Dokument nutzlos.«

»Ich kann Teile der Karte übersetzen«, erklärte sie. »Aber ich kenne niemanden, der in der Lage wäre, all diese Beschriftungen auf den ersten Blick zu entziffern. Es wird viel Zeit in Anspruch nehmen.«

McNutt hatte seine Zweifel. »Vergesst die Beschriftungen. Seht euch diese Linien an. Es sieht aus, als hätte Spider-Man auf den Tisch geschissen.«

Garcia lachte. »Ich sehe das genauso wie Josh. Ich wüsste überhaupt nicht, wo ich anfangen sollte.«

»Ich auch nicht«, gab Sarah zu.

»Ich ebenso wenig«, gestand auch Papineau.

»Zum Glück weiß ich es.« Cobb ging um die gegenüberliegende Seite des Tisches herum und befeuchtete die Spitzen von Daumen und Zeigefinger mit der Zunge. Dann nahm er die obere Ecke der Karte und drehte sie leicht. »Wie bei den meisten Problemen im Leben ist es das Beste, sie der Reihe nach anzugehen.«

Das Papier zerteilte sich in mehrere Schichten, und es wurde deutlich, dass die Karte in Wirklichkeit eine Blattsammlung war. Jedes Blatt des durchscheinenden Papiers war genau auf das vorige Blatt gelegt worden. Wenn man alles zusammen betrachtete, war das Bild chaotisch und schwer zu deuten, die einzelnen Karten jedoch konnte man leichter entziffern.

Cobb blätterte zur letzten Seite des Stapels. »Die unterste Karte zeigt den Zustand vor Alexanders Ankunft in Ägypten, noch bevor die Stadt Alexandria gegründet wurde.«

McNutt starrte auf das Bild. »Also… dann sehen wir jetzt also eine Karte von gar nichts?«

»›Gar nichts‹ kann man nicht sagen«, versicherte Jasmine. »Rhakotis. So hieß die Siedlung vor der eigentlichen Stadtgründung im Jahre 331 vor Christus. Rhakotis gab es schon mindestens zweitausend Jahre *vor* Alexander.«

McNutt nickte, als ob er begriff. »Das heißt, wir können es ignorieren, weil Alexander da noch nicht tot war.«

Sarah klatschte ironisch in die Hände. »Sieh mal an, das Äffchen lernt.«

McNutt lachte und schlug sich wie ein Gorilla auf die Brust. »Ich schlaues Äffchen. Ich nehmen Stein und hauen Zicke, wenn schlafen. Pedro gucken alles in sein tolle Kasten.«

Garcia widersprach. »Ich heiße nicht Pedro, und ich beobachte Sarah nicht, wenn sie schläft! Wie oft muss ich das noch sagen?«

»Kommt drauf an. Wann wirst du die Wahrheit sagen?«

»Ich sage die Wahrheit!«, versicherte er der Gruppe.

Sarah starrte McNutt an. »Moment mal. Hast du mich etwa Zicke genannt?«

Er schüttelte den Kopf. »Das war ich nicht. Das war das Äffchen.«

Jasmine ignorierte das Gezänk und machte weiter. »Ich bin froh, dass die Karte in dieser Epoche anfängt, weil Rhakotis – das ist diese farblich unterlegte Gegend an der Nordküste – viel zum künftigen Aussehen Alexandrias beigetragen hat.«

Vorhin hatte sich Cobb nur zu räuspern gebraucht, um Ruhe in die Gruppe zu bringen. Diesmal sah er sich genötigt, einen Schritt weiterzugehen. Er steckte zwei Finger in den Mund und stieß einen Pfiff aus, der so laut und schrill war, dass Garcia schon fürchtete, sein Hightechtisch könnte davon zerspringen. Er legte sich instinktiv über das Glas, während sich der Rest des Teams die Ohren zuhielt. In der knappen Zeit, die sie bisher miteinander verbracht hatten, hatte Cobb diese spezielle Begabung nie zur Anwendung gebracht, deshalb wusste das Team nicht, was es davon halten sollte. Sie starrten ihn mit einer Kombination aus Schrecken und Erstaunen an, so als hörten sie die Stimme des Teufels persönlich.

Cobb sah sie finster an und knurrte: »Da ich jetzt eure Aufmerksamkeit habe, glaube ich, es wäre das Beste, wenn wir aufhören, Unsinn zu reden, und uns auf die anstehende Mission konzentrieren. Wir haben hier die einmalige Gelegenheit, etwas zu finden, das vor zweitausend Jahren verloren gegangen ist, und ich dulde nicht, dass wir hier unsere Zeit vergeuden. Habe ich mich klar genug ausgedrückt?«

Seine Leute nickten und senkten betreten die Blicke.

»Gut«, sagte Cobb abschließend. Er deutete auf Jasmine. »Was wolltest du gerade über Rhakotis sagen?«

Sie schluckte mühsam. »Ich kann mich nicht erinnern.«

Er mäßigte seinen Tonfall, weil ihm bewusst wurde, dass sie die Einzige war, die sich die ganze Zeit auf die Aufgabe konzentriert hatte. »Es hatte etwas mit seinem

Einfluss auf die spätere Entwicklung Alexandrias zu tun.«

»Ja«, sagte sie, dankbar für die Erinnerung. »Der griechische Architekt, der die Stadt plante, ein Mann namens Dinokrates, begriff die Bedeutung von Rhakotis, als er das Gelände untersuchte. Im Gegensatz zu vielen anderen Häfen im Nildelta war Rhakotis wegen der Tiefe seines Hafens auch für größere Schiffe geeignet. Anstatt also Rhakotis abzureißen und von vorn zu beginnen, baute er die Stadt ringsherum. Die Einheimischen fanden das natürlich klasse; die Gegend florierte und bildete das ägyptische Viertel der Stadt.«

»Gut zu wissen«, sagte Cobb, nahm die Ecke der zweiten Seite und schlug sie über die erste. Wie von Zauberhand verdoppelte sich die Größe der Stadt. »Jede Schicht steht für eine erhebliche Zeitspanne. Schlachten wurden geschlagen, und Land wurde gewonnen. Das erklärt die Zerstörung und den Bau wichtiger Gebäude und den Gebrauch verschiedener Sprachen.«

An dieser Stelle wurde Garcia aufmerksam. »Ich glaube, da kann ich etwas beisteuern.«

»Wie?«, wollte Jasmine wissen.

Er griff nach dem ihm am nächsten liegenden Zipfel der Karte. Bevor er sie berührte, sah er zu Cobb, um sich bei ihm die Erlaubnis einzuholen. »Darf ich?«

»Selbstverständlich«, erwiderte Cobb.

Garcia zog den oberen Überleger von der Karte und schob ihn an die entgegengesetzte Ecke des Hightechtisches. Danach nahm er den zweiten Überleger und legte ihn neben den obersten Überleger. So fuhr er fort und zog einzelne Bögen aus dem Stapel, bis der ganze Tisch mit den verschiedenen Schichten der Karte bedeckt war.

Sarah starrte ihn an. »Was, um alles in der Welt, treibst du da?«

»Eine Sekunde«, sagte Garcia, beugte sich über seinen virtuellen Arbeitsplatz und tippte wild auf seinem Display herum. »Ich verspreche, das Warten lohnt sich.«

Die Gruppe sah ebenso fasziniert wie verwirrt dabei zu, wie seine Finger über die Glasoberfläche flogen, ein Trommelfeuer seiner Hände, das ab und zu durch ein Wischen oder einen deutlichen Doppelklick auf der Tastatur unterbrochen wurde. Sie hatten keine Ahnung, was er tat, aber seine Geschwindigkeit und die enorme Konzentration waren beeindruckend.

»Fertig!«, verkündete er schließlich nach einer letzten Tastatureingabe.

»Womit?«, fragte McNutt.

»Mit allem!«

Garcia deutete auf den wandgroßen Videoschirm hinter Papineau, auf dem sich nun verkleinerte Darstellungen jeder einzelnen Seite der Karte befanden. Sie waren alle an der linken Ecke des Screens aufgereiht und zu klein, um von Nutzen zu sein, wenn man sie nicht auf die volle Größe brachte. Fürs Erste dienten sie als visueller Anhaltspunkt für das, worum es wirklich ging.

Im Zentrum des Monitors waren zwei Fenster geöffnet, auf denen eine Menge los war. Im ersten Fenster wurden verschiedene Bereiche der Karte automatisch von einem Programm analysiert, das Buchstaben in Bildern erkennen konnte. Sobald etwas gefunden wurde, was wie ein Buchstabe aussah, kopierte das Programm es ins zweite Fenster, um dort den Buchstaben und die Sprache zu erkennen. Allmählich bildeten sich Worte, sie wurden analysiert und ins Englische übersetzt. Auf Knopfdruck konnte Garcia die Originalbuchstaben und die Ausgangs-

48

sprache sichtbar machen sowie in der umfangreichen Datenbank des Programms nach Verbindungen zu anderen Dokumenten suchen.

Jasmine schnappte nach Luft und ging näher an die Wand. Sie streckte die Hand aus und berührte die antiken Buchstaben, die auf dem Monitor erschienen. »Das ist faszinierend. Einfach faszinierend. Hätte ich diese Karten per Hand übersetzen müssen, hätte es Wochen gedauert. Aber du hast es in ein paar Minuten geschafft. Ich bin dir so dankbar.«

Papineau nickte zustimmend. »Gute Arbeit, wirklich gute Arbeit!«

Garcia strahlte vor Stolz.

Cobb war zwar beeindruckt, aber pragmatischer als die anderen. »Wo hast du das her? Hast du das selbst entwickelt?«

»Ich wünschte, es wäre so«, räumte Garcia ein. »Ich habe ein paar Dinge angepasst, damit sie besser mit unserer Hardware arbeiten, aber das Programm selbst gehörte bereits zur Software des Tisches. Dem Handbuch zufolge wurde es von den Ulster-Archiven entwickelt, einer Forschungseinrichtung in Schweden.«

»Schweiz«, bemerkte Cobb, der von der Einrichtung bis vor einer noch nicht lange zurückliegenden Recherchereise nach Genf auch noch nie gehört hatte. Bei jener Exkursion war er in den Besitz der antiken Karte von Alexandria gelangt.

»Wie auch immer«, sagte Garcia. »Das Programm hatte keinen Namen, deshalb habe ich ihm selbst einen gegeben. Ich nenne es: *Die Welt ist nicht genug.*«

Sarah verdrehte erneut die Augen. Es war schon das zweite Mal, dass Garcia etwas nach einem James-Bond-Film benannte. Bei ihrem vorigen Abenteuer hatten sie

49

ein Programm namens *Goldfinder* verwendet. »Was ist mit dir und 007?«

Garcia zuckte mit den Schultern. »Ich bin nur ein Fan.«

»Ich auch«, gab McNutt zu. »Ich meine, was soll man daran nicht mögen? Schnelle Autos, tolle Spielzeuge und viele scharfe Frauen. Für mich klingt das wie das Paradies.«

Garcia grinste vielsagend. »Josh, wenn du Bonds Spielzeuge cool findest, dann warte mal ab. Das hier wird dir gefallen ...«

6. KAPITEL

Garcia hatte etwas Cooles versprochen, und er hielt Wort.

Das Team beobachtete staunend, wie die Stadt Alexandria aus dem Tisch aufstieg wie eine Geistererscheinung. Als glühender Anhänger des Übernatürlichen drückte sich McNutt langsam vom Tisch weg, weil er Angst hatte, der Poltergeist könnte ihn angreifen, wenn er sich zu schnell bewegte.

Garcia blickte von seiner Tastatur auf und grinste. Nur er wusste, wie der Trick funktionierte. »Die Stadt ist maßstabsgerecht. Genauer gesagt entspricht sie genau dem, was auf Jacks Karte dargestellt ist. Der Computer kennt die Höhen der Gebäude nicht, deswegen sind es Schätzungen, bei denen die Grundflächen ihrer Fundamente und Satellitenbilder eingerechnet wurden. Wenn ihr mir mehr Zeit gebt, kann ich mich in das Stadtplanungsbüro hacken und die Sache perfekt machen.«

Die anderen verharrten in andächtiger Stille, während die Stadt immer größer wurde und eine Schicht der nächsten folgte. Doch anstatt von unten nach oben zu wachsen, materialisierten sich die Schichten wellenförmig rings um die Stadt, die sich allmählich immer weiter ausdehnte.

Sarah schwenkte die Hand durch die Projektion und suchte nach einer reflektierenden Oberfläche, doch ihre Hand ging durch das Bild. »Wie ist das möglich?«

Garcia ignorierte ihre Frage. Er hatte zu viel Spaß daran, sie zu verblüffen. »Was ihr jetzt seht, ist eine Darstellung des modernen Alexandria. Die Stadt, wie sie heute aussieht.« Er betätigte ein paar Tasten auf seinem Keyboard. »Und wenn wir jetzt die vorige Karte darüber projizieren, bekommen wir – das hier!«

Verschiedene Gebäude verschwanden, und andere traten an ihre Stelle.

Garcia warf Cobb einen Blick zu. »Wenn du willst, kann ich damit weitermachen, bis wir jedes Detail jeder Schicht der Karte haben.«

Cobb nickte, ohne die Stadt aus den Augen zu lassen.

Garcia gab einen neuen Befehl ein, und plötzlich verbanden sich die holografischen Bilder und überlagerten sich auf jede nur erdenkliche Weise, ähnlich chaotisch wie zu Beginn, als sie versucht hatten, das Dokument als eine einzige und nicht als verschiedene Karten zu betrachten. Oft sah es so aus, als würden ganze Gebäude von größeren einfach verschlungen werden, wie bei Matroschkas, die man zusammensetzte.

Jasmine konnte es nicht fassen. »Das ist unglaublich!«

Sarah war eher verblüfft als beeindruckt – ein Gefühl, das sie nicht besonders schätzte. »Ganz im Ernst, wie ist das möglich?«

Garcia zuckte mit den Schultern und verriet nichts.

»Na schön«, bellte sie. »Dann finde ich es eben selbst heraus.«

Er verschränkte die Hände hinter dem Kopf und lehnte sich selbstzufrieden in seinem Stuhl zurück. »Tu, was du nicht lassen kannst.«

Sarah drückte sich vor keiner Herausforderung und stand auf, um einen besseren Überblick zu haben. »Unter normalen Umständen braucht Licht etwas, was ihm im Weg ist – eine Projektionsfläche. Sonst kann es mit dem bloßen Auge nicht wahrgenommen werden.«

»Stimmt.«

Sie strich wieder mit der Hand durch das Bild und sah, wie Jasmine auf der anderen Seite des Tisches dasselbe tat. »Aber hier ist keine Projektionsfläche.«

»Nein.«

Sie beugte sich nach links, dann nach rechts, um mehr sehen zu können. »Für ein echtes dreidimensionales Hologramm bräuchtest du etwas in der Luft – Staub, Wasserdampf, irgendetwas, was das Licht reflektiert.« Sie rieb die Finger gegeneinander. »Aber ich kann nichts spüren.«

»Wenn du das könntest, wärest du die Erste.«

Cobb räusperte sich und tippte auf seine Armbanduhr.

Garcia verstand den Hinweis und beendete das Spiel. Er deutete auf den Belüftungsschlitz der Klimaanlage über dem Tisch. »In diesem Raum befindet sich ein spezielles Luftgemisch. Die molekulare Zusammensetzung reflektiert bestimmte Wellenlängen des Lichts. Wenn man es in Verbindung mit dem richtigen Laser benutzt, kann man etwas wie das hier erzeugen.«

Cobb nickte wissend. »Es ist eine Technologie, die auch das US-Militär benutzt. Die Möglichkeit, ein Bild zu projizieren, kann auf vielfältige Weise genutzt werden. Zum Beispiel kann man dem Feind eine viel größere Truppenstärke vortäuschen, als man wirklich hat. In nicht allzu ferner Zukunft werden wir in der Lage sein, aus dem Nichts ein ganzes Bataillon falscher Soldaten zu erschaffen.«

»Ich korrigiere«, sagte Garcia. »Nicht aus dem Nichts, sondern aus der *dicken* Luft.«

Cobb lächelte. »Ist notiert.«

»Aber ist das auch sicher?«, wollte Jasmine wissen. »Wir atmen doch nicht etwa Luft ein, die mit Blei, Quecksilber oder Ähnlichem versetzt ist, oder?«

53

Garcia schüttelte den Kopf. »Nein, es ist völlig sicher. Es ist eine Mischung aus …«

Papineau fiel ihm ins Wort. »Ich glaube, fürs Erste reicht Ihr Wort. Die genaue Mischung der chemischen Elemente spielt keine Rolle. Wenn Hector sagt, dass es sicher ist, dann ist es das auch.«

Jasmine nickte. »Wenn Sie meinen, es ist okay …«

»Okaaaaay«, echote Sarah, die sich darüber ärgerte, dass man ihr nicht genug Zeit gelassen hatte, um selbst herauszufinden, wie das Gerät funktioniert. »Dein Spielzeug ist wirklich ganz cool und all das, aber ich verstehe immer noch nicht, wie es uns dabei helfen soll, das Grab zu finden. Ich meine, eine Karte bleibt einfach eine Karte, auch wenn sie in 3D ist.«

»Eigentlich ist es *weitaus* mehr als das.« Garcia streckte den rechten Arm mit der Handfläche nach oben aus. Dann legte er die linke Hand auf die rechte und spreizte die Arme langsam auseinander. Diese Bewegung, die aussah, als ob ein Krokodil sein Maul öffnete, bewirkte, dass sich die Schichten der holografischen Karte voneinander trennten. Genau wie die Papierkarte auf verschiedene Blätter verteilt war, sah man jetzt die virtuelle Karte als einen Stapel unterschiedlicher Schichten.

»Und jetzt seht euch das an«, prahlte Garcia.

Er brauchte nur einen Finger zu bewegen, dann schaltete das Programm durch die verschiedenen Schichten der Karte. Er suchte wahllos eine aus, dann streckte er die Hand vor und drehte sein Handgelenk seitlich. Wie von Zauberhand begann sich die ganze Karte um ihren Mittelpunkt zu drehen.

McNutt knurrte. Er wollte nicht an den Tisch zurückkehren, solange die ätherische Landkarte wie eine Kreatur aus *Ghostbusters* vor ihm schwebte.

Jasmine dagegen war ekstatisch. »Hector, das ist faszinierend! Wenn man die Stadt auf diese Weise präsentiert bekommt, kann man so viel mehr erkennen.«

»Wie das?«, fragte Sarah.

»Vergleicht man Schicht für Schicht, erkennt man deutlich die Veränderungen der Stadt zwischen jenen Zeitpunkten, die die entsprechenden Schichten darstellen. Hector, bring uns bitte zur untersten Schicht zurück.«

Garcia tat, wie ihm geheißen.

»Die erste Schicht repräsentiert die ersten 300 Jahre Entwicklung. Wir wissen, dass die Stadt in jener Epoche in fünf Bereiche oder Stadtteile aufgeteilt war, die man mit den ersten fünf Buchstaben des griechischen Alphabetes bezeichnet hat.« Sie deutete auf das Modell. »Schaut mal hier und hier. Seht ihr, wie die Stadt in fünf Bereiche zerfällt? Es ist genau das, was wir erwartet haben. Jede Bevölkerungsgruppe hat ihre bevorzugte Wohngegend, so wie man es noch heute in den Großstädten antrifft.«

»Schalten Sie auf die nächsten Schichten«, verlangte Papineau und näherte sich dem Tisch. Damit zwang er Jasmine nicht nur dazu weiterzumachen, sondern konnte auch überprüfen, ob ihre Theorie zutraf.

Jasmine betrachtete die Karte und suchte nach Hinweisen. »Seht ihr den Unterschied? Jetzt sind die Grenzen zwischen den Bezirken völlig verschwunden. Die Bezirke sind ineinandergewachsen, was wahrscheinlich eine Folge der römischen Besatzungszeit und des Konflikts mit den Ptolemäern war, die versucht haben, das Land zurückzuerobern. Bitte, mach weiter.«

Garcia klickte auf die nächste Karte. Ein Zusammenhang der dritten Schicht mit der vorangegangenen ließ sich fast nicht herstellen; es war, als ob die ganze Stadt niedergerissen und dann wieder aufgebaut worden war.

Jasmine lächelte, sie wusste, dass eine tief greifende Neugestaltung stattgefunden hatte.

Papineau wusste es jetzt auch. Er war davon überzeugt, dass Jasmines Theorie zutreffend war, und machte ihr ein Zeichen, ihren Bericht fortzusetzen.

Sie fügte sich nur zu gern. »Alexandria wurde während des Kitos-Krieges fast völlig zerstört und auf Anweisung des römischen Kaisers Adrian wieder aufgebaut. Seine Stadt stand bis ins Jahr 365. Am 21. Juli dieses Jahres wurde die Stadt ein weiteres Mal dem Erdboden gleichgemacht, diesmal durch den Tsunami, der bereits erwähnt wurde. Was die Flut nicht zerstört hat – die sogenannten heidnischen Tempel –, wurde dreißig Jahre später abgerissen, als Christen die Stadt einnahmen.«

Garcia holte die nächste Karte nach vorn.

»Durch die Eroberung Ägyptens durch die Muslime änderte sich das Aussehen der Stadt erneut. Es war der letzte größere Machtwechsel in Alexandria bis zum Beginn der Osmanenherrschaft im sechzehnten Jahrhundert. Die später folgenden Umgestaltungen im neunzehnten und zwanzigsten Jahrhundert beschränkten sich auf Gebiete, die durch verschiedene Schlachten und Aufstände in Mitleidenschaft gezogen worden waren.«

Garcia schaltete zur modernen Stadt, und Jasmine beendete ihren Vortrag.

»Mit diesen Karten können wir die gesamte Entwicklung Alexandrias von seiner Gründung bis zum heutigen Straßenraster nachvollziehen.«

»Und was am wichtigsten ist«, sagte Garcia, der recht zufrieden damit war, in der klimatisierten Villa arbeiten zu dürfen, »wir brauchen dafür nicht einmal nach Ägypten zu fahren.«

Sarah rollte die Augen. »Damit willst du wohl sagen,

dass dein Tisch den Schatz auf wundersame Weise finden und wie bei *Star Trek* herbeamen kann?«

Er rieb sich sinnierend das Kinn. »Vielleicht.«

»Also, *das* wäre cool!«, platzte McNutt heraus. Es hatte einen Moment gedauert, aber allmählich fing er an, sich für den Tisch zu begeistern. »Wo hast du gelernt, wie man das alles macht?«

»Wie man was alles macht?«

McNutt versuchte, ein paar von Garcias Handbewegungen nachzumachen, doch er sah dabei aus wie ein besoffener Dorftrottel, der versucht, die Gebärdensprache zu lernen. »Diese Zaubertricks.«

Garcia lachte. »Ich war noch beim FBI, als das System eingeführt wurde. Zufälligerweise haben sie die Landesvertretung in Miami für das Pilotprogramm ausgewählt. Das heißt, ich war einer der Ersten im ganzen FBI, der diese Technologie an die Hand bekam, wenn ich mal so sagen darf.«

Garcia legte die Handflächen aneinander, steckte sie ins Hologramm und zog sie dann auseinander, als spielte er Akkordeon. Daraufhin dehnte sich das Bild aus und zeigte eine wahrhaft phänomenale Fülle von Details.

»Ich habe mich fast auf Anhieb in das Programm verliebt. Zunächst habe ich es auf Herz und Nieren geprüft, um herauszufinden, wozu es wirklich imstande ist, und es hat mich absolut nicht enttäuscht. Aber die Chefetage hat nie etwas damit anfangen können. Die waren zu eingefahren und davon überzeugt, dass Pinnwände und Diashows bessere Methoden sind, um Informationen zu verarbeiten. Verdammte Dinosaurier, wenn ihr mich fragt.«

Jasmine machte seine Gesten nach. »Wie funktioniert das?«

Garcia deutete nach oben. »In der Decke sind Kameras angebracht, die deine Bewegungen registrieren, und der Computer übersetzt bestimmte Bewegungen als Anfragen. Die Information wird dann an die verschiedenen Laser übertragen, die die Karte zeichnen, und die passen das Bild entsprechend an.« Er bewegte die Hand, als drehte er eine Kugel, und bewirkte damit, dass sich das Bild in seiner Achse drehte. »Es ist sehr intuitiv.«

Jasmine streckte die Hand aus und hielt die Karte fest, wodurch das Hologramm abrupt anhielt. Sie strahlte wie ein Kind, das gerade Fahrradfahren gelernt hat.

Garcia lächelte stolz. »Vor zehn Jahren war das absolutes Hightech und ausschließlich Regierungsbehörden vorbehalten. Inzwischen wird die zugrunde liegende Technik auch bei Videospielkonsolen verwendet. Dort gibt es natürlich mehr Einschränkungen, aber im Prinzip ist es dasselbe.«

Garcia genoss seinen Moment im Rampenlicht, griff nach unten und pflückte ein Gebäude aus der Karte.

Dann holte er aus und warf es McNutt zu. »Fang!«

McNutt hatte die neue Technik noch nicht ganz begriffen und war sich nicht sicher, ob das Gebäude beim Aufprall zerbrechen würde, wenn er das Hologramm nicht auffing, deshalb gab er sein Bestes und sprang hoch in die Luft – stolperte aber über seinen Stuhl und knallte zu Boden.

Was an Flüchen folgte, trieb Jasmine die Schamesröte ins Gesicht.

Währenddessen riss Garcia seine Hand zurück, als ob er Jo-Jo spielte. Das fliegende Gebäude stoppte plötzlich mitten in der Luft, schlug die Gegenrichtung ein und flog zu Garcia zurück, der es auffing und mit einem breiten Grinsen zurück in die Karte stellte.

Sarah musste lachen, und McNutt fluchte weiter vor sich hin und krabbelte auf seinen Stuhl zurück. Er brauchte einen Moment, bis er sich wieder gefasst hatte. »Was ist passiert?«

»Sie haben vorbeigegriffen«, antwortete Papineau trocken.

7. KAPITEL

Cobb blieb auf die aktuelle Aufgabe konzentriert. Er musste jedoch zugeben, dass die holografische Karte bei Weitem beeindruckender war als die Papierversion. »Wie lange wird es dauern, den Stadtplan zu analysieren und eine Liste möglicher Orte zu erstellen, an denen sich die Grabkammer befinden könnte?«

Jasmine schüttelte den Kopf. »Zunächst möchte ich eines klarstellen: Die Aussichten, dass Alexanders Leichnam noch irgendwo in Alexandria ist, sind praktisch gleich null. Die Gegend wurde einfach zu oft umgegraben, um auf so ein Wunder hoffen zu dürfen. Nein, was wir suchen, sind Hinweise, wann und wohin der Sarkophag verlegt wurde.«

Cobb verzog das Gesicht. »Du bist dir hundert Prozent sicher, dass Alexander nicht da ist?«

»Na ja, nein«, gab sie zu. »Ich bin mir bei gar nichts hundertprozentig sicher. Aber das eine kann ich dir sagen: Seit zweitausend Jahren durchsuchen Leute die Stadt nach Alexander. Ich glaube, falls jemand brauchbare Hinweise gehabt hätte, dass sein Leichnam dort noch ist, wäre er inzwischen gefunden worden.«

Cobb deutete auf das Hologramm. »Aber was ist damit? Ich dachte, diese Karte wäre ein neues Beweisstück – etwas, was vorher noch keinem zur Verfügung stand.«

»Das stimmt«, räumte sie ein. »Die Karte ist eine Offenbarung. Sie bietet fantastische Erkenntnisse über einen Ort, der im Laufe der Zeit sein Gesicht völlig verändert hat. Diese Puzzlesteine versetzen uns in die Lage, unzählige neue Erkenntnisse über die Stadt zu gewinnen.«

»Okay, ich freue mich für dich und die Historiker auf der ganzen Welt, aber der historische Wert dieser Karte interessiert mich momentan nicht. Mir ist wichtig, dass du herausfindest, was sie uns über Alexander verrät. Mehr nicht. Ich will wissen, ob uns die Karte dabei helfen kann, unsere Suche näher einzugrenzen, und falls ja, wie lange es dauern wird.«

»Okay. Das kann ich machen.«

Papineau räusperte sich.

Cobb blickte ihn ungeduldig an. »Was ist denn?«

»Sie verteilen bereits Aufgaben. Bedeutet das, dass Sie mein Angebot annehmen und die nächste Mission leiten werden?«

Das Team sah Cobb hoffnungsvoll an.

Der dachte kurz darüber nach. »Ich bin dabei … fürs Erste.«

Es war nicht die enthusiastische Antwort, auf die Papineau gehofft hatte, aber Musik in den Ohren des Einsatzteams. Sie kannten Cobb besser, als Papineau ihn kannte, und ihnen war klar, dass er keinen Auftrag annahm, der zum Scheitern verurteilt war, insbesondere keinen, bei dem so viel auf dem Spiel stand. Es mochte sich verrückt anhören, aber wenn ein pragmatisch nüchterner Anführer wie Cobb glaubte, dass sie Alexanders verschwundenes Grab finden konnten, dann wussten sie, dass es nicht nur möglich, sondern sogar wahrscheinlich war.

Sofort ging ein Energieschub durchs Team.

»Jasmine«, sagte Cobb und lenkte die Aufmerksamkeit zurück auf die anstehende Aufgabe. »Schaffst du es, mir bis heute Abend Genaueres zu sagen?«

Jasmine verzog das Gesicht und nickte gleichzeitig. »Dann kann ich dir schon etwas sagen, aber es ist noch nicht der Weisheit letzter Schluss. Vielleicht nicht einmal annähernd.«

»Das geht in Ordnung. Das Einzige, was ich brauche, ist ein Ansatzpunkt. Den Rest finden wir heraus, wenn wir an der Sache dran sind.« Er wandte sich an Garcia. »Hector, ich würde wetten, dieses Programm hat noch mehr Tricks auf Lager, als wir schon gesehen haben. Vielleicht kann es Jasmine helfen, besser zu verstehen, was sie sich ansieht. Kannst du ihr zeigen, was alles mit dieser Technologie möglich ist?«

Das war ein Befehl, als Frage verkleidet. Cobb wusste genau, dass Garcia das empfindlichste von allen Teammitgliedern war. Ihm das Gefühl zu geben, wichtig zu sein, war ein nur unbedeutender Preis dafür, sich seiner Konzentration zu versichern.

»Absolut«, erwiderte Garcia. »Wir haben bisher kaum an der Oberfläche gekratzt. Du solltest einmal sehen, wozu das Ding imstande ist.«

»Später«, sagte Cobb. »Aber fürs Erste überlasse ich es dir und Jasmine. Sie ist die Expertin, aber du bist ihr Yoda. Du musst ihr alles erklären.«

»Mein Vergnügen es wird sein«, krächzte er mit der Stimme Yodas.

Cobb drehte sich auf seinem Stuhl und sah über den Tisch hinweg zu McNutt. Er musste grinsen, als er sah, wie der versuchte, nach den holografischen Bildern zu greifen. Er war froh, dass der Marine kampferprobt war, weil ihn Papineau sonst gemäß Paragraf 8 als *geistig nicht für den Armeedienst geeignet* aus dem Team geworfen hätte.

McNutt nahm Haltung an, als ihm plötzlich bewusst wurde, dass Cobb ihn beobachtete. »Ja, Chief?«

»Was weißt du über Ägypten?«

»Es befindet sich im Nahen Osten. Beantwortet das deine Frage?«

»Nein, aber es ist ein Anfang.«

»Das Land zu regieren ist, gelinde gesagt, heikel. Der ägyptische Präsident hat es geschafft, so gut wie alle aus den Bevölkerungsgruppen der Muslime und der Christen zu verärgern. Kurz gesagt, ich glaube, er kämpft um sein politisches Überleben, vielleicht sogar um sein Leben selbst. Wenn man sich ansieht, wie gewalttätig die jüngsten Proteste waren, würde ich sagen, Ägypten befindet sich an der Schwelle zu einem Bürgerkrieg.«

Cobb grinste, aber nicht über diese Auskünfte. Er fand es amüsant, dass McNutt – jemand, der die Welt offensichtlich durch Comic-Augen betrachtete – imstande war, ohne Vorbereitungszeit in knappen Worten über das politische Klima im Nahen Osten zu referieren, wobei er doch noch vor wenigen Minuten über seinen eigenen Stuhl gestolpert war, als er versucht hatte, ein Hologramm zu fangen. Anders als die anderen der Gruppe, die davon ausgingen, dass McNutt geistig minderbemittelt war, hegte Cobb den leisen Verdacht, dass er bloß eine Show abzog. Es war seine Art, sich zu amüsieren, wenn er nicht auf dem Schlachtfeld war. Cobb war sich nicht hundertprozentig sicher, aber das konnte man ohnehin nie sein, wie Jasmine gerade so treffend bemerkt hatte.

»Du hast den Rest des Tages Zeit, um alles über die Region herauszufinden, was du kannst«, sagte Cobb zu McNutt. »Wer gegen wen kämpft, wo und weshalb. Ich will wissen, wem wir vertrauen können, falls es überhaupt so jemanden gibt, und wem wir um jeden Preis aus dem Weg gehen sollten. Außerdem möchte ich eine Karte der sicheren Gebiete und der Sperrgebiete. Zusätzlich brauche ich eine Liste von freundlich gesonnenen Kräften.«

»Freundlich gesonnene Kräfte?« McNutt grinste. »Chief, ich war schon seit Jahren nicht mehr in diesem Teil der Welt. Und wenn ich da war, lag ich meistens einen Kilometer vom Ziel entfernt irgendwo in Deckung und wartete auf den passenden Moment, um abzudrücken. Kontakte mit den Einheimischen herzustellen lag ein wenig über meiner Besoldungsgruppe.«

»Ganz zu schweigen von seinen menschlichen Qualitäten«, fügte Sarah hinzu.

McNutt lachte. »Seht ihr, sie versteht mich. Ja, ich bin bewundernswert, und ja, Frauen wollen mir die Hose vom Leib reißen, aber mein Sinn für Humor lässt sich schlecht auf andere Kulturen übertragen.«

»Auf unsere auch nicht gerade.«

»Ganz genau!«, sagte McNutt. »Ich bin nicht der Typ, mit dem man sich anfreunden möchte.«

In dem Punkt musste Cobb ihm recht geben. »In Ordnung. Kümmer dich nicht um die ›freundlich gesonnenen Kräfte‹. Aber ich will, dass du mir bis heute Abend alles andere über diese Region vorlegen kannst. Verstanden?«

»Verstanden.«

»Gut. Ich bin sicher, dass dir Garcia alles zur Verfügung stellt, was du brauchst.«

Bei diesen Worten nahm Garcia einen Laptop aus einem Regal in der Ecke und gab ihn McNutt. »Ist schon alles in unser verschlüsseltes Netzwerk eingeloggt. Du hast Zugriff auf die Datenbanken der Regierung und des Militärs – und auch auf so gut wie alles andere, was man sich nur denken kann.«

»Was ist mit Google?«, fragte McNutt, ohne eine Miene zu verziehen.

Garcia kicherte. »Ja, Google ist auch drauf.«

»Dann kann ja nichts mehr schiefgehen«, meinte McNutt. Er nahm sich den Laptop und hechtete über die niedrige Balustrade, die den Konferenzbereich von der gemütlichen Seite des Raums trennte, ließ sich in einen weichen Sessel fallen, öffnete den Laptop und fing an, die Tastatur zu bearbeiten.

»Er ist wie ein gehorsamer Hund«, meinte Sarah.

»Stimmt«, antwortete Cobb. »Im richtigen Moment tut er genau das, was ihm befohlen wurde. Und das absolut perfekt, ohne irgendwelche Überraschungen. Das kann ich von anderen Leuten nicht behaupten.«

»Wirst du mit mir nicht fertig?«, fragte Sarah.

»Ich bin mir nicht sicher. Lass uns rausgehen und es austesten.«

»Moment mal … wie bitte?«

»Du und ich, hier und jetzt, draußen im Hof.«

»Warte. Du willst mit mir kämpfen?«

Cobb zuckte mit den Schultern, als wollte er sagen, er hätte sowieso nichts Besseres zu tun.

»Und was ist mit der Vorbereitung der Mission?«

Cobb sah sich im Raum um. »Hector und Jasmine beschäftigen sich mit der Karte und der Stadtgeschichte. McNutt kümmert sich um die Lage vor Ort. Falls du also etwas über Alexandria weißt, was du mir jetzt nicht erzählst, kannst du entweder hierbleiben und mit Jean-Marc Karten spielen oder im Hof mit mir trainieren. Wie du willst.«

Sie grinste. »Zieh dich warm an.«

*

Sarah war in Bluejeans und einem T-Shirt in den Tag gestartet, hatte die Freizeitkleidung später jedoch gegen etwas Sportlicheres getauscht. Jetzt trug sie Kleidung, wie sie sie im Einsatz bevorzugte – einen eng anliegenden schwarzen Overall, der ihre Beweglichkeit nicht einschränkte und ihre Sichtbarkeit verringerte, wenn sie sich in der Deckung bewegte. Sie sah ein bisschen aus wie ein Dieb, der nachts an Fassaden hochklettert. Doch sie bevorzugte den Begriff »Bergungsspezialistin«. Den Begriff »Diebin« verabscheute sie aus verschiedenen Gründen.

Doch ganz gleich, wie man es nannte, das Ergebnis war dasselbe. Sie verdiente weiterhin ihr Geld damit, Gegenstände in ihren Besitz zu bringen, die ihr nicht gehörten.

Und sie machte ihren Job sehr gut.

Sie umrundete Cobb wie ein hungriger Wolf. Sie hatte genügend Selbstvertrauen, doch sie wusste, dass ihr Gegner jeden Augenblick zuschlagen konnte. Plötzlich hielt sie inne, wartete auf die geeignete Gelegenheit zum Zuschlagen. »Glaubst du nicht, wir könnten unsere Zeit besser nutzen?«

Cobb ließ seinen Nacken auf jeder Seite knacken, dann krempelte er sich links und rechts die Ärmel hoch. »Was denkst du denn, wie ich unsere Zeit nutzen will?«

»Mit dem hier«, antwortete sie. »Mit Kämpfen.«

»Du bist die Einzige, die vom Kämpfen geredet hat. Ich habe nur gesagt, wir sollten mal vor die Tür gehen, und du hast es gleich als persönliche Herausforderung genommen. So wie du es immer machst. Irgendwann müssen wir mal herausfinden, weshalb.«

»Moment mal. Was soll das denn sonst werden?«

»Wir zwei unterhalten uns einfach«, schlug Cobb vor. »Außer Reichweite von neugierigen Ohren, die vielleicht mithören möchten, weil sie glauben, wir könnten etwas im Schilde führen.«

Er hechtete nach vorn und versuchte, mit seinem Bein Sarah umzumähen.

Sarah wich dem Angriff aus und versuchte es mit einem kurzen Haken in Cobbs Bauch. »Willst du damit sagen, das ist alles nur ein Ablenkungsmanöver? Hast du mich in Wirklichkeit gar nicht herausgefordert?«

Cobb wehrte den Schlag ab und machte einen Schritt nach hinten. »Warum sollte ich dich herausfordern? Ich weiß, was du im Einsatz leistest. Ich habe dich in Aktion erlebt. Wenn es um eine Schießerei geht, setze ich auf McNutt, aber im Nahkampf bist du meine erste Wahl, um mir den Rücken freizuhalten.«

Es war eines der schönsten Komplimente, das jemand wie Cobb ihr machen konnte, das wusste sie. Sie wurde vor Stolz gleich einen halben Kopf größer. »In dem Fall sag mir, worüber du reden willst.«

»Hast du die Videokameras gesehen, die jede unserer Bewegungen aufzeichnen?« Um seiner Bemerkung Nachdruck zu verleihen, ergriff er ihren Arm, zog sie fest an sich. Es sollte aussehen wie ein abgewandelter Klammer- oder Würgegriff, aber in Wirklichkeit gab es ihr die Gelegenheit, sich den ganzen Hof anzusehen, während er sie herumwirbelte.

»Ich zähle sechs«, sagte sie, während sie versuchte, seinem Griff zu entkommen. »Drei unterm Dach und drei weitere hinten in der Hecke.«

»Und im Haus?«

»Zu viele, um sie zu zählen. Weshalb?«

Weil ihre Arme seitlich festgehalten wurden, trat sie mit dem Bein in Richtung Himmel und traf Cobb ins Gesicht. Hätte sie es darauf angelegt, hätte sie ihm damit die Nase brechen können. Aber da sie nur eine Show abzogen, traf sie ihn gerade nur so hart, dass es gut aussah.

Cobb löste den Griff und stieß sie weg. »Ich wüsste zu gern, ob es irgendwo auf diesem Gelände eine Ecke gibt, wo man nicht beobachtet wird. Es sieht so aus, als wollte Papineau jede unserer Bewegungen überwachen, und ich will herausfinden, ob er das ganze Anwesen abgedeckt hat. Falls nicht, wüsste ich gern, wo er unser Team nicht beobachten kann. Keine Kameras. Keine Mikrofone. Nur wir unter uns.«

»Gegenüberwachung«, sagte sie. »Das ist es doch, was du willst, oder? Du willst ihn dabei beobachten, wie er uns beobachtet.«

»Darüber unterhalten wir uns später, aber zuerst muss ich wissen, was er sehen kann und was nicht. Kannst du das für mich erledigen?«

»Mit Vergnügen.«

»Falls möglich, möchte ich gern, dass du es machst, bevor du nach Ägypten reist.«

Sie hörte auf, um ihn herumzulaufen. »Ich reise nach Ägypten?«

Cobb nutzte ihre Abgelenktheit für einen Überraschungsangriff. Jetzt hätte er sie – wenn er es gewollt hätte – mit einer Bewegungsfolge ausschalten können, zu der ein Schlag mit der Handfläche auf ihre Nase gehörte, der ihr Gesicht für immer gezeichnet hätte. Aber er zog es vor, ihr nur eine Lektion zu erteilen, und schlug sie auf den Hinterkopf. »Konzentrier dich! Immer wachsam bleiben!«

»Du kannst mich mal, Mister Miyagi«, schnaubte sie.

Er ignorierte die Anspielung auf den Film *Karate Kid*. »Ich meine es ernst. Wenn das hier funktionieren soll, verlange ich von dir, dass du immer auf der Hut bist. Sonst kommen wir in größte Schwierigkeiten.«

Sie nahm wieder Kampfhaltung ein und suchte nach einer Gelegenheit, ihn flachzulegen.

»Wenn *was* funktionieren soll?«

»Unser Bergungsmanöver in Ägypten.«

Sie grinste. »Moment mal, willst du etwa *mit mir* auf die Reise gehen?«

»Ja«, sagte er sarkastisch. »Ich nehme dich mit auf eine romantische Spritztour zum Kriegsschauplatz Ägypten, weil mich unsichere Herrschaftsverhältnisse wahnsinnig scharfmachen.«

»Ich habe keine Vorurteile. Du musst selbst wissen, was dich antörnt.«

Cobb schüttelte den Kopf und wich nach rechts aus. »Du weißt verdammt gut, dass ich mir die Gegend lieber ansehe, *bevor* ich eine Mission plane. Doch bei dem Chaos, das gerade in Ägypten tobt, halte ich es für besser, wenn ich noch eine zweite Meinung kriege.«

»Das klingt vernünftig. Soll ich Reizwäsche mitbringen, oder ziehst du es vor...«

»Weißt du was? Vergiss es!«, erwiderte er und lief leicht rot an. »Ich reise allein. Aber während ich weg bin, übertrage ich McNutt die Leitung des Teams. Da wirst du bestimmt jede Menge Spaß haben. Ich kann es mir schon vorstellen: eine ganze Woche lang seine Waffen reinigen, während er sich zusammen mit den Stripperinnen, die er sich aus 'nem Club mitbringt, Zeichentrickfilme ansieht.«

Bei der Vorstellung schnitt sie eine Grimasse. »Also, wann fliegen wir nach Ägypten?«

Cobb nickte. »Prima, dann sind wir uns ja einig.«

»Im Ernst jetzt, wann geht's los?«

»Das werde ich dir sagen. Aber zuerst musst du mich würgen.«

»Jack, ich werde nicht...«

»Du weißt, dass Papi das sehen wird, und jeder hat gehört, dass du mir den Fehdehandschuh hingeworfen hast. Also bleiben uns drei Möglichkeiten. Entweder trete ich *dir* in den Hintern oder du *mir*, oder wir lassen es unentschieden ausgehen.«

»Ich nehme die zweite Möglichkeit.«

»Das hätte ich mir denken können. Pass auf, wir machen es so: Ich greife dich an, und du wirst…«

Sarah wartete gar nicht erst, bis er mit seinen Anweisungen fertig war. Stattdessen setzte sie den Fuß auf sein Knie und packte ihn an den Schultern, dann schwenkte sie ihren Körper um ihn herum wie eine Akrobatin, legte die Arme um seine Kehle und lehnte sich mit aller Kraft zurück.

Die beiden fielen zu Boden.

Dabei verstärkte sie ihren Griff um seinen Hals. Ihr Bizeps drückte seine Halsschlagader ab wie eine Python, die ihre Beute zerquetscht.

Wäre es ernst gewesen, wäre er innerhalb von Sekunden bewusstlos gewesen.

»Braves Mädchen«, sagte er und schloss die Augen.

8. KAPITEL

Montag, 27. Oktober
Alexandria, Ägypten

An der Stelle errichtet, wo sich zuvor der Leuchtturm von Alexandria befand, bildete die Qaitbay-Zitadelle einst die erste Verteidigungslinie gegen Invasionsheere, die die Stadt zu erobern versuchten. Aber auch die einstmals massive Festung, erbaut aus den Steinen des Leuchtturms, hat sich im Laufe der Zeiten drastisch verändert. Die Zitadelle ist kein militärischer Vorposten mehr, sondern beherbergt das Schifffahrtsmuseum am äußersten Ende von Alexandrias Osthafen.

In den meisten Ländern wäre dieser Ort eine Touristenattraktion erster Güte. In Ägypten jedoch ist sie kaum mehr als eine Fußnote, was eine Menge über die Region sagt. Die ganze Gegend ist von Geschichte erfüllt.

Sarah stand an der Hauptmauer der Zitadelle und blickte auf die Bucht hinaus. Hinter ihr brachen sich die windgepeitschten Wellen des Mittelmeers an der Brandungsmauer. Vor ihr dehnte sich die Stadt Alexandria noch viel weiter aus, als sie sehen konnte.

Als größter Hafen des Landes schmiegt sich Alexandria auf einer Strecke von fast zwanzig Meilen an die Nordküste Ägyptens. Drei Viertel des ägyptischen Außenhandels werden hier abgewickelt, weshalb sich die meisten Gebäude höchstens zwei Meilen von der Küste entfernt befinden. Die lang gezogene, schmale Stadt hat über vier Millionen Einwohner verschiedenster Kulturkreise, die sich über fünfzig Stadtviertel in sechs unterschiedlichen geografischen Regionen verteilen.

Cobb und Sarah befanden sich erst seit ein paar Tagen in Ägypten, doch sie hatten bereits viele der berühmtesten Ausflugsziele der Stadt besucht. Sie hatten im Nordosten der Stadt begonnen und sich in südlicher Richtung bis zu den Katakomben von Kom el-Shoqafa vorgearbeitet, einer gewaltigen, dreigeschossigen Grabanlage im südlichsten Winkel der Stadt. Sie hatten einen engen Zeitplan, in dem sie sich mit dem Stadtplan Alexandrias vertraut machen mussten, und es waren noch eine Menge Vorarbeiten zu leisten, bevor das Team eintraf.

Beim Militär nannte man ein solches Vorgehen »Rekky«. Es war die Abkürzung für *Reconnaissance*, also Aufklärung.

Cobb betrachtete die moderne Stadt. »Es sieht nicht gerade aus, als ob hier seit fast fünfundzwanzig Jahrhunderten ständig umgebaut wird, oder?«

Sarah erwiderte nichts. Sie stand nur wie gebannt da.

Cobb brauchte sie nur anzusehen, um zu begreifen, warum sie nichts sagte. »Wie lange ist es her?«

Sie schien wie aus einer Trance zu erwachen. »Wie lange ist *was* her?«

»Diesen Blick kenne ich. So schaut niemand, der zum ersten Mal über etwas nachdenkt. Es ist der Blick von jemandem, der sich an etwas erinnert. Du warst schon einmal hier. Und ich möchte wissen, wie lange es her ist.«

»Sechs Jahre«, antwortete sie widerwillig. Sie drehte sich zu ihm um, und ihr war deutlich anzusehen, dass sie nichts preisgeben wollte. »Und nein, ich will nicht darüber reden.«

»Wird das ein Problem für dich?«

»Nein«, beteuerte sie.

»Wenn du meinst.«

Cobb wusste nicht alles, aber genug über Sarah. Sie war eine der Topagentinnen der CIA gewesen. Wegen ihres Naturtalents, das überaus ungewöhnlich war, hatte man sie intensiv auf den Gebieten der Infiltration und der Inbesitznahme trainiert. Eines stand für ihn fest: Falls sie in ihrem früheren Leben bereits in Alexandria gewesen war, gab es zwei Dinge, die man niemals finden würde. Hinweise auf ihren Besuch und die Leichen, die sie hinterlassen hatte.

Um ihr die Anspannung zu nehmen, entschied er, das Gespräch auf neutralere Themen zu lenken. »Du wirst nicht glauben, was sich hier befand, bevor die Zitadelle gebaut wurde.«

Sarah warf ihm einen befremdeten Blick zu. »Was soll das werden? Eine Geschichtsstunde? Wenn ich so was brauche, rufe ich Jasmine an.«

Er grinste. »Ich verspreche dir, es wird kein Vortrag. Ich habe es gelesen, als wir über das Gelände gegangen sind. Ich dachte, es ist interessant.«

Sie wusste nicht, was sie von Cobbs plötzlich erwachten Fremdenführer-Ambitionen halten sollte. Zwar bedachte er sie nur selten mit dem eisigen Blick, den er Papineau so oft zuwarf, aber er war ganz gewiss nicht dafür bekannt, ein Freund von Small Talk zu sein. Falls dies seine Art zu flirten sein sollte, war er offensichtlich aus der Übung. »Nein, Jack, ich habe keine Ahnung, was hier einmal gewesen ist.«

»Vor Jahrhunderten hat hier einmal der Leuchtturm von Alexandria gestanden. Der Turm war fast hundertzwanzig Meter hoch, und an seiner Spitze befand sich ein mächtiges Leuchtfeuer, das auf See noch in über fünfzig Meilen Entfernung zu sehen war. Er stand fast tausendsechshundert Jahre lang, galt als ein Meisterwerk der Baukunst und zählte zu den sieben Weltwundern der Antike.«

Sie drehte sich um und versuchte, sich den Leuchtturm vorzustellen. Er musste einen denkwürdigen Anblick für die Einwohner und für Reisende abgegeben haben. »Was ist damit passiert? Ich kann mir vorstellen, dass es gar nicht so einfach ist, einen hundertzwanzig Meter hohen Turm abzubauen.«

»Für Mutter Natur schon«, antwortete er. »Eine Serie von Erdbeben zerstörte den Leuchtturm gegen Ende des fünfzehnten Jahrhunderts. Teile des Turms wurden für den Bau der Zitadelle verwendet, aber das meiste landete auf dem Grund der Bucht.« Er blickte in das blaue Wasser des Hafens, dann richtete er den Blick auf die Stadt dahinter. »Zweitausend Jahre Geschichte sind dort draußen vergraben. Wir müssen bloß herausbekommen, wo wir anfangen sollen.«

Sarah blieb für eine Minute still und gedankenverloren stehen, dann wandte sie sich von Cobb ab und setzte sich in Bewegung. Sie schaffte es bis zum Ende der steinernen Plattform, dann fluchte sie leise und kehrte zu Cobb zurück, der sich nicht von seinem Platz an der Mauer gerührt hatte.

»In Ordnung!«, schimpfte sie.

»Was ist in Ordnung?«

»In Ordnung, ich klär dich auf.«

Cobb grinste. »Ich dachte, du wolltest nicht darüber reden.«

»Das will ich auch nicht, aber es ist ziemlich offensichtlich, dass du mich so lange foltern wirst, bis ich es tue.«

»Foltern? *So* schlecht war meine Geschichte doch gar nicht.«

»Ich rede nicht von deiner Geschichte. Ich rede von der Art, wie du mir das klammheimlich unterschieben willst. Du weißt verdammt gut, dass ich ein paar Monate in dieser Gegend gearbeitet habe, sonst hättest du mich nicht mit zu diesem Aufklärungstrip genommen. Aber trotzdem wolltest du die ganze Zeit keine Details wissen. Nicht in Florida. Nicht im Flugzeug. Und auch nicht hier. Warum?«

»Weil es mich nichts angeht.«

»Tut es das nicht?«

Er schüttelte den Kopf. »Deine Arbeit bei der Agency ist geheim, oder? Stell dir vor, ich habe früher auch jede Menge geheime Missionen durchgeführt, und ich werde dir ganz sicher nichts davon erzählen, weil ich damit das Vertrauen verletzen würde, das man in mich gesetzt hat. Denn wenn man nicht einmal seinen eigenen Teamkameraden trauen kann, wem sonst?«

»Ganz genau!«

Er blickte auf die Wellen, die auf den Strand aufliefen. »Andererseits hat jede Regel ihre Ausnahme …«

»Ach ja?«

»Aber sicher. Wenn eine Mission aus meiner Vergangenheit mein gegenwärtiges Team gefährdet, würde ich euch sagen, was ihr wissen müsst, auch wenn das womöglich die Geheimhaltungspflicht anderen gegenüber verletzt. Entweder das, oder ich würde aus der Mission aussteigen.«

»Das würdest du tun?«

»Mit Sicherheit. Denn deine Sicherheit – und die Sicherheit unseres Teams – hat für mich oberste Priorität. Was glaubst du, warum ich um die halbe Welt geflogen bin? Ganz sicher nicht, um Hummus zu essen oder in der Sonne zu liegen. Nein, ich bin ins Flugzeug gestiegen, um den Weg des geringsten Widerstandes für unsere Mission zu finden. Und damit du es weißt: Ich habe dich wegen deiner Ausbildung und nicht wegen deiner Vergangenheit mitgenommen.« Cobb macht eine Pause, um seine Worte wirken zu lassen. »Nachdem das gesagt ist… Wenn du etwas über diese Stadt weißt, was du vor mir geheim hältst, wäre ich nicht nur sauer, ich wäre enttäuscht.«

»Wenn das so ist… Da gibt es jemanden, den du kennenlernen musst.«

»Einen Kollegen?«

Sie schüttelte den Kopf. »Nicht ganz.«

9. KAPITEL

Sarah saß allein am äußersten Ende des Tresens und trank etwas, was nach ihrem dritten Wodka Tonic aussah. Für das untrainierte Auge sah sie aus wie eine Singlefrau, die sich für ein paar Freunde warm trank, die mit Sicherheit jeden Moment eintreffen würden. Für jemanden, der sich auskannte, folgte sie jedoch genauen Spielregeln, die sie schon vor Langem gelernt hatte.

Sie war nicht in dieser Taverne, weil ihr die Inneneinrichtung so gut gefiel oder weil man vor dem Lokal am besten parken konnte. Sarah hatte diesen speziellen Platz ausgewählt, weil er wie ein Schleusentor war: Der Ort stand unter Beobachtung, und sie hoffte, ein Treffen mit einem lokalen Kontakt arrangieren zu können.

Zumindest war es vor vielen Jahren so gewesen.

Nachdem sie ihre Bestellung aufgegeben hatte, hatte sie sich auf den Barhocker gesetzt, der der Hintertür am nächsten war. Hätte man ihr etwas anderes als Club-Soda mit einem Spritzer Limone gegeben, hätte sie gewusst, dass der Barmann nicht begriff, was sie wollte und dass sich die Regeln geändert hatten. Dann wäre sie gezwungen gewesen, auf anderen Wegen einen Kontakt herzustellen.

Glücklicherweise enthielt Sarahs Drink keinen Alkohol.

Jetzt brauchte sie nur noch zu warten.

Nach fast einer Stunde wollte sie schon gehen, denn sie hatte Cobb gesagt, dass dieses Rendezvous nicht mehr als dreißig Minuten in Anspruch nehmen würde, und bestimmt verlor er allmählich die Geduld. Sie waren sich einig gewesen, dass ihr Plan nicht funktionieren konnte, wenn er neben ihr saß. Dass der Versuch der Kontaktaufnahme auch scheitern könnte, hatten sie nicht in Erwägung gezogen.

Sie sah auf die Uhr.

Sie wusste, dass die Chancen immer geringer wurden.

»He, Süße«, sagte eine Stimme hinter ihr. Sie sprach Englisch, aber mit dem eigenartigen Akzent eines Menschen, der seine Kindheit im Süden verlebt hatte, aber in New England zur Schule gegangen war.

Sarah wandte sich um und begrüßte ihren Kameraden mit einer Umarmung. »Simon, das wird aber auch Zeit. Ich dachte schon, du würdest nicht kommen.«

»Ich freue mich auch, dich zu sehen«, sagte er lachend. »Ich wäre schon früher hier gewesen, aber es war nicht gerade so, als hätte ich zu Hause darauf gewartet, dass du dich nach sechs Jahren wieder blicken lässt. Nein, heute habe ich ein paar Sehenswürdigkeiten besichtigt, zum Beispiel die Zitadelle von Qaitbay. Ein faszinierender Ort mit einer interessanten Aussicht.«

Sie stöhnte. »Wie lange wusstest du es schon?«

Er grinste. »Seit drei Tagen.«

»Bist du mir die ganze Zeit gefolgt?«

»Ja. Dir und deinem muskulösen Freund. Ist er dein Bodyguard?«

»Natürlich nicht! Er ist ein … äh … ein Kompagnon.«

»Ist das ein schickes Wort für *Lover*?«

»Nein!«, sagte sie heftig und errötete leicht. »Er ist nicht mein Lover. Er ist …«

Simon schüttelte den Kopf. »Nicht hier.«

Sie sah sich im Raum um. »Meinst du, wir sind hier nicht sicher?«

»Ich meine nur, dass sich hier seit deinem letzten Besuch eine Menge geändert hat.«

Während sie redeten, stoppte eine schwarze Limousine mit quietschenden Reifen vor der Bar. Zwei große Männer sprangen heraus und stürmten auf die Vordertür zu.

Simon fluchte, griff sie am Arm und zog sie zum Hinterausgang. »Wie schon gesagt, es hat sich eine Menge geändert. Wir müssen weg... *jetzt!*«

Die Schlägertypen kamen im selben Moment durch die Vordertür, als Sarah und Simon durch den Hinterausgang flüchteten.

»Da!«, schrie der erste Schläger auf Arabisch und deutete auf die Fliehenden. Die Männer jagten ihnen hinterher, donnerten wie eine Büffelherde durch das Lokal und stießen dabei Tische und Stühle um.

Sichtlich verängstigt türmte Simon durch den Hinterausgang der Bar und sprintete eine kleine Gasse entlang, in der es nach Katzenpisse und Müll stank. Sarah hielt sich an seiner Seite.

»Wo laufen wir hin?«, schrie sie.

»Lauf einfach weiter!«, rief er.

Hinter ihnen flog die Ausgangstür auf, als der erste Schläger hindurchpreschte. Er war ein Bär von einem Mann mit muskulösen Armen und Fäusten, so groß wie Melonen. Bemerkenswerterweise war der zweite Ganove sogar noch größer, so als hätte man ihn mit Steaks und Steroiden gefüttert, seit er geschlüpft war – dass eine Frau jemanden wie ihn zur Welt gebracht haben konnte, war schlicht unvorstellbar; er war einfach viel zu groß.

Simon erreichte das Ende der Gasse und bog scharf nach rechts in eine belebte Straße ab. Sarah folgte ihm in geringem Abstand und blickte sich nach hinten um, um nach den Schlägern Ausschau zu halten, die zwar enorm groß, dafür aber nicht sehr schnell waren. Ihre Freude war leider nur von kurzer Dauer. Obwohl sie um ihr Leben lief, bemerkte sie etwas Beunruhigendes: Die schwarze Limousine von der Bar schlängelte sich durch den Verkehr und fuhr mit hohem Tempo in ihre Richtung.

»Mist!«, schrie sie und versuchte, ihre Waffe in die Finger zu bekommen. Sie steckte in ihrem Gürtel unter ihrem Hemd. »Wir bekommen Gesellschaft!«

»Noch mehr?« Simon war über die Neuigkeiten nicht erbaut. Er blickte sich um und sah den Wagen, der rasch näher kam. »Lauf schneller, Sarah!«

»Du kannst mich mal, Simon!«

In diesem Moment war sie versucht, Simon laufen zu lassen und selbst das Weite zu suchen. Schließlich jagten sie ihn und nicht sie. Doch nur einen Sekundenbruchteil, bevor sie sich aus dem Staub machen wollte, hörte sie das Plärren einer Hupe und gleich danach eine vertraute Stimme.

»Sarah!«, rief Cobb. »Rein in den verdammten Wagen!«

Sie drehte sich um und sah hinter sich Cobb am Steuer der schwarzen Limousine. Er verringerte das Tempo, sodass sie die hintere Beifahrertür öffnen konnte. Diesmal war es Sarah, die Simon am Arm packte. Sie hechtete auf die Rückbank und zog ihn in den Wagen, wobei er auf ihr zu liegen kam.

Während sie beide auf dem Wagenboden lagen, warf Cobb beiläufig einen Blick in den Seitenspiegel. Er sah, wie die Ganoven aus der Gasse hechteten und auf der Straße nach ihrer Beute suchten.

Glücklich wirkten sie nicht.

»Ihr seid in Sicherheit«, sagte Cobb, als der zweite Ganove wütend gegen eine Wand schlug; es schien ihm nicht das Geringste auszumachen. »Bleibt einfach in Deckung.«

Sarah nickte und versuchte, zu Atem zu kommen.

Simon tat dasselbe.

Cobb blieb stumm, bis er ein paar Straßen weiter an einer roten Ampel hielt. Dann erst drehte er sich nach hinten um und warf einen Blick auf die beiden, die dort am Boden lagen. »He, Sarah?«

»Ja, Jack?«

Cobb grinste. »Hat dein Freund auch einen Namen?«

10. KAPITEL

Es herrschte drückende Stille, als Cobb den Wagen in einen Randbezirk der Stadt fuhr, eine verkommene Gegend, in der er den Wagen loswerden wollte. Solange er nicht mehr wusste, genügte der Ort seinen beiden wichtigsten Ansprüchen: Er war von den Ganoven mit den Eisenfäusten und von dem Hotel, in dem er und Sarah untergekommen waren, weit genug entfernt.

Vor dem Aussteigen wischte er sämtliche Fingerabdrücke vom Lenkrad und den Türgriffen. Die Schlüssel ließ er im Zündschloss stecken und ging langsam davon.

»Immer in Bewegung bleiben«, forderte er die anderen beiden auf.

Cobb hatte nicht vorgehabt, den Wagen zu stehlen, doch ihm war keine Wahl geblieben. Am besten wäre es, wenn jemand die Schlüssel im nicht abgeschlossenen Wagen bemerkte und auf eigene Faust eine Spritztour damit unternahm. Je größer die Entfernung zwischen ihnen und einem gestohlenen Fahrzeug war, desto besser.

»Ich heiße übrigens Simon.« Der Mann hielt Cobb die Hand hin, während sie auf dem Weg zur nächsten größeren Straße waren. »Danke, dass Sie mir vorhin geholfen haben.«

»Aber sicher«, antwortete Cobb und musterte ihn verstohlen.

Er hatte zum ersten Mal die Gelegenheit, den Neuzugang eingehender zu betrachten. Simon war mager und drahtig, ein paar Zentimeter kleiner als Cobb und mindestens fünf Jahre jünger. Er trug das Haar kurz und hatte einen Dreitagebart. Sein Look schien jedoch eher der Bequemlichkeit geschuldet, als ein Ausdruck seines persönlichen Stils zu sein. Nichts an ihm war besonders auffällig. Weder seine Größe noch sein Aussehen oder seine Kleidung. Es wirkte, als ob er sich große Mühe gab, nicht aufzufallen.

Weil er kaum etwas von ihm wusste, wandte sich Cobb an Sarah.

»Jack, das ist Simon Dade«, sagte sie. »Simon, das ist Jack...«

Cobb schnitt ihr das Wort ab. »Jack muss fürs Erste reichen.«

Sarah hatte Verständnis für Cobbs Zurückhaltung. Er kannte Dade nicht, und bis es so weit war, blieb ihre Bekanntschaft oberflächlich. Vornamen reichten völlig aus.

Sie setzte ihre Erklärung fort und hoffte, Cobb damit etwas beruhigen zu können. »Jack, Simon ist ein CIA-Informant. Er ist das, was sie einen ›Reiseführer‹ nennen.«

»Ein Informant, *kein* Agent?«

»Das ist korrekt.«

»Und was tut ein CIA-Reiseführer so?«, fragte Cobb.

»So ziemlich das Gleiche wie ein normaler Reiseführer«, erwiderte sie. »Nur, dass er alles über Orte weiß, um die man als Tourist lieber einen Bogen macht.«

Dade nickte. »Ich kenne die Stadt in- und auswendig, das ist mein Job. Wer ist wo für was verantwortlich und warum. Ich bin eine Art ›großer Bruder‹ vor Ort. Ich kann Ihnen aktuelle Informationen über jeden Winkel Alexandrias liefern.«

Cobb sah ihn an. »Bedeutet das, Ihnen steht auch Überwachungstechnik zur Verfügung?«

83

Dade grinste. »Es könnte sein, dass ich Zugriff auf die eine oder andere Überwachungskamera habe, klar. Was wollen Sie denn wissen?«

»Vorerst nur, wo Ihre Grenzen liegen.«

»Ganz ehrlich? Ich bin kein sehr guter Koch. Aber davon abgesehen gibt es nicht viele.«

Cobb dachte über die Bemerkung nach. Zu diesem frühen Zeitpunkt war er sich noch nicht sicher, ob ihm Dades Überheblichkeit gefiel oder ob sie ihm auf den Geist ging. »Wann haben Sie uns entdeckt?«

»Am Flughafen«, antwortete er.

»Unsinn«, sagte Sarah. »Völlig ausgeschlossen, dass du schon so früh auf uns aufmerksam geworden bist.«

»Wollen wir wetten?« Dade zog sein Handy aus der Tasche und fand, wonach er suchte. Er zeigte Sarah das Foto. »Versuch's doch nächstes Mal mit einer Perücke.«

Das Foto zeigte Cobb und Sarah beim Aussteigen aus dem Privatflugzeug, das sie aus Florida hergebracht hatte. Papineau hatte es im Namen einer erfundenen Firma gechartert und das Ganze mit jeder Menge Papierkram verschleiert. Das Privatflugzeug hatte sie am internationalen Flughafen von Kairo abgeliefert, fast drei Stunden von ihrem eigentlichen Ziel entfernt. Mit diesen Vorkehrungen hätte ihre Anonymität garantiert sein müssen.

Bei ihrem Reiseführer hatte es nicht funktioniert.

Sie warf Dade einen bösen Blick zu. »Ich stand nicht auf der Passagierliste, und wir sind nicht nach Alexandria geflogen. Wie konntest du …?«

Er grinste überheblich. »Bei meinem Job lohnt es sich, an den wichtigsten Standorten vertreten zu sein. Alexandria, Kairo … Ich habe Verbindungen zu allen Privatterminals und Flughäfen in Ägypten. Die Passagiere jedes Fluges werden aufgelistet und ihre Namen an mich und ein paar weitere Verbündete weitergeleitet. Wir beziehen unsere Informationen von den Mechanikern in den Flugzeughallen, von den Kontrolleuren auf dem Flugfeld, manchmal sogar von den Piloten persönlich. Von allen, die an entsprechende Informationen herankommen.«

»Das müssen täglich Hunderte von Flügen sein«, meinte Sarah.

»Eher Tausende«, korrigierte Dade. »Aber du kannst mir glauben, das richtige Foto an die richtigen Leute zu schicken, das ist die Mühe wert.« Er grinste. »CIA-Schecks platzen nicht.«

Es war ein Scherz, denn die CIA würde niemals eine Dokumentenspur riskieren, aber Sarah begriff, worauf er hinauswollte. Jeden Abend ein paar Hundert Fotos durchzusehen lohnte sich, wenn die Regierung Zahltag hatte. Die CIA mochte einiges sein, aber ganz bestimmt nicht knausrig.

Cobb blieb stehen und starrte Dade an. »Ich würde es begrüßen, wenn Sie die Agency nicht auf uns aufmerksam machen. Nach allem, was ich für Sie getan habe, ist es meiner Meinung nach das Mindeste, was Sie tun können.«

»Kein Problem, Jack. Ihr Geheimnis ist bei mir sicher.«

»Schön zu hören.« Cobb drehte sich um und setzte sich wieder in Bewegung. »War schön, Sie kennenzulernen, Mister Dade. Passen Sie gut auf sich auf.«

Dade sah Sarah an, weil er sich eine Erklärung erhoffte, doch sie konnte ihm nicht weiterhelfen.

»Jack«, rief Dade. »Ich kann Ihnen helfen.«

»Ich bin an Ihrer Hilfe nicht interessiert«, rief er zurück.

»He, *Sie* haben mit *mir* Kontakt aufgenommen, schon vergessen?«

85

Cobb drehte sich um und wandte sich direkt an Dade. »Und dann habe *ich Sie* gerettet, als Sie Ihre Probleme mitgebracht haben. Oder haben Sie das vergessen?«

»Was? Die beiden Kerle?« Dade winkte ab. »Das war nur eine Meinungsverschiedenheit unter Freunden, mehr nicht. Außerdem hätten wir Ihnen leicht davonlaufen können. Sie waren nur zufällig zur rechten Zeit am rechten Ort.«

»Könnte sein«, knurrte Cobb, »aber können Sie auch vor Pistolenschüssen davonlaufen? Wenn Sie das nächste Mal eine Meinungsverschiedenheit haben, sollten Sie darauf achten, dass die anderen unbewaffnet sind.«

Dade grinste beeindruckt. Ihm war klar, dass Cobb die beiden Männer, die ihm hinterhergejagt waren, höchstens ein paar Sekunden lang gesehen haben konnte, und trotzdem hatte er es geschafft, die Umrisse ihrer Waffen unter ihren Klamotten zu erkennen. Das war eine beeindruckende Leistung.

»Ganz im Ernst, Jack. Das war keine große Sache.«

»Hören Sie zu«, sagte Cobb ebenso ruhig, wie sein Blick es war, »ich verbringe auch so schon genug Zeit damit, Ärger aus dem Weg zu gehen. Um Sie will ich mich nicht auch noch kümmern und mir darüber Gedanken machen müssen, wann Bigfoot und Biggerfoot wieder aufkreuzen.«

Dade hob eine Hand. »Ich schwöre Ihnen, ich werde mich um die beiden kümmern. Die machen keine Probleme. Geben Sie mir einfach die Chance, Ihnen zu helfen. Sagen Sie mir, was Sie wissen müssen.«

Cobb machte einen Schritt auf ihn zu. »Warum sind Sie so erpicht darauf, mir zu helfen? Sie schulden mir nichts, und ich will verdammt sein, wenn ich Ihnen etwas schulde. Ich habe Ihnen das Leben gerettet, und im

Gegenzug werden Sie nichts über unsere Anwesenheit verbreiten. Oder haben Sie ein Problem damit?«

»Bei allem Respekt, Jack, aber ich bin nicht Ihretwegen hier, sondern Sarah zuliebe.« Simon Dade deutete mit dem Kopf in ihre Richtung. »Wir beide kennen uns schon sehr lange, und ihr schulde ich mehr, als Sie sich vorstellen können. Also bitte, sagen Sie mir: Wie kann ich Ihnen weiterhelfen?«

Cobb blickte zu Sarah hinüber. Alles hing von ihr ab. Sie hatte eine Vergangenheit mit Dade, und falls sie einen Gefallen von ihm wollte, war das ihre Entscheidung.

Sarah nickte, ohne zu zögern.

»Okay«, sagte Cobb, »wir werden Sie anrufen, wenn es so weit ist. Augenblicklich ist das nicht der Fall. Sie werden uns nicht hinterherlaufen.«

»Kein Problem.«

Cobb senkte die Stimme, sodass nur noch Dade ihn verstehen konnte. »Ich weiß, dass zwischen Ihnen und Sarah früher mal etwas gelaufen ist. Aber ich bin ein Mann, der gern unerkannt bleibt. Ich kann das gar nicht genug betonen. Und jetzt weiß ich, wie Sie aussehen, und habe Sie von jetzt an auf dem Radar. Wenn ich Sie dabei erwische, wie Sie uns hinterherschnüffeln oder in unserer Nähe herumlungern, zögere ich nicht und mach Sie kalt. Verstanden?«

Dade nickte. »Verstanden.«

»Und eins können Sie mir glauben: Ich laufe schneller als diese Schläger.«

11. KAPITEL

Cobb glaubte nicht, dass ihn Sarah bewusst hinters Licht führen würde, doch er wusste auch, dass es Dinge gab, von denen sie ihm noch nicht erzählt hatte. Er nahm ihr ab, dass Dade ein CIA-Informant war, aber welche Bereiche seines Lebens verschwieg er in seinem Lebenslauf?

Cobb musste wissen, was Sarah wusste.

Und zwar sofort.

Nachdem sie sich von Dade getrennt hatten, kehrten Sarah und Cobb zu ihrem Hotel zurück. Zuerst hatte er daran gedacht, ihnen woanders Zimmer zu buchen, sich dann aber dagegen entschieden. Dade hatte sie schon einmal gefunden, und es gab keinen Grund anzunehmen, dass er es nicht wieder tun würde. Ein Hotelwechsel würde Dade nur verraten, dass Cobb ihm nicht vertraute.

Cobb ging zum Fenster und schob es auf, damit wenigstens ein kleiner Luftzug durch den Raum ging. Es war Spätsommer in Ägypten, wenigstens noch für ein paar Tage, und die für die Jahreszeit ungewöhnlich warme Luft war bemerkenswert trocken. Die einzige Erfrischung kam von dem kühleren Seewind von der Küste.

Zu seiner Linken konnte Cobb einen Teil des Henan-Palestine-Hotels sehen. Es erhob sich malerisch vor dem Hintergrund des Mittelmeers. Cobb dachte an die klimatisierten Zimmer und die gekühlten Wasserflaschen, die dort zweifellos in der Minibar warteten. Dass er unzählige Nächte mit kaum mehr als einem Kampfanzug auf einem Blätterhaufen verbracht hatte, bedeutete noch lange nicht, dass er Laken aus Luxusbaumwolle und die Daunenkissen eines Fünf-Sterne-Etablissements nicht zu schätzen wusste.

Beim nächsten Mal, schwor er sich.

Fürs Erste mussten sie sich mit der sternenlosen Unterbringung in einem heruntergekommenen Hotel einen halben Block vom Henan entfernt zufriedengeben. Aber Cobb beschwerte sich nicht. Das Bett war sauber, die Gegend ruhig und die Tür abgeschlossen. Natürlich hätten sich er und Sarah in irgendeinem beliebten Touristenhotel mühelos unter die Gäste mischen können, aber was er überhaupt nicht gebrauchen konnte, war ein übereifriger Portier, der jeden ihrer Schritte genauestens im Auge behielt. Cobb bevorzugte Herbergen, in denen sich die Leute nicht um Dinge kümmerten, die sie nichts angingen.

Er wandte sich vom Fenster ab und nahm in dem durchgesessenen Sessel in der Zimmerecke Platz. »Was kannst du mir sonst noch über Simon erzählen?«

Sarah setzte sich auf die Bettkante. »Was du wirklich sagen willst, ist: ›Erzähl mir alles über Simon Dade!‹ Stimmt's?«

»Ja, das meine ich.«

»Ich kenne Simon jetzt ungefähr sieben Jahre«, begann Sarah.

»Sieben?« Cobb dachte an das zurück, was ihm Sarah zuvor erzählt hatte, und erinnerte sich, dass ihr letzter Besuch in Alexandria sechs Jahre zurücklag.

»Die Operation, die wir durchgeführt haben, war keine schnelle Nummer, sondern zog sich fast über ein Jahr hin.«

»Was kannst du mir über die Operation sagen? Ich brauche nicht alles zu wissen. Nur die wichtigsten Punkte und welche Rolle Simon darin gespielt hat.«

»Was weißt du von Mädchenhandel?«

Cobb stöhnte. Aus seiner Zeit im Ausland waren ihm die Horrorgeschichten allzu vertraut. »Es beginnt normalerweise mit einer Entführung. Junge Mädchen werden von der Straße weggefangen, einige reißt man auch direkt aus ihrem Zuhause. Danach setzt man sie über einen längeren Zeitraum unter beruhigende Drogen, dann verschifft man sie in die ganze Welt, um sie in Bordellen arbeiten zu lassen.«

»Oder noch schlimmer«, sagte Sarah. »Manche werden auch auf Auktionen an den Meistbietenden verkauft. Sie verbringen den Rest ihres Lebens als Opfer des Abschaums dieser Welt – bei Männern, die glauben, dass ihnen ihr Reichtum das Recht gibt, andere menschliche Wesen zu vergewaltigen, und die zumeist ungestraft damit davonkommen.«

»Was haben du und Simon damit zu tun?«, fragte Cobb.

»Ägypten ist eine wichtige Drehscheibe des Mädchenhandels. Hier kommen Mädchen durch, die auf dem Weg nach Europa, nach Asien und nach Amerika sind – wobei sich die CIA natürlich für Letztere am meisten interessiert. Mich hat man aus zwei Gründen darauf angesetzt. Erstens mussten wir herausfinden, wie die Händler die Mädchen ins Land hinein- und wieder hinausbringen, und wie du weißt, kenne ich mich mit Grenzen bestens aus. Und zweitens wegen meiner jugendlichen Erscheinung. Ich konnte eine bestimmte Rolle spielen, die einer Schwester oder einer Freundin, die nach einem vermissten Mädchen aus der Heimat sucht. Du glaubst gar nicht, wie viele

Menschen einem besorgten Familienmitglied bereitwillig ihre Türen öffnen. Ich konnte Orte aufsuchen, Dinge erfahren und mit Menschen sprechen, die anderen Agenten nicht zugänglich sind.«

Cobb war mit Sarahs Kunst der verdeckten Ermittlungen vertraut und hatte bei ihrer vorangegangenen Mission erlebt, wie sehr sie sich verändern konnte. Sie konnte sich das Aussehen jedes beliebigen Alters von achtzehn bis vierzig geben.

»Wir haben Simon rekrutiert«, fuhr sie fort, »weil er uns dabei helfen sollte, den nächsten Treffpunkt der Händler herauszufinden. Er war ein hier ansässiger Ausländer, der die Gegend gut kannte und über die richtigen Verbindungen zu verfügen schien. Er war selbst nicht involviert, aber er hört das Gras wachsen. Als Späherin war es meine Aufgabe, mich mit Simon in Verbindung zu setzen, um ihn an Bord zu holen. Sobald ich den Kontakt hergestellt hatte, führte mich Simon praktisch durch die ganze Stadt. Er brachte mich an jeden Ort, den ich kennen, und stellte mich jedem vor, den ich kennenlernen musste.«

»Daher die Bezeichnung ›Reiseführer‹«, sagte Cobb.

Sarah stand auf und begann, im Zimmer auf und ab zu gehen. »Andere Agenten hatten uns versichert, dass sich die Mädchenhändler in Kairo treffen würden, deshalb hatten wir dort unsere Kräfte konzentriert. Simon beharrte als Einziger darauf, dass sich alles in Alexandria abspielte. Am Ende behielt Simon recht. Siebenunddreißig Mädchen wurden hier verkauft, und wir kamen zu spät, um das Ganze zu stoppen. Wir haben sie alle verloren.« Sie ließ den Kopf hängen. »Als alles vorbei war, holte sich Simon bei seinen Quellen entsprechende Personenbeschreibungen und gab uns alles, was er zusammenbekam. Er hat es sogar fertiggebracht, einige zu überreden, sich mit unserem Zeichner zusammenzusetzen. Sie haben stundenlang gearbeitet und aus der Erinnerung Porträtskizzen angefertigt. Sie haben den Akzent, die Eigenarten und alles andere, was ihnen an den Mädchenhändlern auffiel, zu Protokoll gegeben.«

»Hat es funktioniert?«, fragte Cobb.

»Wir haben fünf der Verkäufer und sechs der Käufer ermitteln können, und das nur dank Simons Bemühungen. Er ist für elf Schuldsprüche verantwortlich, aber trotzdem denkt er immer noch, er stünde in meiner Schuld. Er glaubt, wenn er etwas Konkretes über Alexandria herausgefunden hätte, anstatt nur Gerüchte weiterzugeben, hätten wir sie alle retten können. Bis zum heutigen Tage fühlt er sich für die Mädchen verantwortlich. Seitdem hofft er, es bei mir gutmachen zu können.«

»Sarah…«

Er wurde vom Dudeln seines Handys unterbrochen.

»Geh ruhig ran«, sagte sie. »Ich gehe mir mal die Beine vertreten.«

Cobb nickte. Er hatte gemerkt, dass es ihr nicht leichtgefallen war, die Geschichte zu erzählen, und wusste, dass sie ihre Gefühle nicht vor ihm zeigen wollte. Falls sie das Bedürfnis verspürte, zu schreien, zu weinen oder so lange gegen die Wand zu schlagen, bis ihre Knöchel bluteten, würde sie es unbeobachtet in ihrem eigenen Zimmer tun.

Cobb wartete, bis sich die Tür hinter ihr schloss, dann nahm er das Gespräch aus Florida entgegen. Für seine Begriffe hätte das Timing nicht besser sein können. Er hatte auf dem Rückweg zum Hotel eine SMS an Garcia geschickt, in der kaum mehr gestanden hatte als Dades Name und die Bitte, »alles über ihn« herauszufinden.

Damit wollte er Sarahs Informationen nicht herabsetzen. Sie konnte persönliche Details beisteuern, die in keinem offiziellen Bericht auftauchten. Es ging eher darum herauszufinden, wie es mit Dade seit ihrer Zusammenarbeit weitergegangen war. Sechs Jahre waren eine sehr lange Zeit – insbesondere in der zwielichtigen Welt der Spionage. Um Dade als potenziellen Informanten in Betracht zu ziehen, brauchte Cobb weitaus mehr als eine persönliche Empfehlung. Er wollte das ganze Paket, einen detaillierten Hintergrundbericht, wie ihn nur ein Computerhacker erstellen konnte.

Zum Glück hatte Cobb einen davon in seinem Team.

»Simon Philip Dade«, begann Garcia. »Geboren und aufgewachsen in Charleston, South Carolina. Allem Anschein nach eine normale Mittelschichtkindheit. Eigentlich gibt es bis zum Tod seiner Eltern nichts Bemerkenswertes in seinem Leben. Aber dann wird die Sache interessant.«

»Wie sind sie gestorben?«, fragte Cobb.

»Ein Bootsunfall«, antwortete Garcia. »Nicht die Art von ›Bootsunfällen‹, wie wir sie aus unserer Branche kennen. Seine Eltern verbrachten die Nacht ihres fünfzehnten Hochzeitstags auf einer Zwölf-Meter-Yacht, und es gab einen Kurzschluss in der Maschine. Sie sind nachts am Qualm erstickt. Die Küstenwache fand das Boot am folgenden Tag.«

»So etwas verändert ein Kind mit Sicherheit.«

»Das und dann der Kulturschock durch den Umzug in eine andere Stadt«, sagte Garcia, während er durch die Informationen auf seinem Laptop scrollte. »Dade ist von Charles*ton* nach Charles*town* in Boston gezogen. Sein Onkel nahm ihn auf, aber nur, um Zugriff auf Simons Treuhandvermögen zu bekommen. Wie's aussieht, ist der gute Onkel nicht gerade eine Koryphäe auf dem Gebiet der Kindererziehung gewesen. Er war eher die Art besoffener Drecksack, weshalb Simon im Grunde auf sich selbst ge-

stellt war. In seiner Highschool-Akte gibt es genauso viele
Verweise wie Empfehlungen. Die meisten Lehrer hielten
Simon für einen brillanten Schüler, der aber Probleme
hatte, sich aus Schwierigkeiten herauszuhalten.«

»Welche Art von Schwierigkeiten?«

»Ladendiebstahl, Vandalismus, unerlaubtes Betreten.
Was man von einem Teenager so erwarten kann, der sich
selbst überlassen ist. Nach dem Abschluss hat er sich
in einem örtlichen College eingeschrieben. Dort blieb
er nur ein Semester lang. Im Januar seines ersten Jahres
verbrachte er die Weihnachtsferien in Kairo. Die Uni
hatte eine Exkursion dorthin organisiert. Er ist nie wieder
zurückgekehrt.«

»Wie meinst du das?«

»Er hat einfach beschlossen, dass er künftig in Ägypten
leben will. Die dortigen Behörden erteilten ihm eine
Art Notvisum, bis er die Staatsbürgerschaft beantragen
konnte. Das College setzte sich mit dem Außenminis-
terium in Verbindung, und man teilte ihnen mit, dass
er achtzehn Jahre alt sei und alle nötigen Dokumente
ausgefüllt habe. Sie hatten keine Handhabe, ihn zu einer
Rückkehr zu zwingen.«

Cobb schüttelte den Kopf. »Irgendetwas stimmt da
nicht. Warum sollte ein amerikanischer Teenager, der
von der Abstammung her keinerlei Verbindungen in den
Nahen Osten hat, in die Wüste ziehen wollen? London,
das könnte ich verstehen. Oder Paris. Aber Ägypten? Das
begreife ich nicht.«

»Ich auch nicht.«

»Außer …«

»Außer was?«

»Ich frage mich, ob es da ein Mädchen gab.«

Garcia las, was er auf dem Display hatte. »Jedenfalls

keines, das er geheiratet hat, so viel kann ich feststellen. Aber ich werde es mir genauer ansehen, vielleicht kann ich ein, zwei Namen ermitteln.«

»Doch zunächst: Gibt es irgendwelche Alarmsignale?«

»Nicht wirklich«, sagte Garcia. »Keine Verhaftungen und keine Vorladungen. Nicht mal ein Ticket für falsches Parken. Seiner Steuererklärung zufolge ist er der alleinige Inhaber einer einträglichen Sicherheits- und Überwachungsfirma. Anscheinend ist er sehr gut in dem, was er macht, denn er hat Klienten in der ganzen Stadt.«

»Okay, das erklärt es.«

»Erklärt was?«

»Wie er uns im Auge behalten konnte, ohne dass wir es bemerkt haben. Das beruhigt mich ungemein. Ich hab schon befürchtet, Sarah und ich rosten allmählich ein.«

»Nein, Sir. Du rostest nicht ein. Er hat überall Kameras. Wahrscheinlich hat er euch beschattet, ohne überhaupt sein Büro zu verlassen.«

»Könntest du seine Kameras für mich anzapfen, falls es nötig wird?«

Garcia lachte. »Schon geschehen.«

Cobb grinste. Er arbeitete gern mit Profis zusammen – mit Leuten, die Initiative zeigten und auf die er sich verlassen konnte. Das erleichterte seine Arbeit ungemein. »Sonst noch was?«

»Vielleicht«, antwortete Garcia unschlüssig. »Ich hoffe, ich überschreite nicht meine Kompetenzen, wenn ich dir davon erzähle, aber seit deiner Abreise gibt es … Entwicklungen, von denen du vielleicht wissen solltest.«

»Was sollte ich vielleicht wissen?«

Garcia schluckte mühsam. »McNutt hat sich unerlaubt von der Truppe entfernt.«

95

12. KAPITEL

Daytona Beach, Florida
(220 Meilen nördlich von Fort Lauderdale)

Die meisten leidenschaftlichen Biker haben ein paar
»Must-see«-Events in ihrem Kalender stehen. Die Sturgis-
Motorradrallye gehört bei Bikern in den USA dazu. Sie
zieht jedes Jahr über eine halbe Million Fahrer für ein
lautes Wochenende voller Rennen, Konzerte und Partys
in die Black Hills von North Dakota. Ein anderes Event ist
der *Rolling Thunder Run* in Washington D.C. zu Ehren der
Männer und Frauen der Streitkräfte, die in Kriegsgefan-
genschaft geraten oder aus anderen Gründen nicht von
ihren Einsätzen zurückgekehrt sind. Fahrer aus allen Lan-
desteilen versammeln sich in der Hauptstadt, um damit
ihre Unterstützung der Streitkräfte der Vergangenheit und
der Gegenwart zu demonstrieren.

Teilnehmer dieser und ähnlicher Rallyes haben das
Recht, einen Aufnäher des jeweiligen Events zu tragen.
Obwohl es nicht mehr ist als ein simples besticktes Stück
Stoff, kennzeichnet es jene, die bereit waren, Zeit und
Meilen für ihr Land und seine Soldaten zu investieren,
und Biker tragen diese Symbole stolz wie militärische
Auszeichen oder Orden.

McNutt hatte eine Menge Orden, doch er bevorzugte
die Aufnäher. Die sahen auf seiner Lederjacke cooler aus.

Das größte Motorrad-Event in Florida ist die *Daytona*

Bike Week. Jedes Jahr zum Frühlingsbeginn verwandelt sich Daytona Beach in einen Anlaufpunkt für Biker aus dem Norden, denen zu Hause die Decke auf den Kopf fällt.

Ein paar Mal hatte McNutt den Trip schon unternommen, aber das letzte Event hatte er verpasst. Zu seinem Glück bot Daytona eine zweite Chance für alle, die es nicht zum Hauptfestival schafften. Jeden Oktober wurde das Biketoberfest gefeiert – eine zusätzliche Gelegenheit, um mit Gleichgesinnten die Leidenschaft für Motorräder, Bier und Kameradschaft zu feiern.

Außerdem war es die Gelegenheit, sich einen neuen Aufnäher zu verdienen.

Die meisten Bars in den Nebenstraßen sahen im Grunde gleich aus: enge Flure, die mit einer Reihe Barhocker anfingen und an einem Billardtisch endeten. Nur die Art Gäste war jeweils anders. Ein kurzer Blick in den Raum reichte McNutt als Bestätigung, dass er im richtigen Laden war. Eigentlich war die ganze Bar ein einziges großes Wiedersehensfest. McNutt besah sich die Tätowierungen und entdeckte Vertreter praktisch jeder Waffengattung des US-Militärs, außerdem drei Angehörige der britischen Royal Navy.

»He, Eierkopf, pass auf!«

McNutt drehte sich schnell nach der vertrauten Stimme um, denn er wusste genau, was geschehen würde, wenn er zu langsam reagierte. Beim Drehen entdeckte er die Billardkugel, die auf ihn zuflog, und den grinsenden Soldaten, der sie geworfen hatte. McNutt benutzte seinen Helm als Korb und fing das Wurfgeschoss damit auf, dann warf er die Kugel auf einen der Tische zurück.

Drei jüngere Marines, die in McNutts Nähe saßen, standen auf, um sich den vorzuknöpfen, der so blöd war, einem der ihren eine Beleidigung und eine Billardkugel an den Kopf zu werfen. Doch zwei Dinge ließen sie unvermittelt innehalten. Das erste war die Größe des Mannes. Er sah aus wie ein Gewichtheber. Oder eine Bulldogge. Oder eine Gewichte hebende Bulldogge. Auf jeden Fall gehörte er zu der Sorte Mensch, mit der man sich nicht anlegt, außer er hat deine Mutter angespuckt. Und selbst dann überlegt man es sich lieber dreimal.

Das Zweite, was ihnen auffiel und den Streit sofort im Keim erstickte, war das »U.S.M.C.«-T-Shirt, das er trug. Das Wort *Eierkopf* klang gleich viel freundlicher, wenn ein anderer Marine seinen Kameraden damit aufzog und man es nicht als Zeichen fehlenden Respekts interpretieren musste.

McNutt grinste, als sich die Jungen wieder hinsetzten. Die Bulldogge winkte den Freund zu sich an den Tisch. Er begrüßte ihn mit einer enthusiastischen Umarmung.

»Verdammt, Mann, ich dachte, du bist tot!«

»Pech gehabt«, erwiderte McNutt. Er gab der Kellnerin ein Zeichen, dass sie noch zwei Flaschen von dem Zeug bringen sollte, das sein Freund trank, was immer das auch war.

»Also«, sagte die Bulldogge, »wo, zum Teufel, hast du dich versteckt? Bist du zum Feiern hergekommen, oder wolltest du mich treffen? Aus deiner Nachricht ging das nicht richtig hervor.«

»Tut mir leid. Ich wollte am Telefon nicht zu sehr ins Detail gehen.«

»Wolltest du nicht, oder durftest du nicht?«

»Ein bisschen von beidem«, antwortete McNutt.

Die Kellnerin servierte die nächste Runde, und sie ließen sich einen Moment Zeit, um einen langen Schluck aus den kalten Flaschen zu genießen, während sie der

Kellnerin auf den Hintern glotzten. Irgendwie hatte sie es geschafft, sich in ein paar Shorts zu zwängen, die jeder Stripperin die Schamesröte ins Gesicht getrieben hätten, und sie wussten ihre Mühe zu schätzen.

»Wie schon gesagt«, lachte McNutt, »ich plane einen Trip in den Nahen Osten, und ich brauche ein Reisebüro. Du bist der Erste, der mir in den Sinn kam.«

»Das kann ich gut nachvollziehen.«

Staff Sergeant Tyson gehörte zu einer auf Feindaufklärung spezialisierten Einheit der U.S. Marines. Er und seine Männer waren stets die Ersten, die in vom Feind besetzte Gebiete eindrangen. Ihre Aufgabe war es, alle wichtigen Informationen zu sammeln – wer der Befehlshaber war, welche Ziele der Feind im Visier hatte, wie viel Artillerie ihm zur Verfügung stand und so weiter – und diese Informationen an ihre Vorgesetzten zu übermitteln.

»Fühlst du dich urlaubsreif und willst 'n paar Sandburgen bauen?«, fragte Tyson.

»Ganz im Gegenteil«, erklärte McNutt. »Ich hab gehört, dass in Ägypten jede Menge Zeug vergraben ist, und ich hoffe, etwas davon zu finden. Kennst du dich noch aus in der Gegend?«

Tyson nickte. »Der Nahe Osten ist mein Spielplatz.«

»Fürs Erste interessiere ich mich nur für Ägypten.«

»Dass das Land sehr instabil ist, weißt du sicher.«

»Die Führung schafft es nicht, jedem alles recht zu machen, um genügend Rückhalt zu finden. Oder zumindest nicht lange genug. Ganz gleich, was sie tut, es gibt immer jemanden, dem das nicht passt.«

»Vor ein paar Jahren wurde ihre Verfassung außer Kraft gesetzt«, erläuterte Tyson. »Das Resultat war ein politischer Selbstbedienungsladen, und bei der letzten Zählung gab es mindestens vierzig politische Parteien in

Ägypten. Das sind mehr als vierzig verschiedene Auffassungen darüber, was für das Land das Beste ist, und jede Partei hat einen eigenen Kandidaten, der glaubt, er würde die Stimme des Volkes repräsentieren. Da herrscht der Wahnsinn mit Methode. Es gibt zwar Hoffnungen, dass sich mit der Zeit Machtstrukturen herausbilden, die die Menschen zusammenbringen, doch niemand weiß, ob diese neue Einheit vom jetzigen Präsidenten oder seinem Nachfolger ausgehen wird. Und der Militärrat der Streitkräfte steht schon parat, falls doch noch alles zusammenbricht. Sie haben sich schon früher eingemischt, und sie würden auch diesmal nicht zögern, es zu tun, wenn die Gefahr besteht, die Kontrolle über das Land zu verlieren.«

»Der Militärrat?«

Tyson nickte. »Einundzwanzig hohe Offiziere aus verschiedenen Waffengattungen der ägyptischen Streitkräfte. Sie haben die Macht, einer scheiternden Regierung in die Zügel zu greifen, ganz abgesehen von den Mitteln, die ihnen zur Verfügung stehen, um dafür zu sorgen, dass ihre Beschlüsse eingehalten werden. Das gilt natürlich nur in den städtischen Regionen. In der Wüste gibt es keine Kontrolle. Dort streiten sich marodierende Nomaden um alles, was sie finden können ... und das ist so gut wie nichts. Es ist eine brutale Einöde voller Sandstürme und Aasgeier. Wenn man sich da verläuft, ist man so gut wie tot.«

»Verdammt«, scherzte McNutt, »du bist bestimmt das schlechteste Reisebüro aller Zeiten. Kein Wunder, dass ich der einzige Kunde bin.«

Tyson grinste. »Ich sage nur, wie es ist.«

McNutt scherzte weiter. »Für mich dann bitte zwei Tickets in die brutale Einöde. Sind die Sandstürme und die Aasgeier inbegriffen, oder kosten die mich extra?«

»Du kannst mich mal«, lachte Tyson und nahm den nächsten Schluck Bier. »Ich gebe mir Mühe, dich auf den aktuellen Stand zu bringen, und so wird es mir gedankt. Genau wie die Transe damals, die dir …«

»Whoa! Whoa! Whoa!«, rief McNutt und lief vor Verlegenheit rot an. Er blickte sich im Raum um, um sicherzugehen, dass es niemand gehört hatte. »Erstens war ich betrunken, und zweitens dachte ich, es wär 'n Mädchen. Außerdem – und nur darauf kommt es wirklich an – war dein Vater richtig scharf auf sie oder ihn.«

Tyson spuckte einen Mundvoll Bier aus. »Mann, du tickst wohl nicht richtig.«

McNutt klopfte ihm auf den Rücken. »Alles in Ordnung? Komm, sag schon, dass alles in Ordnung ist. Wenn du keine Luft mehr kriegst, kann ich deinen Vater anrufen. Die Nummer hab ich noch.«

Tyson wischte sich die Tränen aus den Augen und das Bier vom Kinn. So hatte er schon seit Jahren nicht gelacht. »Ich bin wirklich froh, dass du angerufen hast, Mann. Ganz ehrlich. Es ist schon viel zu lange her gewesen.«

McNutt nickte zustimmend. »Tut mir auch leid, aber du weißt ja, wie das ist. Wenn du im Land bist, bin ich es nicht, und umgekehrt. Wie lange bleibst du?«

»Nicht lange. Und du?«

»Ich mach mich bald wieder vom Acker.«

»Nach Ägypten?«

»Erst mal. Und du?«

»Dieselbe Gegend, aber eine andere Postleitzahl.«

»Wie nah?«

»Ziemlich nah.«

»Gut zu wissen.«

Tyson nahm noch einen weiteren großen Schluck Bier, bevor er erneut das Wort ergriff. »Josh, ich weiß nicht, in was du da verwickelt bist, und ehrlich gesagt will ich es auch gar nicht wissen.« Er stockte. »Nein, das nehme ich zurück. Ich will es wissen, aber aus Respekt vor dir frage ich lieber nicht nach.«

McNutt nickte. »Geht mir auch so.«

»Und nachdem das gesagt ist… Ich glaube, dir ist nicht ganz klar, was da unten los ist. Das eine kann ich dir sagen: Ägypten ist hart. Und so schlimm die Wüsten auch sein mögen, in den Städten ist es mitunter noch schlimmer.«

»Wie meinst du das?«

»Hast du mal von den Fortyninern gehört?«

»Das Football-Team?«

»Nein, die *echten* Fortyniner. Tausende Männer und Frauen, die sich damals im neunzehnten Jahrhundert zur Goldsuche nach Kalifornien aufgemacht haben.«

»Ja, aber was willst du mir damit sagen?«

»Als die Fortyniner in Kalifornien eintrafen«, fuhr Tyson fort, »waren sie auf Gedeih und Verderb den Leuten ausgeliefert, die vor ihnen da waren. Sie mussten feststellen, dass sie für fast alles, was sie brauchten, eine Gebühr bezahlen mussten. ›Du willst aus meinem Fluss trinken? Kostet dich einen Nickel.‹ – ›Du willst durch mein Land? Das macht einen Nickel.‹ Wohin sie auch kamen, was sie auch machten, jedes Mal mussten sie dafür blechen.«

McNutt schüttelte den Kopf. »Ich kapier's immer noch nicht. Was hat das Ganze mit mir zu tun?«

»So sind die Städte in Ägypten. Völlig egal, worum es sich handelt, legal oder illegal, Schwarzmarkt, legaler Markt oder grauer Markt… Es gibt immer eine Gebühr, die die erheben. Für alles. Und wenn du nicht zahlst, kommt es dich teuer zu stehen.«

McNutt hob die Hand und bestellte die nächste Runde.

Notfalls wollte er den ganzen Abend hier verbringen und einen Drink nach dem nächsten ausgeben, bis er alles über Ägypten wusste.

»Wer sind *die*?«, fragte er.

Tyson holte zu einer Erklärung aus. »Als die Regierung den Bach runterging, witterten Kriminelle ihre Chance und übernahmen die Kontrolle über die Städte. Und so ist es seitdem geblieben. Du willst eine Raffinerie bauen? Das kostet dich soundso viel. Du willst eine neue Straße asphaltieren? Dann bezahl erst die Gebühr. Derjenige, der die Gegend kontrolliert, legt fest, was es kostet, in seinem Bezirk einem Geschäft nachzugehen. Und das eine kannst du mir glauben, mit Kleingeld ist es da nicht getan.«

»Wie fest sitzen die im Sattel?«

Tyson lachte. »Die kontrollieren auf die eine oder andere Weise alles. Es läuft entweder über sie oder überhaupt nicht. Handel, Tourismus, Industrie, was auch immer – sie haben die Finger drin. Genau wie die Mafia in Jersey.«

»So schlimm, hmm?«

Tyson nickte. »Was du da vorhin erwähnt hast, die Sachen, die du finden willst… Ich hoffe, es gibt eine Menge davon, denn die Ausgrabungsgebühren werden dich eine Stange Geld kosten.«

13. KAPITEL

Garcia hatte die Rechercheaufträge für Cobb erledigt und McNutts unerlaubtes Fehlen gemeldet. Danach hatte er nicht mehr viel zu tun.

Um sich nützlich zu machen, fragte er Jasmine, ob sie Hilfe bräuchte. Er fand, dass sie von allen Teammitgliedern am wenigsten streitlustig war. Zwar zog er auch weiterhin die Gesellschaft von Computern der Kommunikation mit Menschen vor, aber es machte ihm nicht wirklich etwas aus, Zeit mit Jasmine zu verbringen. Außerdem musste er noch eine Menge Lücken füllen, bevor er genau verstand, wonach sie eigentlich suchten, und er wusste, dass sie ihm dabei helfen konnte.

»Kommst du mit dem Tisch klar?«, fragte er.

»Ja«, antwortete sie zunächst. »Ich habe es jedenfalls geschafft, die Kartenschichten neu anzuordnen und so übereinanderzulegen, wie ich es für richtig halte, nur… Ich kriege es irgendwie nicht hin, die verschiedenen Ebenen zu verknüpfen.« Sie streckte die Hand aus, berührte vorsichtig eine Ecke des Hologramms und ließ eine Schicht der Karte rotieren. »Das schaffe ich, aber was muss ich machen, um das ganze Ding gleichzeitig zu drehen? Was muss ich tun, wenn ich will, dass sich alles wie ein einziges großes Stück verhält und nicht wie verschiedene einzelne Ebenen? Ist das überhaupt möglich?«

»Klar.« Garcia berührte zwei benachbarte Punkte auf zwei Schichten des Hologramms und faltete die Hände zusammen, wobei er die Finger verschränkte, als wolle er beten. Als er dann die Hand ausstreckte und die untere Schicht drehte, drehte sich auch die Schicht darüber mit.

Jasmine schüttelte den Kopf und ahmte seine Gesten nach. »Das ist so einleuchtend, ich hätte selbst darauf kommen müssen.« Sie verknüpfte nur zum Üben mehrere andere Schichten. »Was ist mit Anmerkungen? Gibt es die Möglichkeit, die Karte mit Anmerkungen zu versehen? Das würde mir einiges erleichtern.«

Garcia streckte zwei Finger aus und tippte zweimal kurz auf das Display. »Du kannst Anmerkungen hinzufügen, einen Bereich einfärben, Stecknadeln setzen, Entfernungen berechnen und noch einiges mehr. Unter den Werkzeugen befindet sich auch ein Spracherkennungsprogramm. Du brauchst nur auf die betreffende Stelle zu tippen und deine Anmerkung zu diktieren, dann übernimmt der Computer den Rest.«

Er forderte sie auf, es auszuprobieren.

Sie nickte und tippte auf eine große römische Säule im Zentrum eines großen Parks. Sie war im Jahre 297 nach Christus errichtet worden und überragte den Platz. »Pompeiussäule.«

Eine Sekunde später zeigte der Computer das Wort Pompeiussäule auf dem Display. Garcia tippte wieder auf das Fenster, und plötzlich erschien das Wort in der Karte genau über der Sehenswürdigkeit.

»Hector, das ist fantastisch!« Sie war so aufgeregt, dass sie ihm in die Arme fiel. »Ganz im Ernst, ich kann dir gar nicht genug danken. Dieses Programm erspart mir jede Menge Zeit.«

Garcia strahlte vor Stolz. »Freut mich, dass ich helfen konnte.«

Papineau, der die Angewohnheit hatte, zu kommen

und zu gehen, wann immer er es für passend hielt, kehrte gerade in dem Moment in den Raum zurück, als sie sich aus ihrer Umarmung lösten. »Jasmine, was feiern Sie? Haben Sie herausgefunden, wo wir anfangen können?«

»Anfangen?«, sagte Garcia. »Ich dachte, aus der Karte geht hervor, wo die Suche *endet*?«

Papineau lachte über seine Frage. »Leider nicht. So leicht wird es nicht. Es gibt kein X, das den Punkt markiert. Wir müssen erst mal wissen, wo wir mit der Suche anfangen.«

»Ich dachte, das wissen wir schon. Wir fangen in Alexandria an.« Garcia blickte ihn und Jasmine an und hoffte auf eine Bestätigung. »Stimmt doch?«

»Ja, aber wo?«, sagte Papineau.

Garcia schaute auf die Karte. Er sah meilenlange Straßen, Hunderte von Gebäuden und viele Hektar unterirdischer Katakomben. Dass man dazwischen ein einziges Grab ausfindig machen konnte, erschien eher unwahrscheinlich. »Verdammt. Das wird noch schwerer, als ich dachte. Als wollte man in einer Lawine eine einzelne Schneeflocke finden.«

»Tja, Hector«, meinte Papineau, »im Vergleich dazu wären einzelne Schneeflocken leicht. Das hier wird bei Weitem schwieriger.«

Jasmine zuckte mit den Schultern. »Vielleicht, vielleicht auch nicht.«

Papineaus Miene hellte sich auf. »Haben Sie etwas entdeckt?«

»Nichts Bestimmtes, aber ...« Sie klang alles andere als zuversichtlich und fast so, als ob sie sich erst noch selbst überzeugen musste. »Vielleicht.«

»Schön, dann stehen Sie nicht nur so da. Zeigen Sie es uns!«

Jasmine stöhnte, tat aber, was er verlangte. Sie zog alle späteren Schichten der Karte weg und ließ nur die ältesten Darstellungen stehen. Dann vergrößerte sie das Hologramm und zoomte auf eine Vertiefung im Zentrum der Karte. »Ich weiß, das sieht aus wie ein Loch im Boden, aber ich finde die Beschriftung interessant. Da stehen die Worte ›Donum Neptunus‹.«

Papineau verfügte über eine klassische Bildung und brauchte keinen Computer, um den Begriff zu übersetzen. »Das ist Latein. Es bedeutet ›Neptuns Geschenk‹. Woran denken Sie dabei?«

Sie setzte sich auf den nächstbesten Stuhl und rieb sich die Augen. Ihre Theorie war noch nicht ganz zu Ende gedacht. »Es gibt eine antike Geschichte, die ich schon oft in unterschiedlichsten Interpretationen gehört habe, in der geht es um eine heilige Quelle mitten in Alexandria. Der Legende zufolge handelte es sich um eine magische Quelle, die für das Schicksal Ägyptens eine entscheidende Rolle spielte.«

»Eine Wasserquelle?«, fragte Garcia. »Wie das?«

»Im Jahr 47 vor Christus«, führte Jasmine aus, »kämpfte Julius Caesar gegen Ptolemäus Theos Philopator um die Herrschaft der Stadt. Es gab zwei größere Schlachten. Während der ersten, als Ptolemäus Alexandria belagerte, fluteten seine Männer Caesars Trinkwasserreservoir mit Salzwasser, um ihn damit zur Aufgabe zu zwingen. Der aber ließ tiefe Löcher in den Boden graben, bis er auf Grundwasser stieß. Danach gelang es Caesar, Ptolemäus' Armee zurückzudrängen. Schließlich besiegte er ihn in der Schlacht am Nil.«

Papineau nickte wissend. »Neptun war der römische Gott der Gewässer. Sie glauben, das ›Geschenk Neptuns‹ war Caesars Quelle?«

»Ich halte das für möglich.«

»Erzählen Sie mir mehr«, forderte er. »Überzeugen Sie mich.«

Sie lächelte und nahm die Herausforderung an. »Weil ihm klar wurde, wie wichtig eine Trinkwasserquelle war, soll Caesar dafür gesorgt haben, dass die Wasserstelle mit Mauerwerk verstärkt wurde. Er ließ rings um die Quelle kräftige Mauern errichten, die doppelt so dick waren wie die jedes anderen Gebäudes. Dieses Gemäuer wurde von einer Elitegarnison römischer Wachmänner geschützt und wurde zum Tempel. Der Legende nach blieb das in den folgenden sieben Jahrhunderten unverändert, und nur Priestern war es erlaubt, den Tempel zu betreten, in dem sich die Quelle befand. Man sah darin die einzige Möglichkeit, die Unantastbarkeit der Wasserquelle sicherzustellen.«

»Und was war nach dem siebten Jahrhundert?«

»Bedauerlicherweise wird Caesars Quelle nach der Invasion durch die Perser in keinem der Bücher erwähnt, die ich gelesen habe. Andererseits findet sich aber auch keine offizielle Erwähnung der Quelle *vor* der persischen Invasion. Wie schon gesagt, es ist nur eine Legende, aber…«

Garcia starrte auf die Karte. »Also angenommen, die Gerüchte sind wahr, und angenommen, dieses ›Donum Neptunus‹ bezieht sich auf deine mythische Quelle… Was nützt uns das?«

»Um 200 nach Christus ließ Kaiser Septimius Severus sämtliche Hinweise auf Alexanders Grabstätte beschlagnahmen. Und ich meine wirklich *alles*. Wenn das Grab in einem Buch auch nur erwähnt wurde, wurde es vom Römischen Reich eingezogen. Danach befahl er, das Grab für alle Zeit zu versiegeln.«

»Was hat er mit all den Schriftstücken getan?«, fragte Garcia.

Papineau hatte noch nie von der heiligen Quelle gehört, doch er kannte die Geschichte des Kaisers Severus. »Manche sagen, er ließ alles ins Grabmal bringen, bevor es versiegelt wurde. Andere behaupten, er ließ alle Hinweise auf einem riesigen Scheiterhaufen verbrennen.«

Jasmine erhob sich. »Und das war's. Wie viele Dinge wurden im Laufe der Weltgeschichte völlig ausgelöscht?«

Garcia dachte über die Frage nach. »Woher sollen wir das wissen? Wenn etwas völlig zerstört wurde, gibt es keine Hinweise mehr auf seine Existenz. Und wenn es keine Hinweise auf seine Existenz gibt, können wir auch nicht wissen, ob es jemals zerstört wurde.«

Papineau kicherte über die analytische Denkweise ihres Computer-Nerds. »So spricht ein wahres Genie.«

Jasmine überging Garcias Argumentation mit den Worten: »Denk nicht zu lange darüber nach, Hector. Was ich meine, ist Folgendes: Nur, weil Severus versucht hat, jeden Hinweis auf das Grab einzukassieren, heißt das noch lange nicht, dass es ihm auch gelungen ist. Meinst du wirklich, jemand könnte so etwas schaffen? Glaubst du wirklich, er konnte weltweit jeden Hinweis auf das Alexandergrab tilgen? Irgendwo hat irgendwer bestimmt etwas zurückgehalten. Ein Buch. Eine Zeichnung. Ein Erinnerungsstück. Und wenn du die Geschichte kennst, weißt du auch, dass es besonders eine Gruppe gab, die insgeheim alle Pläne des Kaisers zunichtezumachen versuchte, und zwar vor aller Augen.«

Papineau nickte. »Die Priester.«

Garcia stöhnte verwirrt. »Das versteh ich nicht. Weshalb sollten sich römische Priester dem römischen Herrscher widersetzen?«

»Zu Zeiten von Severus«, erklärte Jasmine, »hatte das Christentum noch keinen guten Stand im Römischen Reich. Die Religion dort kannte viele Götter. Es dauerte noch ein ganzes Jahrhundert, bis die Bürger des Kaiserreichs in aller Öffentlichkeit die Heilige Dreifaltigkeit anbeten konnten. Bis es dazu kam, wurden Christen für ihren Glauben verfolgt. Das brachte die römischen christlichen Priester natürlich in einen Konflikt mit dem römischen Herrscher, selbst wenn sie ihm weiterhin dienten. Severus war davon überzeugt, dass die Grundlage ihres Glaubens eine Lüge war. Im Gegenzug akzeptierten die Priester den Imperator nicht als Mitglied des göttlichen Pantheons, wie es bis dahin Brauch war. Deshalb ist es absolut einleuchtend, dass sich die Priester dem Kaiser widersetzten.«

Garcia zuckte mit den Schultern. »Wenn du meinst.«

»Severus gestattete seinem Sohn Caracalla im Jahr 215 nach Christus, das Grab Alexanders zu besuchen«, fuhr sie fort. »Es ist der letzte bekannte Besuch des Grabs durch einen Römer. Aber verschiedenen christlichen Quellen nach folgten Caracalla Priester in die Gruft und dokumentierten seine Lage. Falls die Legende vom ›Donum Neptunus‹ stimmt, kümmerten sich die Priester auch noch Jahrhunderte, nachdem das Christentum Staatsreligion wurde, um die Quelle. Es ist nicht ganz undenkbar, dass wir in diesem Fall von derselben Personengruppe reden.«

»Und wenn es so ist?«, fragte Papineau.

Sie lächelte. »Wenn man sich bemüht, Hinweise auf das Alexandergrab zu verbergen – Hinweise, die sich als nützlich erweisen könnten, wenn man vorhat, sich gegen das Reich aufzulehnen –, und gleichzeitig dem Imperator eins auswischen will, was für einen besseren Ort gäbe es dann als ein schwer bewachtes Gebäude mit dicken Mauern, zu dem nur Priester Zugang haben?«

Papineau lachte über die Ironie. »Falls es sich so zutrug, hätte die Garnison des Kaisers den Priestern unwissentlich dabei geholfen, Informationen über das Grab zu schützen. Herrlich!«

»Herrlich, ja. Aber stimmt es auch?«, fragte Jasmine.

»Das muss sich erst noch herausstellen. Ich muss den Ort genau untersuchen, um mir ganz sicher zu sein.«

14. KAPITEL

Freitag, 31. Oktober
Alexandria, Ägypten

Cobb hätte ihr Kommandozentrum in jedem Teil der Stadt errichten können, doch nachdem er mehrere Tage in Alexandria verbracht hatte, war er zu dem Schluss gekommen, dass der an der Küste gelegene Stadtteil San Stefano die perfekte Wahl war. San Stefano liegt nicht nur im Zentrum der lang gestreckten Stadt, wodurch es ein idealer Ausgangspunkt ist, um die Stadt zu erkunden, sondern bietet dem ausländischen Reisenden auch einige Annehmlichkeiten.

Wegen der Restaurants, Hotels und Einkaufszentren schwärmen Touristen in das Viertel wie Tauben in einen Stadtpark. Zu fast jeder Tages- oder Nachtzeit sind die Straßen voller Männer und Frauen jeglicher Größe, Gestalt und Nationalität. Hier würde sich niemand fragen, was die drei weißen Amerikaner, den Latino, die Asiatin und den Franzosen zusammenführte.

Papineau war an Deck einer zwanzig Meter langen Yacht mit drei Ebenen, die an einem Bootssteg vertäut lag. Obwohl die individuellen Extras der *Tresor de la Mer* fehlten, war es ein beeindruckendes Schiff. Es verfügte über vier Kabinen, einen Speiseraum und drei geräumige Aufenthaltsräume. Sein großes Trinkwasserreservoir und zwei Heißwassertanks boten den Menschen an Bord den

Luxus heißer Duschen, während die Satellitenschüssel und hochmoderne Nachrichtentechnik sie mit dem Internet verbanden. Es hatte alle Annehmlichkeiten eines Hotels und bot zusätzlich die Möglichkeit, den Ort zu wechseln.

Eine perfekte Operationsbasis.

McNutt kam zu Papineau an Deck. »Wie spät ist es?«, fragte er und blickte auf den Yachthafen. »Ach, vergessen Sie's. Fangen wir lieber mit einer besseren Frage an: Welcher *Tag* ist heute?«

Es war nur ein halber Scherz. Die letzten zweiundsiebzig Stunden waren für ihn recht stürmisch verlaufen. Er war gerade erst von seinem Daytona-Beach-Ausflug nach Fort Lauderdale zurückgekehrt, da war er schon aufgefordert worden, für Ägypten zu packen. Das Reiseziel spielte für McNutt keine Rolle – er hatte nur Jeans und T-Shirts, deshalb blieb sein Gepäck stets das gleiche, egal, wohin es ging –, doch er hatte sich eine kleine Erholungspause erhofft gehabt. Nicht nur wegen seiner durchsoffenen Nacht, sondern auch wegen der Rückfahrt. Sein Motorrad war älter als er selbst, und der durchgesessene Sitz drückte hart an seinen Hintern. Dass er zwölf Stunden hatte durchfahren müssen, hatte es auch nicht besser gemacht.

»Es ist Freitag«, antwortete Papineau, während er in der Morgenzeitung blätterte. »Und es ist 8 Uhr morgens Ortszeit. 0800 sagt man wohl bei Ihnen.«

McNutt gähnte und stellte seine Uhr. Die Reise hatte sie zwölf Stunden gekostet, die Zeitumstellung sechs Stunden. Dazu kamen weitere sieben Stunden Schlaf auf dem Boot. Trotz seines Militärtrainings fühlte er sich ziemlich groggy. Papineau hätte ihm sagen können, dass Weihnachten wäre, und McNutt hätte es ihm abgenommen. »Gibt es irgendwo Kaffee?«

»Kommt schon.« Jasmine kam von unten aus der Kombüse. Sie trug ein Tablett mit einer Kanne, Sahne, Zucker und sechs Bechern. Sie blickte sich um und stellte fest, dass die Hälfte des Teams fehlte. »Sarah und Jack sind noch nicht zurück?«

McNutt zuckte mit den Schultern. Er war noch nicht ganz wach.

»Sie sind noch auf Erkundung in der Stadt. Ich erwarte sie bald zurück«, sagte Papineau.

Jasmine war von allen Teammitgliedern am begierigsten auf diese Reise gewesen. Auf Cobbs Anweisung hin hatte sie während der letzten achtundvierzig Stunden an ihrer Theorie über die heilige Quelle gearbeitet. Ihre Hypothese stellte er nicht infrage, er bräuchte lediglich mehr Informationen, bevor er bereit war, die Sache in Angriff zu nehmen. Nach seinem Empfinden gab es noch zu viele »falls« in ihrer Gleichung. Um sich in der Stadt auf die Suche zu machen, bräuchte er Handfesteres als nur Gerüchte. Er wollte den konkreten Beweis, dass die Theorie stimmen konnte.

Es hatte eine Weile gedauert, doch Jasmine hatte ihn gefunden.

Jetzt musste sie ihn nur noch überzeugen.

McNutt nahm sich einen Becher vom Tablett und goss sich einen dringend benötigten Kaffee ein. »Ich würde immer noch schlafen, wenn Hector nicht so schnarchen würde. Ganz im Ernst, ich finde, der Kerl gehört ins Krankenhaus.«

»Warum?«, fragte Jasmine. »Glaubst du, es hat medizinische Ursachen?«

McNutt schüttelte den Kopf. »Mit dem kann man ganze Komapatienten aufwecken. Zum Teufel, vergesst das Krankenhaus. Bringt ihn ins Leichenschauhaus. Vielleicht kann er dort die Toten aufwecken.« Er richtete seinen Blick auf Papineau. »Hätten Sie kein Boot finden können, in dem jeder von uns sein eigenes Zimmer hat?«

Papineau hatte das größte Zimmer für sich reserviert und es den anderen selbst überlassen, sich um ihre Schlafquartiere zu kümmern. Jasmine hatte das größte der drei verbliebenen Zimmer für sich und Sarah reklamiert, und Garcia und McNutt hatten aus Respekt vor Cobb das letzte Zweibettzimmer genommen. Sie mochten ein bunter Haufen sein, aber er war der Anführer. Als solcher bekam er eine Einzelkabine.

»Wie konnte ich nur so gedankenlos sein und einen Ex-Marine in ein Doppelzimmer auf einer Luxusyacht setzen?«, spottete der Franzose. »Ich sollte mich schämen, Ihnen so ein Elend zuzumuten. Ich bin sicher, dass Sie das amerikanische Militär immer königlich verwöhnt hat. Nur pompöse Seidenzelte und bester Bordeauxwein in den beschaulichen Sanddünen im Irak.«

»Und Bauchtänzerinnen. Die standen drauf, mich mit Weintrauben zu füttern.«

Papineau verdrehte die Augen. »Falls Sie es vergessen haben: Wir haben uns für diesen Yachthafen entschieden, um nicht aufzufallen. Und je größer das Boot ist, desto schwieriger wird das. Sie sind jetzt noch keine fünf Minuten an Deck. Sagen Sie mir, welche Boote hervorstechen?«

Ohne den Kopf zu drehen, gab McNutt wieder, woran er sich erinnern konnte. »Auf der anderen Seite des Docks liegt ein doppelt so großes rabenschwarzes Boot, am Ende des Anlegers ein Dreimastsegler, und vor der Küste ankert ein unglaubliches Monstrum mit Hubschrauberlandeplatz, das bestimmt seine fünfundvierzig Meter misst.«

»Alle größer als unser bescheidenes Boot«, sagte Papineau. »Wir sind umgeben von Reichtum und Opulenz,

115

den Spielzeugen von Scheichs und Monarchen. Und ihre teuren Schiffe sind so ausstaffiert, dass sie auffallen. Sonst könnten sie ja nicht damit protzen. Wir haben natürlich vor, unsichtbar zu bleiben, deshalb ist diese Yacht die perfekte Wahl.«

Plötzlich erschienen Cobb und Sarah an Deck. Sie hatten eine Leiter benutzt, um vom Steg aufs Boot zu klettern.

»Sie haben recht«, sagte Cobb und nahm sich einen Becher vom Tablett. »Aber ich glaube nicht, dass Josh diese speziellen Boote wegen ihrer Größe aufgefallen sind.«

Papineau verzog das Gesicht. »Wie meinen Sie das?«

»Sag's ihm, Josh.«

»Mit Vergnügen«, sagte McNutt. »Die Politur auf dem schwarzen Bootsrumpf blendet in der Morgensonne. Die Segel an dem Dreimaster verraten mir die Windrichtung und die ungefähre Windgeschwindigkeit. Und der dicke Kahn ist wie ein Wellenbrecher. Wenn er da ist, ist der Hafen ruhig. Wenn er wegfährt, wird es viel mehr Schlingern und Rollen geben.«

»Es blendet? Die Windrichtung? Schlingern und Rollen?« Für Jasmine ergab das alles keinen Sinn. »Von was, um alles in der Welt, redest du da?«

»Schussbedingungen«, antwortete McNutt. »Wenn es blendet, kann es dein Ziel verbergen. Der Wind kann das Projektil ablenken. Wenn das Boot schlingert und rollt, kann man schlecht zielen.«

Cobb lächelte. »Einmal Scharfschütze, immer Scharfschütze.«

Jasmine wusste, dass sie sich vermutlich Sorgen über jemanden machen musste, dessen erster Instinkt es war abzuschätzen, wie er jederzeit jemanden umbringen konnte, aber auf seltsame Weise beruhigte sie McNutts

Aufmerksamkeit. Obwohl er unter Schlafmangel und einem Jetlag litt, wog er zunächst alle Widrigkeiten ab, die es ihm schwerer machen könnten, die Gruppe zu schützen.

Irgendwie fühlte sie sich sicherer in seiner Nähe.

»So«, sagte McNutt zu Sarah, die hinter ihm stand. »Wie war dein Date mit Simon? Du trägst noch dieselben Klamotten wie letzte Nacht, also gehe ich davon aus, dass du Glück hattest.«

Sie warf ihm einen bösen Blick zu. »Erstens war das kein Date. Wir haben die ganze Nacht über observiert. Und wenn du es genau wissen willst: Wir *haben* alle Glück gehabt.«

»Haben wir? Verdammt, und ich hab alles verschlafen. Wie war ich?«

Sie packte sein Ohr und verdrehte es fest. »Dämlich, wie immer.«

Er rieb sein schmerzendes Ohr. »Aua.«

Cobb erklärte den anderen ihre Bemerkung. »Was Sarah mit ›Glück‹ meint, ist, dass uns in Alexandria niemand gesehen hat. Abgesehen von einer kleineren Sache mit lokalen Schlägertypen scheint uns sonst niemand bemerkt zu haben.«

»Sind Sie sich sicher?«, fragte Papineau.

»So sicher, wie wir sein können.«

Mit Dades Hilfe und Überwachungstechnik hatten sie die ganze Nacht über Gespräche in der Stadt belauscht. Sie hatten hören wollen, ob jemand ein neues Boot im Yachthafen erwähnte, auf dem sich ein seltsamer Mix von Menschen verschiedener Ethnien befand. Zum Glück war niemandem ihre Ankunft aufgefallen. Wenn ihr Boot jemandem aufgefallen wäre, wäre womöglich ihre ganze Mission gefährdet.

Sarah blickte sich um und stellte fest, dass Garcia fehlte. »Wo ist Hector?«

»Der schläft«, sagte McNutt, der sich immer noch das Ohr rieb. »Das Geräusch, das ihr hört, kommt nicht von einem vorbeifahrenden Motorboot. Nein, das ist die Kettensäge, die er Mund nennt.«

»Lass ihn in Ruhe«, sagte Jasmine. »Er war die halbe Nacht wach und hat unsere Kommandozentrale zusammengebaut. Er braucht seine Ruhe.«

»Die brauche ich auch«, knurrte McNutt. »Glaubt ihr ehrlich, der Nerd hat die Ausrüstung selbst geschleppt? Warum darf *er* ausschlafen?«

Jasmine sah Cobb an. »Wenn du willst, werde ich ihn wecken.«

Cobb schüttelte den Kopf. »Lass ihn schlafen. Außerdem will ich zuerst etwas von euch hören, bevor wir irgendwas anderes tun. Habt ihr gefunden, wonach ihr gesucht habt?«

»Ja und nein«, erwiderte sie. »Es gibt eine Menge Hinweise darauf, dass Caesars Quelle wirklich existiert hat, aber keinen Beweis dafür, dass sich dort Informationen über das Alexandergrab finden lassen. Allerdings gibt es Berichte über einen antiken Tempel, der in jener Epoche errichtet worden ist. Daraus geht außerdem hervor, dass in dem Tempel Aufzeichnungen verwahrt wurden, die von römischen Priestern gehütet und bewacht wurden.«

Cobb brauchte mehr. »Weiter.«

»Ich hab einen griechischen Text von Aethlius gefunden, in dem eine bescheidene Stätte der Gottesverehrung erwähnt wird«, fuhr sie fort. »Arius pflegte sie aufzusuchen, um die Worte jener zu lesen, die sich dem Glauben am hingebungsvollsten unterwarfen. Der Tempel wird als eine ›unterirdische Höhle in der Nähe heiligen Wassers‹ beschrieben.«

Papineau unterbrach sie. »Arius?«

Sie nickte. »Arius war ein libyscher Gelehrter, der in Alexandria einer christlichen Gemeinde vorstand, nachdem die Römer das Christentum angenommen hatten. Er glaubte an die Allmacht Gottes und dass alle anderen, die später folgten, Gott untergeordnet wären, einschließlich Gottes Sohn. Er hat ebenfalls geglaubt, dass Vater und Sohn göttlich waren, aber er forderte die christlichen Priester heraus und verlangte von ihnen Beweise dafür, dass Jesus und Gott gleichgestellt seien. Aethlius zufolge traf Arius diese Priester und las ihr Schrifttum nicht in einem ›Haus des Gebetes‹, sondern ›in einem einfachen Mauerwerk bei einem heiligen Wasser‹. Meiner Meinung nach beschreibt er den Tempel, der Caesars Quelle umgeben hat.«

Cobb erwiderte nichts. Er saß nur da und dachte über die neuen Erkenntnisse nach.

Jasmine fuhr fort und hoffte, alle Zweifel beseitigen zu können.

»Der persische Geschichtsschreiber Ibn Rustah erwähnt in seinen Schriften aus dem zehnten Jahrhundert offenbar den Tempel. Dort wird ein Raum aus Felsen erwähnt. Er sei unbedeutend, außer für die Kirchendiener, die dort die Stadtchroniken verwahrten. Später sprach Papst Theophilus von Alexandrien, der die Aufgabe hatte, alle heidnischen Tempel zu zerstören, von einem ›einzelnen Monolithen‹, der geehrt werden solle. Er nannte ihn eine ›Schatzkammer des Wissens‹, in der sich die Geheimnisse der Stadt befänden, und behauptete, er würde ›den Bewohnern Alexandrias noch für Jahrhunderte Erkenntnisse liefern‹.« Es war nicht Jasmines Art zu betteln, dennoch versuchte sie es damit. »Jack, bitte vertrau mir. Ich habe da dieses Bauchgefühl...«

Tatsächlich schenkte Cobb ihr ein Lächeln. »Ich vertraue dir. Und ich bin deiner Meinung.«

Sie atmete erleichtert auf.

»Mit euren Essensplänen wird es heute Abend nichts. Wir gehen heute Nacht rein.«

15. KAPITEL

Gegen Mittag war fast jeder in der Gruppe gut ausgeruht und satt. Garcia hatte geschlagene acht Stunden in seiner Koje gelegen und die ganze Zeit so dröhnend laut geschnarcht, wie man es einem Mann seiner Größe niemals zugetraut hätte. Sarah hatte nur knapp halb so viel Schlaf bekommen, aber das war für sie mehr als genug. Sie fühlte sich ruhig und konzentriert und war für den bevorstehenden Abend bereit. Selbst McNutt, der wegen des Krachs nicht in sein Zimmer hatte zurückkehren können, hatte auf dem Vordeck ein ruhiges, friedliches Plätzchen gefunden, sich in einem Loungesessel zusammengerollt und bei einem Morgennickerchen von Bauchtänzerinnen und Weintrauben geträumt.

Cobb war der Einzige, der nicht zum Schlafen gekommen war. Er hatte die Augen für eine Weile geschlossen, doch die Ruhe war nicht bis in sein Hirn vorgedrungen. Der Einsatz stand zu dicht bevor. In ein paar Stunden wollten sie die Tunnel unter Alexandria betreten. Sie mussten schnell und effizient arbeiten. Da wollte er sich keinen Schlaf leisten, denn er konnte die Zeit besser damit verbringen, noch einmal alles durchzugehen, was er wusste ... und was er nicht wusste.

Nach einem kurzen Mittagessen mit Früchten und Fleisch vom Markt versammelten sich alle im provisorischen Kommandozentrum, das Garcia auf dem Boot errichtet hatte. Der Radarraum – eine Nische an der Rückseite der Brücke – wurde normalerweise vom Kapitän dafür verwendet, die Position festzustellen und den Kurs zu verfolgen. Das Radarsystem stellte die Häfen und andere Boote in einem Umkreis von hundert Meilen dar. Garcia hatte die Möglichkeiten, die der kleine Raum bot, mit einem Vielfachen an elektronischen Bauteilen und Computerhardware erweitert. Mit diesem Upgrade konnte Garcia nicht nur einen Kurs abstecken, sondern auch in Echtzeit Audio- und Videosignale von ihrem Aufenthaltsort empfangen – ganz gleich, wo auf der Welt sie sich befanden. Er brauchte nur jemanden am anderen Ende, der die Daten sendete.

»Zeig mal, was du damit machen kannst«, sagte Cobb.

Garcia gab einen Computerbefehl ein, dann drehte er einen Monitor so um, dass jeder den Bildschirm sehen konnte. Der Screen teilte sich in ein Raster auf, und jeder Abschnitt zeigte offenbar Live-Videobilder. »Diese Übertragungen stammen von Überwachungskameras aus der ganzen Stadt. Wie ihr sehen könnt, erfasse ich damit nicht jeden Zentimeter der öffentlichen Plätze, aber wenn ihr dicht genug an das Haus oder das Geschäft von jemandem herankommt, stehen die Chancen gut, dass ich euch finde.«

»Wie hast du es geschafft, dich überall einzuklinken?«, fragte Jasmine.

»Sarahs Freund Simon. Er konnte mir eine Liste aller Frequenzen geben, auf denen in der Stadt gesendet wird. Das meiste davon stammt sogar von Geräten, die er selbst installiert hat. Die restlichen Signale werden von Kameras seiner ›Mitbewerber‹ gesendet, aber sie teilen sich die Informationen, deshalb gibt es keine Schwierigkeiten. Er hat keine fünf Minuten gebracht, um mir alles zu schicken, was ich benötige.«

Papineau war nicht ganz überzeugt. »Ich denke mal, nur eine Handvoll Kameras arbeitet mit Funk. Die anderen sind verkabelt, haben Satellitenverbindungen oder verwenden WiFi-Signale. Wie können Sie das alles anzapfen?«

Garcia grinste. »Das sind alles nur Zahlen. Radio. Kabel. Satelliten. WiFi. Alles nur unterschiedliche Werte im elektronischen Frequenzbereich. Man richtet den Receiver auf die richtige Frequenz aus, jagt das Signal durch ein paar Filter, und *Bumm*, hat man ein Bild.«

»Es kann doch nicht so leicht sein«, meinte Papineau.

Garcia war genervt und fand Papineaus Bemerkung sogar ein wenig beleidigend. »Eigentlich ist die Technik dahinter alles andere als einfach. Aber ich habe weder die Zeit noch die Geduld, jedes Detail zu erklären. Ich bin fast zehn Jahre zur Schule gegangen, um zu lernen, wie man das macht, und habe es später im jahrelangen Einsatz perfektioniert. Also, trotz meines stark vereinfachten Vortrags ›Überwachungstechnik für Dummys‹ sollten Sie meine Fachkenntnisse bitte nicht infrage stellen. Wenn ich sage, wir kriegen ein Bild, dann kriegen wir ein Bild.«

Papineau war Widerworte von Garcia nicht gewohnt und zog es offenbar vor, nichts zu erwidern, ebenso wie die anderen, die mit offenem Mund dasaßen.

Cobb aber hatte keine Zeit mehr, angeschlagene Egos wieder aufzurichten. Er drängte weiterzumachen und wollte, dass Garcia wieder zum Thema kam. »Also angenommen, da ist eine Kamera, dann kannst du uns sehen.«

»Ja. Oder ihr nehmt selbst eine Kamera mit.« Garcia gab einen anderen Computerbefehl ein, dann nahm er eine Taschenlampe und schwenkte sie durch den Raum. Wie sich zeigte, war auch sie eine Videokamera, die eine Direktverbindung zu seinem Computer hatte. Alles, worauf er die

Linse richtete, erschien hochaufgelöst auf dem Monitor. »Erinnert ihr euch noch?«

Die Gruppe hatte bei ihrer vorigen Mission ähnliche Geräte verwendet. Sie hatten bestens funktioniert und Informationen an Garcia gesendet. Die ganze Zeit über hatte außerhalb des Teams niemand gewusst, was das in Wirklichkeit für Geräte waren. Für Außenstehende sahen sie wie gewöhnliche Taschenlampen aus.

»Es ist nicht nötig, das Rad neu zu erfinden«, sagte Jasmine.

Garcia nickte. »Exakt. Es hat schon einmal funktioniert und wird es wieder tun.«

Cobb fiel auf, dass diese Version der Taschenlampe etwas größer war. Er nahm eine zweite vom Schreibtisch und wog sie in der Hand. »Die hier sind ein bisschen länger und schwerer als die, die wir letztes Mal verwendet haben.«

»Dir entgeht auch nichts, was? Du hast recht, die haben ein Upgrade bekommen.«

»Was für ein Upgrade?«, fragte Cobb.

»Es fängt damit an, dass ich eine Speicherkarte in den Griff eingebaut habe. Die Lampen senden also nicht nur, sie zeichnen auch auf.« Er legte ein Stück Stoff über die Linse der Taschenlampe. Einen Augenblick später wurde das Bild auf dem Monitor blassgrün. »In dieser Version habt ihr auch Nachtsicht. Wenn ihr den Ein-Aus-Schalter fünf Sekunden lang gedrückt haltet, wird das Infrarotlicht aktiviert. Selbst wenn es stockdunkel ist, sieht dieses Ding alles. Und es hilft nicht nur *mir* zu sehen, was los ist, sondern ihr könnt es auch verwenden.« Garcia schraubte eine Kappe am Ende des Griffs ab, dann hielt er sich die Taschenlampe ans Auge wie ein Pirat sein Fernrohr. »Es ist vielleicht etwas eigenartig, sich so vorwärtszubewegen, aber wenn ihr im Dunkeln sitzt, kann die euch heraushelfen.«

Papineau nahm Garcias Taschenlampe und rollte sie in seinen Händen. »Sind Sie sicher, dass das Signal durch die Erde dringt? Sie werden wahrscheinlich zehn bis fünfzehn Meter unter der Oberfläche sein. Vielleicht sogar noch tiefer.«

Garcia hatte Papineaus Zweifel allmählich satt, aber er hielt sich unter Kontrolle. »Die Lampen wurden in rumänischen Höhlen getestet. Sie haben das Signal mühelos durch massiven Fels übertragen. Fünfzehn Meter Sandstein und antikes Sediment stellen kein Problem dar. Mit den Taschenlampenkameras und den Ohrhörern bleiben wir ständig in Kontakt.« Garcia öffnete ein kleines Plastikkästchen mit Miniatur-Ohrhörern. Die hautfarbenen Teile waren Kommunikationsgeräte, die im Gehörgang versteckt werden konnten.

»Klingt gut«, sagte McNutt und wollte ins Kästchen greifen.

Garcia schnappte den Deckel vor seinen Fingern zu. »Nein, du nicht. Du bekommst etwas Besonderes.«

Der Plan sah vor, dass sich McNutt irgendwo in der Nähe der Tunneleingänge verstecken sollte. Falls bei Cobb und Sarah etwas schieflief, sollte er ihnen Rückendeckung geben. Vorher aber musste er völlig unauffällig bleiben. Das hieß, sie durften nicht riskieren, dass jemandem sein Ohrhörer auffiel. Sie mussten auf jeden Fall vermeiden, Verdacht zu erregen.

Außerdem hatte Garcia ein neues Spielzeug in seiner Trickkiste.

Das war die perfekte Gelegenheit, es zu testen.

Garcia hob mit einer Pinzette ein winziges Bändchen aus dünnem biegsamem Kunststoff hoch. »Darauf sind alle nötigen Schaltkreise gedruckt, um Funkübertragungen zu senden und zu empfangen. Und man bräuchte einen Zahnarzt, um es zu finden.«

McNutt machte ein verwirrtes Gesicht. »Warum einen Zahnarzt?«

»Ich werde dir den Streifen hinter einem Backenzahn verankern, im hintersten Winkel deines Mundes«, erklärte Garcia.

»Vergiss es«, sagte McNutt.

Papineau warf ihm einen bösen Blick zu. »Haben Sie ein Problem mit dieser Methode?«

»Ich hatte mal eine schlechte Erfahrung mit einer Zahnspange, deshalb bin ich kein Fan von Zahnklempnern.« McNutt lachte in sich hinein. »Andererseits hätte er natürlich auch sagen können, dass man einen Proktologen bräuchte, um es zu entdecken. So gesehen ist das hier wohl vergleichsweise besser.«

Die anderen kicherten über den Kommentar, und Garcia machte einen Schritt auf McNutt zu. Er hob die Pinzette, aber McNutt stoppte ihn, bevor er noch näher kommen konnte.

»Zum Teufel, nein«, sagte McNutt. »Nicht du. Lass Jasmine das machen. Sie hat kleinere Hände. Du lässt mir das Ding noch in den Rachen fallen, und dann dauert es sieben Jahre, bevor wir es wiedersehen.«

»Das wird angeklebt«, erwiderte Garcia.

»Und es ist aus Plastik und … na ja, ein paar anderen Sachen, die ich nicht in meinem Darm haben will. Gib Jasmine die verdammte Pinzette, oder ich schwöre bei Gott, ich beiß dir die Finger ab.«

Jasmine nahm die Pinzette mit dem winzigen Gerät und machte sich daran, es zu installieren, während Garcia erklärte, wie es funktionierte.

»Das Mikrofon wird alles aufzeichnen, was du sagst, und es auf einer sicheren Frequenz übertragen, sodass wir anderen es hier im Hafen hören können. Bis zu diesem Punkt ist das eine ziemlich gebräuchliche Technologie. Richtig schön an diesem Implantat ist aber die Art, wie es deinen Kieferknochen dazu benutzt, die ankommenden Signale zu projizieren. Es setzt durch Vibrationen die Flüssigkeit in deinem Kopf in Bewegung und verstärkt so den Klang. Nur du allein kannst die Stimme hören. Wer neben dir steht, bekommt überhaupt nicht mit, dass etwas gesprochen wird.«

»Also spreche ich ganz normal?«, fragte McNutt, sobald Jasmine fertig war. »Check, eins-zwei-drei. Test, eins-zwei-drei. Hörst du mich, Papa Bär?«

Garcia starrte ihn an. »Natürlich höre ich dich. Ich stehe ja hier. Geh mal weg, damit wir es ausprobieren können.«

McNutt tat es, und Garcia setzte sein Headset auf. Dann schob er sich das Mikrofon vor den Mund und flüsterte: »Hörst du mich, Josh?«

»Ja!«, rief McNutt aus der entgegengesetzten Ecke des Raumes.

»Josh, sprich in normaler Lautstärke, wenn du was sagen musst. Aber vergiss nicht, dass dein Job heute Nacht darin besteht zuzuhören, und nicht zu reden. Verstanden?«

McNutt schrie wieder: »Okay!«

Garcia zuckte zusammen, so laut klang es in seinem Ohr. »Josh, schrei nicht so. Ich hab dir doch gesagt, du sollst nicht schreien.«

»Warum? Weil du mich total wahnsinnig machst. Es ist, als hätte ich dich in meinem Kopf.«

»Rein technisch gesehen *bin* ich in deinem Kopf.«

McNutt erstarrte. »Aber du kannst doch nicht meine Gedanken hören, oder?«

Garcia lachte, denn er wusste, dass die Frage höchstwahrscheinlich ernst gemeint war. »Glaubst du, darauf hätte jemand Lust?«

16. KAPITEL

Die Alexander-Narren.

So nennen die Gelehrten all jene, die ihre Zeit damit verschwenden, in Alexandria nach vergrabenen Schätzen zu suchen, in einer Millionenstadt, in der anscheinend jeder eine Theorie hat – nicht nur Historiker und Archäologen, sondern auch Anwälte, Kellner und Eierdiebe – über Alexander den Großen und den Ort, wo sich sein goldener Sarkophag befindet.

Fast überall auf der Welt kaufen sich Menschen Lotterielose.

In Alexandria kaufen sie Schaufeln.

In den letzten Jahren haben die Grabungen epidemische Ausmaße angenommen. Nachdem die oberen Schichten der Stadt regelrecht durchgekämmt worden sind, hat es die Narren scharenweise in die Kanalisation getrieben, wo sie einen geheimen Eingang in die antiken Unterwelten der Stadt zu finden hofften. Die meisten haben dort ohne Genehmigung gegraben, wobei sie oft jeden gesunden Menschenverstand haben vermissen lassen, während sie sich tiefer und tiefer und tiefer gearbeitet haben.

Irgendwann musste man etwas dagegen unternehmen. Man braucht wohl kein Ingenieur zu sein, um zu begreifen, dass die unterirdische Plage der Schatzjäger die Statik der Stadt gefährdete, aber die Verwaltung stellte tatsächlich eine Expertengruppe zusammen, die herausfinden sollte, wie schlimm es wirklich war. Man wollte unbedingt verhindern, dass die Stadt ein weiteres Mal unterging. Die Heerscharen aus Persien, Rom und der Türkei waren schlimm genug gewesen, aber gegen eine Horde von Zivilisten mit Spitzhacken und Schaufeln musste man sich doch zur Wehr setzen können.

Sobald die benötigten Gutachten vorlagen, verhängten die Behörden einen sofortigen Grabungsstopp über ganz Alexandria. Darüber hinaus sind nun alle Eingänge und Passagen, die in antike Schichten der Stadt führen, entweder versiegelt oder anderweitig verschlossen. Schilder in jedem Winkel der Stadt machen deutlich, dass der Zutritt in das Netzwerk unterirdischer Tunnel für jedermann untersagt ist – außer für Stadtbedienstete und Mitarbeiter des ägyptischen Ministeriums für Altertümer, das immer das letzte Wort habe, wenn es um das kulturelle Erbe Ägyptens geht. Nur Menschen, die um die statischen Auswirkungen von Grabungen wissen und in Museum Sciences ausgebildet sind, werden zu den Ruinen gelassen. Alle anderen müssen sich mit den offiziellen Touren durch die antiken Tunnel der Stadt begnügen.

Für Cobbs Ansprüche reichte das leider nicht.

Und es gehörten mehr als ein paar Schilder dazu, ihn von irgendetwas abzuhalten.

*

Es war eine typische Freitagnacht in einem angesagten Stadtteil, eine jener Gegenden, die jedes Wochenende Einwohner und Touristen anziehen, die dort essen gehen oder sich ins Nachtleben stürzen wollen.

Cobb und Sarah schlenderten die Straße hinunter, als hätten sie vor dem Abendessen noch etwas Zeit totzuschlagen.

Um sie herum war es sehr belebt. Autos hupten, Musik spielte, und auf den Bürgersteigen tummelten sich die Fußgänger. Die Polizeipräsenz war erwartungsgemäß hoch, aber sie konzentrierte sich auf die Straßen und nicht auf die Tunnel darunter.

»Bist du bereit?«, flüsterte Cobb.

McNutt beobachtete sie durch das Fenster eines Internetcafés auf der anderen Straßenseite. Er war ein paar Minuten zuvor mit leerer Blase eingetroffen. Er wusste, dass er mindestens vier große Kaffee trinken musste, bis ihn ein natürliches Bedürfnis dazu zwingen würde, seinen Beobachtungsposten zu verlassen. Wenn er langsam trank, blieb ihm mehr als genug Zeit, in der Sarah und Cobb bekommen konnten, was sie brauchten.

»Bereit«, murmelte er.

Garcia überwachte sämtliche Gespräche aus der umgebauten Funkstation auf der Yacht. Er dirigierte alle Datenströme, war nicht nur für die Aufzeichnung der Videos verantwortlich, sondern kontrollierte auch, wer mit wem und wann sprach. »Vergesst nicht, Leute – Josh ist nur da, um aufzupassen und zuzuhören. Wenn er zu viel redet, fällt der ganze Plan in sich zusammen. Er sitzt allein an einem Tisch, und wir wollen nicht, dass es aussieht, als würde er Selbstgespräche führen, wenn es sich verhindern lässt.«

»Als ob er das nicht schon längst täte«, scherzte Sarah.

»Das habe ich gehört«, sagte McNutt.

Neben Garcia saß Jasmine. Sie betrachtete eine Karte der antiken Stadt auf einem Hightechmonitor. Die war zwar nicht vergleichbar mit dem dreidimensionalen Hologramm, aber die Software berechnete durchaus beeindruckende Bilder. »Ich habe euch alle drei auf der Karte. Die GPS-Sender übermitteln eure Position laut und deutlich … Na ja, nicht *laut*. Ich meine, die Dinger piepen nicht vor sich hin oder so etwas, was einem auf die Nerven gehen würde, aber ich kann euch deutlich erkennen. Na ja, *euch* eigentlich nicht. Nur Punkte. Punkte auf einem Monitor.«

Cobb betrachtete die GPS-Sender mit gemischten Gefühlen. Er wollte nicht zu orten sein, damit niemand wusste, wo er war.

Doch Garcia hatte ihm versichert, dass er strikte Sicherheitsvorkehrungen getroffen hatte. Niemand könne sich in das GPS-Signal hacken, ohne dass er es mitbekäme. Und falls es jemand versuchte, würde Garcia den Angriff abwehren oder das Signal abschalten, bevor jemand Cobbs oder Sarahs Position herausfand.

Schließlich war Cobb zu dem Schluss gekommen, dass eine Überprüfung der Genauigkeit der Karten so wichtig war, dass es das Risiko rechtfertigte. Die Chancen, auf einen jener Elitehacker zu treffen, die ein GPS-Signal entschlüsseln oder gar lokalisieren konnten, standen mindestens zehntausend zu eins.

Und das auch nur, wenn die Technik tief unter der Stadt überhaupt funktionierte.

Genaueres konnten sie erst wissen, wenn sie es ausprobierten.

Bevor das Team in Alexandria eingetroffen war, hatten Cobb und Sarah in dem Viertel nach unkonventionellen Einstiegspunkten ins Tunnelsystem gesucht und waren im Keller eines Mietshauses fündig geworden. Er bot alles, was sie brauchten: einen breiten Gitterrost, durch den sich Ausrüstungsgegenstände hieven ließen, lachhaft unzureichende Sicherheitsmaßnahmen und relative Abgeschiedenheit.

Cobb räusperte sich. »Sarah und ich gehen jetzt zum Eingang. Gleich geht es los: drei… zwei… eins…«

Bei *null* nahm sich Sarah den Türknopf vor und knackte das Schloss schneller, als ein Rentner einen Schlüssel drehen kann. Sekunden später betraten sie das Gebäude.

»Beeindruckend«, flüsterte Cobb.

»Ich weiß«, prahlte Sarah.

Sie huschten eine Treppe hinunter und landeten in einem langen Flur mit abschließbaren Stauräumen für die Hausbewohner. Sie befestigten eine kleine drahtlose Videokamera über den Schränken und vergewisserten sich, dass Garcia die übertragenen Bilder sehen konnte. Dann durchquerten sie das Gebäude der Länge nach und hofften, dass keiner der Mieter plötzlich eine Ersatzlampe, einen alten Koffer oder eines der verrosteten Fahrräder benötigte, mit denen alles vollgestellt war. Zum Glück war die Luft in dieser Nacht rein.

Als sie das Ende des Flurs erreichten, knackte Sarah mühelos das Schloss zum Heizungsraum. Sie schlüpften hinein und schlossen hinter sich die Tür.

»Um Gottes willen«, sagte sie, schaltete ihre Taschenlampe ein und ging die Stufen hinunter. In der Luft hing Dampf wie in einer Sauna.

»Was ist los?«, wollte Garcia wissen.

»Hier fühlt es sich an wie in Florida. Kann mir mal jemand ein Handtuch bringen?«

Cobb, der eine zweite Kamera gleich hinter der Tür befestigte, grinste. Nicht, weil ihre Bemerkung der Wahrheit entsprach, sondern weil er wusste, dass all die Feuchtigkeit irgendwo abgeleitet werden musste – und genau deshalb waren sie hier.

Sie floss in die antiken Zisternen darunter.

Cobb hob das eiserne Gitter von dem großen Abfluss im Boden. Sarah verschwand als Erste im Loch. Sie presste ihren Körper gegen die Wände und kontrollierte so ihren

Abstieg in die darunterliegenden Tunnel. Cobb folgte ihr, schob aber zuvor noch das Gitter auf seinen Platz zurück.

Dann ließen sie sich, einer nach dem anderen, auf den Boden fallen.

Beide rechneten mit dem Schlimmsten.

Doch sie waren allein in der Dunkelheit.

Cobb klickte die Taschenlampe an und brachte sein Team auf den aktuellen Stand.

»Wir sind drin.«

17. KAPITEL

Der Trinkwasserbedarf ist für die Bewohner Alexandrias schon immer von entscheidender Bedeutung gewesen. Ägypten besteht überwiegend aus trockener Wüste mit einigen wenigen natürlichen Quellen, und die Einwohner der antiken Stadt kannten keine Verfahren, um das Salzwasser des Mittelmeers aufzubereiten.

Glücklicherweise stellte der Nil eine unerschöpfliche Quelle von Trinkwasser dar. Mit künstlich angelegten Kanälen wurde das Nilwasser in Zisternen geleitet, die überall im antiken Alexandria verteilt waren. Dort sank das Sediment langsam auf den Grund, und übrig blieb sauberes trinkbares Wasser für die Bevölkerung.

Die frühesten Zisternen waren kaum mehr als rechteckige Kammern, die in den Sandstein geschnitten wurden, doch als im zweiten vorchristlichen Jahrhundert die Römer kamen, wurden die einfachen Steinbecken durch ausgeklügelte gemauerte Anlagen ersetzt. Es dauerte nicht lange, bis private Wasserspeicher aus gebrannten Ziegeln in ganz Alexandria Standard waren.

Die folgenden Jahrhunderte brachten einen ständigen Bevölkerungszuwachs, sodass die flachen Zisternen, die jeweils nur wenige Familien versorgen konnten, nicht mehr ausreichten. Die neueren Zisternen am Stadtrand sollten ganze Bezirke versorgen. Sie bestanden aus einer Serie großer Kammern, die mehr als drei Stockwerke tief in die Erde reichten. Diese Höhlen wurden durch versetzte massive Steinsäulen gestützt, die durch Marmorbögen verbunden waren. Viele der Steine stammten aus den Ruinen antiker Bauwerke und Tempel und wurden beim Bau der Zisternen wiederverwendet, was den unterirdischen Kammern eine grandiose, geradezu majestätische Anmutung verleiht.

Alles in allem war das Netzwerk von Zisternen ein Großprojekt, wie es in seiner Zeit kein zweites gegeben hat, nicht nur hinsichtlich der Ingenieurskunst, sondern auch wegen der Schönheit seiner Gestaltung. Das meiste davon ist heutzutage jedoch aufgrund der destruktiven Kräfte der Alexander-Narren der Öffentlichkeit verwehrt.

Jasmine hatte nicht gewusst, was sie erwartete, als die Videos von Cobbs und Sarahs Taschenlampenkameras auf ihrem Computermonitor erschienen. Sie hatte nicht damit gerechnet, dass es so beeindruckend sein würde. »Oh … mein … Gott. Das ist ja der Wahnsinn.«

Sarah musste ihr beipflichten. Diese Anlage war Ehrfurcht gebietend. Die Menschen, die dieses riesige System von Wasserspeichern gebaut hatten, waren mit dem gleichen Anspruch wie die Baumeister der größten Kathedralen ans Werk gegangen. Sie konnte kaum glauben, dass sich etwas so Majestätisches knapp unter der Oberfläche der Stadt verbarg.

Sie sah Cobb an. »Was jetzt?«

Cobb zuckte mit den Schultern. »Ich bin total beeindruckt.«

Sie lachte über seine Ehrlichkeit und schwenkte den Lichtkegel ihrer Lampe durch den Raum. Es gab offenbar keine Treppenstufen oder Stege. Soweit zu erkennen, konnte man sich in der Zisterne nur über die schmalen Bögen bewegen, wobei man die breiten Säulen, die den Weg versperrten, passieren musste, indem man sie mit den Armen umfasste und dann um sie herumglitt. Ein falscher Tritt, und sie würden zehn Meter tief auf das Fundament stürzen.

»Irgendwelche Vorschläge?«, fragte er.

»Vielleicht können wir springen.«

»Wohin? Auf den Boden?«

»Nein. Eine Etage tiefer.«

Er verzog das Gesicht und richtete die Taschenlampe auf den »Weg«, der sich eine Ebene tiefer befand. Auch er führte über eine Reihe von Bögen; die wiederum standen auf einer anderen Reihe von Bögen, die anscheinend direkt aus dem Boden aufragten. Aus dieser Entfernung konnten sie unmöglich einschätzen, wie stabil das antike Mauerwerk war. Es sah solide aus, doch es war nicht auszuschließen, dass das ganze Konstrukt einfach zusammenbrach, wenn sie hinunter auf die Bögen sprangen.

Trotzdem mussten sie einen Weg finden, um auf die unterste Ebene zu gelangen. Denn dort gab es die Tunnel, durch die einst das Wasser von einer Kammer in die nächste geflossen war. Der Karte zufolge boten die Tunnel Zugang ins gesamte Netzwerk der Zisternen und die Unterwelten der antiken Stadt.

»Jasmine«, fragte Cobb über seinen Ohrhörer, »siehst du einen anderen Weg da hinunter? Ich will mich nicht auf die Stabilität dieser Steine verlassen müssen, wenn es nicht sein muss … Jasmine, bist du da?«

Sie war so fasziniert von den Bildern auf ihrem Monitor, dass sie ein paar Sekunden brauchte, um auf seine Frage zu reagieren. »Tut mir leid. Wenn es stimmt, was ich herausgefunden habe, sollte es Stufen geben, die direkt in die Wand geschlagen wurden. Sieh doch mal am Ansatz des Vorsprungs nach, auf dem du gerade stehst.«

Tatsächlich fand er eine Reihe von Einkerbungen, die

bis nach unten führten. Leider waren sie verwittert und im Laufe der Jahrhunderte erheblich erodiert. Wären sie nur ein kleines bisschen flacher gewesen, hätte er keinen Platz mehr für seine Zehen finden können.

Er nahm sich vor, bei ihrem nächsten Besuch Kletterausrüstung mitzunehmen – falls es einen nächsten Besuch geben würde, denn zehn Meter in beide Richtungen zu klettern und sich dabei auf die Kraft der Fingerspitzen verlassen zu müssen, war keine allzu erfreuliche Aussicht. Er sah Sarah an und wollte wissen, was sie von den Einkerbungen hielt. »Du bist die Expertin. Was meinst du?«

Sarah grinste, hüpfte von dem Vorsprung und hielt sich an der ersten »Stufe« fest. Dann huschte sie die Wand hinunter wie ein Gecko, als ob ihre Hände und Füße am Fels klebten. Für sie stellte die kaum vorhandene Tiefe der Einkerbungen überhaupt keine Herausforderung dar.

Cobb hatte gewusst, dass sie eine Menge draufhatte, aber als er sie so in Aktion erlebte, schätzte er ihre Fähigkeiten noch viel mehr. Nur leider konnte er das nicht so einfach nachmachen.

Sie blickte vom sicheren Boden der Kammer zu ihm hinauf. »Du bist dran.«

Er setzte eine entschlossene Miene auf und ließ sich von der Kante herunter. Dann spannte er die Finger an, seine Stiefelspitzen drückten sich in den Fels, und die Wand hielt seinem Gewicht stand. Systematisch arbeitete er sich an den Einkerbungen nach unten. Sein Abstieg war bei Weitem nicht so elegant wie der von Sarah, doch nicht minder effektiv.

»Das hat Spaß gemacht«, sagte er, unten angekommen, obwohl sein Tonfall nahelegte, dass es für ihn alles andere als ein Spaß gewesen war. Er brauchte einen Moment, um wieder zu Atem zu kommen. »Hast du einen Durchgang gefunden?«

»Nein. Zwei.« Sie leuchtete mit ihrer Taschenlampe in nördliche Richtung, wo es zwei nebeneinanderliegende Eingänge gab. »Welchen sollen wir nehmen?«

Jasmine studierte die Karte und teilte ihnen ihre Einschätzung mit. »Eigentlich glaube ich, dass sie beide zur selben Zisterne führen. Ich denke, es handelt sich um einen einzigen Tunnel, der in der Mitte verstärkt und dadurch zweigeteilt wurde.«

Cobb ging zum rechten Tunneleingang, während Sarah auf den linken zusteuerte.

Sie grinste. »Wir sehen uns auf der anderen Seite.«

»Klar, das klingt jetzt auch gar nicht beunruhigend.«

Glücklicherweise wurde ihre Vorhersage schon einige Augenblicke später bestätigt, als sie in eine Zisterne gelangten, die der, die sie gerade hinter sich gelassen hatten, bemerkenswert ähnlich war. Die gleichen Steinsäulen, die gleichen großartigen Bögen, das gleiche unheilvolle Gefühl, dass alles jeden Moment zusammenbrechen könnte. Tatsächlich war der einzige erkennbare Unterschied, dass die nächsten zwei Durchgänge nicht vor ihnen lagen, sondern auf gegenüberliegenden Seiten, einer links und einer rechts.

Sarah leuchtete mit ihrer Taschenlampe in den ersten Tunnel, wandte sich zum zweiten und dann wieder zum ersten zurück. »Ihr könnt mich für verrückt halten, aber ich glaub nicht, dass die beiden zum selben Ort führen.«

»Und keiner von beiden bringt euch in die richtige Richtung«, fügte Jasmine hinzu. »Ihr sollt nach Norden. Diese Tunnel bringen euch nach Osten und Westen.«

Cobb deutete auf den östlichen Tunnel. »Kein Problem.

Wir sehen nach, wohin der hier führt, dann kehren wir zurück und nehmen uns den anderen vor.«

Sarah blickte ihn an. »Warum teilen wir uns nicht auf? So schaffen wir mehr.«

Cobb schüttelte den Kopf. »Mir kommt es nicht darauf an, möglichst viel in kurzer Zeit zu schaffen. Wir müssen gegenseitig aufeinander achtgeben. Wenn wir hier unten in Schwierigkeiten geraten, haben wir bessere Aussichten, damit fertigzuwerden, wenn wir zusammen sind.«

»Welche Art von Schwierigkeiten erwartest du denn hier unten? Maulwurfsmenschen? Kanalratten? Gigantische Goldfische?«

Er ging nicht darauf ein. »Egal, was wir finden, wir erledigen das gemeinsam.«

Sie zuckte mit den Schultern und folgte ihm in den östlichen Tunnel.

18. KAPITEL

Jasmine starrte auf den Computermonitor. Die Videobilder aus der unterirdischen Wasserversorgung wühlten sie auf. Für sie als Historikerin war jede Zisterne ein Kunstwerk. Es waren faszinierende Zeugnisse der Ingenieurskunst, und sie brannte darauf, sie mit eigenen Augen zu sehen. Sie wollte die Steine anfassen, mit ihren Fingerspitzen über die Oberflächen streichen und sie für künftige Generationen dokumentieren.

Aber als Navigatorin war für sie das unterirdische System jedoch vertrackt.

Die Tunnel schienen nicht dorthin zu führen, wohin sie sollten. Einige Kammern hatten Korridore in östlicher und westlicher Richtung, andere verliefen von Norden nach Süden. Außerdem befanden sich nicht alle Tunnel am Grund der Zisternen. Nicht nur die Höhe und die Tiefe der Räume änderte sich ständig, auch ihr Verlauf. Manchmal führten sie aus der zweiten Ebene einer Zisterne in die dritte der nächsten. Das zwang Cobb und Sarah, auf ihrem Weg durch das System ständig antike Steinsprossen hinauf- und hinunterzuklettern.

Noch schlimmer war, dass sich verschiedene Tunnel als Sackgassen erwiesen. Diese Abschnitte, die von Deckeneinbrüchen oder Sicherheitsgittern blockiert waren, hatten Cobb und Sarah mehrfach dazu gezwungen, den Rückzug anzutreten und es auf einem neuen Weg zu versuchen. Sie hatten kein Problem damit, sondern sahen darin den Vorteil, die Zisternen gründlicher erkunden zu können, selbst wenn es bedeutete, einen Weg wieder zurückzugehen. Jasmine aber fühlte sich entmutigt. Es war, als würden sie jedes Mal, wenn sie sich der möglichen Position von Caesars Quelle näherten, einem Hindernis begegnen.

Nach einiger Zeit fragte sie sich, ob es einen Grund dafür gab.

Während sie tiefer vordrangen, entdeckten sie immer weniger Tunnel in nördlicher Richtung. Außerdem fiel ihnen auf, dass die einzelnen Abschnitte immer kleiner wurden. Am Anfang waren es fünf miteinander verbundene Kammern, die jeweils etwa einen halben Hektar groß waren. Die nächste Gruppe von Zisternen bestand aus vier Kammern. In der folgenden gab es nur noch drei. Das Bewässerungssystem führte sie auf ein bestimmtes Ziel zu.

Als sie die letzte Kammer betraten, merkten sie, dass etwas anders war.

Es war nicht das erste Mal, dass sie Ansammlungen von Wasser im System sahen. Es sickerte aus verschiedenen Entwässerungsgittern, die die Decke überzogen, und hatte sich mit Grundwasser gemischt, das sich an den tieferen Stellen sammelte. Manchmal mussten Cobb und Sarah durch Tunnel mit knöcheltiefem Wasser waten. Die Kammern selbst waren jedoch relativ trocken. Zumindest bisher. In dieser Kammer schien alle überflüssige Feuchtigkeit aus den anderen Kammern zusammenzulaufen, denn es war der tiefste Punkt des Systems.

Hier gab es nicht mehr die flachen Pfützen der anderen Räume.

Hier war alles geflutet.

Cobb leuchtete mit der Taschenlampe in die Kammer.

»Kannst du das sehen? Es sieht aus, als würde die tiefste Schicht der Zisterne vollständig unter Wasser stehen.«

Auf dem Boot checkte Garcia die GPS-Werte. Die Sender, die Cobb und Sarah verwendeten, waren keine Standard-Serienmodelle, wie man sie sich direkt aus dem Regal kaufen kann, sondern Hightechgeräte fürs Militär, die weitaus mehr Daten als nur Koordinaten lieferten.

Garcia nickte bestätigend. »Dem Höhenmesser zufolge befindet ihr euch jetzt zwanzig Meter unter dem Meeresspiegel. Das ist die größte Tiefe, die ihr bisher erreicht habt.«

Cobb betrachtete den kleinen See, der sich auf dem Grund der Kammer gebildet hatte, und fragte sich, wie viele Millionen Dollar diese Technologie wohl gekostet hatte, die ihm nur das bestätigte, was er sich bereits hatte denken können. »Danke. Halt mich auf dem Laufenden.«

»Wird gemacht, Chief.«

Sarah wartete im Schatten und beobachtete Cobb. Je länger sie in seiner Nähe war, desto mehr bewunderte sie seinen Stil. Anstatt sich über Garcia lustig zu machen und darauf herumzureiten, dass seine Analysetechnik nur das Offensichtliche bezeugte, gab ihm Cobb das Gefühl, ein Held zu sein, so als habe er in einem kritischen Moment eine wichtige Information beigesteuert. Es kostete ihn nicht viel, nur sechs einfache Worte, aber Sarah wusste genau, dass sie in den kommenden Tagen davon profitieren würden.

Loyalität muss man sich verdienen.

Cobb drehte sich um und sah zu ihr hin. Wäre es heller gewesen, hätte er vielleicht bemerkt, wie sie errötete. »Was treibst du dahinten?«

»Ich warte.«

»Worauf?«

Sie leuchtete ihm mit ihrer Taschenlampe in die Augen. »Auf dich.«

»Auf mich?«, fragte er verwirrt.

»Ja, auf deine Entscheidung.«

»Welcher Art?«

»Wo es als Nächstes hingeht. Und ich würde vorschlagen, dass du dich beeilst, denn hier bricht bald alles zusammen.«

Um ihren Worten Nachdruck zu verleihen, richtete sie ihre Taschenlampe auf die Wände über ihnen, und er erkannte sofort den schlechten Zustand der Kammer. In den anderen Räumen bekam man zwar das Gefühl, sie *könnten* jeden Moment zusammenbrechen, hier hatte es jedoch schon begonnen. Die Steine der Säulen und Stützbögen hatten Risse und lösten sich teilweise auf. Sie wussten nicht, ob der Schaden durch Naturereignisse wie Fluten, Erdbeben oder Trockenheit hervorgerufen wurde, oder ob er das Ergebnis von Bauarbeiten in der darüberliegenden Stadt war. Nur eins war klar: Die Jahre hatten dieser Kammer sehr zugesetzt.

Cobb überkam ein ungutes Gefühl. Er glaubte nicht an Omen, aber hier fühlte er sich nicht wohl. »Gehen wir weiter!«

»Gute Idee«, erwiderte sie.

Große Alternativen hatten sie nicht. Sie waren gerade durch einen Tunnel in südlicher Richtung gekommen, und der einzige andere Tunnel befand sich auf der gegenüberliegenden Seite der Zisterne. Trotz der drohenden Gefahr beschwor Jasmine sie, in diese Richtung zu gehen, weil dieser Tunnel sie noch näher an Caesars Quelle heranbrachte. Zumindest, wenn man den Karten glauben konnte.

Wegen des tückischen Untergrunds brauchten sie

einige Minuten, bis die Strecke bewältigt war – über das Wasser, um riesige Steinsäulen herum und dann in den letzten Tunnel hinein. Der führte sie gut dreißig Meter weiter nach Norden durch die Unterwelt der antiken Stadt, dann standen sie vor der letzten Herausforderung.

Eine Herausforderung, mit der Jasmine nicht gerechnet hatte.

»Was, zum Teufel, ist das?«, kreischte sie.

Im Café riss McNutt die Augen weit auf, weil Jasmines Stimme so laut durch seinen Kopf schrillte. Er hätte sich mit Freuden den eigenen Zahn ausgerissen, hätte es garantiert, nie wieder so einen Schrei hören zu müssen. Er blickte sich im Raum um und suchte nach jemandem, der wie ein Kieferchirurg aussah. »Kann mir vielleicht mal jemand sagen, was da los ist?«

»Wir kommen nicht weiter«, antwortete sie.

»Weshalb?«, murmelte McNutt.

»Wir stehen vor einer Wand«, erklärte Cobb.

Tatsächlich war der letzte Tunnel von einer Wand versperrt. Eine richtige Wand. Kein Haufen Schutt, kein Sicherheitsgitter und auch keine aus Steinen errichtete antike Mauer.

Dieses Mistding war aus Ziegeln gemauert.

Cobb drückte die Schulter an die Barrikade, dann trat er dagegen, in der Hoffnung, mit Gewalt hindurchzukommen. Aber die Mauer hielt stand und gab keinen Zentimeter nach. »Die ist solide.«

Mit der Dicke der Wände hatte sich Jasmine noch gar nicht befasst. Sie hatte sich mehr für das Baumaterial interessiert. »Warum ist da eine Ziegelwand? Sieht sie neu aus?«

Cobb klopfte mit dem Handknöchel dagegen. »Nicht

unbedingt. Versteh mich nicht falsch, sie ist viel neuer als die Zisternen, aber diese Mauer gibt es schon eine ganze Weile. Wenn ich raten sollte, würde ich sagen, sie ist älter als ich.«

»Ausgeschlossen«, scherzte Sarah. »*So* alt kann sie gar nicht sein. Als du ein Kind warst, gab es noch gar keine Werkzeuge. Die hatten damals nicht mal *Feuer*.«

»Aua«, sagte Cobb.

»Nichts als Höhlen, Keulen und Wollmammuts.«

»Die Biester waren lecker«, sagte er grinsend. Er schubste sie spielerisch an. »Hector, kannst du...?«

»Bin schon dabei«, meldete Garcia und bearbeitete seine Tastatur. Er hatte sich bereits in das Stadtplanungs-büro gehackt und konnte auf alle ihre Datenbanken zugreifen. Er überflog rasch Seite um Seite der Aufzeich-nungen über Bauarbeiten und hoffte, etwas zu finden, was ihm bei der Altersbestimmung der Ziegelmauer half. »Moment mal... hier ist es!«

Die anderen hörten zu, als er zusammenfasste, was er entdeckt hatte.

»Es hat da eine Untersuchung gegeben, bei der festge-stellt werden sollte, in welchem Zustand sich der Tunnel befindet... Ingenieure haben Hinweise auf Erosion und andere Defizite entdeckt... Es wurde beschlossen, dass man verhindern musste, dass noch jemand zu den tieferen unterirdischen Bereichen gelangt... mit einer Mauer... Okay, hier steht es: eine Ziegelwand, errichtet von Ingenieuren der Stadt im Auftrag der Stadtverwal-tung, bewilligt am ersten September 1939 und unmittel-bar danach gebaut.«

Sarah musste lachen. »Dann ist unsere Karte wohl doch nicht so aktuell. Andererseits ist wohl alles, was jünger als hundert Jahre ist, für ägyptische Verhältnisse modern.«

»Erster September 1939«, murmelte Garcia. »Woher kenne ich das Datum?«

Cobb antwortete, während er sich im Tunnel umschaute. »Wahrscheinlich hast du es in der Schule gelernt. Der Einmarsch nach Polen markierte den Beginn des Zweiten Weltkrieges.«

»Oh ja. Hitler. Von dem bin ich kein Fan.«

Sarah blickte Cobb an. »Wonach suchst du?«

Er deutete in Richtung Süden. »Erinnerst du dich noch an die Rohrleitungen, die wir da hinten in den Zisternen in einigen Kammern gesehen haben? Vorhin bin ich nicht darauf gekommen, aber jetzt weiß ich, was es war. Eine Belüftung.«

»Weshalb?«, fragte Sarah.

»Der Krieg«, erklärte er. »Jemandem muss klar geworden sein, dass diese gewaltigen Kammern Schutz vor Luftangriffen bieten, also haben sie ein Belüftungssystem eingebaut und das Ganze hier in einen riesigen Luftschutzbunker verwandelt. Mit der Belüftungsanlage konnte man Frischluft zuführen und Kohlendioxid abpumpen. Außerdem hatten sie Trinkwasser aus den Zisternen.«

»Das ist genial«, gab Sarah zu. »Hier ist genug Platz für Hunderte von Menschen, vielleicht sogar Tausende.«

Cobb nickte. »Der Raum ist ausreichend. Aber warum haben sie dann den Rest des Systems versiegelt?«

Sarah trat gegen die Ziegelwand. »Wenn wir das herausfinden wollen, müssen wir hier durch. Hat jemand einen Vorschlag?«

McNutt hustete und räusperte sich.

Cobb grinste. »Bist du das, Josh?«

McNutt hustete wieder.

Sarah lachte. »He, Hinterwäldler! Dass du einfach dein

Handy herausholen und so tun kannst, als würdest du mit jemandem reden, das weißt du doch, oder?«

McNutt fluchte leise.

Auf die Idee war er gar nicht gekommen.

19. KAPITEL

»Bigfoot« hieß eigentlich Gaz Kamal. Und »Biggerfoot« war Farouk Tarek. Beide waren loyale Soldaten, Handlanger im Dienste des örtlichen Unterweltkönigs, einem Mann namens Hassan. Und beide hatten mehrere Jahre ihres Lebens hinter den Mauern des ägyptischen Tora-Gefängnisses verbracht und sich geschworen, nie wieder dorthin zurückzukehren.

Was aber nicht bedeutete, dass sie der Kriminalität abgeschworen hatten.

Es bedeutete lediglich, dass sie lieber sterben würden, als noch einmal ins Gefängnis zu gehen.

Ihr Chef betätigte sich auf vielen Geschäftsfeldern, vom »Schutz« kleiner Geschäfte bis hin zum Verkauf exotischer Schusswaffen. Wenn etwas in seinem Revier über die Bühne ging, bekam Hassan seinen Anteil. Um sicherzustellen, dass in seinem Bezirk niemand etwas unternahm, ohne den gebührenden Tribut zu zahlen, unterhielt er ein Netzwerk von Informanten, die ihn über alles auf dem Laufenden hielten, was sich in der Gegend abspielte.

Und seine Quellen saßen überall.

Kamal und Tarek genossen gerade ihr Abendessen in einem ihrer Lieblingsrestaurants, als ihre Handys gleichzeitig zu vibrieren begannen und jedem eine SMS meldeten. Der Wochentag oder die fortgeschrittene Stunde taten nichts zur Sache, Hassans Gorillas waren immer im

Dienst. Ihren Chef, seine Interessen und sein Revier zu schützen, war ein Vollzeitjob.

Kamal blickte auf sein Smartphone und sah eine Bildnachricht von einem ihrer vertrauenswürdigen Informanten. Ihre Mahlzeit – gefüllte Tauben und Kuskus – würde warten müssen. Er klickte auf das Icon und wartete, bis das Bild auf sein Handy geladen war. Er war neugierig, worum es ging. Als er das Foto von Sarah sah, wäre er fast vom Stuhl gesprungen.

»Das ist sie«, sagte Kamal auf Arabisch. »Dades Freundin.«

Tarek schaute auf das Bild. »Ich hole den Wagen.«

Jemand hatte sie nach ihrer Beschreibung wiedererkannt.

Und was noch besser war – jetzt hatten sie ein Foto ihrer Zielperson.

*

Zehn Minuten später stand sie im opulenten Foyer ihres Arbeitgebers.

Ein spektakuläres Wandbild, das die ägyptische Sage vom Meisterdieb darstellte, zog sich durch den Eingangsbereich. In dieser Saga geht es um den Baumeister Horemheb, der von Pharao Ramses III. den Auftrag erhält, eine diebstahlsichere Schatzkammer zu bauen. Horemheb tut, wie ihm befohlen, lässt aber einen verborgenen Zugang offen, damit sich sein Sohn eines Tages an dem Schatz bedienen kann. Sosehr er sich auch bemüht, der Pharao bekommt den Übeltäter, der immer wieder seinen Schatz plündert, nicht zu fassen. Schließlich gesteht Horemhebs Sohn sein Verbrechen. Er ist bei seinen Raubzügen so geschickt vorgegangen, dass ihm am Ende sogar ausgerechnet der König, den er beraubt hat, Respekt zollt.

Es ist die Geschichte eines Kriminellen, der in seinem Handwerk so versiert ist, dass selbst die höchste Macht im Lande keine andere Wahl hat, als seine Fähigkeiten anzuerkennen und ihn zum Helden zu erklären.

Die meisten betrachten die Geschichte aus der Sicht des Pharaos: ein mächtiger Mann, der seine eigenen Grenzen zu akzeptieren gelernt hat und so gnädig ist, zu vergeben und zu vergessen.

Doch Hassan identifizierte sich mit dem Dieb, der einen König aufs Kreuz gelegt hatte.

Hinter dem Wandgemälde flankierten zwei luxuriöse Salons eine breite Diele, in der Elfenbeintöne und Sandelholz vorherrschten, wobei der Korridor tiefer in die Villa hineinführte. Hassan hatte sich Erlesenes nie versagt, auch auf die Gefahr hin, dass der Überfluss Aufmerksamkeit erregte. Er hatte sein Imperium aus dem Nichts hochgezogen und war fest entschlossen, die Früchte des Aufstiegs zu genießen, und sein Zuhause war ein Ausdruck dieser Philosophie.

Kamal und Tarek waren noch immer hungrig, allerdings diesmal auf Informationen. Sie wollten mehr über die geheimnisvolle Frau erfahren, die ihnen vor zwei Tagen davongelaufen war. Warum sie in der Stadt war, über welche Verbindungen sie verfügte und wer ihr bei ihrer Flucht geholfen hatte. Doch bevor sie ihre Erkundigungen angehen konnten, mussten sie Hassan Bericht erstatten. Sein Bedürfnis, über alles Bescheid zu wissen, was in seinem Bezirk vor sich ging, erstreckte sich auch auf das, was seine eigenen Leute trieben.

Gahiji Awad, Hassans persönlicher Leibwächter, kam ihnen an der Tür entgegen. »Ihr habt im richtigen Moment angerufen. Er hat schon darauf gewartet, von euch zu hören.«

Dann drehte er sich um und ließ sie ins Haus.

Weder Kamal noch Tarek waren von Awad besonders angetan. Und das nicht nur wegen seiner Arroganz, sondern auch wegen seiner Fähigkeiten. Der klein gewachsene Leibwächter, der nicht einmal einen Meter siebzig groß war, sah nicht so aus, als wäre er im Kampf eine große Herausforderung. Zumindest hatten sie das zunächst gedacht. Trotz seines muskulösen Körperbaus, sie überragten diesen kleinen Mann um etliche Zentimeter, und sie brachten auch einige Kilo mehr auf die Waage. Eigentlich hätte man annehmen müssen, dass sie in der Lage gewesen wären, ihm alle Knochen zu brechen.

Aber Kraft allein reichte nicht, um mit ihm fertigzuwerden.

Das eine und einzige Mal, als Kamal und Tarek ihn zu einem Kampf herausgefordert hatten, hätten sie dafür fast mit dem Leben bezahlt. Awad hatte sich einer Kampfkunst bedient, die den beiden größeren Männern völlig unbekannt war, und hatte sie mit einer geradezu übermenschlichen Bewegungsfolge besiegt. Am Ende hatte Kamal drei gebrochene Finger, eine ausgekugelte Hüfte, eine verrenkte Schulter und drei geknackste Wirbel.

Und damit war er gut davongekommen.

Tarek hatte noch Wochen nach dem Kampf nicht im Stehen pinkeln können.

Das war das erste und letzte Mal gewesen, dass sie sich mit ihm angelegt hatten.

Awad führte sie in den hinteren Bereich des Anwesens zu Hassans Büro. Es war ein luxuriös eingerichteter Raum voller feinster ägyptischer Antiquitäten. Die warmen Rottöne harmonierten mit dem Panoramablick auf den Hafen und dem kühlen Blauton der offenen See.

Hassan starrte sie von seinem Schreibtisch aus an.

Zwischen ihnen stand eine zugedeckte Servierschüssel aus Sterlingsilber auf dem Schreibtisch, als ob ihn die Neuigkeiten vom Essen abgehalten hatten.

»Kommt her und setzt euch.« Er sprach ein gedehntes, langsames und deutliches Arabisch. Er wartete, bis sie Platz genommen hatten, dann fragte er: »Habt ihr Neuigkeiten?«

Kamal nickte. »Wir haben eine Spur von dem Mädchen.«

»Das Mädchen, von dem ihr vorgestern Nacht gesprochen habt?«

Kamal nickte erneut. »Wir haben sie unseren Informanten auf der Straße beschrieben und ihnen Anweisung gegeben, uns zu informieren, wenn sie irgendwo auftaucht. Heute Abend wurde sie gesehen.«

Kamal zog sein Handy hervor und gab es Hassan, damit er sich das Bild betrachten konnte, das man ihm geschickt hatte. »Das ist die Frau, die in der Bar vor uns weggelaufen ist. Die Frau, die mit Simon Dade geredet hat.«

»Was hat sie mit Dade zu schaffen?«

»Das wissen wir nicht. Dade ist untergetaucht. Es tut uns wirklich leid.«

»Er versteckt sich vor uns, aber für dieses Mädchen taucht er aus der Versenkung auf? Dann lohnt es sich bestimmt, ihre Bekanntschaft zu machen. Meint ihr nicht auch?«

»Ja«, murmelten sie unisono.

Hassan grinste und lehnte sich in seinem Sessel zurück. »Gentlemen, ihr habt mich um dieses Treffen gebeten. Also, frisch von der Leber weg, was habt ihr für ein Gefühl? Wie schätzt ihr sie ein?«

Kamal und Tarek wussten nicht, was sie antworten sollten. In all den Jahren, in denen sie für Hassan arbeiteten, hatte er sie nie nach ihrer Meinung gefragt. Sie waren einfach nur die Muskeln, Hassan das Gehirn. Sie versorgten ihn mit Informationen, er entschied, was sie zu tun hatten, und sie reagierten. Sie waren es nicht gewohnt, die Wahl zu haben, und schon gar nicht, nach ihrer Meinung gefragt zu werden.

Nach einer beklemmenden Pause brach Tarek das Schweigen. »Wir glauben nicht, dass sie eine Touristin ist.«

Hassan zog eine Braue hoch. »Ist das alles?«

Kamal setzte sich kerzengerade auf. Er wollte die Gelegenheit nutzen, seinem Chef zu zeigen, dass er mehr konnte, als jemanden körperlich einzuschüchtern. »Wie Farouk schon sagte, irgendetwas ist… *anders* an ihr. Sie hat nicht diesen naiven Blick einer Touristin. Sie benimmt sich sehr selbstsicher, sehr professionell.«

»Professionell? Wie eine Ärztin?«

Er schüttelte den Kopf. »Wie eine Kriminelle.«

Das war eine ehrliche Einschätzung auf der Grundlage jahrelanger Erfahrung. Alexandria wird vielleicht nicht im selben Atemzug mit Caracas, Kapstadt oder Juárez genannt, ist aber dennoch ein heißes Pflaster. Um zu überleben, insbesondere in ihrer Branche, braucht man in Alexandria eine gute Menschenkenntnis. Gauner und Betrüger zu erkennen, ist da eine alltägliche Notwendigkeit. Wer es nicht kann, wird unweigerlich zum Opfer.

Dass Kamal so lange überlebt hatte, verdankte er nicht allein seiner Größe.

Er wusste, dass es ein Fehler wäre, das Mädchen zu ignorieren.

Jetzt beteiligte sich auch Tarek an dem Gespräch, der sich allmählich mit dem Gedanken anfreundete, etwas sagen zu dürfen. »Dass sie sich mit Dade getroffen hat, war kein Zufall. Die beiden kannten sich. Sie hat ihm immerhin so sehr vertraut, dass sie beim ersten Anzeichen von Ärger mit ihm zusammen geflüchtet ist. Deshalb haben wir ihre Beschreibung an unsere Leute ausgegeben. Wir wollen herausfinden, wer sie ist und was sie hier will.«

Hassan nickte. »Glaubt ihr, sie wird Ärger machen?«

»Ärger?«, wiederholte Kamal. »Noch nicht. Aber sie ist jemand, für die wir uns interessieren sollten. Deshalb haben wir ihr Foto herumgeschickt. Wir wissen, dass sie sich nicht ewig verstecken kann.«

»Gut«, sagte Hassan. »Ich will, dass ihr sie zu mir bringt. Unverzüglich. Diesmal seid ihr entschuldigt, aber das nächste Mal bin ich vielleicht nicht mehr so gnädig.«

Kamal und Tarek sahen einander verwirrt an. Nach ihrem Empfinden hatte Hassan doch allem, was sie gesagt hatten, zugestimmt. Weshalb drohte er ihnen jetzt?

Es war Kamal, der es aussprach. »Herr, haben wir etwas falsch gemacht?«

Hassan bedachte sie mit einem zornigen Blick. »Glaubt ihr im Ernst, ich weiß nicht, was ihr getrieben habt, während dieses Mädchen durch meine Stadt zieht? Ihr wagt es, schick essen zu gehen, während diese Unbekannte durch meine Straßen läuft, und dann erwartet ihr, dass ich euch dankbar bin, weil ihr mir ihr *Foto* bringt? Wenn euch eure Lakaien nicht geholfen hätten, würdet ihr immer noch nach ihr suchen. Jetzt verstehe ich, warum ihr es immer noch nicht geschafft habt, Simon Dade zu schnappen.«

»Wir dachten ...«

»Ruhe! Ich bezahle euch nicht fürs Denken.«

Kamal und Tarek spürten, dass Awad hinter ihnen

kreiste wie ein Hai in der Tiefe, der auf die Gelegenheit zum Angriff lauert. Sie wussten, dass er nur auf die Erlaubnis wartete.

Doch stattdessen grinste Hassan. »Aber wie ich schon sagte, ich vergebe euch. Ich habe sogar einen kleinen Leckerbissen für euch vorbereitet, weil ihr bei eurem letzten Essen unterbrochen wurdet.«

Hassan hob den Sterlingsilberdeckel vom Tablett auf seinem Schreibtisch. Darunter kam eine Desert-Eagle-Kaliber-50-Pistole zum Vorschein, eine so mächtige Wumme, dass die Austrittswunde nach einem Treffer größer als eine Grapefruit ist.

Neben der Pistole lagen zwei tote Tauben. Awad hatte ihnen nur wenige Minuten vor ihrer Ankunft den Hals umgedreht.

Die Vögel waren noch warm. Ihre Beine zitterten.

Hassan stieß das Silbertablett über seinen Schreibtisch. »Bitte, Gentlemen, bedienen Sie sich.«

20. KAPITEL

Nach ihrer Rückkehr zur Yacht sichtete das Team mehrere Stunden lang das Videomaterial von Sarahs und Cobbs Exkursion. Die Filmanalyse mochte übertrieben lang wirken, doch sie hatten das gesamte System erkundet, und das einzig Ungewöhnliche war die eigenartige Ziegelwand am Ende des letzten Tunnels, denn die schien dort nicht hinzugehören.

Garcia ging der Sache nach und teilte schließlich seine Erkenntnisse mit. »Jacks Theorie über den Luftschutzbunker trifft den Nagel auf den Kopf. Er wurde sogar noch vom britischen Militär geplant. Sie sahen in den Tunneln die Möglichkeit, die Einwohner zu schützen, falls sich die Nazis entschließen sollten, Alexandria zu bombardieren. Ägyptens Regierung stimmte dem Plan zu und hat ein umfangreiches Projekt bewilligt, mit dem die leeren Tunnel in Bunker umgewandelt werden sollten.«

»Wie wollten sie das machen?«, fragte Papineau.

»Wo es nötig war, haben sie den Stein mit Beton befestigt, um sicherzugehen, dass nichts einstürzte. Dann wurden an den Wänden Holzbänke aufgestellt. Außerdem installierten sie ein Belüftungssystem, um Frischluft zuzuführen.«

»Wir haben keine Bänke gesehen«, warf Sarah ein.

Garcia hatte den Einwand vorhergesehen. »Die Bänke wurden in der Nachkriegszeit fast vollständig entfernt. Man hat das Holz in den Elendsvierteln gebraucht. Manche haben damit gebaut, manche haben es einfach zum Heizen verfeuert. Jedenfalls hat man es nicht allzu genau damit genommen.«

Jasmine wusste die Information zu schätzen, es erklärte jedoch nicht die Ziegelmauer. »Trotzdem bleibt eine Frage offen: Warum wurde ein Teil der Anlage versiegelt, wenn es das Ziel war, so viele Menschen wie möglich darin unterzubringen? Es gibt eine weitere Zisterne und noch mehrere Tunnel hinter der Ziegelmauer. Dort wäre Raum für Hunderte von Menschen. Warum wurde nicht auch dieser Platz genutzt? Warum hat man dazwischen eine Barrikade errichtet? Und wie kommen wir daran vorbei?«

Alle schwiegen und dachten über die Fragen nach, bis sich McNutt zu Wort meldete. »Ich bin ja nicht groß in Mathe…«

»Was du nicht sagst«, bemerkte Sarah.

»… aber nach meiner Zählung waren es *vier* Fragen und nicht eine.« Er rechnete mit den Fingern zur Sicherheit noch einmal nach. »Ja, *cinco*.«

Jasmine grinste. »Worauf willst du hinaus?«

»Auf die ersten drei Fragen habe ich auch keine Antwort, aber die vierte ist einfach.« Er setzte ein breites Grinsen auf. »Wenn wir da durch müssen… nun, *ich* komme da durch.«

*

Sie waren nicht die Einzigen, die sich den Kopf über ihre neuen Erkenntnisse zerbrachen. Auch Kamal und Tarek hatten sich keinen Schlaf gegönnt und die Nacht damit verbracht, die einzige Spur zu verfolgen, die sie hatten: das Handyfoto der geheimnisvollen Frau.

Ein älterer Inhaber eines der Geschäfte, die sie »beschützten«, hatte ihnen das Foto geschickt. Er hatte, wie viele andere, von Kamals und Tareks Interesse an der Frau gehört. Weil er gehofft hatte, sich damit bei den Schergen beliebt zu machen – die Zahlungen, die er zu leisten hatte, schienen sich jede Woche zu erhöhen –, hatte der Ladeninhaber alles getan, was ihm möglich war, um die Frau ausfindig zu machen.

Seine Zipperlein hielten ihn zwar davon ab, selbst durch die Stadt zu ziehen, aber der Geschäftsmann hatte seinen Enkel gebeten, nach jemandem Ausschau zu halten, der der Beschreibung Sarahs entsprach. Der wiederum hatte seine Freunde um Hilfe gebeten, und es war einer dieser Freunde gewesen, der an einem Mietshaus am Ende der Straße das Foto von ihr gemacht hatte.

Sie wussten nicht, wohin sie dann gegangen war.

Doch wenn sie zurückkehrte, wollten Kamal und Tarek bereit sein.

*

Es hatte Vor- und Nachteile, schon so bald nach ihrem ersten Erkundungstrip in den Tunnel zurückzukehren.

Dafür sprach, dass noch Wochenende war, und das bedeutete, dass die Straßen voller Menschen aus aller Herren Länder waren und die örtlichen Behörden an diesem Tag mit dem Trubel genug damit zu tun hatten, die öffentliche Ordnung aufrechtzuerhalten.

Falls andererseits letzte Nacht jemand einen Verdacht gegen Cobb und Sarah geschöpft hatte, konnte ihre Rückkehr Alarm auslösen, insbesondere weil es bei ihrer zweiten Exkursion noch mehr gab, was anderen auffallen konnte. Diesmal brachten sie Jasmine, McNutt, Ausrüstungsgegenstände und eine Auswahl von Schusswaffen mit, weil McNutt ohne nie aus dem Haus ging.

Aber nachdem er alle Optionen abgewogen hatte,

entschied Cobb, dass es besser war, die Tunnel in Angriff zu nehmen, solange ihre Eindrücke noch frisch waren, anstatt auf der Yacht herumzusitzen und abzuwarten.

Das restliche Team pflichtete ihm bei.

Papineau setzte sie in einer schmalen Gasse in der Nähe des Wohnhauses ab und kehrte dann zur Yacht zurück. Garcia überwachte unterdessen mithilfe seiner Hightechspielzeuge und der Überwachungskameras die Bewegungen des Teams von seinem provisorischen Kommandozentrum aus.

Garcia drückte ein paar Knöpfe. »Okay, Mädels und Jungs. Jetzt habe ich euch alle auf dem Schirm. Das heißt, eure Geräte sind auf Sendung… Kann jeder meine Stimme hören?«

»Ja«, sagte Jasmine.

»Beeil dich«, drängte Sarah.

»Wer spricht da?«, fragte McNutt.

Cobb grinste. »Positiv.«

Garcia checkte seine Videomonitore. »Die Straße vor dem Gebäude ist frei. Die Lobby ist auch frei. Weiter vorrücken.«

Cobb nickte Sarah zu. »Alles klar. Wir gehen rein.«

Um die Gefahr, entdeckt zu werden, zu reduzieren, gingen sie paarweise, Sarah und McNutt als Erste, danach folgten Cobb und Jasmine. Sarah öffnete das Schloss, ohne auch nur wirklich anzuhalten, dann ging sie durch den Vorraum zum Treppenhaus. McNutt folgte kurz darauf; zuvor klebte er ein Stück Tape über das Schloss, damit es nicht wieder einrastete, dann ging er Sarah hinterher. Sie gingen weiter in Richtung Keller und zum Heizungsraum, während Cobb und Jasmine an der Vordertür eintrafen. Cobb öffnete die Tür wie ein Gentleman und entfernte dabei elegant das Tape vom Türrahmen.

Jasmine ging hindurch, und Cobb zog die Tür hinter ihr zu.

Alles in allem dauerte ihr Eindringen neununddreißig Sekunden, eine Sekunde weniger, als sie erwartet hatten.

Im Heizungsraum hatte McNutt keine Schwierigkeiten damit, das Metallgitter zu entfernen, hinter dem es zu den Tunneln ging. Sarah hielt instinktiv inne, um zu lauschen, ob es Probleme gab. Als sie nichts als das stetige Brummen der Heizungskessel hörte, machte sie sich an den Abstieg ins Tunnelsystem und schaltete ihre Videotaschenlampe ein.

»Hier ist alles klar«, sagte sie aus dem Tunnel.

Eine Minute später stand das Team neben ihr.

»Wohin jetzt?«, wollte Jasmine wissen.

Weil sie nicht mehr navigierte, musste sie sich auf Garcia verlassen, der sie ans entgegengesetzte Ende der Zisternen leiten sollte. Bedauerlicherweise wusste sie, dass eine Menge Springen und Klettern dazugehörte, um die Ziegelwand zu erreichen, und Klettern war nicht ihre Stärke. Genau genommen war sie zum letzten Mal in der Grundschule auf etwas Größeres geklettert und hatte sich dabei eine blutige Lippe eingehandelt, weil ein Klassenkamerad sie am Haar gezogen hatte und sie von dem Klettergerüst gestürzt war.

An diesem Tag stand viel mehr auf dem Spiel.

Entsprechend größer waren die Hindernisse.

Als sie sich der ersten Zisterne näherten, nahm Sarah ein dünnes Kletterseil aus ihrem Rucksack und schlang es Jasmine um die Taille. »Das wird dich auffangen, wenn du fällst. Es ist nicht der leichteste Abstieg.«

»Soll ich etwa als Erste gehen?«, platzte Jasmine heraus.

Sarah grinste und band den Knoten fest. »Nein. Ich

gehe als Erste und check die Stellen zum Festhalten. Wenn sie noch stabil sind, folgst du als Nächste. Wenn nicht, müssen dich die Jungs abseilen.«

Noch bevor die anderen Einspruch erheben konnten, kletterte Sarah bereits über die Kante und machte sich auf den Weg nach unten. Fünfzehn Sekunden später blickte sie zu ihnen hinauf. »Jasmine, du bist dran!«

»Na toll«, sagte die in einem Tonfall, der das Gegenteil ausdrückte. »Okay, Jack, wie mach ich das? Soll ich einfach anfangen zu klettern?«

Cobb grinste. »Ja.«

»Und falls du ausrutschen solltest…« McNutt zeigte ihr, wie fest er das Seil in der Hand hatte. »Ich schwöre, ich halte dich.«

»Du wirst nicht fallen«, versicherte ihr Cobb. »Ich bin gestern in beide Richtungen geklettert, die Stellen zum Festhalten sind solide. Hab nur ein bisschen Vertrauen, dann klappt das.«

Jasmine holte tief Luft, um sich zu beruhigen, atmete dann langsam wieder aus und machte sich an den Abstieg. Anfangs kletterte sie noch recht langsam, aber nachdem sie ein Gefühl für die Abstände der Einkerbungen bekommen hatte, wurde sie während der restlichen Kletterpartie deutlich schneller.

McNutt kletterte als Nächster nach unten, ihm folgte Cobb, der das Seil mitnahm. Unten angekommen, wickelte er es zwischen Hand und Ellenbogen auf, dann hängte er es sich um die Schulter und nickte Sarah zu, dass sie die Führung übernehmen sollte.

»Hier lang«, sagte sie.

Die anderen folgten ihr durch die Biegungen und Abzweigungen des Zisternensystems. Irgendwie hatte sie sich das Labyrinth eingeprägt und schaffte es, ohne jede Anleitung durch Garcia hindurchzufinden – eine Leistung, die alle überraschte, sie selbst eingeschlossen.

Obwohl Jasmine schon die Videoaufzeichnungen aus den Tunneln beeindruckt hatten, waren sie doch kein Vergleich zu dem Gefühl, wahrhaftig hier zu sein. Die unterirdischen Zisternen mit eigenen Augen zu sehen, war überwältigend.

»Diese Sachen sollten in ein Museum«, sagte sie und leuchtete mit ihrer Taschenlampe durch die Kammer. »Sie machen einem die historische Bedeutung dieses Ortes klar.«

Niemand erwiderte etwas, deshalb fuhr sie fort.

»Seht mal hier.« Sie leuchtete auf eine Säulenbasis. »Dieses Relief ist vom klassischen griechischen Stil beeinflusst. Aber die Bögen in der letzten Zisterne entsprachen der winkeligen geometrischen Gestaltung Persiens. Die Vielfalt hier unten ist erstaunlich. Und alles ist so gut erhalten. Es ist unglaublich, wenn man bedenkt, dass diese Fragmente aus antiken Ruinen nur deshalb noch so gut in Schuss sind, weil man sie wiederverwendet hat. Auf der anderen Seite ist es natürlich ein Jammer, dass…«

Sarah drehte sich um und leuchtete Jasmine mit der Taschenlampe ins Gesicht.

»Was ist los?«, wollte Jasmine wissen.

»Woher soll ich das wissen?«, zischte sie. »In diesem Augenblick könnte eine Elefantenherde auf uns zukommen, und ich würde sie wegen deines Vortrags über Geschichte nicht hören.«

»Tut mir leid. Ich bin einfach aufgeregt.«

Sarah schlug einen sanfteren Tonfall an. »Hör mal, wir können über die Details dieser Architektur und was sie für die Menschheit bedeuten sprechen, wenn wir wieder auf dem Boot sind. Aber momentan müssen wir uns auf die Mission konzentrieren – und die heißt Reinkommen und Rauskommen.«

Jasmine nickte. Sie hatte begriffen und würde auch weiterhin auf die Eigenheiten jeder einzelnen Zisterne achten, ihre Kommentare aber für sich behalten.

Während die Frauen ihre Meinungsverschiedenheit klärten und McNutt einen Ringkampf herbeisehnte, ging Cobb ganz praktisch vor. An jeder Biegung markierte er ihren Weg mit unsichtbarer Tinte an den Tunnelwänden. Die Tinte war mit bloßem Auge nicht zu sehen, doch unter ultraviolettem Licht strahlte sie wie ein Neonschild. Er hoffte, dass sich die Vorsichtsmaßnahme als unnötig erwies, doch er stellte sich immer darauf ein, dass bei einem Unternehmen etwas gehörig schieflief.

So hatte er es immer getan, und so würde er es auch weiterhin halten.

Es war einfach die Art, wie er die Dinge anging.

Anders als bei ihrer ersten Erkundung hatte diese Exkursion ein festgelegtes Ziel. Deshalb verschwendete Sarah keine Zeit mit einer Besichtigungstour und führte sie direkt zur Ziegelwand. Als sie sich dem anderen Ende des Tunnels näherten, setzte sie sich mit Garcia in Verbindung, um sicherzustellen, dass sie noch in seinem Empfangsbereich waren. »Bist du da, Hector?«

»Positiv«, sagte er. Dann testete er ihre GPS-Sender und die Videosignale ihrer Taschenlampenkameras. »Die Positionsbestimmung ist gut. Das Bild ist klar. Vier starke Signale, alle zeichnen auf.«

Sarah nickte McNutt zu. »Du bist dran.«

McNutt grinste vor Vorfreude. »Wird auch Zeit, dass ich mal wieder etwas in die Luft jagen kann.«

Seine Bemerkung traf es nicht exakt. Er sprengte nichts in die Luft, sondern wollte es in Stücke schlagen. Ein bisschen wie die Comicfigur Hulk. Er griff in eine Tasche seiner Cargohose und zog ein kleines Röhrchen heraus, das nicht größer als eine Taschenlampe war.

Jasmine starrte auf das Gerät. »Was hast du damit vor?«

Sein Grinsen wurde breiter. »Kennst du die Knüppel, die Feuerwehrleute benutzen, um damit durch Sicherheitsglas zu kommen? Sie werden mit einer Feder aufgezogen und schießen mit hoher Geschwindigkeit eine Stahlspitze in die Scheibe. Dann können die Verletzten herausgeholt werden. Na ja, das hier funktioniert genauso. Nur dass keine Stahlspitze herauskommt, sondern Schallwellen. Und anstatt Glas zu zerschmettern, zerbröselt es Zement, Mörtel – im Grunde alles, was irgendwie wie Stein ist.« Er warf Cobb einen Blick zu. »Du solltest mal sehen, was das Ding hier mit dem Gesicht von Leuten machen kann. Heiliger Himmel, *das* ist brutal. *Überall* Blut und Zähne. Wie bei einem Hockeyturnier.«

»Moment mal«, sagte Jasmine. »Von Kollateralschäden hat keiner was gesagt. Wird es irgendwelche Ruinen auf der anderen Seite der Mauer beschädigen?«

McNutt schüttelte den Kopf. »Ausgeschlossen! Die Wucht ist allein auf das Ziel ausgerichtet, genau wie bei einem Zahnarztbohrer… Theoretisch zumindest… Ich meine, ich hab das Ding vorher noch nie an einer alten Wand ausprobiert. Kann schon sein, dass der Tunnel auf uns herunterbröselt… Nun ja, je länger ich darüber nachdenke… Vielleicht solltet ihr doch etwas zurücktreten. Vielleicht dreißig Meter oder so.«

Jasmine sah Cobb an. »Jack, meint er das ernst?«

Cobb ignorierte ihre Frage. »Komm schon, Josh. Wir warten.«

McNutt kauerte sich nieder und presste das Ende des Geräts in den Raum zwischen den Ziegeln in der Mitte der Wand. Die Gruppe ging einen Schritt zurück, als er das Gerät einschaltete, doch es war fast unhörbar. Und dann geschah es. Wie von Zauberhand schien der Mörtel zwischen den Steinen wegzuschmelzen. Keine größeren Zerstörungen. Keine Splitter, die durch den Tunnel flogen. Eben war die Wand noch fest, und im nächsten Moment klaffte schon eine Lücke im Mittelpunkt. Irgendwann fielen Ziegel zu Boden, wie Blätter aus einem verdorrenden Baum.

Sarah machte große Augen. »Ich will einen.«

»Ich auch«, gab Jasmine zu.

Eine Minute später untersuchte McNutt das Loch, das er in der Wand geöffnet hatte. Dann leuchtete er mit der Taschenlampe hindurch und sah auf der anderen Seite nichts als leeren Raum.

Genau wie sie es erwartet hatten, befand sich dort ein weiterer Tunnel.

Und er schien älter als die anderen zu sein.

21. KAPITEL

Jasmine murrte enttäuscht. Die anderen Tunnel endeten in herrlichen Hallen, Höhlen aus stabilem Fels und sorgfältig platzierten Steinen, die wie Kunstwerke aussahen. Doch der letzte Tunnel hatte sich als Tor zu etwas völlig anderem entpuppt.

Als Eingang zu einem gewaltigen Schacht.

Sie leuchtete mit der Taschenlampe durch die Öffnung in der Wand und musterte den tiefen Abgrund, in den der Boden versunken war. Das Senkloch hatte die Zisterne in seine gähnende Tiefe gezogen und dabei alles, was darüber gebaut worden war, mitgerissen. Übrig geblieben waren chaotisch und instabil aufeinandergetürmte Säulenfragmente und Trümmer von Trägern sowie ein schmaler Sims auf der anderen Seite.

Sarah beugte sich vor und begutachtete den Schaden. »Okay, das erklärt, warum der Tunnel versiegelt wurde. Es ist eine Katastrophe. Hier hat jemand wirklich ganze Arbeit geleistet.«

McNutt schüttelte den Kopf. »Das hat niemand mit Absicht gemacht. Das wurde nicht künstlich herbeigeführt.«

»Wie kannst du dir da so sicher sein?«, fragte Jasmine.

»Ich kann es erklären. Falls das hier mit Absicht gemacht wurde, hat man sich die anstrengendste Methode dafür ausgesucht. Sie haben ein Loch gebuddelt und alles reinfallen lassen, anstatt ein bisschen TNT zu verteilen und alles hochzujagen.«

Doch Jasmine war damit nicht zufrieden. »Aber wie kannst du dir sicher sein?«

»Explosionen erzeugen typische Spuren, zum Beispiel Ruß an den Wänden. Chemische Brandbeschleuniger hinterlassen Rückstände. Sogar die Druckwelle stempelt ein typisches Muster in den Schauplatz. Diese Spuren sind manchmal nicht leicht zu entdecken, aber man erkennt sie, wenn man weiß, wonach man Ausschau halten muss.«

Cobb starrte über den Abgrund hinweg. Während die anderen noch über den Schaden und die möglichen Ursachen nachdachten, konzentrierte er sich auf das, was sich dahinter befand. In der Ferne sah er die Umrisse der gegenüberliegenden Wand. Ihm fiel sofort auf, dass das Mauerwerk anders aussah als die Wände und Tunnel im Bewässerungssystem.

Die Steinblöcke waren breiter und höher. Sie waren schwerer.

Es waren Blöcke, wie man sie zum Tempelbau verwendet hätte.

Cobb sah Sarah an. »Findest du einen Weg, um da rüberzukommen?«

»Da rüber?« McNutt lachte. »Das wäre so, als würde man die gefährlichste Jenga-Version der Welt spielen. Aber in diesem Fall stirbst du, wenn der Turm einstürzt.«

»Das schaff ich«, behauptete Sarah zuversichtlich. Sie schlang sich das Seil um die Taille, reichte Cobb das andere Ende und grinste verschmitzt. »Nur für den Fall der Fälle…«

Cobb wickelte sich das Seil um den Unterarm und setzte die Stiefel fest auf den Boden, bereit, ihren Sturz aufzufangen, falls die Trümmer unter ihr wegbrachen.

Sarah trat vorsichtig auf den ersten heruntergefallenen

Träger. Sie atmete erleichtert auf, als er standhielt. Von dort aus überquerte sie die schmale Oberfläche und ging zu einer angewinkelt liegenden Säule, die wie eine Zirkuskanone nach oben ragte und zu einem Bogen führte, der umgestürzt war und dessen eines Ende auf einem Schutthaufen seinen Platz gefunden hatte. Vorsichtig schob sie sich an der Säule hoch, stieg auf den Bogen und balancierte auf Zehenspitzen über den Grat.

Als sie zurückschaute, sah sie, dass sie die Hälfte schon geschafft hatte.

Nun gab es kein Zurück mehr.

Sie setzte ihren Weg auf der anderen Seite des Schutthaufens fort. Bei jedem Schritt überprüfte sie sorgfältig die Stabilität des Untergrunds. Sie spürte, wie die verkeilten Trümmer schwankten, doch sie verdrängte ihre Ängste und arbeitete sich weiter vor. Sie zog sich über einen Träger aus Sandstein, der ihr im Weg lag, rutschte auf der anderen Seite an einem Marmorpfeiler nach unten, und schließlich trennte sie nur noch ein ein Meter fünfzig breiter Spalt vom Sims.

Sie legte eine Pause ein, beruhigte ihre Nerven und bereitete sich darauf vor, das letzte Hindernis zu überwinden.

Drei lange Schritte und einen Sprung später landete sie sanft auf dem steinernen Vorsprung.

»Geschafft!«, rief Sarah. Von ihrem Standpunkt aus konnte sie die anderen kaum noch hinter den verkeilten Trümmerteilen sehen.

Jasmine stieß euphorisch die Faust in die Luft.

Cobb grinste und legte ihr den Arm um die Schulter. »Schön zu sehen, dass du das so aufregend findest… denn du bist die Nächste.«

»Was?«, kreischte sie.

Er konnte sehen, wie ihr sämtliche Begeisterung aus dem Gesicht fiel.

Sarah legte die Hände an den Mund und rief Anweisungen. »Jasmine, hör mir zu. Du schaffst das. Immer dem Seil nach. Es führt dich direkt zu mir.«

Jasmine nickte und versuchte, sich Mut zu machen. »Das schaffe ich.«

»Und ob du das schaffst«, sagte Cobb, band ihr ein Seil um die Taille und befestigte es am Führungsseil. »Und ich werde dich bei jedem Schritt sichern.«

Überraschenderweise benötigte sie keinen weiteren Zuspruch, bevor sie sich auf den Weg machte. Sie folgte langsam dem Weg, den Sarah vorangegangen war, stellte sich auf den nächsten Träger und versuchte, Sarahs Schritte exakt nachzugehen. Als sie die »Zirkuskanonensäule« erreichte, war ihr anfängliches Zittern verschwunden. Oben angekommen, gewann sie an Selbstvertrauen. Schließlich konnte sie Sarah auf der anderen Seite ausmachen. Daraufhin kletterte sie nicht nur, sondern genoss es sogar. Zumindest genoss sie das Gefühl, etwas geleistet zu haben.

Eine Minute noch, dann würde sie den Felsvorsprung erreichen.

Einen Monat noch, und sie würde den Mount Everest besteigen.

Doch leider nahmen die Dinge auf einmal eine üble Wendung.

Als sich Jasmine an den Abstieg auf den entgegengesetzten Absatz machte, spürte sie, dass unter ihr der Boden bebte. Dann folgte ein lautes Knacken, das ihr bereits alles verriet, was sie über ihre unmittelbare Zukunft wissen musste.

»Hier stimmt was nicht!«, schrie sie.

Sie hatte die Worte kaum hervorgebracht, als schon das erste Teil herunterbrach. Der Bogen, der quer über dem Grat lag, gab nach und zertrümmerte auf seinem Weg in die Tiefe Säulen und andere Stützen.

Dadurch wurde eine zerstörerische Kettenreaktion in Gang gesetzt, die das ganze Gebilde heftig erschütterte und dafür sorgte, dass es auseinanderzubrechen begann.

»Jasmine!«, schrie Cobb. »Halt dich fest!«

Sarah auf der anderen Seite stützte sich mit den Stiefeln ab und stand weit nach hinten gebeugt.

Jasmine hing mitten über dem Abgrund, während die Steine unter ihr in die Tiefe stürzten, und rings um sie brandete eine Kakofonie von Geräuschen auf, und dichte Staubwolken stiegen auf. Adrenalin schoss ihr durch die Adern. Sie klammerte sich an dem Seil fest, und in den nächsten Sekunden war es das Einzige, was sich zwischen ihr und dem sicheren Tod befand.

Cobb hätte am liebsten daran gezogen, unterdrückte aber den Impuls und wartete lieber ab, bis sich der Staub gelegt hatte, weil er fürchtete, sonst womöglich Sarah vom Vorsprung auf der anderen Seite herunterzuziehen. Er wollte nicht, dass eine von ihnen in den Abgrund stürzte, und schon gar nicht beide. Zum Glück verriet ihm die horizontale Spannung des Seils, dass weiterhin die Chance bestand, dass alle unbeschadet überlebten.

Sobald sich der Staub legte, konnte Cobb nur noch Jasmine, das Seil und den schwarzen Abgrund darunter sehen. Der Schutthaufen war komplett im Loch verschwunden.

»Jasmine!«, rief McNutt. »Bist du okay?«

»Okay? Nein, ganz sicher nicht okay!«

»Aber lebst du noch?«

»Natürlich lebe ich noch! Ich rede doch mit dir!«

»Da ist was dran«, räumte er ein und hielt Cobb fest. Das Seil war an Cobb gebunden, deshalb war es McNutts Aufgabe zu verhindern, dass er nach vorn stürzte. »Schaffst du es, zu uns zurückzukommen?«

Jasmines Gedanken rasten noch schneller als ihr Herz. Sie hing weiterhin mitten über dem Abgrund, und umzukehren war ebenso mühsam, wie weiter vorzudringen. Umzukehren hieß auch, wieder ins Tunnelsystem und dann zum Ausgang zu laufen. Weiter vorzudringen verhieß, vielleicht noch ungeahnte Entdeckungen zu machen.

Sie hatte die Strapazen nicht auf sich genommen, um an dieser Stelle kehrtzumachen.

Außerdem dachte sie nicht daran, Sarah im Stich zu lassen.

»Ausgeschlossen!«, rief sie und klammerte sich fester ans Seil. »Ich komme nicht zurück. Ich klettere nach vorn.«

McNutt wusste nicht genau, wie er darauf reagieren sollte. »Äh … okay.«

Sarah, die weiter vorn im Dunkeln stand, musste grinsen. Die alte Jasmine – die Jasmine ihrer ersten Mission – hätte kehrtgemacht und den leichtesten Ausweg gesucht. Aber selbst das nur, wenn sie es überhaupt versucht hätte. Aber die neue und bessere Jasmine war fest entschlossen, die Sache durchzuziehen.

»Das höre ich gern!«, rief Sarah. »Mach einfach weiter. Erst die eine Hand, dann die nächste. Hör nicht auf, und sieh nicht nach unten. Du hast schon mehr als die Hälfte geschafft.«

Jasmine tat, wie Sarah es ihr geraten hatte. Sie hangelte sich am Seil entlang, Armlänge um Armlänge, und ließ die Beine hinter sich mitschleifen. An den Seilenden zogen Sarah und Cobb mit aller Kraft, damit das Seil nicht so stark durchhing.

Je straffer das Seil, desto leichter die Kletterpartie.

Sarahs Arme brannten, und die Füße taten ihr weh, doch sie hielt fest und stemmte die Stiefel in den Felsvorsprung. »Du hast es fast geschafft... nur noch ein paar Meter.«

Jasmine sammelte allen Mut und sämtliche Kraftreserven und überwand das letzte Stück wie ein erfahrener Profi. Als sie ganz sicher war, über festem Boden zu sein, löste sie die Füße, die sie vorher gekreuzt gehalten hatte, und setzte sie auf den Vorsprung. Dann ließ sie das Seil los und nahm Sarah triumphierend in die Arme.

Sarah tätschelte ihr den Rücken. »Super gemacht. Jetzt hast du offiziell deine Frau gestanden. Willkommen im Club.«

»Danke«, sagte Jasmine und kämpfte gegen die Tränen, einerseits verursacht durch den Staub, andererseits durch die Freude. »Danke, dass du festgehalten hast.«

McNutt ließ einen Triumphschrei hören, der durch die Kammer hallte. Er war fast so laut wie der Einsturz vorhin. »Uuuuu-rah!«

Aber Cobb war – zumindest vorerst – nicht zum Feiern zumute.

Nicht, solange sein Team geteilt war.

»Geht es da irgendwie weiter?«, wollte er wissen.

»Einen Moment«, bat Sarah. »Wir umarmen uns noch.«

»Seht jetzt nach. Feiern könnt ihr später.«

»Was ist los? Warum die Hektik?«, wollte McNutt wissen.

»Wenn sie nicht weiterkommen«, flüsterte Cobb, »müssen sie irgendwie zurück.«

»Verdammt.«

»Und *wenn* sie weiterkommen, müssen wir als Nächste rüber.«

»Doppelt verdammt.« McNutt beugte sich vor und leuchtete mit der Taschenlampe nach unten in die Dunkelheit. Es ging tief hinab. »Ich weiß ehrlich nicht, was ich verlockender finde.«

Cobb grinste. »Ich auch nicht.«

»Okay«, rief Jasmine. »Ich glaube, wir haben was gefunden.«

Am Fundament der Mauer war ihnen ein Steinblock aufgefallen, den das Gewicht der Mauer und der Zahn der Zeit zerbröselt hatten. Es war kein solider Block mehr. Stattdessen ging von seinem Zentrum ein Spinnennetz von Rissen aus. Sie konnten sehen, wo aufgrund der Belastung bereits kleine Stücke abgeplatzt waren.

Sarah rief über den Abgrund: »Josh, wirf dein Schalldruckgerät herüber. Vielleicht können wir dem angeknacksten Steinquader damit den Rest geben. Wenn er zerbröselt, kommen wir unter Umständen durch den Spalt auf die andere Seite. Das heißt, falls es eine andere Seite gibt.«

»Vergiss es«, murmelte McNutt. »Ich werde ihr überhaupt nichts rüberwerfen. Dieser Donnerstock ist ein Prototyp vom Militär. Ich musste einen Zeugwart der Armee plattmachen, um das Ding in die Finger zu kriegen. Es ist einfach unersetzlich.«

Cobb bedachte ihn mit einem finsteren Blick. »Josh, wirf ihr das verdammte Teil rüber!«

»Aber Chief…«

»Entweder das, oder du kletterst auf die andere Seite und machst es selbst.«

Er war sofort überzeugt. »He, Sarah, fang!«

Er warf den Hightechprügel über den Abgrund, und sie

fing ihn mit beiden Händen. Dann reichte sie das Gerät an Jasmine weiter, die gerade einen Sonarimpuls in die Steinwand abfeuern wollte, als sie eine Stimme hörten, die seit einigen Minuten ungewöhnlich still gewesen war.

Garcia räusperte sich. »Leute, ich will ja nicht hetzen, aber vielleicht beeilt ihr euch mal ein bisschen.«

Cobb starrte in seine Taschenlampe. Garcia sollte auf seinem Videoschirm sehen können, wie genervt er war. »Hector, wir haben gerade eine Menge um die Ohren. Was ist das Problem?«

Bei der Antwort lief es Cobb kalt den Rücken hinunter.

»Ich glaube, da sucht euch jemand.«

22. KAPITEL

Kamal und Tarek hatten das Foto der jungen Amerikanerin bis in die entferntesten Winkel der Stadt verteilt.
Tausende von Menschen suchten nach ihr – angefangen
von Teilzeit-Möchtegernganoven bis hin zu anständigen
Geschäftsleuten, die mit den wöchentlichen Schutzgel-
dern im Rückstand waren. Die Gorillas wussten, dass es
nur eine Frage der Zeit war, bis die Frau irgendwo wieder
auftauchte.

Sie waren hoch erfreut, als es in derselben Gegend wie
zuvor geschah, und beunruhigt, dass sie mit einem eigenen Team gesichtet wurde.

Fünf Minuten nach dem Anruf waren Kamal und Tarek
schon auf dem Weg zu dem Mietshaus. Auf Hassans Befehl hin machten sie sich nicht allein an die Verfolgung.
Ihrer Meinung nach war die Unterstützung durch die
beiden anderen Männer zwar unnötig, doch sie wagten
es nicht, ihrem Boss zu widersprechen.

Gemeinsam durchsuchten die vier Männer die Miets-
kasernen. Sie sahen in jeden Korridor und klopften an
jede Tür. Wo niemand aufmachte, benutzten sie Die-
triche, und wo diese nicht funktionierten, öffneten sie die
Türen mit Gewalt.

Auch nach dreißig Minuten hatten sie nichts gefunden.
Schlimmer noch, sie glaubten den Hausbewohnern sogar,
dass sie weder die Frau noch ihr Team zu Gesicht bekommen hatten. Selbst wenn sie allein arbeiteten, konnten

Kamal oder Tarek die meisten Menschen mühelos so einschüchtern, dass sie alles ausplauderten. Aber da sie zu viert auftauchten, war es so gut wie ausgeschlossen, dass man sie anlog.

Und doch … niemand hatte sie gesehen.

Aber diese Frau konnte sich doch nicht in Luft auflösen?

Die Straße wurde überwacht. Ebenso der Hinterausgang. Sie hatten sogar auf dem Dach nachgesehen. Dort gab es keinen Platz, sich zu verstecken, und keinen Zugang auf andere Dächer. Ein Sprung aus dem vierten Stock auf das Pflaster unten hätte mit Sicherheit für Aufmerksamkeit gesorgt, ob sie den überlebt hätte oder nicht.

Ihnen wurde klar, dass sie nur einen einzigen Ort noch nicht durchsucht hatten.

Den Keller.

*

Cobb erstarrte. »Hector, sag das noch mal.«

»Ich glaube, jemand sucht nach euch«, antwortete Garcia.

»Erklär mir das«, verlangte Cobb. »Ich will etwas Genaues hören.«

In den letzten paar Minuten war so viel geschehen, dass Garcia gar nicht wusste, wo er anfangen sollte. Bei dem ersten Erkundungsgang von Cobb und Sarah hatten sie drahtlose Kameras im Kellerflur und im Heizungsraum installiert. Mithilfe dieser Kameras konnte Garcia ihnen den Rücken freihalten, während sie im Tunnelsystem unterwegs waren. An diesem Abend hatte er zudem noch Zugriff auf die Videobilder einer drahtlosen Kamera, die McNutt auf der anderen Straßenseite platziert hatte. Über diese Kamera hatte er das Mietshaus und den Verkehr davor im Auge behalten können.

Garcia betrachtete die Videobilder auf den verschiedenen Monitoren. »Vor dreiunddreißig Minuten sind vier Männer durch die Vordertür gekommen und die Treppen hochgegangen. Im Eingangsbereich haben sie nichts Verdächtiges gemacht, aber du kennst sicher das Gefühl, wenn irgendwas nicht stimmt. Na ja, genau das Gefühl hatte ich, als sie kamen.«

»Ist das alles?«

»Natürlich nicht. Mit so etwas würde ich euch nicht behelligen.«

»Was ist dann das Problem?«

»Na ja«, führte Garcia aus. »Vor drei Minuten ist einer der Männer auf die Straße zurückgekommen. Dort hat er eine zweite Wagenladung mit Leuten getroffen und sie hineingeführt. Ich dachte mir, dass es auch dafür noch eine Erklärung geben könnte – schließlich ist Samstagabend und, vielleicht wollten sie zu einer Party oder so etwas –, aber anstatt nach oben in eine der Wohnungen zu gehen, sind alle acht hinunter in den Keller gegangen. Momentan sind sechs von ihnen damit beschäftigt, die Lagerräume zu durchsuchen. Die anderen beiden versuchen, das Türschloss vom Heizungsraum zu knacken.«

McNutt fluchte. »Das ist nicht gut, Chief.«

»Nein, das ist es nicht«, stimmte Cobb zu.

Als einzige Zivilistin der Gruppe blieb Jasmine optimistisch. »Vielleicht sind sie nur dort wegen der Erschütterungen vom Höhleneinsturz. Sie könnten im Keller nach Schäden im Fundament suchen. Es ist nicht gesagt, dass sie nach uns suchen.«

»Sei nicht naiv«, widersprach Sarah. »Die Hälfte von denen war schon *vor* dem Einsturz im Gebäude. Entweder können sie in die Zukunft blicken, oder sie suchen etwas anderes.«

»Hector, hast du das Gitter über dem Einstieg noch im Blick?«, wollte Cobb wissen.

»Positiv«, meldete er. »Wenn sie den Tunnel finden, geb ich Bescheid.«

»Aber dann ist es zu spät«, meinte McNutt. Er packte Cobb am Arm, um seinen Worten Nachdruck zu verleihen. »Wo sind wir jetzt? Zwei, vielleicht drei Klicks vom Heizraum entfernt? Und wie viele Kurven und Abzweigungen liegen zwischen uns und denen? Wenn sie bewaffnet sind und in die Tunnel kommen, haben wir keine Chance gegen sie, dafür sind es zu viele.«

Cobb nickte zustimmend. »Ladys, auch wenn ich euch nur ungern allein lasse, aber Josh und ich müssen uns um diese Sache kümmern, bevor sie zum Problem wird. Ihr müsst währenddessen versuchen weiterzukommen – wenn das okay für euch ist.«

»Klar ist das okay«, scherzte Sarah. »Es wird ja auch Zeit, dass ihr Männer mal eure Hintern hochkriegt und euch die Hände schmutzig macht. Wir *Ladys* können schließlich nicht die ganze Arbeit machen.«

Cobb ignorierte ihre Witzchen. »Hector, solange wir unterwegs sind, möchte ich, dass du zauberst und uns miteinander in Verbindung hältst. Ich möchte sie jederzeit erreichen können.«

»Kein Problem, Jack.«

»Gut.« Cobb sah McNutt an. »Bereit?«

»Fast«, antwortete der. »Bevor wir gehen, hab ich noch Geschenke für alle.«

Er öffnete den Rucksack und zog eine Smith & Wesson M1911 heraus. Die Pistole gehörte zur klassischen Bewaffnung amerikanischer Soldaten und wurde von vielen den neueren Modellen vorgezogen. Diese spezielle Waffe war mit einem Schalldämpfer, einem Laservisier und einem verlängerten Magazin für Extramunition versehen.

McNutt reichte Cobb die Pistole. »Die ist für *dich*.«

Als Nächstes folgten zwei identische Glock 19. Diese Faustfeuerwaffen passten perfekt in die kleineren, schmaleren Hände von Jasmine und Sarah, ohne Kompromisse bei der Feuerkraft.

»Die sind für *die beiden*«, erklärte McNutt.

Dann zog er das letzte Stück Artillerie aus seinem Sack. Die PM-84 Glauberyt war eine polnische Maschinenpistole, die für ihre kompakte Größe und durchschlagende Feuerkraft bekannt war. Auf kurze Distanzen wie hier war sie eine ausgezeichnete Wahl.

McNutt grinste die Waffe an. »Und die ist für *mich*.«

Cobb musste lachen.

Um die beiden Glock 19 abzuliefern, fädelte McNutt das Kletterseil durch die Abzugsbügel und streckte die Arme über den Kopf. An seiner improvisierten Seilrutsche glitten die Waffen über den Abgrund. Sobald sie angekommen waren, warf er den Frauen sein Seilende zu. »Nehmt das Seil. Wir werden es nicht brauchen, aber euch kann es vielleicht nützlich sein.«

»Nur dass du Bescheid weißt«, erwiderte Sarah, »ich habe noch mehr Ausrüstung dabei. Gurtzeug, Seile und so weiter. Wenn alles andere scheitert, kommt zurück, dann können wir euch rüberbringen.«

»Das wird nicht nötig sein«, versicherte Cobb.

Garcia räusperte sich. »Jack, du solltest besser loslegen. Diese Kerle sind hinter etwas her, und allmählich wissen sie nicht mehr, wo sie noch nachsehen sollen. Falls sie das Einstiegsgitter finden, kann ich sie in den Tunneln nicht mehr im Auge behalten.«

»Entspann dich«, sagte Cobb. »Wir gehen jetzt.«

»Verstanden«, sagte Garcia.

Cobb nickte McNutt zu, der sofort wie vom Katapult geschnellt in Richtung Heizungskeller stürmte. Er hielt die Taschenlampe in einer Hand, seine Maschinenpistole in der anderen und hatte ein breites Grinsen im Gesicht. Als ehemaliger Marineinfanterist lebte er für Momente wie diesen, in denen er über das Visier einer Waffe hinweg dem Tod ins Auge sah.

Seltsamerweise bewegte sich Cobb jedoch überhaupt nicht.

Er blieb einfach nachdenklich im Tunnel stehen.

Nicht, weil er zu viel Zeit hatte – die hatte er mit Sicherheit nicht –, sondern weil er plötzlich von einem heftigen, unguten Gefühl erfasst wurde, wie bei einem Platzregen nach einem plötzlichen Gewitter. Das Gefühl kam ihm so heftig und so unerwartet, dass er sofort an den Befehlen zu zweifeln begann, die er erteilt hatte. Es war so belastend, dass er schon drauf und dran war, McNutt und die Frauen aufzuhalten, bevor sie sich zu weit entfernten, um einen alternativen Schlachtplan zu entwickeln.

Für einen Anführer wie Cobb war es ein entsetzliches Gefühl. In seiner Welt war kein Platz für Zweifel.

Eigentlich hatte er so etwas in seiner ganzen Karriere nur ein einziges Mal gespürt.

Ein einziges Mal bei tausend Einsätzen.

Leider hatte ihn sein Bauchgefühl an jenem Tag nicht getäuscht.

Viele Soldaten hatten ihr Leben verloren.

*

Sarah und Jasmine konzentrierten sich auf ihre Aufgabe. Mit den Fingern lösten sie so viele Brocken aus der Wand, wie sie konnten. Schließlich hatten sie gut zwei Zentimeter von dem Stein entfernt. Aber sie hatten keine Ahnung, wie dick der Block tatsächlich war.

»Okay«, sagte Jasmine. »Es wird Zeit, den Stab einzusetzen.«

Sarah trat einen Schritt zur Seite, während Jasmine das Ende des Stabs gegen den Stein drückte und den Schallimpuls auslöste. Der Block zerplatzte sofort, aber er zerfiel nicht in feines Pulver, wie sie es vorhin bei dem Mörtel beobachtet hatten. Stattdessen zersplitterte er in kleine, scharfkantige Steinchen.

Jasmine war fasziniert. »Es hat funktioniert!«

Sarah nahm beide Hände zu Hilfe und schob kleine Steinhäufchen beiseite. Auf diese Weise schuf sie einen Freiraum, wo einst der Steinbrocken gewesen war. Schließlich spürte sie einen kühlen Luftzug auf ihrem Unterarm. »Merkst du das? Auf der anderen Seite ist ein Hohlraum!«

Sie arbeitete mit neu gewonnener Energie, schob Hände voller Schutt beiseite und erweiterte das Loch, bis dessen Durchmesser knapp über einen halben Meter betrug. »Es wird eng, aber ich glaube, wir schaffen es, da durchzukommen.«

»Ich weiß nicht«, sagte Jasmine und kauerte sich hin, um besser sehen zu können. »Du kannst das bestimmt, aber was mich betrifft, bin ich mir nicht so sicher.«

Sarah musterte sie. Jasmine war klein, aber kurvenreich. »Dein Hintern, was?«

Jasmine nickte. »Ja.«

»Schade, dass Josh nicht hier ist. Der hätte bestimmt angeboten, dich von hinten durchzudrücken.«

Jasmine errötete. »Da hast du recht. Das hätte er bestimmt.«

An diesem Punkt erwarteten sie fast, gleich McNutts Stimme im Ohr zu hören, der etwas Schmutziges und völlig Unangemessenes sagte, während er seinem Vergnügen entgegensprintete.

Aber es wäre ihnen immer noch lieber gewesen als Garcia, der sich mit einer Neuigkeit meldete, vor der sie sich alle gefürchtet hatten. »Schlechte Nachrichten, Leute. Sie sind im Heizungsraum und haben den Gitterrost gefunden.«

23. KAPITEL

Kamal und Tarek begriffen, wie schlecht sie auf dieses unterirdische Abenteuer vorbereitet waren, als sie in die Welt unter Alexandria eindrangen. Das einzige Licht im ersten Tunnel kam vom Heizungsraum über ihnen. Wo es nicht hinreichte, war es dunkel. Da sie keine Laternen, Fackeln oder Taschenlampen mit sich führten, mussten sie auf ihre Smartphones zurückgreifen.

Die erste Zisterne entdeckten sie ohne Probleme. Danach ging es einfach geradeaus durch einen engen Tunnel. Den Weg hätte selbst ein Blinder gefunden. Leider war das Einzige, was sie von einem Blinden unterschied, der dürftige Schein ihrer Handys – doch dieser Vorteil verschwand, sobald sie die Zisterne erreichten.

Im Tunnel hatte ihr Licht noch ausgereicht.

In der Zisterne herrschte völlige Dunkelheit.

Der Raum war zu groß, um ihn mit dem Schein ihrer Handys auszuleuchten.

Weil es so düster war, bemerkten Kamal und Tarek auch die kleinen Einkerbungen in der Wand nicht. Aus ihrer Sicht gab es nur eine Möglichkeit, den Boden zu erreichen: Sie mussten von einer Ebene zur nächsten springen. Ohne sich abzusprechen, wählten sie unterschiedliche Routen für ihren Abstieg. Sie wussten, dass ihr gemeinsames Gewicht die ganze Konstruktion erheblich belasten würde. Wenn sie sich aufteilten, konnten sie die Belastung halbieren.

Trotzdem schwankten die Träger bei jedem ihrer Sprünge, wenn sie mit ihrem vollen Gewicht aus dem Stockwerk darüber hinuntersprangen. Hätten sie sich nicht getrennt, hätte ihr gemeinsames Gewicht die Säulen so verschoben, dass die gesamte Konstruktion eingestürzt wäre. Doch so blieben die Säulen im Gleichgewicht.

Wie bei dicken Kindern auf einer Wippe.

Sobald sie unten ankamen, analysierte Kamal die Situation. Es gab zwei Tunnel, die untersucht werden mussten, und sein Team hatte acht Männer. Selbst wenn er seine Leute aufteilte, waren sie dem Mädchen und ihren Freunden kräftemäßig weiterhin überlegen.

»Awad, du bleibst hier und bewachst den Ausgang!«, rief er zu seinen Männern hoch. »Niemand darf rein oder raus! Alle anderen kommen mit mir. Wir müssen einen Job erledigen!«

*

Garcia war besorgt. So besorgt wie schon lange nicht mehr. Was als eine »einfache« Mission begonnen hatte – falls es so etwas überhaupt gab –, hatte sich schnell in einen Albtraum verwandelt.

Zuerst war Jasmine bei dem Höhleneinsturz fast ums Leben gekommen, dann waren die Ganoven in das Mietshaus eingedrungen.

Und jetzt stürmten sie mit gezückten Waffen in die Tunnel.

Konnte es eigentlich noch schlimmer kommen?

»Leute«, warnte Garcia, »ich habe sie nicht aus der Nähe sehen können, aber es sah ganz so aus, als sind sie bis an die Zähne bewaffnet.«

»Verstanden«, flüsterte Cobb. »Das sind wohl keine Ingenieure.«

Einen Moment später hörten Cobb und McNutt eine arabische Stimme durch die Tunnel hallen. Selbst aus der Entfernung hörten sie sie klar und deutlich. Auf einmal wurde ihnen bewusst, wie leicht sie sich verraten konnten, wenn sie auch nur das leiseste Geräusch verursachten. Von diesem Moment an beschränkten sich ihre Unterhaltungen auf Flüstern, Gesten und Mimik.

Glücklicherweise war das Signal zum Töten einfach.

Unglücklicherweise war Cobb nicht bereit, diesen Befehl zu erteilen.

Schließlich war er unbefugt in ein Regierungsgelände eingedrungen. Und immerhin konnte es sich bei den Bewaffneten auch um Polizisten handeln.

*

Jasmine blickte Sarah an. »Was meinte er mit ›bis an die Zähne bewaffnet‹?«

Sarah zuckte mit den Schultern. »Das heißt, wir sollten in Bewegung bleiben.«

»Bitte hör auf damit.«

»Womit?«

»Behandle mich nicht wie ein Kind. Ich weiß, ich bin neu auf dem Gebiet, aber wie soll ich etwas lernen, wenn du mich stets im Dunkeln tappen lässt?«

»Also, zum einen bin ich es nicht, die dich im Dunkeln tappen lässt. Die alten Ägypter sind schuld, die Idioten, weil sie hier keine Lampen eingebaut haben.«

Jasmine rollte die Augen. »Du weißt, was ich meine.«

»Um deine Frage zu beantworten: Wer soll das wissen? Wenn er unter ›bis an die Zähne bewaffnet‹ dasselbe versteht wie Josh, dann könnten die da hinten einen Panzer haben. Jedenfalls habe ich keine Lust, es herauszufinden. Du etwa?«

»Ich glaube nicht.«

Garcia meldete sich, um seine Bemerkung zu erläutern. »Entspann dich, Jasmine, sie haben keinen Panzer in die Tunnel gebracht. Schusswaffen, ja. Einen Panzer, nein.«

Jasmine rührte sich nicht vom Fleck. »Was ist mit Jack und Josh? Ich weiß, dass sie Waffen haben ...«

»Hab Vertrauen«, beschwichtigte Sarah sie. »Jack und Josh kommen zurecht. Wer uns verfolgt, braucht tatsächlich schon einen Panzer, um es mit den beiden aufzunehmen.« Sie deutete mit dem Kopf zu dem Loch in der Wand. »Wir sollten uns um unsere Probleme kümmern. Konzentrieren wir uns auf das, was dahinter zu finden ist. Wenn wir damit fertig sind, können wir zusammen mit den Jungs verschwinden.«

Jasmine nickte zustimmend und ging mit neuer Entschlossenheit ans Werk. Sie streckte ihren Arm durch das Loch, dann folgte der Kopf. Sie verdrehte die Schulter und versuchte den Winkel zu finden, den sie brauchte, um sich durch das Loch zu ziehen. Stattdessen verklemmte sie sich in der Öffnung.

Bevor Jasmine in Panik ausbrechen konnte, sagte Sarah: »Einfach atmen. Den schwersten Teil hast du hinter dir. Dein Kopf ist durch. Lass dir einfach Zeit.«

»Alles okay?«, flüsterte Cobb.

»Ich glaube, da bekommt jemand ein Baby«, erwiderte McNutt.

Jasmine versuchte zu lachen, doch der Stein hinderte sie am Atmen.

»Jasmine steckt in der Wand fest«, erklärte Garcia.

Sarah bereitete dem Unsinn ein Ende. »Niemand steckt in der Wand fest, und niemand bekommt ein Baby. Jasmine braucht nur eine Minute.«

Weil ihr die Aufmerksamkeit peinlich war, drehte und wand sich Jasmine, bis es ihr gelang, auch ihre andere Schulter durch die Öffnung zu schieben. Dreißig Sekunden und einen sanften Stups von Sarah später zog Jasmine den Rest ihres Körpers durch das Loch in der Wand.

»Ich hab's geschafft. Jetzt bist du dran.«

»Kein Problem«, behauptete Sarah.

Obwohl sie größer war als Jasmine, bereitete es ihr keine Schwierigkeiten, durch das Loch zu kriechen. Ihr schmaler Körper glitt dank jahrelanger Übung mühelos hindurch.

Jasmine wusste nicht, ob sie von Sarahs Beweglichkeit beeindruckt oder von ihrer eigenen Leistung enttäuscht sein sollte. Schließlich kam sie zu dem Schluss, dass es besser war, von Sarah beeindruckt zu sein. »Gut gemacht.«

»Danke«, sagte Sarah und schlug sich den Staub aus den Klamotten. »Wohin jetzt?«

Jasmine grinste. »Das sag ich dir später. Wir sollten in Bewegung bleiben.«

*

Kamal führte drei Männer den linken Tunnel hinunter, Tarek ging mit den anderen durch den rechten. Kurz darauf kamen sie auf der anderen Seite alle wieder heraus.

Sie blickten einander an und grinsten.

Vielleicht war die Sache doch nicht so schwierig, wie sie befürchtet hatten.

Vielleicht waren alle Tunnel so leicht zu bewältigen.

Zu ihrem Pech lagen sie damit falsch.

Von nun an waren sie hoffnungslos verloren. Ganz egal, in welche Richtung sie blickten – das Zisternensystem schien überall gleich auszusehen. Zum Teil waren ihre Handys daran schuld, die einfach zu wenig Licht abgaben, aber ebenso ihr fehlendes Wissen. Schließlich waren diese Männer Soldaten und keine Gelehrten, und keiner von ihnen wusste auch nur das Geringste über Architektur. Herrje, sie kannten kaum die Unterschiede zwischen Griechenland und Rom, und noch viel weniger wussten sie, anhand welcher Merkmale man die antiken Säulen unterscheiden konnte.

Sie wurden dafür bezahlt, Leute einzuschüchtern und zu bedrohen. Fürs Nachdenken bezahlte man sie nicht.

Die Männer schwärmten aus und entdeckten schnell die Tunnel am entgegengesetzten Ende des Raumes, die nach Osten und Westen verliefen. Tarek nahm drei der Männer und bewegte sich mit ihnen nach Westen. Die anderen beiden folgten Kamal in östliche Richtung.

Nach ihrem Verständnis hatten sie die totale Kontrolle.

Sie waren in der Überzahl. Sie verfügten über mehr Schusswaffen.

Und sie waren hinter einer Frau her.

Das dürfte kein Problem sein.

*

Oben, im Dunkel der Zisterne, senkte McNutt sein Nachtsichtgerät, als der letzte Bewaffnete die Kammer verließ. Er hätte die sieben Männer jederzeit erschießen und damit die Bedrohung an Ort und Stelle aus der Welt schaffen können, nur hatte er keine Schussfreigabe und würde sie auch nicht bekommen, bis sie herausgefunden hatten, um wen es sich bei den Bewaffneten handelte. Als Menschen mit Grundsätzen wollten sie keine Polizisten oder andere Staatsbedienstete töten, die einfach nur ihren Job machten.

McNutt wandte sich zu Cobb um, der sich hinter ihm in der Dunkelheit verbarg, und flüsterte ihm die schlechte

Nachricht zu: »Tut mir leid, Chief, aber ich bin mir immer noch nicht sicher.«

Cobb fluchte. Das war nicht die Antwort, die er erhofft hatte. »Und was glaubst du?«

»Kriminelle. Vielleicht Soldaten.«

»Wie kommst du darauf?«

»Zwei von ihnen haben Sturmgewehre dabei.«

»Tatsächlich? Was für Modelle?«

»9A-91er.«

Cobb grinste. Er war mit der Waffe ziemlich vertraut. Das russische Sturmgewehr ist kaum größer als eine Maschinenpistole, aber es bündelt eine Menge Durchschlagskraft auf kleinem Raum. Im Nahkampf kann die vollautomatische Waffe einen Gegner sekundenschnell in Stücke schießen. »Soll mich der Teufel holen!«

McNutt starrte ihn an. »Dich *wird* der Teufel holen, wenn die damit das Feuer eröffnen. Gott sei Dank habe ich nur zwei davon gesehen. Sonst würde ich Wetten abschließen auf die Jungs.«

»Du musst wissen, dass ich zwei dieser Waffen gesehen habe, bevor du in die Stadt gekommen bist«, flüsterte Cobb. »Sie wurden verdeckt getragen.«

»Verdeckt? Wie kann man ein Sturmgewehr verdeckt tragen?«

»Man braucht bloß so groß wie ein Auto zu sein.«

»Moment mal. Meinst du die Kerle, die Sarah gejagt haben?«

Cobb nickte. »Genau die meine ich.«

McNutt schloss die Augen und spulte das gerade Gesehene vor seinem inneren Auge zurück. »Jetzt, da du es sagst, schienen sie mir größer als die anderen gewesen zu sein, aber vielleicht war das auch nur eine optische Täuschung. Von hier oben lässt sich das schlecht einschätzen.«

»Sie sind es bestimmt. So muss es sein. Das ist das Einzige, was Sinn ergibt.«

»Ach ja? Falls es wirklich diese Typen sind, was wollen sie dann?«

»Ich glaube, sie sind hinter Sarah her.«

24. KAPITEL

Das ungute Gefühl wollte Cobb einfach nicht mehr verlassen.

Die meisten Bewaffneten waren tiefer ins Netzwerk der Zisternen vorgedrungen. Das Einzige, was zwischen ihm und einer Flucht stand, war ein einzelner Aufpasser, den sie am Ausgang zurückgelassen hatten. Cobb zweifelte zwar nicht daran, dass er und McNutt den Mann innerhalb von Sekunden überrumpeln konnten, doch das hätte natürlich bedeutet, Sarah und Jasmine im Stich zu lassen. Und das würden sie nicht tun.

Die Alternative war ein tödliches Katz-und-Maus-Spiel in den Tunneln. Zwar hatten Cobb und McNutt einige taktische Vorteile – bessere Ausrüstung, bessere Ausbildung und bessere Geländekenntnisse –, aber die anderen waren zu siebt gegen zwei deutlich in der Überzahl. Dazu kam, dass die Ganoven jederzeit Verstärkung herbeirufen konnten, die mit Seilen, Licht und vielleicht sogar größeren Waffen alle ihre Chancen zunichtemachen konnten.

Falls es dazu kam, waren Cobb und McNutt geliefert.

Cobb begann sich Sorgen um die Frauen zu machen und setzte sich mit ihnen in Verbindung. »Sarah, hier Jack. Seid ihr mit der Wand vorangekommen?«

Vom anderen Ende war nichts zu hören.

»Sarah«, wiederholte er, »habt ihr es geschafft, durch die…«

»Die können dich nicht hören«, meldete sich Garcia.

»Warum nicht? Sind sie okay?«

»Es geht ihnen gut. Zumindest glaube ich das.«

»Was soll das heißen?«

»Sie haben es durch die Wand geschafft. Aber gerade das ist das Problem. Der Ort, wo sie sich jetzt befinden, ist komplett anders aufgebaut als die Zisternen. Aus irgendeinem Grund blockieren die Wände dort die Übertragung. Sie hören kein Wort von dem, was du sagst.«

Cobb wusste, dass in ihren Taschenlampen auch Mikrofone eingebaut waren. Er hoffte, dass die größeren Geräte über entsprechend größere, leistungsfähigere Sender verfügten. »Kannst du sie hören?«

»Nein«, antwortete Garcia. »Ich kann auch ihre Videoübertragung nicht sehen. Ich habe sie komplett verloren, als sie in das neue Bauwerk vorgedrungen sind.«

Garcia fluchte leise.

»Tut mir leid, Jack. Ich hätte es dir ja früher erzählt, aber ich wusste, dass du und Josh für einige Zeit auf Tauchstation gegangen seid.«

»Gut, aber jetzt bin ich wieder ansprechbar.«

Cobb und McNutt kletterten aus ihrem Beobachtungsposten und sahen in verschiedene Tunnel hinein. Ihre Nachtsichtgeräte gaben ihnen die Sicherheit, dass die Durchgänge frei waren, doch sie wussten, dass ihre Gegner irgendwo dort drinnen waren. Ihr jahrelanges Training machte sich bezahlt, als sie Garcia in einem Ohr hörten und sich mit dem anderen auf die Strecke vor ihnen konzentrierten.

»Es liegt wahrscheinlich am Stein«, vermutete Garcia, während er mit seinen Computern beschäftigt war. »An den Frequenzen liegt es jedenfalls nicht. Das kann ich euch garantieren, denn ihr kommt prima durch. Aber die beiden? Ihre Signale kommen einfach nicht an.«

Cobb nickte McNutt zu, der davoneilte, um den Feind zu suchen. Außerdem bekam Cobb so einen Moment Zeit für ein vertrauliches Gespräch. »Hector, mir ist egal, was der Grund dafür ist. Ich will nur, dass du es irgendwie hinkriegst.«

»Aber Jack, wenn es der Stein ist …«

»Hör mal zu«, sagte er, etwas lauter, als er beabsichtigte. »Du hast mir erzählt, dass Kommunikation kein Problem darstellt. Du hast mir gesagt, dass diese Geräte in rumänischen Höhlen getestet wurden und dort ihr Signal durch massiven Fels gesendet haben. Und jetzt willst du mir erzählen, dass sie hier versagen? Tut mir leid, Hector, aber das kann es nicht sein.«

Garcia schwieg für ein paar Sekunden. »Was soll ich deiner Meinung nach tun?«

»Du bist das Genie. Denk dir was aus.«

*

Sarah hatte auf der anderen Seite der Wand eine neue Kammer erwartet. Falls Jasmines Theorie zutraf, hätte der Tempel, der über Caesars Quelle errichtet worden war, bis tief unter die Erde reichen müssen. In ihm hätten Priester und Gelehrte Platz haben müssen, ganz zu schweigen von den Gegenständen, deren Schutz sie ihr Leben geweiht hatten. Sie wusste nicht, ob sie atemberaubenden Überfluss oder bescheidene Einfachheit erwarten sollte, doch auf jeden Fall hatte sie sich einen sehr großen Raum vorgestellt.

Stattdessen fanden sie sich in einem engen horizontalen Schacht wieder, der keine zwei Meter fünfzig hoch war. Die schmale Passage führte nicht höher und senkte sich auch nicht weiter in die Tiefe zu einer Frischwasserzufuhr ab. Sie verlief einfach parallel zur Oberfläche, wie ein antiker U-Bahn-Tunnel, wobei natürlich keine Schienen zu sehen waren.

Sarah bemerkte eine massive Wand aus Geröll, die den Durchgang auf der linken Seite blockierte. In diese Richtung zu fliehen war völlig hoffnungslos, da half auch McNutts Schalldruckgerät nicht weiter. Sie hatte keine Ahnung, ob der Weg einst zu einem großartigen Tempel oder in einen Höllenschlund geführt hatte, denn diesen Teil der Anlage hatten sie bei ihrer ersten Erkundungsmission nicht untersucht.

Sarah blickte Jasmine an. »Was ist das hier?«

Die andere Frau gab keine Antwort, sondern schaute sich um. Die Passage wurde von einem Säulenwald gestützt, wobei die Säulen gleichmäßig in den Raum gestaffelt waren. Dieser Effekt verhinderte einen geraden Weg und zwang jeden, der sich weiter hineinbewegen wollte, ständig auszuweichen und sich an den Hindernissen vorbeizuschlängeln. Der Stabilität war ganz klar Vorrang vor einfacher Fortbewegung eingeräumt worden.

Wer diesen Tunnel gebaut hatte, hatte gewollt, dass er alle Zeiten überdauert.

Jasmine trat näher heran und besah die Bauweise. Sie konnte sehen, dass die Säulen aus zermahlenem Fels und anderen Steinfragmenten bestanden, die von einem ganz bestimmten Mörtel zusammengehalten wurden. Sie hatte diese Mischung schon einmal gesehen.

»Oh mein Gott«, platzte es aus ihr heraus. »Das ist *opus caementicium*.«

»Opus was?«

»*Opus caementicium.*«

»Englisch bitte.«

Jasmine lächelte. »Tut mir leid. Es ist römischer Beton.«

»Und römischer Beton ist…?«

»Es ist eines der stabilsten Baumaterialien, die jemals entwickelt wurden«, erklärte sie. »Der heute verwendete Beton ist nichts im Vergleich zu der Belastbarkeit des Betons, den die Römer verwendet haben. Sie rührten Wasser mit Vulkanasche an – mit *pozzolana* – und stellten fest, dass die Mischung erstaunlich lange unglaublichen Belastungen standhielt. Hast du dich jemals gefragt, weshalb Gebäude wie das Pantheon und das Kolosseum noch stehen? Weil sie mit römischem Beton gebaut wurden. Und wie es aussieht, sind diese Säulen sogar noch älter.«

Vom ersten nachchristlichen Jahrhundert an war es bei römischen Architekten üblich geworden, den Betonsockel eines Gebäudes mit einer Schicht gebrannter Ziegel zu verkleiden. Damit schützten sie nicht nur den Beton vor den Elementen, sondern es sah ihrer Meinung nach auch ästhetisch ansprechender aus. Dass eine äußere Deckschicht von Ziegeln fehlte, bedeutete, dass diese Säulen vermutlich über zweitausend Jahre alt waren.

Jasmine konnte ihre Faszination nicht verbergen. »Ist dir klar, dass es diese Säulen schon gab, bevor Jesus Christus geboren wurde? Sie haben den Aufstieg und den Untergang von Reichen und Dynastien überdauert. Sie haben zwei Jahrtausende lang permanenten Belastungen standgehalten, und sie erfüllen weiterhin ihren Zweck.«

Sarah war nicht ganz so angetan. In ihren Augen waren diese Säulen alles andere als eindrucksvoll. Wenn man außer Acht ließ, wie alt sie waren, sahen sie wie ganz normale Betonträger aus. »Man hat die Säulen für die Ewigkeit gebaut, und sie haben ewig gehalten. Da kann ich nur sagen: Gute Arbeit, Römer!«

»Es ist mehr als nur gute Arbeit. Es ist *großartige* Arbeit.«

»Du hast recht. Ich untertreibe. Ich bin einfach nur *fas-*

ziniert, dass dieser Tunnel nach zweitausend Jahren noch existiert. Denn sonst müssten wir umkehren.«

»Ganz genau.«

Sarah deutete nach vorn. »Und da wir gerade beim Thema sind – lass uns weitergehen. Dort vorn sind ein paar *richtig* alte Wege, und die würde ich wirklich wahnsinnig gern sehen.«

*

Kamal sah auf seine Uhr. Allmählich machte er sich Sorgen.

Er hatte drei Verbindungswege entdeckt, die von der zweiten Zisterne in alle Richtungen davonführten. Die beiden Männer, die ihn begleiteten, hatte er aufgeteilt und ihnen befohlen, jeweils einen der Tunnel zu untersuchen. Kamal wollte sich den dritten vornehmen, und anschließend sollten sich alle wieder hier in der Zisterne treffen, damit er über das weitere Vorgehen entscheiden konnte.

Es war geplant, sich nach fünf Minuten wieder in der Kammer einzufinden. Das war vor zehn Minuten gewesen, und keiner der Männer war zurückgekommen.

Weil er seine Männer nicht rufen konnte, stellte Kamal das Licht seines Handys ab, da er hoffte, die anderen in der Dunkelheit am Schein ihrer Displays ausmachen zu können.

Stattdessen sah er nur schwarz.

Er drückte einen Knopf auf seinem Handy, und das Display leuchtete wieder auf, sodass er wenigstens ein paar Schritte voraus sehen konnte. Er wollte keine Zeit mehr verschwenden, entschied sich für eine Richtung und setzte seinen Weg fort.

*

Während Cobb durch die Tunnel streifte, fasste er einen Plan – ein Trick, der ihm schon früher bei nächtlichen Gefechten geholfen hatte. »Josh, hast du eine Taschenlampe über?«

»Positiv«, flüsterte McNutt.

»Gut. Ich möchte, dass du sie einfach liegen lässt.«

McNutt kauerte sich in eine Ecke und legte den Finger ans Ohr. »Bitte wiederholen. Ich glaube, ich habe dich falsch verstanden.«

»Du hast mich schon richtig verstanden«, versicherte ihm Cobb. »Ich will, dass du die Lampe ablegst, wo sie jemand sehen kann. Ich wiederhole: Ich will, dass sie die Lampe finden.«

McNutt wusste nicht, was Cobb vorhatte, brannte aber darauf, es herauszufinden. Er nahm die Ersatzlampe aus dem Rucksack und ließ sie auf den Boden fallen. Er wusste, dass die Birne wegen des stabilen Plastikgehäuses nicht kaputtgehen konnte, und er wollte, dass alles möglichst glaubwürdig aussah. Eine makellose Taschenlampe, die sorgfältig mitten im Weg platziert war, hätte zu gewollt ausgesehen. Aber eine angeschlagene Lampe ließ auf einen versehentlichen Verlust schließen.

Wenn der Feind gut ausgebildet war, musste ihm der Unterschied bewusst sein.

»Okay, Chief. Ich hab getan, was du verlangt hast. Und jetzt?«

»Versteck dich und beobachte, was passiert.«

McNutt kletterte auf den obersten Pfeiler der Kammer, den er für einen guten Beobachtungspunkt hielt. Von dort aus sah er die Taschenlampe durch das in den Nachtsichtmodus gestellte Visier seines Gewehrs. Es dauerte nicht lange, bis sich einer der Gorillas blicken ließ.

Zuerst wusste der Ägypter nicht, was er von seinem

Fund halten sollte. Er ging vorsichtig um die Lampe herum, als wäre sie eine Granate, die jeden Moment explodieren konnte. Schließlich bückte er sich und nahm die Taschenlampe.

Er rollte sie in seinen Händen und musterte sie.

Nachdem er sich sicher war, es würde sich um eine ganz normale Taschenlampe handeln, drückte er vorsichtig den Schalter fürs Licht.

Er grinste, als nichts explodierte.

Es ging ihm wie den meisten Menschen, wenn sie ein neues schickes Spielzeug bekommen: Er wollte gleich vor seinen Freunden prahlen. Damit konnte er ihnen beweisen, dass sie keinem Phantom nachjagten. Die Frau war irgendwo hier unten, und sie rannte offensichtlich aufgeschreckt herum. So ängstlich, dass sie ihre Taschenlampe fallen gelassen hatte.

Er blickte sich noch einmal kurz um, dann eilte der Ganove auf der Suche nach seinen Kameraden zurück in die Tunnel. Die Taschenlampe leuchtete ihm den Weg.

Nun war McNutt noch verwirrter als vorhin. »Jack, ich bin mir nicht sicher, ob dein Plan funktioniert hat. Der Kerl hat die Lampe genommen und ist weggelaufen, aber ich weiß nicht, was ...«

In diesem Moment hallten drei Schüsse aus der benachbarten Kammer. Es knallte so laut und so nah, dass McNutt instinktiv in Deckung ging.

Es dauerte ein paar Sekunden, bis er wieder etwas hörte.

Diesmal tönte Cobbs Stimme in seinem Ohr.

»Der Plan ist aufgegangen.«

25. KAPITEL

Cobb nahm an, dass die Bewaffneten nach der Regel vorgingen »erst schießen, dann Fragen stellen«, doch er musste sicher sein.

Er konnte sich gegen Menschen verteidigen, die vorhatten, ihn zu töten, aber er wollte niemanden töten, wenn es nicht unbedingt sein musste.

Die Herausforderung war, ihre Absichten herauszubekommen, ohne McNutt oder sich selbst zu gefährden.

Wie sich herausgestellt hatte, brauchte er dafür nur eine Taschenlampe.

*

Tarek hatte gehört, dass jemand näher kam. Er hörte das schwere Atmen eines Mannes, war sich aber nicht sicher, aus welcher Richtung die Laute kamen.

Dann ging ihm ein Licht auf – im wahrsten Sinne des Wortes.

Der Schein einer Taschenlampe ließ Tareks Nackenhaare zu Berge stehen. Er wusste, dass seine Männer nur ihre Handys als Lichtquelle hatten.

Als der Lichtkegel der Taschenlampe aus einem der Tunnel flammte, eröffnete Tarek das Feuer auf jene Person, die sie hielt. Er schoss sofort.

Gnadenlos und ohne zu zögern.

*

Cobb wusste jetzt alles, was er wissen musste. Diese Männer waren nicht zum Reden gekommen.

Er hörte, wie die anderen Kerle durch die Tunnel stürmten und den Weg zurück zu der Stelle suchten, wo geschossen wurde. Er hörte, wie sie über den Steinboden trampelten und durch Pfützen platschten wie Kanalratten.

Noch wichtiger war, dass sie offenbar kopflos herumstolperten, um herauszufinden, was sie verpasst hatten.

Cobb musste sich etwas ausdenken, um das Hornissennest der Gefühle anzustechen, die sich in ihnen aufstauten. Er musste ihre Nerven überstrapazieren, damit aus ihrer Neugier Panik wurde.

»Jetzt«, flüsterte Cobb.

Auf seinen Befehl feuerten er und McNutt Salven in die Luft. Sie wechselten sich mit den Schussfolgen ab und hörten, wie die Entladungen durch das ganze Zisternensystem hallten. Diese Kakofonie vertuschte, dass sie nur zu zweit waren. Wegen der Echos klang es, als wäre ein ganzer Trupp in ein Feuergefecht verwickelt.

Und das Täuschungsmanöver funktionierte.

Nachdem sie das Feuer einstellten, knallte es immer wieder irgendwo im Bewässerungssystem. Der Feind war anscheinend in Panik geraten und ballerte wahllos in die Dunkelheit, obwohl Cobb und McNutt in einem anderen Teil der Tunnel in sicherer Deckung waren.

Cobb grinste, weil ihr Job gerade einfacher geworden war.

*

Von den Schüssen verwirrt, nahmen sich zwei der Ganoven versehentlich gegenseitig unter Beschuss.

Als ein Mann in eine der Zisternen zurückkam, reagierte der andere und schoss zweimal auf ihn. Der erste Schuss erwischte ihn am Bein, der zweite traf ihn im Unterleib.

Dass die Treffer nicht sofort tödlich waren, rächte sich, als der Verwundete zurückschoss und den ersten Schützen im Gesicht erwischte.

Kamal, der drei Meter entfernt im Dunkeln stand, sah alles aus nächster Nähe. Vor seinen Augen explodierte der Kopf des ersten Schützen, während der zweite brüllend zusammenbrach.

Kamal hatte Angst, in dem Durcheinander selbst erschossen zu werden. Er hob die Waffe und zielte auf den Verwundeten, bevor er sich im Dunkeln zu erkennen gab. Man brauchte nicht das Neonlicht einer Notaufnahme, um zu begreifen, dass der Mann schwer verletzt war. Sein Beinmuskel war zerfetzt, und dunkles Blut sickerte aus seinem Bauch.

Kamal war klar, welches Schicksal dem Verwundeten bevorstand, deshalb entschied sich Kamal dafür, die Dinge zu beschleunigen. »Tut mir leid, mein Freund.«

Dann brachte Kamal ihn für immer zum Schweigen.

*

Cobb musterte den Ganoven. Anders als seine Kumpane hatte er nicht sinnlos in die Richtung geballert, aus der die Schüsse kamen. Stattdessen kauerte er sich auf den Boden und wartete auf den anrückenden Feind.

Er brauchte nicht lange zu warten.

Cobb blickte von der dritten Ebene des Mauerwerks auf den nichts ahnenden Ganoven hinunter. Die übereinander gereihten Säulen, die die große Halle abstützten, dienten nun einem anderen Zweck: Cobb hatte sich an ihnen hochhangeln können. Das Licht der Handys reichte nicht bis dort oben hin, und Cobb lief über ungezählte stabile Steinbögen und bereitete den Angriff vor.

Er schlich sich von oben an sein Opfer heran wie ein Panther, der von einem Baum herabspäht. Zusätzlich zu seiner Angriffsposition hatte Cobb noch einen weiteren deutlichen Vorteil: Er konnte das Ziel auch ohne die Nachtsichtfunktion seiner Taschenlampe sehen, seine Zielperson hingegen war blind. Weil er vorhatte, den nächsten Menschen, der die Halle betrat, zu überraschen, hatte der Ganove seine Handybeleuchtung ausgeschaltet.

Cobb bezog direkt über dem Ganoven Stellung und sprang dann hinab. Bevor sein Opfer schreien konnte oder auch nur begriff, was vor sich ging, war alles vorbei. Cobb zog sein Messer mit chirurgischer Präzision durch die Kehle seines Gegners, damit er keinen Laut mehr von sich geben konnte. Noch in derselben Bewegung rammte er ihm die Klinge direkt ins Herz.

»Einer weniger«, flüsterte Cobb.

Garcia machte einen Strich in seinen Notizblock. Es war seine Aufgabe, die Zahl der Feinde im Tunnel im Auge zu behalten, beziehungsweise deren Schwund. »Verstanden. Bestätige einen.«

*

Der Funkspruch verwirrte McNutt. Irgendwas stimmte hier nicht. Entweder hatte er eine frühere Übertragung nicht mitbekommen, oder Cobb hatte gerade etwas Falsches durchgegeben.

Das kann nicht sein, dachte er. *Cobb macht keine Fehler.*

Aber an der Faktenlage war nicht zu rütteln.

»Du meinst *zwei* weniger«, erwiderte McNutt.

»Negativ«, gab Cobb zurück. »Einer weniger. Ich wiederhole. *Einer weniger.*«

McNutt verzog das Gesicht. Er sah zu dem Bewaffneten, der vor seinen Füßen lag, und stupste ihn vorsichtig mit dem Fuß an, um zu sehen, ob er noch am Leben war. Er war es offensichtlich nicht, denn er lag in einer Pfütze von Blut, und die Gedärme quollen ihm aus dem Bauch.

»Chief, ich stehe hier gerade bei dem Kerl, den du erledigt hast. Dunkles Haar, gut einen Meter achtzig groß, aufgeschlitzt vom Schwanz bis zur Brust. Klingt das irgendwie vertraut?«

»Negativ«, erwiderte Cobb. »Das ist nicht meiner.«

Selbst wenn Cobb ein Witzbold gewesen wäre – was er nicht war –, hätte McNutt an seiner Tonlage erkannt, dass er keine Scherze machte.

»Okay, meiner ist es mit Sicherheit auch nicht«, versicherte McNutt. »An den hier hätte ich mich erinnert, weil sein Bauch aufgeschlitzt wurde. Was ist mit Sarah?«

»Sie kann es auch nicht gewesen sein«, sagte Garcia. »Sie ist immer noch außer Reichweite.«

»Aber wer steckt dann dahinter? Entweder bringen die sich jetzt gegenseitig um oder…«

Oder hier unten ist außer denen und uns noch jemand.

McNutt fluchte leise. Er führte das Nachtsichtgerät ans Auge. Im selben Moment erfolgte der Angriff. Er bekam den Mann nur ganz kurz zu sehen – er war wie ein Ninja ganz in Schwarz gekleidet –, bevor ihn ein Hieb traf. Die schimmernde Klinge schnitt wie ein Rasiermesser durch seinen Arm.

McNutt ignorierte den Schmerz und presste das Gewehr fest an seine Schulter. Beide waren fest entschlossen, den anderen umzulegen.

McNutt drückte den Abzug seiner Glauberyt und sah, wie die Salve die Brust des Schwertkämpfers zerfetzte. Blut spritzte an die Wände, als der Körper zu Boden ging.

McNutt löste seinen Griff und blieb still stehen. Er war froh, so gute Reflexe zu haben.

Doch es war noch nicht vorbei.

McNutt stand voll unter Adrenalin, und seine Sinne waren hellwach. Darum entgingen ihm auch nicht die Schritte, die hinter ihm über die Querträger huschten. Er wirbelte herum.

Womit McNutt in diesem Moment am wenigsten rechnete, war eine Zirkusvorstellung, doch genau so sah es für ihn aus.

Drei Neuzugänge hechteten mit akrobatischen Bewegungen, die ebenso anmutig wie erstaunlich waren, über die oberen Ebenen der Zisterne. Cobb und er hatten die Säulen mit roher Kraft und eisernem Griff erklommen. Jetzt sah McNutt, wie sich die sportlichen Kämpfer höher katapultierten, indem sie sich von den Säulen abstießen und auf dem Bogen darüber landeten. Sie benutzten die Fliehkraft, um der Schwerkraft zu trotzen, und behielten die Schwerter dabei fest im Griff.

Sie bewegten sich wie Affen durch den Raum, doch sie umkreisten ihn wie Haifische.

»Jack, wir haben Gesellschaft. Mindestens noch drei Mann.«

McNutt zielte und feuerte. Die Schüsse verfehlten die Kämpfer, krachten in die Decke, und Splitter rieselten auf ihn hinunter. Er feuerte wieder, die Querschläger flogen in alle Richtungen und schlugen noch mehr Splitter aus den Wänden.

Er fluchte und versuchte, die Kerle in der Dunkelheit auszumachen. In all den Jahren im Einsatz hatte er noch nie gesehen, dass sich jemand auf diese Weise bewegte.

Wäre er nicht in Lebensgefahr gewesen, es hätte ihn schwer beeindruckt.

Aber jetzt stärkte diese neue Art von Feind nur seinen Überlebenswillen.

Wehr dich! Du bist ein verdammter Marine!

Die Zeit des Leisetretens war vorbei.

Nun wurde es Zeit, die Hölle zu entfachen.

26. KAPITEL

McNutt richtete sein Gewehr auf die Affenmänner und schickte ihnen einen Kugelhagel hinterher. Er schwang seine Glauberyt von links nach rechts und deckte die ganze Zisterne wie mit einer Sprinkleranlage ab.

Die Angreifer hatten keine Wahl, sie mussten in Deckung gehen. Ein Opfer, das sie überraschten, war eine Sache, aber das hier war etwas völlig anderes. Sie waren entdeckt worden und jetzt dem entfesselten Zorn einer Maschinenpistole ausgesetzt, deshalb war es für sie das Beste, sich hinter den Säulen zu verstecken.

McNutt lud nach, fest entschlossen, danach wieder das Feuer zu eröffnen. Er rammte das Magazin in die Magazinaufnahme, lud durch und drückte den Abzug.

Doch statt eines Kugelhagels knallte nur ein einziger Schuss durchs Dunkel.

McNutt ließ den Abzug los, dann drückte er noch einmal.

Nichts geschah.

»Nein«, stammelte er. »Nein, nein, nein, nein, nein!«

In größter Gefahr tastete er seitlich an der Glauberyt entlang und suchte wie ein Blinder, der Brailleschrift liest, nach der Ursache des Problems. Sein Visier, mit dem er im Dunkeln sehen konnte, nützte ihm nichts, denn es war fest mit der Waffe verbunden.

Es dauerte ein paar Sekunden, aber irgendwann fand er die Fehlerquelle.

Normalerweise löst der Energiestoß, mit dem eine Patrone entlädt, eine Folge mechanischer Schritte aus, mit denen eine neue Patrone in die Kammer geführt wird. Aber in diesem Fall war der Bolzen – der Mechanismus, der die Patrone aus dem Magazin in die Kammer schob – blockiert.

Deshalb konnte die Glauberyt nicht feuern.

Wie die meisten Marines konnte McNutt ein Gewehr mit geschlossenen Augen zerlegen und wieder zusammenbauen. Er schaffte es im Dunkeln, auf dem Kopf stehend und unter Wasser, er brauchte sich dabei nur auf sein Fingerspitzengefühl zu verlassen, weil er die Waffe in- und auswendig kannte. Da das nichts Neues für ihn war, bereitete ihm die Aussicht, sein Gewehr reparieren zu müssen, kein Kopfzerbrechen.

Nur leider würde es mehr Zeit in Anspruch nehmen, als ihm zur Verfügung stand.

Viele Möglichkeiten hatte er nicht mehr, also beschloss er, seine Gegner herauszufordern, weil er hoffte, damit ein paar Extraminuten herausschinden zu können. Natürlich nur, wenn der Feind Englisch sprach.

McNutt starrte in die Dunkelheit über ihm und rief: »Kommt doch und holt mich, ihr Affenmänner! Ich hab ein Nachtsichtgerät und eine Maschinenpistole! Ich lebe für solchen Mist! Wenn es nach mir geht, können wir den ganzen Tag spielen!«

Er machte Affengeräusche, um seinen Worten Nachdruck zu verleihen.

Eine Sekunde später senkte er die Stimme und flüsterte nur noch. »Leute, ich sitz in der Klemme. Ich hab 'ne Ladehemmung und werd gleich von Affenmännern angegriffen.«

»Hast du *Affenmänner* gesagt?«, fragte Garcia.

McNutt ignorierte die Frage. »Was hab ich mir bloß dabei gedacht? Warum habe ich nur ein polnisches Gewehr genommen? Wann haben die zum letzten Mal einen Krieg gewonnen? Verdammt, haben die *jemals* einen Krieg gewonnen?«

»Ich wiederhole: Hast du *Affenmänner* gesagt?«

»Ja, Tito, ich hab *Affenmänner* gesagt. Und jetzt beantworte mir meine verdammte Frage!«

»Welche Frage denn?«, schrie Garcia zurück.

»Haben die Polen jemals einen Krieg gewonnen?«

»Das weiß ich nicht. Ehrlich!«

»Hör auf, mich anzuschreien! Die Affenmänner können dich hören!«

»Herr im Himmel, was ist ein Affenmann?«

Cobb hatte genug gehört. »Josh, wie kann ich helfen?«

McNutt beruhigte sich sofort. »Hast du 'ne Waffe, die funktioniert?«

»Ja.«

»Cool. Dann komm ich zu dir.«

Aus seiner Armeezeit wusste McNutt, dass es nicht unehrenhaft war davonzulaufen, schon gar nicht, wenn einem der befehlshabende Offizier die Erlaubnis dazu gab. Er wusste, dass Cobb irgendwo hier unten wartete, um ihm zu helfen.

Jetzt musste er ihn nur noch finden.

»Sag mir, wo du dich versteckst, dann bring ich die Affen mit.«

»Verstanden«, sagte Cobb. »Hector, hilf uns ein bisschen.«

Garcia, der die Position der einzelnen Teammitglieder verfolgte, konnte den kürzesten Weg durch das Labyrinth durchgeben. »In den ersten Tunnel zur Linken, von da ab führ ich dich.«

»Danke«, sagte McNutt und sprintete nach links.
»Mach dich bereit, Chief. Ich bin gleich da und hab ein
paar Finstermänner im Schlepp.«

»Keine Sorge, Josh. Ich bin bereit.«

*

In ihrer gesamten Studienzeit hatte Jasmine nichts Ver-
gleichbares gesehen.

Sie hätte sie am liebsten mitgenommen, doch das war
unrealistisch – eigentlich völlig unmöglich –, denn sie
blickte auf eine sehr lange Mauer, die in den Tiefen des
Tempels mit großer Sorgfalt ausgemeißelt und poliert
worden war. Sie befand sich weniger als hundert Meter
von dem durch Säulen gestützten Tunnel entfernt und
war von antiken Reliefs überzogen.

Jasmine war von ihrer Entdeckung überwältigt. »Hector, siehst du das?«

Keine Antwort.

Sie schwenkte ihre Hand vor der Taschenlampe und
hoffte, so Garcias Aufmerksamkeit auf sich zu lenken,
denn sie ging davon aus, dass er weiterhin zusah.

Doch sie erhielt keine Antwort.

»Ich glaube, wir haben die Verbindung verloren«, sagte
Jasmine.

In Sarahs vorigem Leben bei der CIA hielten die Agenten Funkstille, sofern nichts absolut Wichtiges zu sagen
war. Meistens war sie bei ihren Einsätzen allein gewesen.
Dass jemand in ihrem Ohr plauderte, war für sie etwas
ganz Neues, deshalb hatte sie Garcias Abwesenheit bis zu
diesem Moment gar nicht wahrgenommen.

Jasmine starrte auf die Reliefbilder. »Wir müssen das
hier erhalten.«

Sarah war derselben Meinung, doch ihr war auch klar,

dass sich Jasmines Anliegen nicht realisieren ließ. »Wir können nicht die ganze Wand mitnehmen. Die ist ja mindestens hundert Meter lang.«

Und das war nicht übertrieben. Die Reliefs erstreckten sich so weit, wie sie beide sehen konnte, und bedeckten die gesamte Wand von der Decke bis zum Boden. Ein antikes farbloses Wandbild.

Jasmine ließ den Lichtkegel ihrer Taschenlampe langsam über jeden Zentimeter der Oberfläche gleiten und dokumentierte ihre Entdeckung mit der eingebauten Videokamera. Sie würden die Wand zwar nicht mitnehmen können, doch so konnte sie später wenigstens die Aufzeichnungen studieren.

Sarah machte sich währenddessen weniger Gedanken darum, wie sie diese Bilder für die Nachwelt erhalten konnte, sondern wie ihnen die Reliefs bei ihrer Mission helfen konnten. Was hatten diese Zeichen zu bedeuten? »Jasmine, kannst du etwas davon lesen?«

Jasmine betrachtete die Wand und reimte sich mithilfe der Symbole, die sie übersetzen konnte, die Geschichte zusammen, die erzählt wurde. »Es sind Piktogramme. Hier wird die Geschichte der Stadt beschrieben.« Sie deutete auf den ersten Rahmen an der Wand. »Hier fängt alles an.«

Sarah konnte die Umrisse der Küste Alexandrias erkennen. Kleine Wellen waren in den Stein gemeißelt; offenbar das Mittelmeer. Doch es gab keine unterschiedlichen Formen in dem Bereich, der das Land darstellen sollte. Dafür war das Bild eines einzelnen Mannes zu sehen, eines Riesen, dem Widderhörner aus dem Kopf wuchsen.

»Das soll Alexander sein«, erläuterte Jasmine. »Die Hörner sind ein Hinweis auf die Überzeugung, dass er der Sohn des göttlichen Amun war. Der Umstand, dass um ihn herum nichts zu sehen ist, bedeutet, dass es in Alexandria vor dem Erscheinen des Gott-Königs nichts gab. Das trifft nicht ganz zu, aber man kann nachvollziehen, warum eine Kultur, die sich durch einen einzigen Mann definiert, auf die Idee kommt, ihre Geschichte mit seiner Ankunft beginnen zu lassen.«

Im nächsten Rahmen sah man wieder die Umrisse Alexandrias, nur dass jetzt überall in der Stadt eine Serie von Quadraten hinzugefügt worden war. In diese Steine waren winzige Gestalten hineingemeißelt, denen es offensichtlich recht gut ging.

»Unter dem wachsamen Auge Alexanders«, fuhr Jasmine fort, »erblühte die Stadt. Es wurden Häuser gebaut, und sehr viele Menschen lebten glücklich in diesem Land.«

Sie ging an der Wand entlang, fasste ihre Interpretationen der Reliefdarstellungen zusammen und zeichnete alles auf, was sie sah. Ein Bild zeigte den gehörnten Mann mit dem Kopf nach unten und symbolisierte Alexanders Tod. Der Übergang in die römische Herrschaft wurde durch die Umrisse eines riesigen Wolfes dargestellt.

»Das ist vermutlich eine Darstellung der Kapitolinischen Wölfin«, sagte Jasmine. »Der Legende nach wurde die Stadt Rom von den Zwillingen Romulus und Remus gegründet. Sie waren nach ihrer Geburt in der Wildnis ausgesetzt worden, und eine Wölfin zog sie auf.«

Jasmine machte eine Pause und studierte sorgfältig das nächste Bild.

Ihre Lippen formten sich langsam zu einem Lächeln.

Sarah starrte auf das Symbol. »Was bedeutet es?«

Jasmine strich mit dem Finger über die Umrisse. »Drei Kobras. Das Uräus-Trio. Dies war das Zeichen Kleopatras.«

Sarah verstand Jasmines Reaktion. Kleopatra war die

letzte Pharaonin des antiken Ägyptens, und man hatte sie für die Inkarnation der Göttin Isis gehalten, von ihrem Volk geliebt und von anderen Herrschern geachtet. In einer Zeit, in der ansonsten nur Männer herrschten, war Kleopatras Regentschaft der Beweis dafür, dass es kein schwächeres Geschlecht gab.

Während Jasmine das Bild mit Kleopatra bewunderte, ging Sarah weiter an der Wand entlang. Zwar fehlten ihr Jasmines Kenntnisse, aber sie konnte dennoch einige der Bilder interpretieren. Sie erkannte das christliche Kreuz und das päpstliche Siegel, was auf den Aufstieg des Christentums hinwies. Sie sah auch Schlachtszenen, obwohl sie nicht wusste, dass diese für den Kitos-Krieg standen, den die Römer mit der örtlichen jüdischen Bevölkerung ausgefochten hatten.

Ein Bild gab es jedoch, das sie nicht interpretieren konnte. »Jasmine, sieh dir das mal an.«

Jasmine kam zu ihr und verstand nicht nur auf Anhieb die Symbole, die sie sah, sondern war auch gleich in heller Aufregung, weil sie so bedeutend waren.

»Das hier ist die Zerstörung der Bibliothek«, erklärte sie und deutete auf den lang gezogenen rechteckigen Block mit den umlaufenden Säulen. In das Zentrum des Blocks war ein Spalt getrieben, als ob er zerbreche.

Jasmine strahlte. »Wenn das hier stimmt, wissen wir jetzt, wann sie zerstört wurde.«

»Wie kannst du das an diesem Bild erkennen? Ich sehe hier kein Datum.«

»Ein Datum gibt es nicht, aber wir können es aus dem Kontext ableiten.« Jasmine deutete auf die Darstellung eines Mannes, von dessen Kopf Sonnenstrahlen ausgingen. »Das ist das Symbol für Sol Invictus, den römischen Sonnengott. Er wurde während der Herrschaft Kaiser

Aurelians wichtig, der glaubte, dass Sol über allen anderen Göttern im Pantheon stand. Aurelian zerstörte den Königsbezirk der Stadt mit einem großen Feuer, um die römische Vorherrschaft in Alexandria zu sichern.«

Sarah begriff, welche Folgen diese Brandstiftung gehabt hatte. »Und dem Feuer fiel auch die Bibliothek von Alexandria zum Opfer.«

Jasmine nickte. »Hinsichtlich der Geschichte der Bibliothek war man sich nie ganz sicher. Es gab jede Menge Gerüchte. Aber das hier scheint auf einen bestimmten Vorfall hinzuweisen. Falls es tatsächlich Aurelian war, der die Bibliothek zerstört hat, dann muss es um 270 nach Christus gewesen sein.«

Sarah konnte Jasmines Begeisterung nachvollziehen. »Diese Frage hat die Historiker seit Jahrhunderten beschäftigt, und ich habe es vor allen anderen gesehen. Ist das nicht cool?«

Während sich Sarah selbst beglückwünschte, ging Jasmine zum letzten Rahmen des Bilderfrieses weiter. Die Erkenntnis in Bezug auf die Bibliothek von Alexandria war gewiss faszinierend, doch sie wurde von der letzten Information noch übertroffen. Hier war der Hinweis, nach dem sie gesucht hatten.

Eine Enthüllung über das Alexandergrab.

27. KAPITEL

Stumm entschlüsselte Jasmine die letzten Bilder. Die Botschaft nahm sie restlos gefangen. Es war eine neue Erkenntnis, die weitreichende Auswirkungen hatte, sowohl auf die Geschichtsschreibung Alexandrias als auch auf den weiteren Verlauf ihrer Mission.

Es kam Sarah vor, als wartete sie schon eine Stunde, und sie konnte es nicht mehr aushalten. »Also, was sehen wir da?«

Keine Antwort.

»Jasmine?«

»Tut mir leid«, antwortete sie, und es war, als würde sie aus einer Trance erwachen. »Das war für mich ein bisschen viel auf einmal. Es ist ... einfach unglaublich.«

Für Sarah waren es kaum mehr als fünf grobe Zeichnungen und Symbole, aus denen sie nicht schlau wurde. Sie wusste nur, dass sie soeben herausgefunden hatten, was aus der Bibliothek von Alexandria geworden war, etwas, was in der neueren Geschichte noch niemandem gelungen war. Offenbar war der letzte Abschnitt der Piktogramme eine geschichtliche Offenbarung, aber Jasmine musste es ihr erklären.

»Was ist unglaublich?«, wollte sie wissen.

»Diese Zeichen«, sagte Jasmine und umkreiste mit dem Zeigefinger drei der Symbole in der Wand. »Diese Zeichen stehen für die römischen Parzen – die Schicksalsgöttinnen. Die Spindel steht für Nona, die Jungfer.

Sie spann den Faden des Lebens von ihrem Spinnrocken auf ihre Spindel. Die Garnrolle steht für Decima, die Matrone. Sie bestimmte die Länge jedes Fadens mit ihrem Maßstab. Die Schere steht für Morta, die Greisin. Wenn der Faden sein Ende erreicht hatte, schnitt Morta ihn ab. Gemeinsam verkörperten sie das Schicksal. Nach der römischen Mythologie bestimmten sie die Geschicke der Menschheit.«

»Ob du's glaubst oder nicht, die Schicksalsgöttinnen sind mir vertraut.«

»Tatsächlich?«

Sarah nickte. »Wie soll ich sagen? Ich bin ein Fan von Frauenpower. Aber ich hätte schwören können, dass sie anders hießen.«

»In verschiedenen Kulturen haben sie tatsächlich unterschiedliche Namen, obwohl dieselben Mythen dahinterstehen. Wenn du die Mythen aus der Schule kennst, dann haben sie dir wahrscheinlich die griechische Version beigebracht. Anstatt Parzen hießen sie dort Moiren.«

»Genau die hatte ich im Kopf, die Moiren.«

»Das dachte ich mir. Und ihre Namen lauteten Clotho, Lachesis und Atropos. Sie wurden in den Epen Homers erwähnt, in Platos *Republik*, sogar in Hesiods *Theogonie*. Jahrhunderte später und Tausende von Meilen entfernt hatten sogar die Nordmänner ihre eigene Version der Schicksalsgöttinnen. Dort hießen sie Urðr, Verðandi und Skuld.«

»Und wie hilft uns das jetzt weiter?«

»Das tut es nicht. Ich habe nur angegeben.«

Sarah lachte, froh darüber, dass Jasmine in ihrem Element war.

»Wie auch immer«, sagte sie, als Sarah ihre Aufmerksamkeit wieder auf das Piktogramm richtete, und von den Schicksalsgöttinnen ausgehend folgte ihr Zeigefinger dem Verlauf eines Pfeils bis zur Zeichnung eines eigenartigen Würfels. »Das hier ist die Büchse der Pandora. Wird sie geöffnet, kommt Moros heraus, der Geist des Untergangs.«

Unter dem Würfel waren menschliche Gestalten zu sehen, die eine Schlange von der Stadt bis zu einem an der Küste wartenden Schiff bildeten. Sie trugen einen großen Block über den Köpfen, und in dem Block lag der gehörnte Mann. Ihr Weg war exakt der Tunnel, in dem sich Jasmine und Sarah befanden.

»Sie dachten, das Ende sei nah«, fuhr Jasmine fort. »Darum benutzten sie diesen Tunnel, um aus der Stadt zu fliehen. Das Boot dort sollte sie in Sicherheit bringen.«

Sarah schüttelte den Kopf. »Okay, Moment mal… Erstens: Wie kamen sie auf die Idee, dass die Stadt dem Untergang geweiht war? Und zweitens: Warum haben die sich die ganze Mühe gemacht, den Tunnel zu bauen, wo sie doch ebenso gut einfach *durch* die Stadt anstatt unter ihr hätten gehen können?«

Jasmine hatte die Antwort schon parat. »Der Glaube an Prophezeiungen war in der antiken römischen Kultur weit verbreitet, und du darfst nicht vergessen, damit haben wir es hier zu tun, auch wenn Alexandria in Ägypten liegt. Man glaubte nicht nur, dass alles, was geschieht, der Wille der Götter sei, sondern auch, dass die Götter durch menschliche Medien zu den Menschen sprechen. Diese Orakel teilten den Menschen die Zustimmung oder das Missfallen der Götter mit und rechtfertigten oder tadelten so ihre Handlungen.«

Sarah wollte sichergehen, dass sie alles richtig verstanden hatte. »Du sagst, diese Propheten konnten göttliche Botschaften empfangen und überbrachten die den Menschen, und die haben dann ihr Leben nach diesen Botschaften ausgerichtet?«

Jasmine nickte. »Sie haben den Worten der Propheten bedingungslos Folge geleistet, als hätte der Gott oder die Göttin persönlich zu ihnen gesprochen. Wenn ihnen also die Schicksalsgöttinnen oder Moros oder eine andere Gottheit auf diese Weise die Warnung zukommen ließ, die Stadt sei in Gefahr, hätte das niemand infrage gestellt. Sie hätten alle nötigen Vorbereitungen getroffen, um zu retten, was zu retten war.«

Noch bevor Jasmine den zweiten Teil der Frage beantworten konnte, schickte Sarah eine weitere hinterher. »Aber die Stadt wurde nicht ausgelöscht. Da hätten die Menschen doch begreifen müssen, dass sich die Götter geirrt haben?«

Jasmine lächelte. »Niemand hat gesagt, sie würde ausgelöscht. Hier wird bloß die Überzeugung ausgedrückt, dass die Stadt dem Untergang geweiht war. Und das war sie ja auch.« Sie deutete auf das hintere Ende der Piktogramme. Anstatt als gerade Linie war die Grenze als eine Serie großer Wellen gezeichnet.

Und plötzlich konnte Sarah alles verstehen, denn sie erinnerte sich an Papineaus Videopräsentation bei ihrem ersten Meeting, als er ihnen den Auftrag erklärt hatte. »Der Tsunami.«

»Ja«, sagte Jasmine und berührte die Wellen, »der Tsunami.«

Am 21. Juni des Jahres 365 nach Christus hatte ein Erdbeben der Stärke acht die griechische Insel Kreta erschüttert und einen Tsunami ausgelöst, der Alexandria vernichtend getroffen hatte. Die Wassermassen hatten Gebäude zerstört, Stadtviertel eingeebnet und Zehntausende von Menschen getötet. Es war die schlimmste Katastrophe der Stadtgeschichte gewesen und die größte Tragödie, die Ägypten seit den biblischen Plagen erlebt hatte.

Sarah deutete auf die Wand. »Und du behauptest, sie wussten, dass es bevorstand?«

»Das behaupte ich nicht. Die Symbole sagen es. Deshalb sind sie weggegangen.«

»Aber warum haben sie sich dann die Mühe gemacht, einen Tunnel zu bauen? Warum die ausgefeilte Evakuierung?«

»Das war keine Evakuierung. Es war ein Schmuggel.«

»Ein Schmuggel? Was haben sie geschmuggelt?«

Jasmine trat ein paar Schritte zurück und leuchtete mit dem Strahl ihrer Taschenlampe auf den gehörnten Mann, der in einem der Piktogramme dargestellt war. Dann richtete sie den Lichtkegel wieder auf den großen Block, der von den Gestalten im Tunnel getragen wurde. Schließlich trat sie wieder nach vorn und legte den Finger auf die Darstellung eines wartenden Schiffs.

Da erkannte Sarah, was ihr bisher entgangen war.

Der Rumpf des Schiffes war mit einem Widderkopf geschmückt.

»Verdammt will ich sein. Sie haben Alexanders Sarkophag weggebracht.«

*

McNutt war völlig außer Fassung. Durch ein Tunnellabyrinth zu laufen brachte seinen Orientierungssinn an die Grenzen. Hinzu kam die Bande messerschwingender Affenmänner, die ihn in der Dunkelheit verfolgten. Er hoffte inständig, nicht im Kreis zu laufen.

»Hector, wo, zum Teufel, soll ich hin?«

Garcia hatte seinen Weg verfolgt und konnte ihn durch die Tunnel leiten. »Jetzt noch zwanzig Meter geradeaus.

Wenn du in die nächste Kammer kommst, spring eine Ebene tiefer und halt dich dann links!«

McNutt verlangsamte sein Tempo keine Sekunde lang. Dazu war keine Zeit. Er hatte die Männer gesehen, die ihn jagten, und wenn sie ebenso schnell waren wie wendig, dann hatte er ein echtes Problem. Also rannte er entschlossen über die schmalen Bögen.

»Durch den Tunnel direkt vor dir«, sagte Garcia. »Anschließend zwei Ebenen hoch und die Abzweigung nach rechts. Dann kommen zwei weitere Kammern.«

Gleich danach meldete sich Cobb, der ihm versicherte, dass bald alles viel besser werde. »In Bewegung bleiben, McNutt. Ich warte.«

Auf die tieferen Ebenen hinunterzuspringen war leicht, hochzuklettern stellte eine größere Herausforderung dar. Als sich McNutt an den Aufstieg machte, konnte er nichts sehen, denn er brauchte beide Hände, um sich hochzuziehen, und erst als er den oberen Träger erreicht hatte, konnte er wieder seine Taschenlampe zur Hand nehmen.

»Nimm den Tunnel auf der rechten Seite«, hörte er Garcia. »Du bist fast da.«

McNutt stürmte in die leere Kammer, dort legte er eine kurze Pause ein und blickte sich um. Er sah die Reflexion seines Lichtkegels auf der Wasserfläche unter sich und erkannte, dass er sich in der gefluteten Zisterne befand, der letzten intakten Kammer. Von dort aus ging es entweder zurück in den Schwarm seiner Verfolger oder weiter geradeaus auf den Abgrund zu.

Leider hatte er keine Wahl.

Und schlimmer noch, auch von Cobb war nichts zu sehen.

»Jack!«, rief McNutt.

Er bekam nicht die Antwort, die er erhofft hatte.

Plötzlich kamen die drei Männer, die ihm gefolgt waren, in die Zisterne gelaufen. Sie waren keine acht Meter hinter ihm und kamen rasch näher.

McNutt hätte schwören können, dass sie wie Vielfraße knurrten. Es waren wütende, blutrünstige Wesen, die das Jagdfieber gepackt hatte.

Er hastete zum letzten Tunnel und hoffte, ihre Aggression gegen sie selbst wenden zu können.

Die wissen nichts von dem Einsturz.

Die rechnen nicht damit.

*

Cobb hörte seinen Namen, als McNutt an ihm vorbei in die geflutete Zisterne lief, doch er konnte nicht antworten. Er war viel zu sehr damit beschäftigt, den Atem anzuhalten.

Die Mündung seiner Waffe ragte wie ein Periskop aus dem schwarzen Wasser. Er wartete darauf, dass der Feind seinen Weg kreuzte, denn er versteckte sich bei der einzigen Brücke, die den Eingang zur Zisterne mit dem Ausgang auf der gegenüberliegenden Seite verband.

Cobbs Lunge fing an zu brennen, doch er blieb in Deckung.

Sein Finger am Abzug zitterte schon erwartungsvoll.

Einen Moment später stürmten die schwarz Gewandeten in die Kammer. Sie sahen McNutt vor sich und setzten die Verfolgung fort, weil ihnen klar war, dass ihm nur noch ein einziger Fluchtweg blieb. Sie waren so darauf versessen, ihn zu fangen, dass sie überhaupt nicht an die Möglichkeit eines Hinterhalts dachten.

Dieser Fehler kostete sie das Leben.

Cobb erhob sich aus den Tiefen wie ein Meeresungeheuer. Mit Feuer in der Lunge und Eis in seinen Adern legte er ruhig auf seine Ziele an.

Drei Schüsse hallten durch die Zisterne.

Kurz darauf klatschte es dreimal ins Wasser.

Jeder Klatscher ein nasses Grab.

28. KAPITEL

Jetzt war Sarah an der Reihe, ungläubig an die Wand zu starren. Falls Jasmines Interpretation zutraf, wussten sie jetzt, *wie, wann* und *warum* Alexanders Sarkophag die Stadt verlassen hatte.

Jemand hatte ihn hinausgeschmuggelt, ohne dass es die anderen bemerkt hatten.

Sarah drehte sich um und betrachtete die vielen Stützen, die das Tunneldach am Einsturz hinderten. Jetzt, da sie den wahren Zweck des Tunnels erkannte, ergaben die massiven Befestigungen viel mehr Sinn. Er war gebaut worden, um durch sie die wertvollste Fracht der Welt zu transportieren.

Jasmine setzte ihre Erklärung fort. »Ich will die Sache nicht herunterspielen und auch nicht darüber hinwegsehen, wie viele Menschenleben es gekostet hat, aber die Schmuggler hätten sich keine bessere Tragödie wünschen können. Ein Tsunami bot ihnen die perfekte Deckung.«

»Was meinst du damit?«

»Zuerst«, erklärte Jasmine, »gab es Erdstöße, als die Nachbeben die ägyptische Küste erreichten. Sie hatten nicht die Auswirkungen eines richtigen Erdbebens, aber die Erschütterungen reichten aus, damit alle darauf aufmerksam wurden.«

Sarah grinste, denn sie wusste, was ihr bevorstand: eine weitere von Jasmines Geschichtsstunden. Doch anders als sonst war Sarah diesmal richtig gespannt darauf.

Jasmine enttäuschte sie nicht. »Man muss das Umfeld begreifen. Die religiösen Überzeugungen des Römischen Reiches waren durcheinandergeraten. Kaiser Konstantin stand dem Christentum wohlwollend gegenüber, aber es gab weiterhin eine große Anzahl von Menschen, die nicht zum christlichen Glauben übertreten wollten. Allen voran Kaiser Julian, einer der Nachfolger Konstantins. In der Zeit vor dem Tsunami unternahm Julian alles, was in seiner Macht stand, um das alte polytheistische Glaubenssystem wiederaufleben zu lassen. Er tauschte umgehend alle Verwaltungskräfte, die ihm Konstantin hinterlassen hatte, wegen angeblicher Korruption aus und machte sich daran, dem Reich wieder zu jener Größe zu verhelfen, die es einmal besessen hatte. Nach Julians Tod wandten sich seine Nachfolger wieder christlichen Idealen zu, aber in der Bevölkerung gab es weiterhin viele, die unerschütterlich dem alten Glauben anhingen.«

Sarah verstand, worauf Jasmine hinauswollte. »Dann haben jene, die an die römische Götterwelt glaubten, das Erdbeben als ein Zeichen göttlicher Intervention angesehen, einen Ausdruck des Missfallens der Götter, die wegen der Einführung des Christentums außer sich waren. Vielleicht sahen sie darin sogar eine Warnung vor dem, was ihnen noch bevorstand.«

»Exakt«, erwiderte Jasmine. »Und nachdem die Götter durch die Erdstöße alle auf sich aufmerksam gemacht hatten, bewiesen sie ihre gewaltige Macht, indem sie die Wasser der See zurückzogen. Es heißt, dass die Geschöpfe des Meeres und die Schiffe im Schlick strandeten, als überall an der Küste das Wasser zurückwich. Und als sich dann Tausende versammelten, um den Anblick zu bestaunen, begruben die Götter sie alle unter Wassermassen, die so gewaltig waren, dass sie selbst die Wüste überfluteten.«

»Wie Moses und das Rote Meer«, warf Sarah ein.

»Unmittelbar nach der Tragödie kümmerte sich kaum jemand um Alexanders Sarkophag. Es gab weitaus wichtigere Dinge, um die man sich sorgen musste, wie zum Beispiel Trinkwasser und Nahrung zu beschaffen. Außerdem ließ sich die Flut für das Verschwinden des Leichnams verantwortlich machen. Niemand – nicht einmal der Kaiser selbst – konnte daran zweifeln, dass der Leichnam irgendwo in der Stadt unter dem Geröll verborgen lag oder sogar ins Meer gespült worden war. Darüber hinaus mussten sich die Machthaber darum kümmern, die Stadt wiederaufzubauen und religiöse Unruhen beizulegen. Irgendwann haben sie bestimmt versucht, Alexanders Leichnam wiederzufinden, doch das hatte gewiss zunächst keine hohe Priorität.«

Sarah hatte noch Fragen. »Okay, bis jetzt kann ich dir folgen. Aber wer sind *sie*? Wer war dafür verantwortlich, dass Alexanders Sarkophag aus der Stadt transportiert worden ist?«

Jasmine zuckte mit den Schultern. »Wenn ich das wüsste! Ich würde wahnsinnig gern eine definitive Antwort darauf geben, aber ich muss der Sache noch viel tiefer auf den Grund gehen. Es gibt Experten, die viel mehr über diese Dinge wissen als ich. Wir müssen uns mit ihnen in Verbindung setzen, vielleicht sogar ein paar von ihnen herbringen, damit sie sich das mit eigenen Augen ansehen. Ich bin mir einfach nicht sicher...«

Sarah fiel ihr ins Wort. »Jasmine, sei nicht albern. Wir können niemanden hier herunterbringen, um sich die Wand anzusehen. Du weißt genau, dass Papi das nicht erlauben würde. Es steht einfach zu viel auf dem Spiel, um Außenstehende einzubeziehen.«

»Außenstehende wie Simon?«

Sarah bedachte sie mit einem bösen Blick. »Was willst du damit sagen?«

Jasmine machte einen Schritt zurück, von der plötzlichen Feindseligkeit überrascht. »Nichts.«

»Dummes Zeug«, zischte Sarah. »Es sollte was heißen, sonst hättest du es nicht gesagt. Sag mir, was du damit meinst, oder ich werde richtig sauer.«

»Es ist nur, na ja …«, stammelte Jasmine und versuchte, die richtigen Worte zu finden. »Ich weiß, dass du dich gleich mit Simon in Verbindung gesetzt hast, als du nach Ägypten gekommen bist, und soweit ich gehört habe, ist nicht viel Gutes dabei herausgekommen. Waren nicht ein paar Bewaffnete hinter euch her?«

»Das war nicht meine Schuld!«

»Moment mal. Wovon sprechen wir hier eigentlich?« Jasmine brauchte ein paar Sekunden, bis sie alles zusammenbekam. »Sarah, ich wollte damit nicht sagen, dass du etwas mit den Kerlen in den Tunneln zu tun hast. Ich schwöre bei Gott, das hatte ich nicht vor. Ich hab keine Ahnung, warum die hier sind.«

»Hör zu«, sagte Sarah mit eisiger Stimme. »Mach deine Fotos und sammle an Beweisen, was du brauchst, denn so bald kommen wir nicht mehr hierher zurück. Also beeil dich.«

»Und du?«

»Ich werde mir den Rest des Tunnels ansehen. Ich will sehen, wohin er führt.«

*

McNutt half Cobb aus dem Wasser, und jeder von ihnen dachte darüber nach, was sie als Nächstes tun sollten.

»Wie viele hast du gesehen?«, wollte Cobb wissen.

»Neunzehn.«

»Neunzehn?«

McNutt starrte ihn an. »Ist das zu hoch gegriffen?«

Cobb erwiderte den Blick. »Sag du es mir.«

McNutt grinste kurz und verlegen. »Ganz ehrlich. Ich habe keine Ahnung, worüber wir hier reden.«

»Wie viele *Männer* hast du gezählt?«

»Männer!«, platzte McNutt heraus. »Das ist eine total berechtigte Frage, und ich hätte damit rechnen müssen. Leider hatte ich keine Zeit zum Zählen, weil ich um mein Leben gerannt bin. Und da wir gerade dabei sind – in was, um alles in der Welt, sind wir hier hineingeraten?«

Bevor Cobb antworten konnte, hallte ein Schrei durch die Kammer, der ihnen das Blut in den Adern stocken ließ.

»Und, was zum Teufel, war das?«, flüsterte McNutt.

Cobb schätzte Überraschungen überhaupt nicht. Wenn da draußen noch jemand nach ihnen suchte, war es ihm lieber, der Angreifer zu sein und nicht der Angegriffene. »Lass uns nachsehen.«

»Lieber nicht«, sagte McNutt. »Meine Waffe ist hinüber.«

Cobb knurrte und gab ihm seine. »Hier.«

»Vergiss es. Ich nehme deine Waffe nicht.«

»Und warum nicht? Schließlich hast du sie mir doch auch gegeben.«

»Das stimmt, aber …«

Cobb drückte sie McNutt mit sanfter Gewalt in die Hand. »Nimm sie und komm hinterher. Das ist ein Befehl.«

McNutt nickte. »Ja, Sir.«

Cobb sprintete aus der gefluteten Zisterne in die angrenzende Kammer, wo er behände auf den Boden hinuntersprang. Auch wenn er es sich nur ungern eingestand,

McNutt war der bessere Schütze, deshalb hatte er nicht lange darüber nachdenken müssen, ihm seine Waffe zu geben. Als Teamleader hatte er die Aufgabe, seine Leute zum Erfolg zu führen, und das tat er am besten, wenn er ihnen die Mittel an die Hand gab, die sie benötigten. Für Cobb spielte es keine Rolle, dass er vorübergehend wehrlos war, von seinem jahrelangen Nahkampftraining abgesehen. Worauf es jetzt ankam, war der Erfolg seines Teams.

Vor ihnen in der Dunkelheit sah Cobb einen Mann, der mit dem Gesicht nach unten in einer Blutlache lag. Bevor McNutt dazu kam, ihm auf die untere Ebene zu folgen, machte Cobb ihm Zeichen, er solle bleiben, wo er war, und ihm von seinem erhöhten Standpunkt aus Feuerschutz geben.

McNutt stützte sich auf ein Knie und hob die Pistole.

Cobb näherte sich dem anderen Mann vorsichtig, weil er nicht sicher war, ob es sich um eine Falle handelte. Beim Näherkommen bemerkte er die enorme Körpergröße. Dies war kein gewöhnlicher Mann, es war ein Riese. Wahrscheinlich einer der Bewaffneten, die Sarah und Simon gefolgt waren, als sie aus der Taverne geflüchtet waren.

Falls nicht, dann waren sie über einen Yeti gestolpert.

Cobb kauerte sich hin und legte einen Finger an den Hals des Mannes, um zu spüren, ob es Lebenszeichen gab. Es gab keine. Er schüttelte den Kopf, um McNutt zu signalisieren, dass der Mann tot war. Dann rollte Cobb den Körper auf den Rücken. Als Erstes bemerkte er das Sturmgewehr, das unter dem mächtigen Körper des Mannes eingeklemmt gewesen war. Dann sah er die Innereien, die aus dem Bauch des Mannes quollen.

Obwohl ihm der Schnitt in den Bauch den Rest gegeben hatte, war das nicht seine einzige Wunde. Tiefe Einschnitte überzogen das Gesicht und seinen Oberkörper. Fleischfetzen hingen von seinen Armen. Drei Finger und seine Nase waren komplett von seinem Körper abgetrennt worden, und sein linkes Bein war mehrfach bis auf den Knochen aufgeschlitzt.

Cobb erkannte Folterspuren, wenn er sie sah.

Das hier war mehr als das.

Sie hatten mit ihm gespielt.

*

Auch Kamal hatte den Schrei gehört. Das tiefe, erschrockene Heulen reichte in jeden Winkel des Wassersystems. Kamal hatte bereits gesehen, was den anderen in seiner Crew widerfahren war. Die zwei, die einander versehentlich erschossen hatten, hatten noch Glück gehabt verglichen mit den anderen dreien, die er entdeckt hatte – jene, die ihrem Schicksal in Form einer Klinge begegnet waren.

Er brauchte die grausige Hinrichtung nicht mit eigenen Augen zu sehen, um zu wissen, wer es war.

Der Todesschrei war alles, was er brauchte.

Tarek war tot.

Während er sich abmühte, die brüchigen Träger hinaufzuklettern, die zurück zum Heizraum führten, lief Kamals Verstand auf Hochtouren. Das hier war eine Katastrophe. Er war nicht nur bei dem Versuch gescheitert, die Frau zu entführen, sondern hatte es auch fertiggebracht, dabei sechs Männer zu verlieren, einschließlich seines besten Freundes.

Hassan würde sich seinen Kopf auf einem Silbertablett servieren lassen.

Kamal kam zu dem Schluss, dass es besser war, alle umzubringen, als mit der Nachricht zurückzukehren, dass die Frau immer noch frei herumlief. Er musste sich nur noch überlegen, wie er das bewerkstelligen konnte.

Die städtische Hauptwasserversorgung war seine Rettung. Das dicke Rohr lief an der Decke der ersten Kammer entlang und verschwand dann in den Aufbauten darüber. Nahezu ein Drittel der Stadt wurde durch dieses eine Rohr mit Wasser versorgt, durch das täglich rund um die Uhr Tausende von Litern flossen.

Damit würde er auch die Flucht des amerikanischen Teams verhindern.

Der Gedanke ließ Kamal grinsen.

29. KAPITEL

Als man die Zisternen zu Luftschutzbunkern umfunktioniert hatte, war die Hauptwasserleitung angezapft worden für jene Menschen, die womöglich unter der Erde Schutz suchen mussten. Es waren Ventile installiert worden, die den Wasserstrom in die Zisterne ableiten konnten, sodass Trinkwasser und Wasser zum Waschen zur Verfügung gestanden hätte. Die Rohre, die das Wasser bis ganz nach unten hatten leiten sollen, waren bereits vor langer Zeit entfernt worden, aber die alten Ventile gab es noch.

Metallsplitter und Rost flogen in alle Richtungen, als Kamal sein ganzes Magazin in die alten Leitungen feuerte. Er konnte sie nicht ganz zerstören, dafür aber schwer beschädigen.

Seine Kugeln schlugen mehrere Löcher.

Aus den Löchern wurde ein längerer Riss.

Und dann sprengte der Druck den Riss auseinander.

Aus dem Rohr rauschte ein Sturzbach und ergoss sich durch den ganzen Raum. Doch das reichte Kamal noch nicht. Um sicherzustellen, dass niemand aus dem Tunnelsystem durch das Wohnhaus flüchten konnte, presste er die Beine gegen den nächsten Bogen und drückte mit aller Kraft. Der Stein knirschte von dem starken Druck, den der von Adrenalin und Wut getriebene Riese ausübte.

Er drückte und drückte und drückte.

So lange, bis der alte Bogen nachgab.

Dann blickte er auf die Trümmer und weinte um seinen Freund.

*

McNutt sprang von dem Bogen und musterte die Leiche des übergroßen Ganoven. Wortlos gab er Cobb ganz ruhig die Pistole zurück. Dann griff er sich das Sturmgewehr aus dem Haufen von Eingeweiden auf dem Boden und wischte die dicke Blutschicht ab, die die Waffe überzog. Seine Augen strahlten vor Freude.

»Zufrieden?«, fragte Cobb.

»Sehr«, antwortete McNutt.

»Gut. Dann lass uns weitergehen.«

»Ich bleibe dicht hinter dir.«

Cobb schlich schweigend durch die Tunnel und orientierte sich an den Wandmarkierungen, die er zuvor hinterlassen hatte. Aufgrund seiner Voraussicht war es nicht nötig, dass Garcia sie durch das System navigierte. So konnten sich Cobb und McNutt auf die Geräusche im unterirdischen System konzentrieren, anstatt auf die Richtungshinweise achten zu müssen.

Als er plötzlich einen Laut hörte, blieb Cobb wie angewurzelt stehen.

Er kauerte sich in Deckung und lauschte.

McNutt wäre fast über ihn gestolpert, weil er rückwärts durchs Dunkel gegangen war, um ihnen den Rücken frei zu halten. Er drehte sich um, weil er sehen wollte, weshalb Cobb stehen geblieben war, und erblickte als Erstes Cobbs geschlossene Faust. Beim Militär war es das Zeichen dafür, sofort anzuhalten.

Keine Bewegung. Keine Fragen. Keinen Laut.

Cobb öffnete die Faust langsam und tippte mit dem Finger an sein Ohr.

Da draußen war etwas, und Cobb konnte es hören.

Beide Männer blickten in die Dunkelheit und versuchten die Geräuschquelle auszumachen.

Schließlich spürten sie es, bevor sie es sehen konnten.

»Der Tunnel läuft voll Wasser«, sagte Cobb und stand auf.

McNutt tat dasselbe. Er blickte an sich hinab und sah die nassen Kreise an seinen Hosenbeinen, die entstanden waren, als er auf dem Boden gekniet hatte. Er war verdammt sicher, sich nicht in die Hosen gemacht zu haben, deshalb teilte er Cobbs Einschätzung. »Ich glaube, du hast recht.«

Die Überraschungen endeten nicht mit der Überflutung.

Während das Wasser um ihre Füße allmählich anstieg, breitete sich an der Decke ein unheimlicher Lichtschein aus. Bedauerlicherweise befand sich die Lichtquelle oben auf einem der Bögen, zu weit entfernt für Cobb und McNutt, die sie vom Grund der Zisterne aus nicht erkennen konnten.

»Was, zum Teufel, ist das?«, wollte Cobb wissen.

»Was, zum Teufel, ist was?«

Cobb deutete auf das Licht. »Dort oben.«

»Kannst du es auch sehen?«

»Natürlich kann ich es sehen!«

»Gott sei Dank! Ich dachte schon, ich bilde mir wieder was ein.«

Cobb knurrte genervt. »Gib mir Deckung.«

McNutt stand Wache, Cobb steckte sich die Pistole in den Hosenbund, dann nutzte er die Einkerbungen in den Wänden, um daran zur nächsten Ebene hochzuklettern. Sobald er sich oben auf dem untersten Bogen befand, zog er die Waffe hervor und rief zu McNutt hinunter: »Jetzt du!«

»Ich komme, Chief.«

Von nun an kletterten sie abwechselnd immer höher, um die Lichtquelle identifizieren zu können – einer gab dem anderen Deckung, während sie sich vom Boden der Zisterne bis ganz nach oben arbeiteten. Weil die unbekannten Kämpfer noch im Tunnel waren, konnten es sich Cobb und McNutt nicht erlauben, gleichzeitig die Waffen zu senken, es hätte sie wehrlos gemacht.

Als sie die Decke erreicht hatten und feststellten, womit sie es zu tun hatten, wurde ihnen klar, dass ihre Waffen sie nicht schützen konnten. Stattdessen starrten sie einfach nur auf die Lichtquelle und begriffen entsetzt, was sie vor sich hatten.

»Heiliger Strohsack!«, sagte McNutt erschrocken.

Mehrere Sprengstoffpakete waren auf den obersten Bögen platziert. Nicht eins oder zwei, sondern mehr als ein Dutzend. Sie waren überall in der Zisterne verteilt. Jedem Paket war eine Verstärkerladung beigefügt – eine Zündladung, die eine viel größere Explosion auslösen würde – und eine digitale Zeitschaltuhr. Diese Timer waren es, die so unheimlich geleuchtet hatten.

Cobb warf einen Blick auf den nächsten Zeitgeber.

4:48 … 4:47 … 4:46. Der Countdown lief.

Obwohl McNutt der Experte war, hatte Cobb genug Erfahrung mit Sprengstoffen, um sich der ernsten Lage bewusst zu sein. Er leuchtete mit der Taschenlampe auf das nächste Sprengstoffpaket und sah die verräterische rötliche Farbe von Semtex. Der Sprengstoff würde mindestens den ganzen Raum zum Einsturz bringen. Angesichts der Menge, die überall an der Decke entlang verteilt war, musste man jedoch eher damit rechnen, dass nur ein gewaltiger qualmender Krater übrig blieb, der alles und jeden über der Zisterne vernichten würde.

Cobb warf McNutt einen gequälten Blick zu. In seinen Augen stand eine einzige Frage geschrieben, die über ihr Schicksal entscheiden konnte: *Kannst du sie entschärfen?*

McNutt schüttelte den Kopf. »Keine Zeit.«

*

Im letzten Tunnel gab es keine Symbole mehr. Die Wände waren kahl und grob behauen, ohne Reliefs und Dekor. Das Einzige, was Sarah entdeckte, als sie tiefer in den Tunnel ging, waren ein paar Treppenstufen, die nach oben führten. Weil sie paarweise platziert waren, bildeten sie eher Absätze als eine Treppe. Mehrere der paarweise platzierten Stufen lagen nur wenige Schritte voneinander entfernt, doch zwischen anderen musste eine größere Strecke zurückgelegt werden.

Sarah hatte nicht auf die Anzahl der Stufen geachtet, die sie schon hinaufgestiegen war, doch sie wusste, dass sie sich allmählich der Oberfläche näherte.

Sie konzentrierte sich auf das, was ihr Taschenlampenlicht gerade noch erfassen konnte, und suchte nach einem Ausgang.

Nach einigen Minuten Suche sah sie die Reflexion des Lichtkegels, weil er auf den Boden einer großen Höhle fiel. Es war eigenartig, fast sah es aus, als bewegte sich der schimmernde Boden hin und her. Von diesem Anblick fasziniert, lief sie nach vorn und stellte fest, dass es gar nicht der Boden war, den sie sah.

Sie starrte in ein Wasserbecken.

Die Tunnelwände strebten auseinander und erhoben sich hoch über der Grotte. Die natürliche Höhle war von massiven Pfeilern gesäumt, die die Kuppeldecke darüber stützten. Alles bestand aus römischem Beton, wie ihn Jasmine vorhin beschrieben hatte. Sarah schwenkte ihr Licht nach oben und konnte sehen, dass die Kuppel geglättet und poliert worden war. Sie ließ das Licht über die gewölbte Decke schweifen und wieder zurück auf die gegenüberliegende Seite, bis zu der Stelle, wo das Wasser begann.

Erstaunlicherweise war die Bewegung des Bodens keine optische Täuschung. Es war tatsächlich ein Heben und Senken des Wasserspiegels. Kleine Wellen wurden in die Höhle gedrückt und dann wieder hinausgesaugt. Für Sarah war es ein willkommener Anblick. Der sich ständig verändernde Wasserspiegel bedeutete, dass das Wasserreservoir vom Meer gespeist wurde. Wenn es sich so verhielt, konnten sie in Sicherheit schwimmen.

Sarah seufzte erleichtert.

Endlich etwas Positives.

Sie hatten nicht nur den Zusammenbruch des Steinbogens überlebt, sondern auch Hinweise auf den Sarkophag und die Bibliothek gefunden. Wenn auch noch Cobb und McNutt mit den Ganoven fertigwurden – und sie vertraute darauf, dass sie es schafften, weil sie mit so gut wie allem fertigwurden –, hatte sich dieser Tag besser entwickelt, als sie befürchtet hatte.

Aber die Entspannung war von kurzer Dauer.

Die Verwirrung begann in dem Moment, als sie nach links blickte und dort einen Gegenstand entdeckte, der nicht in eine antike Kammer gehörte, die von der Zeit vergessen worden war.

Dort in der Ecke lag ein Plastikröhrchen.

Es war kein Relikt der Vergangenheit, sondern ein Gegenstand aus der Gegenwart.

Sie fluchte leise, hob ihn auf und untersuchte ihn im Licht ihrer Taschenlampe. Ein einziger Blick darauf bestätigte ihre Sorge.

Es war ein Leuchtstab.

Ein fluoreszierender Leuchtstab.

Das bedeutete, dass Jasmine und sie hier unten nicht die Ersten waren.

»Verdammter Mistdreck!«, schrie sie und schleuderte den Leuchtstab gegen die Wand. Dann sammelte sie ihn wieder auf und wollte ihn gerade noch einmal werfen.

»Sarah?«, sagte eine knisternde Stimme. Sie war ein paar Minuten außer Reichweite gewesen, aber jetzt wieder nahe genug an der Oberfläche, dass ein Kontakt zustande kam. »Bist du das?«

Sie legte ihre Hand aufs Ohr. »Hector? Wo bist du gewesen?«

»Ich hab versucht, dich zu finden!«

»Du wirst es nicht glauben, aber ich hab einen Tunnel entdeckt, der ins Meer führt.«

»Dann nimm ihn!«, rief er. »Nimm ihn sofort!«

Sarah erstarrte. »Wie meinst du das? Ich weiß nicht, wohin er führt, und Jasmine ist noch in …«

»Sarah, halt die Klappe und hör mir zu! Ihr müsst da weg, und zwar auf der Stelle. Ihr habt weniger als drei Minuten, um rauszukommen. Jack und Josh haben einen Haufen Sprengstoff gefunden. Das ganze System wird in die Luft fliegen, und dann …«

Seine Stimme wurde abgeschnitten, weil sie außer Reichweite war.

Nicht in Richtung Meer, sondern in Richtung Jasmine.

30. KAPITEL

Obwohl Sarah ein paar drängende Fragen hatte – *Wer war vor ihnen im Tunnel gewesen? Was wussten diejenigen von dem Sarkophag? Waren sie es, die die Bomben gelegt hatten?* –, entschloss sie, dass sie später noch genug Zeit haben würde, Antworten darauf zu finden.

Fürs Erste konzentrierte sie sich ausschließlich darauf, Jasmine zu retten.

Ihr Magen krampfte sich zusammen, während sie tiefer und tiefer in den Bauch der Stadt lief. An den unteren Treppenstufen angelangt, war ihr klar, dass es ernsthafte Probleme gab. Eigentlich hätte sie Jasmines Taschenlampe flackern sehen sollen, doch stattdessen war da nichts als Dunkelheit.

»Jasmine!«, rief sie. »Wir müssen hier weg!«

Ihr Tonfall ließ keinen Zweifel aufkommen. Sie mussten den Ort auf der Stelle verlassen.

»Jasmine!«, schrie sie lauter. »Die Tunnel werden explodieren!«

Wieder keine Antwort.

Im Adrenalinrausch sprintete Sarah durch den Tunnel, bis sie schließlich das steinerne Relief erreichte, das Jasmine für ihre Mission hatte dokumentieren sollen. Doch anstelle von Jasmine entdeckte sie zwei Dinge, die sie mit Entsetzen erfüllten: eine kaputte Taschenlampe und genug Sprengstoff, um ein ganzes Gebäude in die Luft zu jagen.

Sarah traute ihren Augen kaum. Mehrere der römischen Pfeiler waren mit Semtex behängt. Und das nicht einmal versteckt, sondern ganz offen. Sie konnte sogar die Kabel der Zündvorrichtungen und die kompakten Sprengladungen sehen. Leider spielte das überhaupt keine Rolle. Man hatte ihr beigebracht, Bomben zu legen, und nicht, sie zu entschärfen.

Die geplante Zerstörung endete nicht bei den Säulen. Das gesamte Bilderfries war mit einem dicken Schaum überzogen. Für das ungeschulte Auge sah es wie Schlagsahne aus, doch Sarah hatte so etwas früher schon gesehen und wusste, dass es ein furchtbarer Fehler wäre, davon zu kosten. Das Material hieß Lexfoam – für Liquid Explosive Foam – und war ein hochentzündliches Gemisch, das sich auf jede beliebige Oberfläche sprühen ließ. Einmal ausgehärtet ließ es sich kaum noch entfernen.

Wie Zement mit Knalleffekt.

Sarah blickte auf einen der Timer und fluchte.

Der Countdown zwang sie zu handeln.

Sie hätte gern länger gesucht. Nach Jasmine, nach den Bombenlegern, nach mehr Hinweisen auf den Sarkophag. Aber das war nicht möglich, dazu war es zu spät.

Schließlich wollte sie überleben.

So sehr es sie auch schmerzte, sie wusste, was sie zu tun hatte.

Sie nahm sich Jasmines Taschenlampe und rannte um ihr Leben.

*

Cobb und McNutt hasteten durch die Tunnel. Sie wussten nicht, wie viele Männer sich noch in den unterirdischen Kammern aufhielten – wenn überhaupt noch welche da waren –, aber sie hatten keine Zeit mehr, vorsichtig zu sein. Ihnen war bewusst, dass sie hinter jeder Kurve mit Feindberührung rechnen mussten, doch wenn sie noch in den Tunneln waren, wenn die Bomben detonierten, würde keiner von ihnen überleben. Daran bestand kein Zweifel.

Mit jeder Kammer wurde die Größenordnung der bevorstehenden Katastrophe deutlicher. Sie konnten am Dach jedes Raumes den schwachen Schein der Zeitschaltuhren für die Zünder sehen. Der Schaden würde sich nicht auf ein einzelnes Gebäude beschränken, sondern einen ganzen Straßenzug zerstören.

Die aktuelle Lage änderte die Bedingungen ihrer Mission. Cobb kümmerte sich nicht mehr darum, ob ihn jemand abhören könnte. »Gibt es etwas Neues über Sarah?«

»Sie wollte Jasmine holen und ist noch nicht zurückgekommen«, antwortete Garcia.

Das war nicht die Nachricht, auf die Cobb gehofft hatte, doch er musste konzentriert bleiben. Sarah und Jasmine konnten für sich selbst sorgen. Es gab noch andere, die keine Ahnung von dem Unglück hatten, das schon bald unter ihren Füßen ausbrechen würde. Er wollte ihnen helfen.

»Hector«, schrie er, »informier die Rettungsdienste. Hack dich in ihr System. Tu, was getan werden muss. Über uns müssen sich Hunderte von Menschen befinden.«

»Willst du, dass ich die Gebäude evakuieren lasse?«

»Dazu ist keine Zeit mehr!«, schrie Cobb. »Sag ihnen, dass sie Krankenwagen herschicken sollen, Feuerwehrwagen und jeden, der eine Sanitätsausbildung hat!«

Seine Botschaft war klar: Sie konnten die Tragödie nicht verhindern, aber sie konnten den Rettungskräften Dampf machen.

*

Garcia checkte die GPS-Sender. Er konnte sehen, dass es Cobb und McNutt endlich zu den Tunneln geschafft hatten, die zur ersten Zisterne führten. Noch ein kleiner Moment, dann konnten sie zum Heizungsraum hinaufklettern.

»Die nächste Kammer ist der Ausgang«, sagte Garcia. »Der Heizraum ist sauber. Er hat einen ungehinderten Zugang zur Straße.«

*

Als sie aus dem letzten Tunnel kamen, richteten Cobb und McNutt die Lichtkegel ihrer Taschenlampen nach oben und sahen den »ungehinderten« Weg zum Ausgang.

Ihnen wurde klar, dass Garcia zu voreilig gewesen war.

Die Zisterne war eine Todesfalle.

Aus dem geborstenen Rohr bei der Decke strömte Wasser, überflutete alles und machte die Oberflächen glitschig. Der erste Bogen hinter dem Heizraum war heruntergestürzt, von oben folgten Trümmer, die von dem Wasserdruck freigespült worden waren.

McNutt rannte zu der Leiter, die auf der entgegengesetzten Seite des Raumes in den Stein geschlagen war. Er griff nach dem ersten Halt, aber das strömende Wasser verhinderte, dass er richtig zupacken konnte. Er versuchte es noch einmal, doch es war zwecklos. Die Einkerbungen waren zu glatt, was den Aufstieg unmöglich machte.

Sie versuchten, sich zur nächsten Ebene hochzuziehen, so wie sie es in allen anderen Zisternen getan hatten. Aber diesmal strömte Wasser auf sie herunter, das lauter Trümmerteile mitspülte, die auf sie niederprasselten. Ihre Muskeln brannten, und ihre Finger schmerzten bei dem Versuch, sich in die Wand zu krallen und nach oben zu ziehen.

Trotz allem konnten sie Garcia noch schreien hören; er übertönte sogar das tosende Wasser. »30 Sekunden! Verschwindet da!«

Cobb sah ein, wie sinnlos ihre Bemühungen waren. Der Guss von oben war ein zu großes Hindernis, um es überwinden zu können. Und selbst, wenn sie es bis nach oben schafften, Kamal hatte den Zugang zu dem Sims zerstört. Sie konnten unmöglich rechtzeitig herauskommen, und Cobb wusste es.

McNutt wusste es auch, aber er war nicht bereit aufzugeben. Er kämpfte wie wild gegen die unerbittliche Kraft des Wassers. Wenn er schon sterben musste, dann wollte er im Kampf sterben – so, wie man es ihm bei den Marines beigebracht hatte.

Zum Glück hatte Cobb eine Idee.

Eine, die nichts mit Sterben zu tun hatte.

*

Als Sarah den Rand des Wassers erreichte, gab sie eine letzte Statusmeldung durch und hoffte, dass ihre Nachricht durchkam und jemanden aus dem Team erreichte.

»Falls mich jemand hören kann, checkt die Küste. Falls ich die Schwimmeinlage überlebe, werdet ihr mich dort finden können. Folgt meinem GPS-Signal.«

Dann holte sie zweimal tief Luft und stürzte sich in den überfluteten Tunnel. Sie schwamm mit kräftigen Zügen durch das Wasser, als ob ihr Leben davon abhinge – und genau so war es.

Ihre Taschenlampe gab schnell den Geist auf, und sie bewegte sich in völliger Dunkelheit. Doch sie verfiel nicht in Panik. Stattdessen blendete sie die wachsenden Todesängste aus und sagte sich immer wieder, dass sie überleben würde, wenn sie ihren Kurs beibehielt und den Atem anhielt.

Nur Augenblicke später wurde ihr Glaube belohnt.

Sie konnte in der Ferne ein schwaches Licht ausmachen – wie eine Leuchtboje, die ihr den Weg in die Sicherheit wies. Ihre Kräfte schwanden allmählich, doch sie wusste, sie konnte es schaffen, wenn sie nicht nachließ und kämpfte.

Weil ihr der Sauerstoff ausging, verengte sich ihr Blickfeld. Ihre Lunge brannte im verzweifelten Verlangen nach dem nächsten Atemzug. Doch das Licht wurde bei jedem Zug heller. Das offene Meer war direkt vor ihr – sie brauchte sich nur auszustrecken und danach zu greifen.

Dann bog sich der Tunnel nach oben, und Sarah krallte sich an die zerklüfteten Felsen des Spalts und zog sich zur Oberfläche hinauf. Jetzt hatte sie keine Reserven mehr.

Nur ihr eigener Auftrieb konnte sie retten.

Von ihren Augen war nur noch das Weiße zu sehen, als sie endlich die Oberfläche durchstieß, doch ihre Brust hob und senkte sich, und sie schnappte instinktiv nach Luft. Nie hatte sie so süß geschmeckt.

Sie war allein, orientierungslos und hatte Mühe, sich über Wasser zu halten.

Doch sie war noch am Leben.

Fürs Erste.

31. KAPITEL

Der Lärm des rauschenden Wassers hallte durch die Kammer. Es war so laut, dass es jegliche Konversation zwischen Cobb und McNutt überlagerte. Doch anstatt zu versuchen, dagegen anzuschreien, packte Cobb seinen Freund am Gürtel und zog ihn in die entgegengesetzte Ecke des Raumes. McNutt wäre fast gestolpert, doch dann ließ er sich einfach mitschleifen. Er wusste nicht, was Cobb vorhatte, aber es konnte nur besser sein als ihr gegenwärtiges Dilemma.

Wenn nicht, waren sie bald tot.

Als die Zisternen zu Beginn des Zweiten Weltkriegs in Luftschutzbunker umgebaut worden waren, hatte man ganze Ebenen des Systems mit Beton verstärkt. Dabei war eine Reihe langer Gänge entstanden, in denen man Schutz suchen konnte. Die Gänge waren nicht luxuriös und boten kaum mehr als frische Luft, Trinkwasser und Holzbänke, doch sie waren besser als nichts.

Viele Stadtbewohner wussten, was sich unter ihren Füßen befand. In den Familien kursierten Geschichten, Kriegserzählungen, in denen es um die Angst vor Luftangriffen und den vorgeschlagenen Exodus in die Tunnel ging. Die ältere Generation war stolz auf die Bemühungen ihrer Regierung, ihr Volk zu retten. Die massiven Tunnel, die sie vor Luftangriffen schützen sollten, beruhigten sie, auch wenn sie diese selbst nie zu sehen bekommen hatten.

Cobb hatte sie zum Glück entdeckt.

Während seines ersten Erkundungsgangs waren ihm die zusätzlich verstärkten Korridore aufgefallen. Außerdem hatte er kleinere, verborgene Orte entdeckt, in denen höchstens eine Handvoll Menschen Platz hatte. Diese Kammern waren nicht für die Allgemeinheit gedacht. Man hatte sie gebaut, um ein paar Auserwählte zu schützen. Cobb wusste, dass es der wichtigste Grundsatz taktischer Verteidigung war, die Sicherheit der Befehlshaber zu garantieren, deshalb vermutete er, dass man diese Unterstände so konstruiert hatte, dass sie selbst einen Volltreffer überstanden hätten.

In Kriegszeiten konnte das ganze Land von ihnen abhängen.

Jetzt erprobten Cobb und McNutt ihre Belastbarkeit.

Sie rannten zu einem schmalen Bereich der Wand, wo der antike Stein durch modernen Beton ersetzt worden war. McNutt blickte durch einen Spalt, der kaum breiter als sein Kopf war, und entdeckte einen kleinen offenen Raum hinter der Betonbarriere. Er wusste, wenn sie es schafften, dort hineinzuklettern, hatten sie vielleicht eine Chance, die Explosion zu überstehen.

Gemeinsam machten sie sich daran, den Eingang zu erweitern.

Betonbrocken flogen durch die Gegend, sie hämmerten drauflos und benutzten ihre Waffen als Werkzeuge. Nach ein paar schnellen Schlägen gab ein größeres Stück der Wand nach. Cobb und McNutt schafften es gerade eben, sich durch die Öffnung zu schlängeln, als die letzten Sekunden heruntergezählt wurden.

Drei … zwei … eins … BUMM!

Einen kurzen Moment lang spürten sie die Detonation, bevor sie sie hörten. Die Luft fegte an ihnen vorbei, weil die Explosion große Mengen des lebenswichtigen Sauerstoffs verbrauchte. Als erfahrene Soldaten wussten sie, dass ihnen die plötzliche Luftdruckänderung die inneren Organe buchstäblich zerfetzen konnte, deshalb öffneten sie den Mund, um vor der bevorstehenden Druckwelle gefeit zu sein.

Und sie hielten sich die Ohren zu, um sie vor dem betäubenden Knall zu schützen.

Dann schlossen sie die Augen und beteten.

Sonst konnten sie nichts tun.

*

Erdbeben waren für Alexandria nichts Ungewöhnliches. Im Laufe der Jahrhunderte hatte die Stadt regelmäßig seismische Aktivitäten überstanden – von leichten Erdstößen bis hin zu Katastrophen. Wegen dieser Vorgeschichte bekamen es nur wenige Menschen auf der Straße mit der Angst zu tun, als sie es in der Erde rumoren hörten.

Sie hatten keinen Anlass, ihr Leben bedroht zu wähnen, und rechneten damit, dass das Rumoren schon bald wieder aufhören würde.

Aber diesmal lagen sie völlig daneben.

In dem gesamten ausgedehnten Netzwerk der Zisternen hatte das Semtex die obersten Träger zerstört. In jeder Kammer prasselte Schutt von der Decke. Die Luft war voll von Rauch und Staubteilchen des pulverisierten Gesteins, die Decken jedes einzelnen Raums waren geschwärzt, verkohlt von der Hitze der Explosion, aber nicht von Feuer.

Das Semtex hatte man aus einem ganz bestimmten Grund ausgewählt. Anders als Sprengstoffe wie zum Beispiel Thermit, das bei Temperaturen bis über 2.500 °C verbrennt, erzeugt Semtex keine Flammenhölle. Die Semtex-Sprengladungen sollten blitzschnell die Steinstützen auf der obersten Ebene der Zisternen zerstören.

Die Bomben sollten die Säulen nicht verbrennen.

Sie sollten sie zerstören.

Die erste Explosion war verhallt, doch ihre Wirkung hatte sich noch längst nicht entfaltet. Das Zerstörungswerk konzentrierte sich auf jene Punkte, die für die Statik der Zisterne von größter Bedeutung waren. Sobald die Querträger brachen, gaben die Säulen rasch nach. Ohne diese Stützen konnte sich die Decke nicht halten, und ihr Gewicht zusammen mit dem der oberen Ebene war zu viel für die unteren Stützen, und auch sie brachen unter der Last zusammen.

Man bezeichnet dieses Phänomen als Pfannkucheneffekt.

Und es ist ziemlich effektiv.

Der kontrollierte Verlauf der Zerstörung nutzt die Kraft der einstürzenden obersten Schicht, um auf seinem Wege alles zu vernichten. Die Explosionen hatten den Prozess nur ausgelöst. Die meiste Arbeit erledigte die Schwerkraft. Für Stadtbaumeister ist dies die bevorzugte Abrissmethode, wenn sie es mit großen Gebäuden in dicht bevölkerten Metropolen zu tun haben. Wenn man es richtig macht, entsteht kein Schaden außerhalb der Reichweite der Explosion, während im Inneren alles zerstört wird.

Für die Stadt Alexandria war das alles andere als gut.

Und noch schlechter für das Stadtviertel über den Zisternen.

Weil sie nicht mehr gestützt wurden, fingen ganze Gebäude an zu schaukeln wie Bäume im Sturm. Augenblicke später sanken sie in die Erde.

Das Dröhnen zusammenfallender Wohnungen, Büros und Restaurants wurde von den Schreien der Menschen begleitet, die in ihnen eingeschlossen waren. Zuschauer sahen fassungslos, wie sich die Erde öffnete, Risse aufklafften und unschuldige Opfer in gähnende Abgründe stürzten. Die tiefen Schluchten unter der Oberfläche verschluckten jeden und alles, was sich darüber befand.

Scheiben klirrten, und Gebäude brachen auseinander. Feuer loderten auf, als Funken von Stromleitungen ausströmendes Gas und Treibstoff entzündeten.

Noch vor fünf Minuten war es ein belebter Straßenabschnitt gewesen.

Jetzt war es eine Szene aus der Apokalypse.

*

Sarah hörte das Rumpeln der Explosionen und spürte die Druckwellen, die durch den überfluteten Tunnel liefen und sich schließlich im Wasser unter ihren Füßen auflösten. Dann starrte sie entsetzt auf die Katastrophe, die sich gleich hinter der Küste abspielte.

Rauch stieg in den Himmel. Der Wind fegte Staubwolken und giftige Rauchschwaden in alle Richtungen. Während ihrer Jahre beim CIA hatte Sarah viele Menschen sterben sehen. Bei einigen dieser Tode hatte sie sogar selbst eine Rolle gespielt. Doch dies hier war anders.

Ihre Ziele waren Kriminelle gewesen.

Diese Opfer waren unschuldig.

Sie wusste, falls alle Zisternen so präpariert waren, wie Garcia es beschrieben hatte, musste sich die Zerstörung auf einen großen Bereich erstrecken und würde viele Todesopfer fordern. Es konnten Hunderte, wenn nicht Tausende sein, und ihre Freunde waren höchstwahrscheinlich auch tot. Wie hätten sie eine Explosion überleben sollen, die einen ganzen Straßenzug zum Einsturz brachte?

Sie konnte das alles nicht begreifen.

248

Wer würde so etwas tun?

Ist Alexanders Sarkophag der Grund?

Oder sind wir in etwas anderes hineingestolpert?

Sie dachte über diese Fragen nach, die ihr durch den Kopf schossen, spuckte Wasser und versuchte zu sprechen: »Hector … kannst du mich hören?«

Sie klopfte auf ihren Ohrhörer und hoffte, dass ihre Nachricht durchkam.

»Hector … falls du mich hören kannst … ich treibe …«

Sie kam nicht mehr dazu, den Satz zu Ende zu bringen.

Eben noch in Sicherheit, wurde sie im nächsten Moment schon vom strömenden Wasser zurückgerissen, das sie wieder in die Tunnelöffnung hineinzog. Die Explosionen hatten die Luft aus dem unterirdischen System gedrückt, und daraufhin rauschte das Meer hinein, um ihren Platz einzunehmen. Große Luftblasen stiegen nach oben, der Tunnel brodelte unablässig und spielte mit Sarah, die in dem Strudel an der Oberfläche hin- und hergerissen wurde.

Sie spuckte immer wieder Seewasser aus, schnappte nach Luft und versuchte an der Oberfläche zu bleiben, doch es war, als wollte die Hand Neptuns sie nach unten ziehen. Während sie um ihr Leben kämpfte, machte sie irgendwie ein Boot aus, aber es war ihr unmöglich, nach Hilfe zu rufen. Sie konnte nur wild mit den Armen rudern und darauf hoffen, damit auf sich aufmerksam zu machen.

Nachdem die letzte große Luftblase aus dem Tunnel ausgestoßen war, zog sie die Strömung tiefer. Sie hatte nicht einmal mehr Luft schnappen können und wusste, dass sie es nicht lange durchhalten würde. Ihr wurde schwarz vor Augen, entweder wegen des Sauerstoffmangels oder wegen der zunehmenden Tiefe; sie wusste es nicht, aber es spielte auch kaum eine Rolle, denn weder das eine noch das andere gab ihr hier, mitten im Meer, Grund zur Hoffnung.

Eine Silhouette war das Letzte, was sie sah.

Und dann wurde alles schwarz um sie.

32. KAPITEL

Cobb öffnete langsam die Augen. Die Druckwelle der Explosion hatte ihn gegen die Bunkerwand geschleudert, daran konnte er sich erinnern. Die schmerzhafte Benommenheit und dass etwas warm an seinem Gesicht hinunterlief, sagte ihm, dass sein Kopf beim Aufprall am meisten abbekommen hatte – der Stein war härter als sein Schädel –, während ihm der dumpfe Schmerz in seiner Seite signalisierte, dass er sich auf jeden Fall ein paar Rippen angeknackst hatte.

Sein Kopf dröhnte, und er konnte nur mit Mühe atmen.

Doch er war noch am Leben.

»Josh!«, rief er. »Bist du okay?«

Falls er eine Antwort bekam, konnte Cobb sie nicht hören. Das Dröhnen in seinen Ohren überlagerte fast sämtliche Umgebungsgeräusche. Das Einzige, was er wahrnehmen konnte, war Knistern und Knattern in seinem Ohrhörer. Vielleicht waren es Stimmen, vielleicht auch nur Rauschen. Oder bildete er sich das alles nur ein?

In seinem gegenwärtigen Zustand konnte er das nicht unterscheiden.

Cobb tastete im Dunkeln nach seiner Taschenlampe. Sie war ihm bei der Explosion aus der Hand geschlagen worden, und ohne sie war er blind. Über eine Flucht konnte er später nachdenken. Im Moment musste er herausfinden, ob McNutt noch lebte.

Zum Glück entdeckte er ein Lebenszeichen.

Wegen des Rauchs und des Staubs sah es nicht wie ein Lichtstrahl aus, sondern wirkte, als wäre der Raum von einer radioaktiven Wolke ausgefüllt, denn die ganze Kammer fing an zu schimmern. Als Cobb auf die Lichtquelle zuwankte, ließ das Klingeln in seinen Ohren allmählich nach, und schließlich hörte er seinen Freund nach ihm rufen.

»Antworte, Chief! Verdammt nochmal, sag etwas!«, brüllte McNutt.

»Mir geht es gut! Ich hab mir nur 'n bisschen den Kopf angestoßen«, rief Cobb.

Keiner von beiden merkte, dass sie schrien.

McNutt kam näher und leuchtete Cobb ins Gesicht. Er sah die Wunde an seinem Kopf, aber es gab keinen Grund, sie zu erwähnen. Er hatte kein Nahtmaterial, um sie zu verschließen, nicht einmal ein Päckchen Verbandmull, um die Blutung zu stoppen. Cobb konnte gehen und reden, deshalb hoffte McNutt, dass er nur dröhnende Kopfschmerzen hatte.

»Gut«, sagte McNutt, »dann lass uns jetzt endlich von hier verschwinden.«

McNutts Optimismus kam etwas verfrüht. Sie waren unter Hunderten von Tonnen Erde und Schutt begraben. Selbst wenn der Schaden nur halb so groß gewesen wäre, hätte man ein ganzes Heer gebraucht, um sie auszubuddeln, und ihre Sauerstoffvorräte würden wahrscheinlich lange vor der Ankunft eines Rettungstrupps aufgebraucht sein. Positiv war allein, dass Garcia wenigstens wusste, wo man ihre Leichen suchen musste.

Als McNutt den Eingang zum Bunker inspizierte, stellte er fest, dass der Beton zertrümmert worden war. Wo sich zuvor noch ein Loch befunden hatte, war nur ein Haufen

Schutt, der ihnen den Weg versperrte. Glücklicherweise war er nicht kompakt. McNutt konnte auf die andere Seite hinübersehen.

Er arbeitete sich in Richtung Zisterne vor und konnte so einen ersten Blick auf das Ausmaß der Zerstörung werfen. Die donnernden Vibrationen der Bomben hatten viele der Säulen buchstäblich weggedrückt. Die antiken Stützen waren schon vor der Explosion gefährlich gewesen, aber nun erinnerte das alles an ein Kartenhaus – nur eine falsche Bewegung, und die ganze Struktur würde in sich zusammenbrechen.

McNutt war erleichtert, als er sah, dass kein Wasser mehr aus der Hauptleitung strömte. Die Kammer war noch nass, aber sie mussten wenigstens nicht mehr einen Wasserfall hinausklettern. Das war die erste gute Sache, die ihnen seit geraumer Zeit widerfuhr.

Blut tropfte von McNutts Arm und Cobbs Kopf, als sie sich langsam an den Aufstieg zu den Ruinen an der Oberfläche machten. Je höher sie kamen, desto erschöpfter wurden sie.

Aber sie ließen nicht nach.

Sie waren angeschlagen und verletzt, jedoch nicht besiegt.

Das ließ sich von der Stadt über ihnen nicht sagen.

Bis sie zum ersten Mal Tageslicht sahen, hatte sich ihr Gehör weitestgehend wiederhergestellt, doch es war ein zweifelhafter Segen, denn nun hörten sie die Kakofonie des Schreckens, die durch die Straßen gellte. Sirenen, Schreie, die Laute von Panik und Angst.

Der gesunde Menschenverstand riet ihnen zur Flucht.

Ihre Ausbildung riet ihnen zum Angriff.

*

Salzwasser ergoss sich aus Sarahs Lunge, und sie übergab sich unkontrolliert. Sie rollte sich auf die Seite und versuchte die Flüssigkeit loszuwerden, die sie fast umgebracht hätte. Was um sie herum war, zählte nicht. Nicht das Boot, nicht die beiden Männer, die sich über sie beugten. Alexander nicht und nicht einmal der Verlust ihrer Kameraden. In diesem Augenblick konzentrierte sie sich einzig und allein darauf weiterzuatmen.

Als das Husten endlich nachließ, rollte sie sich wieder auf den Rücken, um nach ihren Rettern zu sehen. Erst da erkannte sie, dass Papineau über ihr stand. Er war mit dem üblichen Hemd samt Schlips bekleidet, nur dass das handgearbeitete Ensemble jetzt klatschnass war.

Sarah traute ihren Augen kaum. »Papi?«

Papineau lächelte freundlich. »Wie geht es Ihnen?«

Es war ein Blick, wie sie ihn nie zuvor gesehen hatte. »Es geht mir gut. Danke für die Rettung.«

»Ich habe Sie eigentlich nur herausgezogen«, erklärte Papineau. »Hector ist der wahre Held. Sie haben nicht mehr geatmet, als wir Sie an Bord gehievt haben. Er war es, der Sie wieder ins Leben zurückgeholt hat.«

Sarah wandte sich zu Garcia um, der zusammengekauert auf der anderen Seite des Bootes hockte. Er keuchte, weil er mit dem überschüssigen Adrenalin fertigwerden musste, das ihm noch durch die Adern rauschte. Trotz ihres letzten Abenteuers musste er sich erst an Notfälle in der realen Welt gewöhnen. Er würde sich erst viel wohler fühlen, wenn er die Dinge von seinem Schreibtisch aus regeln konnte. Dort konnte er jederzeit das System rebooten und einen Neustart hinlegen.

Sarah starrte ihn mit zutiefst gemischten Gefühlen an. Sie war dankbar, dass er ihr das Leben gerettet hatte, doch ihr war klar, dass er sie das nie vergessen lassen würde.

Garcia grinste sie an. »Mach dir keine Sorgen. Du hattest keinen Mundgeruch.«

Sarah bedankte sich nickend und versuchte aufzustehen, doch sie musste feststellen, dass ihre Beine noch zu zittrig waren, um ihr Gewicht zu tragen, insbesondere auf einem schaukelnden Boot.

Papineau fing sie auf, als sie zusammenbrach. »Immer langsam, Sarah. Ruhen Sie sich erst mal einen Moment aus!«

Sarah hatte früher schon an Bergungsmissionen teilgenommen. Sie waren körperlich oft sehr anspruchsvoll, so viel stand fest, doch mit dem hier nicht annähernd zu vergleichen. Ihr Blickwinkel hatte sich verändert. Jemanden zu retten war anstrengend. Aber *gerettet zu werden*, gab einem den Rest.

»Was ist mit den Jungs? Haben sie's geschafft herauszukommen?«

Garcia zuckte mit den Schultern. »Wir haben sie verloren.«

Diese Nachricht traf Sarah wie ein Schlag ins Gesicht.

Papineau spürte, dass sie Garcia falsch verstanden hatte, deshalb beeilte er sich, die Situation aufzuklären. »Was er meint, ist, dass wir ihre Signale verloren haben.«

Sarah durchbohrte Garcia mit ihrem Blick. Alle Dankbarkeit, die sie wegen seines Heldenmuts gerade noch empfunden hatte, schwand dahin, ausradiert von seiner schlechten Wortwahl.

Garcia bemerkte seinen Fehler schnell. »Oh Gott. So habe ich das nicht gemeint. Sie sind nicht tot ... Jedenfalls wissen wir das nicht genau. Wir haben nur ihre Spur und den Kontakt mit ihnen verloren. Als die Bomben hochgegangen sind, muss das ihre Elektronik beschädigt haben.«

Diesmal betrafen seine Worte ein anderes Problem.

»Als der Sprechfunk nicht mehr funktionierte«, sagte sie und bemühte sich, die richtigen Worte zu finden, »als wir in den zweiten Tunnel gegangen sind und euch nicht mehr hören konnten, habt ihr uns da noch gehört?«

Papineau winkte ab. »Sarah …«

»Habt ihr die Videobilder von unseren Kameras gesehen?«

Papineau versuchte erneut, sie zum Schweigen zu bringen. »Bitte, Sie müssen sich …«

Diesmal war es Garcia, der ihm ins Wort fiel. »Wir hatten keine Live-Bilder mehr, aber das bedeutet nicht, dass das Material verloren ist. Wenn ihr die Taschenlampenkamera benutzt habt, dann hat sie auch Bilder aufgezeichnet. Es gibt eine eingebaute Speicherbank, einen Microdrive, auf dem die Videoaufzeichnungen gespeichert werden.«

»Wie viel Material passt da drauf?«, fragte sie.

Garcia zuckte die Schultern. »So etwa tausend Stunden, warum?«

Papineau schüttelte frustriert den Kopf. Sie sollten sich momentan nicht auf den Schatz konzentrieren, sondern auf das, worauf es wirklich ankam.

Sarah fischte die Taschenlampen – beide – aus den Taschen ihrer Cargohose und reichte sie Garcia.

»Wir haben etwas entdeckt«, erklärte sie. »Eine Wand mit Reliefs. Aus den Symbolen geht hervor, was mit der Bibliothek geschehen ist und warum Alexanders Sarkophag verlegt wurde. Ich erinnere mich an ein paar Details, aber hier drauf sollte alles zu sehen sein.«

*

Cobb und McNutt kletterten aus den Trümmern und kamen in einen Albtraum.

256

Die Straßen waren voll mit den Opfern der Tragödie. Wer es geschafft hatte, aus seiner Wohnung oder dem Büro herauszukommen, bevor die Gebäude zusammengestürzt waren, musste verzweifelt zusehen, wie die Nachbarn litten. Sanitäter kümmerten sich um die Verletzten. Feuerwehrleute kämpften darum, die Flammen einzudämmen. Polizisten gaben sich Mühe, die Massen der Schaulustigen zurückzuhalten.

Es wäre für Cobb und McNutt ein Leichtes gewesen, in dem Chaos unterzutauchen.

Stattdessen führten sie ein paar Mutige an den Schauplatz.

Fragen von Rasse, Herkunft und kulturellen Unterschieden spielen keine Rolle, wenn es gilt, größere Herausforderungen zu meistern. Diese Verbundenheit machte es Cobb und McNutt möglich, an der Seite ägyptischer Freiwilliger zu arbeiten. Niemand sah die Amerikaner in ihnen. Niemand stellte ihr Engagement infrage. Man betrachtete sie einfach als zwei starke Männer, die bereit waren, ihr Leben zu riskieren, um anderen zu helfen.

Aus einer Exkursion in die brennenden Schuttberge wurden zwei und dann fünf und dann zehn. Mehr und mehr Verwundete befreiten sie aus den qualmenden Trümmern und brachten sie zum wartenden medizinischen Personal. Cobb wusste, dass viele der Opfer Verletzungen davongetragen hatten, die sich nicht mehr heilen ließen. Gebrochene Gliedmaßen waren das eine, aber *fehlende* Gliedmaßen waren etwas ganz anderes. Dennoch verdienten auch jene, die verstümmelt waren, eine Überlebenschance, und sowohl er als auch McNutt waren fest entschlossen, ihnen diese Chance zu geben.

Irgendwann gab es nichts mehr zu tun. Der in sich verkeilte Haufen Schutt war zu instabil, um hinaufzuklettern, und die größer werdenden Feuer waren zu heiß geworden, um sich ihnen zu nähern. Wenn sie weitermachten, brachten sie damit nur noch mehr Leben in Gefahr – einschließlich ihrer eigenen.

Sie hatten jeden gerettet, den sie retten konnten.

Es war an der Zeit, die Bombenleger zu finden.

33. KAPITEL

Cobbs körperliche Reserven waren erschöpft, und McNutt ging es nicht anders. Sie hatten den Tag auf einer prächtigen Yacht begonnen, und jetzt lehnten sie an einem verbeulten Feuerwehrwagen. Ihre Muskeln schmerzten, ihre Wunden pochten, und sie versuchten zu begreifen, was geschehen war.

Die Zisternen zerstört, die Tunnel verschüttet und Hunderte Menschen getötet oder verletzt – und hinter allem steckte ein geheimnisvoller Gegner, der mit brutaler Entschlossenheit auf den Plan getreten war. Sie rechneten mit Sarahs und Jasmines Tod, weil die beiden bei ihrem letzten Kontakt gerade auf dem Weg ins Epizentrum der Explosion waren, und es gelang Cobb und McNutt nicht, Garcia zu erreichen, um Näheres herauszufinden.

Alles zusammengenommen war es ein furchtbarer Tag.

Der schlimmste, an den sie sich erinnern konnten.

Trotz der Verwüstungen zwang sich McNutt dazu, die Umgebung im Auge zu behalten. Er sah nichts als Chaos, wohin er sich auch wandte. Brennende Häuser, schluchzende Zuschauer, Einsatzfahrzeuge aller Art und dazu Dutzende von Mannschaften, die die Situation in den Griff zu bekommen versuchten. Nach einer Weile schien sich alles zu einem nicht enden wollenden Anblick von Tod und Zerstörung zu verdichten – doch dann sah er etwas, was nicht in dieses Bild passte.

McNutt rieb sich ungläubig die Augen – zuerst dachte

er noch, dass ihm der Qualm etwas vorgaukelte –, und trotzdem sah der Mann danach nicht anders aus als zuvor. McNutt hatte ihn vor weniger als einer Stunde in der Zisterne gesehen.

Er stupste Cobb an. »Jack, da ist einer von denen.«

»Einer von welchen?«

»Einer von den Kerlen aus den Tunneln. Die verdammten Affenmänner.«

»Wo?«

»Auf drei Uhr.«

Cobb konzentrierte sich auf den Bereich der provisorischen Notaufnahme und suchte dort nach jemandem, der ihm bekannt vorkam. Nur ein Mann fiel ihm auf. »Schwarze Hose, schwarze Jacke, dunkle Haut.«

»Das ist er.«

»Bist du sicher?«

»So gut wie.«

Cobb nickte, denn er hatte begriffen, dass McNutt nicht ein Gesicht wiedererkannt hatte, sondern der Mann die gleiche Kleidung trug wie die anderen Männer in der Zisterne.

Außerdem verhielt er sich merkwürdig.

Weil sie nichts mehr zu tun hatten, folgten sie ihm und beobachteten, wie er durch das Zelt ging, das man am Rand der Katastrophenzone errichtet hatte. Die Opfer – Lebende und Tote – waren dort reihenweise abgelegt worden, damit sich die Ärzte schneller um sie kümmern konnten. Viele der Toten waren mit Laken, Handtüchern oder Kleidungsfetzen abgedeckt worden, und der Man nahm sich die Zeit, jeden Einzelnen von ihnen aufzudecken.

Er suchte jemanden.

Vielleicht einen seiner Leute. Vielleicht eines seiner Opfer.

Auf jeden Fall verfolgte er sein Ziel mit erstaunlicher Hartnäckigkeit.

Seine Unverfrorenheit machte Cobb wütend.

Nachdem der Mann seine Suche abgeschlossen hatte, verließ er das provisorische Lazarett und den Schauplatz der Katastrophe. Cobb brauchte unbedingt Antworten, und er wusste, dass sie schnell handeln mussten. Sie konnten jemanden wie ihn nicht einfach gehen lassen. Cobb spürte, dass trotz der Menschenmenge der Moment zum Handeln gekommen war, und beschloss, ihn zu nutzen.

»Schön langsam«, flüsterte er McNutt zu. »Wir wollen ihm keinen Schrecken einjagen.«

»*Langsam*, das kann ich versprechen. Aber *schön* wird es ganz bestimmt nicht.«

Cobb schlug einen Weg ein, um den Mann abzufangen, und McNutt hielt sich in sicherer Distanz. Sie brauchten sich nicht abzusprechen, beide kannten die Vorgehensweise. Sie hatten beim US-Militär eine erstklassige Ausbildung erhalten und wussten deshalb auch, wie sie zusammenarbeiten mussten und was der andere als Nächstes tun würde. Während der ganzen Zeit blickten sie sich in der Menge nach möglichen Gefahren um, ohne sich dabei bemerkbar zu machen. Sie gingen unauffällig, aber schnell, selbstsicher, aber nicht herausfordernd.

Sie wirkten einfach, als ob sie hierhergehörten.

Der Bombenleger tat genau das Gegenteil.

Er eilte entschlossen durch das Chaos. Es war kein Spaziergang, und er lief auch nicht. Es war irgendetwas dazwischen, so als ob er mitten in einem Kriegsgebiet versuchte, ein leichtes Cardio-Training einzulegen. Beim Gehen blickte er jemand anderen in der Menge an und schüttelte verneinend den Kopf.

Die Bewegung war kaum wahrnehmbar, doch Cobb bemerkte sie. Als er in die Richtung blickte, entdeckte er einen Krankenwagen, der keine zwanzig Meter entfernt parkte. Ein Mann stand neben einer leeren Krankenliege hinter dem Fahrzeug. Er sah wie ein Sanitäter aus – die Uniform, die bequemen Schuhe, die sterilen Handschuhe –, doch seine wütende Miene verriet ihn.

Dies war ein Mann, der Leben *nahm* und nicht rettete.

Cobb zog den Kopf ein und versuchte, nicht entdeckt zu werden, doch er war ein großer weißer Mann in einer ägyptischen Stadt. Es war nicht leicht, unerkannt zu bleiben. Irgendwann sah der Sanitäter, dass Cobb sich näherte, und begriff, dass ihr Täuschungsmanöver aufgeflogen war. Er schlug seitlich auf den Rettungswagen und schrie dem Fahrer auf Arabisch einen Befehl zu. Einen Augenblick später röhrte der Motor auf, der Sanitäter öffnete die Heckklappe und stieg hinten in den Kleintransporter.

Fast hätte Cobb die Waffe gezückt und gefeuert.

Doch er änderte seine Meinung sofort, als er die Fracht sah, die der Van geladen hatte.

Irgendwann, irgendwie war Jasmine in den Wagen gekommen.

Sie lag auf einer schrägen Liege, als ob sie fernsehen würde. Ihre Hände und Füße waren mit Plastikbändern an die Metallgriffe der Trage gefesselt, und auf ihrem Mund klebte breites Tape. Ihre Augen waren starr aufgerissen, und sie blinzelte nicht, doch Cobb konnte nicht erkennen, weshalb.

Vielleicht stand sie unter Drogen. Vielleicht war sie tot.

Doch solange er sich nicht ganz sicher war, konnte er keinen Schuss riskieren.

Cobb, McNutt und der Mann, den sie ursprünglich

verfolgt hatten, starteten alle gleichzeitig zum Rettungswagen. Der Sanitäter im Van versetzte der leeren Krankenliege einen Tritt, sodass sie Cobb in den Weg flog. Das verlangsamte ihn gerade lange genug, um dem ersten Attentäter Zeit zu geben, in den Wagen zu steigen. Er sprang hinten ins Fahrzeug, dann knallte der Sanitäter die Tür zu.

Reifen quietschten, als der Ambulanzwagen davonraste.

Cobb hatte einen bitteren Geschmack im Mund, als er hinter dem Fahrzeug hersprintete. Seine Frustration war im Laufe des Tages immer größer geworden, aber die Sache mit Jasmine gab ihm endgültig den Rest. Obwohl er sich etwas auf seine Gelassenheit einbildete, war es jetzt Zorn, der seine Handlungen bestimmte. Es war ein verzehrender, blinder Hass gegen die Verantwortlichen der Tragödien, die sich an diesem Tag in Alexandria zugetragen hatten.

Gerechtigkeit reichte ihm längst nicht mehr.

Diese Leute mussten bestraft werden.

*

Die Straßenführung Alexandrias hat sich in den letzten zweitausend Jahren nur geringfügig verändert. Obwohl große Teile der Stadt viele Male zerstört und wieder aufgebaut worden waren, haben die Architekten den ursprünglichen Plan mit Nord-Süd- und Ost-West-Achsen beibehalten, wann immer es möglich war.

Natürlich war das Straßennetz im Laufe der Zeit gewachsen, und die Straßen waren erheblich verbessert worden. Doch der einzige größere Unterschied zwischen dem antiken und dem modernen Straßenverlauf waren ein paar große Durchgangsstraßen, die Alexandria mit dem übrigen Ägypten verbanden. Hätte die Explosion in den Vorstädten stattgefunden, hätte der Rettungswagen mühelos einen Fluchtweg finden können. In den Ausläufern der Stadt boten breite Stichstraßen einen schnellen Zugang zu den größeren Arterien, die die verschiedenen Stadtbezirke miteinander verbanden. Sobald der Rettungswagen die Schnellstraße erreichte, würden Jasmine und ihre Entführer verschwunden sein.

Doch in der Altstadt waren die Dinge komplizierter.

Trotz ihres modernen Äußeren – es fehlte nicht an McDonald's- und Starbucks-Filialen – bestand sie aus den traditionellen engen Straßen der Vergangenheit. Es gab keine Mittelstreifen und keine Fahrradspuren. Selbst die Busse mussten sich wie alle anderen ihren Weg durch den Verkehr bahnen. Es war ein faszinierender Gegensatz: der Fortschritt in Gestalt moderner Gebäude, eingebettet in eine antike Stadt.

Anders als bei der Tragödie vom 11. November, als Millionen von Einwohnern aus New York geflüchtet und tagelang fortgeblieben waren, sind die Menschen im Nahen Osten an Bombenanschläge gewöhnt. So verrückt es sich anhören mochte, aber die Straßen waren in *beide* Richtungen verstopft, von Einwohnern, die das Weite suchten, und Menschen, die mit eigenen Augen sehen wollten, was geschehen war.

Beide Gruppen verlangsamten die Flucht der Bombenleger. Cobb sah, wie das Blaulicht des Rettungswagens zu blinken begann, und hörte das Jaulen der Sirene. Unter normalen Umständen hätte das gereicht, um ihm einen Weg durch den Verkehr zu bahnen, doch nicht an einem Tag wie diesem. Zumal hatten die anderen Autos einfach keinen Platz zum Ausweichen.

Der Rettungswagen verließ die Straße, rumpelte über den Bordstein und fuhr mit hoher Geschwindigkeit den

Bürgersteig entlang. Überraschte Fußgänger sprangen dem rasenden Transporter aus dem Weg, bis er schließlich plötzlich auf die Straße zurückschwenkte. Einen Augenblick später wechselte er die Richtung und verschwand nach links um eine Straßenecke.

Cobb und McNutt wussten, dass sie trotz ihrer Wut und aller Fitness keine Chance hatten, es mit einem rasenden Rettungswagen aufzunehmen, jedenfalls nicht zu Fuß. Ihr verzweifelter Wunsch, Jasmine zu befreien, hielt sie auf den Beinen, bis sie sie verlieren würden, denn dass es so weit kommen musste, stand außer Frage.

Sie brauchten etwas Schnelleres. Einen fahrbaren Untersatz.

Glücklicherweise sind Motorroller in Ägypten ziemlich verbreitet. Die flinken Zweiräder erlauben es den Fahrern, zwischen den Autos hin und her zu kreuzen und schmale Verbindungsgassen zu nehmen, die für Autos gesperrt sind. Was ihnen an Geschwindigkeit fehlt, machen sie mit ihrer Wendigkeit wieder wett. Im Verkehrsgewühl der älteren Stadtviertel sind sie ein bemerkenswert effizientes Transportmittel.

Darüber hinaus sind sie verdammt leicht zu stehlen.

McNutt fasste den nächstbesten Fahrer ins Auge und machte sich bereit. Jetzt war nicht die Zeit für Verhandlungen. Jetzt war die Zeit zu handeln.

McNutt stürzte sich auf den Fahrer wie ein Ritter bei einem Turnier, nur ohne Pferd und ohne Lanze. Im allerletzten Moment streckte er die Arme vor und warf den Fahrer zu Boden, während sein Roller umkippte, weiterrutschte und schließlich krachend stoppte.

McNutt sprang auf die Beine und streckte die Hand aus.

Der benommene Fahrer lag auf dem Asphalt, starrte

zu McNutt hoch und wollte ihn verfluchen, aber als er den Zorn in McNutts Blick sah, spürte er, dass ihm jeder Einspruch höchstwahrscheinlich einen Fausthieb eingehandelt hätte.

Er besann sich rasch eines Besseren: »Nimm ihn, mein Freund. Der Roller gehört dir.«

»Nein, danke«, sagte McNutt, während Cobb den Roller aufhob und dann hinter der Ambulanz herfuhr. »Ich nehme den nächsten.«

34. KAPITEL

Der Zufall wollte es, dass ein vorbeifahrender Rollerfahrer am »Unfallort« stoppte, um nachzusehen, ob sich der erste Rollerfahrer bei seinem Sturz verletzt hatte. Natürlich wirkte es im ersten Moment nicht gerade wie ein großes Glück, als McNutt mitten auf der Straße seine Waffe zog und ihm seine Vespa stahl, doch es bewahrte ihn davor, dass auch er in voller Fahrt von seinem Roller gerissen wurde.

»Tut mir leid«, entschuldigte sich McNutt. »Ich brauche ihn nötiger als du.«

Dann packte er den Lenker und jagte Cobb hinterher.

Sie folgten dem fliehenden Ambulanzwagen, sprangen über den Bordstein und rasten über den Bürgersteig. Als sie das Ende des Blocks erreichten, verlangsamten sie das Tempo und suchten die Straße fieberhaft nach einem Zeichen des Rettungswagens ab. Ihn zu verfolgen hätte eigentlich kein Problem sein dürfen, denn der Rettungswagen war nicht nur in hellem Orange und hellem Grün lackiert, sondern hatte auch das Blaulicht und eine heulende Sirene eingeschaltet. Trotzdem war das Fahrzeug nirgends zu entdecken.

Der Gedanke, Jasmines Spur zu verlieren, brachte McNutts Magen in Aufruhr. Cobbs Blut kochte bei der Vorstellung, dass ihre Entführer die Nacht überlebten, ohne heftigste Schmerzen zu erleiden.

Beide Aussichten waren einfach nicht hinnehmbar.

Doch glücklicherweise waren ihre Befürchtungen ein wenig verfrüht.

Cobb entdeckte den Rettungswagen vor einem großen Lkw. »Da!«

Die Ambulanz wich in einem großen Bogen aus und raste bei Rot über eine Kreuzung, sodass die anderen Wagen mit quietschenden Reifen anhalten mussten. So, wie er beschleunigte, wirkte es, als hätte der Fahrer eine Strecke zum Durchstarten entdeckt.

McNutt gab Vollgas, raste mit dem Kleinkraftrad auf die Kreuzung zu und heftete sich dem Rettungswagen direkt an die Stoßstange, während Cobb nach einer Möglichkeit suchte zu überholen. Er ließ sich auf McNutts Strategie ein, übernahm seinen Part und bog in dieselbe Richtung ab wie der Transporter.

Cobb schlängelte sich auf seiner Fahrspur an den anderen Fahrzeugen vorbei, wich langsamerem und entgegenkommendem Verkehr aus. Der nicht enden wollende Fahrzeugstrom in beide Fahrtrichtungen zwang ihn dazu, sich auf die Straße zu konzentrieren. Als der Abstand zwischen den Autos kleiner wurde, merkte Cobb, dass er mehr Platz zum Agieren brauchte.

Er fand ihn auf dem Bürgersteig.

Verängstigte Fußgänger sprangen aus dem Weg, als Cobb den Fußweg entlangheizte. Ein ums andere Gebäude zischte bei seiner Fahrt durch die Stadt an ihm vorbei. Durch Verbindungsgassen und Kreuzungen konnte er immer wieder einen kurzen Blick auf sein Ziel werfen, doch er musste den Abstand weiter verringern.

Cobb bückte sich über das Lenkrad, um den Luftwiderstand zu vermindern, und verlangte dem kleinen Motor das Letzte ab. Von seinem Erkundungsgang zu Beginn der Woche kannte er das Parkhaus, auf das er zufuhr; es bot ihm die beste Möglichkeit, die Entfernung zwischen ihm und den Entführern zu verringern. Es war ein riskantes Unternehmen, doch ihm war klar, dass keine Zeit mehr blieb. Wenn es der Rettungswagen bis zu den Schnellstraßen schaffte, würde er seine Verfolger abhängen.

McNutt hetzte den Transporter über die Hauptstraße, Cobb machte einen Linksschwenk und steuerte seinen Roller auf die Zufahrtsrampe eines größeren Gebäudes. Auf dem höchsten Punkt der Steigung bog er diagonal zur obersten Etage des Parkhauses ab. Zu einer früheren Stunde wären alle Parkplätze von Autos besetzt gewesen, doch jetzt war die Etage praktisch leer.

Weil es hier keinen Verkehr gab, der ihn ausbremste, gelang es Cobb, den Krankenwagen zu überholen. Aber leider blickte er aus der Höhe eines Gebäudes seitlich auf das Straßenpflaster hinunter.

Unter normalen Umständen hätte er auf keinen Fall einen Schuss riskiert. Die Straßen waren voller Passanten, und Jasmine befand sich in einem schnell fahrenden Fahrzeug. Und doch war er der Überzeugung, dass es das beste Mittel war, den Transporter in der Stadt zum Anhalten zu zwingen.

Es war ein riskantes Manöver, doch er war fest entschlossen, es zu wagen.

Cobb legte auf sein Ziel an. Ihm war klar, dass es besser gewesen wäre, wenn McNutt geschossen hätte. Cobb war sehr versiert, was Waffen anging, doch McNutts Niveau erreichte er nicht. Cobb kannte alle Variablen – schnell fahrende Fahrzeuge, unebener Grund, unterschiedliche Höhen, Wind, ja, sogar die Temperatur –, aber all diese Einflüsse exakt auszugleichen war eine andere Sache. Was dabei alles bedacht werden musste, war enorm.

Leider lag McNutt mehr als einen Block zurück.

Cobb allerdings bot sich die Gelegenheit zum Zuschlagen.

Er holte tief Luft, dann drückte er mehrmals den Abzug.

Sein erster Schuss ging weit daneben, doch schon beim zweiten zerbarst die Windschutzscheibe des Krankenwagens. Der Van schleuderte zur Seite und zog quer über die Straße durch den entgegenkommenden Verkehr. Andere Fahrer mussten ausweichen, weil der Van vor ihnen ins Schleudern geriet. Den dröhnenden Schüssen folgte der Lärm von quietschenden Bremsen und Autos, die, eines nach dem anderen, ineinanderkrachten. Das Knirschen von Blech, das sich ineinander verkeilte, wurde vom hellen Klirren zerberstender Scheiben begleitet.

Cobb hatte den Rettungswagen getroffen, aber es war ihm nicht gelungen, ihn zu stoppen.

Schlimmer noch, er hatte, ohne es zu wollen, noch mehr Zerstörung verursacht.

Nur McNutts schnelle Reflexe retteten ihn davor, ebenfalls in einen der Wagen zu krachen. Dafür saß er jetzt zwischen den Unfallfahrzeugen fest.

Der Rettungswagen aber fuhr weiter.

Als Cobb nachlud, trat der Fahrer das Gaspedal bis zum Anschlag durch und steuerte den Rettungswagen durch eine schmale Gasse, die nur in eine Richtung befahrbar war. Einen Moment später bog er scharf ab, und der Transporter verschwand hinter den Gebäuden des nächsten Blocks.

Cobb fluchte, beschleunigte seinen Roller wieder und suchte nach einer Ausfahrt.

Als er das Straßenniveau erreichte, war er auf das Schlimmste gefasst. Bei einer Verfolgungsjagd können fünf Sekunden den Ausschlag geben. Dreißig Sekunden sind geradezu eine Ewigkeit.

Inzwischen hatte McNutt es geschafft, sich aus dem Verkehrsstau zu befreien, aber das Ganze hatte ihnen mehr geschadet als genützt, denn sie hatten den Krankenwagen aus den Augen verloren. Als sie die schmale Gasse hinunterrasten, wusste Cobb ganz genau, dass es reines Glück war, die Spur wiederaufnehmen zu können.

Aber sie *hatten* Glück, denn es gab eine Spur – im wahrsten Sinne des Wortes.

Am Ende der Durchfahrt entdeckten sie Fetzen schwarzen Gummis. Gleich dahinter hatte sich eine schwarze Linie in den Asphalt gebrannt. Sie begann nahe bei der Gasse und zog sich in halsbrecherischen Schlangenlinien dahin.

Solche Spuren hatte Cobb schon einmal gesehen. Er wusste, dass sich die Gummibereifung von einem Rad gelöst hatte und der Rettungswagen jetzt auf einer Felge fuhr. Es war das Schleifen des Metalls über dem Asphalt, das die Kratzer hinterließ. Die Schlangenlinien auf der Straße deuteten darauf hin, dass der Fahrer keine Erfahrung damit hatte, einen Reifen zu verlieren, und dass er Schwierigkeiten hatte, die fehlende Stabilität auszugleichen.

Noch wichtiger war jedoch, dass sie den Entführern weiterhin folgen konnten.

Cobb und McNutt rasten hinter ihnen her die Straße entlang, die Augen auf die Spur gerichtet, die den Weg markierte. Wie der Funke am Ende einer Zündschnur würden sie unweigerlich das Ende erreichen. Und wenn es so weit war, würde es ein Feuerwerk geben.

Der fehlende Reifen erschwerte nicht nur das Lenken des Rettungswagens, sondern verlangsamte auch deutlich sein Tempo. Nur ein paar Straßenzüge von der Stelle entfernt, wo sie seine Spur aufgenommen hatten, entdeckten sie das fahruntüchtig gewordene Fahrzeug, das liegen geblieben war.

Cobb und McNutt stiegen von ihren Rollern und setzten den Weg zu Fuß fort, wobei sie geparkte Autos, Mülleimer und Laternenmasten als Deckung nutzten. Die Situation gefiel ihnen nicht, denn sie hatten das Gefühl, in einen Hinterhalt zu laufen. Aber beiden war klar, dass sie diese Chance ergreifen mussten, wenn sie an Jasmine und die Bombenleger herankommen wollten, bevor die Polizei eintraf.

»Gib mir Deckung«, sagte Cobb, als sie keine sieben Meter vom Rettungswagen entfernt hinter einem SUV kauerten. »Wenn sie den Wagen zur Sprengfalle gemacht haben, bist du hier sicherer.«

»Sicher? Scheiß drauf!«, knurrte McNutt. »Ich will Blut sehen!«

»Das kannst du auch von hier aus. Jetzt gib mir Deckung.«

»Ja, Sir.«

Cobb atmete tief durch und rannte auf den Krankenwagen zu. Er war bereit, jeden Moment das Feuer zu erwidern, doch von dem Mann in Schwarz, dem Sanitäter oder dem Fahrer war nichts zu entdecken. Aber er wusste, dass er noch nicht außer Gefahr war. Die Bombenleger hatten tausend Möglichkeiten, die Heckklappe zu präparieren.

Ihm war völlig klar, dass von nun an alles, was er tat, sein Ende bedeuten konnte.

Doch er musste es wissen.

Er zog vorsichtig am Griff und hoffte, als Nächstes nur ein Klicken zu hören und nicht den ohrenbetäubenden

Lärm einer Bombenexplosion, gefolgt von Engelschören.

Die Tür ließ sich mühelos öffnen. Dahinter war nichts. Doch der Rettungswagen war leer.

35. KAPITEL

Garcia war erleichtert darüber, zurück auf der Yacht zu sein. Er hatte seine Zeit auf dem Speedboot als notwendiges Übel betrachtet. Dadurch war er nicht nur von den Hightechraffinessen seines Kommandozentrums getrennt gewesen – den einzigen Dingen, die ihm das Gefühl gaben, mit der Welt verbunden zu sein –, er hatte sich mitten auf dem Wasser auch ungeschützt und einfach nicht wohl gefühlt.

Es lag nicht nur daran, dass Feuchtigkeit der Todfeind jeder Elektronik war, sondern hatte viel tiefere Gründe, und sie lagen in einer Zeit begründet, noch bevor er die erste Zeile eines Programmcodes geschrieben hatte. Schon als kleiner Junge hatte er sich unsicher gefühlt, wenn er in etwas anderem als einem flachen Pool geschwommen war, ganz gleich, was seine Eltern gesagt hatten, um ihn zu beruhigen. Er spürte, dass dies nicht sein Element war, und zog dem schwankenden Meer den festen Boden unter den Füßen vor.

Er hatte sich über seine Furcht hinweggesetzt, um Sarah zu retten. Doch es hatte nicht gereicht, um dann auch wirklich ins Wasser zu springen.

Zum Glück hatte Papineau das übernommen und die Situation – und damit eben auch Sarah – gerettet.

Dass er sich nicht selbst hatte dazu durchringen können, machte Garcia zu schaffen, sehr sogar. Doch ihm war klar, dass jetzt nicht der geeignete Moment war, sich darüber Gedanken zu machen. Jetzt zählte nur die Aufgabe, die er zu bewältigen hatte.

Er wollte sich Jasmines Bildmaterial aus der Hightechtaschenlampe anschauen. Das konnte er aber nur, wenn es ihm gelang, die Aufnahmen von Jasmines und Sarahs Hightechtaschenlampen irgendwie zu retten. Um den Trocknungsprozess zu beschleunigen, nahm er die Geräte auseinander und legte die nass gewordenen Teile auf ein fusselfreies Vlies auf seinem Schreibtisch. Um auf Nummer sicher zu gehen, tauchte er die Speicherkarten in einen Kübel mit Trinkwasser, dann behandelte er sie mit einem natürlichen Trockenmittel, um die Feuchtigkeit aus den Schaltkreisen zu ziehen.

»Wie läuft's?«, fragte Papineau, der den Raum betrat. Er hatte inzwischen geduscht und trug einen anderen Anzug als vorher, einen trockenen, blickte Garcia über die Schulter und versuchte zu begreifen, womit der gerade beschäftigt war. »Ist das Reis?«

»Ja«, sagte Garcia. Er legte die letzten Teile in eine Papiertüte und fügte einige Tassen ungekochten Reis hinzu. »Ein paar Päckchen Kieselgel wären mir lieber – das saugt Feuchtigkeit wie ein Schwamm auf –, aber bei Datenrettung ist Zeit ein entscheidender Faktor. Und die Uhr tickt, deshalb musste ich mir schnell was einfallen lassen.«

»Lassen Sie mich raten«, sagte Papineau und betrachtete den Aufbau. »Dass wir Kieselgel brauchen könnten, hatten Sie nicht eingeplant, aber in der Kombüse hatten wir noch Reis.«

»Exakt.«

»Und der Kübel?«

»Mit Ihrem besten Quellwasser gefüllt.« Garcia deutete auf mehrere leere Flaschen in einem Papierkorb nicht weit von ihm. »Ich hab das Wasser gebraucht, um die

Teile zu spülen, bevor ich mit dem Trocknen beginnen konnte. Sonst hätten die Salzkristalle des Seewassers die Elektronik durcheinandergebracht.«

Papineau schüttelte den Kopf. Er hatte ein unbegrenztes Budget für die beste Ausrüstung freigegeben, die es für Geld zu kaufen gab, und Garcia versuchte, wichtige Daten mit *Reis und Wasser* zu retten! »Was meinen Sie, kriegen Sie das wieder hin?«

Garcia nickte. »Sobald das Wasser aufgesaugt wurde, müsste uns die Speicherkarte von Sarahs Taschenlampe etwas geben, mit dem wir arbeiten können. Vielleicht gibt es ein paar kaputte Sektoren, die sich nicht mehr retten lassen, aber ich bin mir ziemlich sicher, dass wir Glück haben werden.«

»Und Jasmines Daten?«

»Tja, das ist eine andere Geschichte. Ihre Taschenlampe ist eigentlich hinüber. Der interne Speicher ist nicht nur nass geworden, sondern zerbrochen. Somit ist die Wahrscheinlichkeit, dass ihre Daten nicht mehr zu retten sind, weitaus größer. Wir müssen einfach abwarten und sehen, was dabei herauskommt.«

»Halten Sie mich auf dem Laufenden.«

»Und Sie?«

Papineau zog eine Braue hoch. »Was meinen Sie?«

Garcia deutete auf eine Reihe von kleinen Monitoren, die er für Papineau aufgebaut hatte. Sie erlaubten ihm, verschiedene Satelliteneinspeisungen mehrerer internationaler Nachrichtensender gleichzeitig zu verfolgen. »Gibt es etwas über die Explosion?«

Papineau nickte. »Darüber wird in der ganzen Welt berichtet, wie zu erwarten war. BBC und CNN halten sich noch mit Spekulationen zurück, sie wollen erst abwarten, was Nile-TV hier in Ägypten berichtet, und die halten sich zurück, bis eine vorläufige Lageeinschätzung des stellvertretenden Polizeiministers vorliegt. Al-Jazeera spricht von einer Naturkatastrophe, die Chinesen von einem Terrorakt, und die Regierung Nordkoreas behauptet, es wäre ein Beweis, dass die Ägypter jetzt über taktische Atomwaffen verfügen.«

Garcia schüttelte den Kopf und lachte. »Die sie gegen ihr eigenes Volk einsetzen? Das ergibt doch keinen Sinn.«

»Ich habe doch gesagt, dass es aus Nordkorea kommt. Nichts von dem, was die tun und sagen, ergibt Sinn.«

»Na ja, ich …«

Garcia hielt abrupt inne und starrte auf die Videobilder der Überwachungskamera, die er draußen an einem Geländer angebracht hatte. Die Kamera war auf den Anleger ausgerichtet, und so konnte er jeden sehen, der sich dem Boot von Land aus näherte. In diesem Fall entdeckte er zwei mitgenommen aussehende Männer, die gerade das Tor öffneten und sich auf den Weg zur Yacht machten. Sie waren so verdreckt und blutverschmiert, dass man sie nicht erkennen konnte.

»Stimmt was nicht?«, wollte Papineau wissen.

Garcia schaute zuerst ihn an, dann zurück zum Monitor. »Ich weiß nicht, ob etwas nicht stimmt. Zwei Männer kommen in unsere Richtung, aber …«

»Aber was?«

»Ich glaube …« Garcia wollte keine falschen Hoffnungen wecken, bevor er sich ganz sicher war, deshalb wartete er mit seiner Ankündigung bis zum letzten Moment. »Oh mein Gott! Das sind Jack und Josh! Sie sind hier – und am Leben!«

»Sie sind hier?«

»Und am Leben!«

Garcia und Papineau eilten die Treppen hinunter und

trafen Cobb und McNutt erschöpft und dreckverkrustet unten in der Kombüse.

Garcia hätte die beiden am liebsten in die Arme geschlossen, doch er sah, dass deren Laune auf dem Tiefpunkt war, deshalb blieb er auf Abstand und sagte das Einzige, was ihm in den Sinn kam: »Willkommen zurück.«

McNutt nickte nur, Cobb kramte im Kühlschrank herum und zog schließlich zwei Flaschen Wasser heraus. Die erste warf er McNutt zu, die zweite trank er selbst in einem Zug aus.

Als sein Durst gelöscht war, fing Cobb endlich an zu reden. »Wir haben Jasmine verloren. Die Bombenleger haben sie sich geholt.«

»Die haben sie mitgenommen?«, fragte Papineau.

Cobb nickte. Er wollte nicht um den heißen Brei herumreden, sondern dass jeder wusste, in welcher Situation sie sich befanden. »Wir konnten die Männer nicht identifizieren. Hoffentlich schaffst du das.«

Er reichte Garcia sein Handy.

»Fotos?«, fragte Garcia.

Cobb nickte und trank dann eine zweite Flasche Wasser leer.

»Wir haben so viel aufgenommen, wie es nur ging«, erklärte McNutt. »Um sich vom Schauplatz der Explosion zu entfernen, haben sie einen Rettungswagen benutzt. Als wir ihn endlich erreichten, war er leer. Da sollte genug für dich drauf sein, damit du die Marke und das Modell herausfinden kannst, außerdem Fotos der Nummernschilder und der Fahrgestellnummer. Leider konnten wir nicht länger bleiben. Wir hatten nur ein paar Sekunden, bis die Polizei eintraf.«

Papineau verzog sein Gesicht. »Die Polizei? Weiß sie von Jasmine?«

»Das bezweifle ich«, antwortete McNutt. »Ich wüsste jedenfalls nicht, woher sie es wissen sollten.«

Papineau atmete erleichtert auf. »Gut. So soll es auch bleiben. Ich werde mich fürs Erste mit einigen meiner Kontaktpersonen in Verbindung setzen und versuchen, mehr über die Sache zu erfahren. Falls die auf Geld aus sind, werde ich tun, was ich kann, damit sie Jasmine freilassen.«

Cobb nickte, sagte jedoch nichts.

»Was können Sie mir vorab noch berichten?«

Cobb war nicht zum Reden zumute, aber er wusste, dass er sein restliches Team auf den aktuellen Stand bringen musste, damit sie an die Arbeit gehen konnten. »Da waren ungefähr ein Dutzend Kerle. Alle schwarz gekleidet, alle mit Schwertern bewaffnet. Sie waren erfahren und gut ausgebildet und wussten genau, was sie taten. Sie sind in die Zisterne reingekommen und wieder raus, ohne dass wir es mitbekommen haben, haben jeden umgebracht, der ihnen über den Weg lief und mit einer Serie von Sprengungen alle Hinweise auf ihre Anwesenheit ausgelöscht.«

»Abgesehen vom Rettungswagen«, platzte Garcia heraus. Er konnte sehen, dass Cobb und McNutt durch die Hölle gegangen waren, und versuchte sie aufzubauen. »Das ist ein guter Ansatzpunkt.«

Papineau strich sich nachdenklich übers Kinn. »Warten Sie damit noch einen Moment. Sie meinten, die haben jeden umgebracht, den sie in den Tunneln angetroffen haben? Wollen Sie damit sagen, die haben *nicht* mit den Männern aus dem Heizraum zusammengearbeitet?«

»Mit denen zusammengearbeitet?« McNutt lachte. »Die haben diese Bastarde aufgeschlitzt wie bei einem Schlachtfest. Völlig ausgeschlossen, dass die zum gleichen Team gehörten.«

Cobb sah Papineau an und konnte sehen, wie es in seinem Kopf arbeitete. Diese Neuigkeit war mehr als unerwartet – sie war verblüffend.

Papineaus Verwirrung beruhigte Cobb auf eigentümliche Weise. Er mochte es nicht, wenn seinem Team Geheimnisse vorenthalten wurden, und es schien, als ob der Franzose ebenso wenig über die Männer im Tunnel wusste wie er selbst.

Cobb wollte der Sache später weiter auf den Grund gehen, doch fürs Erste gab es wichtigere Dinge, um die sie sich Sorgen machen mussten. »Was ist mit Sarah?«

Papineau senkte seine Stimme zu einem Flüstern. »Sie hat sich zur Ruhe gelegt.«

»Sind Sie sicher?«, wollte McNutt wissen.

»Ja, ich bin mir sicher.«

McNutt atmete tief durch und versuchte, seine Gefühle im Griff zu behalten. Er ging davon aus, dass Sarah bei der Explosion ums Leben gekommen war, deshalb glaubte er, dass Papineau nur sein Bestes gab, um die Nachricht von ihrem Tod möglichst schonend zu überbringen. Es kam ihm überhaupt nicht in den Sinn, die Aussage wörtlich zu nehmen. »Hat jemand ihre Familie benachrichtigt?«

»Natürlich nicht. Warum sollten wir das tun?«, wunderte sich Garcia.

»Warum?«, knurrte McNutt und lief knallrot an. »Weil sich das so gehört, wenn jemand stirbt – man informiert die nächsten Angehörigen!«

Vorhin war es Garcias ungeschickte Wortwahl gewesen, die bei Sarah für Verwirrung gesorgt hatte. Diesmal hatte sich Papineau ungeschickt ausgedrückt. Garcia freute sich so sehr darüber, nicht als Einziger ins Team-Fettnäpfchen getreten zu sein, dass er hysterisch zu lachen begann.

Was McNutt nur noch wütender machte. »Und jetzt

lachst du auch noch! Du herzloser Hurensohn! Was, zum Teufel, stimmt mit dir nicht? Das ist kein Computerspiel! Wir können nicht einfach auf Neustart drücken und Sarah von den Toten erwecken.«

»Von den Toten?«, wunderte sich Papineau. »Sarah ist nicht tot. Sie schläft in ihrer Koje. Wer hat gesagt, dass sie tot ist?«

»Sie haben das! Sie haben gesagt, Sarah hat sich zur Ruhe gelegt! Ich dachte, Sie meinten das im Sinne von ›Ruhe in Frieden‹.«

Trotz der Katastrophe, die sich an diesem Tage zugetragen hatte – vielleicht sogar gerade deshalb –, musste nun auch Papineau lachen. »Josh, Sie sind ein Marine, kein Zweijähriger. Wenn jemand stirbt, dann sage ich das auch so. Ich würde nicht sagen, er hätte sich zur Ruhe gelegt – und ich würde auch nicht sagen, dass er in die ewigen Jagdgründe eingegangen ist.«

»Was! Was! Was!«, platzte McNutt heraus, während er versuchte, seine Gedanken zu sortieren. »Sie wollen mir erzählen, dass Sarah *lebt*, aber mein Hund *tot* ist?«

»Ihr Hund?«, fragte Papineau verwirrt.

McNutt nickte missmutig. »Meine Eltern haben ihn in die ewigen Jagdgründe geschickt, als ich sieben war. Das jedenfalls haben sie mir damals erzählt. Was waren das nur für entsetzliche Menschen, die beiden. Offensichtlich ein paar Lügner.«

»Tut mir leid, dass ich Ihnen die traurige Nachricht übermitteln musste.«

McNutt zuckte mit den Schultern. »Na ja, wenigstens Sarah lebt noch.«

»Wow«, sagte Sarah, die auf einmal in der Schiffsküche auftauchte. »Versuch doch nicht so böse zu klingen, wenn du das sagst.«

McNutt strahlte vor Freude, sprang durch den Raum und hob sie mit einer heftigen Umarmung hoch. »Oh mein Gott! Ich bin so froh, dich zu sehen! Und du riechst so sauber!«

Sarah wusste die Liebesbezeugungen zu schätzen, aber auf die Umarmung und den Schmutz, der nun an ihrer frischen Kleidung haftete, hätte sie verzichten können. »Josh, lass mich runter!«

Aber Josh ließ nicht von ihr ab. Er schwenkte sie hin und her wie den Klöppel einer Glocke. »Ganz im Ernst, du riechst *richtig* gut. Ich würde dir am liebsten das Gesicht abschlecken, so wie Sparky es immer gemacht hat.«

»Wage es nicht! Josh, lass … mich … runter! Sofort!«

McNutt lachte und stellte sie wieder auf die Füße.

Sarah machte einen Schritt nach hinten und klopfte sich ab, dann besah sie sich Cobb und McNutt und begriff, dass sie, obwohl fast ertrunken, noch gut davongekommen war.

Die beiden Männer sahen aus, als hätten sie erst eine Schicht in einem Kohlebergwerk heruntergerissen und wären gleich im Anschluss einen Marathon durch Tschernobyl gelaufen. Ihre Kleidung war schmutzig und voller Schweißflecken, und getrocknetes Blut überzog McNutts Arm und verkrustete Cobbs Haar; ihre Hände, mit denen sie sich durch den Schutt gewühlt hatten, waren aufgerissen, und ihre Augen waren blutunterlaufen vom Qualm.

Cobb zuckte mit den Schultern und sah ihr in die Augen. »Ich hab mir keine Sorgen gemacht. Ich wusste, dass du es schaffst.«

Sarah errötete leicht. »Ich wusste auch, dass ihr durchkommt.«

36. KAPITEL

Cobb brauchte drei Dinge: eine Dusche, ein Sandwich und eine Zusammenfassung der Erlebnisse von Sarah und Jasmine im Tunnel.

Die Dusche musste noch warten.

McNutt stürmte in die Pantry, als Cobb gerade im Kühlschrank nach lebensverlängernden Sofortmaßnahmen kramte. Sie hatten beide seit dem Morgen nichts gegessen – bei dem Stress und der Arbeitsbelastung ihres Tages eine halbe Ewigkeit – und waren beim Zusammenstellen einer Mahlzeit nicht wählerisch. Zum Glück war die Pantry mit Aufschnitt und einer Käseauswahl, verschiedenen Brotsorten und reichlich Früchten und Gemüse bestens ausgestattet.

Die Mahlzeit befriedigte nicht nur ihren Hunger. Sie bot Sarah auch Gelegenheit, ihnen alles zu berichten, was zwischen der Ankunft von Kamal und Tarek – die das Team veranlasst hatte, sich zu trennen – und ihrer Flucht durch den Tunnel ins Meer geschehen war. Sie schilderte auch minutenlang Papineaus und Garcias heldenhafte Rettungsaktion, bis Cobb sie bat, sich auf die Hinweise zu konzentrieren, die sie im Tempel entdeckt hatten.

»Jasmine nannte es ein Piktogramm«, erklärte Sarah und zeichnete winzige Symbole auf eine Papierserviette, um ihre Worte zu illustrieren. »Es waren in den Stein gemeißelte Symbole, die Ereignisse aus der Geschichte der Stadt darstellten.«

McNutt stieß einen Pfiff aus. »Das ist eine Menge Geschichte. Wie groß war die verdammte Wand?«

Sarah schüttelte den Kopf. »Es war keine Gesamtdarstellung. Mehr so etwas wie eine Zusammenfassung der Höhepunkte. Dazu gehörten Darstellungen verschiedener Kriege, Symbole für Herrscher und dergleichen. Da war sogar erklärt, was mit der Bibliothek von Alexandria passiert ist.«

Sie machte eine Pause, damit Cobb und McNutt Zeit hatten, das zuletzt Gesagte zu begreifen. Obwohl sie im Großen und Ganzen verstanden, was Sarah gesagt hatte, stellte Papineau die Bedeutung noch einmal heraus. »Wegen dieses Piktogramms müssen jetzt nicht die Geschichtsbücher umgeschrieben werden, denn entsprechende Gerüchte über die Bibliothek waren schon seit Langem in Umlauf. Aber diese Entdeckung wird dazu beitragen, dass man diese Version zukünftig als die richtige erachten wird. Es bestanden nämlich immer noch Zweifel, aber jetzt haben wir Gewissheit.«

»Toll«, sagte McNutt und entfernte sich mit einem Zahnstocher Feigensamen aus den Zähnen. »Aber was nützt uns das?«

»Außerdem erzählte die Wand von Alexanders Sarkophag.«

Cobb merkte auf. »Ist das wahr?«

Sarah nickte. »Die Reliefs fingen bei der Ankunft Alexanders und der Gründung der Stadt an, und sie endeten damit, dass sein Leichnam, kurz bevor eine gewaltige Flut alles eingeebnet hat, aus Alexandria herausgeschmuggelt worden ist.«

Cobb dachte an das erste Meeting in Florida zurück, als ihnen Papineau den Auftrag erläutert hatte. Dabei hatte er ihnen auch eine Computersimulation der Tsunamikatastrophe im Jahr 365 nach Christus gezeigt. »Das Erdbeben in Kreta?«

»Gutes Erinnerungsvermögen«, sagte Sarah, die sich ohnehin wunderte, dass Cobb noch aufrecht saß und ansprechbar war. »Jasmine zufolge hat ein Orakel die Priester gewarnt, dass eine Naturkatastrophe die Stadt zerstören würde. Die Prophezeiung ließ ihnen genug Zeit, um Alexanders Sarkophag hinauszuschmuggeln und in Sicherheit zu bringen.«

Cobb verzog das Gesicht. »Eine Prophezeiung, hm?«

»Der Teil mit der Prophezeiung ist mir auch suspekt«, räumte sie ein, »aber was *wir* glauben, spielt keine Rolle. Damals haben es die Leute für bare Münze genommen. Und da ihnen das allmächtige Orakel geweissagt hat, dass ihrer Stadt eine schreckliche Tragödie bevorstand, haben sie Alexander ausgegraben und sein Skelett irgendwo anders hingeschleppt, um es in Sicherheit zu bringen. Davon bin ich überzeugt.«

Cobb war von den sich daraus ergebenden Möglichkeiten fasziniert, aber doch nicht so sehr, dass es ihn davon abhielt, sich auf das Wichtigste zu konzentrieren – und das war Jasmine. Er musste herausfinden, wer am meisten davon profitierte, dass die Piktogramme und die Zisternen zerstört worden waren.

»Habt ihr dort unten noch etwas anderes entdeckt?«, fragte er. »Gab es irgendwelche Anzeichen dafür, dass jemand in letzter Zeit dort gewesen ist?«

»Du meinst abgesehen von dem Semtex und dem explosiven Schaum?«

Cobb grinste. Allmählich gefiel ihm Sarahs scharfzüngiger Humor. »Ja, Sarah, abgesehen von den Sprengsätzen.«

»Vielleicht«, erwiderte sie. »Da, wo der Tunnel ins Meer

mündet, habe ich einen Leuchtstab gefunden. Ich habe keine Ahnung, ob ihn die Bombenleger dort gelassen haben oder ob er schon seit fünf Jahren dort lag.«

»Hast du ihn mitgenommen?«

Die Frage war so absurd, dass sie lachte. »Natürlich habe ich ihn mitgenommen. Das brauchst du nicht zu fragen. Ich hätte auch die ganze Wand mitgenommen, hätte ich nicht schwimmen müssen.«

Sein Grinsen wurde noch breiter. Der Leuchtstab war genau die Art von Hinweis, auf die er gehofft hatte. Fackeln ließen sich nicht zurückverfolgen, und Taschenlampen waren so verbreitet, dass man sich kaum die Mühe zu machen brauchte, ihre Herkunft herauszufinden. Doch der Leuchtstab ließ ihn hoffen. Die Technologie war relativ neu, kaum älter als vierzig Jahre, und es gab nur eine Handvoll Hersteller.

»Josh«, sagte Cobb, der schon über einen Angriffsplan nachdachte; die Uhr tickte, und sie mussten sich an die Arbeit machen. »Wie geht es dir?«

McNutt saugte an seinem Zahnstocher. »Ganz schön vollgefressen – und du?«

»Ich meine, bist du einsatzbereit?«

McNutt straffte sich. »Ja, Sir.«

»Gut. Ich will, dass du so viel über die Sprengstoffe herausfindest, wie du kannst. Wer handelt in diesem Teil der Welt mit Semtex und Lexfoam? Wie kommt man an die Mengen, die für diesen Job nötig waren? Ich will, dass du die Sache im Kopf selbst mal durchplanst und mir dann alle deine Überlegungen schilderst. Deine Taschenlampe sollte jede Menge Nahaufnahmen der Sprengsätze aufgezeichnet haben, also lass dir von Hector die Daten herausziehen, falls du das Ganze vor Augen haben musst.«

McNutts Augen begannen zu glänzen. Er liebte den Gedanken, eine Sprengung zu planen – selbst wenn es die war, die ihn fast umgebracht hatte. »Schon dabei, Chief.«

Cobb wandte sich an seinen Computernerd. »Hector, du wirst in den nächsten Tagen eine Menge zu tun haben, also reiß dir eine Dose Red Bull, Mountain Dew oder was ihr Genies sonst so trinkt, auf. Ich will alles wissen, was es über diesen Leuchtstab zu erfahren gibt. Marke, Modell, Herkunftsland, Einzelhändler – das ganze Paket.«

»Kein Problem.«

»Wie lange dauert es noch, bis du über die Speicher in den Taschenlampen Bescheid weißt?«

»Frühestens morgen früh.«

»Warum so lange?«, wollte Cobb wissen.

»Nasse Schaltkreise unter Strom zu setzen ist das Schlimmste, was man mit ihnen machen kann. Deswegen habe ich sofort die Batterien herausgenommen. Selbst die kleinste Entladung kann einen Speicher ruinieren.«

Cobb vertraute seinem Sachverstand. »Nur nichts überstürzen, aber lass dir nicht die ganze Woche Zeit.«

Garcia nickte. »Verstanden.«

»Und ich möchte, dass du dich bei Sarah meldest, sobald du das Bildmaterial hast. Dann kann sie dir die Symbole zeigen, die Jasmine ihr erklärt hat. Check das bei sämtlichen Fachquellen, die du online finden kannst, aber sprich niemanden direkt darauf an. Wir müssen die Sache so diskret wie möglich angehen.«

»Keine Sorge. Ich hasse es, mit Menschen zu reden.«

»Und sie hassen es, mit dir zu reden«, fügte Sarah hinzu.

»Ich kann gar nicht glauben, dass ich dir das Leben gerettet habe«, knurrte Garcia beim Weggehen. »Was habe ich mir nur dabei gedacht?«

»Wahrscheinlich: Sieh da! Eine bewusstlose Frau! Das ist meine Chance, sie abzuknutschen, bevor sie aufwacht!«

Garcia errötete. Ihre Worte kamen der Wahrheit näher, als er sich selbst gegenüber eingestehen wollte.

Sarah wandte sich an Cobb. »Und was ist mit mir?«

»Wir werden jedes Video durchkämmen, das wir aufgenommen haben«, antwortete Cobb. »Ich will wissen, wie diese Mistkerle in die Zisternen und wieder herausgekommen sind. Man kann nicht irgendwo einen Deckel aufmachen und ein paar Hundert Pfund Sprengstoff hineinwerfen, ohne dabei gesehen zu werden. Ich will wissen, was wir übersehen haben.«

Sarah nickte verständnisvoll. Sie hatten bei ihrem Erkundungstrip nur sehr wenige Einstiege entdeckt, und keiner war groß genug, um mit ihren Ausrüstungsgegenständen durchzukommen. Sie *mussten* etwas übersehen haben. »In Ordnung, wir treffen uns in der Lounge – *nachdem* du geduscht hast.«

»Nicht vorher?«, scherzte er.

»*Danach*«, betonte sie noch einmal. »Definitiv *danach*.«

Cobb grinste und richtete seine Aufmerksamkeit auf Papineau, der während der Besprechung ungewöhnlich still geblieben war. »Jean-Marc, ich möchte, dass Sie…«

Papineau unterbrach ihn. »Tut mir leid, Jack. Ich habe eigene Spuren, denen ich nachgehen muss.«

Cobb schnitt eine Grimasse. »Zum Beispiel?«

»Ich habe Kollegen, die uns womöglich auf vielfältige Weise helfen können. Die Sprengstoffe, der Leuchtstab, die Übersetzung der Piktogramme… Ich kann alle Aspekte der Ermittlungen abdecken, aber das geht nicht von hier aus. Ich muss meine Kontaktpersonen persönlich treffen.«

»Wie Sie meinen«, knurrte Cobb.

Was Papineau anbetraf, hatte sich das übrige Team inzwischen an seine Extravaganzen gewöhnt. Sie wussten, dass er überaus neugierig war und sich immer mal wieder unvermittelt in ihr Leben einschaltete, wie ein entfernter Verwandter, der sich nur blicken ließ, wenn es ihm gerade passte. Manchmal brachte er Geschenke mit, und manchmal gab er gute Ratschläge, aber ansonsten hielt er sich und seine Absichten dermaßen bedeckt, dass er für sie undurchschaubar blieb.

Für Cobb war das ein größeres Problem. Er wusste auch weiterhin viel zu wenig über den Mann, der ihnen dieses verlockende Angebot gemacht hatte. Cobb war die Unternehmung mit einem gesunden Maß an Misstrauen angegangen, und bisher hatten Papineaus Handlungen und sein Benehmen nur dazu beigetragen, dieses Misstrauen noch zu verstärken.

»Können Sie uns wenigstens verraten, wohin Sie fahren?«, fragte er.

»In den Orient«, log Papineau. »Und selbst damit habe ich schon zu viel verraten.«

Das war unmissverständlich. Er hatte nicht vor, eine direkte Antwort zu geben.

Cobb war – erst recht nach dem langen Tag, der hinter ihm lag – drauf und dran, sich zu beschweren, auf diese Weise abgespeist zu werden. Aber dann entschied er, die Sache auf sich beruhen zu lassen. Seiner Meinung nach war dies weder der geeignete Zeitpunkt noch der geeignete Ort, um Spannungen in seinem Team zu erzeugen.

Dafür stand zu viel auf dem Spiel.

Stattdessen entschied er sich fürs Gegenteil.

Er wollte das Team noch mehr zusammenschweißen.

Cobb räusperte sich. »Wie ihr wisst, bin ich kein Freund von großen Reden, aber ich möchte euch alle daran erinnern, dass wir hier zusammen etwas erreichen wollen. Wir nähern uns dem Ziel vielleicht aus verschiedenen Richtungen, aber es bleibt ein *gemeinsames* Ziel. Also: Falls ihr irgendetwas findet – egal, was es ist –, was einem von uns bei seiner oder ihrer Suche helfen kann, dann will ich, dass ihr es sofort meldet. Nicht später, nicht morgen und ganz bestimmt nicht nächste Woche. Ich will, dass ihr es so bald wie möglich ansprecht. Denn eine Freundin ist in Gefahr, und wir sind dafür verantwortlich, dass sie wieder nach Hause kommt.«

Er blickte Papineau in die Augen, um ihm seine Entschlossenheit zu demonstrieren.

Er musste wissen, wer hier das letzte Wort hatte.

»Als wir aus Florida abgereist sind«, sagte Cobb mit eindringlichen Worten, »sahen wir dieses Abenteuer als eine Gelegenheit an, unsere Bankkonten zu füllen. Das, meine Freunde, ist jetzt nicht mehr der Fall. In dem Moment, als Jasmine entführt wurde, hat sich unsere Motivation radikal geändert. Damit das klar ist: Diese Reise ist jetzt keine Schatzsuche mehr… *Es ist eine Rettungsmission.*«

37. KAPITEL

Kamal starrte auf Hassans luxuriöses Haus und schluckte angestrengt. Von den acht Männern, die man Sarah hinterhergeschickt hatte, hatten nur er und der Wachtposten überlebt, den er im Heizraum zurückgelassen hatte. Trotz des Massakers in den Tunneln war beiden Männern klar, dass ihnen die größte Gefahr erst bevorstand.

Sie mussten noch ihrem Boss unter die Augen treten.

An diesem Tag war nichts so gelaufen, wie Kamal es geplant hatte. Tarek und fünf weitere Männer waren tot, und die Frau, auf die sie angesetzt worden waren, hatte ihnen entkommen können. Schlimmer noch – eine ganze Häuserzeile in Hassans Revier war völlig zerstört, und Kamal hatte keine Ahnung, wer dafür verantwortlich war.

Er würde für sein Versagen bestraft werden.

Da war er sich ganz sicher.

Einen kurzen Augenblick dachte Kamal daran davonzulaufen. Er fragte sich, wie weit er wohl bis zum Sonnenuntergang käme und wie lange es dauerte, bis Hassan ein Kopfgeld auf ihn aussetzen würde. Letzten Endes spielte es keine Rolle. Hassan würde Blut sehen wollen, und es gab keinen Ort, an dem sich Kamal auf Dauer hätte verstecken können. Er war viel zu groß und viel zu bekannt, um irgendwo in Ägypten unterzutauchen, und falls Hassan mit der Aussicht auf reiche Belohnung die gesamte Unterwelt gegen ihn aufbrachte, bleib ihm nichts anderes übrig, als die ganze Hemisphäre zu verlassen.

Nein, Weglaufen löste sein Problem nicht.

Das würde es nur schlimmer machen.

Also stieg er die Treppen hinauf, um sich seinem Schicksal zu stellen.

Hassans Leibwächter Awad öffnete die Tür. Er grinste breit, als er Kamal und den anderen Handlanger auf dem obersten Treppenabsatz stehen sah. Es war keine freundliche Begrüßung. Es war die Vorfreude auf das, was bevorstand. Awad wollte Kamals Erklärung für das, was in der Stadt geschehen war, nicht verpassen – und auch nicht die Konsequenzen, die es nach sich ziehen würde.

Er führte sie wortlos ins Haus.

Als Kamal an dem Wandgemälde im Foyer vorbeikam, sah er kurz auf das Bild des Schatzdiebes, der Gnade gefunden hatte, weil er seine Verbrechen zugegeben hatte. Pharao Ramses hatte Gnade walten lassen, als ihn der Diener betrogen hatte, dem er sein Vertrauen geschenkt hatte, und hatte den fehlgeleiteten Handwerker verschont. Kamal fragte sich, ob Hassan wohl so gnädig sein oder reagieren würde, wie es seinem Ruf entsprach.

Das sollte er schon bald herausfinden.

Als er Hassans Büro betrat, fiel sein Blick sofort auf den Schreibtisch seines Chefs. Die glänzende Desert Eagle .50 lag noch da, nur war diesmal kein silberner Deckel darübergestülpt.

Hassan sah von der anderen Seite des Raumes zu ihm hoch. In seinen Augen loderte die Wut. Seine Halsvenen traten hervor, als würde er jeden Moment explodieren. »Setzt euch.«

Seine Worte klangen eher nach einem Knurren als nach menschlicher Sprache.

Kamal und der Wachtposten gehorchten. Sie wagten es nicht, etwas zu sagen, bevor sie gefragt wurden. Doch als sich die Stille hinzog, fingen sie an, ihre Entscheidung zu überdenken. Schließlich – nach der stillsten Minute ihres Lebens – platzte aus Hassan der Zorn heraus.

»Eine ganze Straße – *weg!* Alles voller Polizisten und Soldaten! Die Augen der Welt sind auf uns gerichtet! Habt ihr eine Ahnung, wie viel mich das kostet?«

Dass Menschen ihr Leben verloren hatten, interessierte Hassan nur wenig. Viel mehr beschäftigten ihn die finanziellen Auswirkungen der Tragödie. Von toten Hausbewohnern konnte man keine Miete kassieren.

Hassan schlug mit der Faust auf den Schreibtisch. »Ich habe dir und deinem Freund sechs Männer mitgegeben, um das Mädchen zu finden! Mehr als genug, um sie herzuschaffen! Stattdessen zerstörst du meine Stadt und kommst mit leeren Händen zurück! Entweder – und das wäre das Harmloseste – bist du inkompetent, oder – und das wäre das Schlimmste – das Ganze stinkt nach Befehlsverweigerung. Läuft es etwa darauf hinaus? Eine Meuterei?«

Kamal wusste, dass Hassan keinen anderen als ihn damit meinte. Hassan hatte ihm die Verantwortung dafür übertragen, Dades Freundin herzuschaffen, und er allein musste für das Misslingen des Auftrags geradestehen. Bedauerlicherweise ignorierte der Wachtposten, der Hassan vor diesem Treffen noch nie persönlich begegnet war, die Befehlskette und beeilte sich, ihre Handlungen zu rechtfertigen.

»Ich schwöre, es war nicht unsere Schuld!«, flehte er. »Wir haben alles getan, was wir konnten. Da waren noch mehr, die das Mädchen beschützt haben. Mindestens …«

Hassan brauchte seinem Leibwächter nur einen kurzen Blick zuzuwerfen, und Awad griff sich den nichts ahnenden Wachtposten von hinten, zog seinen Kopf zurück und riss ihm den Unterkiefer auf. Noch bevor der Wachtposten ein Wort sagen konnte, zog Awad ein kleines Stilett aus dem Gürtel und schnitt ihm die Zunge aus dem Mund. Weil er nicht wollte, dass Hassans makellos sauberes Büro von Blut befleckt wurde, ließ Awad den fleischigen Muskel im Mund des Opfers, schob den Unterarm unter das Kinn des Mannes und drückte den Unterkiefer hoch.

Hassan zuckte kaum mit der Wimper. »Kein Wort mehr.«

Der Kerl rang nach Luft, aber Awad ließ nicht locker. Es war nicht der Würgegriff, der ihn erstickte, sondern die leblose Zunge in seinem Mund und das Blut, das ihm die Kehle hinunterfloss. Als sich seine Lunge zu füllen begann, schwanden seine Kräfte im Griff des muskulösen Leibwächters, und er ertrank langsam an der eigenen Körperflüssigkeit.

Trotz der Ablenkung setzte Hassan das Verhör fort. »Stimmt das? Hat jemand das Mädchen beschützt?«

Es waren die beunruhigendsten Fragen, die Kamal jemals gehört hatte. Nicht wegen der Worte an sich, sondern wegen der Kälte des Mannes, der die Fragen stellte. Hassan machte einfach weiter, als wäre nichts geschehen, als wären sie allein in seinem Büro und als säße kein Mann auf dem Stuhl neben Kamal, der um sein Leben kämpfte. Noch beängstigender fand er, dass der quälende Todeskampf Hassan anscheinend sogar beruhigte.

Kamal nickte. »Sie war nicht allein. Zwei unserer Männer wurden erschossen, die anderen aufgeschlitzt. Es ist völlig ausgeschlossen, dass sie so viele Männer an so vielen Orten in so kurzer Zeit umbringen konnte. Nicht ohne Hilfe von außen. Nur ein Dämon könnte das fertigbringen.«

Etwas an seiner Beschreibung ließ Hassan einen Moment innehalten. Er sah plötzlich besorgt aus. Seine Augen bewegten sich unruhig hin und her, so als ob ihm die Zerstörung seiner Stadt auf einmal völlig logisch vorkam. Er spitzte nachdenklich die Lippen.

Hassan blickte Awad an, während er sagte: »Hast du diese anderen gesehen?«

Kamal wusste nicht, was vor sich ging, doch er hütete sich, mit der Antwort zu zögern. »Nein, ich habe nur die Leichen gesehen, die sie hinterlassen haben.«

»Glaubst du, sie haben die Explosion überlebt?«

Kamal konnte sich nicht vorstellen, wie jemand die Sprengung überlebt haben könnte, doch er glaubte auch nicht an eine Selbstmordmission. Es war anzunehmen, dass die Männer, die die Bombe gelegt hatten, in sicherer Entfernung gewesen waren, als sie losging.

Kamal schluckte mühevoll. »Das glaube ich.«

Hassan sagte nichts, während er über seinen nächsten Zug nachdachte. Nach ein paar Augenblicken des Schweigens beugte er sich vor und erteilte den Befehl: »Finde sie. Das Mädchen und ihre Beschützer. Bring sie her, tot oder lebendig.«

»Ja, Herr. Selbstverständlich, Herr.«

»Nimm mit, wen und was immer du brauchst. Aber enttäusch mich nicht noch einmal.«

Kamal nickte. »Das werde ich nicht, Herr. Ich schwöre.«

»Jetzt verschwinde«, sagte Hassan und winkte mit der Hand. Dann richtete er den Blick auf den leblosen Körper auf dem anderen Stuhl. »Und nimm das da mit.«

*

Der vordere Salon der Yacht war für Unterhaltungszwecke eingerichtet. Er hatte eine gut ausgestattete Bar und ein paar bequeme Sessel und Sofas, von denen aus die Passagiere die Aussicht genießen konnten. Ein Halbkreis wandhoher Fenster bot einen Panoramablick aufs Meer oder den jeweiligen Hafen. Wenn es nicht genug zu sehen gab – mondlose Nächte auf dem offenen Ozean geben ein erstaunlich schwarzes Panorama ab –, ließ sich der Raum in eine Art Kinosaal verwandeln. Auf Knopfdruck konnte ein riesiger Flatscreen-Monitor aus einer versteckten Luke in der Decke heruntergelassen werden.

Wie alles andere auf dem Boot war das Design erlesen.

Man hatte keine Kosten gescheut.

Zwar sollte es noch Stunden dauern, bis Garcia feststellen konnte, ob die Daten aus Sarahs und Jasmines Taschenlampen zu retten waren, auf die Aufzeichnungen der anderen Speicher hatte er jedoch sofort zugreifen können. Als Cobb den Monitor herunterfahren ließ, um sich die Aufnahmen anzusehen, die er und McNutt in den Tunneln gemacht hatten, starrte Sarah mit leerem Blick durch die Fensterfront. Es war ein Blick, den Cobb schon einmal bei ihr gesehen hatte.

Er brauchte sie nicht erst zu fragen, was nicht stimmte.

Er wusste bereits, was in ihr vorging.

»Eigentlich können wir es auch gleich hinter uns bringen, findest du nicht?«

Es dauerte einen Moment, bis Sarah überhaupt registrierte, dass Cobb etwas gesagt hatte, noch länger, bis sie begriff, dass er mit ihr redete. Sie wandte sich von der Aussicht auf den Hafen und das offene Meer dahinter ab und sah, wie Cobb einen von Garcias Laptops mit dem riesigen Monitor verband.

»Tut mir leid. Was hast du gesagt?«

Cobb sah sie über die Schulter hinweg an. »Ich sagte, wir könnten auch gleich darüber reden.«

Sarah schob die Brauen zusammen. »Worüber reden?«

»Was glaubst du denn?«

Sarah wusste, dass es keinen Zweck hatte, sich dumm zu stellen. Cobb spürte immer ganz genau, was ihr durch den Kopf ging. Es war eine Verbindung, wie sie sie zuvor noch nie erlebt hatte, und sie wusste nicht, wie sie damit umgehen sollte.

Sie nickte. »Du meinst Simon.«

Cobb erwiderte nichts. Er wartete einfach ab, dass sie weiterredete.

Sie spitzte die Lippen. »Glaub mir, ich hab die ganze Nacht darüber nachgedacht, und ich weiß ehrlich nicht, was ich sagen soll. Warum sollten uns die Ganoven, die hinter Simon her waren, in die Tunnel folgen?« Sie schüttelte den Kopf. »Ich glaube nicht, dass Simon uns reingelegt hat. Warum sollte er? Wir haben nichts mit dieser Stadt zu tun. Wir sind keinem auf die Füße getreten.«

»Da hast du recht«, sagte Cobb. »Wir haben mit dieser Stadt nichts zu tun. Aber du.«

Sarah zuckte zusammen. »Meinst du, die waren hinter *mir* her?«

Er zuckte mit den Schultern. »Vielleicht, vielleicht auch nicht. Aber wären sie nicht hinter uns her gewesen, hätten wir die Bombenleger vielleicht rechtzeitig entdeckt. Stattdessen waren wir so mit den Bigfoot-Zwillingen beschäftigt, dass wir in dem Chaos Jasmine verloren haben.«

Er ließ den Worten Zeit, ihre Wirkung zu entfalten.

Sarah nahm oft eine »Ich gegen den Rest der Welt«-Haltung ein, doch Cobb sah durch ihre raue Schale hindurch. Er wusste, dass ihr der Gedanke, das Leben anderer gefährdet zu haben, zu schaffen machte. Es war ein Stachel, der ihr tief im Fleisch saß.

»Sarah, lass uns eins klarstellen«, fuhr er fort. »Simon

ist *dein* Informant. Ich will mich hier wirklich nicht als Chef aufspielen, ehrlich nicht. Wie wir mit ihm umgehen, ist allein deine Entscheidung. Aber du musst die Sache auch von meinem Standpunkt aus betrachten: Zuerst die Verfolgungsjagd durch die Straßen und dann die Konfrontation in den Tunneln. In meinen Augen sieht es für deinen Freund nicht gut aus.«

»Das weiß ich, Jack, aber …«

Er hielt die Hand hoch, um sie zum Schweigen zu bringen. »Wie ich schon sagte, Simon ist *dein* Informant. Du kennst ihn besser als ich, und ich vertraue deinem Urteil. Wenn du findest, wir sollten uns noch einmal unter vier Augen mit ihm treffen, um die Sache klarzustellen, dann wäre ich absolut auf deiner Seite.«

Sarah nickte. Sie hatte verstanden.

Sie würde sofort ein Treffen arrangieren.

38. KAPITEL

Montag, 3. November
Castillo, Kalifornien
(22 Meilen nördlich von San Diego)

Papineau fühlte sich nach dem Interkontinentalflug erschöpft. Es war eine Mischung aus der Entfernung, die er
zurückgelegt hatte, und der Angst, die er jedes Mal empfand, wenn er nach Kalifornien beordert wurde. Obwohl
ihm das Wetter gefiel und er den Wein liebte, war es einer
der Orte auf Erden, die ihm am wenigsten zusagten.

Und alles wegen eines Mannes.

Papineau nahm die Abzweigung zum Anwesen seines
Arbeitgebers und achtete auf das Schild, das ihm gebot,
langsam zu fahren:

Gefahrengebiet
Höchstgeschwindigkeit 15 MPH

Die Warnung war an einem breiten Tor befestigt, das ihm
den Weg versperrte. Es ragte drei Meter in die Höhe und
bestand aus teleskopartig verbundenen Platten, die sich
ineinanderschieben konnten und so die Zufahrt dahinter
freigaben. Es sah aus wie ein klassisches schmiedeeisernes
Gitter, aber das Hindernis war in Wirklichkeit hochmo-
dern. Die Hohlprofile waren mit einer zähen Flüssig-

299

keit gefüllt, die bei Erschütterung fast augenblicklich verhärtete. Dadurch bekam das Tor eine unglaubliche Standfestigkeit. In den Profilen waren zusätzlich winzige Bewegungsmelder installiert. Eine Kollision mit über fünfzehn Meilen pro Stunde ließ den flüssigen Kern in Schwingungen geraten. Dann zündeten die Bewegungsmelder Landminen, die unter der Straße vergraben waren.

Bei solchen Vorsichtsmaßnahmen war nicht daran zu denken, sich den Weg freizurammen.

Um aufs Anwesen zu gelangen, drückte Papineau den Daumen in einen eingelassenen Gummibecher, der an einem kranähnlichen Metallarm befestigt war; der wiederum reichte aus dem Boden kommend bis ans Fahrerfenster. Papineau kam sich bei dieser Sicherheitsmaßnahme immer vor, als würde er jemandem den Daumen ins Auge drücken.

Das Wort »matschig« drückte recht treffend aus, was er ertastete.

Diese sehr fortgeschrittene Technik zum Auslesen des Fingerabdrucks war weitaus sicherer als ein einfacher Scan. Sie erkannte nicht nur das Muster seines Fingerabdrucks, sondern maß auch die Tiefe dieser Muster. Diese zusätzliche Sicherheitsmaßnahme ließ sich so gut wie gar nicht umgehen, zumindest nicht mit konventionellen Methoden. Falsche Fingerabdrücke auf Acetatgewebe oder einem anderen flexiblen Material waren nie dreidimensional ausgelegt.

Sobald sein Fingerabdruck mit den gespeicherten Daten im Verzeichnis des zugangsberechtigten Personals abgeglichen war, wandte sich Papineau zu den Kameras oben auf dem Zaun und winkte. Das war ein verabredetes Zeichen dafür, dass er allein war. Falls ihn jemand mit vorgehaltener Waffe dazu benutzen wollte hineinzugelangen, musste er nur in die Linse starren und sich nicht rühren. Dann würde der Wagen zwar durchgelassen, aber von einer in Israel ausgebildeten Sicherheitsmannschaft in Empfang genommen werden, noch bevor er das Haus erreichte.

Die Insassen – einschließlich Papineau – würden die Begegnung nicht überleben.

Deshalb dachte er *immer* daran zu winken.

Papineau hörte das Klicken in den Tiefen des Tors, gefolgt vom Surren des Elektromotors, der die Barrikade einzuziehen begann. Wenige Augenblicke später war das Hindernis ganz hinter der Steinmauer verschwunden, von der das Gelände umgeben war.

Sobald er das Tor passiert hatte, das sich mit einem inzwischen vertraut gewordenen *Fump* hinter ihm schloss, gab Papineau etwas mehr Gas und fuhr durch eine wie mit dem Laserstrahl gestutzte Landschaft um das hügelig immer höher hinaufstrebende Anwesen herum.

Er hatte das Fenster offen gelassen, um die Pazifikbrise spüren zu können. Eigenartig, wie sehr sich der Geruch von dem des Atlantiks unterschied. Viel frischer – so viel wusste er – wegen der reinigenden Santa-Ana-Winde, die über das Grundstück strichen.

Die reinigenden Winde bringen auch die verzehrenden Flammen.

Es ist das universale Yin und Yang, in einem Element vereint.

Für Papineau brachte dieses Zitat die persönliche Philosophie seines Arbeitgebers am besten auf den Punkt. Man konnte die Komplexität der Welt auf eine einzige fundamentale Wahrheit reduzieren: Jeder Verlust ist immer auch ein Gewinn.

Auch wenn es wirkte wie eines unter mehreren imposanten Anwesen in exklusiver Lage, wusste Papineau, dass es das Herzstück eines ausgedehnten Areals war. Alle umliegenden Villen gehörten ebenfalls seinem Arbeitgeber, was die gesamte Umgebung zu seinem persönlichen Herrschaftsgebiet machte. Zwar hatte er gegen einen guten Kampf nichts einzuwenden, doch er hatte kein Interesse an irgendwelchem Zank mit Nachbarn. Um sich der absoluten Kontrolle über seinen Besitz und seiner Ungestörtheit zu versichern, hatte er den örtlichen Gebietsausschuss davon überzeugt, das Land aus dem Verwaltungsbereich auszugliedern. Es war gut angelegtes Geld.

Er besaß das Land nicht nur, er beherrschte es.

Es war sein Privatkönigreich.

Papineau registrierte, dass er wie üblich den Atem anhielt, als sich der Wagen dem höchsten Punkt der Zufahrt näherte. Nach und nach wurde die hoch aufragende Hauptresidenz seines Arbeitgebers sichtbar, eine zusätzlich verstärkte Burg, die aussah, als breche sie direkt aus der Hügelspitze hervor. Sie erhob sich an einem Ort, der sich besser als jeder andere dazu eignete, wirkte zugleich uralt und modern und erlaubte einen meilenweit uneingeschränkten Blick in alle Richtungen.

Der glatte Asphalt wurde von säuberlich verlegtem Kopfsteinpflaster abgelöst. Papineau parkte neben den Koenigsegg-, MacLaren-, Pagani- und Bugatti-Sportwagen, die mit der Front nach vorn nebeneinander auf der geschwungenen Zufahrt aufgereiht standen. Es war ein einschüchternder Anblick, ein Quartett aus Multimillionendollar-Geiern. Sie parkten in sicherem Abstand zu dem sorgfältig verborgenen 1904er-Maxim-Maschinengewehr Kaliber 30, das an einer der umstehenden Eichen befestigt war. Der nostalgische Klassiker war so umgebaut, dass er sich per Fernsteuerung abfeuern ließ. Als Antiquität und

Ausstellungsgegenstand fiel das Gewehr nicht unter die strengen Waffengesetze des Bundesstaates.

Die Waffe war alt, doch funktionsfähig. Das Einzige, was sie brauchte, waren Patronen.

Die verborgene Munitionskiste, aus der nachgeladen werden konnte, verwandelte den Oldtimer in eine tödliche Sicherheitsmaßnahme.

Papineau stieg aus der Limousine und atmete tief durch. Er nahm sich einen Moment Zeit und blickte hinaus auf die blaue Weite des Pazifiks, und eine sanfte Brise kühlte sein Gesicht. Trotz der Höhe und der Lage war die Luft selbst jetzt in den herbstlichen Novembertagen noch milde. Nur zarte weiße Wolken standen am Himmel, der mit dem Meer zu einem herrlichen Blau verschmolz.

Papineau ging auf den Eingang zu und betrachtete die Vordertür. Sie war größer als eine normale Standardtür und in vielen Stunden von einem begnadeten Kunsthandwerker angefertigt worden. Der Betrachter sollte an die Zugbrücke einer Burg denken. Glatt geschliffen und von angenehmer Haptik bereitete es geradezu Lustgefühle, sie zu berühren, und Papineau streichelte sie verstohlen, als sich die Tür mühelos vor ihm öffnete und dahinter noch größere Schönheit offenbarte.

Im Inneren wartete die attraktivste Frau, die er jemals gesehen hatte. Er lächelte und betrachtete ihre feinen brasilianischen Gesichtszüge. Ihre tiefen dunklen Augen schienen im Sonnenlicht zu glitzern. Das schwarze Haar schimmerte. Ihre gebräunte ein Meter fünfundsiebzig große Gestalt, die Symmetrie ihres Gesichts, ihr verführerisches Lächeln – alles war perfekt. Papineau hatte Männer erlebt, die schon bei ihrem Anblick völlig außer sich geraten waren.

»Guten Morgen, Isabella«, sagte er.

»Guten Morgen, Monsieur«, erwiderte sie leise. Sie blickte sehnsüchtig auf die Welt hinter der Tür, so als hätte sie gerade einen Hauch von etwas erfasst, was sie nie wieder haben konnte.

Papineau ging an ihr vorbei und war ein wenig traurig, als sich die Tür hinter ihm schloss. Er hatte ihre Verwandlung von einer lebhaften und neugierigen jungen Frau in die gebrochene Gastgeberin, die sie jetzt war, miterlebt. Ihre Schönheit war nicht verblichen, doch sie war nur noch eine äußere Hülle. Ihr Ehemann hatte ihr das Leben vergällt, genau wie seinen drei vorigen Frauen. Er hatte nie im Zorn die Hand gegen sie erhoben, doch was er ihrer Seele antat, kam aufs Gleiche hinaus.

Er war gut darin. Er war nicht grausam, aber unnachgiebig. Seine Intensität, seine Energie, seine präzisen Forderungen – aber auch seine impulsiven vagen Erwartungen – machten aus diesem Wohnsitz die Burg eines Unholds und nicht ein Prinzenschloss.

Interessanterweise hatte das Haus mehr Seele bewahrt als die Frau, die darin lebte. Es war aus dunkel gemaserten Granitquadern errichtet, die im ganzen Land zusammengesucht und unter immensen Kosten hergeschafft worden waren. Die Kunstwerke an den Wänden waren geschmackvoll und doch gewagt, genauso wie die handgearbeiteten Möbel, mit denen die Räume ausgestattet waren. Gestaffelte Oberlichter, die sich über die gesamte Decke zogen, sorgten dafür, dass natürliches Licht in jeden Winkel des Gebäudes flutete.

Papineau blickte verstohlen hinter sich. Isabella war verschwunden, als wäre sie nie da gewesen. Der Franzose ging weiter zu der schweren Eichentür, die in den Raum führte, den der Hauseigentümer scherzhaft seine Klause nannte. In Wahrheit war es der größte Raum des Hauses. Er war fast drei Stockwerke hoch, und seine Gestaltung hätte die besten Designer und Innenarchitekten der Welt vor Neid erblassen lassen, von anderen Millionären ganz zu schweigen.

An den Wänden erstreckten sich eigens angefertigte Bücherregale vom Fußboden bis zur Decke, alle gefüllt mit Hunderten von Werken, die jede Literaturepoche abdeckten. Bei jedem Band der Sammlung handelte es sich um die Erstausgabe – einschließlich der Gutenberg-Bibel –, und darunter war kein einziges Exemplar, das kein wertvolles Sammlerstück war. Überall im Raum standen schwere Tische, bedeckt mit Landkarten, Pergamenten, Büchern und Zeichengeräten. Sie umfassten die gesamte Geschichte seit Beginn der Geschichtsschreibung und ließen keinen Winkel der Welt unberührt. Es war offensichtlich, dass eine umfangreiche Recherche durchgeführt wurde, obwohl das genaue Ziel dieser Mühen ein gut gehütetes Geheimnis blieb.

Hinter den Tischen befand sich ein drei Meter breites kreisrundes Stück eines Mammutbaums, das zu einem ausladenden Schreibtisch umfunktioniert worden war. Seine rauen, von Borke überzogenen Ränder ließen darauf schließen, dass es vom Endstück eines riesigen Stammes abgesägt worden war. Ein Stuhl in seinem Mittelpunkt, den man durch einen Zugang erreichen konnte, der auf der entgegengesetzten Seite ins Holz geschnitten war, erlaubte eine nahezu 360-Grad-Nutzung der Tischfläche, die fast völlig mit Papieren bedeckt war.

Neben dem Schreibtisch stand Papineaus Arbeitgeber. Ein Mann namens Maurice Copeland.

39. KAPITEL

Sein Baumwollhemd mit offenem oberem Kragenknopf und die ausgeblichene Bluejeans ließen erkennen, dass Maurice Copeland größeren Wert auf Bequemlichkeit als auf Mode legte. Durchaus nachvollziehbar, weil es niemanden in seinem Leben gab, der in ihm das Bedürfnis weckte, ihn zu beeindrucken.

In seiner Welt war er das Alphatier und stand am Ende der Nahrungskette.

Er blickte Papineau mit einem Gesichtsausdruck an, den man bei den meisten Männern für einen Ausdruck von Verwunderung gehalten hätte. Bei ihm bedeutete dieser Blick Ärger.

»Haben Sie schon mal von Sam Langford gehört?«, fragte Copeland aus heiterem Himmel.

»Nein, das habe ich nicht«, erwiderte Papineau und nahm Platz.

»Am Anfang des zwanzigsten Jahrhunderts war er zwei Jahrzehnte lang der gefürchtetste Fighter«, erklärte Copeland. »Man nannte ihn den ›Schrecken von Boston‹. Er war klein, vielleicht einen Meter siebzig, aber er hatte Arme so lang wie Hemdsärmel ohne eingeschlagene Manschetten.«

Genau wie Sie, dachte Papineau.

»Und er war seiner Zeit voraus«, fuhr Copeland fort. Seine Stimme war höher, als es sein Bulldoggengesicht vermuten ließ. »Er konnte innen kämpfen, und er konnte außen kämpfen. Er konnte Leichtgewicht kämpfen, er konnte Schwergewicht kämpfen. Und wenn er dich einmal erwischt hatte, warst du angezählt. Nichts von diesem ›Das kann man abschütteln‹-Quatsch. Und man konnte ihm auch nichts anhaben. *Falls* man es irgendwie geschafft hatte, einen Treffer zu landen, griff er einfach weiter an, als ob nichts geschehen wäre. Der Kerl war ein Naturwunder.«

Papineau war diese Vorträge gewohnt. Wenn es etwas gab, was Copeland so sehr liebte wie schöne Dinge, dann war es Boxen. Man brauchte ihn sich nur anzusehen. Copeland hatte ein zerschlagenes Gesicht und ging in Deckung wie ein Faustkämpfer.

Er war ein zäher Schläger, aber alles andere als leichtfüßig.

Seine Nase war mindestens viermal gebrochen, die Ohren standen kurz davor, sich in Blumenkohlohren zu verwandeln. Die Wangenknochen wirkten abgeflacht und hatten nicht ganz die gleiche Höhe. Und seine Knöchel waren so oft aufgeplatzt, dass die schrundigen Hände eher wie Keulen wirkten.

Copeland erzählte gern davon, wie er sich aus der Bronx in New York herausgekämpft hatte. Er hatte seinen Kampf im Ring begonnen, doch schnell begriffen, dass es die Manager waren, die das ganze Geld verdienten. Also hatte er in ihrer Liga zu kämpfen begonnen. Als er festgestellt hatte, dass die Manager ihre Gelder zu den Promotern hochreichten, war er zu ihnen gewechselt. So hatte er sich immer höher und höher gekämpft, bis niemand mehr übrig geblieben war, mit dem er sich noch messen konnte.

Seine frühen Kämpfe hatten ihm klargemacht, wie die Welt funktionierte. Das Geschäftsleben war wie Boxen: Er war nicht der Größte, auch nicht der Härteste und nicht einmal der Intelligenteste, aber er trug stets den Sieg davon. Letzten Endes hing alles davon ab, wie sehr man es wirklich wollte. Sich dabei die Hände schmutzig zu machen, war unvermeidbar, das gehörte einfach zum Spiel.

Copeland ballte die Fäuste und schlug hinter seinem Schreibtisch ein paar Schwinger durch die Luft, dabei duckte er sich und wich imaginären Schlägen aus. »Langford machte in zwanzig Jahren fast vierhundert Kämpfe. Am Ende seiner Karriere war er fast blind. Doch er kämpfte weiter, und er siegte weiter, bis er schließlich überhaupt nichts mehr sehen konnte. Das ist doch was, oder?«

Das war keine Frage. Es war ein Statement.

Papineau machte sich nicht die Mühe zu antworten.

»Einer der größten Kämpfer, die es je gab«, sagte Copeland sinnierend. »Aber die Mistkerle wissen nie, wann sie aufhören sollen. Schließlich hat jemand anders die Entscheidung für ihn getroffen.«

Papineau schluckte mühsam.

Plötzlich begriff er die Metapher.

»Sagen Sie, Jean-Marc, geht unsere Beziehung ihrem Ende entgegen?«

Papineau zuckte mit den Schultern, erwiderte aber nichts. Überraschenderweise war es Copeland gewesen, der zuerst auf Papineau zugegangen war, und nicht umgekehrt. Zu jenem Zeitpunkt hatte der Franzose den immer besser werdenden Ruf eines Mannes, dem eine große Karriere bevorstand. Er war bereits als Antiquitätenhändler erfolgreich gewesen und durch seinen wachen Geschäftssinn zu einem reichen Mann geworden. Noch nicht superreich, aber er hatte sich dem nach und nach genähert. Um größer zu werden, hatte Papineau sein

Geld in verschiedene Firmen in Europa investiert. Nun stand er kurz davor, ein Firmenimperium aufzubauen.

Copeland bewunderte ihn und schätzte seine Fähigkeiten, doch er spürte, dass dieses Gefühl nicht auf Gegenseitigkeit beruhte. Er hatte Papineau die Chance gegeben, ihm seinen Respekt zu erweisen – ein Friedensangebot in Form einer Partnerschaft. Als sich herumgesprochen hatte, dass Papineau sein Angebot nicht nur abgewiesen, sondern sogar darüber gelacht hatte, war Copeland außer sich gewesen.

Die Kränkung hatte geschmerzt, doch seine Reaktion war weitaus schmerzhafter gewesen.

Copeland hatte eine feindliche Übernahme initiiert.

Papineau war ruiniert gewesen, als Copeland mit ihm fertig gewesen war. Seine Firmen waren ausgeweidet worden, und ihm war kaum mehr als der Anzug geblieben, den er getragen hatte, und ein ruinierter Ruf als Geschäftsmann. Copeland hatte weniger als ein Jahr gebraucht, um das Lebenswerk des Franzosen zu zerstören – und alles nur, wiel er sich beleidigt gefühlt hatte.

Wie so viele andere hatte Papineau Copeland wegen seines Aussehens und seiner einfachen Herkunft unterschätzt. Es war ein Fehler gewesen, den er nicht noch einmal machen wollte. Als ihm der Sieger großzügig eine Position in seiner Organisation angeboten hatte, nahm Papineau sie an, weil er herauszufinden hoffte, wie ihn Copeland aufs Kreuz gelegt hatte und wie er sich rächen konnte.

Das war neun Jahre her.

Neun lange Jahre.

Und er hatte noch immer keine Schwäche entdeckt, die er sich zunutze machen konnte.

»Nein, Sir«, antwortete Papineau mit genau dem richtigen Maß an Entschlossenheit. »Ich glaube nicht, dass wir fertig sind. Es gibt weiterhin eine Menge zu tun.«

»Ich stimme Ihnen zu. Aber vielleicht sind Sie nicht der richtige Mann für den Job.«

»Sir, ich weiß nicht genau, was ich getan …«

»Was Sie getan haben?«, fragte Copeland ungläubig. »*Was Sie getan haben*, ist, unser Risiko um das Tausendfache zu vergrößern. *Was Sie getan haben*, hat unsere ganze Operation in Gefahr gebracht. *Was Sie getan haben*, hat jede Presseagentur auf der ganzen Welt neugierig gemacht!«

Er schleuderte eine Zeitung quer über den Schreibtisch und schimpfte weiter. »Ich habe sogar in unserem örtlichen Käseblatt auf der ersten Seite von Ihren *Heldentaten* gelesen. Es stand gleich neben dem Wetterbericht: Morgen werden es fünfundzwanzig Grad bei klarem Himmel, und sieh mal an, Jean-Marc und seine Bande von Volltrotteln haben halb Alexandria in die Luft gejagt!«

Papineau spürte, dass dies erst der Anfang von Copelands Tirade war, deshalb hielt er den Mund und machte sich auf das Schlimmste gefasst.

Sein Chef enttäuschte ihn nicht.

»Ich gebe Ihnen alles, was Sie brauchen. Was auch immer Sie von mir verlangten, ich habe es nie infrage gestellt. Waffen, Autos, Häuser, Yachten – was immer Sie brauchen, um den Job zu erledigen. Im Gegenzug verlange ich von Ihnen nur, Ihr Team aus dem Rampenlicht herauszuhalten. Diese Leute sollten so intelligent sein, keine antiken Schichten der Stadt zu zerstören. Oder wenigstens hätten sie auf die Idee kommen können, damit zu warten, bis wir gefunden haben, wonach wir suchen.«

Copeland atmete tief durch, um seinen Zorn in den Griff zu bekommen.

»Also«, fuhr er fort, »Sie haben diese seltsamen Vögel in Ihr Team geholt. Jetzt erklären Sie mir doch, was, zum Teufel, die sich dabei gedacht haben?«

Papineau verteidigte sein Team. »Wir hatten *nichts* mit der Explosion zu tun.«

Copeland blickte ihn fragend an. »Haben Sie denn nicht unter der Stadt gesucht?«

»Doch, wir waren dort, aber wir waren nicht allein.«

Copeland ließ sich die Worte durch den Kopf gehen. »Die Syndikate, die Alexandria kontrollieren, wachen mit Argusaugen über ihr Territorium. Das hätte Ihnen bewusst sein müssen.«

»Das *war* uns bewusst«, versicherte Papineau, »aber was dort geschehen ist, war mehr als das. Als wir die Tunnel durchsucht haben, haben wir die Leichen mehrerer Stadtganoven gefunden. Man hatte sie in Stücke geschnitten, aber mein Team hatte nichts damit zu tun. Die Männer, die die Bomben gelegt haben – wer auch immer sie gewesen sein mögen –, waren nicht die Laufburschen eines Bezirks-Gangsters. Ihre Methoden waren viel ausgefeilter. Genau wie bei der anderen Sache …«

»Und?«, drängte ihn Copeland weiterzureden.

»Und mein Team wusste nicht, wie es darauf reagieren sollte.«

»Weshalb?«

»Weil es nicht damit gerechnet hat.«

Das war kein Geständnis. Es war eine Anklage.

Wichtige Informationen waren seinem Team vorenthalten worden.

Copeland dachte über das Gehörte nach. Die Anschuldigung machte ihm nichts aus. Er hatte es nicht nötig, sich zu rechtfertigen, schon gar nicht vor Papineau. Aber die Details der Sprengung machten ihn nachdenklich. Er wollte wissen, weshalb die mysteriösen Männer geglaubt hatten, die Tunnel verschütten zu müssen.

Er beugte sich vor. »Was haben Sie unter den Straßen gefunden?«

Es ging Papineau auf die Nerven, dass Copeland nicht auf seine Bedenken eingegangen war. »Ein Piktogramm. Sarah und Jasmine haben einen Geheimtunnel entdeckt, der zum Wasser führte. Eine der Wände war mit Reliefs bedeckt. Wir haben die Symbole noch nicht untersucht, weil die digitalen Daten in dem Chaos beschädigt wurden, doch Jasmine glaubt, aus ihnen ginge hervor, dass Alexanders Sarkophag irgendwann im vierten Jahrhundert fortgeschafft worden ist.«

Copelands Miene hellte sich auf. »Wohin fortgeschafft?«

»Das wissen wir nicht. Dort endet die Geschichte.«

»Miss Park hat bestimmt schon eine Liste der Möglichkeiten. Sie muss eine Theorie haben. Was sagt sie zu der Sache?«

»Was sie sagt? Absolut nichts!«

»Wieso nicht?«

»Weil sie weg ist! Die Bombenleger haben sie mitgenommen.«

»Oh, das ist übel«, sagte Copeland und lachte. »Ich hatte mich schon gewundert, warum Sie sich in die Hosen machen. Jetzt weiß ich es.«

»Ja, jetzt wissen Sie es.«

Copeland zog eine Braue hoch. »Ich muss zugeben, dass ich von Ihnen nicht so viel Rückgrat gewohnt bin… Ich weiß noch nicht, wie ich das finden soll.«

»Meiner Meinung nach hätte sich Jasmines Entführung absolut vermeiden lassen. Wäre mein Team vernünftig vorbereitet gewesen, wäre das alles nicht geschehen.«

»Ich bin absolut Ihrer Meinung.«

»Nein, ich glaube nicht, dass Sie das sind.«

»Moment mal«, sagte Copeland. »Wollen Sie mir die Schuld daran geben?«

Beide Männer hatten von dem Überfall im April erfahren. Sie wussten beide, dass eine Gruppe von Archäologen brutal niedergemetzelt worden war, als sie der Legende von Alexanders Grab nachgegangen waren, und dass es nur einen einzigen Überlebenden gegeben hatte: Cyril Manjani. Er war nicht nur der Führer der Gruppe gewesen, sondern auch der Einzige, der Auskunft über das geben konnte, was sie gefunden hatten. Bedauerlicherweise war er schon bald nach dem Massaker verschwunden.

Papineau wusste davon, und er wählte seine Worte mit Bedacht. Zwar wäre er sehr gern deutlicher geworden, doch er musste auf der Hut sein.

»Meine Mission wurde von Anfang an sabotiert. Unerwartete Entwicklungen haben mich dazu gezwungen, darüber nachzudenken, was ich dem Team erzählten darf und was nicht. Als ich mir die neuen Instruktionen nicht bestätigen lassen konnte, habe ich alles über Manjani zurückgehalten.«

»Unerwartete Entwicklungen?«, wiederholte Copeland. »Neue Instruktionen bestätigen? Reden Sie nicht um den heißen Brei herum, sondern sagen Sie mir einfach, was, zum Teufel, Sie meinen.«

Papineau atmete tief durch. Auch wenn er die Erlaubnis hatte, offen zu reden, zögerte er, seine Vorhaltungen auszusprechen. Dennoch – Fehler waren gemacht worden, und er musste verhindern, dass man sie ihm in die Schuhe schob. »Es wäre ohne weitere Überraschungen von Ihrer Seite leichter für mich, mein Team zu führen.«

Papineau wartete auf Copelands Reaktion.

Dieser grinste und forderte ihn auf: »Fahren Sie fort.«

»Cobb brachte eine Karte ins Spiel. Aufgrund der Details, die er erzählte, musste ich davon ausgehen, dass Sie dafür gesorgt haben, dass er sie von den Ulster-Archiven bekam.«

Copeland nickte. »Selbstverständlich.«

Dass er dies zugab, ermutigte Papineau weiterzureden. »Als ich dem Team erzählte, dass es die Aufgabe hat, das Alexandergrab zu finden, war das als übergeordnetes Ziel gedacht. Zunächst sollte Manjani gefunden werden. Meiner Meinung nach war er der Schlüssel zu unserem Erfolg. Doch als Cobb mit der Karte aus dem Archiv auftauchte, musste ich davon ausgehen, dass sich Ihre Prioritäten verändert hatten. Und als ich Sie nicht erreichen konnte, musste ich entscheiden, wie es weitergehen sollte. Wegen der Karte, die uns den Weg wies, habe ich vermutet, dass wir Manjani nicht mehr brauchen würden. Und deshalb habe ich Manjanis Interesse an Alexander, sein Verschwinden oder das Massaker an seinen Kollegen nie erwähnt.«

Copeland lehnte sich in seinem Stuhl zurück. »Ich bin ein sehr beschäftigter Mann, Jean-Marc. Ich kann nicht immer da sein, um Ihr Händchen zu halten. Sie müssen imstande sein, Dinge selbst zu erledigen. *Sie* haben die Entscheidung getroffen, ihnen nichts von Manjani zu erzählen, nicht ich. *Sie* hätten Ihre Leute davor warnen können, was ihnen möglicherweise bevorstand. Aber *Sie* haben sich dazu entschieden, das nicht zu tun.«

Papineau hätte mit dieser Entgegnung rechnen müssen. Zudem hatte er noch nie erlebt, dass Copeland freundliche Worte für jemand anderen fand, und er sah offenbar keinen Anlass, mit dieser Tradition zu brechen.

»Falls Sie einen der beiden brauchen – Miss Park

oder Dr. Manjani –, um die Zeichen an der Wand zu verstehen«, fort Copeland fuhr, »dann haben Sie meine Erlaubnis, nach ihnen zu suchen. Wenn Sie die Zeichen jedoch selbst oder mithilfe eines anderen Historikers deuten können, ist der Versuch, sie zu finden, reine Zeitverschwendung.«

Er beugte sich vor, um seinem letzten Punkt Nachdruck zu verleihen.

»Es ist mir egal, was Sie tun müssen, um ihn zu kriegen. Für mich zählt nur der Sarkophag.«

40. KAPITEL

Dienstag, 4. November
Mittelmeer
(15 Meilen vor der ägyptischen Küste)

Im Schutz der Dunkelheit steuerte Cobb ihre Yacht hinaus aufs Mittelmeer. Es war klar, dass sich alle Medien der Welt für die Zerstörungen in Alexandria brennend interessierten. Schlimmer noch, jede Nation, die über Aufklärungssatelliten verfügte, würde diese auf die Region ausrichten und nach allem Verdächtigen Ausschau halten. Viele dieser Satelliten hatten hoch entwickelte optische Systeme, mit denen man noch aus zweihundert Meilen Höhe Nummernschilder von Autos lesen konnte. Etwas von der Größe eines Menschen zu verfolgen war da ein Kinderspiel. Mehr als eine konkrete Zielperson brauchten sie nicht.

Cobb war fest entschlossen, den über ihnen kreisenden Kameras aus dem Weg zu gehen. Er wusste, dass jeder Hafen und jede Anlegestelle unter Beobachtung standen und die Herkunft jedes einzelnen Bootes mit den Schiffsregistern seines Heimatlandes abgeglichen wurde. Für die ägyptischen Behörden waren Schiffe unter fremder Flagge von besonderem Interesse. Als Hafenstadt bot Alexandrias Küste Terroristen ebenso leicht Zugang wie Touristen, und auch wenn Cobbs Team bei niemandem speziell auf der Beobachtungsliste stand, waren die meisten Teammitglieder dennoch in Datenbanken der Militärs zu finden.

Er wusste auch, dass jeder Einzelne von ihnen erhöhte Wachsamkeit auslösen würde, wenn man ihn bemerkte. Sähe man sie alle zusammen, wäre das Anlass genug, um Alarm auszulösen.

Deshalb steuerte er internationale Gewässer an. Dort waren sie zwar nicht in Sicherheit, doch so konnte er wenigstens Überraschungen vermeiden. Sie hatten im Umkreis von zehn Meilen freie Sicht, und das Radar warnte sie vor nahenden Flugzeugen und anderen Schiffen, noch bevor sie in Sicht kamen. Der Liegeplatzwechsel hatte ihnen den Zugang zur Stadt abgeschnitten, machte aber im Gegenzug den Zugriff auf ihr Schiff aus der Stadt unmöglich. Und bis sie sich über ihr weiteres Vorgehen geeinigt hatten, wogen die Vorteile, die sich daraus ergaben, die Einschränkung ihrer Bewegungsfreiheit auf.

Sobald die Yacht vor Anker gegangen war, ging Cobb unter Deck zur Bug-Lounge. Er brachte ein Tablett mit Snacks mit. Sein Team hatte nonstop gearbeitet, und es war ihm nicht entgangen, dass seine Leute eine Pause brauchten. »Irgendwas entdeckt?«

Sarah blickte von ihrem Stapel Notizen auf, und ihre Miene verriet ihre Frustration, bevor sie auch nur den Mund aufmachte. »Noch nicht. Aber ich gebe nicht auf.«

Cobb nickte und stellte das Tablett mit den Snacks auf einen der Tische. Von ein paar kurzen Abstechern ins Badezimmer abgesehen, hatte Sarah den Raum seit über einem Tag nicht mehr verlassen. Sie hatte den Großteil der Zeit damit verbracht, das Videomaterial zu sichten, das Garcia aus Cobbs und McNutts Taschenlampen gezogen hatte, und sich dabei auf die geheimnisvollen Männer in den Tunneln konzentriert. Sie analysierte ihre Kleidung, die Bewegungen, die Methoden und jedes andere auffällige Detail, weil sie hoffte, ihre Ausstattung oder ihre Taktik mit anderen bekannten Militärverbänden des Nahen Ostens und darüber hinaus in Verbindung bringen zu können.

Doch bisher waren ihre Bemühungen ohne Ergebnisse geblieben.

»Hier«, sagte Cobb und warf ihr eine Orange zu. »Iss was.«

Sie nickte. »Danke.«

Einen Moment später polterte McNutt in den Raum. Seine hervortretenden Augen, das zerwühlte Haar und die Hektik verrieten den anderen, dass auch er nicht besonders viel Zeit zum Ausruhen gefunden hatte. Und es war deutlich zu erkennen, dass ihm eine massive Dosis Koffein über die Müdigkeit hinweghalf.

Cobb sah ihn besorgt an. »Bist du okay?«

»Ich rieche was zu essen«, gab McNutt zurück. Er stürzte sich auf das Tablett und schnappte sich ein Sandwich, das Cobb eigentlich für sich selbst gemacht hatte. McNutt stopfte es sich in den Mund, und seine Miene verriet Hochgenuss. »Oh Mann, wie lecker. Was ist das?«

»Meins«, antwortete Cobb.

McNutt wischte sich den Mund mit dem Unterarm ab. »Also wirklich, das hast du *super* gemacht. Schmecke ich da Senf?«

Sarah schüttelte genervt den Kopf. »Weißt du, die ganze Kombüse ist voller Lebensmittel, vom prall gefüllten Kühlschrank ganz zu schweigen. Du brauchst hier nicht hereinzuplatzen und unser Essen zu klauen.«

McNutt nahm den nächsten Bissen. »Ich bin nicht wegen des Essens gekommen. Das war nur ein Bonus. Ich bin gekommen, weil ich glaube, dass ich dir helfen kann.«

Sie musterte ihn misstrauisch. »Wobei willst du mir helfen?«

Er ließ sich Sarah gegenüber auf die Couch fallen. »Ich habe Hinweise auf den Sprengstoff… Na ja, gewissermaßen… Ich meine, vielleicht.«

Sie hatte keine Zeit für solche Spielchen. »Was, Teufel, soll das heißen?«

Cobb vertraute auf McNutts Fähigkeiten, doch er verstand auch Sarahs Frustration. Das Ausdrucksvermögen des Marines hatte noch Optimierungspotenzial. »Josh, wovon redest du?«

McNutt spürte, dass die beiden ungehalten wurden, also redete er Klartext. »Ich kann nahezu garantieren, dass das Semtex in der Tschechischen Republik hergestellt wurde, von einer Firma namens Explosia.«

»*Explosia?*«, höhnte Sarah. »Das denkst du dir doch aus!«

»Nein, Ehrenwort«, versicherte er und aß weiter. »So heißt die Firma wirklich. Sie sitzt in Semtin, einem Vorort von Pardubice in der Tschechischen Republik. Die haben das Gemisch in Semtin erfunden, daher der Name Semtex, und sie sind nach wie vor weltweit der Hauptproduzent von dem Zeug. Sie stellen mindestens ein halbes Dutzend Varianten davon her, und die Nachfrage reißt nie ab.«

Cobb wusste, dass Sprengstoff oft mit einer spezifischen Chemikalie oder Markierungen aus Metallstäuben versehen wird, um einzelne Chargen zu kennzeichnen. Diese »Taggants« sind wie Nummernschilder, mit deren Hilfe sich Herkunft und Käufer des Materials ermitteln lassen. Wenn sie den Taggant identifizieren konnten, mussten sie nur noch an die Unterlagen des Herstellers herankommen, dann konnten sie den ermittelten Markerstoff mit den Einträgen in deren Hauptbuch vergleichen und hatten den Namen des Käufers.

Cobb verfluchte sich selbst dafür, keine Probe der Masse mitgenommen zu haben, als er die Gelegenheit dazu gehabt hatte. »Wenn wir dir eine chemische Analyse beschaffen, kannst du dann den Marker zurückverfolgen?«

»Wahrscheinlich nicht«, antwortete McNutt. »Aber das ist okay. Wir brauchen uns die ganze Arbeit gar nicht zu machen.«

»Warum kannst du es nicht nachverfolgen?«, fragte Sarah.

»Und warum brauchen wir die Information nicht?«, wollte Cobb wissen.

McNutt beantwortete zuerst Sarahs Frage. »Man wird wahrscheinlich keinen Marker finden, weil Taggants bei Semtex bis vor Kurzem nicht vorgeschrieben waren. Die Regeln gelten nur für *neues* Semtex. Es gibt ganze Lagerhallen voll mit altem, ungemarktem Zeug davon, das noch gar nicht verkauft wurde.«

Dann wandte er sich an Cobb. »Es spielt deshalb keine Rolle, weil der Sprengstoff nur ein Teil der Gleichung ist.«

Damit konnte Cobb nichts anfangen. »Wie das?«

»Na ja, als ich herausbekam, dass sich das Semtex nicht zurückverfolgen lässt, hab ich nach etwas anderem gesucht, was uns vielleicht helfen kann.« Er öffnete die Aktenmappe, die er mitgebracht hatte, und hielt das Foto einer Sprengkapsel hoch, die an einem Sprengstoffpaket befestigt war. »Und ich habe das hier gefunden.«

Cobb erkannte das Bild. Es war die Nahaufnahme eines der Timer, die man benutzt hatte, um die Explosionen in den Zisternen zu synchronisieren.

»Das sieht vielleicht wie ein ganz normaler Digitalzeitgeber aus«, erklärte McNutt, »ist es aber nicht. Der ist einzigartig. Er wird in Tunesien von einer Firma namens Mecanav hergestellt. Die bauen eigentlich Schiffe. Dieses kleine Mistding gehört nämlich in die Hightechanzeigentafel eines Schiffes.«

Sarah versuchte, die Zusammenhänge zu begreifen. »Ich kapier es nicht. Warum benutzt man eine tunesische Zeitschaltuhr für Schiffe, um damit Sprengstoff zu zünden?«

McNutt grinste. »Aus Bequemlichkeit.«

Er zog eine Karte von Nordafrika heraus und deutete auf das kleine Land Tunesien, das sich an der Spitze der Nordküste befand. Dann bewegte er den Finger in südliche Richtung nach Libyen.

»Erinnert ihr euch noch an Mohammed al-Gaddafi, den Spinner, der Libyen – na, wie lange? – vierzig Jahre regiert hat? Unter seiner Herrschaft wurde Libyen Explosias größter und wichtigster Kunde. Das Semtex, das sie erhielten, war zwar Eigentum der libyschen Armee, aber das meiste davon ist auf dem Schwarzmarkt gelandet.«

Das musste Cobb genauer wissen. »Von welchen Mengen reden wir?«

»Von beängstigenden Mengen«, erwiderte McNutt. »Mindestens siebenhundert Tonnen. Und das ist nur eine sehr vorsichtige Schätzung. Manche Experten sprechen von über tausend Tonnen.«

Cobb stöhnte, dann brachte er für Sarah die Zahl in einen Zusammenhang. »Erinnerst du dich noch an das Lockerbie-Attentat 1988? Da reichten dreihundert Gramm, um ein ganzes Flugzeug vom Himmel zu holen.«

Der Zwischenfall in Schottland war Sarah vertraut, sie hatte ihn während ihrer Ausbildung bei der CIA intensiv studiert. Sie kannte auch die Folgen – nicht nur ein

Flugzeug war dabei zerstört worden, zweihundertfünfundneunzig Menschen hatten dabei ihr Leben verloren.

»Libyen ist der Hauptumschlagplatz für Semtex«, fuhr McNutt fort, »aber sie haben keine eigenen Produktionsstätten, um die restlichen Bauteile für eine Bombe liefern zu können. Die nächste Quelle zuverlässiger Elektronik ist Tunesien, der Nachbarstaat im Norden. Speziell: Mecanav. Ganze LKW-Ladungen dieser Zeitgeber sind auf dem Weg von den Fertigungshallen der Firma zu den Schiffswerften verschwunden. Die sind fast immer auf den Straßen von Tripolis oder Bengasi aufgetaucht.«

McNutt klopfte auf das Foto des Zeitgebers, um seinem nächsten Punkt Nachdruck zu verleihen.

»Vergesst den Sarkophag, hier ist das richtige Geld zu verdienen. Für das, das nur ein paar von diesen Timern auf dem Schwarzmarkt kosten, könnte man ein ganzes Boot kaufen.«

Cobb hatte endlich das ganze Bild. McNutt mochte ein paar Minuten benötigt haben, um dahin zu gelangen, aber das Warten hatte sich gelohnt. Die libysche Grenze war weniger als dreihundertfünfzig Meilen von Alexandria entfernt – so nah, dass es ein Team in weniger als einem Tag schaffen konnte, hinein- und wieder hinauszukommen. Das bedeutete, dass sie ihre Ermittlungen eingrenzen konnten.

»Sarah …«

»Ich kann meine Suchparameter eingrenzen«, fiel sie ihm ins Wort. »Ich konzentriere mich auf Gruppen, die ihre Operationsbasis in Libyen haben, vor allem auf solche, die früher schon im Zusammenhang mit Sprengstoffen aufgefallen sind.«

»Gut finanzierte Gruppen«, fügte Cobb hinzu. »Wenn die Timer so teuer sind, müssen die Burschen von zahlungskräftigen Geldgebern unterstützt werden. So wie sie das ganze Netzwerk von Zisternen eingedeckt haben, hat Geld für sie offenbar keine Rolle gespielt.«

Sarah stürzte sich mit neuem Eifer auf ihren Laptop und die Arbeit.

Auch wenn es nur ein kleiner Fortschritt war, Cobb hatte das Bedürfnis, McNutt zu loben. »Gute Arbeit, Marine. Mit Sicherheit ein Sandwich wert.«

McNutt grinste und rülpste. »Danke, Chief.«

41. KAPITEL

Garcia kam vom Kommandozentrum heruntergerast, als Cobb und McNutt gerade ins Gespräch vertieft waren und Sarah auf ihrer Tastatur herumhackte. »Was dagegen, wenn ich störe?«

»Ja«, rief Sarah und Cobb im selben Moment: »Nein.«

Cobb grinste. »Hast du was gefunden?«

Garcia warf ihm den gebrauchten Leuchtstab hinüber. »Ich hab den Vertrieb.«

Cobb rollte den Plastikzylinder zwischen den Händen. »Lass mich raten: Libyen?«

Garcia, der von dem vorigen Gespräch nichts mitbekommen hatte, war für einen Moment verwirrt. Er wusste, dass Cobb nicht der Typ war, der einfach ins Blaue hinein riet, doch die Bemerkung kam für ihn völlig aus dem Nichts. »Äh, nein, nicht Libyen.«

»Tunesien?«, mutmaßte Sarah.

McNutt konnte nicht widerstehen. »Die Tschechische Republik?«

Garcia wusste nicht, wie ihm geschah, doch ihre Mienen sagten ihm, dass sie nicht scherzten. »Nein und nein. Der wurde in Griechenland verkauft.«

»Griechenland?«, wiederholte Cobb. »Sind sie auch in anderen Ländern erhältlich?«

Garcia schüttelte den Kopf. »Nein. Sie werden in Piräus, Griechenland, hergestellt, und aus steuerlichen Gründen wird nichts exportiert.«

Sarah fluchte stumm. »Zurück auf Start!«

Genervt davon, dass ihm jemand den Moment seines Triumphs ruiniert hatte, bewarf McNutt Garcia mit dem Rest von seinem Sandwich. »Na schönen Dank, Fernando.«

Garcia versuchte es aufzufangen, aber das Sandwich teilte sich mitten im Flug, und so flogen ihm Brot, Käse und mit Senf beschmiertes Fleisch wie Schrapnelle einer Splittergranate um die Ohren. Er konnte nur noch versuchen, sein Gesicht zu schützen.

»Was, zum Teufel...?«, schrie er, als er den Schaden an seinem Vintage-T-Shirt begutachtete. »Das war unnötig!«

»Deine neuesten Neuigkeiten auch!«, schrie McNutt zurück.

Cobb ignorierte ihr Geplänkel und versuchte die neuesten Entwicklungen einzuordnen. Alles, was er gerade über die Zeitgeber aus dem Schiffbau und das Semtex erfahren hatte, deutete darauf hin, dass es sich um eine Gruppe handelte, die von Libyen aus operierte. Noch wussten sie nicht, ob die beteiligten Männer Verbindungen zu einer größeren Gruppe hatten oder ob es sich bei ihnen nur um bezahlte Söldner handelte, aber der Hinweis auf ihre Herkunft war eine erste Spur gewesen.

Eine Spur, die Garcia gerade entwertet hatte.

Weil der Rückschlag so gravierend war, wollte Cobb Genaueres wissen. »Wie sicher bist du dir, dass der Leuchtstab aus Griechenland kommt?«

»Zu neunundneunzig Prozent.« Garcia pflückte sich eine Scheibe Salami von der Brust. Er war zu intelligent, um eine größere Wahrscheinlichkeit anzugeben. In seiner Welt war nichts in Stein gemeißelt. Es gab immer eine Fehlerquote.

»Aber *nicht* einhundert?«, fragte Cobb.

Garcia spürte, dass Cobb erst Ruhe geben würde, wenn er ganz genau erfuhr, wie er zu seinem Schluss gekommen war. Das bedeutete für Garcia leider, dass ihre Unterhaltung eine sehr seltsame Richtung nehmen musste. »Warst du schon mal auf einem Rave?«

Das Tippen hörte auf, und Sarah drehte den Kopf zur Seite. Sie wusste ehrlich nicht, was lustiger war: Garcias Frage oder Cobbs Reaktion darauf.

»Ein Rave?«, wiederholte Cobb.

Schon die Vorstellung brachte McNutt zum Lachen. »Ja klar, Jack treibt sich in der Raver-Szene herum. Trip-Hop, Acid House, Reggae-Dub – darauf fährt er voll ab.«

Cobb hatte keine Ahnung, wovon McNutt redete. Es war, als würde der plötzlich eine Fremdsprache sprechen. Alles, was Cobb über Rave wusste, hatte er aus dem Fernsehen. »Meinst du diese Durchmachpartys, wo sich verstrahlte Teenager aufführen wie eine Horde Zombies? Nein, Hector, da war ich noch nicht.«

»Ich will jetzt nicht den Lifestyle verteidigen«, sagte Garcia abwehrend, »ich wollte nur wissen, ob du überhaupt etwas davon weißt.«

»Ja, ich weiß, was es ist. Warum?«

Garcia wusste, dass er schnell zum Punkt kommen musste, bevor Cobb das Gespräch für beendet erklärte. Dennoch war er der Meinung, dass etwas Hintergrundinformation seiner Argumentation nützen konnte.

»Raves«, erklärte er, »waren mal Veranstaltungen, auf denen die Jugendlichen Dampf ablassen konnten. Die körperliche Anstrengung eines Tanzmarathons war nur eine harmlose Stressabfuhr. Das Problem war nur, dass es Leute gab, die nicht wussten, wann sie aufhören sollten. Als ein paar Stunden Tanzen nicht reichten, griffen sie zu chemischen Mitteln, um sich abzuschießen oder weiter-

feiern zu können. Ecstasy, Crystal Meth, Special K, GHB –
das ging rum wie Bonbons. Manche von ihnen landeten
nackt im Krankenhaus und konnten sich absolut nicht
mehr erinnern, wie sie dorthin gekommen waren.«

McNutt seufzte. »Oh Gott, ich vermisse die neunziger
Jahre.«

Cobb grinste. »Es war also eine Superzeit für Drogen-
dealer. Worauf willst du hinaus?«

Garcia fuhr fort. »Von Drogen einmal abgesehen waren
auf den meisten Raves auch Leuchtstäbe im Überfluss vorhanden. Die Leute befestigten sie an ihrer Kleidung oder
schwenkten sie durch die Luft. Ich rede hier von vielleicht
tausend Leuten, die in der Dunkelheit irgendwelche Formen in die Luft zeichnen. Das ist schon ziemlich cool,
wenn man es nüchtern sieht. Aber wenn man Drogen
eingeworfen hat, ist es der reine Wahnsinn.« Er senkte
beschämt den Blick. »Habe ich jedenfalls so gehört.«

»Und weiter?«

Garcia richtete seinen Blick wieder auf Cobb. »Die
Einzigen, die die Lightshow noch besser fanden als die
breiten Massen, waren die Behörden. Insbesondere die
DEA.«

Cobb verzog verwirrt das Gesicht. Er konnte sich nicht
vorstellen, warum ausgerechnet die Anti-Drogenbehörde
ein Interesse an Plastiklichtern haben sollte. »Warum das
denn?«

»Die größten Raves wurden von den größten Drogen-
händlern veranstaltet. Warum soll man seine Zeit damit
verschwenden, Drogen in Einzeldosen auf der Straße zu
verkaufen, wenn man fünftausend davon in einer Nacht
loswerden kann? Die DEA wusste, dass das Problem immer schlimmer wurde, aber so, wie die Sache organisiert
war, gab es im Vorfeld nur wenige Hinweise. Diese Partys

wurden erst ein, zwei Stunden vor Beginn angekündigt, und das Einzige, was hinterher zurückblieb, waren die Drogenopfer, die sich zu viel eingeschmissen hatten, und dazu ein plattgetretener Acker oder ein verdreckter Lagerraum voller verbrauchter Leuchtstäbe.«

Allmählich begriff Cobb den Zusammenhang. »Und irgendwann kam ein Drogenfahnder auf die Idee, sich die Seriennummern der Leuchtstäbe anzusehen. Wenn man den Hersteller feststellen konnte, konnte man auch zurückverfolgen, an wen die Lieferung gegangen war. Und wenn man wusste, wo sie verkauft worden waren, dann konnte man auch den Namen des Käufers ermitteln.«

Garcia nickte. »Man kann nicht einfach irgendwohin marschieren und aus einem Regal zehntausend Leuchtstäbe kaufen. Man muss sie vorher bestellen, um sicher zu sein, dass sie in der Rave-Nacht verfügbar sind. Diese Partygags führten die Behörden schließlich zu den Drahtziehern. Seitdem wird über jeden Leuchtstab-Produzenten Buch geführt. Man kann jedes Produkt identifizieren und sagen, wo es von wem hergestellt und an wen es geliefert wurde.« Er deutete auf das Plastikröhrchen in Cobbs Hand. »Und deshalb kann ich dir sagen, dass dieser Leuchtstab in Griechenland hergestellt und verkauft wurde. Ich bin mir sicher.«

Cobb hatte genug gehört. Jetzt war auch er überzeugt.

Sie würden ihre Suche ausweiten müssen.

Er drehte sich zu Sarah um. »Tut mir leid, dass ich dir das antun muss…«

Sie winkte ab. »Kein Grund, sich zu entschuldigen. Ich habe schließlich den Leuchtstab gefunden. Wir folgen den Spuren, egal, wohin sie uns führen – ob es nun Libyen, Griechenland oder die Tschechische Republik ist. Und wir werden weitersuchen, bis wir Jasmine finden.«

42. KAPITEL

Garcia verbrachte die nächsten Minuten damit, sein T-Shirt und die Shorts vom Senf zu reinigen. Er wollte gerade die Lounge verlassen, als er merkte, dass er ganz vergessen hatte, weshalb er eigentlich so schnell die Treppe heruntergekommen war. Die Leuchtstäbe hatten ihn abgelenkt.

»Eins noch«, sagte er, als er vom Waschbecken zurückkam. »Ich hab es endlich geschafft, Teile des Videomaterials aus Jasmines Taschenlampe zu retten.«

»Du machst wohl Witze!«, schimpfte Sarah.

»Nein, über so was würde ich keine Scherze machen.«

»Moment mal«, knurrte sie sichtlich genervt, »du bist hier mit zwei Informationen heruntergekommen – eine über Jasmine und die andere über die Leuchtstäbe – und hast es für angebracht gehalten, mit den Leuchtstäben zu beginnen? Was, zum Teufel, denkst du eigentlich?«

Er schlug beschämt die Augen nieder. »Ich habe wohl gar nicht darüber nachgedacht, glaube ich.«

»Was du nicht sagst!« Sie bewarf ihn mit einer halb gegessenen Orange, um ihren Worten Nachdruck zu verleihen.

Trotz des neuen Flecks auf seinem Shirt beklagte er sich nicht.

»Wie kann ein Hacker nur so dämlich sein?«, wollte sie wissen.

»Ja!«, sagte McNutt. »Da wäre sogar *ich* noch schlauer gewesen.«

»Genug!«, machte Cobb dem Streit ein Ende. »Das *reicht!*«

Mit internen Querelen beim Militär hatte er eigentlich Erfahrungen, aber normalerweise waren das Soldaten im Adrenalinrausch, die vor ihrem nächsten Einsatz Dampf ablassen mussten, und keine ewig gereizte Ex-Spionin, kein Supergenie mit Sozialphobien und kein eingeschränkt zurechnungsfähiger Scharfschütze, die sich mitten in einer Rettungsmission nicht nur gegenseitig Beleidigungen, sondern auch noch Essen an den Kopf warfen.

»Was stimmt denn nicht mit euch? Habt ihr vergessen, was auf dem Spiel steht, Leute? Wir suchen nicht nach einem Eisenbahnzug. Wir suchen nach einer von uns.« Er machte eine Pause – kurz, aber lange genug, um der Reihe nach jedem Einzelnen von ihnen in die Augen zu blicken. »Ich weiß, ihr habt seit Tagen nicht geschlafen, und ich weiß, dass ihr euch auf diesem Boot eingesperrt fühlt. Aber ich will, dass ihr euch zusammenreißt. Nicht für mich, nicht für einander – sondern für *Jasmine.* Habe ich mich klar ausgedrückt?«

Alle nickten und murmelten Entschuldigungen.

»Das freut mich«, sagte Cobb, nahm sich die Fernbedienung für den XXL-Monitor und reichte sie Garcia. »So, und wenn du nichts dagegen hast, zeig uns bitte, was du auf Jasmines Taschenlampe gefunden hast – oder sollen wir dafür raufkommen?«

»Nein«, versicherte Garcia, »hier geht es wunderbar. Ich habe das Video auf unseren Netzwerkserver geladen, das heißt, ich kann es auf den Monitor streamen, auf eure Laptops oder sogar auf eure Smartphones. Solange ihr in unserem verschlüsselten Netzwerk seid, habt ihr Zugriff auf die Datei.«

Cobb ließ die Hand vor sich kreisen, damit Garcia etwas schneller machte.

»Stimmt, tut mir leid, ihr habt lange genug gewartet.«

»Und ob wir das haben«, knurrte Sarah.

Cobb warf ihr einen bösen Blick zu, und sie erwiderte ihn mit einem bösen Blick.

Sie konnte nicht aufhören mit dem Herumzicken, doch sie fühlte sich selbst nicht wohl dabei.

Unterdessen drückte Garcia ein paar Knöpfe auf seinem Tablet-Display. Ein paar Sekunden später speiste sein Rechner die Bilder von oben auf den Monitor.

Cobb, McNutt und Sarah sahen zu, wie er die ersten Teile des Videos vorspulte. Sie waren in den Zisternen anfangs noch mit Jasmine zusammen gewesen, und auf den Bildern war nichts Neues zu sehen. Interessanter war für sie das, was Jasmines Taschenlampe aufgezeichnet hatte, nachdem sie durch die Wand gekrochen war.

Sobald Jasmines Aufzeichnungen, die auf den Monitoren zu sehen waren, beim verstärkten Tunnel angelangt waren, ließ Garcia das Video wieder mit Normalgeschwindigkeit laufen. Das Bildmaterial war nicht so klar wie das übrige. Es war eine grobe, mit Sprüngen versehene Zusammenstellung der Sequenzen, die Garcia hatte retten können. Es sah mehr nach einem alten Super-8-Film aus als nach einem modernen digitalen Video.

Aber es erfüllte ihre Minimalanforderungen.

Sarah erkannte Teile des Piktogramms. »Das sind die Reliefs, die wir entdeckt haben.«

Im Hintergrund hörte man, was Jasmine zu den Piktogrammen gesagt hatte. Nicht nur die Videobilder, sondern auch Teile der Tonaufzeichnung hatten gelitten. Jasmines Stimme klang, als käme sie von ganz weit her durch eine schlechte Telefonverbindung.

»Ich habe versucht, ihre Interpretationen gegenzuchecken«, sagte Garcia, »zumindest das, was ich entziffern konnte, aber vergebens.«

»Warum?«, wollte Cobb wissen.

»Weil meine Tastatur *Buchstaben* hat und keine antiken ägyptischen *Symbole*. Ich habe mir wirklich Mühe gegeben, aber einfach keine Methode gefunden, um ein ›Gesicht mit Hörnern neben einer Wellenlinie‹ zu finden.«

Schließlich sah man das letzte Relief der Bilderschrift. Sie sahen die Darstellung eines Tunnels, wartende Boote und das Symbol Alexanders des Großen. Dann hörten sie den kurzen Wortwechsel zwischen Sarah und Jasmine – ein Gespräch, das sie zuvor bereits auf dem Material von Sarah gehört hatten – und sahen zu, wie Sarah im Tunnel verschwand.

Als sie weg war, ging Jasmine den Weg zum Anfang der Wand zurück. Sie scannte jeden Zentimeter davon, um die Bilder für die Nachwelt einzufangen.

Für sie war es eine einmalige Gelegenheit.

Als sie das letzte Fries zum zweiten Mal erreichte, fror das Bild auf dem Monitor ein. Zunächst vermuteten Cobb und die anderen, es handele sich dabei wieder um einen Aussetzer auf Jasmines Speicherkarte, aber das war nicht der Fall. Garcia hatte das Video absichtlich angehalten.

»Leute«, warnte er, »der Rest ist… es fällt nicht leicht, sich das anzusehen.«

Cobb nickte verständnisvoll. »Kann schon sein, aber wir müssen es sehen.«

Auf dem Video sah es aus, als hätte Jasmine keine Zeit gehabt, irgendetwas Verdächtiges zu bemerken. Es gab keine ungewöhnlichen Geräusche, denen sie auf den Grund zu gehen versuchte, und auch keine mysteriösen Schatten, denen sie etwas zurief. Eben war sie noch auf die Wand konzentriert, und im nächsten Moment versuchte sie schon, sich gegen den Angriff zu verteidigen.

Auf den ersten Blick ließ sich auf den Videobildern nur wenig erkennen. Im Monitor war kaum mehr als eine verwischte Bewegung zu sehen, als es Jasmine mit dem unbekannten Eindringling zu tun bekam. Die erstickten Schreie und das schmerzerfüllte Stöhnen bestätigten, dass sie brutal überwältigt wurde, und die beängstigende Stille nach ihrem plötzlichen Verstummen warf die Frage auf, wie schwer sie verwundet worden war, als sie schließlich unterlag.

Einen Augenblick später stoppte das Video abrupt.

Es vergingen mehrere Sekunden, bevor jemand etwas sagte.

»Das war's«, flüsterte Garcia. »Mehr ist nicht drauf.«

McNutt schüttelte den Kopf. »Spiel es noch einmal ab.«

»Nein, lass das«, flehte Sarah, die sich schuldig fühlte, weil sie ihre Teamkameradin verloren hatte. »Wir wissen, was geschehen ist, ich muss das nicht noch einmal hören.«

Doch McNutt bestand darauf. »Spiel es noch einmal. Ich glaub, ich habe etwas gesehen.«

Cobb maßte sich nicht an, einem Scharfschützen erzählen zu wollen, was er gesehen hatte und was nicht. »Hector, du hast ihn gehört. Spiel es noch einmal ab.«

McNutt ging näher an den Monitor heran. »Geh zu der Stelle ganz am Ende, kurz bevor die Aufzeichnung abbricht.«

Garcia spulte das Video ein Stück zurück und wiederholte die Szene.

McNutt ging noch dichter heran. »Noch einmal.«

Garcia spielte es ein weiteres Mal ab.

»Noch mal«, verlangte McNutt. »Diesmal in Zeitlupe.«

Garcia veränderte die Playback-Einstellungen, und die Bilder tickerten eines nach dem anderen durch. Als der Ausschnitt zur Hälfte abgespielt war, schoss McNutts Hand nach vorn, und er deutete auf das Display.

»Anhalten!«, rief er triumphierend. »Ich hab doch gesagt, dass ich etwas gesehen habe!«

Garcia und die anderen beugten sich vor und versuchten zu erkennen, was McNutt so in Aufregung versetzte. Aber das Einzige, was sie erkennen konnten, waren helle und dunkle Flecken auf dem Bildschirm.

»Wo?«, fragte Sarah.

McNutt deutete auf die Mitte des Monitors. »Genau *hier*.«

Cobb sah angestrengt auf den Pixelklumpen, dann zu Sarah, die völlig verwirrt das Gesicht verzog, und danach hinüber zu Garcia, der die Augen zusammenkniff. Es war ziemlich offensichtlich, dass keiner von ihnen mit dem Bild etwas anfangen konnte. »Josh, was sollen wir da erkennen?«

»Einen Affenmann«, antwortete er stolz.

Bei dieser Behauptung rollte Sarah mit den Augen. »*Affenscheiße* vielleicht, aber nicht…«

»Aber wenn ich es doch sage: Da ist jemand!«

McNutt knurrte frustriert und stapfte in den Winkel der Lounge, den sie als Arbeitsplatz benutzten. Dort schnappte er sich einen schwarzen Marker vom Tisch und stürmte zurück zum Monitor. Dann zeichnete er mit dickem schwarzem Strich direkt auf den Monitor.

»Nicht auf den Screen!«, schrie Garcia einen Augenblick zu spät.

»Seht mal hier!« McNutt zog die Umrisse des Klumpens nach. »Das hier ist der *Kopf*… das ist sein *Hals*… und das hier sind seine *Schultern*… Jetzt zieht euch das rein.«

Er verlieh seinen Worten Nachdruck, indem er mehrere schwarze Kreise um den schwarzen Klumpen zog.

Diesmal war es Sarah, die einen Blick zu Cobb hinüberwarf, um eine zweite Meinung einzuholen. »Bin ich die Einzige, die den Kerl nicht sehen kann? Denn ganz ehrlich: Bei diesen Fixierbildern bin ich furchtbar schlecht. Ich starre und starre, aber den Hund mit dem lustigen Hut kann ich nie erkennen.«

»Den Hund finde ich *immer*, aber den Kerl kann ich nicht sehen«, räumte Cobb ein.

McNutt stöhnte, dann sah er sich im Raum nach Malutensilien um. »Hat vielleicht jemand Buntstifte oder einen Eimer Farbe?«

»Moment!«, platzte Garcia heraus. Schon der Gedanke daran raubte ihm die Sinne. »Bevor du irgendetwas machst, was sich nicht mehr rückgängig machen lässt, lass es mich mal mit etwas Digitalzauber versuchen. Mit ein wenig Glück könnte ich ein paar Störungen rausfiltern.«

»Sprich Englisch«, verlangte McNutt.

»Mach ich doch«, versicherte Garcia und tippte in sein Tablet. »Ich hätte es ja schon früher versucht, wenn unser Ausgangsmaterial deutlicher wäre, aber wegen der fehlenden Sektoren bin ich mir, ehrlich gesagt, nicht sicher, was ich mit meinen Bildbearbeitungswerkzeugen ausrichten kann. Vielleicht wird das Bild besser, vielleicht aber auch schlechter.«

Ein paar Sekunden später hatten sie die Antwort.

Plötzlich wurden die Konturen des Bildes schärfer.

Sarah machte große Augen. »Das kann doch nicht wahr sein. Der Hinterwäldler hatte recht.«

Cobb nickte. Jetzt konnte er es auch endlich sehen.

Ein Kopf. Ein Hals. Und ein paar Schultern.

McNutt grinste triumphierend.

Und dann hielt er plötzlich inne.

Anstatt sich weiter zu brüsten, beugte er sich vor und betrachtete die Pixel noch näher – so nah, dass seine Nase den Mann auf dem Monitor fast berührte. Dann machte er einen Schritt zurück, spuckte sich in die Hand und versuchte, den Filzstift vom Hals des Mannes abzuwischen. Die Mischung von Speichel und Filzstift auf dem High-End-Monitor bewirkten bei Garcia Würgereflexe, doch McNutt ignorierte sein Japsen und konzentrierte sich – sehr zum Vergnügen von Sarah und Cobb – auf seine Aufgabe.

»Was machst du da?«, fragte Sarah.

»Ich sehe noch etwas«, sagte McNutt.

Sie rollte die Augen. »Nein, tust du nicht.«

»Tu ich doch«, versicherte er und fuhr fort, zu spucken und zu wischen.

»Josh«, fragte Cobb, »*was* siehst du?«

»Eine Art Zeichen. Vielleicht eine Tätowierung. Vielleicht eine Narbe. Ich kann es nicht genau sagen, weil irgendein Idiot auf den Monitor gekritzelt hat. Aber da ist auf jeden Fall Musik drin.«

»Definiere *Musik drin*.«

McNutt machte einen Schritt zurück und zeigte auf das Bild. »Seht es euch selbst an.«

Cobb beugte sich vor und betrachtete das ungewöhnliche Symbol. Es bestand aus zwei Kreisen, gestützt von einem Säulenpaar, die von ihrer Basis aus aufeinander zuliefen. Leider hatte er das Zeichen nie zuvor gesehen. »Weiß einer, was das ist?«

Sarah legte den Kopf auf die Seite. »Für eine Tätowierung glänzt das zu sehr. Ich glaube, es ist ein Brandzeichen, so wie man es in Bruderschaften bekommt.«

»Ich meinte das Symbol selbst«, sagte Cobb.

»Oh.« Sie sah genauer hin. »Die Umrisse erinnern mich an ein altmodisches Schlüsselloch, so eins für große Bartschlüssel.«

»Ich verstehe, was du meinst«, pflichtete Cobb bei, obwohl er ahnte, dass die Interpretation nicht zutraf. Es wirkte abstrakter als das. »Hector, was ist mit dir?«

»Ich?«, erwiderte Garcia kleinlaut. Er blickte langsam auf, um zunächst nachzusehen, ob man die Spucke auf dem Screen noch sehen konnte. Als er erkannte, dass sie weggewischt war, konnte er sich auf das Bild konzentrieren. »Ich weiß nicht. Vielleicht so eine Art Hieroglyphe – so wie die an der Wand. Ich kann versuchen, das zu überprüfen, aber wie schon gesagt, ich weiß nicht, wie ich das tun soll, ohne es an einen Historiker zu schicken.«

Seinen Worten folgte unbehagliches Schweigen.

Sie dachten alle dasselbe.

Wenn Jasmine hier wäre, sie würde es wissen.

43. KAPITEL

Seit Jasmines Entführung waren mehr als achtundvierzig Stunden vergangen, und die Ungewissheit ihres Schicksals setzte dem Team mehr und mehr zu.

Sie mussten herausfinden, wer sie in seine Gewalt gebracht hatte.

Und warum.

Oder wo sie sich befand.

Bisher hatten sie nicht mehr als die Reliefs eines Piktogramms und ein Foto von vernarbter Haut. Wenn es in dem Tempo weiterging, konnte sich ihre Ermittlung noch über Wochen hinziehen. Cobb wusste, dass sie mehr brauchten, und zwar jetzt gleich.

Er wandte sich an Sarah. »Es wird Zeit, Simon anzurufen.«

Sie nickte zustimmend. »Vielleicht kann er uns etwas über das Brandzeichen sagen. Wenn wir Glück haben, ist es Bestandteil eines Aufnahmerituals von irgendeiner Bande aus der Gegend.«

Cobb schüttelte den Kopf. »Wir werden ihm nichts von dem Brandzeichen erzählen. Und auch nichts über das Semtex oder den Leuchtstab. Das sind Insiderinformationen, die er sich momentan noch nicht verdient hat. Verstanden?«

»Wie du meinst«, erwiderte sie knapp. »Aber wie soll er uns nützlich sein, wenn wir ihm nichts von unseren Erkenntnissen mitteilen?«

»Darüber sprechen wir auf dem Weg zu ihm.«

»Schön«, sagte sie. »Ich werde ein Treffen in die Wege leiten.«

Garcia nahm ein Satellitentelefon aus der Tasche und reichte es Sarah. »Nimm das. Es ist verschlüsselt und lässt sich nicht orten.«

Während Sarah zum Telefonieren aus dem Zimmer ging, erteilte Cobb McNutt den Marschbefehl. »Setz dich mit deinen Kontakten in Nordafrika in Verbindung. Ich meine alle – Zivilisten, Militärs und *andere*. Eigentlich solltest du mit den anderen anfangen.«

McNutt wusste, dass Cobb ehemalige Soldaten und ehemalige Geheimdienstmitarbeiter meinte, die sich inzwischen in zwielichtigeren Bereichen der internationalen Beziehungen tummelten.

»Ich werde bei jedem freundlich gesinnten Söldner auf dieser Seite des Ganges anklopfen«, versprach McNutt. »Was soll ich herausfinden?«

»Wer von der Explosion profitieren könnte. Wem nützt sie politisch und ökonomisch? Beschaff dir, was immer du kriegen kannst – Namen, Ziele, Operationsbasen. Du weißt ja, wie der Hase läuft. Wenn du Informanten in der Stadt hast, nutz sie. Du kannst das, was wir über die Explosion bestätigen können, gegen Informationen darüber tauschen, was vielleicht als Nächstes geschieht. Es darf bloß niemand erfahren, woher wir wissen, was wir wissen.«

»Und wenn sie einen Beweis dafür sehen wollen, dass ich mir das nicht alles nur ausdenke?«

»Dann nutz das Videomaterial, das wir in den Tunneln aufgenommen haben. Schick ihnen Screenshots von den Sprengsätzen, wenn es sein muss. Aber sie müssen denken, du hättest die Bilder von jemand anderem bekommen. Ich will nicht, dass irgendetwas auf uns zurück-geführt werden kann.«

McNutt nickte enthusiastisch.

»Sei vorsichtig«, fügte Cobb hinzu. »Bleib unter dem Radar.«

McNutt sah Garcia an und streckte die Hand aus. »Hast du noch eins von diesen verschlüsselten Handys?«

»Im Kommandozentrum. Auf dem Kartentisch sollte noch eins liegen.«

Beim Hinausgehen blickte sich McNutt ein letztes Mal zu Cobb um. »Ich bin oben auf Deck, falls du mich brauchst.«

Als Letzter, der noch da war, brannte Garcia darauf, seinen Teil zu übernehmen. »Jack, wie kann ich helfen?«

»Ich möchte, dass du dich um das Symbol kümmerst. Wir müssen herausfinden, ob es eine besondere Bedeu-tung hat. Suche in Body-Art-Foren, in Bilddatenbanken und so weiter. Ruf Tom Hanks an, wenn es sein muss. Ich hab mal gesehen, wie er so etwas in einem Film abgezo-gen hat. Hauptsache, du findest heraus, was das Symbol bedeutet. Okay?«

Garcia grinste über Cobbs Versuch, witzig zu sein. »Okay.«

»Hector, eins noch. Falls du herausbekommst, was es bedeutet, erzähl es nur mir. Nicht Jean-Marc, nicht Josh und auch nicht Sarah. Du sagst es mir, und nur mir.« Cobb machte eine Pause, und sein Blick verriet Garcia, dass es ihm ernst war. »Du kannst nicken, wenn du ka-pierst, was ich sage.«

Garcia nickte langsam.

»Gut.«

»Jack, eine Frage noch.«

»Na los.«

»Jack hat vorhin ›freundliche Söldner‹ erwähnt. Ich habe den Begriff noch nie gehört. Gibt es das wirklich?«

Cobb grinste. »Muss es wohl. Es steht einer vor dir.«

*

Cobb gab Gas und hörte den Mercury-Zwillingsaußenborder röhren. Mit 600 PS ließ der Schub aus den Maschinen das offene Boot übers Wasser schießen. Cobb stand an der Pinne und ließ sich die warme Meeresbrise um die Nase wehen.

Er blickte zu Sarah hinüber. »Was hast du?«

Sie konnte kaum begreifen, dass sie schon einmal auf dem Schnellboot gewesen war. Nichts wirkte vertraut. Sie hatte keine Erinnerungen an ihre letzte Fahrt. Beim letzten Mal hatte sie natürlich die meiste Zeit auf dem Boden gelegen, in ihrem eigenen schaumigen Erbrochenen und noch unter den Nachwirkungen der Explosion. Auf diesem Trip war ihr Blickwinkel ein ganz anderer.

»Nichts«, antwortete sie. »Ich dachte nur an Garcias Mund.«

Er sah sie mit einer Mischung aus Überraschung und Verwirrung an. »Gibt es etwas, was du mir sagen möchtest?«

Sie lachte. »Eigentlich ist es genau umgekehrt. Da gibt es etwas, was du mir sagen musst.«

»Was denn?«

»Wozu soll es gut sein, wenn wir Simon nur einen Teil von dem erzählen, was wir herausgefunden haben? Warum wollen wir ihm alles vorenthalten?«

Cobb nickte. Er wusste, dass er ihr eine Erklärung schuldete. »Ich will nicht sagen, dass wir nicht vielleicht mal an den Punkt angelangen, dass wir ihm vertrauen, aber bevor es so weit ist, müssen wir noch ein paar Dinge

341

erfahren. Dieses Gespräch dient nicht dem Zweck, *ihm* irgendwas zu erzählen. Es geht darum herauszubekommen, was *er* weiß.«

»Worüber weiß?«

Cobb griff in die Tasche seiner Cargohose und zog einen Umschlag heraus. Wortlos reichte er ihn Sarah. Sie öffnete ihn neugierig und blätterte die Fotos durch, die er enthielt.

»Garcia hat diese Fotos aus den Aufnahmen meiner Taschenlampe gezogen«, erklärte er.

Sie erkannte den Mann auf dem einen Foto, aber nur, weil sie von Cobb bereits wusste, dass er in den Tunneln gewesen war. Sonst wäre es ihr nie gelungen, den Mann zu identifizieren, der ihr aus der Taverne hinterhergelaufen war, so schlimm war sein Gesicht auf der Aufnahme verstümmelt.

»Verdammt«, sagte sie, als sie das Bild betrachtete. »Die haben ihn aufgeschlitzt und dann zum Sterben liegen lassen. Das war keine schnelle Nummer, es sollte wehtun.«

»Ja«, pflichtete Cobb ihr bei.

»Aber warum hat man ihn gefoltert?«

»Frag lieber: Warum ist er uns gefolgt?«

Sarah las zwischen den Zeilen.

Das war der Grund ihres Treffens mit Dade.

»Mal sehen, ob ich das richtig begreife«, sagte sie und versuchte, alles zu verstehen. »Die Ganoven sind mir wegen Simon gefolgt?«

Cobb zuckte mit den Schultern, sagte aber nichts.

»Wieso sollten sie auf die Idee gekommen sein, dass ich sie zu Simon führen könnte? Dass wir uns auf einen Drink getroffen haben, heißt noch nicht, dass wir auch zusammenarbeiten.«

»Stimmt schon, aber es bedeutet auch nicht, dass ihr

nicht zusammenarbeitet«, entgegnete er. »Denk mal drüber nach. Die haben nur gesehen, wie du und Simon weggelaufen seid. Das lässt einigen Spielraum für Interpretationen.«

»Ja, aber…«

»Es sei denn…«

»Was?«

»Vielleicht war es Simon, der sie zu *uns* geführt hat.«

Sarah starrte ihn an. »Das glaube ich keine Sekunde.«

Cobb sah ihr an, dass sich Zweifel in ihr regten. Ihre Nasenflügel bebten, ihr Atem wurde schwerer. In ihren Augen blitzten erste Anflüge von Zorn. Genau darauf hatte er es angelegt. Wenn das Treffen mit Dade etwas bringen sollte, war es nicht gut, wenn sie ihren Langzeitinformanten in Schutz nahm.

Er wollte, dass sie aggressiv war.

Sie sollte wütend werden.

»Simon würde so etwas nie tun«, murmelte sie, und es sollte weniger Cobb als sie selbst überzeugen. »Er hat mich noch nie in Gefahr gebracht.«

Ihr Argwohn, möglicherweise hintergangen worden zu sein, war geweckt. Sie konnte sich zwar nicht vorstellen, warum Dade sie hereingelegt haben sollte, aber die Möglichkeit ließ sich kaum abstreiten.

Warum sind uns die Ganoven in den Tunnel gefolgt?

Wollten sie Simon finden?

Oder war Simon dafür verantwortlich?

Plötzlich war sie voller Zweifel.

Cobb wandte den Kopf ab und versuchte, nicht zu grinsen.

Das war die Sarah, die er für ihr Treffen brauchte.

Die Sarah, die unbedingt die Wahrheit wissen wollte.

44. KAPITEL

El Agami, Ägypten
(17 Meilen westlich von Alexandria)

Ägypten ist für seinen Sand bekannt. Nicht weniger als sieben verschiedene Wüsten erstrecken sich über 900 000 Quadratkilometer – mehr als 90 Prozent des gesamten Staatsgebietes. Neben seinen Pyramiden und der Sphinx ist das Land vor allem für seine riesigen lebensfeindlichen Landstriche bekannt.

Aber nicht aller Sand in Ägypten ist unwirtlich.

Mancher ist geradezu schön.

Im Gegensatz zu den kargen Landschaften Zentral-ägyptens bieten die Küstenregionen spektakuläre Strände, kühlen Seewind und kristallblaues Wasser. Während die östlichen Strände am Roten Meer traditionell Reiseziele ausländischer Touristen sind, wurde die nördliche Mittel-meerküste zu einem Erholungsgebiet für Einheimische, und dies umso mehr nach der Explosion in Alexandria. Die Strände waren buchstäblich überlaufen.

Simon Dade stapfte durch den weißen Sand und suchte in der Menge nach Gesichtern. Obwohl sich viele der Strände am Mittelmeer in Privatbesitz befinden und überwacht werden – sie gehören zu den Resorts, die sich in großer Zahl über die Küste verteilten –, ist der El-Agami-Strand allgemein zugänglich. Das bedeutet natürlich, dass Frauen gezwungen sind, sich der strikten

Kleiderordnung zu unterwerfen, die in diesem Teil der Welt üblich ist.

Deshalb gibt es dort Burkas statt Bikinis.

Dade hielt sich zum Schutz vor der gleißenden Sonne die Hand über die Augen und sah sich in alle Richtungen um. Sarah hatte ihn für dreizehn Uhr herbestellt. Er sah auf seine Armbanduhr und stellte fest, dass es bereits eine Viertelstunde später war. Es sah Sarah nicht ähnlich, unpünktlich zu sein.

Er war drauf und dran, umzukehren und in Richtung der Gebäude zurückzugehen, die sich am Strand entlangzogen, als sein Handy zu vibrieren begann. Er sah auf das Display: eine unterdrückte Rufnummer.

Dann hielt er sich das Smartphone ans Ohr. »Sarah?«

»Simon«, erwiderte sie.

Er lächelte, als er den Klang ihrer Stimme hörte. »Ich laufe seit fünfzehn Minuten den Strand rauf und runter. Kannst du mich sehen?«

»Natürlich kann ich dich sehen.«

Er drehte sich einmal im Kreis, ohne sie zu entdecken. »Wo steckst du?«

»Hör auf, dich zu drehen«, verlangte sie. »Schau aufs Meer.«

Dade tat, was sie verlangte. Er sah Dutzende von Booten aller Art in den Wellen dümpeln, von Kajaks bis hin zu Katamaranen. Und mittendrin ein Speedboot, auf dessen Bug Sarah stand.

Er grinste bei ihrem Anblick. »Wo soll ich an Bord gehen?«

»Gleich hier. Ich weiß, dass du schwimmen kannst.«

Bevor Dade etwas erwidern konnte, legte sie auf.

Er wusste, dass sie keine Scherze machte.

Das hatte ihm ihr Tonfall deutlich verraten.

Dade zog sein Hemd aus und wickelte es um das Handy. Einen Moment lang dachte er darüber nach, beides am Strand zurückzulassen, aber die gespeicherten Informationen auf dem Gerät waren zu wertvoll. Lieber sollten die Namen und Telefonnummern durch Wasserschaden verloren gehen, als in falsche Hände zu geraten.

Er hielt sein Polohemd über die Wellen und watete ins Meer.

*

Trotz der konservativen Kleiderordnung von El Agami achtete niemand auf Dade, als der in Shorts und Sandalen zu dem Boot schwamm.

Cobb wartete, bis er sich an Bord gehievt hatte, dann startete er die Maschine und steuerte das Boot aufs offene Meer, bis sie weit genug von den anderen Schiffen entfernt waren. Dade wickelte sein Handy aus dem Hemd und grinste. Das Bündel hatte ein paar Wasserspritzer abbekommen, aber das Telefon schien in Ordnung zu sein.

Er blickte zu Sarah hoch. »Weißt du, es gibt leichtere Methoden, um mich aus meinen Klamotten zu kriegen. Du hättest doch einfach nur zu fragen brauchen.«

Es sollte ein Scherz sein.

Aber er funktionierte nicht.

Sarah riss ihm das Telefon aus der Hand und warf es über Bord.

Dade war so überrascht, dass er gar nicht wusste, wie er reagieren sollte. »Was, zum Teufel …?«

Sie lächelte nicht. »Ich muss sicherstellen, dass du sauber bist.«

Er blickte zu Cobb, dann wieder zu Sarah. »Sauber? Deshalb habt ihr das ganze Theater mit mir abgezogen? Ihr denkt, ich bin verwanzt?«

Sarah ignorierte die Frage. Sie war hier, um Fragen zu stellen, nicht, um welche zu beantworten. »Wer waren die beiden Männer, die uns durch die Stadt gejagt haben?«

»Die beiden Männer? Du meinst letzte Woche?«

»Natürlich meine ich letzte Woche. Warum? Wirst du etwa oft durch die Stadt gejagt?«

»Nicht oft«, scherzte er, »aber …«

»Was waren das für Leute?«, wiederholte sie ihre Frage.

»Vertrau mir«, sagte er und versuchte, die Fassung zu bewahren, »mit euch haben die nichts zu tun. Ich hab nur ein kleines Problem.«

»Tatsächlich? Die haben also nichts mit uns zu tun, hm?« Sie zischte es so frustriert heraus, dass Speicheltropfen aus ihrem Mund spritzten. »Wenn das so ist, wie erklärst du dann das hier?«

Sie nahm das Foto von Tarek und schleuderte es Dade zu, wobei sie sein Gesicht nur um Zentimeter verfehlte. Er fing es, zwang sich zu einem Lächeln, ging einen Schritt zurück und betrachtete das Bild. Und bekam große Augen, als er den verstümmelten Körper des Ganoven sah. Auf dem Foto sah Tarek aus, als hätte man ihn in einen Küchenhäcksler geworfen.

»Der hat auch schon mal besser ausgesehen«, sagte Dade und lachte.

Aber dann zerschmolz seine coole Lässigkeit in der heißen ägyptischen Sonne. Er blickte wieder auf das Foto, dann hinüber zu Cobb, der ihn unfreundlich anstarrte, und dann erneut auf das Foto. Allmählich sammelten sich kleine Schweißperlen auf seiner Oberlippe.

Und plötzlich begriff er, wie weit sie vom Ufer entfernt waren.

»Moment mal«, sagte er. »Wo habt ihr das her? Habt ihr …«

Sarah ließ die Frage unbeantwortet. Wenn er ihr oder Cobb zutraute, den Ganoven umgebracht zu haben, wollte sie ihn in dem Glauben lassen.

Zumindest vorerst.

»Das spielt keine Rolle«, sagte sie, nahm ihm die Aufnahme ab und gab sie Cobb. »Erst mal musst du uns erklären, in was du uns hineingeritten hast.«

»Ich?«

»Ja, du.« Sie hatte Dades ausweichende Art satt. Sie brauchte Antworten und wollte alles tun, was nötig war, um sie zu bekommen.

Sie hob ihre Bluse und zog die Glock 19 aus dem Hosenbund. »Die einzige Verbindung, die ich zu ihm hatte, warst *du*. Verstehst du mein Problem? Falls ihn jemand auf mich angesetzt hat, kommst nur du infrage.«

Dade starrte sie nur stumm an.

Um ihrer Ungeduld Ausdruck zu verleihen, zielte sie mit der Waffe auf ihn. »Simon, ich schwöre bei Gott, ich bluffe nicht. Du hast noch eine Chance, bevor ich sauer werde: Was, zum Teufel, läuft da?«

Dade atmete tief durch. »Sein Name ist Farouk Tarek. Er arbeitet – besser gesagt *arbeitete* – für einen lokalen Gangster namens Hassan. Hassan ist ein übler Bursche, das kannst du mir glauben. Er hält sich für den König von Alexandria und alle anderen für seine Spielfiguren.«

»Dich eingeschlossen?«, fragte sie.

Dade schloss die Augen und strich sich das nasse Haar zurück. »Ja, ich habe mal für ihn gearbeitet. Es hat mir nicht gefallen, aber er hat mir keine Wahl gelassen.«

»Was hast du für ihn getan?«, fragte sie.

»Ich war sein Sicherheitsberater. Nicht sein Leibwächter, bloß das nicht. Ich hatte keine Lust, diesen Mistkerl zu beschützen. Ich hab ihm einfach gezeigt, wie er die

Sicherheitsvorkehrungen anderer Leuten umgehen kann. Ich hab die blinden Flecken gezeigt und …«

»Worauf war er aus?«

»Banken, Geschäfte, Luxusvillen – auf alles, wo größere Bargeldbeträge oder Wertgegenstände zu vermuten sind.« Dade blickte zur Seite. »Das musst du verstehen, es war für mich der einzige Ausweg aus einer schlimmen Situation. Wenn du den falschen Leuten Geld schuldest, zahlst du nicht nur deinen Tribut, dann *gehörst* du ihnen. Du tust, was sie verlangen, sonst wachst du morgens nicht mehr auf.«

»Und Hassan ist jemand, dem man besser kein Geld schulden sollte?«

Dade nickte. »Einer der Schlimmsten. Aber er hat mir eine Chance gegeben: Er hat meine Schulden gestrichen, und im Gegenzug musste ich tun, worin ich gut bin. Ich dachte, das meiste Zeug ist sowieso versichert, und ein sauberes Rein und wieder Raus ist viel besser als ein brutaler Raubüberfall. Ich weiß, dass Unschuldige von den Verbrechen betroffen waren, aber wenigstens konnte ich auf diese Weise dafür sorgen, dass niemand verletzt wurde.«

»Aber es hat nicht funktioniert, oder?« Sie hatte in ihrem Leben schon genug mit Kriminellen zu tun gehabt, um zu wissen, dass irgendwann zwangsläufig etwas schiefgeht. »Erzähl mir, was passiert ist.«

Dade blickte wieder zur Seite. »Da war dieser saudische Scheich. Er hatte ein großes extravagantes Haus mit minimalen Sicherheitsvorkehrungen. Wir wussten, dass er und seine Leibwächter für ein paar Tage ins Ausland reisen wollten, deshalb haben wir unseren Einbruch auf die erste Nacht gelegt. Ich dachte, wir räumen ihm in ein paar Stunden die Bude aus, und er erfährt nie, was eigentlich passiert ist.«

»Lass mich raten: Er hat eine Wache zurückgelassen.«

»Schlimmer«, antwortete Dade. »Als die Ganoven eingebrochen sind, haben sie drei Hausangestellte und einen Gärtner angetroffen. Normalerweise hätten sie im Hinterhaus in den Dienstbotenquartieren sein müssen, aber ich glaube, sie wollten es sich für ein paar Tage in der Villa gut gehen lassen, während der Scheich unterwegs war. Sie stellten keine Bedrohung dar, aber Hassans Männer haben nicht gezögert. Die haben sie einfach abgeknallt und dann die Beute eingesackt.«

»Und?«, wollte sie wissen.

»Und was?«

»Was hat das mit mir zu tun?«

»Eine Woche nach dem Massaker bekam die Polizei die Aufzeichnung einer Überwachungskamera, die draußen am Grundstück montiert war. Sie zeigte zwei Männer, beides Angestellte von Hassan, wie sie in einem Transporter vor dem Haus vorfuhren und es ein paar Stunden später wieder verließen. Es war nicht genug, um Hassan zu verhaften, aber es reichte, um ihm einen gehörigen Schrecken einzujagen.«

Den Rest konnte sich Sarah denken. »Das warst du, oder? Du hast der Polizei das Video geschickt. Du wolltest sie nicht mit den Morden davonkommen lassen und dachtest dir, die Sache würde so viel Staub aufwirbeln, dass Hassan gezwungen wäre, damit aufzuhören.«

»Darauf hatte ich gehofft«, gab Dade zu. »Aber irgendwie hat er herausgefunden, dass ich ihn reingelegt habe, und seitdem bin ich vor ihm auf der Flucht.«

Sarah senkte die Waffe. »Du warst einmal einer seiner wichtigsten Informanten und bist jetzt zur größten Bedrohung für ihn geworden. Deshalb hat er dir seine Gorillas geschickt, damit sie dich umlegen.«

Dade schüttelte den Kopf. »Umbringen reicht ihm nicht. Das hätten sie auf der Straße erledigen können. Nein, Hassan will mich lebend in die Finger kriegen, um mich leiden zu sehen.«

45. KAPITEL

Dade musste immer wieder an das Foto von Tarek denken. Den Anblick würde er so schnell nicht mehr vergessen. »Was ist mit dem anderen passiert?«

»Dem anderen?«, fragte Sarah.

»Dem anderen Ganoven, der uns gejagt hat. Glaub mir, Tarek hat nicht allein gearbeitet, dazu war er zu dumm. Wenn er dich verfolgt hat, um an mich ranzukommen, dann kannst du darauf wetten, dass Kamal auch dabei war.«

»Kamal wer?«

»Gaz Kamal«, erwiderte Dade. »Er ist… war die hässlichere, gemeinere Hälfte des Teufelsduos.«

»Er war da«, versicherte ihm Cobb. Zwar hatte er Sarah versprochen, dass sie das Verhör durchführen durfte, aber er hatte das Gefühl, dass das Gespräch in die falsche Richtung lief. Auf seine subtile Art wollte er es wieder in die richtige Bahn lenken. »Wir haben Kamal in den Tunneln mit sechs seiner Männer gesehen. Sieben, wenn du Tarek noch mitrechnest.«

»Moment mal. Welche Tunnel?«, fragte Dade.

»Die Tunnel unter der Stadt«, antwortete Sarah.

Dades Augen traten fast aus den Höhlen. »Warte mal eine verdammte Minute! Das seid *ihr* gewesen? Die Explosion, das wart *ihr*? Was, zum Teufel, habt ihr euch dabei gedacht? Wisst ihr, wie viele unschuldige Menschen dabei ums Leben…«

»Simon«, schrie sie, um ihn zum Schweigen zu bringen, »du weißt verdammt gut, dass ich niemals eine Stadt in die Luft jagen würde. Und Jack genauso wenig. Wir haben alles getan, was wir konnten, um es zu verhindern.«

»Warte mal…« Dade versuchte, das alles zu begreifen. »Wollt ihr behaupten, dass Kamal und Tarek die Bomben gelegt haben? Warum sollten sie das tun? Das war Hassans Revier. Habt ihr eine Ahnung, wie viel Geld er wegen der Explosion verlieren wird?«

Sarah schüttelte den Kopf. »Die waren es auch nicht.«

»Dann bin ich jetzt aber *wirklich* verwirrt.« Dade verschränkte die Hände hinter dem Kopf und presste sie gegen seinen Nacken. »Wenn *sie* es nicht waren und *ihr* auch nicht, wer, zum Teufel, war es dann?«

Sarah versuchte sich an einer Erklärung. »Kamal und Tarek sind uns in die Tunnel gefolgt, aber nach ihnen kam noch jemand. Wer auch immer diese Kerle waren, sie wussten genau, was sie taten. Wir wissen, dass sie mindestens vier von Kamals Leuten umgebracht haben, einschließlich Tarek. Außerdem haben sie die Tunnel mit Sprengstoff bestückt und den ganzen Straßenzug einstürzen lassen.«

Dade dachte über diese neuen Informationen nach. Er konzentrierte sich bewusst auf den Teil der Gleichung, der direkte Auswirkungen auf ihn hatte. »Wisst ihr, ob Kamal entkommen konnte?«

Sarah nickte. »Er hat es aus den Tunneln geschafft, bevor die Bomben explodierten. Vielleicht ist er verschüttet worden, aber wir müssen davon ausgehen, dass er noch lebt.«

»Toll«, sagte er sarkastisch. »Das höre ich gern.«

»Ob Sie es glauben oder nicht, für Sie ist das gar nicht so schlecht«, bemerkte Cobb.

Dade starrte ihn an. »Wie meinen Sie das?«

»Sie wissen wenigstens, wie er aussieht. Das kann ich von den Bombenlegern nicht behaupten.«

Dade zuckte mit den Schultern. »Spielt das denn eine Rolle? Ihr werdet euch bestimmt nicht um die kümmern.«

»Und ob wir uns um die kümmern«, antwortete Sarah trotzig.

»Nein, werdet ihr nicht«, widersprach Dade. »Ihr müsst so schnell wie möglich weg von der Stadt. Eigentlich besser noch aus dem Land. Ich hab keine Ahnung, in was ihr da hineingeraten seid, aber es wird nur schlimmer werden. Kamal und Hassan werden Blut sehen wollen, und es ist ziemlich offensichtlich, dass den anderen Kerlen Kollateralschäden völlig egal sind. Es hat ihnen nichts ausgemacht, einen riesigen Teil der Stadt in die Luft zu jagen, und ich würde wetten, dass sie jetzt nach euch suchen.«

»Simon«, sagte Sarah, »du hörst nicht zu. Wir können die Stadt nicht verlassen, weil die uns unbekannte Seite eines unserer Teammitglieder entführt hat. Wir gehen nirgendwohin, ehe wir sie nicht zurückhaben. Und du wirst uns helfen.«

»Sarah, ich habe es dir schon erklärt: Ich habe mit der ganzen Sache nichts zu tun. Kamal will meinen Tod. Hassan will mich foltern. Und ich hab absolut keine Ah- nung, weshalb jemand ein ganzes Stadtviertel in die Luft sprengt. Mit anderen Worten: Ich weiß nicht, wonach ihr sucht!«

»Hör zu«, schrie sie ihn an, »du hast mich über Hassan und seine Ganoven im Unklaren gelassen. Die haben mich verfolgt, um an dich ranzukommen, und ich hatte nicht den leisesten Schimmer, was auf mich zukam. Alles, was danach passiert ist – die ungebetenen Gäste, die

Explosion in der Stadt, das Verschwinden meiner Freundin –, das lässt sich auf *deinen* Fehler zurückführen!« Sie beugte sich zu ihm vor und flüsterte in bedrohlichem Ton: »Du *weißt* vielleicht nicht, wen wir suchen, aber du wirst es, verdammt noch mal, *herausfinden*. Du wirst für deinen Fehler geradestehen, oder ich erschieße dich hier und jetzt und verfüttere deinen Kadaver an die Haie.«

Cobb sah, dass Dade Panik bekam. Sein gebräuntes Gesicht wurde bleich. Die dunklen Augen begannen zu glänzen. Sein Unterkiefer klappte vor Angst nach unten. Cobb hatte keine Ahnung, was Sarah ihm zugeflüstert hatte, doch es war auf jeden Fall verdammt wirksam.

»I-ich weiß nicht mal, w-wo ich anfangen soll«, stammelte Dade.

»Wir schon«, antwortete Cobb. »Sie können damit anfangen, dass Sie sich um den Rettungswagen kümmern, den die Bombenleger als Fluchtfahrzeug benutzt haben. Wir haben versucht, ihn zu verfolgen, aber er ist uns in dem Chaos entwischt. Als wir ihn schließlich gefunden haben, waren die Entführer weg und mit ihnen unsere Kameradin.«

»Hat Ihre Kameradin einen Namen?«

»Natürlich hat sie das«, erwiderte Cobb, »aber verdammt will ich sein, wenn ich Ihnen den verrate. Bis jetzt haben Sie sich als der unzuverlässigste Informant erwiesen, mit dem ich jemals gearbeitet habe. Zeigen Sie mir, was Sie draufhaben, dann werden wir sehen, ob ich Ihnen den Namen anvertrauen kann.«

Obwohl Dade jede Menge Gründe hatte, sie zu unterstützen, konnte es Cobbs Meinung nach nicht schaden zu betonen, dass sie nach einer Frau suchten. Immerhin hatte Dade noch immer Schuldgefühle, weil er mehrere junge Mädchen an die Menschenhändler verloren hatte, und er fühlte sich Sarah verpflichtet. Das wollte Cobb zu seinem Vorteil nutzen.

»Was können Sie mir über den Rettungswagen sagen?«, fragte Dade.

Cobb zeigte ihm das Foto des Fahrzeugs auf seinem Handy. »Der typische Volkswagen des ägyptischen Rettungsdienstes.«

Dade nickte. »Wahrscheinlich haben sie den Wagen in dem Chaos nach der Explosion gestohlen.«

»Da bin ich mir nicht so sicher«, meinte Cobb. »Der Fahrer trug die Kleidung eines Sanitäters, und sein Partner suchte in aller Ruhe unter den Opfern. Vielleicht irre ich mich, aber ich glaube, sie hatten das vorher schon geplant. Vielleicht nicht die Entführung, aber auf jeden Fall hatten sie die Idee, einen Rettungswagen zu benutzen, um verletzte Kollegen vom Tatort zu evakuieren.«

Sarah griff in ihre Tasche und reichte Dade eine Straßenkarte. Dort war die Route eingetragen, die Cobb und McNutt bei ihrer Verfolgungsjagd durch die Stadt genommen hatten. »Wir wollen, dass du dich mit jeder Quelle in Verbindung setzt, die du hast. Fang entlang dieser Straßen an. Finde heraus, ob jemand in den letzten Tagen etwas gesehen hat. Vielleicht haben sie den Wagen vorbeifahren sehen oder jemanden erkannt. Und falls du Klienten mit Überwachungskameras entlang der Route hast, hol dir deren Material, ob sie es dir erlauben oder nicht. Lass dich nicht mit einem Nein abspeisen.«

Dade nickte zur Bestätigung.

»Ganz im Ernst«, betonte sie, »es ist mir völlig egal, ob du es dir mit jedem Kontakt vermasseln musst, den du in der Stadt aufgebaut hast, um an die Informationen heranzukommen, die wir benötigen. Es geht um Leben und Tod.«

»Schon verstanden«, versicherte Dade. »Ich werde das sofort überprüfen. Oder würde es, wenn du mein Telefon nicht ins Mittelmeer geschmissen hättest.«

»Wann soll ich das denn gemacht haben?«, fragte sie ganz unschuldig.

Es hatte zwar so ausgesehen, als hätte sie sein Telefon ins Wasser geworfen, doch in Wirklichkeit hatte sie das Handy in der Hand behalten und stattdessen ein Billigtelefon weggeworfen. Mit ihrer Fingerfertigkeit hatte sie nicht nur Dade überzeugt, sondern auch Cobb eine Gelegenheit verschafft, in der Zwischenzeit Dades Telefon zu hacken.

Mit einem Programm, das ihm Garcia vor ihrem Aufbruch gegeben hatte, hatte Cobb verstohlen die Inhalte des Telefons kopiert – die Kontakte, Fotos, Texte und so weiter –, ohne das Gerät auch nur zu berühren. Bevor er die Drahtlosverbindung kappte, installierte Cobb in dem Telefon zusätzlich ein hochmodernes GPS-Virus. Nicht einmal ein Überwachungsexperte wie Dade konnte den Tracker bemerken, weil es sich dabei nicht wirklich um eine Wanze handelte. Es war lediglich eine Programmzeile, die das Handy dazu zwang, permanent ein Signal zu übermitteln, dem Garcia folgen konnte.

»Da hast du es«, sagte sie und gab Dade das Handy zurück. »Ich weiß doch, wie sehr du von dem Ding abhängig bist. Es wäre grausam gewesen, es ins Meer zu werfen.«

Dade grinste über die unerwartete Entwicklung. »Du raffinierte Teufelin. Das ist die Sarah von vor sechs Jahren, die ich in Erinnerung hatte. Ich bin froh, dass sie noch da ist – irgendwo unter dieser rauen Schale.«

Sarah lachte und legte ihm die Hand auf die Schulter. »Mach dir keine Sorgen, Simon. Ich bin noch dieselbe

Sarah wie damals. Ich bin immer so gewesen und werde immer so sein.«

»Schön zu hören!«

Sie beugte sich vor und flüsterte: »Aber es ist so: Das liebe Mädchen, an das du dich erinnerst, ist die *falsche* Sarah. Die echte Sarah ist die *wütende*.«

»Wenn du es sagst.«

Sie grub ihre Nägel in seine Haut. »Oh, und ob ich das sage. Und wenn du mich reinlegst, dann sind Kamal und Hassan deine geringsten Probleme. Verstanden?«

»Verstanden«, sagte er und machte einen Schritt zurück. »Bringt mich an den Strand zurück, dann fange ich gleich an, versprochen.«

Cobb schüttelte den Kopf. »Nicht sofort. Bevor wir irgendwo hinfahren, müssen Sie mir noch einen Gefallen tun. Es wird Ihnen nicht gefallen, aber Sie müssen es trotzdem tun. Schließlich war in den Tunneln auch mein Leben in Gefahr.«

Sarah wusste nicht, was Cobb im Schilde führte, doch sie wusste, dass Dade keine Wahl hatte. Was Cobb sagte, war keine Bitte, so viel war klar.

»Wie kann ich helfen?«, wollte Dade wissen.

»Ich möchte, dass Sie für mich ein Treffen mit einem Ihrer Kontakte vereinbaren.«

Dade zuckte mit den Schultern. »Klar. Mit wem?«

»Mit Ihrem guten Freund Hassan.«

46. KAPITEL

Qaitbay-Zitadelle
Alexandria, Osthafen

Dade hatte sich einen Tag Aufschub erbeten, um das Treffen mit Hassan zu arrangieren.

Cobb hatte ihm eine Stunde gegeben.

So wie Cobb es sah, hatte er die besseren Karten, und er wollte sie sofort ausspielen. Er wusste, dass Hassan auf Dade aus war, und sicherlich war der Unterweltboss auch auf Informationen über die Männer scharf, die sein Revier in Schutt und Asche gelegt hatten.

Cobb konnte ihm beides anbieten.

Weil keine Zeit blieb, einen neuen Treffpunkt zu suchen, entschied sich Cobb für einen Ort, den er gut kannte, ein Gebäude, das er sich mit Sarah bei ihrer ersten Erkundungstour durch die Stadt angesehen hatte.

Es war eine Sehenswürdigkeit, die jeder Einwohner finden konnte.

Die Qaitbay-Zitadelle war einst eine imposante Festung, die vor Alexandrias Osthafen über dem Meer aufragte. Augenscheinlich nach dem Vorbild englischer Burgen erbaut, gewährt die trutzige Festung einen Rundblick auf herannahende Eindringlinge. Ihre mächtigen Sandsteinmauern mit Akzenten aus rotem Granit, den man aus dem Gebäude herausgeschlagen hat, das zuvor an derselben Stelle stand – dem berühmten Leuchtturm von Alexandria – sind errichtet worden, um heftigsten Angriffen standzuhalten. Es war eine Verteidigungsstellung, die die Stadt über viereinhalb Jahrhunderte lang geschützt hat.

Obwohl die Zitadelle heute eher etwas für Touristen als für Soldaten ist, ruft sie weiterhin ein Gefühl von Ehrfurcht hervor. McNutt stieß einen Pfiff aus, als er über den Hof ging, der zum Haupteingang des Gebäudes führte. Der weite Platz war mit großen Betonplatten gepflastert, neben denen üppiges grünes Gras wuchs, der Rasen von Bäumen eingefasst, und quadratische Pflanzungen bildeten einen Kontrast zu den fest verankerten Steinbänken, die sich entlang der Hauptwege aufreihten.

»Hat Robin Hood nicht Maid Marion aus diesem Ding befreit?«, fragte McNutt, als er mit dem Rucksack voller Munition über das Gelände stiefelte. »Ich bin mir ziemlich sicher.«

Garcia, der die Bemerkung in seinem Kopfhörer mitgekriegt hatte, war zu angespannt, um zu lachen. Er hatte für Außeneinsätze nicht viel übrig. Nicht etwa aus Angst vor Auseinandersetzungen, sondern weil er es nicht mochte, dass ein elektronisches Arsenal den Elementen ausgesetzt war.

McNutt wusste nicht recht, was er von seinem Schweigen halten sollte. »Ist das Ding an?«

»Tut mir leid«, sagte Garcia. »Ich werde hier gerade massiv geblendet.«

»Entspann dich, Hector. Wir nennen das Sonnenlicht. Ich weiß nicht, ob du im Keller deiner Mutter viel davon mitbekommst, aber es tut nicht weh.«

»Das kann es aber doch«, antwortete Garcia von einer der Steinbänke aus. »Du brauchst einen hohen Sonnenschutzfaktor, um dich zu schützen, sonst handelst du dir Ärger ein.«

McNutt tätschelte instinktiv das Sturmgewehr, das er unter seiner Jacke verstaut hatte. »Wenn ich Ärger kriege, dann hab ich etwas Besseres als Sonnencreme dabei, um mich zu schützen.«

»Ich hoffe, du meinst damit nicht deine Intelligenz.«

»Natürlich nicht. Sei nicht albern.«

Cobb hatte darauf bestanden, dass die beiden vorzeitig an Ort und Stelle waren. Sie hatten das Zodiacschlauchboot von der Yacht benutzt, um den Hafen noch vor den anderen zu erreichen. Cobb wollte nicht, dass irgendjemand, einschließlich Dades, erfuhr, dass McNutt und Garcia zu seinem Team gehörten, weil sonst das Überraschungsmoment nicht mehr auf ihrer Seite war. Um ihre Erfolgschancen zu erhöhen, hatten sie sich in das Überwachungssystem der Zitadelle eingehackt, was Garcia die Möglichkeit gab, das ganze Gebäude über seinen Laptop zu überwachen, während McNutt das Gebäude zu Fuß sicherte.

Wie immer stand Cobbs Team über Sprechfunk miteinander in Verbindung.

»Wir nähern uns der Festung«, flüsterte Cobb, der ein paar Schritte vor Sarah und Dade auf den Vorhof der Zitadelle zuging. »Könnt ihr mich hören?«

»Audio bestätigt«, sagte Garcia und tippte auf seiner Tastatur herum. »Lass Sarah wissen, dass sie jetzt losgehen kann. Ich höre sie reden.«

»Mach ich.« Cobb nickte ihr kaum merklich zu, dann wandte er sich an McNutt. »Josh, wie sieht es aus?«

»Könnte schlimmer sein«, sagte McNutt von oben. Er hatte die Zitadelle vor den anderen betreten, um zu verhindern, dass ihnen Hassan eine Falle stellte. »Bis jetzt habe ich fünf Ganoven gezählt, und sie waren leicht zu erkennen. Sogar Hector konnte sie identifizieren.«

Garcia verzog das Gesicht, enthielt sich aber jeder Bemerkung.

»Was ist mit Hassan?«, fragte Cobb.

»Er ist hier, *irgendwo*. Er hat sich vor ungefähr zehn Minuten blicken lassen und ist sofort reingegangen. Wo seid ihr mit ihm verabredet?«

»Keine Ahnung«, antwortete Cobb. »Weil wir den Ort ausgewählt haben, durfte er sich den Raum aussuchen. Ich hatte irgendwie gehofft, dass Hector uns sagen könnte, wo er ist.«

Daraufhin meldete sich Garcia. »Einen Moment lang hatte ich ihn auch, aber das Gebäude ist wirklich groß und wirklich alt. Es gibt überall tote Winkel. Wer das System hier installiert hat, sollte erschossen werden.«

»Darüber, dass *er* erschossen wird, mach ich mir momentan keine Sorgen«, gab Cobb zu.

»Der war gut, Chief«, sagte McNutt.

Garcia richtete den Blick unverwandt auf den Bildschirm. »Unter dem Aspekt sehe ich ein potenzielles Problem innen bei der Vordertür. Euer Riesenfreund wartet am Eingang.«

»Kamal?«, fragte Cobb.

»Gesundheit!«, sagte McNutt lachend. Er ging an dem Giganten vorbei und sah sich in der Lobby um wie ein Tourist, der sich verlaufen hatte und seine Gruppe suchte. »Macht euch keine Sorgen, ich hab ihn. Ist kaum zu verfehlen. Wenn er sich rührt, schalte ich ihn aus.«

»Gut zu wissen.« Cobb wandte sich Sarah zu. Obwohl sie sich die ganze Zeit – vor allem, um ihn abzulenken – mit Dade unterhielt, hatte sie mit halbem Ohr Cobbs Kommunikation mit den anderen gelauscht. Sie nickte ihm unmerklich zu, zum Zeichen, dass ihr Kamals Anwesenheit bewusst war. »Okay, wir gehen rein.«

»Noch ist alles sauber«, versicherte McNutt.

Nur zur Sicherheit legte er trotzdem den Finger an den Abzug.

Cobb ging als Erster hinein, ihm folgten Dade und dann Sarah. Im Gegensatz zu den anderen war Dade nicht auf Kamal vorbereitet, der mit seiner massigen Gestalt die Lobby beherrschte. So, wie er dort beim Burgtor stand, wirkte er eher wie ein Monster als ein Mensch.

Dade konnte den heißen Atem des Schlägers fast auf seinem Gesicht spüren. Kamal bemühte sich kaum, seinen Zorn zu verbergen.

Einen Moment fürchtete Dade, dass Kamal die anderen ignorieren und ihn kurzerhand gleich an Ort und Stelle auf den Treppenstufen erschießen würde.

Stattdessen gab er ihnen ein Zeichen, ihm zu folgen.

Auf ihrem Weg ins Innere der Zitadelle bewunderte Cobb das Mauerwerk und die geniale Architektur des Gebäudes. Eine Mittelsäule reichte bis ganz nach oben, und die Räume waren darum herum gebaut. Spitzbogenfenster auf jeder Etage erlaubten eine schnelle Kommunikation zwischen den Stockwerken. Diese Öffnungen sorgten dafür, dass alles, was vom Dach heruntergerufen wurde, bis ganz nach unten gehört werden konnte – so sparte man im Falle eines Angriffs wertvolle Sekunden.

Weiter oben sah Cobb ein seltsames grünes Licht aus einem der Räume strahlen. Er erinnerte sich an die Timer der Sprengsätze und den unheimlichen Schimmer, den sie in der Dunkelheit der Tunnel abgegeben hatten. Das brachte ihn zum Grund ihrer Anwesenheit: Sie mussten herausfinden, wer für Jasmines Entführung verantwortlich war.

Selbst wenn es bedeutete, den Teufel persönlich zu treffen.

»Das ist die Stelle, wo ich Hassan verloren habe«, verkündete Garcia, während er auf seiner Tastatur herumhackte. »Auf der anderen Seite der Tür gibt es keine Kameras.«

»Und weiter geht es an der Stelle auch nicht«, sagte McNutt.

In diesem Moment blieb Kamal kurz vor dem Raum stehen.

Er drehte sich um, dann machte er den anderen ein Zeichen weiterzugehen.

McNutt, der sich in einem nahe gelegenen Korridor herumtrieb, war besorgt. »Chief, der Raum ist außer Sichtweite. Ich wiederhole. Wir haben keinen Einblick in den Raum. Es könnte eine Falle sein.«

Doch Cobb wusste es besser. Und Sarah ebenfalls.

Sie waren schon einmal hier gewesen.

Als Cobb den Kopf in den Raum steckte, fiel ihm zuerst das gedämpfte grüne Licht auf, das von den an der Wand montierten Lampen kam. Sie tauchten den gesamten Raum in ein grünes Schimmern. Er wusste, dass Grün die traditionelle Farbe des islamischen Glaubens war. Er wusste auch, dass es sich bei diesem Raum der Burg nicht um einen x-beliebigen handelte.

Dies war eine Moschee, ein heiliger Gebetsort.

Und mittendrin stand Hassan.

Die religiösen Bezüge entgingen Cobb nicht. Doch er wusste, dass Hassans Absichten alles andere als heilig waren. In Wahrheit waren sie eine Entweihung. Er hatte sie in diesen Raum bringen lassen, um eins klarzustellen: Er war es, der über ihr Schicksal entschied.

Cobb war da ganz anderer Meinung.

Bevor Hassan auch nur ein Wort sagen konnte, stellte Cobb bereits klar, dass er den Raum nicht betreten würde. »Nicht hier. Das gehört sich nicht.«

364

Es war keine Forderung, auch keine Bitte, sondern eine klare Ansage. Er wollte unter keinen Umständen an einem heiligen Ort über Geschäftliches reden.

Das kam nicht infrage.

Hassan, der es gewohnt war, seinen Willen stets durchzusetzen, rief etwas auf Arabisch, das weder Cobb noch Sarah verstehen konnten.

Plötzlich regte sich Kamal, um zu verhindern, dass Cobb in den Flur zurückgehen konnte. Er war einige Zentimeter größer und einige Zentimeter breiter als Cobb und starrte mit zornigem Blick auf ihn hinunter. »Sie bleiben hier.«

Cobb sah zu Kamal hoch. »Hier findet das Treffen nicht statt. Nicht in diesem Raum.«

Hassan rief wieder etwas auf Arabisch.

Kamal übersetzte. »Haben Sie ein Problem mit dem Islam?«

Cobb drehte sich um und sah Hassan an. »Nein. Aber die Dinge, über die wir reden müssen, sind nicht für diese Wände bestimmt. Ihr Glaube lehrt Vergebung. Ich bin hier, weil ich Rache will.«

Hassan grinste und wechselte ins Englische. »Genau wie ich.«

Dades Herz klopfte bis zum Hals, als Hassan auf sie zukam. Der Ägypter kam zu Cobb an den Eingang der Moschee und nahm sich dort einen Moment Zeit, um in seine Schuhe zu schlüpfen. Dies war in Wahrheit ein weiterer Grund, warum sich Cobb geweigert hatte, den Raum zu betreten. Er wusste, dass es Sitte war, vor dem Betreten einer Moschee die Schuhe abzustreifen, und er wollte sich nicht barfuß auf eine mögliche Schießerei einlassen.

Das hatte er aus dem Film *Stirb langsam* gelernt.

Hassan besah sich Cobb genau. »Sollen wir ein Stückchen gehen?«

Cobb nickte zustimmend.

Sie gingen Seite an Seite durch einen langen überwölbten Flur, der die vordere und die innere Hälfte des Bauwerks miteinander verband. Sarah, Dade und Kamal folgten ihnen und behielten einander dabei wachsam im Auge, wie Geschwister, die vorhatten, einander Streiche zu spielen.

Hassan eröffnete das Gespräch. »Haben Sie mir etwas Neues über die Explosion zu sagen?«

»Habe ich«, erwiderte Cobb. Es gab keinen Grund, ihn auf die Folter zu spannen. Der Zweck ihres Treffens war einfach – er war bereit, alles, was er über die Explosion wusste, gegen alles zu tauschen, was ihm Hassan über die Bombenleger sagen konnte. »Sie haben Semtex verwendet, wahrscheinlich vom libyschen Schwarzmarkt.«

»Wie können Sie sich so sicher sein?«

»Die Sprengsätze waren mit einem tunesischen Timer ausgestattet. Meine Quellen sagen mir, dass er zu der Bauart passt, die bei libyschen Lieferanten gebräuchlich ist.«

»Ihre Quellen? Wer sind die?«

»Amerikaner. Ex-Militärs. Mehr brauchen Sie nicht zu wissen.«

Hassan lachte. Während er über das Treppenhaus hoch in den zweiten Stock ging, schwenkte er die Arme und blickte die Treppe hinauf. »Das ganze Gebäude hier wurde schon gebaut, bevor euer Columbus Amerika auch nur entdeckt hat. Was treiben Sie in Ägypten?«

»Ich suche meine Kollegin.« Sein Tonfall machte ganz klar, dass er kein Interesse daran hatte, über ihre eigentliche Mission zu sprechen. Jasmine war das Einzige, was zählte. »Die Männer, die sie entführten, sind dieselben, die Ihr Stadtviertel in Schutt und Asche gelegt haben. Deshalb glaube ich, dass wir ähnliche Ziele verfolgen.«

Hassan grinste. »Der Feind meines Feindes ist mein Freund, ja?«

47. KAPITEL

Cobb schüttelte den Kopf. Er wollte nicht, dass es bei der Kommunikation mit dem Gangsterboss zu Missverständnissen kam. »Wir wollen uns nichts vormachen. Sie und ich sind keine Freunde und werden es niemals sein. Sagen wir mal, wir haben ein gemeinsames Interesse.«

Hassan zuckte mit den Schultern. Wortklaubereien interessierten ihn nicht. Ihn interessierte mehr, was Cobb tatsächlich im Schilde führte. Es musste einen Grund dafür geben, dass diese Amerikaner in seiner Stadt waren, doch er hatte keine Ahnung, was das für ein Grund sein konnte. »Und alles, was Sie wollen, ist diese Frau?«

»Nein«, versicherte ihm Cobb. »Ich will auch den Mann bestrafen, der sie entführt hat. Wenn Sie etwas dagegen haben, sagen Sie es jetzt, denn nachher wird es zu spät sein.«

Hassan schüttelte den Kopf. »Nein, nichts dagegen. Und wie Sie schon sagten, mir haben diese Männer auch übel mitgespielt. Ich will, dass sie für das, was sie getan haben, bestraft werden.«

»Dann sagen Sie mir alles. Das hier ist Ihre Stadt, Sie wissen, wer hier mitmischt. Falls Sie irgendeine Ahnung haben, mit wem wir es hier zu tun haben könnten, sagen Sie es mir. Im Gegenzug werde ich die Verantwortlichen aufspüren, und dann hat jeder, was er will.«

*

Eine der vielen Eigenschaften, die Garcia vom Rest des Teams unterschieden, war seine Fähigkeit, Muster in scheinbar zusammenhanglosen Einzelheiten zu erkennen. Sein fotografisches Gedächtnis versetzte ihn in die Lage, jegliche neuen Informationen mit anderen abzugleichen, die er bereits gesehen hatte. Es war eine angeborene Fähigkeit, die ihn zur Mathematik gebracht hatte, dann zu Computern und schließlich zum FBI.

Über seinen Laptop beobachtete er Cobbs Gespräch mit Hassan, während sie sich von den Fluren in die Treppenhäuser und wieder zurück bewegten. Irgendwann fing er an, sich wegen etwas Sorgen zu machen.

»Josh, tu mir einen Gefallen, und geh etwas langsamer.«

McNutt tat es. »Probleme?«

»Ich glaube, Hassan hat einen Schatten.«

»Was du nicht sagst.« McNutt lachte. »Bis jetzt habe ich sechs gezählt.«

»Und du hast sie alle erkannt.«

»Worauf willst du hinaus?«

»Ich glaube, ich habe Nummer sieben entdeckt.«

McNutt entschied sich dafür, sich das anzuhören. »Prima. Wo?«

Garcia sah auf das Bild auf seinem Display. »Der kleine Glatzkopf mit der Sonnenbrille. Er kreist um die anderen, hat aber bisher kein einziges Mal ihre Wege gekreuzt. Das ist ein unwahrscheinlicher Zufall. Er vermeidet absichtlich eine Begegnung, bleibt aber trotzdem nah genug, um zuzuschlagen, falls Hassan ihn braucht.«

McNutt betrachtete den fraglichen Mann. Zwar gab ihm sein rasierter Schädel ein leicht einschüchterndes Äußeres, aber er war höchstens einen Meter sechzig groß. Außerdem war er dünn und schmächtig, kaum der typische Bodyguard.

»Bist du sicher, dass dir die Sonne nichts ausmacht?«

»Mach dich nur lustig«, sagte Garcia. »Aber verlier ihn nicht aus den Augen.«

»Ich werd's versuchen, aber das könnte schwierig werden.«

»Weshalb?«

»Der Typ ist ein Hänfling.«

*

Cobb hatte ebenfalls sechs Aufpasser bemerkt. Diese Männer dachten, sie würden nicht auffallen, aber jeder Einzelne hatte sich durch sein Verhalten verraten. Blicke, die zu lange auf etwas verweilten. Eine Bewegung, die entweder zu schnell oder zu langsam war. Geheucheltes Interesse an winzigen Details.

Cobb erkannte sie alle.

Sie hätten genauso gut kleine Namensschildchen tragen können.

HALLO, ICH BIN EIN GORILLA.

Doch das überraschte Cobb nicht. Ihm war klar gewesen, dass Hassan eine Menge Schutz mitbringen würde. Ein Mann in seiner Position hatte nicht nur Kamal, Tarek und die anderen Kanalratten auf seiner Gehaltsliste, das stand fest.

Als sie aus den unteren Etagen der Zitadelle auf die ausgedehnte Terrasse hinausgingen, versuchte Cobb, Details aus Hassan herauszubekommen. »Wenn ich an die Zerstörungen denke, die ich gesehen habe, müssen mindestens ein Dutzend Männer in den Tunneln gewesen sein – ein paar, um die Sprengsätze zu legen, und der Rest, um ihnen den Weg freizuhalten. Das waren keine Amateure. Die wussten genau, was sie taten.«

»Haben Sie sie gesehen?«

»Nur die Toten«, räumte Cobb ein. »Die hatten Augen wie Eulen und konnten klettern wie Affen – wie Ninjas mit brauner Haut.«

»Und was hatten sie an?«

»Sie trugen schwarze Hosen und schwarze Überwürfe. Die Waffen, die sie verwendeten, waren ungewöhnliche Säbel, wie ich sie noch nie gesehen habe. Klingelt da irgendwas bei Ihnen?«

Hassan antwortete nicht. Er lehnte sich stattdessen an die Außenwand der Zitadelle und blickte aufs Wasser hinaus. Seine Lunge füllte sich mit Meeresluft, er schloss die Augen und ließ sich von der Nachmittagssonne das Gesicht wärmen.

Cobb spürte die Zurückhaltung, deshalb setzte er ein Ultimatum. »Ich verliere allmählich die Geduld. Ich habe Ihnen Details über die Sprengsätze und die Männer gegeben, aber von Ihnen bekomme ich nichts zurück. Entweder erzählen Sie mir, was Sie wissen, oder wir gehen und nehmen Dade mit.«

Hassan öffnete die Augen und sah Cobb wieder an. »Diese Säbel, die Sie nicht kannten – waren die teils Schwert, teils Krummsäbel?«

»Ja«, erwiderte Cobb. »Die hatten Elemente von beidem. Was ist das?«

»Man nennt sie *Chepesch*.« Hassan nickte wissend und blickte wieder aufs Meer hinaus. »Sie hatten es mit den Muharib zu tun.«

*

Garcia öffnete ein zweites Fenster auf seinem Laptop und startete eine Suche nach dem Begriff *Muharib*.

»He, Josh«, sagte er, während er die Informationen auf seinem Screen überflog. »Kojak wird gleich auf der entgegengesetzten Seite des Daches hinausgehen. Ich glaube, wir würden uns alle viel besser fühlen, wenn du dich zwischen ihn und deinen Gesprächspartner begibst.«

»Nicht alle«, knurrte McNutt. »Sehe ich aus wie ein menschlicher Schutzschild?«

Garcia ignorierte die Frage. »Jack, meine Suche nach ›Muharib‹ führt immer wieder zu dem arabischen Wort ›Hirabah‹. Das bedeutet ›unrechtmäßige Kriegsführung‹. Tut mir leid, aber mehr kann ich nicht finden.«

*

Cobb grinste über die Ironie. Diejenige von seinem Team, von der man noch am ehesten erwarten konnte, etwas über die Muharib zu wissen, war ausgerechnet die Person, die von ihnen entführt worden war. »Reden Sie weiter.«

»Sie sind Soldat. Gibt es Einschränkungen, gegen wen Sie kämpfen würden?«

Cobb schüttelte den Kopf. »Ich habe einen Eid darauf geleistet, mein Land vor jedem Feind zu schützen, ob von außen oder innen.«

Hassan lachte. »Ich meine keine geografischen Einschränkungen. Ich frage nach Ihren moralischen Grenzen. In Krisenzeiten – halten Sie da jeden Einwohner des Feindeslandes für einen Feind? Vergießen Sie auch das Blut Unschuldiger?«

Cobb hatte etwas gegen diese Unterstellung. »Selbstverständlich nicht. Es widerspricht allem, wofür ich stehe – und allem, wofür mein Land steht.«

»Aber trotzdem, manche würden sagen, dass das der Grund ist, warum Ihre Nation ins Hintertreffen gerät. Manche sagen, man könne einen Feind nur dann wirklich besiegen, wenn man sein ganzes Volk vom Antlitz der Erde tilgt. Wenn man siegen will, darf keiner übrig bleiben – denn auch die Unschuldigen könnten sich eines Tages gegen einen wenden.«

Cobb wollte Einspruch erheben, doch dazu bekam er keine Gelegenheit.

»Das ist die Philosophie der Muharib«, sagte Hassan.

Diese Strategie war Cobb nur allzu vertraut. Es war die treibende Kraft hinter den ethnischen Säuberungen, die er überall in Afrika und in Osteuropa gesehen hatte. Millionen von Männern, Frauen und Kindern wurden einfach nur deshalb umgebracht, weil sie in den Einzugsgebieten von Religionen oder Ethnien lebten, die die herrschende Klasse nicht akzeptieren wollte.

»Wogegen kämpfen die Muharib?«

»Gegen alles, was ihre Lebensweise bedroht – und genau das ist das Problem.« Hassan deutete in Richtung Norden, dann führte er die Hand in westliche Richtung und fuhr fort: »Von Damaskus bis Marrakesch erzählt man sich die Legende von den Muharib. Niemand weiß, woher sie wirklich stammen. Niemand weiß, was sie im Schilde führen. Und keiner kennt ihre Geheimnisse. Seit unzähligen Generationen sind sie als die Schattenmänner der Sahara gefürchtet. Sie haben ohne erkennbaren Grund Tausende von Menschen getötet.«

Cobb war skeptisch. Die Wüste, von der Hassan sprach, war größer als das achtundvierzig Bundesstaaten umfassende Kerngebiet der USA. Falls eine einzelne Gruppe ein derart großes Territorium für sich beanspruchte, hätte mit Sicherheit jemand von den Geheimdiensten davon erfahren. Selbst wenn man die rauen Landschaften der Sahara in Betracht zog, schien es unwahrscheinlich – wenn nicht gar ausgeschlossen –, dass sich eine mächtige Gruppe dort jahrhundertelang verstecken konnte.

»Warum sollte ich glauben, dass diese Muharib etwas

anderes als eine volkstümliche Legende sind – Schreckge-
spenster, die man sich ausgedacht hat, damit die Kinder
nicht in die Wüste laufen?«

Hassan lachte. Er bückte sich und nahm einen kleinen
Steinsplitter in die Hand, der aus der Brüstung gebrochen
war. Er benutzte ihn, um damit an die Wand zu zeichnen – und verschandelte die alte Zitadelle, als wäre sie
seine persönliche Wandtafel.

Er verdeckte die Zeichnung beim Reden mit seinem
Körper. »Ich bin mir sicher, dass viele zuerst so dachten
wie Sie, aber tausend Jahre, in denen Unschuldige abgeschlachtet wurden, überzeugten schließlich auch die
größten Skeptiker. Übernatürliche Beweglichkeit. Die Fähigkeit, im Dunkeln zu sehen. Unbarmherzige Effizienz.
Und immer – *immer* – das Schwert. Sagen Sie, trugen die
Männer dieses Zeichen?«

Hassan ging zur Seite und gab seine Zeichnung frei.

Cobb sah das Symbol auf der Wand.

Die Zeichnung war nur skizzenhaft, aber die Form war
unverkennbar.

Es war dieselbe Form wie die der Narbe, die McNutt
aufgefallen war.

Hassan merkte, dass seine Frage ins Schwarze traf. »Das
Zeichen wird ihnen in die Haut gebrannt. Es ist ein Symbol der lebenslangen Hingabe an die Sache. Von denen,
die gegen die Muharib gekämpft haben, überlebten nur
wenige, um davon zu berichten. Noch weniger haben
nach ihnen gesucht.«

Cobb hatte genug gehört. Er hatte die Information,
wegen der er gekommen war, nun musste er etwas damit
anfangen. Und das hieß, jede verfügbare Ressource zu
nutzen. »Eines noch – ich brauche Simon.«

»Sie brauchen ihn? Aber wofür? Was kann Ihnen ein

Verräter nützen? Er wird Sie bei der erstbesten Gelegenheit ans Messer liefern.«

»Er hat wirklich etwas Wieselhaftes, nicht wahr?«, sagte Cobb leiser.

Hassan lachte. »Ja, allerdings.«

»Trotzdem erfüllt er einen Zweck. Er kennt sich in der Stadt aus, und er weiß, wie das Spiel hier gespielt wird. Wenn das funktionieren soll, muss er sich sicher sein – streichen Sie das, muss *ich* mir sicher sein –, dass Sie ihn nicht plötzlich aus dem Spiel nehmen.«

»Und wenn die Sache vorbei ist?«

Cobb zuckte mit den Schultern. »Wenn Simon uns zu den Muharib führt, ist er ein freier Mann.«

»Und wenn nicht?«

»Dann können Sie ihn an Ihren Riesen verfüttern.«

Hassan blickte zu Dade und lachte. »Sie können ihn unter einer Bedingung haben: Kamal ist ständig bei ihm.«

»Abgemacht.«

Dade und Kamal starrten einander ungläubig an, doch keiner von ihnen hatte den Mut auszusteigen.

Hassan wandte sich an Kamal. »Lass ihn fürs Erste leben.«

Kamal nickte zögernd.

Sarah beugte sich zu Dade vor. »Siehst du!«, flüsterte sie. »Ich habe dir doch gesagt, dass alles gut wird. Jetzt haben wir dir nicht nur das Leben gerettet, sondern dir auch noch den besten Bodyguard der Stadt besorgt.«

*

Cobb grinste über die jüngste Entwicklung, als er das Treffen verließ. Es war zwar nicht seine Idee gewesen, doch er hätte sie gern selbst gehabt. Kamal mit Dade zusammenzubringen hatte den Gangster neutralisiert – oder ihn zumindest zu einer bekannten Variablen gemacht.

Dade im Auge zu behalten, bedeutete auch zu wissen, wo sich Kamal aufhielt.

Und umgekehrt.

Noch besser war, dass Kamals Einbindung die Kooperation der städtischen Unterwelt garantierte. Wenn sich die Leute weigerten, Dades Fragen zu beantworten, stand Kamal zur Verfügung, um ihnen ins Gewissen zu reden. Und wenn das nicht funktionierte, konnte er die Antworten immer noch aus ihnen herausprügeln.

*

Hassan blickte aufs Meer hinaus, als er Awad hinter sich spürte. »Sind sie weg?«

Awad nickte. »Gaz hat Simon in seinem Wagen mitgenommen. Die anderen sind mit dem Boot weg.«

»Wie viele?«

»Vier, einschließlich der beiden, mit denen Sie gesprochen haben. Rückendeckung haben sie von einem verlotterten Kerl bekommen, der wie ein Tourist gekleidet war, und einem Latino mit einem Computer. Sie haben alles gehört und gesehen.«

»Dich auch?«

»Ja.«

Hassan grinste. »Diese Leute wissen, was sie tun. Das ist gut.«

»Sir?«

»Sie sind den Muharib begegnet, genau, wie wir es uns gedacht haben.«

»Dann müssen sie ziemlich nah dran sein.«

Hassan nickte. »Die Frage ist nur – nah dran woran?«

48. KAPITEL

Trotz der kraftvollen Maschinen des Schnellbootes waren Cobb und Sarah nicht die Ersten, die zur Yacht zurückkamen. Das hatte aber mehr mit McNutts Fahrstil als mit dem von Cobb zu tun. Weil McNutt nicht entgangen war, dass Garcia das Meer nicht mochte, hatte er den PS-schwachen Motor des aufblasbaren Schlauchbootes an sein absolutes Limit gebracht und jede Welle angesteuert, die er nur finden konnte.

Schließlich geschah zweierlei, beides nicht ganz unerwartet.

Erstens kotzte Garcia das ganze Schlauchboot voll, und als sie schließlich ihr Ziel erreichten, qualmte zweitens der Außenborder des Zodiacs heftiger als Cheech & Chong.

Bei ihrer Rückkehr bemerkten Cobb und Sarah beides.

Als sie sich auf den Weg zur Kombüse machten, um zu fragen, was geschehen war, hörten sie nicht nur McNutt und Garcia, sondern auch noch eine dritte Stimme. Es war ein Akzent, mit dem sie nicht gerechnet hatten, den sie aber sofort erkannten.

McNutt bemerkte die beiden als Erster. »Seht mal, wen wir hier gefunden haben.«

Papineau drehte sich zu ihnen um. »Wie ich höre, waren sie fleißig.«

Er war sichtlich nicht in der Stimmung für Small Talk. Er konzentrierte sich auf die Aufgabe, die sie zu bewäl-

tigen hatten, und wollte wissen, was sie während seiner
Abwesenheit getan hatten. Aber sein Eifer hatte einen
Aspekt, der Sarah gegen den Strich ging. Er war achtundvierzig Stunden weg gewesen und hatte Gott weiß was
getrieben, während sie ihr Leben für eine Teamkameradin
aufs Spiel setzten, und er hatte nicht einmal den Anstand,
»Hallo« zu sagen.

»Ich freue mich auch, Sie wiederzusehen«, sagte sie
sarkastisch. »Haben Sie uns Souvenirs aus dem Orient
mitgebracht? Ich habe gehört, um diese Jahreszeit soll es
dort richtig schön sein.«

Papineau starrte sie an, sagte aber nichts. Er hatte
mehr als genug Gründe, Jasmine zu finden und sie sicher
zurückzubringen, doch jetzt setzte er einen weiteren auf
die Liste. Sarah hatte sich von Anfang an provozierend
verhalten, doch es schien, als würde die Abneigung, die
Cobb und McNutt gegen Papineau hegten, auf sie abfär-
ben. Ganz egoistisch gedacht brauchte er Jasmine, um
wieder mehr Gespür für Umgangsformen in die Gruppe
zu bringen – oder wenigstens, um Sarah ein Ersatzziel für
ihre schnippischen Bemerkungen zu bieten.

Cobb grinste über den Wortwechsel. »Ja, wir hatten ein
Treffen mit einer Quelle, die uns vielleicht helfen kann.
Was haben die beiden Ihnen erzählt?«

»Nur das Wesentliche«, versicherte McNutt. »Wir haben
Hassan und die Zitadelle erwähnt, aber sonst nichts. Wir
haben auf dich gewartet, damit du den Rest erklärst.«

Doch Papineau ließ es nicht dazu kommen. »Sie nennen diesen Mann eine *Quelle?* Was haben Sie sich dabei
gedacht? Azzis Zawarhi Hassan ist keine Quelle – er ist
ein *Verbrecher!*«

»Sie haben offenbar schon von ihm gehört«, schloss
Cobb aus diesen Worten.

»Natürlich habe ich von ihm gehört! Denken Sie wirklich, ich bringe Sie in eine Stadt, ohne zu wissen, wem und was Sie aus dem Weg gehen müssen? Wir haben alle unsere eigenen Methoden, um eine Mission vorzubereiten. Sie haben Ihre Aufklärungsmission, und ich habe die Fahndungsliste von Interpol. Verstehen Sie denn nicht? Wir versuchen, jede unnötige Begegnung mit der Polizei zu vermeiden, und Sie gehen los und machen Deals mit einem stadtbekannten Unterweltboss. Erklären Sie mir das, Jack, denn es klingt, als hätten Sie den Verstand verloren.«

Cobb konnte sich nicht daran erinnern, Papineau jemals so aufgebracht gesehen zu haben. Er fragte sich, ob seine Reizbarkeit nur eine Folge des Jetlags oder ob auf seiner Reise etwas geschehen war. Aber er war sich im Klaren darüber, dass ihm Papineau auf eine entsprechende Frage keine klare Antwort gegeben hätte, deshalb ließ er es auf sich beruhen und entschied sich für eine Vorwärtsverteidigung.

»Sind Sie fertig?«, fragte er ruhig.

Es brachte Papineau zur Weißglut, so überheblich behandelt zu werden – davon hatte er schon von Copeland in Kalifornien genug eingesteckt –, aber anstatt seine Wut herauszulassen, biss er sich auf die Lippe und blieb stumm.

»Ja«, gab Cobb zu, »ich habe mich mit Hassan in Verbindung gesetzt. Und ja, er ist ein Krimineller. Aber nein, ich habe nicht den Verstand verloren, ich habe ihn benutzt. Die Männer, nach denen wir suchen, sind keine Engel. Sie verbringen ihre Zeit nicht damit, sich zu überlegen, wie sie die Welt verbessern können. Es sind Mörder, genau wie Hassan. Wenn wir auch nur die geringste Chance haben wollen, an sie heranzukommen, brauchen wir einen Zugang zu dieser Welt. Hassan bringt uns hinein. Und Simon Dade hilft, dass wir uns darin zurechtfinden.«

Papineau traten fast die Augen aus dem Kopf. »Dade? Warum geben wir uns mit dem ab? Hat er uns nicht schon genug Ärger eingebrockt?«

Sarah konnte sich nicht mehr beherrschen. Sie fühlte sich dazu verpflichtet, Dade zu verteidigen – oder zumindest ihre Entscheidung, ihn empfohlen zu haben. »Ohne Dade hätten wir nie die Verbindung zu Hassan herstellen können. Vielleicht hat er uns in diese Schwierigkeiten gebracht, aber er tut jetzt, was er kann, um uns wieder herauszubringen.«

Papineau schüttelte frustriert den Kopf. »Leute, ihr versteht es einfach nicht. Die Sauerei im Tunnel hatte nichts mit Hassan zu tun. Es hatte absolut etwas mit *uns* zu tun.«

»Was soll das heißen?«, wollte Sarah wissen. »Seine Ganoven sind uns in die Tunnel gefolgt, und die anderen sind ihnen gefolgt. Wir sind alle in etwas verwickelt worden, das …«

»Nein, das sind wir nicht!«, schrie er und überraschte sie alle damit. Papineau sah ihren Gesichtern an, dass er lauter als beabsichtigt geworden war, deshalb atmete er tief durch und fing in einem sanfteren Ton von vorn an. »Nein, Sarah, das sind wir nicht. Wir sind nicht in einen Revierkampf zwischen Hassan und seinen Feinden geraten. Das Massaker in den Tunneln sollte unsere Suche beenden.«

Sarah machte große Augen. »Wie meinen Sie das?«

Er atmete noch einmal tief durch. »Vor dreizehn Monaten ist eine Gruppe von Archäologen in der Sahara verschwunden, die sich auf einer ähnlichen Suche befanden wie wir.«

Bevor irgendein anderer reagieren konnte, hielt Cobb

die Hand hoch und sorgte für Ruhe. Er wollte wissen, was Papineau ihnen zu sagen hatte, bevor sie berichteten, was sie über die Muharib erfahren hatten.

»Wo ist das geschehen?«, wollte Cobb wissen.

»Zweihundert Meilen südwestlich von Kairo«, sagte Papineau. »In der Nähe eines gottverlassenen Dorfes, das noch nicht mal einen Namen hat.«

Cobb wusste, dass mit mehr zu rechnen war. »Sprechen Sie weiter.«

Papineau seufzte erleichtert, weil er endlich erzählen konnte, was er schon seit Wochen wusste. »Die Gruppe bestand aus elf Personen – zehn Studenten im Abschlusssemester und dem Teamchef, einem griechischen Professor namens Cyril Manjani. Er finanzierte die ganze Expedition aus eigener Tasche.«

Cobb rieb sich nachdenklich das Kinn. Er wusste nur wenig über archäologische Ausgrabungen und fragte sich, ob es üblich war, sie selbst zu finanzieren. »Eine Expedition mit welchem Ziel?«

»Einem von Manjanis Kollegen zufolge war der Mann von antiken Königen besessen. Er hat während seiner gesamten akademischen Laufbahn entdeckte Grabstätten kartografiert und darüber spekuliert, wo es noch weitere zu finden gab. Die Kollegen erinnerten sich, dass Manjani endlos über Echnaton, Semenchkare und andere vermisste Pharaonen herumschwadronierte und davon überzeugt war, eines Tages ihre letzten Ruhestätten ausfindig zu machen.«

»Hat er auch Alexander erwähnt?«, fragte Sarah.

Papineau schüttelte den Kopf. »Explizit über Alexander hat er nichts gesagt, nein. Aber jedem Wissenschaftler, der das Ägypterreich erforscht, ist das Geheimnis um seine Grabstätte sehr wohl bewusst.«

381

McNutt war an Hypothesen nicht interessiert. Er wollte Fakten. »Was ist mit dem Team passiert?«

Papineau verzog das Gesicht. »Da wird die Sache interessant. Einen Monat nach ihrer Ankunft wurden zwei Vertreter des Ministeriums für Altertümer losgeschickt, um sich nach dem Stand der Unternehmung zu erkundigen. Sie sollten die Aktivitäten von Manjanis Team überprüfen und sich davon überzeugen, dass alle Regeln und Vorschriften des Beirates eingehalten wurden. Doch als sie eintrafen, fanden sie nur noch das verwaiste Lager. Es war nichts geplündert oder verwüstet worden – es war einfach *verlassen*. Ihre Zelte und andere Ausrüstungsgegenstände waren unberührt. Auch die Trinkwasservorräte waren noch vorhanden. Aber es war keine Menschenseele da.«

»Und das war's? Sie sind einfach verschwunden?«, hakte McNutt nach.

»Offiziell ja. Sie sind einfach verschwunden. In der Gegend hatte es eine Serie von Sandstürmen gegeben, und die Behörden spekulierten, dass sich die Gruppe verlaufen hat und einfach mitten in die Wüste marschiert ist. Anscheinend sind solche Dinge in der Sahara nichts Ungewöhnliches. Leute verirren sich, und dann verschwinden sie einfach. Sie werden von den Sandstürmen buchstäblich in Stücke gerissen oder lebendig begraben. Überlebende findet man jedenfalls nur selten.«

Cobb wartete auf die andere Hälfte der Erklärung, seiner Meinung nach die wichtige Hälfte. »Und was ist mit dem inoffiziellen Teil?«

»Einer seiner Freunde hat vor sechs Monaten einen Telefonanruf in griechischer Sprache von einem Mann erhalten, der sehr nach Manjani klang. Die Verbindung war schlecht, und der Anrufer redete wirres Zeug, etwas von Dämonen, die mitten in der Nacht aufgetaucht seien. Manjani – falls es Manjani war – behauptete, dass er sah, wie sein Team barbarisch niedergemetzelt wurde. Er sagte, sie wurden aus ihren Zelten gezogen und dann in Stücke geschnitten. Als das Blutbad vorüber war, verschwanden die Dämonen.«

Sarah sah Cobb an. »Haben wir so was Ähnliches nicht schon mal gehört?«

Cobb nickte zustimmend. »Glaubt Ihre Quelle, dass Manjani noch lebt?«

»Das tut sie«, erwiderte Papineau. »Aber sie hat keine Ahnung, wo sich Manjani versteckt.«

Cobb richtete den Blick auf Garcia. »Hector, schreib das auf deine To-do-Liste. Ich kann mir nicht vorstellen, dass er so dumm ist, seinen richtigen Namen zu verwenden, falls er untergetaucht ist, aber check es trotzdem. Kreditkarten, Handys, du weißt schon.«

Garcia war bereits dabei, Stichworte in sein Tablet einzugeben. »Wo soll ich anfangen?«

»Wenn sie in Schwierigkeiten stecken, flüchten die meisten Menschen dorthin, wo sie sich am besten auskennen. Fang mit Griechenland an und arbeite dich von da aus weiter.«

McNutt legte die Stirn in Falten. »Jack, ich komm nicht mehr mit. Sollten wir uns nicht auf die Muharib konzentrieren? Wie kann uns ein verloren gegangener Professor dabei helfen, Jasmine zu finden?«

Papineau war ebenfalls verwirrt. »Wie bitte? Die Muharib?«

Cobb antwortete zuerst McNutt. »Ehrlich gesagt, Josh, ich weiß auch nicht, wie er in diese Geschichte passt. Aber mein Instinkt sagt mir, dass er etwas damit zu tun hat.«

McNutt nickte. »Das ist für mich ein ausreichender Grund.«

Es gefiel Papineau nicht, ignoriert zu werden. »Noch mal – wer sind die Muharib?«

Cobb drehte sich zu ihm um und sah ihm in die Augen. »Wenn sich mein Verdacht bestätigt, sind das die Dämonen, die Manjanis Team ermordet und Jasmine gekidnappt haben.«

49. KAPITEL

Es gibt eine Grundregel, die jedem US-Marine so lange eingetrichtert wird, bis sie ihm in Fleisch und Blut übergeht.

Improvisieren. Adaptieren. Triumphieren.

Cobb kam von der Army, nicht von der Marineinfanterie, doch er glaubte trotzdem an ihr Mantra.

Bei ihren Bemühungen, Jasmine zu befreien, gab es anscheinend stündlich neue Erkenntnisse, die er bei seinen Planungen berücksichtigen musste. Er wusste, dass die Chancen, sie lebend zu finden, von Minute zu Minute geringer wurden, doch er wollte nicht aufgeben.

Cobb wandte sich an Papineau, um noch mehr über Manjani in Erfahrung zu bringen. »Können Sie uns zeigen, wo sein Team zum letzten Mal gesehen wurde?«

»Sicher, aber ich weiß nicht, wozu das gut sein soll. Dort gibt es nichts zu sehen und niemanden, mit dem man reden könnte. Ihre Zelte, ihre Ausrüstung, alle Hinweise auf ihre Expedition wurden fortgebracht oder sind vom Winde verweht.«

»Trotzdem wüsste ich gern, wo Manjani verschwunden ist.«

Papineau nickte. »Ja, natürlich. Ich habe eine Karte in meinem Gepäck. Ich werde sie Ihnen sofort holen.«

Sarah wartete, bis Papineau gegangen war, dann setzte sie sich neben Cobb. »Jack, was diesen Manjani betrifft – ich glaube, ich kenne jemanden, der uns bei der Sache helfen könnte.«

»So?«

Sie nickte zuversichtlich. »Falls irgendwelche Gerüchte über diesen Manjani in Umlauf sind, dann weiß diese Person, von der ich rede, davon. Und ich kann dir versichern, dass er in der Lage ist, blödsinniges Gerede von Hinweisen zu unterscheiden, bei denen es sich lohnt nachzuhaken. Und nicht nur das – er gehört zu den besten Leuten, die ich kenne, wenn es darum geht, digitale Daten zu gewinnen. Wenn dort draußen irgendwas ist, dann kann er es finden. Ich meine, er hat auf seinem Fachgebiet so viel drauf, dass man ihn mit Garcia vergleichen könnte.«

Cobb grinste. »Versteh mich nicht falsch, aber ich glaube, ich verzichte. Nach den Erfahrungen, die wir mit deinen Informanten haben, fühle ich mich wohler, wenn der echte Garcia für uns nachforscht und kein Hector 2.0.«

Doch Sarah ließ sich nicht abspeisen. »Weißt du, wie die CIA Leute findet?«

»Sehr langsam«, spottete er.

»Jack, ich meine es ernst.«

Cobb seufzte. Er hatte eine Menge zu tun, doch er sah die Entschlossenheit in ihrem Gesicht. Sie würde ein Nein nicht widerstandslos akzeptieren. »Ich vermute, ihr schickt Agenten los, die eure Zielpersonen vor Ort auskundschaften.«

»Falsch«, antwortete sie. »Es gibt nicht genug Spione, um jeden aufzuspüren, den man im Auge behalten müsste. Denk mal drüber nach: Es gibt sieben Milliarden Menschen auf dem Planeten und ein paar Tausend Schlapphüte, um über sie zu wachen. Das ist ein schwerwiegender Personalmangel.«

»Und eine ernsthafte Fehlinterpretation der Fakten. Ich

meine, die CIA muss doch nicht alle sieben Milliarden überwachen, oder?«

Sarah starrte ihn nur an.

»Komm schon.« Cobb lachte auf. »Du willst doch nicht etwa behaupten …«

»Ich sage nur, wenn es darum geht, Zielpersonen aufzuspüren, dann nehmen Spione nicht von sich aus die Spur auf, es sind die Bluthunde, die uns in die richtige Richtung lenken.«

»Sarah, ich komm nicht mehr mit. Was für Bluthunde?«

»Wie schon gesagt, die CIA hat nur ein paar Tausend Mitarbeiter. Das heißt, sie müssen viel von der Fleißarbeit an Fremdfirmen vergeben. Wenn die Agency eine Zielperson sucht, wendet sie sich an Spezialisten, die ihr ganzes Leben damit verbringen, Leute aufzuspüren. Diese Leute nennt man Bluthunde – oder kurz Schnüffler. Und glaub mir, denen ist es egal, wen du suchst oder was du mit der Zielperson vorhast, sobald sie gefunden ist. Das Einzige, was zählt, ist, dass du ihre Preisvorstellung akzeptierst.«

»Und inwiefern unterscheidet sich das von Simon?«

»Simon war unser Informant vor Ort. Wir haben ihn benutzt, weil er aus der Gegend stammt. Er sieht gut aus und ist kontaktfreudig, das heißt, er konnte sich gut unters Volk mischen. Er braucht nicht erst einer von ihnen zu *werden*, er *war* es bereits. Bei einem Informanten wie Simon ist das das größte Risiko. Wenn man sich auf seine Umgebung einlässt, bedeutet es, dass man anfängt, sich mit den Leuten ringsum zu identifizieren. Da ist es leicht, die Perspektive zu verlieren. Und wenn was schiefläuft, kann es dich zerstören.«

»Du sprichst von den Mädchen im Sklavenring.«

Sie nickte. »Ich kann dir nur sagen, dass er vorher nie im Leben mit einem Mann wie Hassan zusammengearbeitet hätte. Ich glaube, die Erfahrung von vor sechs Jahren hat sich negativ auf seine Grundhaltung ausgewirkt. Er hat das Schlechte triumphieren sehen und hatte das Gefühl, dass es immer so sein wird.«

»Wenn du sie nicht schlagen kannst, dann steig bei ihnen ein?«

»Etwas in der Art«, sagte sie. »Aber darauf will ich nicht hinaus. Bluthunde werden nicht von den Gefühlen belastet, die andere Informanten haben. Man verlangt von ihnen nicht, sich einem Milieu anzupassen, und sie sind auch nicht darauf aus, Freundschaften zu schließen. Es sind Einzelgänger, deren Motivation einzig und allein von einem abhängt: dem allmächtigen Dollar.«

»Dann schlägst du also vor, dass wir uns mit einem besessenen Soziopathen in Verbindung setzen, der immer nur auf seinen Vorteil aus ist?«

Sie blieb völlig ernst. »Jack, ich kenne diesen Informanten, und ich sage dir, er kann uns helfen. Nachdem wir bei der Sexsklaven-Auktion nicht zum Zuge gekommen sind, haben wir ihn dazu verwendet, die Mistkerle aufzustöbern, die etwas damit zu tun hatten. Um die verpasste Chance wettzumachen, war der Direktor bereit, für die Informationen tief in die Tasche zu greifen. Dieser Kerl hat in einer Woche mehr erreicht als unsere Agenten in einem ganzen Jahr. Er ist teuer, aber er ist jeden Penny wert.« Sie senkte die Stimme zu einem Flüstern. »Hör zu, wir haben das Geld, aber wir haben keine Zeit. Jasmine ist irgendwo dort draußen und betet, dass wir alles in unserer Macht Stehende tun, um sie zu finden. Dieser Kerl kann uns helfen. Glaub mir. Auch wenn ich falschliege, sollten wir es nicht wenigstens versuchen? Sind wir ihr das nicht schuldig?«

Improvisieren. Adaptieren. Triumphieren.

Cobb wandte sich an Garcia. »Hector, Planänderung. Vergiss Manjani fürs Erste. Konzentriere deine Bemühungen auf Jasmine und die Muharib, sonst nichts. Später am Abend solltest du von Simon sämtliches Videomaterial aus den Überwachungskameras der Stadt bekommen. Ich will, dass du jedes einzelne Video durchgehst. Die Kamera lügt nicht, also finde heraus, wie die Entführer verschwunden sind.«

Papineau, der in sein Zimmer gegangen war, um die Karte zu holen, kam zurück und reichte sie Cobb. »Ich habe das Lager von Manjanis Expeditionsteam markiert.«

Cobb blickte Papineau in die müden Augen. Er konnte sehen, dass seine Kraftreserven am Ende waren. »Jean-Marc, wollen Sie nicht ein bisschen schlafen? Sie sehen erschöpft aus. Hector weckt Sie in ein paar Stunden und sagt Ihnen alles, was er über die Muharib herausgefunden hat. In Ihrem gegenwärtigen Zustand sind Sie uns keine große Hilfe.«

Papineau nickte. »Sie haben wahrscheinlich recht. Und Jack – das von vorhin tut mir leid. Mein Verhalten war völlig unprofessionell.«

»Sie brauchen sich für Ihre Gefühle nicht zu entschuldigen. Uns allen wächst der Stress manchmal über den Kopf. So wissen wir, dass Sie die Sache ernst nehmen.«

Papineau nickte nur und zog sich zurück.

Cobb konzentrierte sich auf McNutt. »Irgendwas Neues über das Semtex?«

»Nein.«

»In dem Fall habe ich eine neue Aufgabe für dich. Ich weiß, dass wir auf dem Wasser klare Sicht in alle Richtungen haben, aber das heißt noch nicht, dass ich mich sicher fühle. Ich will, dass du dafür sorgst, dass wir uns verteidigen können. Behalt das Radar im Auge und überzeug dich, dass Hector und Jean-Marc wissen, wie alle Waffen zu bedienen sind, die du an Bord gebracht hast. Ich will nicht, dass das Boot gestürmt wird, bloß weil wir nicht wissen, wo die Raketen sind.«

McNutt beugte sich vor. »Wieso weißt du von den Raketen?«

»Wieso? Weil sie in einer Kiste sind, auf der ›Raketen‹ steht.«

»Ups.«

»Wie auch immer, bitte sorge dafür, dass das Schiff sicher ist.«

»Aye aye, Skipper.«

McNutt drehte sich um und steuerte auf die Tür zu. Er war schon auf halbem Wege, da hielt er an und wandte sich noch einmal um. »Und was ist mit euch beiden?«

Cobb blickte zu Sarah, dann zu McNutt. »Wie meinst du das?«

»Du willst, dass ich Hector und Jean-Marc bei den Waffen einweise. Soll das heißen, dass ihr mich mit denen allein lassen wollt?«

»Könnte sein.«

»Wegen diesem Bluthund?«

»Könnte sein«, wiederholte Cobb. »Wenn er uns helfen kann.«

»Chief«, fragte McNutt kleinlaut. »Darf ich offen reden?«

Cobb zog die Brauen hoch. »Du darfst.«

»Ich verstehe was nicht. Wenn dieser Schnüffler so gut darin ist, Leute zu finden, was schert uns dann dieser Manjani? Warum heuern wir den Schnüffler nicht an, um Jasmine zu finden?«

Auch wenn sich Sarah gern darüber lustig machte, dass McNutt meistens irgendwie verwirrt wirkte, dies war eine der seltenen Gelegenheiten, wo er Grund dazu hatte. »Darf ich?«

Cobb nickte. »Bitte.«

»Josh«, erklärte sie, »das ist eine völlig andere Art von Suche. Jasmine ist *entführt* worden. Manjani hingegen *versteckt* sich, aber es besteht immer die Möglichkeit, dass er mal nicht aufpasst und einen Fehler begeht. Wir brauchen jemanden, der die digitalen Spuren finden kann, die er dann hinterlässt, und der Gerüchte verifiziert. Bei allem Respekt für Hector, aber wir brauchen jemanden mit einem riesigen Netzwerk von Kontakten und einer nachweislich hohen Erfolgsquote.«

McNutt hatte begriffen. Er nickte. »So, wie du das sagst, klingt es absolut logisch.«

»Danke«, sagte sie.

»Darf ich dir noch eine Frage stellen?«

»Klar.«

»Heißt dein Kontakt Bryan Mills?«

Sarah lachte. Sie hatte erst vor Kurzem den Film *96 Hours* gesehen und wusste, dass die Filmfigur, die Liam Neeson darin spielte, Bryan Mills hieß. »Leider nicht. Aber mein Informant hat auch ›einige ganz besondere Fähigkeiten‹.«

McNutt grinste über die Zeile aus dem Film. »Wahnsinn.«

Cobb wusste überhaupt nicht, worum es ging. »Ihr könnt gern weiter über diesen Bryan Mills quatschen – wer auch immer das sein mag –, aber ich muss jetzt meine eigene Quelle anrufen. Und eins könnt ihr mir glauben: *Der* hat auch einige ganz besondere Fähigkeiten.«

50. KAPITEL

Küsendorf, Schweiz
(zweiundachtzig Meilen südwestlich von Bern)

In weniger als einer Minute sollte Petr Ulster seine Antwort haben. Alles, was er bisher unternommen hatte, war auf diesen einen Augenblick ausgerichtet. Schon bald würde er wissen, ob die sorgfältige Planung und Vorbereitung letztendlich zum Erfolg geführt hatte – oder er wieder einmal scheitern würde.

Wie ein werdender Vater im Wartezimmer beugte er sich näher ans Fenster und suchte verzweifelt nach dem geringsten Anzeichen dafür, dass alles in Ordnung war. Er wusste, dass er sich zurückhalten musste, aber die Vorfreude war fast mehr, als er ertragen konnte. Schweiß tropfte links und rechts von seinem Gesicht, er starrte auf die Uhr und sah zu, wie die Sekunden verstrichen.

Endlich ertönte der Summer.

Die Stunde der Wahrheit war gekommen.

Ulster öffnete die Ofentür und sah hinein. Bisher war alles perfekt. Er legte langsam seine von dicken Handschuhen geschützten Hände um den kleinen Topf und passte auf, dass er nicht mit den Fingern in die brühend heiße Flüssigkeit kam. Er hielt den Atem an und hob vorsichtig die Schüssel aus dem Wasser. Und dann, ohne Vorwarnung, fiel sein Mini-Soufflé in sich zusammen.

Ulster seufzte frustriert.

Er ließ die Schüssel zurück ins Wasserbad der Backform fallen und riss das ganze Gebilde aus dem Ofen. Als er sich zur Kücheninsel seiner großen Küche wandte, merkte er, dass ihm rapide der Platz ausging.

Die Ablageflächen standen voller Soufflés in verschiedenen Verfallsstadien. Was am Morgen mit der Lust auf eine würzige Leckerei mit Zitronengeschmack begann, hatte sich schnell in eine kulinarische Herausforderung epischen Ausmaßes verwandelt. Als ihm die Zitronen ausgegangen waren, hatte Ulster auf Lachs zurückgegriffen – immerhin dauerte seine Küchenschlacht jetzt schon vier Stunden, und ein herzhaftes Mittagessen schien angebrachter zu sein. Als es Abend geworden war, hatte er wieder gewechselt und diesmal der köstlichen Schweizer Schokolade seiner Heimat den Vorzug gegeben.

Doch wie sehr er sich auch bemühte, die Soufflés wollten einfach nicht halten.

Nun hatte er schon einen ganzen Tag daran gearbeitet und noch immer keinen Erfolg zu verzeichnen.

Ulster lachte bei dem Anblick und wusste, dass ihm eine arbeitsreiche Nacht bevorstand, wenn er die Küche sauber bekommen wollte, bevor sein Privatkoch von seinem freien Tag zurückkehrte.

Er gab sich geschlagen und schaltete gerade den Ofen aus, als er die Vibrationen seines Handys irgendwo tief in einer Tasche seiner Schürze spürte. Er verdrehte sich, um es in die Finger zu bekommen, wobei sein ausladender Bauch den Stoff spannte, den er sich eng um den Leib gewickelt hatte. Plötzlich fühlte er sich wie in der Pelle seiner polnischen Lieblingswurst.

Als er endlich an sein Telefon kam, wunderte sich Ulster über die unterdrückte Rufnummer. Seine Privatnummer war nirgends verzeichnet, und er hatte sich große Mühe gegeben zu verhindern, dass sie publik wurde. Deshalb entschloss er sich, seiner Intuition zu folgen.

»Jonathan?«, riet er.

»Nein, hier spricht Jack Cobb. Wir haben uns vor ungefähr einem Monat in Genf getroffen.«

»Selbstverständlich! Wir haben im Beau Rivage zu Abend gegessen.« Manche Leute verwenden Eselsbrücken, um sich Leute und Orte ins Gedächtnis zu rufen, doch Ulster erinnerte sich an Mahlzeiten. »Sie waren gerade aus den Bergen zurückgekehrt, wenn ich mich recht entsinne. Es hatte irgendetwas mit einem Zug zu tun …«

»Ja«, knurrte Cobb. »So was in der Art.«

Er war sich sicher, dass das schon mehr war, als irgendjemand sonst von seinem vorangegangenen Abenteuer wusste. Wegen der besonderen Umstände seines Anrufes fühlte er sich durch Ulsters Kenntnisstand einerseits ermutigt, andererseits fand er es ein wenig beunruhigend, dass Ulster Bescheid wusste. Er fragte sich, woher der Mann seine Informationen bezog, denn von ihm selbst stammten sie mit Sicherheit nicht.

»Sie haben gesagt, ich könnte Sie anrufen, wann immer ich Hilfe brauche, und Fakt ist, dass ich hier in Ägypten einige Probleme habe.«

»In Alexandria, nicht wahr?« Ulster wusste natürlich, dass Cobb den Auftrag hatte, etwas in der ägyptischen Stadt zu suchen – wenn er auch nicht darüber informiert war, was das war –, immerhin hatte Cobb die antike Karte Alexandrias von ihm. Zudem hatte Ulster die Berichterstattung über die Explosionen in den Nachrichten verfolgt. »Die ägyptischen Behörden haben noch keine offizielle Stellungnahme abgegeben, aber man ist bereits dabei, die Sache herunterzuspielen. Denken die wirklich, die Leute glauben ihr dämliches Märchen von einem Erdbeben und geplatzten Gasrohren? Dieser Zwischenfall hat doch nichts mit seismischen Aktivitäten zu tun.«

»Das sehen Sie richtig.«

Ulster sprach auf einmal leise, als wollte er eine Information weitergeben, die streng geheim war. »Jack, wenn Sie in Schwierigkeiten stecken… Ich kenne *Leute*. Sagen Sie mir einfach, was Sie benötigen, dann rufe ich sie an. Meine Freunde waren früher beim Militär, und Sie können mir glauben, wenn ich Ihnen sage, dass sie sehr gut sind in dem, was sie tun.«

»Ich war früher *auch* beim Militär«, bemerkte Cobb, der sich durch den Kommentar ein wenig auf den Schlips getreten fühlte. »Ich weiß Ihr Angebot zu schätzen, aber in dieser Hinsicht bin ich versorgt. Die Hilfe, nach der ich suche, ist eher akademischer Natur. Ich habe gehofft, Sie können mir helfen.«

Auch wenn er in seiner schmutzigen Schürze kaum danach aussah, war Ulster der Direktor der Ulster-Archive, einer Forschungseinrichtung, die die weltgrößte Privatsammlung von Dokumenten und Antiquitäten beherbergte. Petrs Großvater hatte das Archiv in den Alpen aufgebaut. Es hatte mit einer kleinen Auswahl von Kunstwerken begonnen, die man, um der Besetzung durch die Nazis zuvorzukommen, in Kohlewaggons aus Österreich in die Schweiz geschmuggelt hatte, und die Sammlung war nach und nach zu dem geworden, was sie nun war. Trotz der frühen Erfolge, die man seinen Vorfahren zuschreiben musste, war Petr für die neuesten Erwerbungen allein verantwortlich.

»Auf jeden Fall kann ich helfen«, tönte Ulster. »Womit kann ich dienen?«

»Mein Team ist auf etwas gestoßen, von dem wir nicht

genau wissen, wie wir es interpretieren sollen. Ich wollte hören, was Sie davon halten.«

»Jack«, erwiderte Ulster vorsichtig, »ich helfe Ihnen liebend gern bei Ihrem Projekt, aber ich möchte betonen, dass ich keinen Abschluss in Ägyptologie habe. Ja, ich gebe zu, dass ich in allen Bereichen der Geschichte über gewisse Kenntnisse verfüge – das gehört schließlich zu meinem Job –, aber eine genaue Analyse dessen, was Sie gefunden haben, sollte vermutlich von jemandem aus Ihrem eigenen Team kommen. Ich will ganz bestimmt niemandem auf die Füße treten.«

»Das ist ein Teil des Problems«, entgegnete Cobb. »Unsere Historikerin wird vermisst. Ich habe hier einen Teil des Videomaterials, das sie aufgezeichnet hat, bevor sie verschwand, und ich möchte nur, dass Sie es sich einmal ansehen. Haben Sie Internetzugang?«

»Ja, selbstverständlich. Einen Moment bitte.«

Ulster zog die Schürze aus, warf sie zu Boden und eilte aus der Küche in sein nahe gelegenes Büro. Er aktivierte die Freisprecheinrichtung seines Handys und ließ sich in den weich gepolsterten, hochlehnigen Bürosessel vor seinem Computer sinken. Dann nahm er die Maus und wartete auf weitere Anweisungen. »Okay, ich bin bereit. Was jetzt?«

»Checken Sie Ihre E-Mails. Dort sollten Sie eine Nachricht von James Bond finden. Öffnen Sie sie und klicken Sie auf den Link.«

»Sieh mal an.« Ulster lachte. »Ich habe eine E-Mail von James Bond!«

»Tut mir leid. Mein Computermann ist ein glühender Fan.«

Garcia hatte vorhergesehen, dass das Team hin und wieder auf das Videomaterial würde zugreifen müssen, auch außerhalb der Reichweite des bootseigenen WLANs. Anstatt jedem die Dateien einzeln auf die Smartphones zu schicken, hatte er die Daten auf eine geschützte Website hochgeladen, die er selbst programmiert hatte. Die Daten wurden von seinem Server gestreamt, der mit so großem Aufwand gesichert und verschlüsselt war, dass selbst die besten Hacker Wochen benötigt hätten, um einzudringen. Der Zugriff auf die Website war normalerweise auf ihre eigenen Geräte beschränkt, aber Garcia hatte ein temporäres Passwort vergeben, das den Zugriff auf einen Teil der Daten erlaubte.

Ulster bekam den Code und hackte ihn in die Tastatur.

Einen Moment später scrollte er sich durch die Bilder.

»Das ist eine Sensation!«, rief er.

»Das habe ich auch schon gehört. Aber was bedeutet es?«

51. KAPITEL

Cobb hatte bei seinem Treffen mit Ulster in Genf schnell herausgefunden, dass dieser die Gabe und das Bedürfnis hatte, über alles und jeden unter der Sonne zu reden. Deshalb war er recht verwundert, dass es am anderen Ende der Leitung still blieb.

»Sind Sie noch da?«, wollte Cobb wissen.

Ulster reagierte nicht. Er war viel zu sehr auf die Bilder auf seinem Computerdisplay konzentriert, um die Frage oder etwas anderes zu hören, was Cobb sagte.

»Petr!«, rief Cobb.

»Hmm … was? Haben Sie etwas gesagt?«

»Ich habe eine Menge gesagt, aber Sie ignorieren mich seit fünf Minuten. Wenn Sie so weitermachen, werde ich Ihnen den Zugriff auf die Website sperren.«

Ulster errötete verlegen. »Tut mir leid, Jack. Ehrlich. Manchmal bin ich wie ein Pferd mit Scheuklappen: Ich konzentriere mich dann nur auf das, was vor mir ist. Insbesondere, wenn es sich um Geschichte handelt, und das eine kann ich Ihnen versichern: Das hier *ist* Geschichte.«

»In welcher Hinsicht?«

»In jeder Hinsicht!«, sagte Ulster aufgeregt. »Hierogly-phen wie diese existieren einfach nicht in der modernen Welt. Diese Klarheit. Diese Tiefe. Sie sehen aus, als wären sie erst gestern eingeschlagen worden. Diese Symbole sind äußerst bemerkenswert. Wo haben Sie sie entdeckt?«

»Auf einer Wand in einer antiken Zisterne unter der Stadt.«

»Faszinierend. So lange Zeit stand sie dort, und alle sind mit den Füßen darüber hinweggelaufen. Sagen Sie, lässt sich die Wand in einem Stück herausnehmen? Oder wird Ihr Team sie abschnittsweise herausholen?«

»Herausholen?«, stieß Cobb aus. Plötzlich wurde ihm klar, dass Ulster noch nicht auf die Idee gekommen war, die Ereignisse in Zusammenhang zu bringen. »Petr, hören Sie! Es gibt keine Wand mehr. Es gibt keine Symbole mehr. Alles ist weg. Die Sprengstoffexplosionen haben alles zerstört.«

Ulster erschrak. »Aber … wieso tut jemand so etwas?«

»Petr, deshalb rufe ich Sie ja an. Unsere Historikerin war gerade dabei, die Wand zu untersuchen, als sie von den Bombenlegern entführt wurde. Ohne sie wissen wir nicht, was das alles zu bedeuten hat oder warum sie entführt wurde. Ich hoffte, dass Sie uns helfen könnten.«

Da begriff Ulster, was von ihm verlangt wurde – und was wirklich auf dem Spiel stand. Er betrachtete die Bilder noch einmal sehr lange und genau. Er begann bei dem Bild, das er für das wichtigste hielt. »Dieses Zeichen – der gehörnte Mann – symbolisiert Alexander den Großen. Diese Wölbungen sollen an Amun-Re erinnern, den obersten Gott des ägyptischen Pantheons. Alexander hielt sich selbst für den göttlichen Nachfahren des Schöpfers.«

»Reden Sie weiter!«, verlangte Cobb.

Ulster klickte auf der Website weiter. »Die rechteckigen Blöcke und Papyrusstängel symbolisieren die Gründung Alexandrias. Wie Sie vielleicht bemerkt haben, sind Bäume in jener Region selten. Aber die jährliche Flut des Nils lieferte einen Überschuss von Schlamm, aus dem man Lehmziegel machen konnte, die in der

Sonne getrocknet wurden. Damit hat man die Häuser gebaut.«

Cobb nickte, er war mit Ulsters Übersetzungen zufrieden. Nachdem er die Fähigkeiten des Historikers ausgetestet hatte, war er bereit, ihm ein weiteres Puzzlestück zu geben: das Brandmal am Hals des Bombenlegers.

»Das bringt uns zum dritten Bild«, sagte Ulster und bereitete sich darauf vor, seinen nächsten Vortrag zu halten. »Wenn Sie sich die überlappenden Dreiecke einmal genauer ansehen, werden Sie bemerken ...«

»An dieser Stelle möchte ich Sie gleich unterbrechen.«

Ulster hielt inne. »Bin ich zu schnell?«

»Bestimmt nicht«, versicherte ihm Cobb. »Ich möchte nur, dass Sie mir Ihre Gedanken zu einem bestimmten Bild mitteilen. Ein Bild, das *unter allen Umständen* vertraulich bleiben muss.«

Ulster nickte. »Ja, natürlich. Sie können sich auf mich verlassen. Man sagt mir zwar nach, manchmal ein bisschen redselig zu sein, aber das alles hier halte ich unter dem Siegel der Verschwiegenheit.«

»Das ist gut zu hören. Bitte checken Sie noch mal Ihre E-Mails.«

Ulster tat, was Cobb verlangte, und öffnete eine neue Nachricht mit einem Foto des Brandzeichens. Obwohl das Symbol viel dunkler als die anderen war, erkannte er es sofort. »Wo haben Sie das her? Von der Wand?«

»Nein«, erwiderte Cobb. »Dieses Symbol war nicht in Stein gemeißelt, es war in Haut gebrannt. Sie sehen den Nacken eines Mannes.«

»O mein Gott! Dann sind die Legenden also wahr!«

»Die Legenden? Welche Legenden?«

Wenn Ulster eine Schwäche hatte – abgesehen von Essen und geistigen Getränken –, dann war es sein Hang zur Weitschweifigkeit. Selbst auf die einfachsten Fragen antwortete er oft mit langatmigen Monologen, die viel mehr umfassten, als gefragt war. Das war keine Arroganz, er hatte nicht die Absicht, mit seinem Wissen anzugeben oder andere dumm aussehen zu lassen. Er war einfach der Meinung, dass manche Fragen eine eingehendere Erläuterung verdienten.

Zu Cobbs Leidwesen sah er diese Frage als eine solche an.

Ulster atmete tief durch. »Wie Sie vielleicht wissen, ist die Wüste Sahara eine der tückischsten Regionen auf unserem Planeten. Neun Millionen Quadratkilometer Sand und so gut wie kein Wasser. Und so ist es schon seit dem Neolithikum.«

»Sagten Sie *Neolithikum*?«, knurrte Cobb genervt. Er hatte einfach keine Zeit, sich die ganze Geschichte Afrikas anzuhören. »Einmal vorspulen, bitte.«

»Ja, selbstverständlich«, sagte Ulster und zerbrach sich den Kopf, wo er am besten einsteigen sollte. »Im Jahre 525 vor Christus wurde einem persischen Heer von mehr als fünfzigtausend Männern der Befehl erteilt, die Siwa-Oase in Westägypten zu belagern. Kein einziger Soldat erreichte das Ziel. Unterwegs wurde die ganze Armee ausgelöscht. Wie war es möglich, dass nicht einer – kein *einziger* von fünfzigtausend Mann – einen direkten Marsch durch Ägypten überlebte? Glauben Sie, dass die Sonne und der Sand eine ganze Armee aufgerieben haben, die mit Nahrung, Wasser und Ausrüstung versorgt war? Oder darf man annehmen, dass andere Mächte eine Rolle spielten, wie viele es vermuteten?«

Cobb schaltete sich ein, solange er noch die Chance hatte. »Petr, ich habe keine Ahnung, wovon Sie reden. Was hat das alles mit dem Brandzeichen zu tun?«

»Darauf wollte ich gerade kommen«, versicherte ihm Ulster. »Schon seit dem Perserreich gibt es Geschichten über die Sahara und die Menschen, die sie verteidigten. Krieger, die jede Armee besiegen konnten, ganz gleich, wie groß oder stark sie war. Krieger, die *dieses* Zeichen trugen. Heutzutage kann man sich vermutlich kaum vorstellen, weshalb jemand immer noch eine antike Gottheit wie Amun-Re anbeten sollte, aber weltweit gibt es viele Menschen, die antike Religionen praktizieren. Und ich meine damit nicht nur die Hauptreligionen wie den Buddhismus, das Christentum und den Islam. Ich spreche von kleineren Religionen, wie sie weiterhin in abgelegenen Dörfern der Regenwälder und auf den Vulkaninseln des Pazifiks ausgeübt werden. Grundsätzlich lässt sich sagen, je isolierter eine Gemeinschaft ist, desto rigoroser ist auch ihre Kultur.«

»Und das soll heißen?«

»Die Isolation bewirkt eine *Unberührtheit* durch äußere Einflüsse. Die Unberührtheit erzeugt *Ergebenheit*, und aus der Ergebenheit entsteht *Fanatismus*. Nach allem, was ich gesehen habe, muss der Sprengstoffanschlag in Alexandria das Werk von Fanatikern gewesen sein.«

»Das brauchen Sie mir nicht zu sagen.«

Ulster wurde wieder verlegen. »Ja, natürlich. Ich wollte auch nicht so tun, als wüsste ich mehr über die Zerstörungen als Sie. Ich meine, schließlich waren Sie *dort*, in den Trümmern, während ich *hier* auf meinem Sofa gesessen habe und ...«

»Entspannen Sie sich, Petr. Sie sind mir nicht zu nahe getreten. Ich finde es sehr aufschlussreich, was Sie erzählt haben. Seit wir die Tunnel verlassen haben, versuche ich, die Hintergründe der Explosionen zu verstehen, und jetzt ergibt alles einen Sinn. Diese Männer haben nicht nur

Symbole auf einer Wand geschützt, sondern ihre ganze Lebensweise.«

»Ganz genau«, sagte Ulster.

»Das erklärt auch den anderen Angriff.«

»Welchen Angriff meinen Sie?

Cobb klärte ihn auf. »Wir glauben, dass diese Krieger etwas mit der Ermordung eines Archäologenteams in der Nähe der Bahariya-Oase zu tun haben. Wir haben außerdem Grund zu der Annahme, dass der Leiter der Expedition den Angriff überlebt hat. Falls es so ist, hoffen wir darauf, dass er uns Informationen über die Männer geben kann, die unsere Historikerin entführt haben.«

Ulster nickte. »Sie reden von Cyril Manjani.«

»Moment mal! Wissen Sie etwas über die Manjani-Expedition?«

»Das kann man wohl sagen. Und noch einiges mehr. Ich *kenne* den Mann sogar persönlich. Und Sie auch – in gewisser Weise. Denn worin drückt sich ein Mann aus, wenn nicht in seiner Arbeit?«

Cobb war sich sicher, Manjani nie kennengelernt zu haben, und das ganze andere Zeug – dieser Quatsch über die Arbeit eines Mannes – war ihm zu verstiegen. »Ganz ehrlich, ich habe keine Ahnung, wovon Sie reden. Absolut nicht. Bitte erklären Sie es mir.«

»Die Karte von Alexandria – die, die ich Ihnen in Genf gegeben habe …?«

»Was ist damit?«

»Das ist *seine* Karte. Er hat sie auf *seiner* Expedition entdeckt.«

Diese Worte trafen Cobb wie ein Schlag ins Gesicht, und seine Gedanken überstürzten sich, als er versuchte, die Einzelteile zusammenzusetzen.

Falls Manjani wusste …

403

Dann hieß das…

Und Jasmine hatte festgestellt…

Dann könnten die Symbole…

Nach ein paar Sekunden äußerster Verwirrung wollte Cobb vor allem eines wissen: »Wie sind Sie an die Karte gekommen?«

»Wie?«, fragte Ulster und kicherte. »Ich habe meine Post aufgemacht! Ob Sie es glauben oder nicht, Cyril hat sie mir hierhergeschickt. Zuerst hielt ich es für eine Art makabren Scherz – schließlich dachte ich, er sei bei dem Angriff auf die Bahariya-Oase ums Leben gekommen –, aber dann sah ich den Detailreichtum, und mir wurde klar, dass es kein Streich war. Das konnte es nicht sein. Es war authentisch.«

»Aber weshalb? Wenn die Karte so wertvoll ist, warum hat er sie dann aus der Hand gegeben?«

»Ich bin mir nicht sicher, aber ich könnte mir vorstellen, dass es etwas mit dem tragischen Ende seiner Expedition zu tun hat. So verstehe ich zumindest seinen Brief.«

»Was für einen Brief? Einen Brief hatten Sie nicht erwähnt!«

»Habe ich nicht?« Ulster lachte über sich selbst. »Das tut mir leid. Wie schon gesagt, manchmal lebe ich mein Leben, als hätte ich Scheuklappen auf, und wenn ich mich zu sehr auf etwas konzentriere, habe ich den Hang zu vergessen…«

»Petr! Haben Sie ihn noch?«

»Ja! Den habe ich wirklich noch. Bleiben Sie dran, ich werde Ihnen den Brief vorlesen.«

Ulster kramte in den Stapeln von Forschungsunterlagen auf seinem Schreibtisch, bis er den gesuchten Brief fand. Obwohl der Text in Altgriechisch geschrieben war, übersetzte er ihn fehlerfrei. »Mein werter Petr, ich schicke

Dir zutiefst beschämt diese Karte. Ich hoffe, Du kannst vielleicht eines Tages beenden, was ich begonnen habe. Leider habe ich nicht den Mut, noch einmal mein Leben aufs Spiel zu setzen, um das Grab zu finden. In ewiger Dankbarkeit, Cyril Manjani.«

52. KAPITEL

Mittwoch, 5. November
Gizeh, Ägypten
(zwölf Meilen südwestlich von Kairo)

Vor viertausendfünfhundert Jahren war die neu erbaute große Pyramide von Gizeh als letzte Ruhestätte des Pharaos Cheops vorgesehen gewesen. Nur den hochrangigen Gästen war es gestattet, den Fuß in die heiligen Anlagen zu setzen. Diese Ehre war den Mitgliedern des Königshofes vorbehalten.

Heutzutage kann jeder das antike Gebäude besichtigen. Man braucht nur ein Ticket.

Von nah und fern kommen die Touristen, um im Schatten der Gizeh-Pyramiden zu stehen und die riesige Sphinx zu bewundern. Für die meisten sind es einfach nur Zeugnisse einer längst vergangenen Epoche, deren einzige Bedeutung darin liegt, dass sie dem Zahn der Zeit bisher widerstehen konnten. Nur ein paar Auserwählte sehen in ihnen, was sie wirklich sind – Monumente zu Ehren gefallener Götter.

Obwohl sie bereits mehrmals in Ägypten gewesen war, hatte Sarah die Pyramiden nie mit eigenen Augen erblickt. Ihre Vorstellung von der Region basierte ausschließlich auf Postkartenbildern und Filmen. Ihr wurde schnell klar, dass diese Werbefotos aus den besten Winkeln und zu idealen Zeitpunkten fotografiert worden waren, denn was sie nun sah, unterschied sich von diesen Bildern auf geradezu erschreckende Weise.

Sie hatte sich die Pyramiden immer als abgeschiedene Tempel vorgestellt, meilenweit von karger Wüste umgeben und fernab von jeder Zivilisation. Doch die nahe Großstadt Kairo hatte das einstmals malerische Dörfchen Gizeh längst überwuchert – es war jetzt mit über zweieinhalb Millionen Einwohnern die zweitgrößte Vorstadt der Welt –, und dieses unerwartete Wachstum hatte zwangsläufig zu einem Zusammenstoß zwischen der antiken und der modernen Welt geführt. So verrückt es klingen mag: Es ist jetzt möglich, die große Pyramide von Gizeh zu besichtigen – ein architektonisches Meisterwerk, das als eines der Sieben Weltwunder der Antike gepriesen wurde –, und danach über die Straße bei Pizza Hut zu Abend zu essen.

Das Restaurant lag buchstäblich auf der anderen Straßenseite.

Sarah war von diesem Gegensatz ebenso fasziniert wie enttäuscht. »Es ist unglaublich. Ich hatte es mir völlig anders vorgestellt.«

Cobb zuckte mit den Schultern, aber überrascht war er nicht. »In Pekings Verbotener Stadt haben sie eine Starbucks-Filiale aufgemacht. Warum sollte es hier anders sein?«

Sarah stand nicht weit vom Sockel der großen Pyramide entfernt und richtete den Blick zum Himmel. Sie sah die Spitze der Pyramide, die sich mehr als hundertdreißig Meter über ihr befand. »Es ist ja nicht *nur* das Pizzarestaurant. Es ist … Ich meine, sieh dir das doch mal an! Das bröckelt doch alles weg!«

Ihre Beschreibung war leider zutreffend. Die glatte Hülle, die einst die Seiten der Pyramide bedeckte, ist schon vor Jahrhunderten abgerissen worden. Im Jahr 1356 befahl Sultan An-Nasir Badr ad-Din Abu l-Ma'ali al-Hasan ibn an-Nasir, die Hülle aus poliertem Kalkstein zum Bau von Moscheen in Kairo zu benutzen. Seit die äußere Schicht von den Pyramiden entfernt worden ist, sind sie den Elementen preisgegeben.

Den Wüstenwinden ausgesetzt, ist der Stein rissig und bröckelig geworden. Aus den massiven zwei Tonnen schweren Blöcken an den Seiten sind Trümmerstücke in allen Größen herausgefallen und bedecken jetzt den Boden. Die flachen, makellosen Flächen sind zerklüftet und stufig – es hat Jahrhunderte gedauert, doch die Elemente haben den Oberflächen der Pyramiden heftig zugesetzt.

Der Zustand der Ruinen – von den zerbröckelnden Fassaden der Pyramiden bis hin zur fehlenden Nase der großen Sphinx – ließ Cobb noch einmal über die Entdeckung nachdenken, die sie im Untergrund von Alexandria gemacht hatten. Wenn man zugelassen hatte, dass das Tal von Gizeh so zerfiel, was sagte das über die Tunnel aus, die sie entdeckt hatten? Es wirkte, als habe man die Piktogramme auf der unterirdischen Wand mit einer Sorgfalt gepflegt, die man bei der Cheops-Pyramide vermissen ließ.

Doch weshalb?

Und wer hatte es getan?

Darüber würde Cobb zu einem späteren Zeitpunkt nachdenken müssen. Momentan musste er sich auf die nächsten Schritte konzentrieren. »Bist du sicher, dass dein Freund hier auftauchen wird?«

Sarah nickte. »Er wird kommen – trotz der Warnung.«

Das State Department der Vereinigten Staaten hatte kürzlich eine Warnung herausgegeben und geraten, die populärsten Touristenziele in Ägypten zu meiden. Zwar hatte es keine Angriffe gegeben, die unmittelbar auf Amerikaner abzielten, aber die Massen von Demonstranten, die ihre Unzufriedenheit mit dem gegenwärtigen politischen Klima zum Ausdruck brachten, waren besorgniserregend. Schon ein kleiner Funke konnte eine ausgewachsene Revolution auslösen, und das Letzte, was die amerikanische Botschaft gebrauchen konnte, war eine Touristengruppe, die in die Rebellion hineingezogen wurde, während die ganze Welt auf CNN zusah.

Cobb ließ den Blick über den Platz schweifen, wo sich eine Busladung Touristen auf den Weg zum Gelände machte. »Bist du sicher, dass du ihn nach all den Jahren noch erkennst?«

»Du kannst mir glauben, ich erkenne ihn. Er sieht immer todschick aus.«

»Todschick?«

Sie grinste und nickte. »Siehst du, was ich meine?«

Cobb folgte ihrem Blick und sah einen gut frisierten Mann, der sich nach ihnen umdrehte. Sein breites Lächeln wurde von einer kanariengelben Fliege und passenden Hosenträgern akzentuiert.

»Sehr zurückhaltend«, flüsterte Cobb.

Sarah ging zur Seite, weil die Gruppe an ihr vorbei wollte, bis nur noch ein Mann vor ihr stehen blieb. »Seymour, es ist doch immer wieder eine Freude, dich zu sehen.«

Der Mann strahlte. »Vielen Dank, meine Liebe. Ich gebe mir Mühe.«

Sie wandte sich an Cobb. »Jack, das ist Seymour Duggan. Er ist der beste Bluthund, mit dem ich je zusammengearbeitet habe, und ein richtig anständiger Kerl.«

Seymour dankte ihr für das Kompliment, indem er einen imaginären Hut lüftete, dann streckte er Cobb die

Hand hin. »Schön, Sie kennenzulernen. Ich hoffe, ich kann Ihnen helfen.«

»Ganz meinerseits«, erwiderte Cobb, obwohl er seine Zweifel hatte.

Auf den ersten Blick sah Seymour eher nach einem Buchhalter als nach einem CIA-Informanten aus. Er war mager und hatte kaum noch Haare. Sein schmächtiger Körper steckte in einem makellosen Leinenanzug, und seine auffällige Fliege passte farblich zu den Hosenträgern und dem Taschentuch, das er benutzte, um sich die Stirn abzutupfen. Hinzu kam sein Akzent, der mit Sicherheit nicht aus den Vereinigten Staaten stammte.

»Kiwi?«, fragte Cobb.

»Schuldig im Sinne der Anklage«, erwiderte Seymour. »Geboren und aufgewachsen in Christchurch, auf der Ostseite der Insel. Waren Sie schon mal dort?«

»Nein«, gab Cobb zu. »Bis über Australien bin ich noch nicht hinausgekommen.«

»Haben Sie etwa Angst vor Hobbits?«

Es war ein Versuch Seymours, witzig zu sein.

Cobb lachte nicht. »Nein.«

Sarah hingegen fand den ganzen Austausch äußerst unterhaltsam. »Seymour hat beim neuseeländischen Geheimdienst angefangen. Aufgrund seiner Erfolge haben ihn die Leute vom MI6 als Leihgabe angefordert, damit er ihnen bei der Bearbeitung ihrer Fälle helfen konnte. So wurden wir auf ihn aufmerksam. Ein paar Jahre später verließ er England und wurde mit Amtshilfe der CIA mit neuer Identität in Helsinki eingesetzt.«

»Was hat er dort gemacht?«, wollte Cobb wissen.

Seymour grinste. »Ob Sie es glauben oder nicht, ich sollte mich als Prüfer der Steuerbehörde ausgeben. Offiziell war ich dort, um sicherzustellen, dass Menschen mit doppelter Staatsbürgerschaft ihre Steuererklärung korrekt ausfüllten.«

»Kann man sich kaum vorstellen«, scherzte Cobb. Selbst wenn er den ganzen Abend Zeit gehabt hätte, wäre ihm keine bessere Legende eingefallen. »Und was führt Sie nach Ägypten?«

»Das Klima. Ich finde Kälte inakzeptabel.« Seymour grinste und sah sich im Pyramidenkomplex um. Trotz seiner Behauptung wischte er sich unablässig den Schweiß aus dem Gesicht. »Was für ein schöner Tag. Aus der Wohnung herauszukommen ist so ein angenehmer Energiewechsel. Ich sollte das öfter tun. Solche Ausflüge mache ich leider viel zu selten.«

»Schön, ich freue mich, dass es Ihnen gut geht. Aber ich muss Sie etwas fragen. Was, um alles in der Welt, tun wir hier? Wenn Sie in Kairo wohnen, warum treffen wir uns dann hier draußen?«

Seymour hatte diese Frage erwartet. »Ich habe darum gebeten, Sie hier zu treffen, weil Gizeh einer der letzten Orte in Ägypten war, wo Ihre Zielperson Cyril Manjani lebend gesehen wurde.«

53. KAPITEL

Das Erste, was Jasmine bemerkte, war das Klingeln in ihrem Kopf. Das unüberhörbare Geräusch hüllte sie ein und überlagerte nicht nur alle anderen Klänge, sondern auch ihre Sinne.

Sie legte sich instinktiv die Hände über die Ohren, weil sie hoffte, den Dauerton ausblenden zu können. Als ihre Finger den Verband an ihren Schläfen berührten, begann ein Schmerz in ihr aufzusteigen. Ein tiefes, unablässiges Klopfen, das sich perfekt mit der Kakofonie verband, die in ihrem Schädel herrschte. Sie merkte, dass alles denselben Ursprung hatte.

Im Dunkeln liegend tastete sie an ihrem Kopf herum und suchte nach dem Ursprung ihres Leidens. Der Verbandsstoff war trocken – wenigstens blutete sie nicht. Sie versuchte mühsam, die Augen zu öffnen, doch ihre Lider fühlten sich schwer an. Schon ein einfaches Blinzeln kostete sie enorme Kraft, und selbst danach erkannte sie ihre schwach beleuchtete Umgebung nur schemenhaft.

Die dicken Spinnweben in ihrem Kopf machten es schwierig, sich zu konzentrieren.

Einfach atmen, dachte sie.

Die Luft war warm und trocken. Jeder Atemzug kratzte in ihrer ausgetrockneten Kehle. Sie roch kaum wahrnehmbare Spuren von Rauch, was sie davon überzeugte, dass der Raum von einer Flamme und nicht durch elektrisches Licht erhellt wurde.

Sie leckte sich die aufgesprungenen Lippen und zwang sich zu schlucken.

Ihr Magen rumorte auf höchst unnatürliche Weise. Nicht aus Hunger, sondern eher so, als versuche ihr Körper verzweifelt, einen Giftstoff loszuwerden. Sie kämpfte gegen den Schwindel an und hoffte, dass er vorüberging, während sie versuchte, einen klaren Gedanken zu fassen. Es dauerte einige Zeit, bis sie die Augen ganz öffnen konnte, und als sie es tat, fand sie ihren Verdacht, was den Rauch betraf, bestätigt. Hoch an der Decke des Raumes hing ein schwerer Tontopf mit brennendem Öl an einem Seil aus geflochtenem Schilf. Das flackernde Licht war nur schwach und reichte kaum bis an die nächste Wand. Der Rest des Raums war in Dunkel gehüllt.

Jasmines Verstand lief nun auf Hochtouren, und sie versuchte, sich an das Letzte zu erinnern, was sie gesehen hatte. Bilder von Tempeln und Zisternen geisterten durch ihren Kopf. Sie erinnerte sich an eine Wand, ein paar Symbole und etwas über einen Sarkophag, aber sie hatte keine Ahnung, in welchem Zusammenhang diese Dinge standen – oder ob sie überhaupt real waren.

Ein paar Minuten später drückte sie sich hoch, bis sie aufrecht saß. Ihre Armmuskeln und ihre Schultern taten weh, und ihre Gelenke waren so steif, als hätte sie sie seit Tagen nicht benutzt. Ein dumpfes Brennen breitete sich in ihrem Körper aus, als sie die Beine an ihre Brust zog. Das Klirren von Eisenketten, die über einen Steinboden gezogen wurden, verwirrte sie. Sie tastete an ihren Beinen herunter und spürte das kalte Metall, das um jeden ihrer Knöchel lag.

Sie konnte sich nicht vorstellen, warum man sie angekettet hatte.

Oder doch?

Ganz allmählich kehrte die Erinnerung in ihr Bewusstsein zurück.

Sie wusste, dass sie tief unter der Stadt Alexandria nach etwas gesucht hatte. Dann fiel ihr ein, dass sie durch eine unscheinbare Öffnung in einen geheimen Raum dahinter gekrochen war und sich dabei die ganze Zeit in Bereichen aufgehalten hatte, zu denen nur ägyptische Behörden Zugang hatten und die für alle anderen gesperrt waren. Sie spekulierte kurz über die sehr reale Möglichkeit, dass man sie wegen ihrer Handlungen inhaftiert hatte, verwarf den Gedanken aber gleich wieder, weil sie wusste, dass nicht einmal das Ministerium für Altertümer eine Amerikanerin für so ein geringfügiges Vergehen in einen Kerker werfen würde.

Es musste eine andere Erklärung geben.

Als sie versuchte, die Ereignisse zu rekapitulieren, hörte sie wieder Garcias Stimme im Ohr, der ihr sagte, dass sie nicht allein im Tunnel seien. Dann erinnerte sie sich, dass Cobb und McNutt zurückgegangen waren, um sich darum zu kümmern, während sie und Sarah weitergingen. Irgendwann hatte Sarah sie zurückgelassen und war tiefer in die Dunkelheit vorgedrungen, während sie geblieben war und ihre Untersuchung der Wand fortgesetzt hatte. Dann hatte sie einen Schatten an der Wand gesehen und …

O mein Gott. Ich wurde angegriffen.

Erinnerungen an den Überfall überfluteten sie.

Sie hatte nichts dagegen tun können.

Der Angreifer war groß, stark und ungemein beweglich gewesen.

Sie war binnen Sekunden überwältigt worden.

Ein Gefühl von Hilflosigkeit überkam sie. Sie richtete sich mühsam auf und konzentrierte sich auf die gegenüberliegende Wand. Sie war nicht aus geschnittenen

Steinblöcken errichtet wie die Wände in der Zisterne. Es sah mehr nach gegossenem Zement aus, obwohl die bröckelnde Oberfläche darauf schließen ließ, dass sie schon alt war. Ihr fielen die Stützpfeiler ein, die sie im Tunnel gesehen hatte, und sie fragte sich, ob diese Wand auch aus römischem Beton bestand.

Als sie näher heranging, erkannte sie, dass es kein Zement und auch keine Art Beton war. Stattdessen bestand die Wand aus eng gepackten, sonnengetrockneten Ziegeln. Der Mörtel dazwischen war fast nicht auszumachen, sodass die Wand den Eindruck erweckte, als bestünde sie aus einem einzigen Stück.

Aus Erfahrung wusste sie, dass solche Materialien nicht nur in Ägypten verbreitet waren, sondern im ganzen Nahen Osten. Das Einzige, was ihr an diesen Ziegeln auffiel, war der säuerliche Geruch, der an ihren Fingern haften blieb.

Aus irgendeinem Grund erinnerte er sie ans Meer.

Noch verwirrender war das eigenartige Gefühl, rückwärts durch die Zeit gereist zu sein. Die Methode, Lehm und Ton zu groben Ziegeln zu trocknen, wurde seit Jahrtausenden praktiziert. Sie passte zu der altertümlichen Öllampe, die ihr bereits aufgefallen war. Selbst die Eisenschellen, die man ihr um die Knöchel gelegt hatte, wirkten, als seien sie handgeschmiedet und nicht mit modernen Maschinen hergestellt worden.

Dieser Ort – wo auch immer er sein mochte – hatte sich seit Jahrhunderten nicht verändert.

Anstatt sich von ihrer Furcht überwältigen zu lassen, machte sie sich diese zunutze. An die alte Lampe kam sie nicht heran, doch die Fußkette ließ ihr die Freiheit, sich durch den Raum zu bewegen. In dem bisschen Licht, das sie hatte, fing sie an, ihre Kerkerzelle systematisch nach einer Fluchtmöglichkeit abzusuchen. Schnell machte sie eine erschreckende Entdeckung.

Es war keine Tür, kein Fenster und keine Art Ausgang.

Es war der unerwartete Anblick eines Mannes.

In einer dunklen Ecke auf der gegenüberliegenden Seite des Raums lag zusammengekrümmt eine Gestalt auf dem Boden. Seine Kleidung war verschmutzt und zerlumpt, die sonnengebräunte Haut voll blauer Flecken und Abschürfungen. Ein ungepflegter Zottelbart verhüllte sein Gesicht, und getrocknetes Blut aus seiner Nase bedeckte die Oberlippe.

Jasmine zögerte. Sie war nicht sicher, was sie tun sollte. »Hallo?«

Das war ein Wort, das in so gut wie jeder Sprache verstanden wird. Seine Antwort würde sie schon irgendwie übersetzen können – *falls* er antwortete.

Doch das tat er nicht.

Sie versuchte es wieder, diesmal etwas lauter. »Hallo?«

Nicht nur, dass der Mann nicht antwortete, er rührte sich auch keinen Zentimeter. Er lag ganz reglos und stumm auf der Erde.

Jasmine nahm ihren ganzen Mut zusammen und ging näher heran, um nach einem Lebenszeichen zu suchen, doch sie wurde – kurz bevor sie ihr Ziel erreichte – von ihrer Kette aufgehalten. Sie beugte sich so nah heran, wie sie konnte, und suchte nach einem Muskelzucken oder dass sich seine Brust beim Atmen hob und senkte – oder nach irgendeinem anderen Zeichen, das darauf hinwies, dass der Mann noch am Leben war.

Doch da war nichts.

Das Einzige, was sie erkennen konnte, waren die Eisenschellen an seinen Füßen.

Sie sahen genau wie ihre aus.

416

54. KAPITEL

Cobb ließ den Blick über das Gizeh-Tal schweifen. Er fragte sich, ob das, was er gerade über Manjani erfahren hatte, sie dazu zwingen würde, jede Ecke und jeden Winkel der Pyramiden zu untersuchen. Er musste sich eingestehen, dass er sich schon auf den Tag freute, an dem er eine antike Sehenswürdigkeit nur zu seinem persönlichen Vergnügen besichtigen konnte, ohne auf einer Mission zu sein, bei der es um Leben und Tod ging.

»Doktor Manjani wurde hier gesehen? Ich dachte, er hätte sein Team in der Wüste verloren?«

»Das hat er auch«, erwiderte Seymour und betupfte sich dabei erneut die Stirn mit seinem Taschentuch, »aber ein paar Wochen vor ihrem Verschwinden haben sie sich hier in Gizeh versammelt.«

»Wissen Sie, weshalb?«

Seymour nickte und zog sein Smartphone aus der Jackentasche. Er tippte ein paar Mal aufs Display, bis er die gesuchte Datei fand. »Sie haben sich mit diesem Mann getroffen – einem Doktor Shakir Farid von der Al-Azhar-Universität in Kairo.«

Cobb und Sarah betrachteten das Bild auf der Website der Universität. Farids Augen waren klar, und sein Lächeln wirkte natürlich. Er sah eher wie ein Großvater in einer Schüleraufführung aus als wie ein Professor, der sich für ein offizielles Foto der Universität ablichten lässt.

»Warum haben Sie sich mit Farid getroffen?«, fragte Sarah.

»Angesichts der zu erwartenden Dauer ihrer Expedition und weil die Studenten aus dem Ausland kamen, brauchten sie alle offizielle Papiere. Manjani als Teamleiter wurde ein offizielles Arbeitsvisum erteilt, doch die anderen brauchten einen ägyptischen Professor, der für ihre Studenten-Visa bürgte. So kam Farid ins Spiel. Sie haben sich zum Abendessen in Gizeh getroffen, damit er vor den Ausgrabungen alle persönlich kennenlernen konnte. Er hat ihnen sogar das Essen bezahlt, bevor er sie zu einem exklusiven Rundgang durch die Pyramiden mitgenommen hat.«

Weil ihm Seymours Arbeitsweise nicht vertraut war, wollte Cobb nicht gleich alles für bare Münze nehmen, deshalb stellte er seine Methoden auf die Probe. »Ich weiß, dass die Namen der Studenten von den Presseagenturen veröffentlicht wurden – ich schätze, so sind Sie auf ihre Visa gekommen. Aber woher wollen Sie wissen, dass Farid das Abendessen bezahlt hat?«

Seymour nahm die Herausforderung an. »In einem Motel in Gizeh wurden fünf Doppelzimmer und ein Einzelzimmer reserviert. Diese Räume wurden mit Manjanis Kreditkarte bezahlt. Die aufgezeichneten Nummern der Karten, die für Nebenausgaben verwendet wurden, gehörten zu den tatsächlichen Bewohnern der Zimmer. Vier dieser Karten wurden am betreffenden Tag im Umkreis von zehn Straßen ums Hotel herum verwendet – für Drogerieartikel, Souvenirs und Ähnliches. Aber keine Karte, einschließlich der Manjanis, wurde für ein Abendessen belastet.«

»Und bei Farid war es so?«, fragte Cobb.

Seymour nickte. »In der fraglichen Nacht hat er eine

hohe Rechnung bei einem örtlichen Hähnchenimbiss mit seiner Karte bezahlt – bei dem, der gleich hier auf der anderen Straßenseite liegt. Also, ich bin zwar auch dafür bekannt, dass ich bei Fast Food ordentlich zulange, aber nicht einmal ich schaffe es, mir drei Pappeimer mit Hähnchen und ein Dutzend Getränke bei einer einzigen Mahlzeit einzuverleiben. Vielleicht zwei Pappeimer, aber ganz bestimmt nicht drei.«

Seymour schnaubte über seinen eigenen Witz. Es war ein unangenehmer Laut, wie von einem Schwein, das nach Trüffeln sucht, aber dass es von dem mit einer Fliege geschmückten Seymour kam, machte es irgendwie liebenswert.

Sarah grinste. Es war schon eine Weile her, dass sie sein Lachen gehört hatte. »Und in letzter Zeit? Wurde von den Karten der Studenten etwas abgebucht, seit sie verschwunden sind?«

Er schüttelte den Kopf. »Ihre Karten wurden nicht belastet, ihre Handys wurden nicht benutzt und ihre E-Mail-Accounts auch nicht. Sie sind spurlos verschwunden. Buchstäblich. Sie haben nicht die geringsten Spuren hinterlassen, weder im Sand noch digital.«

»Und was ist mit Manjani?«, fragte Cobb. »Man hat mir erzählt, dass er nach dem Zwischenfall noch gesehen wurde.«

»Das stimmt«, bestätigte Seymour. »Er verbrachte eine Nacht in einem schäbigen Hotel in el-Bawiti, einer Kleinstadt in der westlichen Wüste, bevor er dann auch verschwand.«

»Woher wissen Sie das?«

»Weil ich gut bin in dem, was ich tue.«

»Lassen Sie mich raten: Er hat seine Kreditkarte benutzt.«

Seymour schüttelte den Kopf. »Manjani war sogar noch schlauer als die meisten. Er hat weder das Zimmer mit seiner Kreditkarte bezahlt noch hat er mit seinem Handy telefoniert. Aber er hat eine Telefonzelle benutzt, um jemanden aus seiner Vergangenheit anzurufen, und da hat er einen Fehler begangen. Er hat in der fraglichen Nacht eine Telefonzelle gegenüber dem Hotel benutzt, um Doktor Farid anzurufen. Nicht einmal, nicht zweimal, sondern fünfmal. Ich vermute, um ihn zu warnen oder um Hilfe zu bitten. Oder beides.«

Sarah nickte versonnen. »Er muss wahnsinnige Angst gehabt haben. Hat er es denn geschafft, mit Farid Kontakt aufzunehmen?«

»Das konnte er nicht«, antwortete Seymour. »Farid war bereits tot.«

Ihr klappte der Unterkiefer nach unten. »Jemand hat ihn umgebracht?«

Seymour begriff sofort, dass er sich falsch ausgedrückt hatte. »Nein, ganz und gar nicht! Der Mann war achtundsiebzig Jahre alt und von schwacher Gesundheit. Er verstarb, kurz nachdem das Team in die Wüste aufgebrochen ist, deshalb wusste Manjani nichts von seinem Tod.«

»Sind Sie sicher, dass niemand seine Finger im Spiel hatte?«

»Nicht direkt die Finger im Spiel, aber dazu beigetragen vielleicht. Ich meine, drei Pappeimer extra knusprig würden wohl bei den meisten Menschen einen Herzstillstand verursachen.« Seymour schnaubte wieder, diesmal noch lauter als vorher. So laut, dass eine Touristengruppe herüberschaute, weil sie nachsehen wollte, ob er gerade an einem Falafel erstickte. Seymour bemerkte es und sagte zu den Touristen: »Tut mir leid, Leute, ich schwöre, ich bin okay. Ich hab nur Spaß gemacht.«

Keiner der Touristen sprach Englisch, deshalb starrten sie weiter.

Cobb nahm Seymours Arm und zog ihn sanft weg. Öffentliche Aufmerksamkeit war das Letzte, was er brauchen konnte. »Erzählen Sie mir mehr von Manjani. War er sauber?«

»Blitzsauber«, versicherte ihm Seymour. »Dasselbe gilt für Farid und das restliche Team. Ich habe mir ihre Akten in der Uni angesehen, ihre Arbeitgeber, ihre Kreditwürdigkeit und jede andere digitale Quelle, die Sie sich vorstellen können. Manjani und Farid genossen im Kollegenkreis enormes Ansehen. Sämtliche Beurteilungsbögen waren voll enthusiastischen Lobs. Die Studenten waren alle Stipendiaten, und bei keinem von ihnen gibt es auch nur den geringsten Hinweis auf Verfehlungen. Abgesehen von ein paar Strafzetteln sind sie lupenrein.«

Cobb nickte anerkennend. Nachdem er mit Dade gearbeitet hatte, einem Mann, der sich in der Halbwelt bewegte und nur Halbwahrheiten von sich gab, wusste Cobb die militärische Effizienz von Seymours Berichten zu schätzen. Zwar hätte er auf das laute Geschnaube gut verzichten können, seine Infos aber waren erstklassig.

»Diese Studenten«, fragte Cobb, »was haben die studiert?«

»Alles«, behauptete Seymour. »Archäologie, Ägyptologie, Altphilologie, antike Religionen, griechische Altertümer, mediterrane Folklore, Archäoastronomie und ein paar andere Fächer. Es war ein ziemlich gemischtes Völkchen. Ich weiß nicht genau, wie all diese Bereiche zusammenpassen, aber ich kann Ihnen sagen, dass ihre unterschiedlichen akademischen Fachrichtungen typisch für Manjani waren.«

Sarah verstand nicht, was er damit meinte. »Wie das?«

»Doktor Cyril Manjani hat – beziehungsweise *hatte* – Doktortitel in mehreren der eben genannten Fachrichtungen und veröffentlichte Artikel zu vielen anderen Fachrichtungen. Nach allem, was ich gelesen habe, kann ich ihn mit gutem Gewissen ein Universalgenie nennen.«

Cobb verzog das Gesicht. Falls Manjani so intelligent war, wie Seymour behauptete, standen die Chancen nicht gut, dass sie ihn finden würden. Und selbst wenn, war es vermutlich bei Weitem zu spät für Jasmine. »Also, was meinen Sie?«

»Wozu?«, fragte Seymour verwirrt.

»Kann man ein Universalgenie aufspüren?«

Seymour grinste. »Er mag ja sehr belesen sein, aber das heißt nicht zwangsläufig, dass er auch besonders gerissen ist. Er ist sehr gut darin, seine Spuren zu verwischen, aber er ist nicht der Beste. Eine Frage: Was tun Sie jeden Morgen als Erstes?«

Cobb starrte ihn an. »Ich gehe pinkeln.«

Seymour schnaubte erneut. »Okay, und danach?«

»Ich frühstücke und putze meine Knarre – wenn auch nicht unbedingt in dieser Reihenfolge. Aber im Ernst, worauf wollen Sie hinaus?«

Sarah unterbrach ihn. »Im Gegensatz zu unserem Rambo hier bin ich nicht ganz so militärisch. Als Erstes checke ich meine E-Mails.«

»Ich auch«, erklärte Seymour. »Und Manjani glücklicherweise ebenso. Er verwendet eine brandneue E-Mail-Adresse, die über einen Webserver mitten in der Ägäis geroutet wird. Aber ich bin mir sicher, dass das Ihr Mann ist.«

»In der Ägäis?«, platzte Sarah heraus. »Es gibt buchstäblich Hunderte von Inseln in der Ägäis, ganz zu schweigen von den Tausenden von Booten dort. Gibt es irgendeine Möglichkeit, dass Sie das für uns ein wenig eingrenzen?«

»Natürlich«, sagte Seymour stolz, klemmte die Daumen unter seine Hosenträger und ließ sie gegen seine Brust schnipsen. »Doktor Manjani versteckt sich auf der Insel Amorgos.«

55. KAPITEL

Donnerstag, 6. November
Katapola, Amorgos
(140 Meilen südöstlich von Athen, Griechenland)

Inmitten der türkisblauen Gewässer des Ägäischen Meers liegt die Insel Amorgos am östlichsten Zipfel der griechischen Kykladen-Inseln, einer der Inselgruppen, die die ägäische Halbinsel bilden. Anders als viele der Nachbarinseln hat sich Amorgos lange den kommerziellen Verheißungen des Tourismus widersetzt. Die Einheimischen bevorzugen eine einfache Selbstversorger-Ökonomie, die es ihnen erlaubt, über Generationen in relativer Abgeschiedenheit ihr Leben leben zu können.

Weil Amorgos keinen Flughafen hat, müssen die Inselbesucher auf private Boote oder eine der öffentlichen Fähren zurückgreifen, die die beiden Häfen der Insel anlaufen: Katapola im Süden und Aegiali im Norden. Diese Fähren – zu denen Katamarane, Jet-Boote und traditionelle Ruderboote gehören – bieten tägliche Passagen zwischen Amorgos und den umliegenden Inseln an.

Bedauerlicherweise liegt es weit entfernt von Ägypten.

Cobb und Sarah hätten die Kykladen am schnellsten erreicht, wenn sie sich in Kairo ein Wasserflugzeug gechartert hätten und damit auf direktem Weg zur Insel ihrer Wahl geflogen wären. Diese Möglichkeit fiel für Cobb jedoch aus, als er erfuhr, dass es in der Nähe von

Amorgos so gut wie keine Flugbewegungen gab. Die Insel bei einer Besichtigungstour ein paar Mal zu umfliegen war eine Sache, aber eine Wasserung direkt vor der Küste musste ungewollt Aufmerksamkeit auf sich ziehen.

Eine andere Möglichkeit wäre es gewesen, bis Athen zu fliegen und von dort aus weiter in den Süden zu reisen. Die Reise war nicht schwierig, dauerte aber zu lange. Bis sie einen Anschlussflug von Athen nach Naxos bekommen hätten und dort die Fähre nach Katapola erwischten, hätten sie mehr als einen Tag verschwendet. Sie mussten jedoch so schnell wie möglich dort sein, um darauf hoffen zu können, Manjani bei seinem allmorgendlichen E-Mail-Check zu erwischen.

Die Lösung ihres Problems war dann schließlich eine regionale Fluggesellschaft, die sie bis kurz nach Sonnenaufgang nach Santorini bringen konnte. Von dort mit dem Boot nach Amorgos zu gelangen, sollte weniger als zwei Stunden dauern, wenn das Wetter klar und die See ruhig blieb.

Das Schicksal meinte es gut mit ihnen, ihr Anliegen war ehrenwert, und deshalb segneten die Götter ihre Reise.

Und keiner ließ den Kraken los.

Die High-Speed-Fähre erreichte kurz nach neun die Hafenstadt Katapola. Cobb blickte aus dem Fenster auf die felsige Küste der kleinen Insel und suchte nach versteckten Stränden zwischen den nackten Felsen. Sarah interessierte sich nicht für den Ausblick. Sie hatte die ganze Fahrt eingerollt auf dem Sitz neben ihm verbracht und ihren Schlaf nachgeholt.

Er konnte es ihr nicht verdenken.

Es war eine grässliche Woche gewesen.

Ursprünglich hatte er gehofft, sich unter die anderen Leute mischen zu können, wenn sie die Fähre verließen, doch es stellte sich heraus, dass sie die Einzigen waren, die in Katapola von Bord gingen. Tatsächlich waren sie sogar die Einzigen, die weit und breit zu sehen waren, so als sei die ganze Insel wegen einer bevorstehenden Naturkatastrophe verlassen worden.

Und das war nicht das Seltsamste, was Cobb bemerkte.

Beziehungsweise *nicht* bemerkte.

Er hatte in seinem Leben viele Häfen besucht, und eines, was sie alle gemeinsam hatten, waren Wegweiser zu den umliegenden Zielen. In Sankt Petersburg verweisen beeindruckende stählerne Tafeln mit kyrillischen Buchstaben auf Inlandsrouten. In Montego Bay gibt es reizende handgemalte Holzbohlen, die den Weg zur nächsten Bar anzeigen. Die Schildersprache unterscheidet sich von Land zu Land, doch die Absicht ist immer dieselbe: Neuankömmlingen die Richtung anzuzeigen.

Doch in Katapola gab es überhaupt keine Schilder.

Sarah bemerkte es ebenfalls. »Wie gut ist dein Griechisch?«

»Etwas schlechter als deins«, erwiderte Cobb.

»Also nicht vorhanden.«

Sie gingen landeinwärts und hofften, jemanden anzutreffen, der ihnen den Weg zeigen konnte. Irgendwann entdeckte Sarah einen Mann, der ausgestreckt auf einer Holzbank lag. Zunächst dachte sie, er könnte auch tot sein, doch als sie sich näherten, setzte er sich unvermittelt auf, als wäre er während der Arbeitszeit vom Chef beim Schlafen überrascht worden.

Sie grinste, und der Mann grinste zurück.

Er hob sogar den Arm und winkte.

»Jack, sieh mal.«

Als Cobb ihrem Blick folgte, hörte der Mann auf zu winken, machte ihnen ein Zeichen, sie sollten näher kommen, und gab ihnen zu verstehen, dass er gegen eine Unterhaltung nichts einzuwenden hatte.

»Haben Sie sich verlaufen?«, rief er. Ein skandinavischer Akzent färbte seine Worte, und der Alkohol in seinem Körper machte seine Sprache undeutlich.

»Nur ein bisschen«, räumte Sarah ein.

»Wohin wollen Sie? Vielleicht kann Jarkko helfen.«

»Wer ist Jarkko?«, fragte sie verwirrt.

»Ich bin Jarkko!«, verkündete er stolz. »Vertrauen Sie mir, Jarkko kennt Amorgos. Er kennt Katapola, Aigiali, Arkesini, Tholaria, sogar Vroutsis. Jarkko kennt alle Städte.«

Als sich Sarah ihm näherte, bemerkte sie seine schrundigen Hände und dass sein Gesicht sonnenverbrannt war. Jarkko mit seinem Dreitagebart wirkte wie ein Mann, der sein Leben auf dem Wasser verbracht hatte. Sie ließ den Blick über die Kaianlagen in der Nähe schweifen, der auf einem heruntergekommenen Fischerboot hängen blieb.

»Ist das Ihres?«, fragte sie.

Jarkko sah zu dem Boot hinüber und lachte. Dann wandte er sich in die entgegengesetzte Richtung und deutete auf eine herrliche Yacht, die weit vor der Küste ankerte. Sie ähnelte in ihrer Größe und Pracht jener, die Papineau für sie in Alexandria bereitgestellt hatte – was bedeutete, dass sie viel mehr kostete, als sich ein betrunkener Fischer leisten konnte.

»Die da!«, prahlte Jarkko.

Cobb rollte mit den Augen. »Na toll. Er ist betrunken *und* ein Spinner.«

Jarkko lachte über die Unterstellung und zog eine Thermoskanne unter der Bank hervor. Dann füllte er den Becher mit einer dampfenden braunen Flüssigkeit und bot Cobb davon an. »Kafka?«

Cobb sprach weder Griechisch noch Schwedisch oder was der offenbar verwitterte Fischer sonst gerade für eine Sprache gemurmelt haben mochte, aber eine heiße Tasse Kaffee klang in diesem Moment verdammt gut. Trotz seiner Vorbehalte gegen den Mann wusste Cobb, dass es in manchen Teilen der Welt einem Schlag ins Gesicht gleichkam, angebotene Nahrung oder ein Getränk zurückzuweisen.

»Klar«, sagte er, nahm den Becher und hob ihn an die Lippen. Einen Sekundenbruchteil, bevor er einen Schluck davon nahm, bekam er einen Hauch des Aromas in die Nase und wandte widerwillig den Kopf ab. »O mein Gott, was ist das denn für ein Gesöff? Sie haben gesagt, es sei Kaffee. Das ist *kein* Kaffee.«

Jarkko lachte wieder. Doch diesmal war es kein normales Lachen, wie es sich aus einem Gespräch entwickelt, sondern ein lautes, dröhnendes Gelächter, das seinen ganzen Körper schüttelte. »Kein Kaffee. *Kafka*. Mischung von Kaffee und Wodka. Meine eigene Kreation. Ist gut, oder?«

»Nein!«, widersprach Cobb und reichte Sarah den Becher, damit sie auch daran riechen konnte. »Das ist überhaupt nicht gut! Das riecht wie Pisse gemischt mit Feuerzeugbenzin. Ernsthaft, wie kriegen Sie das Zeug runter?«

Jarkko tätschelte sich den Bauch. »Ich bin ein harter Bursche. Magen aus Stahl.«

»Und eine gespickte Leber«, fügte Cobb hinzu.

Jarkko glotzte ihn nur an und rülpste zur Antwort.

Sarah witterte die Möglichkeit, sich über Cobb lustig zu machen und sich gleichzeitig bei einem Ortskundigen einzuschmeicheln. Sie schnupperte an der Flüssigkeit, zuckte mit den Schultern, als sei es keine große Sache, und trank dann den Kafka in einem einzigen großen Zug aus, als wäre sie auf einer Junggesellinnen-Abschiedsparty in Las Vegas. Zum Abschluss des Ganzen sah sie Cobb an und ätzte: »Du bist so eine Pussy.«

Cobb wollte sich verteidigen, begriff aber schnell, dass alles, was er sagen konnte, zu kurz greifen würde, deshalb hielt er einfach den Mund.

Jarkkos Reaktion war jedoch das glatte Gegenteil. Er sah Sarah mit einem Welpenblick an und stammelte das Erste, was ihm in den Sinn kam: »Ich glaube, ich liebe Sie.«

Sarah grinste und reichte ihm den Becher zurück. »In dem Fall können Sie mir hoffentlich die Richtung zeigen.«

»Ja!«, rief er und stand auf. »Jarkko gibt Ihnen alles! Seine Thermoskanne! Seine Yacht! Seine sexy Unterhose! Sagen Sie mal, fischen Sie gern?«

»Das tue ich«, sagte sie und drückte ihn sanft wieder zurück nach unten, »aber lassen Sie uns mit der Wegbeschreibung anfangen. Kennen Sie einen Laden namens Diosmarini's?«

»Ja! Jarkko kennt ihn sehr gut. Es geht einen steilen Hügel rauf. Wenn Sie auf Jarkkos Rücken steigen, trägt Jarkko Sie hin – und bezahlt das Frühstück.«

»So verlockend das auch klingt«, sie griff Cobb am Ellbogen, um ihren nächsten Worten Nachdruck zu verleihen, »aber ich bin in festen Händen.«

Jarkko stöhnte mit gebrochenem Herzen. »In festen Händen? Warum haben Sie dann mit Jarkko geflirtet?«

Sie grinste ihn an. »Weil Sie zu sexy sind, um Sie zu ignorieren.«

»Ja, Jarkko versteht. Jarkko hat Ihnen vergeben!«

»Schön zu hören.«

»So«, sagte Cobb und blickte auf die Armbanduhr, »das Café ist gleich da oben auf dem Hügel?«

Jarkko nickte. »Ja, einfach weitergehen. Da finden Sie es, genau da. Suchen Sie nach dem weißen Schild, den weißen Tischen, den weißen Stühlen. Es ist so hell, dass sogar *Sie* es finden können.«

56. KAPITEL

Jarkkos Wegbeschreibung zum Restaurant war exakt – sehr zur Überraschung von Cobb, der sich nicht gewundert hätte, wenn der Finne den lieben langen Tag lang auf der Bank gesessen, seinen Kafka getrunken und ortsunkundige Reisende nach Belieben in die Irre geschickt hätte, um sich darüber zu amüsieren. Andererseits wirkte Jarkkos Zuneigung zu Sarah so echt, dass ihm wohl mehr daran lag, Sarah zu beeindrucken, als es Cobb heimzuzahlen.

Auf jeden Fall befand sich das Café genau dort, wo es sein sollte.

Und Doktor Manjani ebenfalls, was noch wichtiger war.

Seymour zufolge checkte der verschollene Professor jeden Morgen im Café Diosmarini's seine E-Mails über WLAN. Manchmal blieb er nur für wenige Minuten online, manchmal über Stunden, jedenfalls ließ er sich jeden Tag dort blicken. Um ihn zu finden, brauchten sie nur zur Frühstückszeit dort aufzutauchen.

Der Duft gerösteter Bohnen stieg ihnen in die Nase, und Cobb versuchte, die Erinnerung an den verflixten Kafka zu verdrängen. Obwohl ihm nach dem größten Espresso gelüstete, den sie hier machen konnten, ging er gleich durchs Restaurant in den Hof, wo er den Professor an einem der allgegenwärtigen weißen Tische entdeckte.

Manjanis Haar war struppig und ungepflegt. Dicke

buschige Augenbrauen drückten sein Brillengestell von seinem Gesicht weg, während er auf seinem Laptop las, was ihn dazu zwang, über die Nase hinwegzublicken, wie der Weihnachtsmann, wenn er die Liste der Missetaten durchgeht. Er hatte dunkle Ringe unter den Augen, und seine Kleidung flatterte ihm um den Leib, als würde er überhaupt nicht mehr essen oder schlafen.

Cobb hatte mehrere Fotos von Manjani aus den Wochen und Monaten vor seinem Verschwinden, und so erkannte er, dass der Mann, den er vor sich hatte, nur noch ein Schatten seiner selbst war. Hätte Cobb nichts von der Tragödie in der Wüste gewusst, hätte er vermutet, der Professor leide an Krebs oder einer anderen furchtbaren Krankheit, die Betroffene allmählich auszehrt. Stattdessen mussten es Manjanis eigene innere Dämonen sein, die ihn auffraßen.

Reue wegen der Studenten, die ums Leben gekommen waren.

Die Scham, vor seiner Vergangenheit davonzulaufen.

Schuldgefühle, weil er überlebt hatte.

Als ehemaliger Soldat, der Männer in der Schlacht verloren hatte, kannte Cobb diese Gefühle besser als die meisten anderen Menschen, und so konnte er das Leid dieses Mannes auch über die Distanz hinweg spüren, so wie ein Junkie den anderen erkennt. Doch obwohl er Mitleid mit Manjani empfand – denn nach allem, was er gehört hatte, war der Professor ein guter Kerl in einer schlimmen Lage –, war sich Cobb darüber im Klaren, dass sie gekommen waren, um Informationen zu bekommen. Dafür hätte er so gut wie alles getan.

Er ging schnurstracks voran, bis ihn Sarah am Arm festhielt.

»Nicht so hastig«, flüsterte sie und zog ihn zur Seite.

»Sag mir erst mal, was du vorhast. Willst du einfach zu ihm hingehen, ihm sagen, wer du bist, und dich darauf verlassen, dass er dir schon etwas erzählen wird?«

»Im Grunde schon. Aber mit Fingerspitzengefühl, versteht sich.«

Sie grinste. »Was du unter Fingerspitzengefühl verstehst, weiß ich. Normalerweise ist es alles andere als das. Wie wär's, wenn du dich jetzt mal zurückhältst und mich die Sache regeln lässt?«

»Sarah, wir haben keine Zeit für Spielchen.«

»Jack«, sagte sie, »als du noch in der Armee warst, wie oft bist du da zum Feind hinmarschiert, hast ihm auf die Schulter geklopft und ihn nach seiner Vergangenheit ausgefragt?«

»Kommt drauf an, was du mit ›geklopft‹ meinst.«

»Das dachte ich mir.«

»Worauf willst du hinaus?«, fragte er.

»Bei der CIA haben wir die Sachen anders gehandhabt. Ganz anders. Der Trick ist, alle gewünschten Informationen zu bekommen, ohne den geringsten Verdacht zu erregen. Du willst doch nicht, dass der Mann dichtmacht, nur weil du ihm die falschen Fragen stellst oder falsch rüberkommst. Glaub mir, man braucht dafür den richtigen *Drive*.«

Cobb verzog das Gesicht. »Soll das heißen, dir gefällt mein Stil nicht?«

»Nein«, versicherte sie ihm, »das will ich damit überhaupt nicht sagen. Ich glaube nur, dass vielleicht eine Frau diesen speziellen Job in die Hand nehmen sollte.«

»Na schön. An wen hast du dabei gedacht?«

»Sehr witzig!«

»Fand ich auch«, erwiderte er und setzte sich an einen Tisch am entgegengesetzten Ende der Terrasse, weitab von

Manjani. »Er gehört dir. Lass mich wissen, wenn ich dir helfen kann.«

»Auf jeden Fall musst du lächeln und winken, wenn er in deine Richtung sieht.« Sie löste ihren Pferdeschwanz und strich sich mit den Fingern durchs Haar. »Wie sehe ich aus?«

Cobb zuckte mit den Schultern. »Tja…«

Sie grinste. »Du bist so gemein.«

»Nicht wirklich. Ich hab bloß nicht den richtigen *Drive*.«

»Touché«, sagte sie, dann machte sie sich auf den Weg zu Manjani.

Von der Terrasse aus hatte man einen herrlichen Ausblick auf das blaue Wasser der Ägäis, und im Hintergrund rauschte leise das Meer.

Manjani arbeitete an einem Tisch an der gegenübergelegenen Mauer, den er mit Beschlag belegt hatte. Die Kanne Kaffee und die noch nicht abgeräumten leeren Teller verrieten Sarah, dass er Stammgast war und von den Mitarbeitern in Ruhe gelassen wurde.

Eines musste sie zugeben: Von seinem Büro aus hatte er eine fantastische Aussicht.

Als sie sich seinem Tisch näherte, nahm Manjani sie aus den Augenwinkeln wahr. Er zuckte unwillkürlich zusammen und drehte seinen Laptop so, dass sie den Bildschirm nicht sehen konnte.

Das alles entging ihr nicht, und sie spürte, dass er verängstigt war.

Sie war klug genug, seine Reaktion nicht zu ignorieren.

»Oh, tut mir leid, wenn ich störe. Ich habe mich nur gefragt, ob Sie gerade im Internet sind.« Dann tat sie, als hätte sie sich selbst bei einem Fehler erwischt. »Oh… äh… Verstehen Sie mich überhaupt? Sprechen Sie Englisch?« Sie fing an, ihre Frage pantomimisch darzustellen, doch plötzlich wurde ihr klar, dass sie überhaupt nicht wusste, mit welcher Geste sie das Internet darstellen sollte.

Diese Verwirrung gehörte nicht zum Plan, passte aber genau.

Der Moment ihrer ehrlichen Konfusion brach das Eis.

Manjani lächelte. »Ja, ich spreche Englisch. Und ja, hier kommt man ins Internet.«

»Perfekt!«, sprudelte es aus ihr heraus. »Ich will Sie wirklich nicht stören, aber können Sie mir sagen, wer das Spiel gewonnen hat? Wir haben seit dem Wochenende keinen Computer, und mein Freund steht völlig neben sich. Je länger er wartet, desto mürrischer wird er.«

Manjani starrte sie an. »Welches Spiel?«

»Wow, ehrlich gesagt weiß ich das gar nicht. Sport ist überhaupt nicht mein Ding.« Sie drehte sich um und winkte Cobb. »Schatz, welches Spiel war dir noch mal so wichtig?«

Cobb musste nicht mal etwas vortäuschen oder lügen. Im Chaos der letzten paar Tage hatte er keine Zeit gefunden, sich die NFL-Spielergebnisse vom letzten Wochenende anzusehen. »Die Steelers.«

»Die Steelers«, wiederholte Sarah.

Manjani, der Besseres zu tun hatte, als für Touristen Spielstände zu checken, tippte genervt die Daten in die Suchmaschine und fand schnell das Ergebnis. »Pittsburgh hat gewonnen, einunddreißig zu drei.«

»Ja!«, erwiderte Cobb und machte eine Siegesfaust. »Danke.«

Sarah senkte die Stimme, bis sie nur noch flüsterte. »Vielen Dank. Sie haben ihm gerade den Tag gerettet –

und *mir* auch. Vielleicht gibt er jetzt mal Ruhe und entspannt sich.«

Manjani zögerte zuerst, grinste dann aber.

»Ich will Ihr Entgegenkommen nicht ausnutzen«, sagte sie, »aber wissen Sie, ob es hier in der Gegend etwas Interessantes zum Ansehen gibt? Vom Wasser einmal abgesehen, natürlich. Davon werden wir noch genug bekommen, wenn wir um die Inseln segeln.«

Manjani blickte sie fragend an.

Sein Körper war angespannt und in Abwehrhaltung, aber seine Miene blieb freundlich.

Sarah fragte sich, ob er vielleicht sogar ganz dankbar war, Gesellschaft zu haben.

»Ja«, sagte er schließlich, »es gibt ein Kloster auf der Ostseite der Insel, nicht weit von hier. In der Nähe von Chora. Es ist direkt in die Klippen gebaut. Einfach schön.« Er blickte auf ihre Jeans. »Aber sie werden einen langen Rock benötigen. Frauen, die so angezogen sind, dürfen da nicht rein.«

Sie lächelte. »Da habe ich ja Glück, dass ich einen dabeihabe. Meine Freunde haben mir gesagt, um diese Jahreszeit sei es nicht so tropisch heiß, deshalb habe ich viel Langärmliges für die kalten Nächte mitgebracht.«

Manjani nickte zustimmend. In den Sommermonaten ist es auf den griechischen Inseln normalerweise fünfundzwanzig bis dreißig Grad warm. Aber im November fallen die Temperaturen regelmäßig unter fünfzehn Grad Celsius.

»Hat dieses Kloster einen Namen?«, fragte sie.

»Ja, es ist unter dem Namen Kloster von *Panagia Chozoviotissa* bekannt.«

»Oh, wow. Und jetzt versuchen Sie mal, das dreimal hintereinander ganz schnell zu sagen.«

Er lächelte. »Es ist ein Zungenbrecher, ich weiß.« Nach dem holprigen Anfang schien er etwas aufzutauen. »Also, was führt Sie nach Amorgos?«

Sarah kam einen Schritt näher und legte die Hand auf die Rückenlehne eines unbesetzten Stuhls an Manjanis Tisch. »Wir hatten schon lange vor, so etwas zu machen. Paris war im Gespräch, vielleicht Hongkong, aber dann sah ich die griechischen Inseln auf einer Reiseseite. Wunderschöne Landschaft, freundliche Leute und außerhalb der Urlaubssaison sehr preisgünstig. Der Plan ist, ein paar Wochen in der Ägäis herumzuschippern, sich alles anzusehen – und so viel Baklava wie möglich zu essen.«

»Das klingt für mich nach einem köstlichen Plan.«

Sie lachte, deutete auf den leeren Stuhl und fragte, ob sie sich zu ihm setzen dürfe. Er dachte unnatürlich lange über ihre Bitte nach, dann lächelte er freundlich und klappte seinen Computer zu, wie um zu sagen, dass sein Laptop auch bis später warten könne. Es war offensichtlich, dass er ihr zwar hinreichend traute, um ein wenig mit ihr zu plaudern, aber nicht so sehr, dass er sie sehen lassen wollte, woran er arbeitete.

Trotzdem legte sich seine frostige Attitüde allmählich.

Sie nahm Platz. »Haben Sie irgendwelche Vorschläge, was wir uns ansehen sollten? Wir haben uns die Akropolis in Athen angeschaut, bevor wir unser Boot bestiegen haben. Das war ein erstaunlicher Ort. Ich meine, es gibt amerikanische Geschichte, aber die griechische Geschichte ... das sind ja wirklich völlig verschiedene Welten. Das eine ist modern und das andere uralt.«

»Mit Geschichte habe ich leider gar nicht so viel am Hut. Jetzt jedenfalls nicht mehr.«

»Wirklich? Das wundert mich aber.«

»Das wundert sie?« Er lachte. »Warum denn?«

Sie legte ihm die Hände auf seine Hände. »Weil ich etwas ganz anderes gehört habe.«

Sein Lächeln schwand dahin. »Von wem?«

»Von Ihrem alten Freund Petr Ulster.«

Sie sah, wie Angst in seinem Blick aufblitzte und ihm die Kehle zuschnürte. Und sie bemerkte, wie sich seine Muskeln anspannten, als er versuchte, sich von ihr zu lösen. Mit ein paar einfachen Worten hatte sie seine Urinstinkte stimuliert – Angriff oder Flucht?

Manjani war unbewaffnet und zu alt für Handgreiflichkeiten.

Doch er stand kurz davor, die Flucht zu ergreifen.

Sie schüttelte ganz leicht den Kopf. »Sie haben nichts zu befürchten. Nicht von uns.«

Er starrte sie an. »Warum sind Sie dann gekommen?«

Sie beugte sich auf ihrem Stuhl vor. Sie kannte Manjani zwar erst seit einigen Minuten, aber das reichte, um ein Gefühl für ihn zu bekommen. Aufgrund jahrelanger Praxis hatte sie schon viel über den Mann erfahren, jetzt musste sie sich auf ihre Fähigkeiten verlassen.

Sie konnte ihm seine Schuldgefühle ansehen. Er fühlte sich für die Ermordung seines Teams verantwortlich.

»Doktor Manjani«, flüsterte sie. Wenn Sie weggehen wollen, werden wir Sie nicht verfolgen. Ganz ehrlich, das tun wir nicht. Wir verlassen die Insel und verschwinden für immer. Aber eines müssen Sie wissen: Sie sind der *einzige* Mensch auf diesem Planeten, der unsere Freundin retten kann.«

»Ihre Freundin? Was wollen Sie damit sagen?«

Sie zog eine zusammengefasste Kopie seiner Karte aus der Tasche und zeigte sie ihm. »Ihre Karte hat uns gezeigt, wo wir anfangen mussten, aber wir müssen mehr erfahren, wenn wir sie finden wollen.«

»Wen?«, wollte er wissen. »Wen meinen Sie?«

»Als wir die Tunnel unter der Stadt erforscht haben, wurde unsere Freundin – unsere *Historikerin* – von den Männern entführt, die Ihr Team angegriffen haben. Wenn wir eine Chance haben wollen, sie wiederzufinden, müssen wir wissen, was in der Wüste passiert ist und wie Sie davongekommen sind.«

Es war offensichtlich, dass Manjani über die Details des Gemetzels nicht reden wollte, nicht einmal darüber nachdenken. Noch immer empfand er so große Schuldgefühle, dass er wie festgeklebt auf dem Stuhl sitzen blieb, als würden ihn die Leichen der Opfer nach unten drücken. »Und wenn ich Ihnen helfe, was wollen Sie dann tun?«

»Dann werden wir unsere Kollegin retten und die Entführer umbringen.«

Mit dieser Antwort hatte er nicht gerechnet.

Auf jeden Fall brauchte er einen Moment, um darüber nachzudenken.

Manjani starrte auf seine Karte, und die Gefühle schlugen über ihm zusammen, wie unten das Wasser an die Felsen schlug. Er hatte immer gewusst, dass man ihn auf der winzigen Insel Amorgos irgendwann irgendwie finden würde, aber er war stets davon ausgegangen, dass es die Schattenpriester des Amun wären und nicht ein paar Amerikaner, die nach ihnen suchten.

»Nicht hier«, sagte Manjani und warf Geld auf den Tisch, um seine Rechnung zu begleichen. Dann klemmte er sich den Laptop unter den Arm. »Begleiten Sie mich.«

57. KAPITEL

Jasmine saß mitten in ihrer Kerkerzelle auf dem Fußboden und starrte in die Richtung, wo sich die uralte Tür befand. Sie zu entdecken hatte ihr anfangs Mut gemacht, doch jetzt quälte sie der Gedanken daran nur noch. Für sie stand diese Tür zwischen ihr und der Freiheit.

Nachdem sie die Gestalt entdeckt hatte, die in der Ecke ihrer Zelle lag, hatte sie sich wieder darangemacht, ihre Zelle zu erkunden. Die schwere Kette um ihre Knöchel hatte sie daran gehindert, den ganzen Raum abzusuchen, doch sie war fest entschlossen gewesen, sich jeden Zentimeter vorzunehmen, den sie erreichen konnte. Eingeschränkt vom fehlenden Licht hatte sie sich an den Ecken der Kammer entlang getastet, bis sie die Tür gefunden hatte. Die weichere Oberfläche des Holzes war leicht vom groben Mauerwerk der Wand zu unterscheiden.

Für kurze Zeit hatte sie Hoffnung empfunden. In den letzten Monaten hatte sie von Sarah die Grundzüge des Schlossknackens gelernt. Jasmine war längst nicht so weit, in Fort Knox eindringen zu können, aber Standardschließzylinder stellten für sie kein Problem mehr dar. Doch leider hatte sie auch bei ihrer verzweifelten Suche im ganzen Raum nichts finden können, was sich als Dietrich verwenden ließ.

Ironischerweise war ihr erst einige Zeit später klar geworden, dass sie noch ein größeres Problem lösen musste. Selbst wenn sie es geschafft hätte, die Tür zu öffnen, sie wäre trotzdem noch an die Wand gekettet gewesen. Und die Schellen um ihre Knöchel hatten keine Schlösser, die man knacken konnte – es waren solide Eisenbänder.

Sie legte sich wieder auf den Boden, konzentrierte sich auf die Öllampe, die über ihr von der Decke hing, und wünschte sich seltsamerweise, es wäre ein Kerzenleuchter. Das schmelzende Wachs einer brennenden Kerze hätte ihr wenigstens ein Gefühl für die Zeit gegeben, die verstrich. Jasmine war klar, dass dieses Zeitgefühl sehr willkürlich gewesen wäre, denn woher sollte sie wissen, wie schnell irgendeine Kerze herunterbrannte. Aber wenigstens wäre es eine messbare Einheit gewesen. Sie hätte alles viel leichter ertragen können, wenn sie gewusst hätte, dass sie nun schon seit drei Kerzenlängen ... oder zwölf ... oder hundert eingesperrt war.

Stattdessen hatte sie nur die Dauerflamme der Öllampe.

Weil es sonst nichts gab, womit sie sich beschäftigen konnte, fing sie an, über ihre missliche Lage nachzudenken. Sie merkte, dass ihre Mitwirkung an den Ereignissen der letzten paar Monate ihre Art, Dinge anzugehen, spürbar verändert hatte. Sie wusste auch, dass sie einen Großteil dieser Veränderung den stärker werdenden Beziehungen zu den Teammitgliedern zu verdanken hatte, insbesondere der zu Sarah. Vor ihrem gemeinsamen Abenteuer hätte sie sich in das Unvermeidbare gefügt und geduldig auf ihre Rettung gewartet.

Ihr neu gewonnenes Selbstvertrauen bedeutete auch, dass sie die Notwendigkeit begriff, ihr Schicksal in die eigenen Hände zu nehmen. Sich mit der Gefangenschaft abzufinden kam überhaupt nicht infrage.

Irgendwann fing sie an, darüber nachzudenken, dass sich andere Teammitglieder im selben Gebäude befinden könnten wie sie. Obwohl es eher unwahrscheinlich schien, dass sie ihre Hilfe benötigen würden – Cobb und McNutt waren schließlich Exsoldaten, Sarah und Garcia als Agenten von Regierungsbehörden ausgebildet –, war sie die Einzige in der Gruppe, die fließend Arabisch sprach und die volle Tragweite ihrer Entdeckung begriff. Nach allem, was die anderen während ihrer gemeinsamen Zeit für sie getan hatten, hätte sich Jasmine gern erkenntlich gezeigt und ihnen geholfen.

Sie schloss die Augen und dachte an die Ereignisse im Tunnel zurück, als die Stille plötzlich von einem lauten kratzenden Geräusch durchdrungen wurde. Sie spannte sich an und konzentrierte sich auf die Selbstverteidigungstechniken, die sie vor ihrem letzten Abenteuer erlernt hatte. Cobb hatte darauf bestanden. All die Wiederholungen, all die Übungen, die ihr in Fleisch und Blut übergegangen waren – es lief alles auf diesen Moment hinaus. Oder etwa nicht?

Dann hörte sie wieder das Geräusch.

Diesmal merkte sie, woher es kam.

Es kam nicht von der Tür.

Überraschenderweise war plötzlich Leben in den Mann gekommen, der in der Ecke des Kerkers lag und den sie für tot gehalten hatte. Als er aus seinem drogeninduzierten Schlaf erwachte, versuchte er, sich aus eigener Kraft aufzurichten. Bei jedem Versuch klirrte die Kette über den Steinboden, und er kippte vornüber, wie ein Kleinkind, das laufen lernt.

Es verging eine Weile, bis er Jasmine mitten im Raum entdeckte, die ihn aus der Distanz mit einer Mischung aus Mitgefühl und Angst beobachtete. Sein Blick aus seinen eingefallenen Augen heftete sich an ihre Augen, als flehte er um sein Leben. Schließlich hatte er genug

Kraft und stellte eine einzige Frage, aus der verzweifeltes Misstrauen sprach:

»Wo… sind… wir?«

58. KAPITEL

Nachdem sie das Café verlassen hatten, führte Manjani Sarah und Cobb an einen kargen Küstenstreifen in der Nähe des Hafens, wo sie ungestört miteinander reden konnten. Sarah spürte, dass Manjani misstrauisch geworden und verärgert war. Sie wusste, dass sie versuchen musste, etwas von dem Schaden wiedergutzumachen, den sie mit ihrem Täuschungsmanöver im Restaurant verursacht hatte. Sie wollte keine geheimen Details über ihre Vergangenheit preisgeben, doch sie spürte, dass sie in einigen grundsätzlichen Punkten ehrlich mit ihm sein musste, um sein Vertrauen zu gewinnen.

»Doktor Manjani, mein Name ist Sarah.« Sie deutete auf Cobb, der ein paar Schritte hinter ihnen ging und die Umgebung nach möglichem Ärger abscannte. »Und das ist Jack.«

»Lassen Sie mich raten: Er ist nicht Ihr Lebensgefährte.«

Sarah schüttelte den Kopf. »Nein, mein Lebensgefährte ist er nicht.«

»Ihr Bodyguard?«, fragte Manjani.

»Ich bin ihr Kollege«, antwortete Cobb. Sie hatten keine Zeit, die Nuancen ihrer Beziehungen zu erklären – und selbst wenn sie die gehabt hätten, sah er keinen Sinn darin, Manjani mehr Einzelheiten preiszugeben, als unbedingt nötig war. »Tut mir leid, dass wir unangekündigt vorbeischauen, aber wir haben es etwas eilig.«

»Arbeiten Sie für die Archive?«, fragte Manjani.

»Nein«, erwiderte Cobb. »Petr Ulster ist nur ein Freund. Er hatte angeboten, uns zu helfen, wenn es hart auf hart kommt. Ich schätze, das haben wir gemein.«

Manjani nickte, sagte aber nichts.

Sarah schaltete sich wieder ein. »Ich kann gut nachvollziehen, warum Sie nach allem, was Sie durchgemacht haben, keine Lust haben, über das zu reden, was in der Wüste passiert ist. Trotzdem kann alles, was Sie uns über Ihre Expedition erzählen können, bei unserer Sache helfen.«

Manjani blieb stumm, während sie an der Küstenlinie entlanggingen. Sie konnten an seinem schleppenden Gang erkennen, dass ihm die Ereignisse der Vergangenheit schwer auf der Seele lagen. Es war nur noch nicht klar, ob er bereit war, ihnen Einzelheiten zu erzählen.

Irgendwann kamen sie an einer verwitterten Holzbank vorbei, die aussah, als wäre sie älter als die Insel selbst, so als sei die Bank der Samen gewesen, aus dem die Insel gewachsen war. Trotz der durchhängenden Bretter und dem maroden Äußeren betrachtete Manjani sie wie einen alten Freund. Als er sich setzte, knirschte und quietschte die Bank, hielt aber stand.

»Manchmal komme ich zum Nachdenken her«, sagte er in einem Tonfall, als späche er zu sich selbst. »Und wenn ich das tue, muss ich unweigerlich an jenen Tag zurückdenken.«

Sarah war versucht, sich neben ihn zu setzen und ihn zu trösten, verwarf den Gedanken aber, nicht nur, um ihm Raum zum Atmen zu lassen, sondern auch wegen des fragilen Zustands der Bank. Sie wusste ehrlich nicht, ob sie noch mehr Gewicht aushalten konnte.

Manjani starrte auf die Wellen und öffnete sich langsam den Erinnerungen an die Vergangenheit. »In der dritten Woche unserer Exkursion machten wir eine wichtige Entdeckung: eine kleine Siedlung, die vollkommen unter dem Sand vergraben lag. Zuerst gingen wir davon aus, dass das Dorf verlassen worden war und die Sahara das Gelände nach und nach wieder für sich beansprucht hatte, wie es Wüsten normalerweise tun. Aber als wir tiefer gruben, entdeckten wir ziemlich schnell, dass das Dorf vollständig intakt war, und wir fanden auch mehrere männliche Skelette, die in den Zimmerecken kauerten.«

»Ein Sandsturm?«, fragte sie sanft.

»Zweifellos«, antwortete er und blickte starr geradeaus. »Auch wenn es eine furchtbare Tragödie für die Menschen in dem Dorf gewesen ist – ich kann mir kaum etwas Schlimmeres vorstellen, als vom Sand verschluckt zu werden –, war es für mich und mein Team eine bemerkenswerte Entdeckung, weil es uns die antike Momentaufnahme einer vergessenen Kultur vermittelte bis hin zu ihren archaischen Schwertern.«

Cobb zuckte zusammen, als die Sprache auf die Schwerter kam. Das allein reichte ihm, um sich den Rest denken zu können.

Trotzdem ließ er Manjani noch die Einzelheiten berichten.

»Zwei Nächte später brauchte ich etwas Zeit für mich allein, um über die Bedeutung unserer Entdeckung nachzudenken. Also nahm ich mir etwas Nahrung und Wasser, mein GPS-Gerät und einen Rucksack mit Ausrüstung und ging auf den Kamm einer nahen Düne. Ich weiß, es ist dumm, allein in die Wüste zu laufen – ich würde es meinen Studenten nie durchgehen lassen, so leichtsinnig zu sein, das können Sie mir glauben –, aber ich habe die letzten zwanzig Jahre in der Sahara auf der Suche nach Gräbern und Pharaonen verbracht, deshalb weiß ich das eine oder andere über Navigation.«

»Wie lange waren Sie weg?«, fragte Sara.

»Genau neunzig Minuten. Ich hatte mir sogar einen Timer gestellt, um ganz sicherzugehen. Fünfzehn Minuten für den Hinweg, eine Stunde zum Essen und Nachdenken über die Entdeckung und fünfzehn Minuten für den Rückweg. Wenn ich mein Tempo beibehielt und in die richtige Richtung ging, musste ich genau dort wieder ankommen, wo ich gestartet war.«

»Hat es funktioniert?«

»Natürlich hat es funktioniert«, antwortete er. »Wie ich schon sagte, ich bin ein erfahrener Wüstenveteran, und das ist auch gut so, denn auf meinem Rückweg zum Lager frischte der Wind auf und wehte schließlich so heftig, dass meine Spuren völlig verweht wurden.«

Er hielt inne und erinnerte sich an den Schrecken, der dann folgte.

»Als ich den Kamm der letzten Düne erreichte, konnte ich sehen, wie ... mein Team abgeschlachtet wurde. Die Schattenmänner haben sie einfach niedergemacht, wo sie gerade standen ... Wegen der Windböen konnte ich ihre Schreie nicht hören, aber ich konnte sie sehen ... Sie riefen nach mir und flehten um Hilfe.«

Er schluckte mühsam und kämpfte mit den Tränen.

»Da war besonders eine Studentin, eine brillante Wissenschaftlerin namens Marisa ... Sie war die Jüngste in der Gruppe ... Sie hatte dieses Lächeln, das einen ganzen Raum aufhellen konnte ... Alle bewunderten sie ... Sogar ich ... Ich konnte sie da stehen sehen, in dem Lager ... *Da* stand sie doch ... und eine Minute lang dachte ich, ich könnte vielleicht, ganz vielleicht, die Düne hinunterlaufen und sie retten, aber ... bevor ich dazu kam ...«

Seine Stimme brach, und es kamen nur noch Schluchzer.

Cobb konnte seinen Schmerz nachfühlen.

Er wusste aus eigener Erfahrung, dass das Schlimmste, was einem auf dem Schlachtfeld passieren kann, nicht der eigene Tod ist, sondern jemanden leiden zu sehen, der einem am Herzen lag. Das Gefühl der Hilflosigkeit wird man nie wieder los. »Sie können mir glauben, Sie hätten überhaupt nichts tun können, um sie zu retten. Absolut gar nichts. Wenn Sie eingegriffen hätten, wären Sie jetzt auch tot.«

Manjani nickte und wischte sich die Tränen aus dem Gesicht. Das wusste er eigentlich schon seit Monaten, aber es tat gut, dass ihm jemand anders beipflichtete.

»Und was ist als Nächstes passiert?«, fragte Cobb.

»Als es vorbei war, sah ich, wie die Schattenmänner die Leichen in die Böen des heraufziehenden Sturms schleiften. Da wusste ich, dass ich mein Team niemals wiedersehen und die Wüste ihr Grab werden würde. Also habe ich mir ein Tuch ums Gesicht gewickelt, den Kopf vorm Wind eingezogen und versucht zu fliehen.«

»Wie haben Sie es geschafft herauszukommen?«, fragte Sarah.

»Ich hatte Glück, dass der Sandsturm meine Spuren auf dem Weg nach el-Bawiti verwischt hat. Meine Brieftasche, mein Handy und der größte Teil meiner Ausrüstung befanden sich noch im Lager. Ich hoffte, dass niemand nach mir suchen würde, weil man mich für tot hielt. Irgendwann begegnete ich einer Beduinenkarawane, die so freundlich war, mir dabei zu helfen, an die Küste zu gelangen. Dort angekommen tauschte ich bei einem Fischer meine Uhr gegen eine Passage nach Kreta. Wenn man es erst mal dorthin geschafft hat, steht einem die ganze Ägäis offen, um sich unsichtbar zu machen. So bin ich schließlich hier gelandet.«

Cobb wusste, dass ein Mann mit Manjanis Intelligenz kein Problem haben würde, gut bezahlte Arbeit zu finden, insbesondere in seinem Heimatland Griechenland. »Warum haben Sie die Karte an die Archive geschickt?«

Manjani zwang sich zu einem Lächeln. »Mir war klar, dass ich sie nicht mehr verwenden wollte, aber irgendwie habe ich mir wohl eingebildet, meine Studenten seien nicht umsonst gestorben, wenn man Alexanders Sarkophag entdecken würde. Ich habe gehofft, jemand würde die Suche an der Stelle fortsetzen, wo ich sie aufgegeben habe.«

»Und an der Stelle treten wir auf den Plan«, sagte Cobb, der daraufhin Manjanis Bemühungen direkt mit Jasmines Verschwinden in Verbindung brachte; nicht, um grausam zu sein, sondern um sich seiner vollen Mitarbeit zu versichern. »Wir sind Ihrer Karte in die Tunnel unter der Stadt gefolgt. Dort haben uns die Schattenmänner überfallen. Unter Alexandria befand sich etwas, was sie schützen wollten – etwas so Wertvolles, dass sie eine ganze Häuserzeile vernichtet haben, um es zu verbergen.«

Manjani nickte wissend. »Als ich die Berichte sah, dachte ich mir schon, dass sie es waren. Den Behauptungen, es sei ein Erdbeben und geplatzte Gasrohre gewesen, habe ich nicht geglaubt. Für mich ergab das keinen Sinn. In der Wüste haben die Männer Schwerter verwendet, aber ich war mir sicher, dass sie vor nichts zurückschrecken, um ihre Ziele zu erreichen. Sagen Sie doch, wie viele Leute haben Sie verloren?«

»Nur unsere Historikerin. Sie haben sie vor der Explosion entführt.«

»Weshalb?«, fragte Manjani. »Bitte verstehen Sie mich nicht falsch, aber warum sollten die Schattenmänner sie entführen, wenn sie doch so versessen darauf waren, mein ganzes Team umzubringen? Warum haben sie sie gerettet und danach Hunderte anderer getötet, die sich in den Straßen darüber befanden?«

Cobb zuckte mit den Schultern. Dasselbe hatte er sich auch wieder und wieder gefragt und bisher keine vernünftige Antwort darauf gefunden. »Ich weiß nicht, warum sie entführt wurde. Und was noch schlimmer ist, ich weiß nicht, wo sie sein könnte. Ich weiß nur ganz sicher, dass wir eine lange Reise auf uns genommen haben, um Sie zu finden. Sie kennen die Karte so gut, dass wir hofften, Sie könnten uns helfen.«

Manjani starrte ihn an. »Aber wie?«

»Auf der Karte wird das ›Geschenk Neptuns‹ erwähnt. Unsere Historikerin glaubt, dass sich das auf eine Quelle bezieht, die Cäsar hat graben lassen, um sicherzustellen, dass sein Trinkwasser nicht vergiftet werden konnte.«

Manjani nickte zustimmend. »Ptolemäus Theos Philopator und die Schlacht am Nil. Die Geschichte ist mir vertraut. Bitte fahren Sie fort.«

»Sie ging davon aus, dass die Befestigung, die gebaut wurde, um die Quelle zu schützen, irgendwann ein römischer Tempel wurde. Sie glaubte auch, dass die Priester den Tempel benutzten, um Hinweise auf Alexanders Sarkophag zu verstecken, als der Kaiser verlangte, dass alle Aufzeichnungen zerstört wurden.«

Manjani lächelte. »Das ist in der Tat ziemlich brillant.«

Sarah nahm das Kompliment stellvertretend für Jasmine entgegen. »So sehen wir das auch. Deshalb haben wir die Zisternen und den Tempel gründlich durchsucht. Leider fanden wir keine Hinweise auf den Verbleib des Sarkophags. Alles, was wir gefunden haben, waren die Symbole an der Wand und die verborgene Grotte. Wir hatten gehofft, Sie könnten uns vielleicht aufklären, was sie bedeuten.«

»Das würde ich gern tun«, beteuerte er, »aber ich weiß ehrlich nicht, wovon Sie reden. Was für Symbole? Und was für eine Grotte?«

Bis zu diesem Moment war Sarah davon überzeugt gewesen, dass Manjani ein von Schuldgefühlen gequältes Opfer war und alles in seiner Macht Stehende tun würde, um bei Jasmines Rettung zu helfen. Aber jetzt war sie sich nicht mehr so sicher.

»Wissen Sie«, sagte sie wütend, »es gibt kaum etwas, was ich so sehr hasse wie Lügner. Wir geben Ihnen jetzt noch eine Chance, Ihre Geschichte zu ändern, bevor wir anfangen, unangenehm zu werden. Was können Sie uns über die Grotte sagen?«

»Nichts!«, versicherte er. »Ich habe keine Ahnung, wovon Sie reden! Ich schwöre bei Gott, ich sage Ihnen die Wahrheit! Ich habe in keinem Punkt gelogen!«

»Blödsinn!«, knurrte sie. »Wir wissen, dass Sie dort waren. Wir haben einen Leuchtstab in der Grotte gefunden und konnten ihn zu Ihnen zurückverfolgen. Sie haben ihn vor Beginn Ihrer Expedition in Piräus gekauft!«

»Einen Leuchtstab?«, stammelte er völlig verwirrt. »Ja, ich habe einen Kasten davon in Piräus gekauft, aber wir haben davon nur ein paar in der Wüste verbraucht. Der Rest ist mit meiner Ausrüstung im Lager geblieben. Soweit ich weiß, steht da noch der ganze Karton!«

Sarah stöhnte und bereute ihren Irrtum sofort. Die Männer, die Manjanis Team ermordet hatten, hatten wahrscheinlich die Ausrüstung geplündert, bevor sie die Leichen hatten verschwinden lassen. Das hieß, dass wahrscheinlich sie es gewesen waren, die die Leuchtstäbe in der Zisterne benutzt hatten. Dennoch wollte sie sich nicht voreilig entschuldigen. Es wäre ein Zeichen der Schwäche gewesen.

»Sie wollen mir also erzählen, dass Sie nichts von der Grotte wussten?«

»Ich wusste nichts!«, rief Manjani.

»Oder von den Piktogrammen?«

»Ein Piktogramm? Sie haben ein Piktogramm entdeckt? Wo?«

»In dem Tempel. Es bestand aus antiken Symbolen.«

»Moment mal«, platzte Manjani heraus, der das Gesagte zu verarbeiten versuchte. »Sie haben ein antikes Piktogramm in einem römischen Tempel bei einer versteckten Grotte entdeckt?«

Cobb nickte. »Ja, so könnte man es zusammenfassen.«

Plötzlich lächelte Manjani. »Bitte zeigen Sie mir alles!«

59. KAPITEL

Cobb besprach sich mit Sarah, dann entschied er sich dafür, Manjani die Bilder ihres unterirdischen Abenteuers zu zeigen. Damit wollten sie nicht nur ihm, sondern auch sich selbst einen Gefallen tun. Trotz seines hervorragenden Rufes musste ihnen Manjani seinen Wert erst noch unter Beweis stellen. Je mehr Licht er in die Sache bringen konnte, desto mehr würden sie ihn sehen lassen. Und falls sich an irgendeinem Punkt herausstellen sollte, dass er sie hinterging, wollten sie ihm den Zugriff völlig verwehren.

Doch zunächst brauchten sie einen Ort, an dem sie ungestört waren.

Seit seiner Ankunft in Amorgos wohnte Manjani in einer kleinen Hütte in Hafennähe. Abgesehen vom Internetzugang bot ihm die Behausung alles, was er brauchte. Die Gegend war sauber und sicher, und das Café, der Markt und der Hafen waren bequem zu Fuß zu erreichen. In weniger als fünfzehn Minuten konnte er im Internet surfen, Lebensmittel einkaufen oder schnell auf die Nachbarinsel flüchten.

Und die Aussicht war einfach atemberaubend.

Sosehr sie Manjani auch um den Panoramablick von seiner Terrasse beneideten, fanden Cobb und Sarah die Schlichtheit der Hütte ernüchternd. Aufgrund früherer Berufserfahrungen war beiden eine Lebensweise, bei der man nie lange an einem Ort blieb, durchaus vertraut, aber Manjanis Unterkunft trieb es in dieser Hinsicht auf die Spitze. Seine ganze Einrichtung bestand aus einem schäbigen Tisch, ein paar Stühlen, die nicht zueinanderpassten, und einer durchgelegenen Matratze.

Das eine Ende des Tisches diente ihm als Büro – mit einer Maus, einer Tastatur und einem externen Monitor für den Laptop –, während das andere Ende für Mahlzeiten reserviert war. Auf dem Küchenherd stand eine einsame gusseiserne Kasserolle, und im Trockengestell neben der Spüle befand sich ein einzelnes Gedeck. Es war deutlich zu sehen, dass er nicht vorgehabt hatte, Gäste zu empfangen.

Cobb fragte sich, ob das Fehlen jeglicher Annehmlichkeiten in Manjanis Hütte wohl auf dessen Schuldgefühle zurückzuführen war – so als sei jeglicher Genuss eine Respektlosigkeit gegenüber den Studenten, die unter seiner Führung gestorben waren.

So als bedeute ihr Tod für ihn auch das Ende seines Lebens.

Dem Ex-Soldaten Cobb waren solche Symptome sehr vertraut.

Mitgefühl half in solchen Fällen nicht, Mitleid ebenso wenig. Das beste Heilmittel war, ihm einen Grund zum Leben zu geben.

Für Manjani waren Fragen der Inneneinrichtung das Letzte, wofür er sich interessierte. Für ihn zählten jetzt nur noch das Piktogramm und die Höhle, die sie unter Alexandria entdeckt hatten.

Er ging ans gegenüberliegende Ende des Tisches und verband die Peripheriegeräte mit seinem Laptop. Als er damit fertig war, schaltete er den Rechner ein.

»Was kann ich für Sie tun?«, fragte er.

Cobb hatte zu Recht vermutet, dass Manjani in seiner

Wohnung keinen Internetzugang hatte – schließlich checkte er seine E-Mails im Café –, was bedeutete, dass sie nicht über Garcias Website auf die Bilder und das Videomaterial zugreifen konnten. Weil er keine Lust gehabt hatte, ein iPad mit nach Griechenland zu nehmen, machte Cobb das Beste aus dem, was sie hatten. Er verband sein Smartphone über einen kleinen Adapter mit dem Computer und verwendete dann eine Software, die Garcia ihm aufs Handy installiert hatte, um auf die Dateien zuzugreifen, die sich im Speicher seines Telefons befanden.

Es war nicht perfekt, aber besser als nichts.

Cobb hatte die Auswahl unter Dutzenden von Dateien, fing aber mit einem Videoclip von Sarah und Jasmine an, in dem zu sehen war, wie sie auf der gegenüberliegenden Seite des Abgrunds durch das Loch in der Wand gestiegen waren. Anstatt auf den Monitor zu sehen, beobachtete Sarah Manjani, als er das Videomaterial zum ersten Mal sah. Ihr fiel ein vertrautes Glänzen in seinen Augen auf, das sie schon einmal gesehen hatte. Es war die gleiche Reaktion wie bei Jasmine, als sie die Betonsäulen gesehen hatte.

Manjani strahlte geradezu. »Das ist ihr römischer Tempel.«

Was er sagte, kam nicht unerwartet. Cobb hatte sich immer auf Jasmines Einschätzung der unterirdischen Architektur verlassen. Dennoch war es erfreulich, dass sich ein prominenter Experte wie Manjani als Fürsprecher der Theorie erwies, anstatt sie infrage zu stellen.

»Sagen Sie mal«, fragte Manjani, »ist Ihnen *Assimilation* ein Begriff?«

»Das Wort ja«, sagte Cobb. »Aber nicht, was es mit dem Video zu tun hat.«

»Die Römer«, sagte er und betrachtete das Video, »waren Meister der Assimilation – so sehr, dass man ihre Vorgehensweise vielfach als *Romanisierung* bezeichnet.«

»Tut mir leid, dazu fällt mir immer noch nichts ein.«

»Und was ist mit *Latinisierung?*«

Cobb streckte die Hände hoch. »Sie müssen mit mir reden, als hätte ich nie das Wörterbuch von vorn bis hinten durchgelesen, denn das habe ich nicht.«

»Ich auch nicht«, gab Sarah zu.

Manjani lächelte entschuldigend. »Es bedeutet, dass die Römer die besten Errungenschaften ihrer Vorgängerkulturen übernahmen und sie als ihre eigenen weitergaben. So nahmen sie beispielsweise die griechische Vorstellung von Zeus und machten daraus den römischen Gott Jupiter. Es ist im Großen und Ganzen dieselbe Geschichte – sie haben lediglich den Namen der Hauptpersonen so geändert, wie es ihnen passte.«

»So etwas habe ich damals in der Schule gemacht«, erklärte Cobb. »Da nannten sie es *Abschreiben.*«

»Touché«, sagte Manjani und lachte.

Cobb deutete auf das Display. »Und was hat das mit diesem Tempel zu tun?«

»Um den Tempel zu verstehen, müssen Sie das historische Klima Alexandrias begreifen. Obwohl sich die Stadt in Ägypten befindet, wurde sie von einem makedonischen König gegründet, der schon lange vor den Römern Assimilation betrieb. Viele glauben sogar, dass die Römer das Konzept von ihm übernommen haben. Ich weiß, dass man Amerika oft den ›Schmelztiegel der Welt‹ nennt, aber Alexandria verdiente diesen Titel schon lange vorher, insbesondere im Hinblick auf Religionen.«

»Wie das?«

Manjani sah Cobb an. »Lange vor dem Eintreffen der

Römer hatten die Hohepriester des Amun-Re – des allmächtigen Sonnengottes im ägyptischen Pantheon – großen Einfluss in Ägypten. Es ist wenig überraschend, dass sie ihre Verbindung zu Gott für mehr als nur spirituelles Wachstum nutzten. Die Priesterschaft kontrollierte riesige Landstriche und so gut wie alle Schiffe des Landes. Eine Zeit lang waren sie so mächtig wie die Pharaonen, wenn nicht noch mächtiger.«

»Und trotzdem haben sie sich an die römische Lebensweise angepasst?«

»Das haben sie«, bestätigte Manjani, »aber nur als Mittel zum Zweck. Ihre ›Bekehrung‹ war nur eine List, die es ihnen ermöglichte, weiterhin Amun-Re zu huldigen – selbst in einer römischen Stadt, entgegen den Wünschen des Kaisers und trotz der wachsenden Verbreitung des Christentums. Sie glaubten, nur überleben zu können, wenn sie sich wie römische Priester benahmen. Aber sie haben dabei nie ihre wahre Identität verloren. Als Severus befahl, den Sarkophag vor der Öffentlichkeit zu verbergen, sahen sie einen persönlichen Affront darin. Für den Kaiser war Alexander ein Eroberer, mehr nicht. Für Amuns Hohepriester war er tatsächlich der Sohn Gottes.«

»Jesus«, murmelte Sarah. Damit die anderen ihre Worte nicht als Blasphemie missverstanden, fügte sie hastig hinzu: »Das meine ich ganz buchstäblich. Die Hohepriester haben in Alexander dasselbe gesehen wie die Christen in Jesus.«

»Das ist vielleicht etwas zu vereinfachend ausgedrückt«, sagte Manjani, »aber die Parallelen gibt es durchaus. Bedauerlicherweise bedeutete die Entscheidung des Kaisers, Alexanders Sarkophag zu verstecken, dass die Anhänger ihres Glaubens ihn nicht mehr angemessen anbeten konnten. Das brachte die Priester natürlich in eine sehr schwierige Lage. Jahrzehntelang hatten sie sich vor der Öffentlichkeit verborgen gehalten und sich in die Priestergewänder des Imperiums gehüllt, obwohl sie hinter geschlossenen Türen weiterhin Amun gehuldigt haben. Nun aber waren sie gezwungen, sich für den Erhalt ihrer Religion einzusetzen. Sie sahen sich zu einer Verzweiflungstat gedrängt.«

»Welcher Art?«, wollte Cobb wissen.

»Sie beschlossen, seinen Leichnam zu stehlen.«

60. KAPITEL

Wegen der Informationen, die er über Alexanders Leichnam beisteuern konnte, entschied sich Cobb, Manjani weitere Videos zu zeigen. Er fing mit der Aufnahme an, auf der das Piktogramm zu sehen war.

Natürlich verschlug es Manjani die Sprache. Er starrte nur noch auf den Bildschirm, während die Kamera die Wand abfuhr. Ab und zu kam ein Stöhnen über seine Lippen, während er die Symbole betrachtete. So ging es weiter, bis sie ans Ende des Clips gelangten.

Manjani sah Cobb an. »Zeigen Sie mir das bitte noch mal.«

»Aber nur, wenn Sie diesmal etwas sagen.«

»Ja, natürlich.«

Beim zweiten Durchgang konnte Manjani sein Erstaunen – oder seine Worte – nicht mehr unterdrücken, als er das Material betrachtete. »Wissen Sie, was das ist?«

Sarah nickte. »Es ist die Geschichte der Stadt, von der Gründung bis zu dem Zeitpunkt, als Alexanders Leichnam übers Meer hinausgeschmuggelt worden ist. Das hat mir unsere Historikerin erzählt, bevor sie entführt wurde.«

Manjani schüttelte den Kopf. »Das kommt dem sehr nahe, trifft es aber nicht ganz. Ich kann ihre Interpretation nachvollziehen – das kann ich wirklich –, aber ich muss leider sagen, dass sie sich geirrt hat.«

»Geirrt womit?«, wollte Cobb wissen.

»Die Symbole sollten aussehen wie die üblichen Zeichen, die in jener Epoche benutzt wurden, aber es gibt ganz minimale Unterschiede, die die Übersetzung verändern. Wie ein eingebetteter Code, eine Form der Mitteilung, die nur Eingeweihte verstehen sollten. Die Hohepriester machten so etwas häufig, nur für den Fall, dass ein Außenstehender zufällig eine ihrer Mitteilungen zu sehen bekam. Außenstehende sollten es auf ihre Art interpretieren, aber die Priester sahen etwas anderes darin.«

»Aber Sie können es lesen?«

»Ja«, versicherte er ihnen. »Die Grundzüge sind mir recht vertraut. Um mich auf meine letzte Expedition vorzubereiten, habe ich mich viele Monate lang mit der Sprache beschäftigt. Schließlich war es eine Botschaft wie diese, die uns letzten Endes die Entdeckung der Siedlung ermöglicht hat.«

»Wirklich?«, knurrte Cobb leicht überrascht. »Dann haben wir wohl etwas falsch verstanden. Wir hatten den Eindruck, dass Sie nach Alexanders Sarkophag gesucht haben.«

»Das ist korrekt. Wir haben nach seinem Sarkophag gesucht.«

»Moment mal ...« Die Sache fing allmählich an, Cobb zu verwirren. Er drückte auf PAUSE, damit sich Manjani auf seine Fragen anstatt auf das Videomaterial konzentrierte. »Noch mal ganz von vorn. Als Sie Ihr Team zusammengestellt haben, wonach wollten Sie da suchen?«

»Wir suchten nach Alexanders Grab.«

»Aber Sie haben stattdessen die Siedlung gefunden.«

»Genau!«, erwiderte Manjani. »Für sich betrachtet war die Siedlung schon eine große Entdeckung. Nicht annähernd so spektakulär wie Alexanders Grab, aber immerhin ein beachtlicher Fund. Meine Studenten, von denen die meisten nur wenig Erfahrung bei Ausgrabungen hatten, waren völlig aus dem Häuschen.«

»Sie aber nicht.«

Er schüttelte den Kopf. »Wenn man Moby Dick jagt, gibt man sich nicht mit einem Hai zufrieden.«

Cobb grinste. Das war ein guter Spruch.

Sarah nutzte den Moment, um sich ins Gespräch einzubringen. »Rein interessehalber – wie kamen Sie auf die Idee, dass sich das Grab dort befindet, wo Sie gegraben haben?«

Manjani blickte sie an. »Ist Ihnen die Bahariya-Oase in der Westlichen Wüste ein Begriff? Dort liegt ein moderner archäologischer Ausgrabungsort, der als das ›Tal der Goldenen Mumien‹ bekannt ist. Seit der Entdeckung im Jahre 1996 wurden dort Hunderte von Mumien ausgegraben, und ich glaube, dass man noch Tausende entdecken wird – alles Anhänger Alexanders.«

Cobb verstand den Zusammenhang. »Sie dachten, der Leichnam wurde nach Bahariya gebracht?«

»Es war eine Arbeitshypothese.« Manjani zuckte mit den Schultern. »Wissen Sie, Alexanders Tempel befindet sich in Bahariya. Es ist der einzige Tempel in ganz Ägypten, der ihm zu Ehren errichtet wurde. Obwohl sich darin kein Grab befindet, haben wir verschiedene Aufzeichnungen Reisender entdeckt, die darum baten, in der Nähe des Tempels beerdigt zu werden, weil sie glaubten, dass es sie Alexander näherbringen würde. Das klingt vielleicht nach nichts Besonderem, aber diese Aufzeichnungen waren keine Kritzeleien von irgendwelchen gewöhnlichen Menschen. Es waren die persönlichen Aufzeichnungen von Adeligen aus Ägypten, Griechenland, Rom und darüber hinaus. Diese Leute hatten ihre Heimat verlassen, um sich mitten in der Wüste beerdigen zu lassen, und wir glaubten, der Grund dafür sei Alexander gewesen.«

»Und was ist jetzt?«, wollte Sarah wissen.

»Jetzt?«, fragte er verwirrt.

»Sie haben gesagt, es sei Ihre Arbeitshypothese gewesen, dass sich das Grab in Bahariya befindet. Aber Sie haben die Vergangenheitsform benutzt. Bedeutet das, Sie haben Ihre Meinung geändert?«

Er zuckte wieder mit den Schultern. »Ich glaube ja.«

»Weshalb?«, fragte sie.

»Ganz im Ernst, ich habe es an der Wand gelesen.«

Ihr Blick verriet, dass sie noch nicht zufrieden war.

»Ich kann es Ihnen erklären«, sagte Manjani und deutete auf das eingefrorene Bild auf dem Bildschirm. »Diese drei Symbole – die Spindel, die Rolle und die Schere – symbolisieren die Schicksalsgöttinnen. Das bedeutet, dass das Orakel eine Prophezeiung gemacht hatte. Dieses Rechteck hier ist die Büchse der Pandora. Was auch immer die Prophezeiung gewesen sein mag, gut war sie keinesfalls. Und sehen Sie hier, der gehörnte Mann in dem Block, den diese Menschen tragen? Das ist Alexander. Sie bringen seinen Sarkophag woanders hin.«

Das alles hatte Sarah bereits von Jasmine gehört. »Genau. Sie haben Alexander evakuiert und ihn zu einem wartenden Schiff gebracht. Das ist es doch, was der Widderkopf auf dem Boot bedeutet?«

»Das trifft es fast«, erwiderte Manjani, »ist aber nicht ganz richtig. In der Sprache der Priester bezeichnet der Mann mit dem Widderkopf Alexander. Der Widderkopf selbst aber bezieht sich auf dessen Vater Amun. Das Boot mit dem Symbol des Amun bedeutet nur, dass er ihre Aufmerksamkeit aufs Wasser gelenkt hat. Sie müssen den Kontext verstehen, um zu ahnen, was hier mitgeteilt werden sollte.«

Sarah wurde ungeduldig. »Was heißt es denn nun?«

»Es ist eine Warnung, die den Priestern mitteilt, sie sollen das Wasser fürchten. Sie werden angehalten, Alexanders Leichnam aus der Stadt zu schaffen, weil von der See etwas Schreckliches drohe. Wenn ich raten müsste, würde ich sagen, es bezieht sich auf den Tsunami im Jahr 365 nach Christus, der die Stadt fast vernichtet hätte. Dummerweise waren alle Quellen, die uns nach Bahariya geführt haben, mindestens hundertfünfzig Jahre *vor* dem Tsunami geschrieben wurden. Das bedeutet, dass wir mit dem Tal der Goldenen Mumien falschlagen, weil sich Alexanders Sarkophag noch über hundert Jahre, *nachdem* die Adeligen in der Nähe der Oase beerdigt wurden, in Alexandria befand.«

»Gut«, sagte Cobb. »Ich will nicht unsensibel klingen, aber das ist ein Ort weniger, an dem wir nachsehen müssen. Was steht noch auf der Wand? Wird ein Standort mitgeteilt?«

»So etwas ist mir nicht aufgefallen, aber lassen Sie mich noch einmal sehen.«

Manjani spulte das Video vor, betrachtete den letzten Rahmen der Piktogramme und suchte nach den kleinsten Hinweisen. Ihm war bewusst, dass in der Aufregung leicht ein kritisches Detail der codierten Nachricht über die Grabstelle untergehen konnte. Er analysierte das Bild langsam und methodisch und suchte nach einem Symbol, das sie in die richtige Richtung lenken konnte, doch er fand nichts.

»Sind Sie sicher, dass das alles ist? Gab es keine weiteren Reliefs mehr auf der Wand?«

»Nein, bestimmt nicht«, antwortete Sarah. »Ich habe

mir jeden Zentimeter der Wand angesehen. Und Jasmine hat sie ebenfalls untersucht. Das ist alles, was wir entdeckt haben.«

»Was fehlt?«, fragte Cobb.

»Ich weiß nicht… Ich weiß es wirklich nicht… *Irgendetwas*. Da muss noch etwas sein. Es geht einfach nicht anders. Denn so ergibt das alles keinen Sinn!«

61. KAPITEL

Manjani sprang auf und fing an, im Raum herumzulaufen. »Falls die Priester die Stadt tatsächlich verlassen haben, hätten sie ihre Botschaft nicht so offen enden lassen. Sie hätten ihr nächstes Ziel deutlich gemacht.«

»Woher wollen Sie das wissen?«, fragte Sarah.

»Weil sie weder Handys noch E-Mails hatten und damit gerechnet haben, dass die Stadt vom Meer verschlungen wird. Das hier war ihre einzige Chance, eine verschlüsselte Nachricht an ihre Anhänger zu übermitteln, ob nun an einen Priester aus Theben oder an einen Pilger aus einem fernen Land. Vergessen Sie nicht, dass nur diejenigen, denen die Ausdrucksweise der Priester vertraut war, wissen konnten, wie man die *eigentliche* Nachricht herauslesen konnte. Alle anderen hätten sich die Zeichen angesehen und gedacht, dass Amun die Priester hat schonen wollen und sie deshalb vor der Flut gewarnt hat. Das allein hätte die Priester vor Schaden geschützt. Niemand – nicht einmal die Römer – hätte noch gewagt, den Priestern nachzusetzen und damit den Zorn der Götter zu riskieren. Diese Wand hat sie vor Verfolgung geschützt.«

Cobb grinste. »Zwei Fliegen auf einen Streich.«

»Ganz genau!«, erwiderte Manjani und tigerte immer noch durch den Raum. »Aber wenn die Steinwand wirklich beide Fliegen schlagen sollte, müsste sie einen Standort verraten.«

Sarah, die reichlich Erfahrung hatte, wenn es um geheime Informationen und Informationsgewinnung ging, sah die Dinge aus einem anderen Blickwinkel. »Mir ist klar, dass ich so gut wie nichts über Geschichte weiß, aber ich bin anderer Meinung als Sie. Ich käme doch nie auf die Idee, alle Teile eines Puzzles an einem einzigen Ort aufzubewahren. Ich meine, wozu sollte man alle seine Juwelen in einen Safe stecken und den Schlüssel im Schloss stecken lassen?«

Manjani dachte über den Einwand nach. »Das ist ein interessanter Gedanke. Vielleicht haben sie den Schlüssel zum Safe versteckt – aber so, dass man leicht herankam. Haben Sie noch Videoaufnahmen von den anderen Wänden?«

Cobb schüttelte den Kopf. »Nicht auf meinem Handy.«

»Welche Art von Schlüssel suchen Sie?«, fragte sie.

»Es könnten Wegbeschreibungen sein«, antwortete Manjani, »Hinweise auf Landmarken, vielleicht sogar der Name des betreffenden Ortes. Ich bin mir nicht ganz sicher, aber ich habe das Gefühl, dass bei dieser verschlüsselten Nachricht etwas fehlt.«

Sarah schüttelte den Kopf. »Tiefer im Tunnel war nichts Derartiges zu finden. Das Einzige, was ich gesehen habe, waren ein paar Stufen, die an die Oberfläche führten. Dort habe ich auch den Leuchtstab gefunden.«

»Auf den Stufen?«

»Nein, hinter den Stufen. Das war in der Höhle am Wasser.«

Er nickte aufgeregt. »Stimmt, ja! Die Höhle haben Sie vorhin schon erwähnt. Aber wir haben noch gar nicht über sie gesprochen. Bitte erzählen Sie mir alles darüber.«

Sarah warf Cobb einen Seitenblick zu, weil sie nicht wusste, wie viel sie verraten sollte. Mit einem kaum merklichen Nicken erteilte er ihr die Genehmigung, es zu erzählen. »Am Ende der Stufen befand sich eine Höhle mit einigen Säulen, die die Decke abstützten. Der Raum war durch einen Unterwassertunnel mit dem Meer verbunden. So bin ich herausgekommen, als die Sprengsätze hochgingen. Ich bin in Sicherheit geschwommen.«

Manjani schloss die Augen, als ob er beim Reden inständig zum Himmel flehte. »Bitte sagen Sie mir, dass Sie ein Video von der Höhle haben. *Bitte*.«

Sarah wusste ganz ehrlich nicht, was sie darauf antworten sollte. Die Kamera in ihrer Taschenlampe hatte zwar funktioniert, als sie sich in der Höhle umgesehen hatte. Doch sie war sich sicher, dass das Material für Garcia keine hohe Priorität gehabt hatte. Sie hatten sich auf die Wand konzentriert und nicht auf den Tunnel, der darauf folgte.

Glücklicherweise fiel Cobb ein, dass er das Video auf seinem Handy hatte. Er hatte den Clip schon gesehen, als er und Garcia das ganze aufgezeichnete Material durchgegangen waren. »Wir haben ein paar Aufnahmen aus der Höhle, aber nichts Berauschendes. Warum sind Sie so wild darauf, sie zu sehen?«

»Warum?«, fragte Manjani, dann hörte er damit auf herumzulaufen und setzte sich neben Cobb, um seinen Gedankengang zu erläutern. »Wegen der Amun-Darstellung im Piktogramm! Vergessen Sie nicht, dass er der oberste aller Götter ist und die Priester seine Anhänger waren. Sie taten alles, was er von ihnen verlangte.«

»Und?«

»Und? Verstehen Sie denn nicht, worauf ich hinauswill?«

»Ich glaube nicht«, gestand Cobb.

»Ich auch nicht«, fügte Sarah hinzu.

»Denken Sie nach, alle beide. Überlegen Sie mal! Was verlangt er von ihnen in der Nachricht?«

Cobb rief sich das Bild von Amun im Piktogramm ins Gedächtnis. Ein paar Sekunden später schoss ihm die Antwort in den Kopf. »Das kann doch nicht wahr sein. Er befiehlt ihnen, zum Wasser zu sehen.«

»Ganz genau!«, platzte Manjani heraus. »Auf einer Ebene warnt er sie vor dem bevorstehenden Tsunami. Auf der anderen Ebene fordert er sie buchstäblich auf, den Blick aufs Wasser zu richten. Und wo im Tempel konnten sie das?«

»In der Grotte!«, antwortete Sarah.

Manjani lächelte. Nach all der Zeit wurde ihm bewusst, wie sehr er die Jagd vermisst hatte. Strahlend wandte er sich an Cobb und lachte: »Also, habe ich mir jetzt das Recht verdient, die Aufnahmen zu sehen?«

»Klar. Was soll's.«

Cobb durchstöberte seine Dateien, bis er gefunden hatte, was er suchte. »Das ist alles, was wir von den Stufen und der Grotte haben.«

Als das Video begann, starrte Manjani auf den Bildschirm. Seine Augen klebten regelrecht am Display, als er beobachtete, wie Sarah die Treppenstufen erklomm. Er rutschte an die Stuhlkante und beobachtete, wie sie sich durch die Dunkelheit bewegte. Der Lichtkegel ihrer Taschenlampe spiegelte sich vor ihr in der Wasserfläche. Als sie den Rand des Wassers erreichte, leuchtete sie nach oben und tauchte das Deckengewölbe der dunklen Höhle in Licht.

»Da ist es!«, verkündete Manjani.

Cobb stoppte das Video und starrte auf den Bildschirm. Er sah die natürliche Grotte, die von fein gearbeiteten Säulen gestützt wurde. Die Decke war glatt gemeißelt und zu einer Kuppelform abgerundet worden. Zwar kannte er die Bilder bereits, doch er hatte sie beim ersten Betrachten nicht weiter beachtet. Und er konnte zugegebenermaßen auch noch immer nichts Bemerkenswertes entdecken. »Was ist da?«

Manjani lehnte sich in seinem Stuhl zurück. »Die zweite Hälfte der Nachricht.«

»Das müssen Sie mir genauer erklären. Ich sehe nichts als eine Höhle mit einem Kuppeldach.«

»Sehen Sie genauer hin. Erkennen Sie die Markierungen in der Kuppel?«

Sarah kam näher, um sie sich besser ansehen zu können. »Ja, was ist damit?«

Manjani griff nach der Maus. »Darf ich?«

»Bedienen Sie sich«, sagte Cobb.

Manjani klickte sich durch die Optionen des Computerprogrammes und suchte nach der richtigen Einstellung. Mit einem Klick wurde das Bild zum Negativ. Plötzlich schimmerten die vorher schwarzen Punkte weiß vor einem dunklen Hintergrund.

Er sah Cobb an. »Hilft das?«

»Sollen das Sterne sein?«

»Noch besser. Was Sie sehen, ist eine *Sternenkarte.*«

»Toll«, scherzte Sarah, »der Sarkophag ist im Weltraum.«

»Nein«, versicherte ihr Manjani. »Der Sarkophag befindet sich auf der Erde. Die Karte oben verrät uns die Position darunter. Wir brauchen jetzt nur noch einen Archäo-Astronomen, der sie für uns liest.«

»Einen Archäo-was?«

»Ein Archäo-Astronom ist ein Experte auf dem Gebiet der archäologischen Astronomie.«

»Das denken Sie sich doch gerade aus.«

»Ich kann Ihnen versichern, es ist ein eigenes Forschungsgebiet! Zum Beispiel könnten die Ihnen erzählen, welchen Einfluss die Position der Sonne bei der Aufstellung der Megalithen in Stonehenge hatte oder warum in Chichen Itza zu jeder Tages- und Nachtgleiche auf wundersame Weise die geflügelte Schlange erscheint.«

Cobb stöhnte bei der Vorstellung, noch einen Experten in sein Team zu holen – insbesondere jemanden mit einem so spezialisierten Fachgebiet. »Mal sehen, ob ich Sie richtig verstanden habe: Ein Archäo-Astronom könnte uns anhand der Sternenkonstellation am Himmel mithilfe fortgeschrittener Mathematik eine genaue Position am Boden berechnen. Wollen Sie das damit sagen?«

Manjani nickte. »Das ist korrekt.«

»Könnte das kein normaler Astronom tun oder vielleicht sogar ein Computerspezialist?«

»Theoretisch ja, man braucht nur die richtige Software für Sternenkartografie.«

Sarah lachte. »In dem Fall können wir gleich loslegen. Wir haben einen Nerd im Team.«

62. KAPITEL

Die Frage hätte Jasmine Angst machen sollen.

Schließlich hatte sie angenommen, der Mensch, der in der Ecke lag, wäre tot. Er roch nicht nur wie eine Leiche, sondern er sah auch so aus. Außerdem hatte es gewirkt, als würde er gar nicht atmen; so jedenfalls war es ihr in dem düsteren Kerker vorgekommen.

Als ihr jetzt das Gegenteil bewiesen wurde, wusste sie nicht, ob sie seine Gesellschaft schätzen oder seine Anwesenheit fürchten sollte. Schließlich triumphierten ihre Instinkte, und sie entschied sich dafür, ihm zu Hilfe zu eilen. Wenigstens versuchte sie es. Als sich die schlaffe Kette an ihrem Bein spannte, schnitt die Schelle in ihren Knöchel, und sie schlug unbeholfen zu Boden.

»Mist!«, sagte sie leise.

Trotz seiner körperlichen Verfassung kroch der dürre alte Mann in die Mitte des Raums, um nachzusehen, ob sie sich bei ihrem Sturz verletzt hatte. »Geht es Ihnen … gut?«

Jasmine setzte sich auf und grinste. »Mir ja. Und Ihnen?«

»Ich weiß nicht«, sagte er zwischen zwei angestrengten Atemzügen. »Ich fühle mich … seltsam.«

Sie kannte das Gefühl. Auch sie hatte sich so gefühlt, als sie aus ihrem durch Drogen herbeigeführten Schlaf erwacht war. Daher wusste sie, dass er vermutlich an einem verschwommenen Blickfeld, Muskelschmerzen und Gedächtnislücken litt.

»Das geht wieder weg«, versicherte sie ihm. Sie nahm sein Handgelenk und fühlte seinen Puls – er war langsam, aber kräftig. Auch seine Atmung war entsprechend gleichmäßig und tief. »Es wird Ihnen bald wieder besser gehen. Sie müssen nur etwas Geduld haben.«

Er sah sie mit verwirrtem Blick an. »Wer sind Sie?«

»Ich heiße Jasmine.«

»Kaleem«, sagte er, schloss die Augen und legte sich wieder auf den Steinboden. Ihm war noch schwindelig von den Drogen. »Jasmine, was ist heute für ein Tag?«

»Gute Frage«, sagte sie und lachte. Trotz ihrer Lage versuchte sie, ihm zuliebe positiv zu bleiben. »Wenn ich raten müsste, würde ich sagen, heute ist der dritte. Vielleicht auch der vierte. Ich weiß nicht genau, wie lange ich bewusstlos war.«

Er schüttelte erschrocken den Kopf. »Dritter Mai? Sind es jetzt wirklich schon über zwanzig Tage?«

Seine Bemerkung beunruhigte sie zutiefst. Es war November, nicht Mai. Sie blickte auf ihn hinunter und war einen Moment lang sprachlos. Teils, weil sie sich Sorgen machte, teils aus Mitleid.

Er bildete sich ein, seit gut zwanzig Tage hier gefangen zu sein. In Wahrheit waren es um die zwanzig *Wochen*.

So hart es auch war, er musste die Wahrheit erfahren.

Sie ergriff seine Hand. Es war ein verzweifelter Versuch, Trost zu spenden, was aber nichts an der bitteren Wahrheit änderte, die sie ihm zu sagen hatte. Doch in diesem Moment war es das Einzige, was sie ihm geben konnte. »Ich muss Ihnen etwas sagen, und es wird wehtun.«

Kaleem verzog schon jetzt das Gesicht.

»Der Frühling ist vorbei. Wir sind mitten im Herbst.«

Es war die zartfühlendste Art, die ihr einfiel, ihm die Wahrheit zu sagen.

Und trotzdem tat es höllisch weh.

Seine Augen füllten sich mit Tränen, und er stöhnte schmerzerfüllt. Dann wurde er ganz schlaff, als sei ihm alle Hoffnung genommen worden. »O Gott, lass mich doch einfach sterben.«

Sie drückte seine Hand. »Sagen Sie das nicht. Jetzt haben Sie so lange durchgehalten … Sie werden hier drin nicht sterben. Meine Freunde werden kommen und uns beide hier rausholen, das verspreche ich.«

Er antwortete nicht. Er lag nur da und weinte.

Jasmine war klar, dass sie etwas unternehmen, ihn irgendwie ablenken musste. Sie versuchte, ihn in ein Gespräch zu verwickeln.

»Erzählen Sie mir von sich. Wie sind Sie hierhergekommen?«

Es verstrichen mehrere Sekunden, bis er die Frage verstand. Dann wischte er sich die Tränen aus dem Gesicht und fing an zu erzählen. »Ich war … ich bin ein Experte für Ägyptologie. Ich bin mit einem Expeditionsteam aus Griechenland gekommen.« Er starrte ausdruckslos nach oben zur Öllampe, als müsste er seiner Erinnerung auf die Sprünge helfen. »Wir sind Gerüchten über Alexander nachgegangen … Dann haben wir ein Lager im Tal aufgeschlagen und angefangen zu graben.«

»Haben Sie etwas gefunden?«

Er blickte sie an. »Unter dem Sand war ein ganzes Dorf vergraben. Es war bemerkenswert. Doch bevor wir dazu kamen, noch mehr auszugraben, sind sie gekommen, mitten in der Nacht.«

»Sie? Wer sind ›sie‹?«

»Maskierte Männer in schwarzen Gewändern. Sie haben nach Sonnenuntergang unser Lager gestürmt. Dabei schwenkten sie antike Schwerter. Wir haben versucht, uns zu wehren, aber sie waren zu stark... Die Leichen der anderen hat man in die Wüste geschleift... Aus irgendeinem Grund hat man mich am Leben gelassen.«

Jasmine hatte von den verschwundenen Forschern gehört. Als gestandene Historikerin entging ihr nichts, was mit ihrem Fachgebiet zu tun hatte. »Ihre Expedition hat es in die Nachrichten geschafft. Als Ihr Team nicht wieder zurückgekehrt ist, wurden Polizeikräfte losgeschickt, und man hat tagelang die Wüste nach Ihnen abgesucht.«

»Haben sie jemanden gefunden?«

Sie schüttelte den Kopf. »Das Einzige, was sie entdeckt haben, war Ihr Lager. Man nimmt an, dass alle aus Ihrem Team ums Leben gekommen sind. Und soweit ich mich erinnere, wurden keine archäologischen Funde erwähnt.«

Er seufzte. »Die Wüste verbirgt ihre Geheimnisse schnell.«

Jasmine wusste, dass ihre nächste Frage unpassend klingen würde, doch sie musste gestellt werden, schließlich war auch ihr Leben in Gefahr. »Ich frage Sie das nur ungern, das können Sie mir glauben, aber haben Sie eine Ahnung, warum man Sie am Leben gelassen hat?«

Er zuckte mit den Schultern. »Das weiß ich ehrlich nicht. Manchmal wünsche ich mir, sie hätten es nicht getan.«

»Haben sie Ihnen Fragen gestellt?«

»Mehrfach«, antwortete er. »Und ich habe ihnen alles erzählt, was ich weiß. Ich war nur da, um unsere Entdeckungen zu interpretieren. Ich war nicht der Teamleiter.«

Jasmine nickte. »Das kenne ich.«

Er sah sie an. »Wie meinen Sie das?«

»Ich habe eine ähnliche Geschichte«, erklärte sie. »Es war genau wie bei Ihnen. Ich war nur in Ägypten, um die Entdeckungen meines Teams in den richtigen historischen Kontext zu stellen. Und genau wie Sie haben auch wir nach Alexander gesucht.«

»In welchem Teil der Wüste?«

»Wir waren nicht in der Wüste. Wir waren in Alexandria.«

Kaleem verzog das Gesicht. »Meine Liebe, Alexandria ist vollständig nach dem Grab abgesucht worden. Sie haben sogar einen Namen für die Leute, die in der Stadt danach suchen. Man nennt sie dort die ›Alexander-Narren‹.«

Sie nickte. »Das weiß ich, und was man von Leuten wie uns hält, ist mir durchaus bewusst. Aber was, wenn ich Ihnen jetzt sage, dass die Narren letzten Endes doch nicht so närrisch sind?«

Er riss erstaunt die Augen auf. »Wollen Sie behaupten, Sie hätten Alexander gefunden?«

Jasmine grinste. »Alexander nicht, nein. Aber vielleicht eine Spur, die bisher noch niemand entdeckt hatte. Wir haben die Tunnel unter der Stadt erforscht und dabei eine Wand mit antiken Hieroglyphen entdeckt. Sie legen den Schluss nahe, dass Alexanders Leichnam schon vor langer Zeit weggebracht wurde.«

»Hat Sie das überrascht? Seit Jahrhunderten sucht man vergebens nach seinem Leichnam. Da liegt es wohl auf der Hand, dass er weggebracht worden ist. Die Frage ist nicht, *ob* er fortgeschafft wurde. Die Frage lautet: Wann? Wohin? Und wie?«

»Das sind drei Fragen.«

Kaleem lächelte. »Ja, ich glaube auch.«

Jasmine war klar, dass sie, wenn sie noch mehr erzählte, womöglich jene Geheimnisse verriet, an deren Entschlüsselung ihr Team so hart gearbeitet hatte. Doch sie glaubte, dass es das Risiko wert war. Kaleem war von den Männern, die sie gefangen hielten, bereits verhört

worden, und nur er wusste, was genau sie wissen wollten.

Sie senkte die Stimme und flüsterte: »Und wenn ich
Ihnen jetzt sage, dass ich zwei dieser Fragen beantworten
kann?«

Daraufhin erschien Hoffnung in seinem Gesicht.

63. KAPITEL

Für Notfälle hatte sich Manjani ein breites Spektrum verschiedener Fluchtrouten eingeprägt. Er wusste die Fahrpläne jeder Fähre ab Katapola oder dem Nordhafen von Aegiali auswendig. Außerdem kannte er die Namen einiger örtlicher Fischer, die ihn für eine angemessene Entschädigung von der Insel gebracht hätten.

Aber für Cobb war das alles nicht gut genug. Dafür stand zu viel auf dem Spiel.

Mit einem einfachen Anruf bei Papineau besorgte er ein Wasserflugzeug, das sie in der Nähe des Hafens an Bord nahm und im Nu zurück nach Alexandria brachte. Fünf Stunden später wasserten sie ein paar Meilen vor der ägyptischen Küste mitten im blauen Meer, wo sie bereits von McNutt und dem Speedboot erwartet wurden. Erschöpft von der Reise redeten sie nicht viel, bis sie die Yacht erreichten.

Manjani starrte völlig ungläubig das Schiff an. Er war Baumwollzelte und heruntergekommene Hütten gewohnt, aber keine Multimillionen-Dollar-Boote. »Ist das hier Ihre Operationszentrale?«

Cobb nickte. »Fühlen Sie sich wie zu Hause.«

Als sie übers Achterdeck gingen, kam ihnen Papineau aus der unteren Lounge entgegen, um sie zu begrüßen. Er war neugierig darauf, Manjanis Sicht der Dinge zu erfahren, aber er wollte ihn nicht gleich mit Fragen überschütten. »Ich hoffe, Sie waren mit der Reise zufrieden?«

Sarah nickte. »Das eine muss ich ihnen lassen: Sie sind ein verdammt guter Reiseveranstalter.«

»Danke, meine Liebe. Ich freue mich, dass Sie zufrieden waren.«

Cobb klopfte ihm auf die Schulter. »Sie hat recht. Gute Arbeit.«

Papineau lächelte. »Offenbar ist es mir gelungen, auch einmal etwas richtig zu machen. Vielleicht weht jetzt bald ein anderer Wind, und die Aussichten werden besser.«

»Das wollen wir hoffen«, sagte Cobb. »Aber jetzt muss ich erst mal Druck machen. Ist es okay, wenn wir uns in zehn Minuten in der Kommandozentrale treffen?«

»In zehn Minuten ist in Ordnung, aber wir sollten uns lieber in der Lounge treffen. Ich glaube, das wäre besser für Hector.«

Cobb verzog das Gesicht, weil er aus Papineaus Worten schloss, dass etwas nicht stimmte.

Doch bevor er nachhaken konnte, streckte Papineau dem Gast die Hand entgegen und sagte: »Doktor Manjani, nehme ich an. Ich bin Ihr Gastgeber, Jean-Marc Papineau. Schön, Sie an Bord zu haben. Bitte lassen Sie mich wissen, wenn ich irgendetwas für Sie tun kann, um Ihren Aufenthalt angenehmer zu machen.«

Manjani besah sich Papineaus Designeranzug und vermutete, dass er mehr gekostet hatte als seine Hütte auf Amorgos. »Vielen Dank. Ich weiß Ihre Gastfreundschaft zu schätzen.«

Papineau lächelte freundlich. »Josh, können Sie Doktor Manjani bitte in die Lounge bringen? Ich muss mich vor unserem Meeting noch kurz mit Jack unterhalten.«

»Kein Problem«, sagte McNutt, nahm Manjani am Ellenbogen und führte ihn hinein. »He, sind Sie wirklich ein Doktor? Denn ich habe diesen Ausschlag am Oberschenkel, der einfach nicht weggeht. Wenn Sie wollen, kann ich meine Hose ausziehen.«

Cobb rollte mit den Augen, griff aber nicht ein. Ihn interessierte, was Papineau über Garcia zu erzählen hatte. »Also, was ist los mit Hector?«

»Ich fürchte, er ist zurzeit ein wahres Nervenbündel«, antwortete Papineau.

»Hat er seine Tage?«, fragte Sarah.

Papineau ignorierte den Spruch. »Er hat ein Problem mit der Sternenkarte, die er für Sie analysieren sollte. Er kommt zu keiner Lösung und hat das Gefühl, dass er uns – und ganz besonders Jasmine – hängen lässt. Er ist momentan ein emotionales Wrack, gewissermaßen.«

Cobb wusste den Hinweis zu schätzen. »Ist es wirklich so schlimm?«

»Ich fürchte, ja. Ich habe Angst, dass er bald zusammenklappt.«

Sarah klopfte Papineau auf den Rücken. »Keine Sorge, Papi. Alles wird gut«, versicherte sie ihm. »Wir gehen vorsichtig mit ihm um. Versprochen.«

*

Zehn Minuten später hätte sie Garcia am liebsten die Augen ausgekratzt. »Wir haben den anstrengenden Teil erledigt! Wir haben die verdammte Karte gefunden. Du brauchst bloß die Berechnungen anzustellen!«

»Zum letzten Mal«, schrie Garcia zurück, »ich kann die Gleichung nicht auflösen, wenn ich nicht alle Variablen hab! Es ist unmöglich! Das geht einfach nicht!«

»Dann sag mir, was dir fehlt, damit wir es herausfinden können!«

»Es ist doch nicht nur eine Sache, Sarah! Es spielen einfach zu viele Faktoren eine Rolle!«

Cobb hörte das Geschrei und eilte in die Lounge. Er entdeckte McNutt, Manjani und Papineau, die im Hintergrund standen und den Streit aus der Distanz verfolgten. Keiner von ihnen hatte Lust, sich einzumischen. McNutt aß sogar in aller Ruhe ein Sandwich.

Cobb war klar, dass sie keine Zeit für Gezanke hatten, nicht in diesem Moment. Deshalb befahl er den beiden Streithähnen, still zu sein und sich, verdammt noch mal, an den großen Tisch zu setzen. Danach platzierte er sich auf einen Stuhl zwischen ihnen. Er wollte ihre Streitigkeiten an Ort und Stelle schlichten, ob es ihnen nun gefiel oder nicht.

»Was ist das Problem?«, wollte Cobb wissen.

Garcia sprach als Erster. »Sarah ist sauer auf mich, weil ich euch über die Sternenkarte nicht sagen kann, was ihr wissen wollt.«

»Nein«, stellte Sarah klar, »ich bin sauer, weil du mir nicht mal die Gelegenheit gegeben hast zu fragen, was denn los ist. Du beschwerst dich bei mir, dass du nicht genug Informationen hast. Als ob das irgendwie *meine* Schuld wäre.«

Cobb versuchte sich als Stimme der Vernunft. »Keiner wirft hier jemandem etwas vor.«

»Er schon!«, sagte Sarah beleidigt.

Cobb machte ihr ein Zeichen, ruhig zu bleiben. »Wir sind alle etwas angespannt. Und wir haben allen Grund dazu. Aber jetzt reißen wir uns erst mal zusammen und vergessen die Sache. Ihr wisst alle, was auf dem Spiel steht.«

Sie nickten beide zustimmend.

»Hector«, sagte Cobb, »Doktor Manjani ist hier, um dir dabei zu helfen, das Problem zu lösen. Du kannst ihn alles fragen, was du wissen musst. Vielleicht kann er ein paar Unklarheiten beseitigen.«

Manjani trat zögernd näher an den Tisch.

Garcia atmete tief durch und versuchte, sich zu beruhigen. »Doktor, ich zweifle Ihre Einschätzung der Sternenkarte nicht an, absolut nicht. Nach Vergleichen mit aktuellen Karten glaube ich auch, dass die Markierungen an der Kuppel den sichtbaren Sternen am Nachthimmel entsprechen. Aber sagen Sie mir eines: Sind Sie sicher, dass die Karte auf einen bestimmten Ort verweisen soll? Kann es nicht auch sein, dass wir viel zu viel hineininterpretieren?«

»Ich glaube, dass uns die Karte sagen wird, wohin wir gehen müssen«, antwortete Manjani und setzte sich auf einen Stuhl. »Die Priester der Antike verbrachten ihr Leben damit, den Himmel über sich zu studieren, und ihre astronomischen Kenntnisse waren wirklich bemerkenswert. Sie waren nicht nur imstande, sich ausschließlich anhand der Sterne in der Wüste zurechtzufinden, sondern sie haben sogar viele ihrer Tempel in Übereinstimmung mit astronomischen Phänomenen entworfen.«

Dieser Umstand war Papineau bekannt. »Die Pyramiden in Gizeh sind zum Beispiel nach den Sternen im Oriongürtel ausgerichtet. Ihre Größe, ihr Abstand, ihre Ausrichtung ahmen nach, was die Priester am Himmel beobachtet haben.«

Manjani nickte. »Und das ist nichts, verglichen mit dem Amun-Tempel in Karnak. Er wurde exakt dem Sonnenaufgang am Tag der Wintersonnenwende angepasst. Nur in dieser Zeit ist das Gebäude ganz ausgeleuchtet. Zu allen anderen Zeiten verhindern die Winkel der Innenwände, dass das Licht tiefer in den Tempel eindringen kann.«

»Worauf wollen Sie hinaus?«, wollte Garcia wissen.

Manjani antwortete mit einem Lächeln. Als Universitätsprofessor war er hochintelligente Studenten mit Angststörungen gewohnt. »Sagen Sie mal, ist Ihnen Indiana Jones ein Begriff?«

Garcia grinste, als er den Namen eines seiner liebsten Filmhelden hörte. »Natürlich ist er das. Nur seinetwegen habe ich gelernt, mit einer Bullenpeitsche umzugehen.«

»Sexy«, murmelte Sarah leise.

Manjani ignorierte ihre Bemerkung und fuhr fort: »Erinnern Sie sich an die Szene aus *Jäger des verlorenen Schatzes*, als Indy einen Holzstab und einen speziell geschliffenen Edelstein benutzt, um einen Lichtstrahl zu erzeugen, der ihm zeigt, wo er graben muss?«

»Tolle Szene. Eine meiner liebsten.«

»Meine auch«, sagte McNutt und kam herangestürzt. »Bitte sagen Sie mir, dass wir nach der Quelle der Seelen suchen. In dem Fall wüsste ich, wie wir mit den Schlangen fertig werden. Napalm.«

Manjani lachte. »Tut mir leid, Sie zu enttäuschen, aber die Quelle der Seelen wurde schon vor langer Zeit entdeckt. Außerdem befindet sie sich mitten in Jerusalem, nicht in Tanis in Ägypten. Aber das tut jetzt nichts zur Sache. Wichtig ist, dass die Szene mit dem Lichtstrahl auf einer wahren archäologischen Entdeckung basierte.«

»Wirklich?«, fragte Garcia.

Manjani nickte. »Das Serapeum in Alexandria zum Beispiel, das nicht weit von der Grotte entfernt liegt, war so exakt gebaut, dass man nicht einmal einen Edelstein benötigte. Der Tempel war so konstruiert, dass das Gebäude selbst einen Sonnenstrahl in eine innere Kammer und auf die Statue des Gottes Serapis lenkte, um ihn damit zu ehren.«

Er sah sich in der Lounge um und blickte nacheinander jeden von ihnen direkt an. »Auch wenn es Sie erstaunen mag, kann ich Ihnen versichern, dass die ägyptischen Priester ausgezeichnet über die Sterne am Himmel und ihre Beziehung zur Erde Bescheid wussten. Wir brauchen also nur noch diese Karte zu entschlüsseln und herauszubekommen, wohin sie weist.«

64. KAPITEL

Trotz Manjanis leidenschaftlichem Vortrag über die Sternenkarte blieb es Garcia nicht erspart auszusprechen, was sich bereits abzeichnete. »Es tut mir leid, das sagen zu müssen, aber wie ich Sarah schon erklärt habe, glaube ich nicht, dass wir genügend Informationen haben, um den Code zu knacken. Ich bin mir sogar sicher.«

»Warum geht das nicht?«, fragte Cobb.

»Den Breitengrad durch einen Blick in die Sterne zu bestimmen ist relativ einfach. Wenn man den Nordstern gefunden hat, kann man seinen Winkel vom Horizont aus bestimmen, um den Breitengrad zu errechnen, auf dem man sich befindet.«

»Und was ist das Problem?«

»Es gibt auf der Karte keinen Horizont. Er ist einfach nicht da. Und selbst wenn er es wäre, hätten wir dann das viel größere Problem des Längengrades. Um ihn genau zu berechnen, muss man den Zeitunterschied zwischen einem Ereignis auf dem Nullmeridian und demselben Ereignis vom jeweiligen Standpunkt aus betrachtet kennen.«

»Moment mal«, sagte McNutt, sichtlich verwirrt. »Wie kann sich dasselbe Ereignis zweimal in verschiedenen Teilen der Welt zutragen? Redet ihr von Zeitreisen oder Klonen? Oder zeitreisenden Klonen? O mein Gott, den Film muss ich mir auf jeden Fall ansehen.«

»Eigentlich«, sagte Garcia, »rede ich von Himmelsereignissen, die überall auf der Welt unterschiedlich wahrgenommen werden.«

McNutt verzog das Gesicht. »Mit deiner Erklärung wird es irgendwie noch schlimmer.«

Garcia versuchte, es auf eine andere Weise zu erklären. »Denk an die Mittagssonne. Nicht an die Mittagszeit, die dir deine Uhr anzeigt, sondern an den Moment, wenn die Sonne am Himmel den höchsten Punkt erreicht. Überall auf der Erde passiert das irgendwann, aber nicht überall zur gleichen Zeit. Falls der höchste Sonnenstand auf dem Nullmeridian um 11 Uhr 56 erreicht wird, aber auf deiner Position erst um 12 Uhr 04, kannst du deinen Längengrad berechnen, wenn du den Zeitunterschied kennst. Bei einem Zeitunterschied von vier Minuten pro Längengrad müsste man sich dann zwei Grad westlich vom Nullmeridian befinden.«

Cobb strich sich nachdenklich übers Kinn. »Ich will diese Sache jetzt nicht noch komplizierter machen, als sie ist, aber gab es damals überhaupt schon einen Nullmeridian?«

»Überraschenderweise ja«, antwortete Manjani. »Der Astronom Ptolemäus hat im zweiten Jahrhundert als Erster die Meridiane definiert. Und raten Sie mal, woher er stammte. Aus *Alexandria*. Es war nicht dieselbe Norm, wie sie heute benutzt wird – seine Linie verlief durch die Kanarischen Inseln –, aber sie war Gelehrten auf der ganzen Welt bekannt, mit Sicherheit auch den Priestern des Amun. Sie verstanden das Prinzip besser als die meisten anderen.«

Garcia stöhnte frustriert. »Noch einmal, Sie sind bestimmt ein Fachmann, das will ich nicht anzweifeln. Ich sage nur, dass man diese spezielle Sternenkarte nicht dafür benutzen kann, den Breitengrad und Längengrad so genau zu bestimmen, wie wir es benötigen. Dazu enthält sie einfach zu wenig Informationen.«

Manjani wirkte enttäuscht, gab sich aber noch nicht geschlagen. Er wusste, dass diese Karte sie zu Alexanders Sarkophag führen würde, er wusste nur nicht genau, wie.

McNutt räusperte sich. »Das kommt vielleicht jetzt ein bisschen spät – ich bin irgendwie abgeschweift, als ihr von den zeitreisenden Klonen gesprochen habt –, aber ich finde, ihr nehmt diese Priester viel zu ernst. Ich meine, wie können das denn Experten sein, wenn sie nicht mal den Himmel richtig abmalen können?«

Cobb sah ihn an. »Wie meinst du das?«

McNutt deutete auf die Sternenkarte auf dem Monitor. »Da sind Sterne drauf, die es gar nicht gibt. Das wisst ihr doch, oder?«

»Woher willst ausgerechnet *du* das wissen?«, hakte Sarah nach.

»Das hier ist nicht meine erste Reise in den Nahen Osten. Ich habe Hunderte von Nächten damit verbracht, in diesen Himmel zu starren, und ich hatte dabei nur meinen Beobachter und meine M40 als Gesellschaft. Wir haben ein Spiel daraus gemacht und die Sterne nach all den Dingen benannt, die wir in der Heimat verpassten.«

»Sie haben die Sternenbilder auswendig gelernt?«, fragte Papineau.

McNutt nickte. »Und alle anderen Sterne auch. Wir wussten nicht, wie sie wirklich heißen, deshalb haben wir improvisiert. ›Die arabische Brille‹. ›Die rostige Posaune‹. ›Der wütende Drache‹.«

»Und worauf willst du hinaus?«, fragte Sarah sichtlich genervt.

»Ein paar dieser Sterne sind nicht auf meiner Liste.«

»Bist du sicher?«

»Absolut! Die brennende Amazone habe ich noch nie gesehen.«

Cobb sah Garcia an. »Was meinst du?«

Garcia zuckte mit den Schultern und dachte darüber nach, was das bedeuten konnte. »Wenn wir von einigen wenigen Sternen sprechen, wäre es möglich, dass sie in den letzten zweitausend Jahren ausgebrannt sind oder so, aber wenn es *mehrere* sind, dann muss es eine andere Erklärung geben.«

»Zum Beispiel?«

»Schmutzflecken auf der Linse. Staubpartikel in der Luft. Schadhafte Stellen im Fels. Und natürlich das Naheliegendste: McNutt hat nicht mehr alle Tassen im Schrank.«

McNutt lachte. »Das kann sein, aber ich irre mich nicht.«

»Dann beweise es«, sagte Cobb und warf McNutt einen Marker zu. »Zeig uns, welche Sterne da nicht hingehören.«

McNutt nahm die Herausforderung an. Er ging zum Großmonitor und fing an, Sterne einzukreisen, bevor Garcia oder Papineau ihn aufhalten konnten. »Der hier. Und der hier. Und der hier auch. Und die beiden hier ...«

An seinem Platz am Tisch zeichnete Manjani die Punkte, die nicht in den Himmel gehörten, in ein Notizbuch. Als McNutt fertig war, starrte Manjani ungläubig auf seine Zeichnung. »Das kann doch nicht wahr sein!«

»Was ist denn?«, wollte Garcia wissen.

»Ihr Freund hat recht. Das sind keine Sterne. Das sind antike ägyptische Städte.«

Manjani zog einen Rahmen in Form der Grenzen Ägyptens um die Punkte, die er aufgezeichnet hatte, dann drehte er das Buch herum, damit es alle sehen konnten. »Sie folgen dem Verlauf des Nils von Abu bis Alexandria.«

Papineau war skeptisch. »Sind Sie sicher?«

»Nicht hundertprozentig – jedenfalls jetzt noch nicht –, aber das ergibt auf jeden Fall einen Sinn. Um in Alexandria nicht aufzufallen, haben sich die Hohepriester des Amun im Verborgenen bewegt. Sie sind in der Kultur untergetaucht, die sie umgab. Warum sollte es mit ihren Geheimnissen anders sein? Das ist eine Karte in einer Karte. Die Sternenkarte schützt die Landkarte, so wie sie den Sarkophag beschützt haben. In ihrer Welt passt das perfekt. Selbst wenn die Grotte von Leuten entdeckt worden wäre, die dort nicht hingehörten, war dies eine zusätzliche Sicherheitsmaßnahme, die dafür sorgte, dass niemand den Sarkophag entdeckt. Im alten Ägypten studierten nur wenige Menschen Astronomie auf diesem Niveau. Nur die Priester hätten es verstanden, die Städte von den Sternen zu unterscheiden.«

»Er hat recht«, sagte Garcia und legte eine Karte des antiken Ägyptens über die Ansammlung unerklärlicher Punkte auf dem Display. Die beiden Ebenen passten perfekt übereinander.

Papineau war erfreut, aber er brach nicht in Jubel aus. »Das grenzt unsere Suche auf ungefähr fünfzig Städte ein, von denen die meisten nicht mehr existieren. Bedauerlicherweise verfügen wir aber weder über die Ressourcen noch über das Personal für so eine Suche, schon gar nicht bei unserem Zeitplan.«

»Und wenn ich es für Sie eingrenzen kann?«, fragte Manjani.

»Das wäre großartig.«

»Aber wie?«, wollte Cobb wissen.

Manjani deutete auf den Monitor und lenkte ihre Aufmerksamkeit auf ein paar Punkte ganz links. Im Gegensatz zu den meisten anderen Städten, die am Nil lagen, mussten diese beiden Punkte mitten in der Sahara liegen. »Einer davon ist keine Stadt.«

65. KAPITEL

Das Team starrte auf die Darstellung Altägyptens, die Garcia über das Bild der Kuppel gelegt hatte. Es war geradezu unheimlich, wie perfekt die Markierungen den Städten entsprachen. Die Präzision der Priester, die die Kuppel aus dem Fels geschlagen hatten, war atemberaubend, und das alles war ohne die Spezialwerkzeuge entstanden, die modernen Kartografen zur Verfügung stehen.

»Können Sie Westägypten vergrößern?«, bat Manjani.

Als der Ausschnitt herangezoomt wurde, konnte die Gruppe erkennen, dass nur einer der beiden Punkte in der Wüste zu einer bekannten Stadt passte. Sie befand sich inmitten einer Ansammlung kleiner Seen nahe der libyschen Grenze. Der andere Punkt stand, nur einige Meilen entfernt, ganz für sich allein.

Manjani deutete auf die Stadt zwischen den Seen. »Das ist Siwa. Nach Osten und Westen ist die Stadt von Salzwasserseen begrenzt und im Norden und Süden von Wüste umgeben. Es ist eine isolierte Stadt mitten in einer Umwelt, die das Überleben fast unmöglich macht. Und trotzdem ist Siwa eine blühende Stadt, weil das Terrain mit mehr als tausend Süßwasserquellen gesegnet ist.«

Sarah mischte sich ein. »Reden wir hier von ein paar Hundert Nomaden, die sich niedergelassen haben, wo es Wasser gibt, oder ist das etwas Größeres?«

»Weitaus größer«, antwortete Manjani. »In Siwa leben ungefähr fünfundzwanzigtausend Menschen, und die meisten davon sind Bauern, denn trotz des Salzgehalts der nahe gelegenen Seen ist der Boden in Siwa perfekt für den Oliven- und Dattelanbau. Und das sind nicht nur ein paar Bäume hier und da, sondern Tausende von Bäumen, die sich über eine sehr große Anbaufläche erstrecken.«

Garcias Stolz war noch verwundet, weil er nicht in der Lage gewesen war, die Sternenkarte zu entschlüsseln, und er war fest entschlossen wettzumachen, was er als sein Versagen betrachtete. Obwohl er zutreffend bemerkt hatte, dass die verfügbaren Daten nicht genug hergaben, kam es ihm vor, als hätte er das Team im Stich gelassen. Weil er seinen Wert unter Beweis stellen wollte, sah er sich umgehend alle verfügbaren Informationen über Siwa an und war imstande, eine Fülle von Bildmaterial für Manjanis Vortrag auf dem Monitor zu zeigen.

»Das ist eine der Olivenplantagen«, sagte Garcia und tippte auf seinem Keyboard. Die Aufnahme der Kuppel und die Landkarte wurden durch ein farbenprächtiges Foto ersetzt, auf dem Hunderte von Olivenbäumen in der Siwa-Oase zu sehen waren. Es war ein richtiger Wald von gedrungenen, buschigen Bäumen, von denen jeder voll grüner Früchte war. »Es gibt gut siebzigtausend Olivenbäume in der Region und mehr als dreihunderttausend Dattelpalmen.«

McNutt pfiff erstaunt. »Wow. Das gibt eine Menge Martini und …« Er drehte sich zu Sarah um. »Was macht man mit den Datteln?«

»Die kannst du gern verdaddeln«, scherzte sie.

Cobb grinste. »Lassen wir mal die Landwirtschaft beiseite, und konzentrieren wir uns auf das Wesentliche. Gibt es Verbindungen zu Alexander?«

»Viele«, antwortete Manjani. »Nachdem seine Pläne für

das künftige Alexandria standen, zog er nach Westen die Küste entlang in Richtung Libyen. Diesmal ging es nicht in die Schlacht. Er hatte seine Armee zurückgelassen und wurde fast nur von engen Freunden und örtlichen Führern begleitet. Es war eine Art Pilgerfahrt, die er unternahm, um mehr über sein Schicksal zu erfahren. Er folgte dem Küstenverlauf bis nach Amunia, dann wandte er sich südwärts in Richtung Siwa.«

Garcia machte ein verwirrtes Gesicht, als er die Orte in seinen Computer eingab. »Moment mal. Dieser Kerl ist der größte Eroberer, den die Welt je gesehen hat, und trotzdem nimmt er den langen Weg, um nach Siwa zu kommen? Warum hat er das getan?«

Um zu erklären, was er meinte, brachte er wieder die Karte von Ägypten auf den Monitor. Er zog im Westen eine Linie von Alexandria nach Amunia – heute unter dem Namen Marsa Matruh bekannt –, dann führte er im Süden die Linie weiter bis nach Siwa. »Ich meine, die kürzeste Verbindung zwischen zwei Punkten ist eine gerade Linie, oder? Warum sollte er also die zwei Schenkel eines Dreiecks nehmen, wenn er ebenso gut auch auf direktem Wege diagonal durch die Wüste gekonnt hätte?«

McNutt rollte mit den Augen. »Ich hätte da mal eine Frage. Hast du dich jemals durch eine Wüste geschleppt? Und bevor du antwortest: Sich über die Grenze in die USA zu schleichen zählt nicht.«

Garcia schüttelte den Kopf. »Nein, aber…«

»Okay, ich aber. Ich weiß nicht, wie oft. Und wenn man in der Sahara den falschen Weg nimmt, ist es brutal. Sich in südliche oder nördliche Richtung zu bewegen ist okay. Aber wenn man versucht, nach Osten oder Westen zu gehen, ist es echt die Hölle. Es hört einfach nicht mehr auf. Du steigst auf eine Düne und stolperst auf der anderen Seite wieder herunter. Rauf und wieder runter. Das macht einen völlig fertig.«

Manjani teilte McNutts Einschätzung. »Stellen Sie sich vor, über fast dreihundert Meilen immer wieder dasselbe zu machen. Ich kann Ihnen versichern, dass Alexander schon große Strecken zurückgelegt hatte und die Anforderungen einer solch langen Reise einschätzen konnte. Die Alternative dauerte zwar länger, ermöglichte es der Gruppe aber, eine ebene Strecke zwischen den Dünen zu nehmen.«

»Oh«, sagte Garcia kleinlaut, »dann ist das wohl sinnvoll.«

Manjani fing noch einmal an. »Er wandte sich südlich nach Siwa, weil er das berühmte Orakel von Amun aufsuchen wollte. Das Orakel war in Griechenland hoch angesehen, wo dessen Prophezeiungen allgemein bekannt waren, und man vermutet, dass es dieser Ruf war, der Alexander dazu brachte, den Tempel aufzusuchen. Es ist unklar, was er dort hören wollte. Viele glauben auch, dass es nicht Alexanders Entschlossenheit war, die ihn zu jener Oase führte, sondern dass er durch göttliche Fügung dorthin geschickt wurde.«

Papineau meldete sich zu Wort. »Doktor Manjani spricht von einigen Ereignissen, die Alexanders Reise nach Siwa behindert haben, doch er konnte diese Hindernisse auf wundersame Weise überwinden. Zuerst ging dem König mitten in der Wüste das Wasser aus, doch er wurde von einem plötzlichen wolkenbruchartigen Regenguss gerettet. Als Nächstes folgte ein Sandsturm, der seinen Führern die Orientierung nahm. Doch ein paar Raben, denen er folgte, wiesen ihm die richtige Richtung. Auch wenn einige Geschichtsschreiber behaupten, es seien Schlangen und nicht Vögel gewesen, die ihn durch die Wüste führten, der Kern dieser Sage bleibt derselbe: Es war vorherbestimmt, dass Alexander Siwa erreichte, selbst wenn dazu ein wenig göttliche Hilfe nötig war.«

Manjani nickte zustimmend. »Als er schließlich die Oase erreichte, wurde Alexander sofort zum Tempel des Orakels gebracht, einem prächtigen Bauwerk auf einer natürlichen Akropolis, die die Gegend überragte.«

Garcia zeigte das Foto einer verfallenen Ruine auf dem Monitor. »In dem Fall müssen wir uns auf das verlassen, was sie uns erzählen, denn die Jahre haben es mit diesem Tempel nicht gerade gut gemeint.«

Manjani lächelte. »Sie können mir glauben, zu Zeiten Alexanders war der Tempel des Orakels der Blickfang der ganzen Gegend. Er war es, der die Menschen nach Siwa zog. Sein Zustand war besser als der aller anderen, und man war darin auf Menschen eingestellt, die große Strecken zurückgelegt hatten, um das Orakel nach dem Willen der Götter zu befragen.«

Cobb wusste, wie mächtig der Einfluss solcher Medien sein konnte. Ob es nun die Jungfrau von Orleans war, die das Franzosenheer in die Schlacht geführt hatte, oder Kevin Costner, der in Iowa ein Baseballfeld errichtete – immer gab es jede Menge Menschen, die bereit waren, irrationale Dinge zu tun, wenn es eine höhere Macht angeblich von ihnen verlangte. Cobb fragte sich, welche Botschaft es dem makedonischen König trotz aller bereits errungenen Siege wert gewesen sein mochte, diese Reise auf sich zu nehmen, und er sprach diese Frage auch laut aus: »Welche wichtige Mitteilung hatte das Orakel für ihn?«

Manjani lächelte. »Alexander erfuhr, dass er ein Gott war.«

Sarah verdrehte die Augen. »Wie kann man denn

einfach ein Gott werden? Ich meine, ohne metaphysisch klingen zu wollen, aber ist das nicht etwas, als das man geboren wird? Also in dem Sinne, dass man schon einen Gott in seinem Familienstammbaum haben muss?«

Manjani nickte. »So ist es. Und das hatte Alexander, zumindest wenn man seiner Mutter glauben will. Seit seiner Geburt verbreitete Alexanders Mutter Olympia, dass Alexander nicht der Sohn König Philipps II. sei. Sie behauptete, ein Gott in Gestalt einer Schlange habe ihn gezeugt. Alexander nahm sie beim Wort und fing an, sein Leben so zu leben, wie es seiner göttlichen Abstammung entsprach, obwohl er viele Zweifel hatte. Aber all diese Zweifel wurden bei seiner Reise nach Siwa ausgeräumt.«

»Ausgeräumt? Wie das?«, fragte Sarah.

»Bevor Alexander in den Tempel eingelassen wurde, um mit dem Orakel zu reden – das eigentlich eine große Amun-Statue war –, traf er sich mit den Hohepriestern des Amun, die ihn in seiner griechischen Muttersprache willkommen hießen. Weil es für sie eine Fremdsprache war, segneten sie ihn nicht als *ihren* Sohn – ›paidion‹ –, sondern vielmehr als Sohn des Gottes – ›pai dios‹.«

»Ein falsches Wort, und Alexander wurde zum Gott? Mehr gehörte nicht dazu?«, staunte Sarah.

Manjani schüttelte den Kopf. »Die Sprachverwirrung war erst der Anfang. Nach seinem Treffen mit dem Orakel kam Alexander allein aus dem Tempel und verleugnete sofort seinen sterblichen Vater. Außerdem erklärte er, dass er nicht der Sohn *eines* Gottes sei, sondern vielmehr der Sohn *des* Gottes, nämlich Amun. Die Hohepriester unterstützten seine Behauptung und verkündeten seine göttliche Abstammung, und von diesem Moment an wurde er immer mit dem König der Könige in Verbindung gebracht.«

66. KAPITEL

Sarah konnte Alexanders Aufstieg in den ägyptischen Götterhimmel immer noch nicht fassen. »Moment mal. Alexander ging allein in den Tempel. Hinterher behauptete er, der Sohn eines Gottes zu sein, und die Priester nahmen ihm das einfach so ab? Wie konnten sie wissen, was das Orakel gesagt hatte?«

»Weil sie dabei waren«, erklärte Manjani.

»Wo waren sie? *Im* Tempel?«

»Ja, im Tempel.«

»Aber Sie sagten doch, er sei allein hineingegangen!«

»Theoretisch schon, aber als die Ruinen Jahrhunderte später erforscht wurden, entdeckte man, dass das ganze Gebäude im Grunde eine einzige riesige Bühne war. Es gab eine verborgene zweite Etage, die man nur durch eine Geheimtür erreichen konnte. So blieben die Priester unsichtbar, während sie – und nicht die Statue – zu denen sprachen, die sich im Tempel aufhielten.«

McNutt lachte. »Das klingt wie beim Zauberer von Oz.«

»So ähnlich«, räumte Manjani ein. »Außerdem war die Statue von doppelten Wänden umgeben. In den Spalt dazwischen gelangte man nur durch einen unterirdischen Tunnel, dessen Zugang sich hinter dem Tempel befand. Aus diesen Wänden heraus konnten weitere Priester Spezialeffekte hinzufügen, um der dröhnenden Stimme von oben Nachdruck zu verleihen. Poltern, Klänge von Musikinstrumenten und geflüsterte Echos untermalten die Botschaft. Das alles sollte die Besucher davon überzeugen, dass sie tatsächlich mit einer höheren Macht kommunizierten.«

Garcia war fassungslos. »Warum sollten sie Alexander hereinlegen?«

»Das haben sie nicht«, versicherte Manjani. »Wenn man bedenkt, wie viel Mühe sie sich gegeben haben, um Alexander sogar noch nach seinem Tod zu beschützen, wäre es dumm anzunehmen, dass das Ganze nur ein ausgefeilter Schwindel war. Sie müssen begreifen, dass die Priester wirklich glaubten, die Mittler zu sein, durch die die Götter ihre Wünsche kundtaten. Sie hielten sich für Mystiker, die sterblichen Spiegelbilder der göttlichen Herrscher. Als solche waren sie dazu auserwählt, den Göttern eine Stimme zu geben, und sie waren dafür verantwortlich, dass der göttliche Wille den Menschen überbracht wurde. Wenn sie Alexander sagten, er wäre der Sohn des Amun, dann deshalb, weil sie das für die Wahrheit hielten.«

Papineau gab ihm recht. »Das leuchtet ein. Vom Standpunkt der Priester aus betrachtet konnte nur der Sohn eines Gottes erreichen, was ihm gelungen war.«

Manjani nickte. »Sie sahen in ihm den mächtigsten Mann der Welt. So mächtig, dass er einfach kein Sterblicher sein konnte. Als ihnen Amun mitteilte, dass Alexander sein Sohn sei, stellten sie das nicht infrage. Und als sich Alexander in sein Schicksal fügte, hatten sie ihre Pflicht erfüllt. Oder vielleicht doch noch nicht ganz.«

»Was soll das denn heißen?«, fragte Sarah.

Manjani dachte über den Punkt neben Siwa nach. »Die Priester verliehen ihm die Macht, und er gab sie ihnen. In den Jahren, die ihm noch blieben, überschüttete Alexander die Priester mit Tributen, und sie boten

497

ihm im Gegenzug ihre Ratschläge und ihre Weisheit. In den Augen der Priester waren Alexanders Triumphe untrennbar mit denen Amuns verknüpft. So scheint es nur logisch, dass sie ihn nach seinem Tod nach Siwa zurückbringen wollten. Indem sie Alexanders Sarkophag in der Nähe ihres heiligen Tempels platzierten, konnten sie eine ewige Verbindung zu ihm schaffen. So waren sie auch im Tode mit ihm verbunden, genau wie er es sich erhofft hatte.«

»Alexander *wollte* in Siwa bestattet werden?«

Manjani nickte. »Man sagt, Alexander habe auf dem Sterbebett den Wunsch geäußert, neben Amun zur letzten Ruhe gebettet zu werden. Also kann man davon ausgehen, dass er nach seinem Tod an den Ort zurückgebracht werden wollte, wo ihm seine Göttlichkeit bezeugt worden war.«

Obwohl schon viele Historiker auf den Gedanken gekommen sind, dass Alexanders Leichnam irgendwann in die Oase zurückgebracht wurde, gibt es bisher kaum Entdeckungen, die diese Behauptung untermauern. Im Gegenteil. Die Ruinen von Siwa wirken nicht wie eine Kultstätte. Deshalb wird spekuliert, dass der Leichnam, *selbst wenn* man ihn einmal dorthin gebracht hatte, einige Zeit später wieder fortgeschafft wurde.

»Zur Zeit Alexanders beherrschten die Hohepriester diesen Landstrich«, fuhr Manjani fort. »Sie waren die Autorität, und sie bestimmten, wem es erlaubt war, die Oase zu betreten. Ihre uneingeschränkte Macht machte Siwa logischerweise zum idealen Ort, um Alexanders Sarkophag zu verbergen.«

Sarah legte die Stirn in Falten. »Aber der zweite Punkt kennzeichnet nicht Siwa, sondern eine Stelle Meilen davon entfernt. Warum brachte man den Sarkophag so weit weg von der Stadt, wenn man ihn doch eigentlich im Auge behalten wollte?«

Manjani hatte auch darauf eine Antwort parat. »Wenn sie den Sarkophag in der Stadt versteckt hätten, wäre er zwar leichter zu bewachen gewesen, es hätte aber auch ihre Möglichkeiten eingeschränkt. Sie konnten nicht einfach mitten in Siwa einen Schrein bauen, wenn sie ihr Geheimnis bewahren wollten. Den Tempel draußen in der Wüste zu errichten, schützte aber nicht nur den Sarkophag Alexanders vor Entdeckung, sondern auch vor ungebetenen Gästen. Vergessen Sie nicht, dass dies eine Gegend ist, in der über Nacht eine ganze persische Armee verschwunden ist. Es hat im Laufe der Jahrhunderte Millionen von Todesopfern gegeben. Vor zweitausend Jahren war es sogar noch schlimmer als heute. Die Wüste bedeutete für die meisten Menschen den sicheren Tod.«

Cobb stand auf und ging näher an den Monitor heran. »Hector, kannst du mir eine Satellitenaufnahme von Siwa zeigen?«

»Klar. Nur eine Sekunde.« Einen Augenblick später ersetzte ein hochauflösendes Satellitenbild die Ruinen. »Wonach suchen wir?«

Cobb strich mit dem Finger nach Südosten. Dort umkreiste er den ungefähren Ort, den die mysteriöse zweite Markierung bezeichnete. »Vergrößere einmal diesen Ausschnitt.«

Garcia zoomte in einen Wüstenstreifen.

Cobb betrachtete das Bild ganz genau. »Wie sieht es in dieser Gegend mit unserer Luftaufklärung aus?«

»Es gibt Tausende von Satelliten, die um die Erde kreisen. Zu jedem beliebigen Zeitpunkt sind Hunderte davon auf Ägypten gerichtet – wahrscheinlich sogar mehr, bedenkt man die bürgerkriegsähnlichen Unruhen.

Zusammengenommen bieten sie einen fast ununterbrochenen Strom von Informationen, wenn man weiß, wo man nachsehen muss.«

Cobb nickte zum Zeichen, dass er verstanden hatte. Mit etwas Glück konnte er vielleicht die verräterischen Spuren eines Lagers ausmachen. »Wie weit ist es von dort bis zur libyschen Grenze?«

»Ungefähr dreißig Meilen. Weshalb?«

McNutt sprang auf. »Heiliger Strohsack! Das Semtex!«

»Ganz genau«, sagte Cobb.

»Was ist damit?«, fragte Papineau.

McNutt ging zum Monitor. »Wisst ihr noch, was ich gesagt habe? Aller Wahrscheinlichkeit nach stammt das Semtex aus Libyen.« Er legte seine Hand auf die linke Seite der Karte. »Und das ist gleich *hier*. Die sind so dicht dran, dass man in Siwa stehen und bis nach Libyen pissen könnte. Sie hätten nur einen kurzen Ausflug zu machen brauchen, um sich alles Nötige zu besorgen.«

Weil er die vorherigen Gespräche über den Sprengstoff verpasst hatte, versuchte sich Manjani auf die Schnelle alles zusammenzureimen. »Wollen Sie etwa sagen, dass dieser zweite Ort die endgültige Grabstätte von Alexander ist und dass die Priester, die diese Grabstätte beschützen, jene Schattenkrieger sind, die mein Team niedergemetzelt haben?«

Cobb nickte. »Genau das meine ich. Die Morde geschahen nicht aus Blutgier – sie waren Zeichen der Hingabe.«

Selbst Papineau war überzeugt. »Das muss ich Ihnen lassen, das alles scheint zu passen.«

McNutt lachte. »Papi ist so aufgeregt, er fängt schon an zu reimen.«

Cobb bat die Versammelten, sich zu beruhigen. »Leute, konzentriert euch. Momentan ist das alles nur eine Theorie. Bevor wir anfangen, hier auf den Tischen zu tanzen, sollten wir ein paar Belege dafür sammeln.«

Garcia sah ihn an. »Sag mir, was du brauchst.«

»Ich brauche ein viel besseres Foto als das hier. Von einem Satelliten, der genau auf diesen Wüstenstreifen ausgerichtet ist. Am besten von einem unserer Vögel. Wir haben die besten Objektive für den Weltraum.«

Garcia hackte in seine Tastatur und suchte nach einem anderen Satelliten.

»Außerdem brauche ich ein zweites Paar Augen. Josh, bist du bereit?«

McNutt nickte. »Das weißt du doch, Chief. Wonach suchen wir?«

»Nach allem, was nicht in eine Wüste gehört.«

»Wie Eisbären?«

Cobb holte tief Luft. »Vielleicht brauche ich doch noch ein drittes Paar Augen.«

McNutt lachte laut. »Ich mach nur Spaß, Chief. Ich weiß, wonach wir suchen. Das ist nicht meine erste Wüstenschlacht.«

»Gut zu wissen.«

Ein paar Sekunden später erschien ein neues Foto auf dem Monitor. Der Detailreichtum des Bildes war erstaunlich. Es sah aus, als ob es von einem Helikopter und nicht von einem Satelliten aus aufgenommen worden war.

»Viel besser«, sagte Cobb. »Gute Arbeit, Hector.«

Garcia grinste über das Kompliment.

Cobb und McNutt machten sich an die Arbeit. Cobb wusste, dass es eine Handvoll Indizien gab, die auf einen unterirdischen Bunker schließen ließen – Entlüftungsschächte, Stromkabel und andere überirdische Verbindungsleitungen.

Für das untrainierte Auge bot die ganze Gegend nichts

als endlosen Sand. Glücklicherweise war dies nicht das erste Satellitenaufklärungsfoto, das Cobb und McNutt analysierten. Nach und nach erkannten sie immer mehr typische Indizien.

»Tarnnetze«, sagte McNutt und deutete auf den Monitor.

Cobb nickte und zeigte auf etwas anderes. »Maschendraht.«

McNutt zeichnete ein X über eine Erhebung im Sand.

Dann umkreiste Cobb mit dem Finger einen verdächtigen Schatten.

Schließlich fuhr McNutt eine unsichtbare Grenzlinie ab.

Jedes Mal tauschten sie wissende Blicke, ohne etwas zu sagen.

Von Sarahs Position aus wirkte es, als würden sich die beiden einfach nur Sachen ausdenken. Entweder das, oder sie spielten eine merkwürdige Version von Tick-Tack-Toe, die sie nicht kannte. »Das reicht allmählich! Was, zum Teufel, habt ihr gefunden?«

McNutt sah Cobb an. »Darf ich?«

Cobb nickte erneut. »Klar.«

McNutt grinste und wandte sich den anderen zu. »Gute Nachrichten, Leute. Entweder haben Jack und ich die ägyptische Version der Area 51 gefunden, oder wir haben gerade unser Ziel entdeckt. Ich finde, beides wäre ein Volltreffer.«

67. KAPITEL

Jasmine hatte Kaleem angedeutet, dass es über ihre Expedition noch mehr zu sagen gab, aber sie brauchte eine letzte Bedenkzeit, um zu entscheiden, was sie offenbaren durfte. Selbst in dieser lebensbedrohlichen Krisensituation machte sie sich Sorgen darüber, was ihre Teamgefährten von ihr denken mochten.

Schließlich kam sie zu dem Schluss, dass sie es verstehen würden.

»Was wissen Sie über den Tsunami von 365 nach Christus?«

»Meinen Sie das Erdbeben in Kreta?«

Sie nickte. »Ich habe Grund zu der Annahme, dass der Leichnam damals aus der Stadt verschwand.«

Kaleem begriff nicht. »Meinen Sie, Alexander wurde ins Meer gespült? Das glaube ich ganz und gar nicht. Der Hafen wurde ausgiebig abgesucht. Man hat dabei zwar Ruinen entdeckt, aber ich glaube nicht, dass sich der Sarkophag auf dem Meeresgrund befindet.«

Sie lächelte. »Alexander ging nicht *durch* die Flut verloren, sondern *wegen* der Flut wurde sein Leichnam aus der Stadt geschafft.«

»Und das konnten Sie von der Wand lesen?«

Sie nickte. »Ja, Alexanders Leichnam wurde fortgeschafft, damit ihm die drohende Katastrophe nichts anhaben konnte.«

»*Wohin* fortgeschafft?«

»Das weiß ich nicht«, antwortete sie. »Die Wand hat uns nur verraten, wann und wie er verlegt wurde, aber nicht wohin. Dort stand, dass Alexander durch den Untergrund der Stadt geschmuggelt und auf ein wartendes Boot gebracht wurde.«

Bis zu diesem Moment war sie begeistert gewesen von ihrer Erkenntnis, dass Alexander die Stadt übers Meer verlassen hatte, schon allein deshalb, weil sie damit über eine konkrete Spur verfügt hatten, der sie hatten folgen können. Aber als sie es sich selbst nun aussprechen hörte, ging ihr auf, dass Alexanders Abtransport mehr Fragen aufwarf, als dadurch beantwortet wurden. Die Sahara war riesig, aber nichts, verglichen mit dem Meer. Plötzlich schwand ihr Optimismus, denn als Konsequenz kam damit eine Unzahl möglicher Ziele infrage.

Sie starrte Kaleem an und befürchtete, dass ihre Worte nicht wichtig genug waren, um sich damit ihre Freiheit einzuhandeln. »Glauben Sie, das reicht?«

»Vielleicht«, antwortete er unschlüssig. »Gibt es noch mehr?«

Sie schüttelte den Kopf. »Das ist alles, was ich weiß.«

Kaleem zwang sich zu einem Lächeln. »Dann müssen die es akzeptieren. Das Geheimnis, das Alexander umgibt, ist Jahrtausende alt, und es wird auch noch Tausende von Jahren bestehen.« Er nahm mitfühlend ihre Hand. »Sie haben keinen Einfluss auf sein Schicksal.«

Jasmine schätzte seinen Versuch, sie zu trösten. Ihr war klar, dass sie nicht mehr sagen konnte, als sie wusste. Der Rest lag nicht in ihrer Macht.

Sie streckte die Hände aus und nahm ihn in den Arm.

Der Körperkontakt wirkte auf sie erstaunlich beruhigend. In seiner Umarmung schienen ihre Sorgen von ihr abzufallen.

Leider war ihr Trost nicht von Dauer.

Ohne Vorwarnung wurde die schwere Tür aufgestoßen und krachte gegen die Wand. Drei maskierte Männer stürmten in die Zelle. Niemand sprach ein Wort, als sie die Zelleninsassen voneinander trennten, aber das war auch nicht nötig, ihre Absichten waren unverkennbar.

Jasmine klammerte sich an Kaleem, weil sie Angst um sein Leben hatte. Nachdem sie eine Beziehung zu dem alten Mann hergestellt hatte, hoffte sie verzweifelt, dass es ihnen erlaubt sein würde zusammenzubleiben.

Doch das sollte nicht sein. Das machten die Wärter klar, als sie die beiden auseinanderrissen.

Jasmine hob den Kopf und flehte um Gnade, falls sie etwas falsch gemacht hatten, aber damit verärgerte sie die Männer nur. Zur Antwort schlug ihr einer mit dem Handrücken ins Gesicht. Sie wurde von dem heftigen Schlag über den Boden geschleudert. Der Mann stürzte heran und schrie in unmissverständlichen Worten, sie solle sich nicht einmischen, oder er würde sie bestrafen.

Währenddessen wurde Kaleem auf den Boden gedrückt und von seinen Fußeisen befreit. Eine Minute später schleiften sie seinen gebrechlichen Körper zum Ausgang.

In einem letzten, flüchtigen Moment gelang es ihr, einen Blick in Kaleems Gesicht zu werfen, bevor er aus der Zelle geschleppt wurde. Er wirkte nicht panisch. Sein Blick war unerschütterlich und fest. Es war, als wüsste er, dass seine Zeit gekommen war. Er jammerte nicht, und er bettelte nicht um sein Leben. Er hatte sich mit Würde und Anstand in das Unvermeidliche gefügt.

Tief im Innern wusste sie, dass sie ihn niemals wiedersehen würde.

*

Sobald die Tür hinter ihm zuknallte, richtete sich Kaleem zu seiner vollen Größe auf. Er nickte zuerst nach links, dann nach rechts und versicherte den Wachen, dass er auf eigenen Beinen stehen konnte. Sie lösten sofort ihren Griff und ließen von ihm ab.

Das Täuschungsmanöver war endlich vorbei.

Im Korridor vor der Zelle wartete ein vierter Mann, dessen Gewand prunkvoller aussah als die Kleidung der anderen. Er lächelte Kaleem freundlich an und streckte ihm als Belohnung für gute Dienste ein Glas Wasser hin. »Geht es dir gut, mein Sohn?«

Kaleem blickte den Hohepriester respektvoll an. Obwohl sie ungefähr gleich alt waren, verbeugte sich Kaleem sogar, als er das Glas entgegennahm. »Ich danke euch, Vorsteher. Es geht mir gut.«

Der Priester legte Kaleem die Hand auf die Schulter. »Vielleicht wird es Zeit, einen jüngeren Mann für deine Rolle zu bestimmen. Immer wieder die Betäubung, das kann nicht gut für dich sein.«

»Amun wird mich schützen. Das weiß ich genau.«

»Wahrlich, so soll es sein«, erwiderte der Vorsteher.

Die Schattenpriester hatten seit Jahrhunderten dieselbe Taktik. Wann immer ihre Geheimnisse oder Bollwerke bedroht waren, reagierten sie mit aller Entschlossenheit: Sie töteten sämtliche Eindringlinge, die es wagten, ihnen zu nahe zu kommen, bis auf einen. Dieser Einzige, den sie verschonten, war das Gruppenmitglied, das die größten Kenntnisse hatte, die Person, die ihre Geschichte zu kennen schien, und durch eben diese Person versuchten sie zu erfahren, wie die Ungläubigen ihre Spur aufgenommen hatten.

Jasmine war bisher die Letzte in einer langen Reihe von Wissenschaftlern, Touristen und Reisenden, die Kaleem auf den Leim gegangen waren. Auch Manjani wäre auf ihn hereingefallen, wenn es ihm nicht gelungen wäre, in die Wüste zu flüchten, bevor sie seiner hatten habhaft werden können. Nur ein heftiger Sandsturm, der seine Spuren verwischte, hatte sie davon abgehalten.

»Was ist mit dem Mädchen?«, fragte der Vorsteher. »Hat sie uns alles erzählt, was sie weiß?«

Kaleem wusste, dass es in der antiken Zelle Kameras und Mikrofone gab, doch Jasmine hatte viel geflüstert. »Ich glaube, sie sagt die Wahrheit. Sie weiß nichts von der Sternenkarte oder der Grabstätte. Wir sind sicher.«

Der Vorsteher nahm es erleichtert auf.

Wieder einmal hatte Amun sie geschützt.

Jetzt blieb nur noch eins zu tun.

Sie musste für immer zum Schweigen gebracht werden.

68. KAPITEL

Freitag, 7. November
Siwa-Oase, Ägypten

Satellitenbilder und Fotos aus dem Orbit waren perfekte Werkzeuge für einen kurzen Blick auf den Feind aus der Ferne. Bedauerlicherweise war durch die Vogelperspektive einer Aufnahme aus dem Weltraum jedoch ein umfassendes Verständnis der Situation nicht möglich. Eine Luftaufnahme gab keine verlässlichen Informationen über Dinge wie die Größe eines Mannes oder die Tiefe einer Schlucht.

Solche Informationen konnte man nur vom Erdboden aus erhalten.

Ein Operationszentrum in Feindesnähe zu errichten, brauchte Zeit, selbst dann, wenn ein Leben auf dem Spiel stand. Cobbs Team hatte dafür einen ganzen Tag benötigt. Papineau war früh am Morgen mehrere Meilen von Alexandria entfernt mit dem Boot vor Anker gegangen, doch es war fast Mittag, als sie alles, was sie für das bevorstehende Abenteuer benötigten, transportiert und entladen hatten.

Es war eine Reise in ein Land, das unter besonderem Schutz stand. Es wurde von den Priestern *und* von der Regierung überwacht.

Zu Beginn des einundzwanzigsten Jahrhunderts hat Ägypten einen Großteil des Gebietes rings um Siwa – insgesamt über zwanzigtausend Quadratkilometer – zur geschützten Zone erklärt. Durch den Erlass wurde die zulässige Bebauung eingeschränkt. Zugleich stieg die Zahl der Touristen an, die die unberührte Schönheit des Gebietes erleben wollten. Unter normalen Umständen hätte Papineau bereitwillig Schmiergelder gezahlt, um sicherzustellen, dass Cobb und seine Gefährten freundlich aufgenommen wurden, doch bei dieser Mission kam das nicht in Betracht, denn sie wollten sich unter die Besucherströme mischen, doch Fremde mit Spendierhosen wären aufgefallen.

Deshalb mieden sie die Stadt und errichteten ihr Lager an dessen Randgebiet. Sie waren dort nicht allein, denn Hunderte von Einheimischen, die eine Übernachtung auf die althergebrachte Art von Wüstenkarawanen den Annehmlichkeiten moderner Hotels vorzogen, hatten dort ihre Stoffzelte errichtet. Die Regierung ließ es zu. Solange sich die Camper den konservativen Wertvorstellungen fügten, die in der Gegend galten, war nicht damit zu rechnen, dass sie jemanden genauer unter die Lupe nahm.

Nur um ganz sicherzugehen, warteten Cobb und McNutt bis zum Sonnenuntergang, bevor sie sich auf ihren Erkundungsgang machten.

*

Cobb steckte den Stiefel in den weichen losen Sand und sah zu, wie der kühle Nachtwind ihn forttrug. Er atmete tief ein und roch die Spuren von Salz, die der Wind mit sich trug. Sie waren zwar mehrere Stunden Fahrt vom Meer entfernt, doch die ausgedehnten Salzseen befanden sich nur wenige Meilen weiter nördlich. Cobb ignorierte den Geruch und konzentrierte sich auf den Boden unter seinen Füßen. Er prüfte seine Konsistenz und überlegte, wie viel Halt er dem Fuß bot.

Die Erkenntnisse, die man vor Ort gewinnen konnte – etwa Windrichtung oder die Trittfestigkeit des Bodens –, waren der Grund, weshalb ihm solche Erkundungsgänge so wichtig waren. Jede kleinste zusätzliche Information konnte ihm im Notfall womöglich den Hintern retten.

Cobb und McNutt scannten die Gegend mit ihren Nachtsichtgläsern. Während sie sich Meile für Meile durch die Wüste vorgearbeitet hatten, waren sie bereits Dutzenden von Aufpassern auf Patrouillengängen ausgewichen, doch sie wussten, dass noch viel mehr davon dort draußen unterwegs waren. Bisher hatten sich die Männer, denen sie begegnet waren, als Gruppen nomadischer Händler und Beduinen getarnt, doch es bestand kein Anlass zu glauben, dass nicht auch einzelne Meuchelmörder darauf warteten, sie in der Nacht aus dem Hinterhalt anzugreifen. Doch die meisterhaft trainierte Fähigkeit der Schattenmänner, im Dunkeln sehen zu können, konnte es bestimmt nicht mit ihren hochmodernen militärischen Ferngläsern aufnehmen.

Als Cobb und McNutt an ihr Ziel gelangten, sahen sie endlich, was es war, das all diese Männer beschützte. Wo auch immer sie hinsahen, entdeckten sie verräterische Hinweise auf ein unter ihren Füßen vergrabenes Bauwerk. In unregelmäßigen Abständen kamen Rohre aus der Erde, durch die frischer Sauerstoff hineingepumpt oder giftiges Kohlenmonoxid hinausgeblasen wurde. Es gab sogar drei mächtige Kondensatoren, um damit die Feuchtigkeit aus der Luft zu ziehen. Mithilfe von Mikrofiltern konnte man mit diesen riesigen Entfeuchtern selbst aus den trockenen Saharawinden Trinkwasser gewinnen.

Und über allem hingen Baldachine aus Tarnnetzen und -planen.

Für den durchschnittlichen Betrachter wirkten die Tarnungen unfertig und lückenhaft. Doch Cobb und McNutt wussten, dass die Tarnungen lediglich von Weitem täuschen sollten. Man hatte nur im Sinn, die Anlage vor den Blicken aus der Luft zu schützen. Um alles andere kümmerten sich die Wächter. Niemand, der so dumm war, dem Ort tatsächlich einen Besuch abzustatten, bekam noch die Gelegenheit, zurückzukehren und zu beschreiben, was er entdeckt hatte.

Cobb und McNutt waren fest entschlossen, die Ersten zu sein.

Cobb unterbrach die Funkstille, um sich davon zu überzeugen, dass alle bereit waren. »Noch eine Minute bis zum Ziel«, flüsterte er. »Status?«

Sarah antwortete aus der provisorischen Kommandozentrale, die Garcia in ihrem Zelt aufgebaut hatte. »Unglaublich gelangweilt.«

Cobb wusste, dass sie seinetwegen nörgelte. Er hatte ihre Bitte abgeschlagen, sie auf ihrem Erkundungsgang zu begleiten. Nicht, weil er ihren Fähigkeiten nicht vertraute – denn dass sie diese besaß, hatte Sarah in den vergangenen Monaten überdeutlich unter Beweis gestellt –, sondern weil er einfach nicht glaubte, dass er sie bei dieser Operation benötigte. Dies war ein Spähtrupp, keine Infiltration. Obwohl sie ständig bat, dass er sie auf Spielfeld brachte, hatte Cobb sie zunächst auf die Ersatzbank gesetzt.

»Hector, kannst du mich hören?«, fragte Cobb.

»Zu allem bereit«, erwiderte Garcia.

»Okay. Wir gehen rein.«

Cobb und McNutt gingen auf ihr Ziel zu, eine niedrige flache Hütte, in der Garcia das Kommunikationssystem für den unterirdischen Bunker vermutete. Falls es ihnen gelang, sich in ihr Netzwerk zu hacken, hatten sie Zugriff auf die gesamte Anlage.

Sie huschten über den Sand und hielten nach Stolperdrähten und Sprengfallen Ausschau, ohne wirklich mit ihnen zu rechnen. Wegen des rauen Klimas und der Geländebedingungen gab es nur wenige Menschen, die sich aus dem sicheren Siwa hierher verirrten. Die lebensfeindliche Wüste und die Gerüchte von mörderischen Finstermännern sorgten sicherlich dafür, dass ungebetene Gäste selten – wenn überhaupt – zum Problem wurden.

Als sie die Hütte erreichten, kauerten sie sich hin und sahen sich in alle Richtungen um. Sie suchten nach Anzeichen dafür, dass ihr Vorrücken bemerkt worden war. McNutt sah Cobb schließlich an und schüttelte den Kopf. Weit und breit war niemand zu entdecken, und es gab auch ansonsten keine Hinweise darauf, dass sie entdeckt worden wären.

Sie hatten es ins bewachte Gelände geschafft.

Jetzt standen sie im Auge des Sturms.

McNutt teilte es den anderen mit. »Ziel erreicht.«

Cobb öffnete eine Klappe, die seitlich am Schuppen angebracht war, um an die elektrischen Anlagen im Innern heranzukommen. Er kroch in den Schuppen, schob sich durch ein verschlungenes Netzwerk von Kabeln und suchte nach den Hinweisen, die ihm Garcia zuvor beschrieben hatte. Als er sie gefunden hatte, musste er Garcia recht geben: Hier war das Nervenzentrum der Anlage.

»Ziel bestätigt«, flüsterte Cobb. »Erbitte Anweisungen.«

Garcia erklärte Cobb Schritt für Schritt, wie er die mitgebrachten Geräte an das vorgefundene System anschließen musste. Und obwohl Cobb, verglichen mit Garcia, in dieser Hinsicht nur ein Laie war, brauchte er weniger als fünf Minuten, um die Hardware zu installieren.

In seinem Zelt grinste Garcia, als die Monitore zum

Leben erwachten. Durch die Direktverbindung hatte er jetzt Zugriff auf das gesamte Netzwerk. »Gute Arbeit, Sir.«

»Klappt es?«, fragte Cobb.

»GoldenEye ist auf Sendung. Ich wiederhole: Golden Eye ist auf Sendung.«

Cobb ahnte, dass er wieder einmal auf einen Film anspielte, doch das war ihm herzlich egal. Statt auf Garcias Bemerkung einzugehen, wollte er wissen: »Ist da etwas, was wir wissen müssten?«

Garcia verzog das Gesicht. »Ich werde etwas Zeit brauchen, um alle Datenströme zu sortieren, aber das eine kann ich dir mit Sicherheit schon sagen: Der Bunker ist weitaus größer, als wir vermutet haben.«

69. KAPITEL

Samstag, 8. November

Mitternacht war längst vorbei, als Cobb und McNutt ihr Lager an den Ausläufern Siwas erreichten, doch sie wussten, dass niemand schlafen würde. Und es war nicht das Koffein, das sie wachhielt, sondern der höhere Adrenalinpegel, den sie alle spürten, seit sie wieder im Einsatz waren. Das war auch gut so, denn jeder von ihnen hatte bei der Rettungsmission für Jasmine seine Pflichten zu erfüllen.

Weil er bereits ein Massaker überlebt hatte, wollte Manjani sein Leben kein zweites Mal aufs Spiel setzen. Er hatte sich dafür entschieden, auf der Yacht bei Papineau zu bleiben, der das Boot übers Mittelmeer in Richtung Siwa steuerte. Falls es Cobb, McNutt und Sarah nicht gelang, ihre Ziele zu erreichen, und sie von den Schattenkriegern gefangen genommen oder zurückgeschlagen wurden, wäre es an Papineau, ihnen Verstärkung zu schicken.

Außer natürlich, er entschied sich dafür, nicht lange zu fackeln und die Flucht zu ergreifen. Er hatte ein Team zusammengestellt. Das konnte er jederzeit wieder tun.

In ihrer mobilen Kommandozentrale brütete Garcia über den Informationsströmen, die er aus den gehackten Kommunikationsverbindungen bezog, während Sarah durch einen schmalen Schlitz im Zelt nach ungebetenen Besuchern Ausschau hielt.

Sie sah kurz zu Garcia hinüber. »Wie läuft es?«

Garcia schüttelte aufgeregt den Kopf. »Prima! Aber es ist nicht gerade ideal, weißt du. Ich habe Exabytes von Daten, die ich durchgehen muss, und nur zwei Computer. Das ist, als würdest du von einem Koch verlangen, nur mit einer Pfanne und einem Topf ein Fünfzig-Gänge-Menü zu kochen.«

»Beruhig dich, ich wollte dich nicht kritisieren. Ich hab nur gefragt, wie es läuft. Und zweitens – rede nicht von Essen. Ich verhungere gleich.«

»Ich sag nur, dass ich so schnell arbeite, wie ich kann.«

Garcia übertrieb nicht. Hätte er Zugang zu der Hightechausrüstung bei sich zu Hause, den teuren Geräten drüben in Fort Lauderdale oder auch nur zu den mit Elektronik bestückten Regalen auf der Yacht gehabt, hätten ihm die Informationen aus dem Netzwerk der Feinde kaum Arbeit gemacht. Aber mit dem eingeschränkten Equipment in einem Zelt in der Wüste nahm das alles deutlich mehr Zeit in Anspruch. Selbst mit seinem Backup-Laptop, den er dafür verwendete, würde es Stunden dauern, sich in den ungefilterten Rohdaten zurechtzufinden, die durch das System geschickt wurden.

»Und es tut mir leid, falls ich ...«

»Ruhig«, zischte sie. »Da kommt jemand.«

Sie legte ihre Finger um den Griff der Pistole und blickte auf ihr Handy. Das Programm, das sie aufgerufen hatte, war mit mehreren Bewegungsmeldern verknüpft, die McNutt rings um das Zelt im Sand vergraben hatte, bevor er mit Cobb losgezogen war. Die winzigen Kapseln, die mit ein paar Tropfen Quecksilber gefüllt waren, nannte man *Rattlers*, weil sie klapperten, wenn das Gewicht eines Schrittes auf ihnen lastete. Den Sensoren zufolge näherte sich jemand.

Sarah war kurz davor, Garcia zu befehlen, seine Computer auszuschalten und sich ein Gewehr zu schnappen, als sie eine vertraute Stimme hörten. »Gefechtsbereitschaft aufheben. Wir sind es nur.«

Es war Cobb.

»Verstanden«, erwiderte sie erleichtert.

Eine Minute später tauchte McNutt aus der Dunkelheit der offenen Wüste auf und kam ins Zelt. »Schatz, ich bin zu Hause. Was gibt's zum Abendessen?«

Einen Moment später folgte Cobb. Er verzichtete auf Höflichkeitsfloskeln und kam gleich zur Sache. »Hast du etwas Nützliches gefunden?«

»Aber sicher«, antwortete Garcia. »Glaub ich jedenfalls.«

»Zeig her«, verlangte Cobb, während er seine Ausrüstung ablegte.

Garcia tippte in die Tastatur, und das Einzelbild auf dem Monitor teilte sich sofort in ein Gittermuster. Jedes der acht Rechtecke bot eine andere Perspektive aus einer der Kameras, die sich im Bunker befanden. Er wartete, bis Cobb ein paar Schlucke Wasser genommen hatte, dann erstattete er Bericht.

»Es gibt Hunderte von Kameraperspektiven, die von dem System erfasst werden. Man hat den Eindruck, dass sie keinen Zentimeter der Anlage ausgelassen haben. Das sind nicht gerade gute Neuigkeiten, wenn man vorhat, ungesehen einzudringen, aber damit lässt sich ein Grundriss des Bunkers erstellen.«

Er gab einen Befehl auf der Tastatur ein, und auf den Monitoren wechselten die Bilder der Videokameras zu einer unvollendeten Architekturzeichnung.

»Was soll das sein?«, fragte Cobb.

»Ich hab das Bildmaterial analysiert und zusammengefügt, wo sich eine Kameraeinstellung mit der nächsten überschneidet. So konnte ich eine grobe Skizze des Bunkergrundrisses zusammenschustern.«

Cobb war beeindruckt. »Ist das alles?«

Garcia schüttelte den Kopf. »Wie schon gesagt, es gibt Hunderte von Ansichten, die man durchsehen muss. Ich hab noch nicht alle gesichtet.« Er deutete auf die Skizze. »Das hier hat der Computer gezeichnet. Ich musste nur die richtigen Vorgaben machen und ihm sagen, worauf es ankommt, wenn er die verschiedenen Videoübertragungen durchgeht. Wie ihr erkennen könnt, ist er mit den Berechnungen noch nicht fertig. Der Darstellung werden ständig neue Details hinzugefügt, während die eingehenden Bilder analysiert werden.«

Cobb betrachtete die Darstellung. Wenn es ihnen gelang, in den Bunker einzudringen, konnten sie sich damit orientieren. »Gute Arbeit, Hector. Wirklich gut.«

Garcia wählte eine ganz bestimmte Überwachungskamera aus. »Sieh dir das mal an.« Er drehte sich auf seinem provisorischen Sitz herum und sah die anderen an. »Du auch, Josh.«

Auch Sarah wollte es sehen. Zu dritt drängten sie sich um Garcia, und als der das Videobild vergrößerte, bis es den ganzen Monitor ausfüllte, konnte sie sehen, dass er eine Art Lager entdeckt hatte. Darin befanden sich Regalmeter für Regalmeter mit breiten Plastikkisten, vom Boden bis zur Decke. Offenbar hatte jeder Stapel eine Seriennummer in einer anderen Sprache.

Sarah kniff die Augen zusammen und betrachtete das Bild. »Was soll das sein?«

McNutt traten fast die Augen aus den Höhlen. »Heiliger. Strohsack.«

»Das habe ich auch gedacht«, erwiderte Garcia.

»Ich kapier es immer noch nicht«, gab Sarah zu.

»Waffen«, sagte Cobb. »Jede Menge Waffen.«

McNutt deutete auf ein Wort in kyrillischen Buchstaben, das auf eine der Kisten geprägt war. »Das hier sind DP-64er, zweiläufige Granatwerfer. So was findet man normalerweise nur auf russischen Marinebooten.« Er tippte mit dem Zeigefinger auf ein anderes Etikett. »Bakalovs. Das sind bulgarische Sturmgewehre.« Er zeigte auf etwas anderes. »Das hier sind türkische …«

Sarah lachte vor sich hin. »Du kannst kaum englisch sprechen und trotzdem all diese ausländischen Etiketten lesen?«

»Ich muss das nicht lesen, um zu sehen, was es ist«, versicherte er ihr. »Ich kenne mich mit Waffen aus. Und diese hier sind einfach … Wow. Das ist das Maschinengewehr 30.«

Sarah blickte ihn an. »Warum klingst du überrascht?«

»Das MG30 wurde zuletzt in den 1940er Jahren genutzt … von den Nazis.«

Obwohl die meisten Schlachten, die während des Zweiten Weltkrieges in Ägypten geschlagen wurden, entlang des Nils stattfanden, war auch die Westliche Wüste von Kampfhandlungen nicht verschont geblieben.

Im Laufe der Zeit hatten britische, italienische, griechische, südafrikanische und deutsche Soldaten Siwa besetzt, um das Gebiet in nördlicher Richtung bis hinunter ans Mittelmeer zu kontrollieren. Da sie mit den Herausforderungen der Sahara nicht vertraut waren, blieben Hunderte dieser Männer verschollen. Nur wenige von ihnen waren auf die Wüstenhitze vorbereitet gewesen.

Doch keiner auf die Schattenkrieger.

»Es wird noch schlimmer«, sagte Garcia und schaltete auf eine andere Videokamera.

Diesmal waren es keine Kisten. Stattdessen erblickten

sie eine ganze Wand Regale, die mit großen Päckchen eines Materials gefüllt waren, das wie rötlicher Ton aussah.

»Wisst ihr, was das ist?«, fragte Garcia.

Leider kannten alle das Material.

Es war Semtex.

McNutt stieß einen erstaunten Pfiff aus. »Vergesst eine einzelne Häuserzeile. Das reicht, um eine ganze verdammte Stadt einzuebnen.«

»Sie horten Kriegsmaterial wie eine Armee«, sagte Sarah. »Aber warum?«

Garcia drückte ein paar Tasten. »Ich kann euch nicht sagen, wofür die Waffen sind, aber eins ist klar: Die sind nicht *wie* eine Armee, sie *sind* eine Armee.«

Als er sich durch die Bilder der verschiedenen Überwachungskameras klickte, bekamen die anderen ein immer besseres Bild von dem unterirdischen Bauwerk. Es gab Mannschaftsunterkünfte mit Betten, Speisesäle mit vielen Tischen, ja, sogar eine Bibliothek mit Regalen voller Bücher. Obwohl es mit Sicherheit einen Stromgenerator zur Versorgung des Bunkers gab, erstreckte sich der Luxus nicht auf alle Bereiche der Anlage. Der Großteil der Fläche wurde von einfachen Öllampen erhellt, durch die das Bildmaterial ein eigentümliches Licht bekam, so als ob sie in eine antike Festung blickten.

Trotz des eher schlechten Lichts herrschte in jedem Raum rege Betriebsamkeit.

Überall in der Anlage gingen in Roben gehüllte Männer ihren Aufgaben nach – sie bereiteten das Essen vor, fegten die Böden oder füllten die Lampen, die sich an den Wänden entlangzogen. Ganz gleich, um welche Aufgabe es sich handelte, sie erledigten ihre Pflichten mit hingebungsvoller Effizienz. Alles, was sie taten, schien einem Zweck zu dienen. Und jeder Gefolgsmann schien zu wissen, wohin er gehörte.

Das Ganze hatte etwas von einem Kloster.

Nur mit dem Unterschied, dass diese Mönche für ihre Sache mordeten.

Cobb dachte über ihre Situation nach, während McNutt und Sarah etwas aßen. Cobb hatte genug gesehen, um zu wissen, dass sie einen Plan brauchten – einen Plan, der verhinderte, dass sie in den sicheren Tod liefen, während Garcia alles über den Laptop beobachtete. Selbst mit Tricks und dem Überraschungsmoment auf ihrer Seite würde er eine eigene Armee brauchen, um mit der gewaltigen Anzahl von Soldaten in dem Bunker fertigzuwerden.

Es musste einen Weg geben hineinzukommen. Cobb brauchte ihn nur noch zu finden.

Doch bevor er dazu die Gelegenheit bekam, sprang Garcia von seinem Stuhl auf und zeigte auf den Bildschirm, als ob er einen Geist gesehen hätte. »Jack! Sieh dir das an! Jetzt!«

Von seiner Aufregung beunruhigt, versammelten sich alle erneut vor dem Computer.

Und sie sahen Jasmine, die an eine Wand gekettet war.

70. KAPITEL

Die Vereinbarung zwischen den beiden Männern war einfach: Cobb wollte Jasmine retten und dabei nicht von Ganoven gejagt werden, und Hassan wollte die Mistkerle umbringen, die sein Viertel in Alexandria in Trümmer gelegt hatten. Obwohl sie nicht gerade zusammenarbeiteten, um ihre Ziele zu erreichen, hatten sie ausgemacht, einander zunächst zu unterstützen.

Oder einander zumindest aus dem Weg zu gehen.

Cobb hatte nach wie vor eine Menge Vorbehalte gegen Hassan, doch er wusste, dass der Gangster über etwas verfügte, was er nicht hatte: eine Legion waffenschwingender Halunken, die sich nur zu gern in den Kampf stürzten, wenn sie dadurch in den Augen ihres Chefs an Ansehen gewannen.

Mit diesem Gedanken im Hinterkopf rief Cobb bei Simon Dade an, der – unter ständiger Bewachung durch den Riesen Kamal – in Alexandria eigene Ermittlungen anstellte, und trug ihm auf, dem Gangsterboss von dem Gelände in der Westlichen Wüste zu berichten.

Was Details betraf, war Cobb lediglich bereit, die GPS-Koordinaten eines Treffpunktes durchzugeben, aber nicht die Lage des Bunkers selbst. Cobb war klar, dass Hassan mehrere Stunden dafür brauchen würde, seine Truppen zu versammeln und sie quer durch Ägypten zu kutschieren. Dies hatte ihm und McNutt hinreichend Zeit für einen Erkundungstrip verschafft und dafür, das

Überwachungssystem anzuzapfen und einen Angriffsplan auszuarbeiten.

Gegen vier Uhr morgens hatte es die Karawane aus Alexandria zum vereinbarten Sammelplatz ein paar Meilen östlich vom Bunker geschafft. Cobb hatte sich bewusst für diesen Wüstenstreifen entschieden, weil er dicht an der Straße lag, die el-Bawiti und Siwa miteinander verband. Der Ort war leicht erreichbar und trotzdem abgeschieden. Er war weit genug vom Bunker entfernt, um den Patrouillen des Feindes aus dem Weg zu gehen, aber nahe genug, um von dort aus einen Angriff zu starten. Und weil die Truppe noch im Schutz der Nacht eintraf, blieben ihnen wenigstens ein paar Stunden, bis ihre Anwesenheit unliebsame Fragen provozieren konnte.

Hassans Männer waren bereit, in die Schlacht zu ziehen. Was sie noch brauchten, war ein Gegner.

Als Cobb am vereinbarten Treffpunkt eintraf, rechnete er mit einem Haufen heruntergekommener Trucks und einer zusammengewürfelten Schar Krimineller. Stattdessen sah er eine ganze Flotte Humvees, die im Sand aufgereiht standen, und Dutzende von Männern in Wüstentarnkleidung. Ganz kurz fragte sich Cobb, ob das ägyptische Militär irgendwie Wind von Hassans Aktivitäten bekommen hatte und ausgerückt war, um einzugreifen. Aber dann entdeckte er Kamal – wegen seiner Größe überragte er die anderen haushoch –, und er begriff sofort, wessen Männer das waren.

Hassan hatte keinen Haufen Kleinkrimineller zusammengerufen. Das hier war seine Privatarmee.

Cobb näherte sich dem Wagen des Anführers, einer opulenten Mercedes-Benz-G-Klasse, die zu einem Prinzen gepasst hätte, und spürte, dass alle Waffen auf ihn gerichtet waren. Kamal stellte sich ihm schnell in den Weg, bevor Cobb an die getönte Scheibe klopfen konnte. Das allein reichte, um ihn davon zu überzeugen, dass Hassan in dem luxuriösen SUV saß.

»Wo ist Simon?«, fragte Cobb, als die beiden Männer einander gegenüberstanden. Cobb reichte Kamal gerade bis zur Brust.

»In Sicherheit«, erwiderte Kamal. »Im Wagen.«

Cobb schüttelte den Kopf. »Sagen Sie Ihrem Boss, dass Simon mit mir kommt. Ihr braucht ihn nicht mehr. Sagen Sie ihm, sobald Dade frei ist, führe ich Sie und die anderen zur Festung der Muharib. Meinetwegen können Sie alle umbringen. Ich will nur das Mädchen.«

Kamal ging zum Mercedes und sprach durch ein spaltbreit heruntergelassenes Fenster. Einen Augenblick später öffnete sich die hintere Tür, und Dade stieg aus. Als er auf Cobb zukam, war ihm deutlich anzusehen, dass er damit gerechnet hatte, nun von seinem Gastgeber umgebracht und in der Wüste verscharrt zu werden.

»Ich glaube, ich bin Ihnen schon wieder was schuldig«, sagte Dade.

»Nein, nur Sarah«, erwiderte Cobb. »Sie hat sich übrigens Ihretwegen Sorgen gemacht.«

»Gut zu wissen. Wo ist sie?«

Cobb grinste und streckte ihm die Hand hin. »Diesmal haben wir sie zu Hause gelassen.«

Dade fand diese Form der Begrüßung etwas eigenartig, bis er den kleinen Ohrhörer in Cobbs Handfläche spürte. Er verkniff es sich, das Grinsen zu erwidern, nahm das Gerät und steckte es sich ins Ohr, während er so tat, als würde er sich die Mütze auf dem Kopf zurechtrücken. »Tut mir leid, dass ich sie verpasst habe.«

Sarah lachte in sein Ohr. »Keine Sorge. Wir sehen uns noch früh genug.«

Kamal, dem das Täuschungsmanöver entgangen war, wurde langsam nervös. Er war nicht den ganzen Weg gefahren, um herumzustehen, während Dade mit Cobb plauderte. »Schluss mit dem Gequatsche. Zeit zu kämpfen.«

Cobb nickte. »Ihre Männer sollen einstecken, was sie brauchen. Den restlichen Weg gehen wir zu Fuß.«

Kamal rief auf Arabisch Befehle, worauf sich die Besatzungen von fünf Trucks bei ihm sammelten. Sie waren schwer bewaffnet und voller Kampfeslust.

Cobb deutete auf den Mercedes. »Was ist mit Ihrem Boss?«

Kamal schüttelte den riesigen Kopf. »Der bleibt hier.«

Cobb zuckte mit den Schultern. »Na schön. Folgen Sie mir.«

*

Zehn Minuten später befahl Cobb den Männern, am Rand des bewachten Gebiets in Stellung zu gehen. Weiter konnten sie nicht vorrücken, ohne einen Hinterhalt zu riskieren. Er wusste, dass die Schattenkrieger dort draußen im Dunkeln waren und ihr Land um jeden Preis verteidigen würden.

Cobb starrte in die Dunkelheit. »Okay, Josh. Hilf mir auf die Sprünge.«

McNutt blickte aus einer halben Meile Entfernung durch sein Fernglas. Von seinem Beobachterposten auf einer kleinen Düne aus konnte er mit seinem Nachtsichtgerät den Schauplatz gut überblicken. »Bin dran, Chief. Da kommen Männer auf euch zu. Direkt auf zwölf Uhr.«

Cobb blickte nach vorn und versuchte, die Männer zu entdecken, die McNutt ausgemacht hatte. Doch er sah nichts als Sand. »Ich kann nichts…«

Er unterbrach den Satz, als sich die Schatten plötzlich vor ihm zu materialisieren schienen. Eben waren sie noch nicht da gewesen, jetzt steuerte ein halbes Dutzend Männer auf ihn zu.

Aus den sechs Männern wurden zwölf.

Und aus den zwölf zwanzig.

Dann waren sie plötzlich überall.

Ein Geräusch wie ein Donnerschlag hallte durch die Wüste, als Kamal das Feuer eröffnete. Ein einziger Schuss reichte, dann wussten die anderen Bescheid, dass die Schlacht eröffnet war. Eine Sekunde später feuerten Hassans Männer mehrere Runden in die Nacht. Kugeln flogen in alle Richtungen, als der Feind ausschwärmte und die Ganoven dazu zwang, sich nach allen Seiten zu verteidigen. Sie versuchten, die Schattenkrieger so gut abzuwehren, wie sie konnten, doch ihre Anstrengungen schienen vergebens.

Ganz gleich, wie oft sie schossen, die Geister rückten immer wieder vor.

Bewaffnet mit nichts anderem als antiken Schwertern.

*

McNutt sah zu, wie sich die Schattenkrieger aus dem Sand erhoben, als stiegen sie direkt aus der Unterwelt. Es war ein verdammt guter Trick, der ihn auf den Zehenspitzen hielt, während er seiner Aufgabe nachkam: zu verhindern, dass Cobb etwas zustieß.

Eine Welle von Schwertkämpfern nach der anderen stürzte sich auf Cobb. McNutt zielte auf die Kämpfer, die die größte Gefahr darstellten. Jedes Mal, wenn er den Abdruck betätigte, fiel ein Feind, mit einem klaffenden Loch im Kopf oder in der Brust.

»Chief«, sagte er, »hab ich die Genehmigung, auf beide Seiten zu schießen?«

»Du hast den Job, für meine Sicherheit zu sorgen. Alles andere überlass ich dir.«

McNutt grinste. »Toll.«

*

Garcia befand sich im Basislager in der Nähe von Siwa. Er ignorierte die Schießerei in der Wüste und konzentrierte sich auf das, was darunter lag. Seine Karte der Festung war noch nicht ganz fertig, aber lange konnte es nicht mehr dauern. Indem er die Videobilder, die er betrachtete, mit dem Grundriss der Anlage verglich, konnte er bestimmen, wohin die Truppen unterwegs waren.

Als er zuvor das Bildmaterial durchgegangen war, war ihm eine Reihe von schmalen Zylindern aufgefallen, die vom Bunker ausgehend durch den Sand nach oben führten. Zuerst hatte er sie für Belüftungsschächte gehalten, doch dann beobachtete er, wie jemand an die Oberfläche kletterte. Nun verstand er ihren wahren Zweck. Es waren Zugangsröhren. Wie die Tunnel der Vietcong, die ganz Vietnam durchzogen hatten, boten diese Zugangsröhren den Muharib eine Vielzahl von Einstiegs- und Ausstiegsmöglichkeiten, die überall in der Wüstenlandschaft verteilt waren.

»Jack, da kommen noch zwanzig aus nördlicher Richtung aus der Erde gekrochen.«

*

Wie aufs Stichwort tauchten nahezu zwei Dutzend Krieger auf. Cobb beobachtete, wie sie am Rande seines Blickfelds aus den verborgenen Schächten stürmten.

Garcia setzte seine Analyse fort. »Rein zahlenmäßig sieht es verdammt gut aus. Das ist vielleicht die beste Chance, die wir kriegen. Die meisten Männer sind jetzt oben.«

»Habe verstanden«, sagte Cobb mit der Hand am Ohr. »Wir starten mit Phase zwei. Ich wiederhole. Wir starten mit Phase zwei.«

*

Dade war unbewaffnet gekommen, aber das änderte sich im Verlauf der Schlacht sehr schnell. Er borgte sich ein Gewehr von einem der toten Ganoven und feuerte auf jeden, der ein Schwert trug.

Obwohl er Cobb für seine Rettung dankbar war, fragte er sich, ob er bei Hassan im Mercedes nicht besser aufgehoben gewesen wäre. Er war drauf und dran, zum Wagen zurückzulaufen, als er Cobbs Befehl hörte, mit Phase zwei zu beginnen.

»Was, zum Teufel, ist Phase zwei?«, fragte er.

Es war Sarah, die antwortete: »Simon, hör genau zu. Halt dich nach Westen und dann lauf, als ob dein Leben davon abhängt – denn das tut es!«

Dade blickte nach rechts und zögerte, weil er nur Wüste sah. Er vermutete, dass es dort jede Menge Angreifer gab, die nur darauf warteten, ihn zu erledigen. »Wohin?«

»Zu mir!«, schrie Sarah. »Ich brauche deine Hilfe. Jetzt!«

Er atmete tief durch. »Unterwegs.«

*

Während Dade losstürzte, trat Cobb den Rückzug an.

Das hatte nichts mit Feigheit zu tun, sondern gehörte zum Plan.

Zwar hatten die Schattenkrieger Jasmine entführt und die Stadt in die Luft gejagt, Hassans Männer waren aber auch nicht gerade Heilige. Er hatte Geschichten darüber gehört, wie sie ihr Revier verteidigten. Außerdem waren sie ihm nicht in die Zisternen gefolgt, um ihm zur Seite zu stehen. Er war sich sicher, dass man sie damals losgeschickt hatte, um ihn und sein Team umzubringen, und es stand zu befürchten, dass sie es noch einmal versuchen konnten, sobald die Schlacht vorüber war.

Was sollte es unter diesen Umständen nützen, ihnen zum Sieg zu verhelfen?

Deshalb ging Cobb hinter einem Felsbrocken halbwegs in Deckung und stützte sich auf ein Knie ab. Weil McNutt auf ihn aufpasste, brauchte er bloß dem Chaos fernzubleiben und Abstand zu halten, während sich die beiden Parteien im Wüstensand bekriegten. Ihm wäre es am liebsten gewesen, wenn sich die Schlacht noch die ganze Nacht hingezogen hätte, weil der Kampf die Reihen beider Seiten lichtete und die Muharib vom eigentlichen Ziel seines Teams ablenkte: unbemerkt einzudringen und Jasmine zu retten.

71. KAPITEL

Dade rannte durch die Dunkelheit; er war überzeugt, dass ihn die Schattenkrieger mit ihren Schwertern in Stücke schneiden und ermorden würden.

Die Angst legte sich erst, als er Sarah vor sich entdeckte.

Sie kam aus der Hocke und gab ihm ein Zeichen, sich hinter ein paar Büsche zu kauern. Dann deutete sie auf eine runde Erhebung im Sand auf der anderen Seite der Büsche. Sie sah aus wie ein Kanalisationsschacht mitten in der Wüste.

»Pass auf«, flüsterte sie und kam zu ihm hinübergekrochen.

Einen Augenblick später ging der Deckel auf, und fünf vermummte Männer sprangen aus dem Loch. Dade machte sich auf ein Gemetzel gefasst, aber der Kloß in seiner Kehle verschwand, als die Krieger zum Kampfgeschehen in der Ferne weiterliefen.

Als sie weg waren, fragte er Sarah: »Was sind …«

»Shh«, sagte sie und schnitt ihm damit das Wort ab. »Hector?«

»Warte noch«, erwiderte Garcia.

*

Er hatte in der Kommandozentrale ein wachsames Auge auf die Übertragungen aus den Überwachungskameras und wartete auf den perfekten Moment für Sarah, um zuzuschlagen.

Sie war bei der Einstiegsröhre, die Jasmines Zelle am nächsten lag, hatte bisher aber nicht eindringen können, weil ständig weitere Wachen herausströmten. Sie war zwar ungeduldig, aber sie wusste, dass sich früher oder später eine Gelegenheit bieten würde, wenn sie nur abwartete.

Jedenfalls hoffte sie das.

Denn einen anderen Weg in den Schlupfwinkel hatten sie noch nicht entdeckt.

Schließlich sah Garcia ihre Chance.

»Sarah«, rief er. »Zwei Wachen sind unterwegs in deine Richtung!«

*

Als die Wachen aus der Röhre kamen, schubste Sarah Dade aus dem Busch, sodass er ungeschützt im Freien stand. Er vergaß für einen kurzen Moment die Krieger, die keine zwanzig Meter entfernt waren, und stieß einen unüberlegten Protestschrei aus.

Als sie den mädchenhaften Schrei hörten, drehten sich die Kämpfer nach dem Schreier um und entdeckten Dade. Sofort hoben sie die Schwerter und rannten los, um ihn zu töten.

Doch Sarah kam ihnen zuvor.

Sarah hatte Dade als Ablenkung genutzt und die Büsche in der entgegengesetzten Richtung umrundet. Die Kerle waren so entschlossen, Dade umzubringen, dass sie Sarah nicht kommen sahen. Sie näherte sich ihnen von hinten und schaltete sie mit schallgedämpften Doppelschüssen in den Hinterkopf aus.

Sie waren schon tot, bevor sie auf dem Boden aufschlugen.

Sarah wandte sich zu Dade und grinste. »Tut mir leid.«

»Nein, tut es überhaupt nicht!«

»Du hast recht«, gab sie zu.

Dade nickte. »Wenn du das nächste Mal ein Ablenkungsmanöver brauchst, lass mich aus dem Spiel, okay?«

Sarah zuckte mit den Schultern. »Ich kann nichts versprechen.«

Sie lief zu den toten Kriegern und zog ihnen ihre Kutten aus. Ihr war klar, dass sie in der Kleidung, die sie gerade trugen, nicht durch den Bunker laufen konnten. Sie musste sich tarnen. »Zieh dir das an.«

Er widersetzte sich nicht und nahm die Tunika, verstand aber nicht, was sie vorhatte.

»Schön, aber sag mir wenigstens, warum. Was ist der Plan?«

Sarah deutete mit dem Kopf zum Einstieg, während sie die Kutte überstreifte. »Wir gehen rein.«

Dade blickte sie verwirrt und verängstigt an.

Er sah an ihrem Gesichtsausdruck, dass sie es ernst meinte.

*

Cobb wusste, wozu die Schattenkrieger fähig waren. Er hatte ihre verstümmelten Opfer in den Zisternen gesehen, und Manjani hatte ihre Kampfweise sehr detailliert geschildert. Zudem kam ein Ruf wie der ihre nicht von ungefähr. Er hatte sich in den Jahrhunderten ihres kriegerischen Treibens entwickelt und im Laufe der Zeit immer wieder bestätigt.

Cobb wusste, dass ihre Fähigkeiten beeindruckend waren.

Aber *wie* beeindruckend, wurde ihm erst richtig klar, als er sie mit eigenen Augen in Aktion sah.

Er beobachtete erstaunt, wie die Schattenkrieger und ihre antiken Waffen mit den Gangstern und ihren

Maschinenpistolen fertig wurden. Die Krieger mussten einige Verluste hinnehmen, denn den Beschuss aus automatischen Waffen konnten sie nicht mit schmalen Stahlklingen abwehren. Doch Cobb hatte den Eindruck, dass die meisten selbstlos ihr Leben gaben, um dabei feindliche Schützen auszuschalten.

Wie Kamikazekrieger mit Schwertern statt Flugzeugen.

Wenn sie in einen Haufen hineinstürmten, war jede ihrer Bewegungen nicht nur anmutig, sondern durchkalkuliert. So griffen sie gezielt immer aus solchen Winkeln an, bei denen sich ihre Feinde, ohne es zu wollen, gegenseitig unter Beschuss nahmen. Indem sie mitten unter ihre Feinde stürmten, sorgten sie dafür, dass jede Kugel, die sie verfehlte oder ihren Körper durchschlug, am Ende den Gegner traf.

Hinzu kamen ihre Schwertkünste. Es war, als betrachte man einen Totentanz.

*

Kamal hatte Dade weglaufen sehen.

Zuerst vermutete er, dass der Feigling einfach vor dem Kampf flüchtete, weil er zu viel Angst hatte, sich der Gefahr wie ein Mann zu stellen. Doch dann begriff er, dass es einen anderen Grund gab. Dade lief mit einem klaren Ziel, aber nicht aus Angst. Und er beschleunigte in einer geraden Linie. Das alles konnte für Kamal nur eine einzige Erklärung haben.

Dade rannte nicht *vor* jemandem davon.

Er rannte *zu* jemandem.

Aber zu wem?

Kamal war fest entschlossen, das herauszufinden.

*

Sarah ging als Erste hinunter und überließ es Dade, die schwere Stahlklappe hinter ihnen zurückzuschieben. Der Einstiegsschacht war viel enger, als er von außen gewirkt hatte. Sarah erinnerte sich daran, wie sie einmal in ein U-Boot aus dem Zweiten Weltkrieg geklettert war. Die Röhre war ebenso spärlich beleuchtet, und die Enge erzeugte klaustrophobische Gefühle.

Sie schaute zu Dade hinauf und sah, dass er die Schultern zusammenpressen musste, damit sie nicht an die Röhrenwände drückten.

Der Tunnel war wirklich eng.

Als sie das untere Ende der Leiter erreichte, musste sie sich zusammenreißen, um nicht sofort auf der Suche nach Jasmine durch die Korridore zu stürmen. Sie mussten schnell sein, aber sie mussten sich auch ihrer Umgebung anpassen. Ihr war klar, dass Garcia nur deshalb sehen konnte, was im Bunker vor sich ging, weil es hier überall Überwachungskameras gab.

Was bedeutete, dass auch noch jemand anders zusah.

*

Trotz ihrer modernen Bewaffnung würden Hassans Männer die Schlacht verlieren. Die Ganoven waren zwar auch zahlenmäßig deutlich unterlegen, wirklich zum Problem wurde aber die Bereitschaft der Muharib, sich zum Wohl der größeren Sache zu opfern.

Die Krieger kannten kein Pardon.

Allmählich bezog sich der Himmel mit Wolken, und das Mondlicht verblasste. Die Muharib sahen es als Zeichen dafür, dass das Schicksal auf ihrer Seite stand und ihr Sieg vorausbestimmt war. Sie glaubten, dass Amun ihnen die Dunkelheit zum Geschenk machte, weil ihrem Gott gefiel, was sie taten.

Daraufhin griffen sie mit gestärktem Kampfesmut an und überwältigten ihre Gegner durch ihre schiere Überzahl. Obwohl aus den ersten Reihen viele niedergemäht wurden, gelang es ihnen schnell, die Eindringlinge zu umzingeln. Auf so kurze Distanz waren die unhandlichen Feuerwaffen den wendigen Schwertkämpfern unterlegen. Schädel splitterten und Gedärme quollen, als sich die Muharib ihren Weg durch die Menge schlitzten.

Die Ganoven kämpften zwar noch, aber ihre Niederlage war nur eine Frage der Zeit.

Es war ein Gemetzel, im wahrsten Sinne des Wortes.

Kamal, dem klar wurde, dass ihm nicht mehr viel Zeit blieb, entwischte in die Dunkelheit und überließ die anderen sich selbst. Obwohl Hassan befohlen hatte, Dade kein Haar zu krümmen, war Kamal fest entschlossen, den Amerikaner für seinen Verrat bezahlen zu lassen.

Dade war dort draußen, irgendwo in der Nacht.

Kamal wollte nicht ruhen, bis er seine Strafe erhalten hatte.

*

Hassan stand neben seinem Wagen und beobachtete das Massaker durch sein Nachtsichtglas. Es war etwas anderes, als direkt dabei zu sein, doch er konnte auch so deutlich genug erkennen, wie der Kampf enden würde. Er verfluchte seine Männer dafür, dass sie der Herausforderung nicht gewachsen waren, und dann sich selbst, weil er nicht noch mehr Männer mitgebracht hatte.

Menschen waren ersetzbar.

Gelegenheiten nicht.

Hassan ließ den Feldstecher sinken. »Sie haben versagt.«

Als ihm seine Niederlage klar wurde, schmetterte er das

teure Nachtsichtgerät frustriert und enttäuscht gegen den nächsten Humvee.

»Jeder hat hundert Schuss Munition, und trotzdem lassen sie sich von Männern mit Schwertern fertigmachen … Schwertern! Sie beleidigen mich mit ihrer Inkompetenz.«

Er legte die Hände hinter den Kopf und sah in den Himmel, füllte sich die Lunge mit der kühlen Nachtluft, um sich zu beruhigen. »Komm, Awad. Es wird Zeit, nach Hause zu fahren.«

Als Antwort zückte der Bodyguard das lange gekrümmte Schwert, das er verborgen unter seiner Jacke getragen hatte. Hätte Hassan noch einen Blick darauf werfen können, hätte er es sofort erkannt. Es war dieselbe Art Waffe, mit der gerade seine Männer niedergemetzelt wurden.

Mit einer einzigen schnellen Bewegung zog ihm Awad das Schwert durch die Kehle.

Blut sprudelte aus der Wunde, als Hassan auf dem Boden zusammensank.

Awad stand über seinem Boss und höhnte: »Ich *bin* zu Hause.«

72. KAPITEL

Jasmine wusste nicht, wie viel Zeit vergangen war, seit Kaleem aus ihrer Zelle geschleift worden war. Ihr Gesicht tat nicht mehr weh, deshalb vermutete sie, dass es mindestens ein paar Stunden her war, seit der Wächter sie niedergeschlagen hatte. Sie wusste auch nicht, was als Nächstes geschehen sollte, aber sie wusste ganz genau, dass das Warten immer unerträglicher wurde.

So sehr, dass sie sich fast erleichtert fühlte, als die Tür aufsprang.

Die Erleichterung war leider nicht von Dauer.

Schnell wurde Angst daraus.

Als Erster kam der Wächter herein, der sie geschlagen hatte. Als er sich auf sie zubewegte, flüchtete sie instinktiv in den hinteren Winkel der Zelle, so weit weg, wie die Kette es ihr erlaubte.

Anstatt ihr nachzusetzen, starrte der Wächter sie einfach an, so als sollte er nur dafür sorgen, dass sie sich in das, was als Nächstes geschah, nicht einmischte.

Jasmine beobachtete verwirrt, wie fünf weitere Wächter in die Zelle kamen. Jeder trug einen langen, schmalen Stab, der sich über seine Schulter bog. An beiden Enden der Stäbe hingen Öllampen an Metallhaken. Die zusätzlichen Flammen füllten den Raum mit einem Überfluss an Licht und duftendem Rauch.

Weil ihre Augen nicht an das Licht gewöhnt waren, schützte sie sie mit ihren Händen.

Hinter den Fackelträgern folgten zwei weitere Männer, deren Körperfülle den Stoff ihrer Gewänder spannte. Ihre Muskeln wölbten sich, weil sie mühsam einen Steinzylinder in die uralte Zelle schleppten. Sie platzierten das antike Objekt in der Mitte auf dem Boden, dann nahmen sie ihre Plätze zwischen den anderen ein.

Gemeinsam bildete die Gruppe einen Kreis um den Stein.

Als Letzter betrat der Hohepriester den Raum. Sein Gewand war reich verziert, und ihn umgab eine weihevolle Ausstrahlung, die auf eigenartige Weise beruhigend wirkte, so als kenne er die Geheimnisse des Universums und sei bereit, sie zum Wohle der Menschheit mit den anderen zu teilen.

Jasmine atmete den Rauch ein und fühlte sich wider alle Vernunft plötzlich hoffnungsvoll.

Vielleicht war er hier, um alles zu erklären.

Ihre Gefangennahme. Und vielleicht sogar, was aus Alexanders Sarkophag geworden war.

*

Kamal stapfte durch die Wüste, suchte den Boden nach Dades Spuren ab und fand schließlich etwas viel Interessanteres als Fußabdrücke.

Er stolperte buchstäblich über zwei tote Schattenkrieger, die noch ihre Schwerter in den Händen hielten. Zuerst dachte er, dass sie bei dem Schusswechsel verletzt worden waren – verwundete Männer, die versucht hatten, sich zurückzuziehen –, doch dann sah er ein, dass das keinen Sinn ergab.

Verwundete Muharib zogen sich nicht zurück.

Sie kämpften unerschrocken weiter bis in den Tod.

Kamal beugte sich vor und sah, dass sie auf eine effiziente Art getötet worden waren. Er wusste auch, dass keiner ihrer Leute aus Alexandria – Dade eingeschlossen – in der Lage gewesen wäre, vier derart präzise Schüsse abzugeben. Wenn es ums Schießen ging, ballerten seine Männer einfach so lange drauflos, bis der Gegner fiel, statt genau zu zielen.

Das hier bedeutete, dass Dade nicht allein war.

Kamal kauerte sich hin und machte sich klein – zumindest für seine Verhältnisse. Er sah sich in der Dunkelheit nach drohendem Ärger um. Das Gestrüpp zu seiner Linken barg keine Gefahren, aber bei dem eigenartigen Betonring, den er plötzlich bemerkte, war er sich nicht so sicher. Er näherte sich vorsichtig, mit dem Finger am Abzug, um auf alles und jeden zu schießen, was aus dem Loch kam.

Dann stellte er fest, dass es mit einer schweren Metallplatte verschlossen war.

Kamal schob den Deckel zur Seite und machte zwei wichtige Feststellungen.

In dieser unterirdischen Anlage lebten die Krieger.

Und er war viel zu groß, um durch die Röhre zu passen.

*

Sarah war schon immer jungenhaft gewesen. Schon als Kind war sie groß und schlaksig gewesen, mit einem athletischen Körperbau, der eher für Basketball als für Schönheitswettbewerbe taugte. Aber das hatte ihr nie etwas ausgemacht. Sie war absolut zufrieden damit, einen Körper zu haben, der ihrer Mentalität entsprach. Während sich die meisten ihrer Klassenkameradinnen um ihre Fingernägel gekümmert hatten, hatte sie nur zu den Jungs gehören wollen.

Nun schien ihr Wunsch endlich in Erfüllung gegangen

zu sein. In dem locker sitzenden Gewand und mit der Kapuze, die sie sich über den Kopf gezogen hatte, sah Sarah wie ein Muharib-Krieger aus. Solange ihr niemand direkt ins Gesicht sah, konnten sich Dade und sie durch die unterirdischen Korridore bewegen, ohne aufzufallen. Sie wollten Jasmine, sobald sie ihre Zelle gefunden hatten, in eine Tunika wickeln und wegtragen, so als sei sie in der Schlacht, die oben tobte, verletzt worden.

In Wahrheit war das der einzige Grund, warum Dade dabei war. Er sollte dabei helfen, Jasmine nach oben zu tragen.

Vor dem Einsatz hatte Sarah den Grundriss der Anlage auswendig gelernt. Sie wusste genau, wo sie abbiegen musste, um auf dem kürzesten Weg zu Jasmines Zelle zu gelangen. Wenn alles nach Plan lief, würde Garcia sie nur informieren, wenn sich die Muharib regten, alles andere war ihr selbst überlassen. Leider wurde der Plan fast augenblicklich über den Haufen geworfen.

»Sarah«, sagte Garcia. »Da geht etwas vor sich. Ein paar Wachen sind gerade in Jasmines Zelle gegangen. Ich glaube, sie wollen sie verhören.«

*

Der Priester blickte auf den Steinblock, der mitten im Raum stand. Ehrfurcht erfüllte seine Augen, während er seine Herrlichkeit auf sich einwirken ließ. »Wissen Sie, was das ist?«

Seine Frage überraschte Jasmine.

Er hatte auf Englisch gefragt, nicht auf Arabisch.

Sie schüttelte den Kopf.

»Es stammt aus dem ursprünglichen Amun-Tempel. Der Block wurde vor zweitausend Jahren aus einer Säule gebrochen, aber wir haben hier einen Platz für ihn gefunden, im Schutz unserer Mauern. Es ist ein heiliges Objekt, das Zeuge großer Taten und Objekt der Verehrung geworden ist.«

Der Priester richtete seine Aufmerksamkeit auf Jasmine und setzte sich auf das flache Steinfragment. Er strich mit den Händen über die geglätteten Seiten, als könnte er durch seine Berührung überirdische Mächte beschwören.

»Sagen Sie mir, was bedeutet Ihnen Alexander?«

Sie schluckte mühsam. »Er war der größte Eroberer, den die Welt jemals gesehen hat.«

Ihre Antwort enttäuschte den Priester. Er schüttelte den Kopf. »Sie kennen ihn nur durch seine Handlungen als Sterblicher. Aber er ist so viel mehr. Für Sie ist er nur Fleisch und Blut. Doch sein Geist ist ewig. Er hat über alle triumphiert, die sich ihm entgegengestellt haben, aber trotzdem verleugnen Sie den wahren Grund seines Erfolges.« Er beugte sich näher zu ihr. »Man kann keinen Gott bezwingen.«

Er schloss die Augen und nahm sich einen Moment Zeit, um sich noch einmal der Bedeutung des Mannes bewusst zu werden, der von sich selbst und seinen Gefolgsleuten vor über zweitausend Jahren zum Gott erklärt worden war. Als er die Augen wieder öffnete, war sein Tonfall der eines Lehrers, nicht der eines Priesters.

»Der Vatikan. Mekka. Die Klagemauer. Was haben all diese Orte gemeinsam? Diese Orte zu erobern, ist ein Sakrileg. Damit würde man den Zorn von Millionen Gläubigen auf sich ziehen, die verlangen würden, dass jene bestraft werden, die es wagen, ihren Glauben mit Füßen zu treten. Aber ist es allein ihre Anzahl, die ihren Zorn rechtfertigen würde?«

»Ich … ich verstehe nicht.«

»Die vielen gläubigen Katholiken, Muslime und Juden

dürfen ihren Glauben ausüben, ohne dass man sie dafür verspottet. Aber Sie kommen hierher und beleidigen unseren Glauben. Warum sollten wir uns so respektlos behandeln lassen?«

»Was auch immer ich getan habe, ich wollte Ihnen keinen Schaden zufügen«, flehte Jasmin.

»Schaden?«, höhnte der Vorsteher. »Sie suchen die letzte Ruhestätte unseres gerechten Sohnes, des Abkömmlings von Amun persönlich, und dann behaupten Sie, Sie wollen uns *keinen Schaden zufügen?* Es ist genau *diese* Ignoranz, die unsere Art zu leben bedroht. Sie wollen seinen Leichnam finden, weil Sie gierig auf Reichtümer und Ruhm sind. Sie nennen sich selbst ›Gelehrte‹, ›Forscher‹ und ›Historiker‹, aber eigentlich sind Sie alle nichts als Diebe in der Nacht. Sie und Ihresgleichen denken sich nichts dabei, unsere Heiligen Orte zu schänden, und wofür? Im Namen der Wissenschaft? Für die Geschichte? Für Reichtum? Sagen Sie mir, womit rechtfertigen Sie Ihren fehlenden Respekt vor unserem Herrn und die Verachtung, die Sie seinen Gläubigen offensichtlich entgegenbringen?«

Er wartete auf eine Antwort, doch er bekam sie nicht.

*

Je länger Garcia zuhörte, desto verwirrter wurde er.

Der Wortführer dieser sektenartigen Gruppierung schien viel größeren Wert darauf zu legen zu informieren, als Informationen zu bekommen. Und nicht nur das. Ihn schien der Kampf, der über ihm stattfand, gar nicht weiter zu interessieren. Seine Stimme und sein Verhalten waren ruhig und gefasst, nichts davon wirkte hastig. Nicht einmal mit dem Feind an der Schwelle zeigte er auch nur das geringste Anzeichen von Panik.

Dass er keine Angst zeigte, war verstörend.
Das war die ganze Situation.
Garcia wusste, dass etwas nicht stimmte.

73. KAPITEL

Garcia war so auf das konzentriert, was in Jasmines Zelle geschah, dass er darüber für einen Moment Sarah und Dade vergessen hätte. Als er die vier Schattenkrieger bemerkte, die sich in ihre Richtung bewegten, war es fast zu spät.

Er behielt einen entspannten Tonfall bei, weil er wusste, dass eine plötzliche Reaktion von Sarah jeden alarmieren würde, der im Innern des Bunkers die Videobilder der Kamera kontrollierte.

»Sarah«, sagte er ruhig, »vier Männer sind gerade um die Ecke gebogen und auf dem Weg zu euch. Ihr müsst jetzt in die Waffenkammer gehen, die gleich links kommt. Behaltet euer Tempo bei, dann schafft ihr es. Euch bleiben noch zehn Sekunden, um hineinzukommen… neun… acht…«

In seiner Fantasie schrie Garcia sie an, dass sie sich beeilen sollten.

*

Sarah und Dade bewegten sich in stetigem Tempo auf den Raum zu, der sich vor ihnen befand. Es gab keine Unsicherheit in ihrem Gang und keine erkennbare Veränderung in ihren Bewegungen, nichts, was sie verraten konnte. Als Garcia bei »zwei« ankam, gingen sie durch die unverschlossene Tür und zogen sie vorsichtig hinter sich zu.

Garcia atmete erleichtert aus, als die Wachen vorbeigingen. »Seht ihr, gar kein Problem. Es war noch eine ganze Sekunde Zeit.«

»Danke«, flüsterte Sarah. »Sag Bescheid, wenn die Luft rein ist. Ich werde mir währenddessen mal ihre Bestände ansehen.«

»Geh nicht zu weit«, warnte er und suchte sie auf seinem Computermonitor. »Über der Tür ist eine Kamera montiert. Momentan kann ich euch nicht sehen. Es wäre am besten, wenn es so bleibt.«

»Machen wir«, antwortete sie und zupfte Dade am Ärmel.

Er nickte bestätigend. Er würde bei der Tür bleiben.

Wenn man sie mit eigenen Augen sah, war die Waffenkammer noch viel beeindruckender als auf dem Computermonitor. Die Bestände, die sich angesammelt hatten, standen denen der mächtigsten Warlords der Welt in nichts nach. Die Feuerwaffen allein reichten schon für eine Invasion. Bei vielen handelte es sich um ältere Modelle, aber sie waren ebenso tödlich wie alles, was heutzutage auf dem Markt erhältlich war.

Richtig interessant wurde es jedoch bei den Sprengstoffen.

Jedes Pfund Semtex konnte die Arbeit von tausend Schusswaffen erledigen.

Und damit fing das Arsenal erst an.

*

Ein neugieriges Grinsen überzog das Gesicht des Vorstehers.

»Sagen Sie doch«, fragte er, »ist Ihnen überhaupt klar, was Glauben bedeutet?«

Bevor Jasmine etwas sagen konnte, beantwortete er sich die Frage selbst.

»Natürlich ist Ihnen das nicht klar. Bei Ihrer Version des Glaubens steht es Ihnen frei, sich auszusuchen, wie viel Sie geben wollen. Sie gehen zum Gottesdienst, wann immer Ihnen danach ist. Unser Glauben jedoch ist umfassend. Unsere Hingabe ist absolut. Sie wurde in über zweitausend Jahren nicht schwächer. Selbst als unsere Stadt von den Römern überrannt wurde, haben wir dank unseres Glaubens triumphiert.«

»Sie haben getan, was nötig war«, sagte sie.

Sie hoffte, einen Anknüpfungspunkt gefunden zu haben.

Stattdessen war er darüber noch mehr verärgert.

»Bilden Sie sich ein, uns zu kennen? Glauben Sie, Sie verstehen, was ein Opfer ist?« Er schüttelte den Kopf. »Sie wissen nichts! Wir haben uns darauf vorbereitet, dass sich die Prophezeiung des Orakels erfüllt, wir haben sie nie infrage gestellt, nie daran gezweifelt, dass die Flut eines Tages kommen wird. Alles, was wir in Alexandria getan haben, war ein kalkuliertes Unterfangen, angefangen mit der vorgetäuschten Übernahme des römischen Glaubens bis hin zu unserer Assimilation in ihre Kultur. Die Kleider, die wir trugen, die Worte, die wir sprachen… alles nur Manöver, die uns in die Lage versetzten, Alexander zu schützen. Wir waren immer in der Minderzahl, aber wir haben uns nie übertölpeln lassen. Zuerst haben wir ihren Tempel genommen. Und dann den Sarkophag. Jahrhundertelang hat niemand einen Verdacht gegen uns geschöpft, und niemand hat unsere verborgene Botschaft entdeckt. Doch als sie entdeckt wurde, haben wir uns auch darum gekümmert!«

Auch wenn es ihn schmerzte, ein heiliges Stück ihrer Geschichte zu zerstören – einen Tempel in den Eingeweiden der Stadt, den sie jahrhundertelang erhalten hatten –, empfand der Vorsteher deswegen keine Reue. Der Fortbestand ihrer Religion war weitaus wichtiger als der Erhalt eines geschichtsträchtigen Bauwerks.

*

Garcia gefiel nicht, was er hörte. Die Worte aus Jasmines Zelle klangen plötzlich nicht mehr belehrend, sondern waren eine flammende Ansprache. Die Fassade des Priesters, der anfangs noch gefasst gewirkt hatte, bröckelte allmählich, und darunter kam brodelnder Zorn zum Vorschein.

Garcia machte sich Sorgen, dass das Geschrei nur ein Vorgeschmack dessen war, was bald kommen würde.

Er checkte seinen Monitor und sah, dass der Korridor endlich menschenleer war.

»Sarah, es wird Zeit zu gehen! In der Zelle wird es laut, und das gefällt mir nicht. Allmählich bekomme ich ein ungutes Gefühl bei der Sache, so als ob der Typ gleich explodiert.«

*

Sarah ging in den Flur, Dade folgte dicht hinter ihr. Sie wusste, dass sie in der Nähe der Zelle waren, aber sie konnte sich nicht erlauben, unvorsichtig zu werden. Dafür stand zu viel auf dem Spiel.

Bleib ruhig. Nicht laufen.

Finde Jasmine. Verschwinde dann mit ihr, so schnell es geht.

Falls sich ihnen nichts mehr in den Weg stellte, trennte sie nur noch ein langer Korridor von Jasmines Zelle, der zweimal abknickte, bevor es weiterging. Sarah wusste, dass es keine Kameras gab, die den Zickzack-Teil des Korridors abdeckten. Dort konnten sie sich nicht lange

546

aufhalten, aber er bot ihnen eine letzte Möglichkeit, sich zu sammeln.

Nur ein kurzer Augenblick, bevor sie zuschlugen.

*

Der Vorsteher erhob sich von dem Block und sprach seine letzten Worte. »Wer uns ›keinen Schaden zufügen‹ will, braucht unseren Zorn nicht zu fürchten. Aber jenen, die auf der Suche nach unseren Heiligtümern unseren Boden entweihen, begegnen wir mit all unserer Macht. Amun wird uns für unseren Glauben belohnen. Er und sein Sohn schützen uns. Sie leiten uns. Sie sind die Quelle unserer Stärke. Und unsere Macht ist unüberwindbar, weil uns Gott die Kraft dazu gibt.«

Als hätten sie auf ihr Stichwort gewartet, stürzten sich die muskulösen Wächter auf Jasmine und hielten sie fest. Obwohl sie um sich schlug und panisch schrie, schleiften sie die Frau mühelos über den Boden und brachten sie zum heiligen Stein. Der Wächter, der sie zuvor geschlagen hatte, krallte die Faust in ihr Haar und riss ihr den Kopf zurück, während man sie mit Gewalt dazu zwang, sich hinzuknien.

*

Als Sarah den Knick im Flur erreichte, hielt sie kurz inne. Sie musste wissen, was Garcia ihr verschwieg. Feuerschein tanzte über die Wand vor ihr, so als ob hinter der nächsten Biegung ein flammendes Inferno wütete.

»Hector«, flüsterte sie, »was ist da los? Ich sehe flackerndes Licht und einen Haufen Schatten an der Wand. Was erwartet mich da?«

»Sarah!«, schrie er. »Geh jetzt! Geh jetzt sofort!«

Sie griff unter ihr Gewand, zog die Waffe heraus und

wartete auf einen neuen Lagebericht. »Sag mir, was mich erwartet!«

*

Zum ersten Mal konnte Jasmine genauere Details des Steins erkennen.

Aus der Entfernung hatte sie geglaubt, der erdige Braunton des Steins wäre seine natürliche Farbe. Sie riss die Augen weit auf, als sie entdeckte, dass die Färbung in jedem Spalt menschlichen Ursprungs war. Die dunkelroten Flecken waren getrocknetes Blut, Rückstände von Hinrichtungen über einen Zeitraum von Jahrhunderten.

Sie starrte den Vorsteher an, vor Angst nahezu paralysiert. Sie beobachtete, wie ein Wächter dem Vorsteher seinen Umhang abnahm und ihm ein gekrümmtes Schwert übergab. Beim Anblick der Klinge wollte sie schreien, aber sie brachte kaum einen Ton heraus.

Der Vorsteher sah auf sie hinab. »Sie müssen für Ihren Frevel bezahlen.«

»Warten Sie, warten Sie, bitte warten Sie«, stammelte Jasmine und nahm das letzte bisschen Mut zusammen, das sie noch hatte. »Das Grab! Ich muss es wissen: Wo ist das Grab?«

Der Vorsteher lächelte, beugte sich vor und flüsterte ihr ins Ohr: »Es steht mir nicht zu, es Ihnen zu sagen. Amun wird es Ihnen selbst erzählen, wenn Sie ihm begegnen.«

Nach einem kaum wahrnehmbaren Nicken schlug der brutale Wärter ihr Gesicht auf den Stein. Die anderen beiden hielten ihre Arme weit auseinander, damit sie sich ihnen nicht entwinden konnte.

*

Garcia sprang auf und stieß seinen Stuhl um. »O Gott. Wenn noch jemand...« Er fing an zu hyperventilieren. »Die werden sie...«

Seine Knie wurden weich, und er schnappte nach Luft. »Sarah... jetzt!«

*

Der Vorsteher hob das Schwert über seinen Kopf und sagte ein paar Worte in seiner Muttersprache. Dann ließ er die Klinge mit aller Kraft nach unten sausen.

Das Letzte, was Jasmine im Leben hörte, war das hässliche Geräusch, mit dem ihr Hals durchtrennt wurde.

Einen Augenblick später rollte ihr Kopf über den Boden.

Gerade als Sarah die Zelle erreichte.

Eine erbärmliche Sekunde zu spät.

74. KAPITEL

Sarah erstarrte vor Entsetzen, als Jasmines Kopf über den Stein rollte. Alle Priester, die in der Kammer versammelt waren, wandten sich nach dem Eindringling um. Sarah sah die Verwirrung auf ihren Gesichtern – sie waren völlig geschockt, dass jemand in ihr Heiligtum eingedrungen war und es wagte, sich einzumischen.

In der Mitte stand der Vorsteher, sein Schwert feucht von Blut.

Ein Blick genügte.

Sarah drückte einfach ab.

Ihre Überzahl hätte den Priestern einen Vorteil verschaffen sollen, aber ihre Glock machte ihn mehr als wett. Bevor die Männer reagieren konnten, hob sie die Pistole und feuerte auf den Vorsteher. In ihrer Wut verfehlte sie ihr Ziel, erreichte aber doch, was sie beabsichtigte. Anstatt seinen Körper zu treffen, zerschmetterte die Kugel die Tonlampe, die seitlich neben ihm hing. Das Öl ergoss sich über sein Gewand. Sofort entflammte der brennende Docht den Brennstoff, und der Älteste ging in Flammen auf.

Als die anderen losstürzten, um die Flammen zu löschen, entfesselte Sarah die Hölle. Kugeln schlugen in Leiber ein, und Lampen zersplitterten, als sie in wütender Rachsucht ihr ganzes Magazin leer schoss. Als Dade zu ihr kam, riss sie ihm dessen Waffe aus den Händen und leerte auch deren Magazin.

550

Der Kugelhagel drängte die Männer zurück und setzte den ganzen Raum in Brand. Pfützen von brennendem Öl krochen über den Boden und griffen auf die niedergeschossenen Priester über. Sie wanden sich im Todeskampf, während sie wie Fleisch am Spieß gegrillt wurden, während Sarah zu begreifen versuchte, was geschehen war.

Sie stand wie betäubt da und konnte den Blick nicht abwenden.

Wie konnte das passieren?

Warum habt ihr sie umgebracht?

Was hat sie euch getan?

Einer der Kuttenmänner versuchte, in den sicheren Korridor zu kriechen, doch sie rammte ihm eiskalt die Tür ins Gesicht und sperrte ihn und die anderen in der Flammenhölle ein.

Im Korridor lehnte sich Sarah mit dem Rücken gegen die geschlossene Tür. Sie brauchte einen Moment, bis sie ihre Stimme wiederfand. »Jasmine…«

»Ich weiß…«, schluchzte Garcia. »Sie ist tot.«

*

Als Cobb die Nachricht erfuhr, zog sich ihm der Magen zusammen. Sie hatten alles versucht, und doch war alle Mühe umsonst gewesen. Was auch immer sie in Florida ursprünglich geplant hatten, die Sache war, als Jasmine in den Tunneln unter Alexandria entführt worden war, zu einer Rettungsmission geworden. Um sie war es gegangen und nicht mehr um den Sarkophag.

Jetzt war sie tot.

Seine Jahre im Militärdienst hatten ihn gelehrt, Schmerz zu ertragen, doch immun war er nicht dagegen geworden. Einen Kameraden zu verlieren, einen Soldaten, schmerzte sehr, doch Jasmine war eine Zivilistin gewesen, das einzige Mitglied ihres Teams, das nicht im Staatsdienst ausgebildet worden war. Zum Teufel, sogar Garcia hatte für das FBI gearbeitet.

Aber nicht Jasmine.

Tief in seinem Herzen wusste Cobb, dass er sie nach ihrem ersten Abenteuer dazu hätte bringen sollen, das Team zu verlassen. Er hätte sie zwingen sollen, das Geld zu nehmen und abzuhauen, aber irgendwie hatte er sich eingeredet, er könne sie vor der Gefahr schützen.

Offensichtlich hatte er versagt.

»Chief«, sagte McNutt niedergeschlagen, »habe ich Hector richtig verstanden?«

Die Stimme in seinem Ohr riss Cobb aus seiner Erstarrung. Er schluckte mühsam und zwang sich, seine Gefühle auszublenden. Trauern konnte er später. Jetzt musste er seine Emotionen in den Griff bekommen und sich auf die Menschen konzentrieren, die noch gerettet werden konnten.

Ihre Mission war zwar gescheitert, aber noch lange nicht beendet.

Noch mussten sie es schaffen, lebend aus diesem Bunker herauszukommen.

»Sarah, verschwinde da! Für dich gibt es dort nichts mehr zu tun!«

*

Bei allem Respekt vor Cobb war sie mit seinem Befehl ganz und gar nicht einverstanden.

Es *gab* noch etwas, was sie tun konnte.

Sie konnte jeden dieser Hurensöhne umbringen!

Sie drehte sich wortlos um und rannte zum Waffenlager zurück. Dade konnte kaum mit ihr Schritt halten, als sie den langen Korridor hinunterhastete. Sie riss wutentbrannt die Tür auf und suchte im Raum nach etwas, was ihr bei ihren Plänen nützlich sein konnte.

Die Auswahl war groß.

Auch wenn ihre Kenntnisse nicht an die von McNutt heranreichten, war sie bei der CIA bestens an allerhand Waffentypen trainiert worden. Sie fand eine Kiste, die vielversprechend aussah, hob den Deckel und entdeckte einen Vorrat von Benelli-M4-Flinten. Sie wusste, dass sich in den Regalen darunter noch beeindruckendere Feuerkraft befand, aber die M4 war robust und zuverlässig, streute beim Schießen so sehr, dass keine Präzisionsschüsse nötig waren, und mit der Kaliber-12-Munition konnte man jemandem ein sauberes Loch durch die Brust pusten. Das Magazin der italienischen Waffe fasste sieben Patronen, dazu kam eine weitere in der Kammer. Für das, was Sarah vorschwebte, die perfekte Wahl.

»Nimm das«, befahl sie und reichte Dade eines der Gewehre. Dann trat sie an eines der anderen Regale und schnappte sich die passende Munition. Sie warf Dade eine Schachtel zu, der noch keinen Ton gesagt hatte. »Lad die Waffe, dann steck dir den Rest in die Taschen.«

So hatte er Sarah noch nie erlebt.

Die Frau, die er kannte, versuchte Leben zu retten, sie nahm es nicht.

Doch er widersprach nicht.

Sarah beobachtete, wie Dade mit der Waffe herumfummelte, um sie zu laden. »Weißt du, was du tust?«

Dade starrte sie an. Er wusste nicht, ob sie sich auf seinen unbeholfenen Versuch bezog, die Flinte zu laden, oder auf seine Rolle in ihrem Plan – vorausgesetzt, sie hatte einen.

Er zuckte nur verwirrt mit den Schultern.

Sarah riss ihm die Benelli aus der Hand und füllte schnell das Magazin. Dabei hielt sie die Waffe so, dass er sehen konnte, wie es funktionierte. Als sie fertig war, hob sie die Flinte an die Schulter und zielte auf die Videokamera über der Tür. Sie drückte den Abzug, und die Kamera war plötzlich weg, zusammen mit einem großen Stück der Wand.

Sie warf die Waffe Dade zu. »Kapiert?«

Er nickte langsam. »Ja.«

»Gut«, knurrte sie und deutete auf die Tür. »Erschieß jeden, der versucht, durch diese Tür zu kommen. Wenn sich danach noch einer bewegt, schieß wieder.«

Garcia meldete sich. »Sarah, wo steckst du? Ich hab euch nicht mehr auf dem Schirm.«

»Und die uns auch nicht mehr«, bellte sie. »Mach dir keine Sorgen über das, was hier passiert. Sag mir einfach nur, wenn jemand in unsere Richtung unterwegs ist. Kapiert?«

»Ja, klar«, antwortete er. »Was immer du willst.«

Sie blickte zu Dade hinüber. »Funktioniert dein Comm noch?«

»Mein was?«

»Dein Comm. Kannst du Hector hören?«

»Ja«, murmelte er voller Sorge. Er sah ihr ängstlich zu, als sie sich von ihm abwandte und die Chemikalien durchsuchte, die an der Wand aufgestapelt waren. »Was machst du da?«

»Die Herde ausdünnen.«

Während sie die Regale, die Kartons und Fässer inspizierte, die die Wand bedeckten, erschreckte und erstaunte sie die Vielfalt von Sprengstoffen, die dort gehortet waren. Sie wusste, dass Gemische wie Semtex und C-4 für Jobs wie den in Alexandria perfekt geeignet waren. Die

Sprengstoffe waren stabil genug, um nicht schon beim Transport zu explodieren, und ließen sich für die optimale Wirkung beliebig formen und portionieren. Aber sie hatten auch ihre Nachteile. Vor allem brauchte jedes Sprengstoffpaket seine eigene Sprengkapsel.

Dynamit und andere auf Nitroglyzerin basierende Verbindungen benötigten keine Initialzündung – eine einfache elektrische Entladung oder eine Standardzündschnur reichten, um sie hochgehen zu lassen –, aber ihre Sprengkraft war, verglichen mit Plastiksprengstoffen, relativ schwach. Und für einen Job wie diesen waren schwache Mittel einfach nicht genug.

Nein, Sarah suchte nach einem Mittelding zwischen den beiden Möglichkeiten. Etwas, was den Bunker komplett auslöschen, das aber gezündet werden konnte, ohne mit Hunderten von Sprengkapseln herumhantieren zu müssen. Etwas Einfaches, aber Zerstörerisches. Eine Chemikalie mit gehörigem Rumms.

Etwas wie Ammoniumnitrat.

Das weiße Pulver sah mehr nach einem Waschmittel als nach einem tödlichen Sprengstoff aus, aber Sarah wusste, welchen Schaden es anrichten konnte. Im Jahr 1947 explodierte eine Schiffsladung Ammoniumnitrat in der Galveston-Bucht in Texas. Die Druckwelle zerstörte noch Fensterscheiben im vierzig Meilen entfernten Houston. Sie riss die Tragflächen von Flugzeugen ab, die über der Explosion flogen, und der Anker des Schiffes wurde irgendwann am anderen Ende der Stadt wiedergefunden. Die Explosion verursachte eine Kettenreaktion von Zerstörungen, die man mit denen einer Atombombe vergleichen konnte.

Und alles nur, weil die Schiffsladung überhitzt war.

Sarah zog den Deckel von der Plastiktonne und sah

sich die Substanz an. Schon das Ammoniumnitrat in diesem einen Behälter reichte aus, um mit Leichtigkeit das Waffenlager, die Flure und die Zelle zu vernichten, in der die Priester, wie sie hoffte, immer noch einen langsamen, qualvollen Tod starben. Aber das reichte nicht. Sie wollte die gesamte Anlage einäschern.

Zum Glück gab es drei weitere Fässer der tödlichen Mischung.

Genug, um das ganze Bauwerk mehrfach hochzujagen.

Sarah grinste bei dem Gedanken.

Um sicherzustellen, dass sich die Chemikalien entzündeten, zog sie einen Riegel Semtex aus dem Regal. Sie versah das Päckchen mit einem elektronischen Fernzünder, damit sie sich selbst in Sicherheit bringen konnten, bevor das Feuerwerk begann. Dann legte sie den Sprengsatz in das Ammoniumnitratfass und verschloss es mit dem Deckel. Jetzt konnte sie den Bunker per Knopfdruck in die Luft jagen und die Sektierer darin ausrotten.

Sie hatten ihrer Freundin das Leben genommen.

Jetzt würde Sarah es ihnen nehmen.

Sie verstaute den Fernzünder in ihrem Gewand und schnappte sich eine der Flinten. Es war Zeit zu gehen. »Hector, wie sieht es aus?«

»Der Flur ist sauber. Sie sind alle zur Kerkerzelle gelaufen.«

Sie stopfte sich eine Handvoll Patronen in die Taschen. »Simon, wir gehen!«

»Das wird auch Zeit«, murmelte Dade.

»Halt die Klappe und mach die Tür auf.«

Er ging zuerst hinaus, Sarah folgte dicht hinter ihm. Aber anstatt zu laufen, nahm sie sich einen Moment Zeit, um das Schloss der Tür zur Waffenkammer unbrauchbar zu machen. Das war keine langfristige Lösung, hinderte die Muharib aber fürs Erste daran, an ihre Waffen zu gelangen. Danach eilten sie denselben Weg, den sie gekommen waren, zum Ausstiegsschacht zurück.

Garcia warnte sie vor potenziellen Hindernissen. »Vier Wachen warten in einem Raum in der Nähe der Klappe auf euch. Ich glaube, sie wollen euch an der Flucht hindern.«

»Sind sie bewaffnet?«, wollte sie wissen.

»Nur mit Schwertern«, teilte ihnen Garcia mit.

»Großer Fehler«, keuchte sie. »Simon…«

Er fiel ihr ins Wort. »Ich weiß, ich weiß. Ich bin die Ablenkung.«

Simon atmete tief durch, dann lief er, so schnell er konnte, auf den Ausgang zu. Als er in die Nähe des Raums kam, in dem die Wachen warteten, schrie er wie am Spieß und rannte an ihrer Tür vorbei. Die vier Wachen nahmen sofort die Verfolgung auf, und keiner von ihnen dachte daran, sich umzudrehen, um hinter ihnen nach möglichen Eindringlingen Ausschau zu halten. Ein tödlicher Fehler, denn Sarah schoss sie nieder wie die Ziele auf einem Schießstand.

Blut und Hirnmasse spritzten an die Wände des Korridors, als sie das Feuer eröffnete. Salve um Salve durchschlug die Körper ihrer Feinde, riss ihnen die Organe heraus und verteilte ihre Gedärme auf dem Fußboden.

Die Wärter hatten nicht den Hauch einer Chance.

Als alles vorbei war, stand Sarah mitten in dem Blutbad. Von Zorn überwältigt konnte sie sich kaum an das erinnern, was sie getan hatte. Sie wusste nur, dass sie diese Männer sterben sehen wollte, wieder und wieder und wieder.

Irgendwann fiel ihr Blick auf die Waffe in ihren Händen.

Sie drückte immer noch den Abzug der entladenen Flinte.

Dade lief an den Leichen vorbei und kehrte zurück an ihre Seite. »Bist du okay?«

»Ja«, log sie und ließ die Waffe zu Boden fallen.

Auch er tat es. »Bist du sicher?«

»Ja. Mir geht es gut. Lass uns von hier verschwinden.«

Weil die Ausstiegsklappe so schwer war, entschied sich Dade, als Erster zu gehen. Sarah mochte zäher sein, aber er war zweifellos stärker.

Sie kletterten die Leiter hinauf, so schnell es ging, einer nach dem anderen, immer zwei Sprossen auf einmal, der Oberfläche entgegen, wo nicht weit entfernt in der Wüste noch gekämpft wurde.

Sarah hatte den Fernzünder in der Tasche und wusste, dass es schon bald vorbei sein würde.

Sie hatte eine Freundin verloren, doch sie würde sich rächen.

Zahlen sollten sie für das, was sie getan hatten.

Kamal dachte bedauerlicherweise dasselbe.

75. KAPITEL

Dade schob die schwere Platte beiseite, die das Einstiegsloch oben abdeckte, damit sie in die Wüste zurückkehren konnten. Er streckte den Kopf über die Betonröhre wie ein Erdmännchen, das nach Raubtieren Ausschau hält, und merkte schnell, dass sie nicht allein waren.

Weil er selbst den Tunnel nicht benutzen konnte, hatte Kamal geduldig neben der Klappe gewartet. Er verließ sich darauf, dass Dade dort, wo er eingestiegen war, auch wieder herauskommen würde. Seine Geduld wurde belohnt, als Dade aus der Tiefe kam.

Kamal verschwendete keine Zeit, packte Dade am Kragen, zog ihn aus dem Loch und schleuderte ihn wie einen Müllsack durch die Luft.

Dann wandte er sich wieder der Öffnung zu, um sich um Dades Komplizin zu kümmern.

*

Eben noch hatte ihr Dade auf der Leiter den Weg versperrt, dann war plötzlich nichts mehr von ihm zu sehen, so als hätte ihn Amun ergriffen und in den Himmel gerissen.

Sarah sah nach oben, weil sie wissen wollte, wie das möglich war.

Eine Sekunde später bekam sie die Antwort.

Kamals Gesicht füllte den Raum über ihr. Kurz danach bekam sie seine Waffe zu sehen. Sie wusste, dass sie in der engen Röhre ein leichtes Ziel abgab. Bei den Aussichten, die sie oben erwarteten, tat sie das Einzige, was ihr auf der Schnelle in den Sinn kam, um dem nahezu sicheren Tod zu entgehen.

Sie ließ los und fiel nach unten auf den Boden.

*

Wie sie starb, war Kamal egal, Hauptsache, sie tat es. Von diesem Gedanken beseelt, trat er an den Rand der Öffnung und gab einen Schuss auf die Frau auf der Leiter ab. Er sah, wie sie fiel, dann knallte er den Deckel zu und richtete seine Aufmerksamkeit wieder auf Dade.

Der sollte nicht so schnell sterben.

Dade, der sich noch nicht von dem Schock seines unerwarteten Fluges erholt hatte, erhob sich auf alle viere und versuchte, zu Atem zu kommen. Leider machte ihn das zu einem attraktiven Ziel für Kamal, der auf ihn zustürzte und ihm die Faust in die Körpermitte rammte. Der Riese grinste, als Dade Blut hustete, weil das bedeutete, dass er ihm ein paar Rippen gebrochen hatte.

»Steh auf, du verdammter Verräter!«, schrie Kamal in seiner Muttersprache Arabisch. Es war ihm egal, ob Dade ein Wort verstand. Er machte nur seinem Ärger Luft. »Steh auf und hol dir die Quittung für das, was du getan hast!«

Aber Dade stand nicht auf.

Er stöhnte nur vor Schmerz.

Also trat Kamal zu, sodass Dade auf den Rücken fiel.

Kamal blickte mitleidslos auf ihn hinunter und hob den Stiefel über Dades Gesicht. Er wollte mit aller Kraft, die er aufbringen konnte, den Kopf des anderen in die Erde stampfen, aber irgendwie gelang es Dade wegzurollen.

Der Riese konnte über diese sinnlose Bemühung nur lächeln.

Er hatte seinen Spaß.

*

Sarah am Fuße der Leiter öffnete die Augen. Ihre Ohren klingelten, und ihr Kopf dröhnte von der unsanften Landung auf dem Boden, aber sie war okay.

Jedenfalls dachte sie das.

Sie tastete sich ab, um ganz sicher zu sein.

Kein Blut, soweit sie feststellen konnte.

Nur eine Beule am Kopf.

Sie war noch nicht wieder ganz bei Sinnen, blickte zur Leiter hoch und versuchte sich an alles zu erinnern, was sie vor ihrem Fall gesehen hatte.

Die Klappe. Der Riese. Seine Waffe.

Und plötzlich begriff sie: »Simon!«

*

Dade richtete sich auf. Sein Nacken schmerzte, und seine Rippen waren gebrochen, aber er musste gegen den Schmerz ankämpfen. Seine Schnelligkeit war der einzige Trumpf, den er gegen den größeren, stärkeren Gegner ausspielen konnte, und sie nützte nichts, wenn er am Boden lag.

Kamal hob die Fäuste wie ein Boxer. »Komm schon. Kämpf wie ein Mann.«

Als Antwort schleuderte Dade eine Handvoll Sand in das Gesicht des Riesen, wodurch er ihm kurzfristig die Sicht nahm. Dann stürzte er sich nach vorn und hoffte, den kurzen Moment der Schwäche seines Gegners dafür nutzen zu können, ihn mit einem schnellen Tritt in den Unterleib kampfunfähig zu machen. Bei einem kleineren

Mann wäre sein Plan auch aufgegangen, aber hier trafen ein paar widrige Umstände zusammen – Kamals Größe, der Wüstensand, auf dem sein Fuß wegrutschte und dazu Dades Unvermögen, den anderen Fuß hoch genug zu bekommen, um Kamals Unterleib zu treffen. Jedenfalls streifte Dade sein Ziel nur ganz leicht. Anstatt ihm unerträglichen Schmerz zuzufügen, blieb sein Fuß zwischen den Oberschenkeln des Riesen stecken, wie ein Auto, das sich zwischen zwei Mauern verkeilt.

»Hurensohn!«, rief Dade und schämte sich seines Versagens.

Doch schon bald sollte aus der Scham Schmerz werden.

Kamal war vom Sand noch geblendet und konnte seinen Herausforderer nicht richtig sehen, aber er spürte den Fuß an einer Stelle, wo er ihn nicht haben wollte. Er packte Dades Bein und drehte es mit so viel Kraft um, dass die Sehnen im Knie und im Knöchel rissen.

Dade schrie vor Schmerz und versuchte, sein Bein freizubekommen, aber er schaffte es nicht, sich dem Griff des Riesen zu entwinden. Mit aller Kraft krallte er sich an den Mann, der ihn quälte, und versuchte, sich seinem schraubstockartigen Griff zu entziehen, während sich der rasende Schmerz in seinem Bein ausbreitete. Er war kurz davor, das Bewusstsein zu verlieren, als Kamal endlich den Griff lockerte.

Aber nicht aus Mitleid.

Sondern um Dades Leben ein Ende zu setzen.

*

Der Gedanke an Dade hatte Sarah wieder auf die Beine gebracht. Ihr war bewusst, dass er sich nicht verteidigen konnte, denn er hatte seine Flinte fallen lassen, bevor er die Leiter hinaufgestiegen war. Schnell nahm sie die Waffe an sich, denn sie wusste, dass sie noch voll geladen war.

Dade hatte keinen einzigen Schuss abgegeben.

Ihr blieben sieben Chancen, um die Sache zu klären.

Sie nahm das Gewehr in die eine Hand und zog sich mit der anderen an der Leiter hoch. Sie kam nur langsam und unbeholfen voran, weil ihr die eigenartige einhändige Kletterweise schwerfiel.

Aber sie durfte Dade nicht im Stich lassen.

Nicht jetzt, da er sie brauchte.

*

Kamals Fäuste prasselten wie Vorschlaghämmer auf Dade ein. Die ganze aufgestaute Wut brach aus Kamal hervor – für die würdelose Behandlung, die er bei Hassan hatte durchmachen müssen, dafür, dass er den Amerikanern durch die Kanalisation hatte hinterherjagen müssen, für den niederschmetternden Verlust seiner ganzen Mannschaft, für das zweifelhafte Vergnügen, Dade begleiten zu müssen, zuerst durch die Stadt und dann auf der langen Fahrt durch die Wüste.

Es war einfach zu viel.

Kamal genoss jeden einzelnen Augenblick. Er hatte unten angefangen und sich systematisch nach oben vorgearbeitet. Jetzt erreichte er Dades Gesicht und sah ihn mit unbändiger Wut an. Er packte Dades Kiefer und grinste. Der Kerl sollte ruhig wissen, was sein nächstes Ziel war.

»Für Tarek«, knurrte er auf Englisch.

Dade spuckte verächtlich Blut ins Gesicht des Ganoven. »Tarek kann mich mal.«

Als sein toter bester Freund so beleidigt wurde, packte Kamal neue Wut. Er nahm einen tennisballgroßen Stein aus dem Sand und schlug ihn Dade mit so ungeheurer Wucht ins Gesicht, dass die Knochen brachen. Dade war schon tot, aber Kamal schlug immer weiter, ließ Schlag um Schlag seinen ganzen Hass heraus. Der Riese fand kein Ende, nicht einmal, als von Dades Schädel nur noch eine triefende Masse von Knochen, Gehirnmasse und Haaren im trockenen Wüstensand übrig war.

76. KAPITEL

Sarah erreichte das obere Ende der Leiter und kroch hinaus ins Mondlicht. In weniger als sechs Metern Entfernung sah sie Kamal über Dades leblosen Körper gebeugt.

Der Kampf war schon vorbei.

Sie kam zu spät, um ihn zu retten.

Wenn Sarah es gewollt hätte, hätte sie sich in Sicherheit bringen können. Kamal überließ sich anscheinend völlig seiner Wut und hielt sie für tot. Vermutlich hätte er sie nicht einmal bemerkt. Sie hätte mit Leichtigkeit an ihm vorbeihuschen und zum Basislager zurückkehren können.

Doch daran dachte sie nicht einmal im Traum.

Wortlos legte sie die Flinte an ihre Schulter, richtete sie auf den ahnungslosen Ganoven und schoss. Die Kugel durchschlug Kamals Arm und warf ihn zu Boden. Der zweite Schuss zertrümmerte sein Bein. Er schrie vor Schmerz laut auf, aber Sarah kannte kein Mitleid mehr, und daran würde sich auch lange nichts mehr ändern.

Um sein Leben zu verteidigen, tat Kamal das Einzige, was er noch konnte.

Er griff nach seiner Pistole – wenn er schon sterben musste, dann im Kampf.

Sarah ballerte ihm die verbliebenen Schüsse in die Brust, bevor er die Waffe hochbekam. Nach jedem Schuss machte sie einen Schritt auf ihn zu und spürte jedes Mal, wenn sie den Abzug durchzog, Befriedigung. Als sie ihn schließlich erreichte, war er unverkennbar tot, aber sie schoss noch einmal, nur um ganz sicher zu sein.

*

Garcia hatte gesehen, dass Sarah die Flinte die Leiter hochgeschleppt hatte und kurz danach die Schüsse gehört, aber er hatte keine Ahnung, was passiert war. Nach ihrem Ausstieg aus dem Bunker konnte er ihre Bewegungen nicht mehr über das Netzwerk von Überwachungskameras verfolgen.

»Sarah«, sagte er, »kannst du mich hören? Bitte Statusbericht ...?«

Cobb wartete mehrere Sekunden auf eine Reaktion. Er war nicht der Typ, der gleich panisch wurde, aber nach dem, was erst wenige Augenblicke zuvor geschehen war, war die längere Funkstille nervenaufreibend.

»Hector, gib mir ein Update. Wo ist Sarah?«

»Ich hab keine Ahnung. Ich habe sie und Simon durch das Wurmloch kriechen sehen, aber ich glaube, sie wurden vor dem Bunker angegriffen, denn ich habe beobachtet, wie Sarah in die Röhre zurückgestürzt ist, ein Gewehr vom Boden nahm und wieder an die Oberfläche zurückkletterte. Danach habe ich noch mehrere Schüsse gehört. Nicht von einer kleinen Glock, sondern von etwas viel Stärkerem.«

Cobb hatte die Schüsse auch gehört. Nicht nur in seinem Ohrhörer, sondern auch in der Weite der Wüste. Da er nun wusste, dass sie von Sarahs Waffe stammten, hoffte er, dass sie sich meldete. Falls sie es nicht tat, blieb ihm keine Wahl, als sie zu suchen.

»Sarah, hier ist Jack. Bist du da draußen?« Er wartete ein paar Sekunden, bevor er hinzufügte: »Wenn du meine Stimme hörst, aber nicht reden kannst, klopf einfach auf dein Comm und gib uns irgendwie ein Zeichen. Josh und ich kommen dann, um dich zu holen.«

»Lasst es«, befahl sie.

Cobb, Garcia und McNutt atmeten erleichtert auf.

»Wir haben uns Sorgen um dich gemacht«, sagte Garcia.

»Braucht ihr nicht. Kümmert euch um euch selbst.«

Cobb gefiel ihr düsterer Tonfall nicht. Er wusste, dass sie unter dem Verlust Jasmines litt, aber das war nicht der geeignete Zeitpunkt, um unüberlegt zu reagieren, dazu lauerten zu viele Gefahren in der Wüste. »Sarah, wo bist du? Bist du mit Simon zusammen?«

»Simon ist tot«, meldete sie. »Kamal hat Dade umgebracht, deshalb habe ich Kamal getötet.«

Cobb stöhnte. Eine Kameradin zu verlieren war schlimm genug, aber zwei Kameraden kurz nacheinander, das war entsetzlich. »Sarah, das mit Simon tut mir leid. Ehrlich. Wo bist du?«

»Macht euch um mich keine Sorgen. Kümmert euch um euch selbst«, sagte sie noch einmal.

»Wie bitte?«, fragte er verwirrt.

»Seid ihr weg von dem Bunker?«

»Ja«, sagte er und versuchte, das alles zu verstehen.

»Was ist mit Josh?«

»Was soll mit mir sein?«, fragte McNutt von seinem Scharfschützenposten aus.

»Bist du weit genug vom Bunker weg?«

»Ja, ich bin auf Abstand zu dem gottverdammten ...«

»Moment«, schrie Cobb, der es allmählich mit der Angst zu tun bekam. Aus ihrem Tonfall und ihrer Art zu fragen schloss er auf das, was gleich kommen würde. »Ich weiß, was in dir vorgehen muss, aber denk erst mal über alles nach. Tu nichts, was dir hinterher leidtun wird.«

»Es wird mir nicht leidtun.«

»Jack«, fragte Garcia, »wovon redest du?«

*

Weil er spürte, dass sich Ärger zusammenbraute, suchte McNutt mit seinem Zielfernrohr in der Dunkelheit nach Sarah. Er war geschockt, als er sie durch die Wüste sprinten sah.

Durch die Optik seines Gewehrs betrachtet, wirkte sie völlig unkontrolliert und als sei es ihr egal, was aus ihr wurde. Leider hatte er so ein Verhalten in einem Kampf schon erlebt. Es endete nie gut. Er flehte zum Himmel, dass es nicht nötig sein würde, sie mit einem Schuss zu töten, aber er wollte bereit sein, falls sie jemandem aus seinem Team gefährlich werden würde.

»Chief, ich hab Sarah im Blick. Sie rennt aufs Basislager zu, als ob ihr Höschen brennt. Was, zum Teufel, ist da los?«

»Sie rennt auf mich zu?«, platzte Garcia heraus.

»Entspannt euch«, befahl Cobb.

McNutt ließ sie nicht aus den Augen. »Chief, sie hat etwas in der Hand. Ich kann nicht sagen, was es ist. Ich glaube nicht, dass es eine Waffe ist, aber von hier aus kann ich es nicht erkennen. Wie lautet der Befehl, Sir?«

»Sarah«, sagte Cobb, »tu es nicht, außer du bist dir ganz sicher.«

»Was soll sie nicht tun?«, wollte Garcia wissen. »Bin ich in Gefahr?«

»Wie lautet der Befehl?«, wiederholte McNutt.

*

Sarah war weit genug vom Bunker entfernt. Sie verlangsamte ihr Tempo, dann hielt sie an, drehte sich um und blickte in die Wüste. »Jack, ich bin mir ganz sicher. Es muss getan werden.«

*

Cobb atmete tief durch und nickte. Er begriff.

Er hatte es selbst schon oft erlebt, darum kannte er ihren Schmerz.

Er würde sie nicht aufhalten.

»Josh, Gefechtsbereitschaft aufheben. Ich wiederhole: Gefechtsbereitschaft aufheben.«

McNutt gehorchte. »Gefechtsbereitschaft aufgehoben. Wiederhole: Gefechtsbereitschaft aufgehoben.«

»Josh«, sagte Cobb.

»Ja, Chief.«

»Das willst du dir bestimmt ansehen.«

»Was will ich sehen, Chief?«

»Das Feuerwerk.«

*

Sarah startete die Show mit einem Knopfdruck.

Einen Augenblick später explodierte das Semtex, das sie im Munitionsdepot scharfgemacht hatte. Die Explosion zerriss das Waffenlager und erschütterte den ganzen Bunker, aber das war erst der Anfang. Als die Explosionshitze die Fässer mit dem Ammoniumnitrat entzündete, raste eine Flammenwand durch jeden Raum und jeden Flur im Gebäudekomplex. Und so wie Sarah gerade erst durch die Röhre entwichen war, tat es jetzt das flammende Inferno.

Nur dass es jeden der Tunnel nutzte, alle auf einmal.

Flammensäulen erhoben sich hoch in die Luft, erhellten den Himmel und machten die Nacht zum Tag. All jene unglücklichen Seelen, die sich in den Tunneln aufhielten, wurden brennend in den Himmel hinausgepustet wie Meteoriten, die allerdings in die falsche Richtung flogen. Körper erschienen wie dunkle Schatten vor den Flammen, als sich die Krieger, die sich noch auf dem Schlachtfeld befanden, panisch umblickten auf der Suche nach einer Fluchtmöglichkeit vor dem fast sicheren Tod. Doch noch bevor sie sich rühren konnten, wurden sie von den bebenden Sandmassen unter ihren Füßen in die Tiefen der Erde gezogen.

Alle, die sich auf dem Schlachtfeld aufhielten, wurden von dem zusammenbrechenden Gelände verschüttet, zerschmettert, verschluckt und verkohlt. Wie bei einer biblischen Plage schmolzen ihre Körper in der Hitze. Den Muharib unter ihnen kam es vor, als wäre es Amun selbst, der sie in seinem Zorn für ihre Sünden strafte. Sie fügten sich ergeben in ihr Schicksal.

Für Hassans Kämpfer war es viel, viel schlimmer.

Für sie gab es keine Erlösung, sondern nichts als den Tod.

*

Als sich McNutt und Cobb in der Dunkelheit schließlich fanden, war die Wüste unheimlich still. Der glühende Krater im Boden zischte und grummelte zwar noch, und ab und zu explodierte Munition, aber es gab keine Lebenszeichen mehr. An die Stelle des Grunzens und Stöhnens der Schlacht waren Todesschreie gerückt, doch jetzt waren selbst diese verstummt.

Auf dem Gebiet hatte rege Betriebsamkeit geherrscht.

Hunderte von Menschen, alle ihrer Sache ergeben.

Jetzt waren nur noch sie übrig.

Cobb sah seinen Kameraden an. »Bist du okay?«

McNutt nickte. »Ja, Chief. Mir geht es gut.«

An die Stelle seiner üblichen jovialen Art war eine melancholische Traurigkeit getreten. Auch wenn sein Humor es oft verbarg, sah er das Team als seine Familie an, etwas, was er als Kind nie gehabt hatte. Dass er Jasmine noch keine sechs Monate gekannt hatte, vergrößerte seinen Schmerz nur. Nach seinem Gefühl hatten sie gerade erst am Anfang ihrer Beziehung gestanden.

Sie gingen schweigend die Straße hinunter, ein jeder dachte über das nach, was die Zukunft wohl für sie bereithielt. Sie wussten, dass noch fünf Millionen Dollar für ihren ursprünglichen Auftrag auf sie warteten, aber das Geld erschien ihnen in diesen Momenten bedeutungslos. Sie hätten gerne darauf verzichtet, hätten sie dafür Jasmine zurückbekommen. Aber eines war klar: Papineau musste alle Versprechen erfüllen, die er ihr gemacht hatte, sonst würden sie den Rest ihres Lebens damit verbringen, das seine zu zerstören.

Es war kurz vor Sonnenaufgang, als sie den provisorischen Parkplatz nicht weit von der Wüstenpiste erreichten. Sie näherten sich dem Mercedes-SUV, und es war deutlich zu erkennen, dass etwas nicht stimmte. Sie waren fast eine Meile vom Schlachtfeld entfernt, trotzdem war alles voller Blut. Die gesamte vordere Hälfte des Fahrzeugs war mit der klebrigen roten Flüssigkeit bespritzt.

Sie teilten sich auf und näherten sich dem Schauplatz von zwei Seiten.

»Was ist hier passiert?«, fragte McNutt.

Cobb schüttelte den Kopf. »Vorhin hat es hier noch ganz anders ausgesehen.«

Ein paar Sekunden vergingen, bevor wieder jemand das Wort ergriff.

»Das musst du dir ansehen, Chief.«

Cobb eilte hinüber. Dann sah er die Leiche, die zusammengesunken gegen die Tür gelehnt dahockte. Hassans kaltes, starres Gesicht blickte zu ihnen hoch. Die Kehle war ihm von einem Ohr zum anderen durchgeschnitten worden.

Die Wunde verriet ihnen alles, was sie wissen mussten.

Es gab noch mindestens einen Muharib, mit dem keiner gerechnet hatte.

Vielleicht auch mehr.

77. KAPITEL

Sonntag, 9. November

Mittelmeer

(zehn Meilen nördlich von Marsa Matruh, Ägypten)

Cobb stand allein am Steuerrad und blickte stumm hinaus auf die Gischtkronen ringsumher. Obwohl der Himmel klar und hell war, sorgte der Wind für eine heftige Dünung.

Er hielt es für passend.

Es war eine raue Fahrt gewesen.

Zuerst hatten sie Sarah in der Wüste eingesammelt, dann war Cobb zum Basislager gefahren, wo Garcia bereits ungeduldig auf ihre Rückkehr gewartet hatte. Er hatte bereits sämtliche Ausrüstung gepackt und gestapelt und brauchte nur noch alles in den Humvee zu laden, bevor es weitergehen konnte. Sie hatten schnell und leise gearbeitet, und alle hatten gehofft, die Oase bald hinter sich lassen zu können – als würde das reichen, sie die Tragödie vergessen zu lassen.

Aber natürlich reichte es nicht.

Schließlich waren sie nach Norden an die ägyptische Küste gefahren, wo sie alles auf die Yacht gebracht hatten, bevor sie aufs Meer hinausgesteuert waren. Sie beabsichtigten, sich für ein paar Tage in internationalen Gewässern unsichtbar zu machen und dann erst die nächsten Schritte zu planen – *falls* es überhaupt nächste Schritte gab. In Wahrheit sonderten sie sich alle voneinander ab. Und das nicht, weil sie sauer aufeinander waren, sondern einfach, weil jeder etwas Zeit für sich brauchte.

Zeit zum Nachdenken und Trauern.

Kurz nach Mittag war es damit vorbei, als Papineau sich zu Cobb auf die Brücke gesellte.

Cobb wandte sich zu ihm um und grüßte. »Ist Cyril wohlbehalten nach Athen gekommen?«

Papineau nickte. »Er ist vor etwa einer Stunde dort eingetroffen.«

Weil die Festung der Muharib in Trümmern lag, sah Manjani keine Veranlassung mehr, sich zu verstecken. Wenn ihn die letzten paar Monate etwas gelehrt hatten, dann war es, die ihm noch verbliebene Zeit zu nutzen. Das Massaker an seinen Studenten, die Katastrophe in Alexandria und Jasmines Hinrichtung hatten ihm gezeigt, wie schnell alles vorbei sein konnte. Unter dem Eindruck dieser Erfahrungen hatte er beschlossen, Kontakt zu seinen Verwandten aufzunehmen, die ihn alle für tot gehalten hatten.

Cobb konnte sich denken, wie glücklich seine Familie sein würde.

»Wo Sie schon mal da sind«, sagte Cobb, »würde ich gern mit Ihnen über Jasmine sprechen. Ich möchte, dass ihre Eltern ihr Geld erhalten. Und nicht nur die Zahlung für unsere erste Mission, sondern alles, beide Anteile, ohne Abzüge und steuerfrei.«

»Ja, selbstverständlich. Ihren Eltern wird die ganze Summe überwiesen.«

»Und dass sie nach Amerika gebracht werden, gilt noch?«

Papineau nickte.

»Es ist bereits alles in die Wege geleitet. Erste Klasse.

Alle Spesen inklusive. Das Geld wartet schon auf sie, wenn sie ankommen.«

Cobb spürte, wie die Anspannung in seinen Schultern nachließ. Jasmine und ihre Familie hatten ihm schwer auf der Seele gelegen, seit sie die Wüste verlassen hatten. Er wusste, dass Geld über den Verlust eines Kindes nicht hinwegtrösten konnte, aber er war froh zu hören, dass Jasmines Einsatz nicht umsonst gewesen war. Ihre Familie würde das Leben führen können, das Jasmine sich für sie gewünscht hatte.

»Haben Sie ihrer Familie erzählt, was geschehen ist?«

Papineau schüttelte den Kopf. »Sie wissen von nichts, außer, dass sie sie nicht am Flughafen abholen wird. Ich war davon ausgegangen, dass Sie …«

Ihrer ursprünglichen Vereinbarung gemäß schuldete Papineau eigentlich keinem den vollen Anteil für die gescheiterte Mission, doch sein Gewissen trieb ihn dazu, insbesondere die Schuldgefühle, die er wegen Jasmine empfand.

Er wusste, dass er sich ihr und den anderen gegenüber schuldig gemacht hatte, als er ihnen beim Briefing in Florida nicht ausführlich von dem gewaltsamen Ende berichtet hatte, das Manjanis Expedition genommen hatte. Wenn er ihr von dem Angriff auf ägyptischem Boden erzählt und sie damit vorgewarnt hätte, wäre Cobb die Dinge in Alexandria anders angegangen.

Mit seinem Schweigen hatte er das ganze Team gefährdet.

Während Papineau stumm aufs Meer hinaussah, streckte Garcia den Kopf durch die Tür und räusperte sich, um auf sich aufmerksam zu machen.

»Jack«, sagte er zögernd, »hast du eine Minute Zeit?«

Cobb nickte. Ihm war jede Ablenkung recht. Alles nur,

damit er nicht dauernd an Jasmine denken musste. »Natürlich. Was kann ich für dich tun?«

Garcia schlug beschämt die Augen nieder. »Ich weiß, ich sollte zurzeit nicht arbeiten. Aber du weißt ja, so bin ich nun mal, und ich hab eine Beschäftigung gebraucht.«

Cobb ging zu ihm und legte ihm die Hand auf die Schulter. Anders als Sarah und McNutt hatte der Computernerd den Tod im Einsatz noch nie miterlebt. »Bist du okay?«

»Ja«, versicherte er ihm. »Mir geht es gut. Es ist nur… also, ich bin ein paar Sachen auf meinem System durchgegangen, und dabei ist mir etwas aufgefallen, was ich mir nicht erklären kann.«

»Worum geht es?«, fragte Cobb.

Garcia sah ihn an. »Darf ich es dir zeigen?«

»Selbstverständlich. Geh du voran.«

*

Cobb und Papineau folgten Garcia in die Kommandozentrale und stellten sich vor eine Reihe Bildschirme. Auf jedem sah man durchlaufende Zeilen mit Programmcode, oszillierende Kurven und andere Darstellungen. Für Cobb und Papineau war es Hightechkauderwelsch, eine Geheimsprache, die nur Hacker entziffern konnten.

Garcia erklärte, was er getan hatte. »Wir haben uns in das Sicherheitssystem des Bunkers gehackt, um alle Videoströme aus ihrem Netzwerk anzuzapfen und sehen zu können, was sie sahen. Dafür habe ich ein Programm benutzt, das nur das ausgewählt hat, was wir brauchten. Die Auswahlkriterien waren einfach: Videosignale, die aus dem Innern des Bunkers stammten. Alles andere wurde in einen digitalen Papierkorb gefiltert. Weil ich im Lager nur zwei Computer hatte, fehlten mir die Ressourcen, um alle Daten zu sortieren und durchzuscannen, aber diese Ressourcen habe ich jetzt. In den letzten paar Stunden habe ich mich durch den Müll durchgearbeitet. Das meiste davon war Digitalschrott, wie ich es erwartet hatte. Aber dann bin ich auf das hier gestoßen.«

Garcia tippte auf eine Tastatur, und anstelle der unverständlichen Datenströme zeigten die Monitore auf einmal Bilder einer Wüstenlandschaft.

Malerisch wie ein Bildschirmschoner.

»Hübsche Landschaft, was?«

»Sehr hübsch«, antwortete Papineau. »Wann wurde das aufgezeichnet?«

»Es ist keine Aufzeichnung«, sagte Cobb und sah sich das Bild genauer an. Es war dunkel gewesen, als er sich in dem Schuppen in die Kommunikationsleitungen eingeklinkt hatte, und die Sonne war erst nach der Zerstörung des Bunkers aufgegangen. »Das ist eine Liveübertragung.«

Garcia nickte, irgendwie froh, dass Cobb es selbst herausgefunden hatte. »Du hast recht. Es ist ein Batchsignal aus einer externen Quelle.«

»Was meinen Sie mit *Batch*?«, fragte Papineau.

»Insgesamt sind es acht«, erklärte Garcia. »Sie decken das ganze Panorama ab.«

Er drückte einen Knopf, dann teilte sich der Hauptscreen in ein Gitterraster aus neun Kästchen auf. Das mittlere Kästchen war leer, aber die acht umliegenden Kästchen boten einen 360-Grad-Blick auf die Wüste.

Weil der Boden nicht glühte und die Luft nicht grau von giftigem Rauch war, war für Cobb klar, dass diese Aufnahmen nicht von dem Ort stammten, wo sich der Bunker befunden hatte. »Wo ist das?«

Garcia klickte mit der Maus, und eine Karte der Westlichen Wüste erschien auf einem der Screens. Ein pulsierender roter Punkt lenkte ihre Aufmerksamkeit auf eine Stelle, die nur wenige Meilen vom Ort der Schlacht entfernt lag. »Es kommt von genau dort.«

Papineau beugte sich näher heran, weil er hoffte, etwas Wichtiges entdecken zu können.

Doch alles, was er sah, war Wüste.

Er wandte sich an Garcia. »Was ist das?«

»Keine Ahnung«, erwiderte der. Er hatte sich die Bilder minutenlang genau angesehen, ohne zu einem Schluss zu gelangen, und erst dann den Mut gefunden, Cobb und Papineau hinzuzuholen. »Ich kann das Bild auf tausend Prozent vergrößern, und es ist trotzdem nichts zu erkennen. Einfach nur Sand im Wind. Warum, zum Teufel, nimmt sich jemand die Zeit und beobachtet die kahle Wüste?«

»Vogelbeobachtung?«, schlug McNutt vor, der in der Tür stand.

Cobb drehte sich grinsend nach ihm um. Sie konnten Verstärkung gebrauchen.

McNutt aber erklärte im nächsten Moment, dass er nicht scherzte. »Ganz im Ernst, Chief. Solche Installationen habe ich schon gesehen.«

»Vogelbeobachtung?«, murmelte Papineau.

»Nicht nur Vögel«, erklärte McNutt. »Alligatoren, Elefanten, Einhörner… was immer Sie wollen. Man baut solche Kameras in den Dschungel, also warum nicht auch in die Wüste? Überall, wo sich Tiere schubbern, gibt es einen Perversen, der zusehen will. Verlasst euch drauf, das weiß ich aus eigener Erfahrung.«

»Als Perverser oder als schubberndes Tier?«, fragte Sarah beim Eintreten.

Sie kam so überraschend herein, dass es alle verblüffte. Seit ihrer Rückkehr zum Boot war sie in ihrer Kabine gewesen und hatte diese nur verlassen, wenn sie auf die Toilette musste. Ansonsten war sie in der Koje geblieben.

»Und?«, wollte sie wissen.

»Sowohl als auch«, erwiderte McNutt und lachte.

Cobb und Sarah tauschten einen Blick. Worte waren nicht nötig.

Währenddessen konzentrierte sich Garcia auf die aktuelle Herausforderung. Er hackte wild auf seiner Tastatur herum, bis er zu einer gesicherten Website gelangte, die Antworten für sie bereitzuhalten schien. Die ganze Website war passwortgeschützt, und weil alle auf ihn warteten, hatte er nicht die Zeit, die Verschlüsselung zu knacken. Obwohl er so nicht direkt an die Daten herankam, konnte er die Nachricht auf der Startseite lesen.

»Ihr werdet es nicht glauben, aber es sieht aus, als hätte Josh recht.«

»Vogelbeobachtung?«, wiederholte Papineau.

Garcia nickte und las laut vor: »Die Initiative zur Observation der Westlichen Wüste hat sich das Studium des einzigartigen Wildlebens der Region ... blablabla ... in Kooperation mit dem ägyptischen Umweltministerium ... schwafel, laber ... Nagetiere, Schlangen, Vögel ... und so weiter.«

»Hab ich's nicht gesagt?«, prahlte McNutt. »Müslifressende Baumkuschler gibt es überall – sogar dort, wo es überhaupt keine Bäume gibt. Kann mir mal einer sagen, was das für einen Sinn haben soll?«

Sarah schüttelte den Kopf. »Es ergibt keinen Sinn. Wenn man das Leben der Tiere studieren will, konzentriert man sich auf bestimmte Bereiche – ein Nest, ein Wasserloch, solche Dinge eben. Das hier ist das genaue Gegenteil davon. Man baut keine Kameras mitten in die leeren Weiten, außer man hat einen Grund dafür.«

Garcia verstand nicht. »Und was für einen Grund?«

»Hierbei geht es nicht um Forschung. Das ist eine Alarmanlage.«

»Eine Alarmanlage?«, fragte McNutt lachend. »Mir ist schon klar, dass du dich mit Diebstählen und so auskennst ... Oh, tut mir leid, ich wollte natürlich sagen: eine ›Beschaffungsexpertin‹ bist. Aber in jedem Film, den ich bisher gesehen habe, in dem es um komplizierte Einbrüche ging, waren die Überwachungskameras auf etwas ausgerichtet. Du weißt schon, auf etwas *Wertvolles*.«

»Stimmt«, sagte sie, »aber weißt du, was all diese Filme gemeinsam haben? Die Schätze werden immer gestohlen, weil die Kameras an der falschen Stelle stehen.«

»Wie kommt das?«, fragte Cobb.

»Denk mal darüber nach«, sagte sie. »Kameras sind normalerweise an den Außenwänden montiert und nach innen auf etwas Wertvolles gerichtet. Aus irgendeinem Grund fühlen sich Leute sicherer, wenn das Wachpersonal die Dinge aus der Entfernung im Auge hat. Solche Systeme haben jedoch einen Kardinalfehler. Die Kameras sind am Rand des Raums angebracht. Das gibt jemandem wie mir die Möglichkeit, unbemerkt heranzukommen und die Kamerabilder zu manipulieren, bevor ich auch nur einen Fuß hineinsetze.«

»Und hier?«

Sie betrachtete die Videobilder auf dem Screen. »Die Typen haben es richtig gemacht. Sieh dir doch nur den Blickwinkel an. Wenn man wirklich auf Nummer sicher gehen will, stellt man mehrere Kameras in die Mitte eines Gebietes und richtet die Objektive von der Sache *weg*, die man schützen will. So weiß man immer, wer kommt, um sie zu stehlen.«

»Aber was? Was ist es?«, wollte Garcia wissen, bei dem

der Groschen noch nicht gefallen war. »Was, um alles in der Welt, sollte jemand mitten in der Wüste stehlen wollen?«

Sie tippte mit dem Finger auf das blanke mittlere Rechteck. »Den Sarkophag.«

78. KAPITEL

Montag, 10. November
Wüste Sahara
(zehn Meilen südöstlich von Siwa)

Die Entscheidung weiterzumachen fiel nicht schwer. Das Team litt noch unter Jasmines Verlust, und Cobb spürte, dass dies die richtige Weise war, über ihre Trauer hinwegzukommen. Er wusste, dass Jasmines letzte Gedanken Alexander gegolten hatten, und wenn sie es auch nicht vermochten, sie wieder zum Leben zu erwecken, konnten sie trotzdem etwas tun, damit ihr Opfer nicht umsonst gewesen war.

Außerdem waren die Hinweise viel zu überzeugend, um sie zu ignorieren.

Wie es seine Art war, bestand Cobb auf ausführliche Aufklärung, bevor er seinem Team gestattete, in die Westliche Wüste zurückzukehren, aber im Gegensatz zu vorangegangenen Aufklärungsmissionen, bei denen die Anwesenheit vor Ort notwendig war, sammelte er diesmal seine Erkenntnisse, ohne das Boot zu verlassen. Mit Garcias Hilfe verwendete er Aufnahmen von Spionagesatelliten im Orbit und die Livebilder der Überwachungskameras im Gelände, um ihre Mission detailliert vorzubereiten.

Oberflächlich betrachtet wirkte Cobbs Plan ebenso selbstmörderisch wie genial, doch er versicherte dem

Team, dass er funktionieren würde, wenn sie bereit waren, McNutt ihr Leben anzuvertrauen. Es war nicht überraschend, dass man sich schnell und in offener Abstimmung *für* den Plan entschied, und zwar einstimmig. Auch wenn er etwas durchgeknallt wirkte, wussten sie, dass McNutt ein erstklassiger Soldat war, der sie nicht enttäuschen würde. Wenn er versprach, das Team zu beschützen, dann glaubten sie es ihm auch.

Nach der Abstimmung verbrachten sie die nächsten Stunden damit, ihre Ausrüstung zusammenzustellen, wobei sich dank Papineaus Geld und Verbindungen keinerlei Schwierigkeiten ergaben.

Gegen Sonnenaufgang lud das Team sein Gepäck hinten in einen wüstentauglich gemachten Land Cruiser, und da sich der Stauraum als unzureichend erwies, packten sie den Rest ihrer Ausrüstung auf das Dach des allradgetriebenen Geländewagens. Dann verabschiedeten sie sich von Papineau, der auf der Yacht bleiben sollte.

In Wüstenkleidung und mit der landesüblichen Kopfbedeckung, die sie trugen, um nicht aufzufallen, erreichten sie wenige Stunden später die Randbezirke des Areals und wurden von dem unwegsamen Gelände ausgebremst. Obwohl sie vorher die Videobilder studiert hatten und ihnen klar gewesen war, dass es dort keine Seen, keine Felsformationen und auch sonst keine geografischen Besonderheiten gab, die die Grabstelle in diesem flachen Wüstengebiet kennzeichneten, war der Ort trostloser, als sie es sich vorgestellt hatten. Es gab nichts als Sand, wohin sie auch blickten.

»Die Gegend hier geht mir auf die Nüsse«, murmelte Garcia.

»Das sagst du so, als ob es was Schlechtes wäre, wenn dir eine an die Nüsse geht«, witzelte McNutt.

Sarah verdrehte die Augen. »Kann ich mich noch umentscheiden?«

Cobb nickte. »Auf jeden Fall.«

»Wenn das so ist, möchte ich den Platz noch einmal abgehen, um ein Gefühl dafür zu bekommen.«

»Aber bevor du das machst«, sagte er und reichte ihr einen Drahtschneider, »schalte die Kameras aus.«

Sie verhüllte sich das Gesicht und öffnete die Tür. »Mit Vergnügen.«

Sobald die Kameras ausgeschaltet und die Ausrüstung abgeladen war, baute McNutt einen Verteidigungsring auf und spickte das Gelände mit Rattlers, jenen Geräten, mit denen sie schon bei Siwa ihr Lager gesichert hatten. Die winzigen Bewegungsmelder sollten ihnen die Muharib melden, sobald sie sich näherten.

Falls sie sich näherten.

Danach kletterte McNutt auf das Dach des SUVs und baute einen kleinen Baldachin aus Polyestergewebe auf, der etwas Schatten spendete. Unter der Stoffbahn war es vergleichsweise kühl, doch viel wichtiger war es für ihn, dass das Hochleistungsfernglas, das er auf einem kleinen Stativ neben seinem Gewehr aufgebaut hatte, am besten funktionierte, wenn kein direktes Sonnenlicht darauf fiel.

Dass die anderen auf seine Konstruktion neidisch waren, bereitete ihm ein Extravergnügen. Während sie in der Wüstensonne ächzten, saß er im Schatten in einem Klappstuhl auf dem Wagendach und schaute in die Landschaft. Von seinem Beobachtungsposten aus konnte er meilenweit in jede Richtung sehen, um sämtliche Bedrohungen, die sich näherten, auszuschalten. Er hatte ausschließlich die Aufgabe, für ihre Sicherheit zu sorgen, während seine Kameraden mit einem GPR, einem *Ground-Penetrating Radar*, also einem Bodenradar nach dem Grab suchten.

584

Die Zeiten, als die meisten archäologischen Entdeckungen nach dem Verfahren *Trial and Error* zustande kamen, sind vorbei. Heutzutage verwenden moderne Forscher üblicherweise ein GPR, um Ruinen und andere Objekte zu lokalisieren, bevor auch nur der erste Spatenstich gemacht wird. Niederfrequenzwellen werden über ein Rasenmäher-ähnliches Gerät, das man in einem Gittermuster systematisch hin und her bewegt, in den Boden geschickt. Werden die Radiowellen reflektiert, liefert der angeschlossene Computer Daten über die Tiefe des Objekts, die Bodenbeschaffenheit sowie eine Darstellung des georteten Gegenstands.

Diese Methode macht eine Menge Spekulationen überflüssig. Zugleich spart sie sehr viel Zeit.

Die Hitze und der Wind der Sahara stellten sie vor gewisse Herausforderungen, aber der trockene sandige Boden war fast perfekt für das GPR. Tatsächlich gibt es nur wenige Untergründe, die bessere Radarbilder ermöglichen als Sand.

Garcia war noch keine dreißig Minuten damit beschäftigt und bekam gerade erst ein Gefühl für das Gerät, als es wie verrückt zu piepen begann. Zunächst vermutete er einen Bedienungsfehler, bis er auf das Display blickte und dort ein großes Objekt bemerkte, das sich etwa zwei Meter unter der Oberfläche befand. Weil er nur wenig Erfahrung mit dem Bodenradar hatte – von ein paar Testläufen in Fort Lauderdale abgesehen –, entschied er sich, die Sache zunächst für sich zu behalten, bis er sich seiner Entdeckung ganz sicher war.

Währenddessen waren Cobb und Sarah damit beschäftigt, mit Laserpointern, Holzpflöcken und Bindfäden ein Suchraster vorzubereiten. Es sollte Garcia ermöglichen, in gerader Linie hin und her zu laufen, während

sie etwaige Entdeckungen mit kleinen Fähnchen mar-
kierten.

Ein paar Minuten später schien das schon überflüssig
geworden zu sein.

Garcia hatte genug gesehen. »Äh, Sarah, ich glaube, du
kannst aufhören.«

»Warum?«, fragte sie und lief zu ihm hinüber. »Ist etwas
nicht in Ordnung?«

»Es ist alles in Ordnung«, versicherte er ihr. »Ich glaube,
wir haben es gefunden.«

Sarah schaute aufs Display und konnte deutlich das
flache, breite Steinobjekt sehen, das er entdeckt hatte. Es
sah aus wie Kopfsteinpflaster, nur dass jeder Stein eine
Kantenlänge von gut einem Meter hatte. Das klare, gerade
Muster stammte zweifellos von Menschenhand.

»Finde heraus, wo es aufhört«, sagte sie und versuchte,
ihre Emotionen im Zaum zu halten. »Vielleicht ist es nur
ein Weg.«

Garcia blickte sich um. »Ein Weg wohin?«

»Rede nicht, tu es einfach.«

Nach allem, was geschehen war, wollte sie sich nicht
allzu sehr hinreißen lassen. Bisher hatte sie noch nicht
genug gesehen, um vor Freude in die Luft zu springen.
Der Stein war mit Sicherheit kein natürlicher Bestandteil
der Wüste, doch das bedeutete nicht, dass es irgendetwas
mit dem Sarkophag zu tun haben musste.

Ihr klang Jasmines Stimme in den Ohren.

Sei gründlich.

Keine voreiligen Schlüsse.

Garcia tat, was sie verlangte, und ging in gerader Linie
weiter, ohne den Blick vom Display zu nehmen. Nach
zehn Schritten hatte sich die Anzeige nicht verändert. Als
er dasselbe Muster auch nach fünfundzwanzig Schritten

noch sah, fragte er sich, ob vielleicht nicht er, sondern die Maschine einen Fehler machte. Er konnte sich nicht vorstellen, dass etwas so Großes unter ihm vergraben sein konnte. Trotzdem ging er weiter. Nach fünfzig weiteren Schritten verschwand die Reflexion schließlich. Als er langsam zurückging, tauchte das Muster wieder auf.

Er hatte die äußere Kante gefunden.

Er schrie zum Truck hinüber: »Jack, hol mal eine Markierung!«

Ein paar Augenblicke später steckte Cobb ein kleines Plastikfähnchen in den Boden, um die Grenze zu markieren. »Was haltet ihr davon?«

Weder Garcia noch Sarah wollten sich in Mutmaßungen ergehen.

Das hier war nur eine Mauer.

Sie brauchten Zeit, um die gesamte Anlage zu kartieren.

*

Während die Pyramiden, die sich triumphal über die Erde erheben, den Höhepunkt der altägyptischen Ingenieurskunst darstellen, sind makedonische Grabstätten weitaus unspektakulärer. Anstatt in aufwendige Bauten, wie man sie in Gizeh entdeckt hat, wurden Alexanders Ahnen in einfache unterirdische Steinkammern gelegt. Ihr einziges Schmuckwerk waren tempelartige Säuleneingänge. Beide Bauweisen hatten jeweils Vorteile, über die sich Architekturhistoriker wohl bis ans Ende aller Tage streiten werden.

Da die Muharib Einflüsse fremder Kulturen mit ihren eigenen Vorstellungen verschmolzen hatten, war es nicht überraschend, dass dieses Bauwerk typische Merkmale sowohl der Pyramiden als auch von makedonischen Grabstätten aufwies. Es befand sich unter der Erde und war so flach wie eine makedonische Grabanlage, mit zwei klar erkennbaren Säulen an einem Ende. Seine beträchtliche Größe deutete jedoch darauf hin, dass es sich um eine Variante mit mehreren Kammern handelte, wie man sie in ägyptischen Pyramiden antrifft.

Letztlich konnte ihnen jedoch nur eine Grabung Gewissheit verschaffen.

Garcia betrachtete den Grundriss, dann zeichnete er ein X in den Sand. »Ihr habt mich gefragt, wo wir meiner Einschätzung mit dem Graben anfangen sollen, und ich denke, dies ist die richtige Stelle, direkt zwischen den Säulen. Auch wenn das hier keine makedonische Grabhöhle ist, muss das hier der Eingang sein. Warum sonst ist dieser Ort so hervorgehoben?«

Cobb sah Sarah an. »Was meinst du?«

Sie schnappte sich eine Schaufel und stach sie in den Sand. »Ich meine, wir sollten anfangen.«

Cobb nickte. »Ich glaube, du hast recht.«

Er blickte nach Westen, wo allmählich die letzten Streifen des Tageslichts schwanden, und fragte sich, ob die Muharib wohl dort draußen waren und jede ihrer Bewegungen beobachteten.

Ob sie dort warteten wie Vampire in der Nacht.

Getrieben von ihrem Blutdurst.

79. KAPITEL

Awad starrte hinüber zu den Ungläubigen, die sein Heiligtum schändeten.

Seine Miene war voller Abscheu, und er brannte vor Zorn.

Er hatte gewusst, dass er sie wiedersehen würde.

Nachdem er Hassan getötet hatte, war er in die Wüste geflüchtet, um seine Leute zu suchen. Zwar hatten die meisten von ihnen bei der Bunkerkatastrophe ihr Leben verloren, aber ein paar kleinere Gruppen waren in dem kargen Gelände verstreut gewesen. Auf sie verließ er sich in dieser schweren Stunde.

Er hatte die Eindringlinge schon zweimal unterschätzt.

Das würde nicht wieder geschehen.

Über zehn Jahre hatte Awad die uralte Wand unter den Straßen Alexandrias bewacht. Sein Leben war von Opfern bestimmt, sowohl im übertragenen Sinne als auch wortwörtlich. Er hatte nicht nur alle getötet, die dem Tempel zu nahe gekommen waren, sondern war auch dazu gezwungen gewesen, Hassan zu schützen. Awad hatte den Mann verachtet und ihn schon viele Male umbringen wollen, bevor er schließlich die Gelegenheit dazu bekommen hatte. Leider war es all die Jahre im Interesse der Muharib gewesen, Hassan an der Macht zu halten. Solange dieser das Gebiet oberirdisch kontrolliert hatte, so lange hatte Awad den Tunnel darunter kontrollieren können.

Dass er Hassan gedient hatte, war nichts als ein Mittel zum Zweck gewesen.

Doch dieser Dienst hatte mit einem Schnitt durch die Kehle geendet.

Er wusste nicht, wie es die Ungläubigen bis hierher geschafft hatten, aber es spielte auch nicht wirklich eine Rolle. Ob Dade ihnen dabei geholfen hatte oder ob es einfach nur Glück gewesen war – diese Ausländer waren nicht nur unbeschadet aus den Zisternen entkommen, sondern hatten es auch geschafft, die Festung der Muharib ausfindig zu machen. Hätte er vorher gewusst, wie hartnäckig sie waren, hätte Awad persönlich dafür gesorgt, dass sie bereits in Alexandria den Tod gefunden hätten.

Jetzt war er der Einzige, der noch zwischen ihnen und ihrem Triumph stand.

Seit Stunden sah er ihnen dabei zu, wie sie seinen Schrein entweihten, und wartete auf die richtige Gelegenheit zuzuschlagen, während die Sonne und die Grabungsarbeiten die Eindringlinge erschöpften. Je schwerer sie arbeiteten, desto leichter würde es sein, sie zu töten, sobald die Sonne untergegangen war.

Sie wollten Reichtümer.

Er wollte die Abrechnung.

Und nur eine Seite konnte den Krieg gewinnen.

*

Zu früherer Stunde hatte McNutt seinen Schattenplatz genossen, aber das änderte sich, als die Sonne hinter dem Horizont verschwand. Nun herrschten anstelle der sanften Nachmittagsbrise böige Winde, und die Temperaturen waren auf Werte um fünf Grad Celsius gefallen.

Auf einmal beneidete er die anderen ums Graben.

Dabei blieben sie wenigstens warm.

Obwohl die Arbeit anstrengend war, schufteten Cobb, Garcia und Sarah die ganze Nacht durch. Den Eingang zu finden erwies sich zunächst als scheinbar unlösbare Aufgabe, weil ständig Sand ins Loch rutschte und es wieder auffüllte, aber inzwischen hatten sie sichtliche Fortschritte erzielt.

Sie hatten schon über die Hälfte geschafft.

Es war damit zu rechnen, dass sie gegen Morgengrauen die Tür erreichten.

*

Awad beobachtete das Geschehen aus der Ferne. Die Eindringlinge mühen sich ab, doch er wusste, dass es am Ende nicht von Belang sein würde. Im Grunde hätten sie sich auch gleich ihr eigenes Grab schaufeln können. Blind vor Gier hatten sie die Gefahren vergessen, die in der Dunkelheit lauerten.

Er grinste, weil seine Gegner sich schon bald vor Erschöpfung nicht mehr würden verteidigen können. Und ihr Späher, der anfangs noch so hellwach und aufmerksam gewesen war, wurde seiner Sache zusehends überdrüssig. Anstatt sich auf das umliegende Gelände zu konzentrieren, zitterte er in der kühlen Nachtluft und blickte immer wieder auf sein Handy.

Awad wusste, je länger er wartete, desto mehr würden seine Feinde davon ausgehen, allein in der Wüste zu sein. Er hatte es Dutzende Male erlebt. Obwohl seit Jahrhunderten Gerüchte im Umlauf waren, dass die Wüste von bösen Mächten beschützt wurde, überlagerte die Gier nach dem Schatz immer wieder den gesunden Menschenverstand. Die gespannte Erwartungshaltung beschleunigte ihren Pulsschlag, doch er senkte auch ihre Wachsamkeit.

Sie waren bereits geschwächt.

Jetzt wurden sie verwundbar.

Bald war die Zeit zum Zuschlagen gekommen.

*

Das Team hatte endlich einen Rhythmus gefunden und arbeitete sich von Minute zu Minute tiefer. Die Muskeln taten ihnen weh, aber sie kämpften gegen den Schmerz an, weil sie regelrecht darauf brannten, das Gemäuer unter der Erde zu erreichen. Je tiefer sie sich in den Sand wühlten, desto größer wurde ihr Elan.

Nichts konnte sie mehr aufhalten.

*

Awad sah zu, wie der einsame Wächter seinen Posten verließ und zu dem Krater schlenderte, den die anderen gegraben hatten. Endlich war die Stunde der Wahrheit gekommen.

Es war der Augenblick, den Angriff zu beginnen.

Trotz ihrer zahlenmäßigen Überlegenheit blieb ihre Taktik unverändert. Sie wollten den Schutz der Dunkelheit nutzen, um sich anzuschleichen. Sobald sie alle am Rand des Lagers versammelt waren, würde Awad das Schwert erheben, zum Zeichen dafür, dass das Schlachten beginnen sollte.

Es würde sein schönster Moment sein.

Der Sohn in Sicherheit, Amun zufrieden und die Ordnung wiederhergestellt.

*

Manchmal entstehen Pläne wie von selbst, und dies war einer jener Momente.

Trotz der niedrigen Temperaturen und obwohl er

sehr gelangweilt wirkte, war sich McNutt der Umgebung äußerst bewusst. Dank der Rattlers im Boden und dem Knopf im Ohr wusste er ganz genau, wo sich die Muharib befanden.

Jetzt hieß es nur noch abwarten.

Das tat er bis zum letzten Moment, dann kletterte er vom Dach des SUVs und ging zu dem gewaltigen Loch, das seine Teammitglieder in den Sand gegraben hatten.

Irgendwann würden sie durch das Loch in die Grabkammer gelangen.

Aber fürs Erste sollte es ihnen das Leben retten.

»Runter!«, rief McNutt seinen Freunden zu. »Es geht los!«

Sarah und Garcia ließen die Schaufeln fallen und stürzten sich auf den Grund der Grube, um sich vor dem Angriff in Sicherheit zu bringen. Cobb schloss sich ihnen einen Augenblick später an, zuerst aber löschte er die Laterne, die ihnen Licht gespendet hatte. Für die nächsten dreißig Sekunden würde das Loch, von einer unsichtbaren Streitmacht geschützt, der sicherste Ort in der Wüste sein.

Es fehlte nur noch das Signal.

Der Vorschlag war von Sarah gekommen, und die anderen hatten zugestimmt.

Irgendwie schien es passend.

McNutt grinste, als er den Leuchtstab aus der Tasche zog. Er aktivierte ihn, indem er ihn in der Mitte knickte und danach schüttelte, dann streckte er ihn hoch über den Kopf.

Für die Muharib repräsentierte Licht das ewige Leben.

Für die Marines bedeutete es Tod.

*

Staff Sergeant James Tyson grinste, als er das Signal sah.

Es wurde auch Zeit.

Er und der Rest seiner Fernaufklärer-Einheit hatten geduldig in ihrer Stellung gleich hinter den Dünen ausgeharrt. Sie hatten die Schatten in der Dunkelheit stundenlang beobachtet. Trotz aller Legenden waren die Muharib keine Geister. Den Infrarot- und Wärmebild-Geräten der Marines konnten sie nicht entkommen – zumal diese wussten, wo sie nach ihnen suchen mussten.

Dafür durften sie sich bei McNutt bedanken.

Seit ihrer Begegnung beim Biketoberfest war Tyson das Gefühl nicht mehr losgeworden, dass er seinen Kumpel schon sehr bald wiedersehen würde. Der Nahe Osten war riesig, aber Marines hatten es irgendwie drauf, einander zu finden, wenn es am meisten darauf ankam. Und bei ihrem Hang, sich Ärger einzuhandeln, war es nur eine Frage der Zeit gewesen, bis bei einem von beiden das Telefon geklingelt hatte. Diesmal war es sein Telefon gewesen.

Herrje, er hatte McNutt sogar erzählt, dass er in der Gegend sein würde.

Damit hatte er dem Ärger geradezu Tür und Tor geöffnet.

McNutt hatte ihn angerufen und berichtete, was er über die Explosionen in Alexandria wusste, und das war eindeutig mehr, als das Pentagon hatte in Erfahrung hatte bringen können. Er hatte Tyson erklärt, dass die Männer, die für die Tragödie verantwortlich waren, auch mit der Explosion in Siwa zu tun hatten. Ihre Unterhaltung war nur kurz gewesen, doch McNutt hatte genau gewusst, wie er es anpacken musste:

Akute Bedrohungslage.

Regionale Terrorgruppe.

Einmalige Gelegenheit.

Am Ende hatte sich Tyson bereiterklärt, seine Dienste zur Verfügung zu stellen, und McNutt hatte die Hilfe nur zu gern angenommen.

Daraufhin hatten sie nur noch Zeit und Ort wissen müssen.

Sie waren vor Ort, und dies war der Moment!

»Grünes Licht!«, rief Tyson, der durch sein Fernglas blickte. »Es geht los. Ich wiederhole: Es geht los. Feuer. Feuer. Feuer!«

*

Die Muharib hatten so viel Leid und Schmerz verursacht, dass sich McNutt gerne daran beteiligt hätte, sie endgültig auszulöschen. Er wollte ihnen in die Augen sehen und den Abzug drücken. Er wollte, dass sie vor seinen Füßen Blut spuckten und starben.

Aber er hielt sich an den Plan und begab sich zu seinen Kameraden in der Grube, nachdem er den Marines das Zeichen gegeben hatte.

Einen Moment später explodierte der Horizont von vielen Mündungsfeuern. Rosafarbener Nebel erfüllte die Luft, als die Muharib niedergemäht wurden, wo sie gerade standen. Schädel zerplatzten. Hirnmasse spritzte. Blut netzte den Sand wie roter Regen.

Die Wüstenkrieger waren dafür berüchtigt, ohne Vorwarnung zuzuschlagen, aber sie waren beileibe nicht die Einzigen, die das konnten. Seine Kameraden vom U.S. Marine Corps hatten diese Kunst geradezu perfektioniert und nutzten die Gelegenheit zu zeigen, was sie draufhatten.

Ein Schatten nach dem anderen stürzte zu Boden.

Am Ende blieb nur noch einer übrig.

*

Noch vor wenigen Augenblicken hatte Awad seine Männer in die Schlacht geführt.

Jetzt war er alles, was von ihrem Glauben übrig war.

Eine unsichtbare Streitmacht hatte seine Legion ausgelöscht.

Die ganze Sache troff förmlich vor Ironie.

Und Blut.

Es gab keinen Ort, wohin Awad laufen oder wo er sich verstecken konnte. Er wusste, dass er geschlagen war. Es hatte die Stunde seines Triumphes werden sollen, aber er hatte versagt, hatte seine Glaubensbrüder und seinen Gott im Stich gelassen. Er konnte nur hoffen, dass ihn Amuns Strafe schnell ereilte.

Eine Sekunde später erhörte eine Kugel sein Gebet.

Awad fiel tot in den Sand.

Auch wenn sie geschlagen waren, wirkte ihr Tod wie ein angemessenes Opfer für ihre Sache. Die Muharib hatten das Grab bis zum bitteren Ende verteidigt und waren für das, woran sie glaubten, gestorben.

Am Ende hatten sie ihr Blut auf heiligem Boden vergossen.

Und sie waren bei ihrem Gott gestorben.

80. KAPITEL

Nachdem das Feuer eingestellt war, rückten die Marines an, um ihre Spuren zu verwischen. Weil ihre Aktion nicht von oben abgesegnet worden war, mussten sie alle Beweise ihrer Beteiligung beseitigen, wozu natürlich auch die Leichen der Männer gehörten, die sie gerade getötet hatten. Als sie mit dem »Saubermachen« fertig waren, blieb nur noch blutgetränkter Sand zurück.

Darum würden sich die Wüstenwinde der Sahara kümmern.

Während seine Männer die letzten Leichen in den Transporter luden, den sie für diese Mission mitgebracht hatten, ging Tyson zu den anderen hinüber. Trotz seiner Freundschaft mit McNutt achtete er darauf, dass das Kopftuch, das er trug, und die Brille sein Gesicht vollständig verhüllten. Offiziell waren er und seine Einheit niemals hier gewesen.

McNutt deutete mit dem Kopf auf den großen Lkw. »Der ist nicht gerade unauffällig. Bist du sicher, dass ihr mit dem Ding unter dem Radar bleibt?«

»Ich bin doch prima hergekommen, oder etwa nicht?«, spottete Tyson. Er sah sich die Gruppe schnell an. »Verwundete?«

Cobb schüttelte den Kopf. »Alles in Ordnung. Das verdanken wir Ihnen.«

Er salutierte respektvoll. »Kein Problem, Major. Freut mich, dass wir helfen konnten.«

Als Sohn eines Brigadegenerals beim Marinekorps und hochdekorierter Soldat war Cobb in gewissen Kreisen bestens bekannt. Normalerweise hasste er es, wenn man ihn erkannte, aber dies war eine der wenigen Ausnahmen. »Wenn Sie oder Ihre Männer jemals etwas brauchen, lassen Sie es mich wissen. Ich werde ein gutes Wort für Sie einlegen, wo immer ich kann.«

»Das weiß ich zu schätzen«, antwortete Tyson. Dann wandte er sich McNutt zu und streckte die Arme aus. »Und du – du bist auf der Bikerwoche mit dem Bezahlen dran.«

»Wir sehen uns da«, erwiderte McNutt und umarmte ihn brüderlich.

Bevor er sich zu seinen Männern zurückzog, fragte Tyson noch: »Und dieses Riesenloch im Boden ist für…?«

»Riesenblumen«, scherzte Sarah. »Wir wollen sehen, ob sie hier draußen wachsen.«

»Bullshit!«, knurrte Tyson.

Die ganze Gruppe war angespannt, McNutt eingeschlossen.

Tyson starrte sie unangenehm lange an, dann begann er zu lachen. »Für die Blumen, meine ich. Ich hab gehört, bei einem Klima wie dem hier kommt's auf guten Dünger an. Darauf und auf Wasser. Viel Wasser.«

Sarah grinste. »Gut zu wissen.«

Ohne dass sie es aussprechen mussten, war ihre Vereinbarung klar. McNutt und die anderen würden nie die Marines erwähnen und Tyson und seine Männer dafür im Gegenzug über die Ausgrabung Stillschweigen bewahren. Es war ein Deal, der für alle Beteiligten das Beste war.

*

Cobb wartete, bis die Marines abgezogen waren, bevor er sich mit seinem Team wieder an die Arbeit machte. Weil sie ihre Aufmerksamkeit nun nicht mehr zwischen der Grabung und ihrer Sicherheit aufteilen mussten, schafften sie die verbliebenen Meter Sand im Handumdrehen. Als die ersten Sonnenstrahlen über den östlichen Himmel krochen, stießen ihre Schaufeln auf etwas Festes.

Obwohl sie damit gerechnet hatten, hielten sie beim Klang, mit dem Metall auf Stein stieß, einen kurzen Moment inne. Auf seltsame Weise kam es ihnen vor wie ein Beweis, dass all dies real war. Erst da begriffen sie richtig, was geschehen war. Sie würden Jasmine nie wiedersehen. Ihre Freundin war tot, ebenso wie jene, die für ihren Tod verantwortlich waren. Und all das nur, um zu beschützen, was hinter dieser Mauer verborgen war.

Ein paar kurze Stöße aus McNutts Sonarpulsstab reichten aus, um den Mörtel an den Steinen zu lösen.

Sie schufen einen Spalt, der groß genug war, dass sie hindurchpassten, dann stiegen sie in die dahinterliegende Kammer. Nach allem, was sie durchgemacht hatten, wollten sie diesen letzten Abschnitt ihrer Reise gemeinsam zurücklegen.

Die Kammer, die unter dem Sand lag, war ebenso dunkel wie still. Es kam ihnen vor, als hätte seit tausendfünfhundert Jahren keine lebende Seele mehr diese Wände gesehen, und trotzdem war die Luft im Innern bemerkenswert süß.

McNutt atmete tief ein. »Woher kenne ich diesen Geruch?«

»Das ist Honig«, erklärte Sarah. »Es war eine übliche Opfergabe für Pharaonen.«

»Woher weißt du …« Garcia unterbrach sich mitten im

Satz. Er kannte die Antwort bereits. Sie wusste von dem Honig, weil Jasmine es ihr erzählt hatte. Er versuchte, das Thema zu wechseln.

»Das ist ein gutes Zeichen, oder?«

Einer nach dem anderen schaltete seine Video-Taschenlampe ein. Trotz der enormen Breite des Bauwerkes, die sie mit dem Bodenradar festgestellt hatten, befanden sie sich in einem schmalen Korridor. Er wurde an den Seiten von zahlreichen Bögen flankiert, von denen jeder in einen anderen Raum führte. McNutt lief neugierig voraus und spähte in die nächste Höhle. Was er sah, schockierte ihn.

Honig war nicht die einzige Opfergabe, die man zurückgelassen hatte.

»Heiliger Strohsack!« Noch bevor die anderen etwas erwidern konnten, verschwand McNutt in dem Raum. Seine Stimme hallte zu ihnen. »Leute, das müsst ihr euch ansehen!«

Einen Augenblick später entdeckten sie McNutt ausgebreitet auf dem Boden eines großen Gewölbes. Er flatterte aufgeregt mit Armen und Beinen, als wollte er einen Schneeengel zeichnen. Aber anstatt in frischem Schnee hatte er sein Vergnügen auf einem riesigen Haufen antiker Münzen.

»Ich fühle mich wie Dagobert Duck!«, rief er beglückt.

Garcia lachte über das, was er sah, und entschloss sich, mit McNutt gemeinsam zu feiern. Ohne lange nachzudenken, lief er ein paar Schritte und sprang dann kopfüber in den Haufen.

Aber anstelle eines Platschens hörte man ein Knirschen, gefolgt von einem lauten Schmerzensschrei.

»Aua«, murmelte Garcia, der mit dem Gesicht voran in dem Münzhaufen gelandet war.

McNutt kroch zu ihm hinüber. »Maria, ist alles klar bei dir?«

Garcia lachte und stöhnte gleichzeitig. Als er sich umdrehte, klebten mehrere Münzen an seinem Gesicht. »Das passiert in Comics *nie*.«

McNutt schnipste eine Münze von Garcias Stirn. »Das ist, weil Comics nicht real sind.«

»Gut zu wissen.«

Cobb und Sarah schütteten sich über das Bild vor Lachen aus, dann bückten sie sich und nahmen jeder eine Handvoll Gold- und Silbermünzen vom Fußboden auf. Es war eine bunte Mischung von Währungen und Herkunftsländern, und tatsächlich so viele, dass es ihnen vorkam, als hätten die Priester die Spenden in Schubkarren hergeschafft, anstatt sie in Säcken zu transportieren. Zehntausende von Münzen bedeckten den Boden wie ein Teppich, der sich von Wand zu Wand erstreckte.

Sarah blickte sich im Raum um. Wohin sie auch sah, glänzten Berge von Münzen im Schein ihrer Taschenlampe.

»Glaubst du, alle Räume sind wie dieser?«

»Bin ich allwissend?«, erwiderte Cobb.

McNutt richtete sich auf wie ein gehorsamer Hund, dem man gerade aufgetragen hatte, die Zeitung zu holen. »Bist du nicht?«

Er hatte kaum zu Ende gesprochen, da sprang er schon auf die Füße und sprintete durch die Öffnung zurück in den Korridor. Garcia blieb ihm dicht auf den Fersen. Beim Laufen fielen ihm die restlichen Münzen aus dem Gesicht.

Sarah kreuzte die Finger. »Ich wünschte, die anderen Räume hätten Sprengfallen.«

Cobb grinste und deutete mit dem Kopf auf den

Durchgang. »Na komm, lass uns aufpassen, dass sie nicht allzu große Dummheiten anstellen.«

Zurück im Korridor wurden sie Zeugen, wie McNutt und Garcia in die Räume hineinliefen, wieder heraus- kamen und atemlos den Inhalt jeder einzelnen Kammer beschrieben. Beim genaueren Hinsehen bemerkte Cobb Inschriften über jedem der Torbögen und vermutete, dass dort stand, wer die Opfergaben zurückgelassen hatte. Er kannte nicht alle Namen, aber ein paar bekanntere fielen ihm auf.

Caesar. Augustus. Caligula.

Die Liste ging immer weiter. Und obwohl er die an- deren Namen nicht kannte, waren die zurückgelassenen Geschenke ein deutliches Zeugnis. Es waren die Tribute naher und ferner Länder und die Kriegsbeuten aus erober- ten Ländern. Und alles war hier sicher verwahrt worden.

Alles geopfert, dem König zu Ehren.

Unterdessen folgte Sarah weiter dem Hauptkorridor. Sie suchte den wertvollsten Besitz der Priester. Irgend- wann fiel ihr Licht in einen gleißenden Bogengang, der sich von den anderen unterschied. Als sie näher kam, sah es fast aus, als würde der polierte Alabaster – der heilige Stein des Amun – in der Dunkelheit glühen.

»Seht mal hier, Leute!«

Sie leuchtete mit ihrer Lampe an der Wand entlang. Sarah betrachtete sie neugierig, während sich die anderen um sie scharten. In die weiße Oberfläche waren Symbole geschlagen, die jenen ähnelten, die in der Zisterne zurück- gelassen worden waren. Für sie sah es aus, als ob in den Bildern die Geschichte von jener Stelle an weitererzählt wurde, wo sie in Alexandria geendet hatte. Zusammen- genommen ergaben sie eine großartige Geschichte von Ehre, Hingabe und Opfer.

Eine Geschichte, die nur wenige kannten.

So wie bereits die Inschrift unter Alexandria hatte vermuten lassen, waren die Opfergaben für Alexander, die sich im Laufe der Zeit angesammelt hatten, kurz vor der Flut im Jahr 365 nach Christus aus der Stadt geschmuggelt worden. Man hatte sie durch den Tunnel geschafft und per Schiff abtransportiert. Dann waren die Schätze an der Küste entlang bis nach Amunia gebracht worden und von dort mit einer Karawane nach Siwa, auf demselben Weg, den Alexander Jahrhunderte zuvor genommen hatte.

Während sich die Bürger Alexandrias von der Tsunami-Katastrophe erholt hatten, hatten die Hohepriester ihre Schätze in der Grabkammer versteckt, die sie in der Wüste errichtet hatten. Sie hatten in Erwägung gezogen, eine Pyramide zu errichten – es wäre die größte geworden, die die Welt jemals gesehen hätte –, doch dann waren sie zu dem Schluss gekommen, dass eine makedonische Grabkammer weitaus weniger Aufmerksamkeit erregte.

Die Jünger des Amun hatten ihr kostbarstes Heiligtum dem Römischen Reich entwendet, doch nun hatten sie ihre Beute für alle Ewigkeit verstecken wollen. Nachdem die Grabkammer versiegelt worden war, war niemandem mehr Einlass gewährt worden, nicht einmal den Priestern. Das Risiko war viel zu groß gewesen.

Erst in dieser Nacht war das Siegel schließlich erbrochen worden.

Gemeinsam traten die vier in die letzte Kammer. Sie standen ehrfürchtig da, als die Lichtkegel ihrer Taschenlampen eine hoch aufragende Statue von Amun im hinteren Teil des Raumes beleuchteten. Als sie weiter hinein in den Raum gingen, konnten sie sehen, dass Amun nicht allein war. Dort, unter dem wachsamen Auge des Gottes, stand der gläserne Sarkophag einer Legende.

603

Darin lag der Leichnam eines Königs.
Der sterbliche Sohn Amuns.
Alexander der Große.

Ein hochspannender Cocktail aus Abenteuer, Wissenschaft und Action.

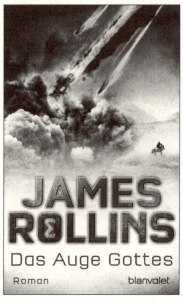

544 Seiten. ISBN 978-3-7341-0365-0

Der Absturz des Satelliten mitten in der mongolischen Wüste ist schon schlimm genug. Schließlich befindet sich an Bord das Auge Gottes, eine streng geheime experimentelle Kamera. Doch das letzte Bild, das der Satellit an die Basis übertragen hatte, ist noch schrecklicher. Painter Crowe von der SIGMA-Force kann kaum glauben, was er sieht. Auf dem Foto ist genau zu erkennen, dass die gesamte Ostküste der USA in Trümmern liegt! Wenig später kommt es zu einer noch unglaublicheren Entdeckung: Die fotografierte Szene liegt 90 Stunden in der Zukunft! Painter Crowe bleiben weniger als vier Tage, um die Katastrophe zu verhindern ...

Lesen Sie mehr unter: **www.blanvalet.de**

Sie ist gebrochen, ausgebrannt und kennt nur ein Ziel: Rache.

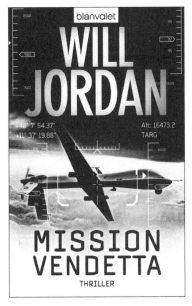

640 Seiten. ISBN 978-3-442-38090-9

Unbekannte hacken sich in amerikanische Militärdrohnen und greifen mit ihnen zivile Ziele im Irak an. Ryan Drake, Chef einer geheimen Eingreiftruppe der CIA, hat nur 48 Stunden, um die Agentin Maras aus einem sibirischen Hochsicherheitsgefängnis zu befreien, die dort wegen einer Intrige der CIA eingekerkert ist. Nicht gerade die verlässlichste Unterstüzung. Allerdings ist es Drake nur mit ihr möglich, an die Terroristen heranzukommen. Doch die Folter im Gefängnis hat Maras körperlich und geistig beinahe zerbrochen. Nun hat sie nur noch ein Ziel: Rache!

Lesen Sie mehr unter: **www.blanvalet.de**

Actiongeladen und topaktuell:
der Cyberthriller vom Meister des Genres

512 Seiten. ISBN 978-3-7341-0235-6

Der mysteriöse Tod einer alten Freundin treibt Kurt Austin von der NUMA immer tiefer in die schattengleiche Welt der staatlichen Cyberkriminalität. Dabei stößt er auf weitere Fälle, bei denen Wissenschaftler verschwunden sind, und sie alle waren verbunden mit seltsamen Unfällen. Sind diese Menschen vielleicht gar nicht tot, sondern wurden entführt? Mit der Hilfe von Joe Zavala entdeckt Kurt Austin einen Menschenhändlerring von unfassbaren Ausmaßen. Da wird ihm klar, dass seine Freundin wahrscheinlich noch lebt – und dass nur er sie retten kann …

Lesen Sie mehr unter: **www.blanvalet.de**